◆浙江省哲学社会科学重点研究基地
浙江工业大学浙江学术文化研究中心资助成果

◆浙江工业大学人文社科后期资助成果

论浙江现代文学的都市书写

左怀建◎著

LUN ZHEJIANG XIANDAI WENXUE DE
DUSHI SHUXIE

ZHEJIANG UNIVERSITY PRESS
浙江大学出版社

CONTENTS 目 录

引　言

问题的提出与解决问题的基本思路和方法

一、问题的提出

1. 什么是都市？为什么是都市？

先回答第二个问题。根源于 20 世纪 90 年代以来中国都市文化的再次崛起和发展。当然，都市文化的崛起和发展又根源于同时期中国现代化建设的再现高潮。即 1992 年邓小平南方谈话之后，中国开始了真正的现代性改革开放，中国都市建设全面展开。文学是文化的重要组成部分，那么，什么是都市文学、如何建设都市文学等问题就成为同时期以来人们普遍关注的问题。由于中国都市和都市文学建设中断了半个多世纪，20 世纪 90 年代以来人们对都市文学的关注、探讨和建设就具有了非同寻常的意义。对半个世纪前的都市文学是一次恢复的仪式，同时也是一次新的历史条件下对都市文学研究的深化。既是对历史的总结，也是对未来的展望。我们的研究就属于这个研究序列。虽然我们能力有限，对当下的都市文学研究不可能有大的"添加"，但是我们愿作流向大海的小溪。

那么，什么是都市？大量资料表明，都市应该分为前现代都市、现代都市和后现代都市。前现代都市，主要强调"都城"的意义，在西方，首先是宗教总领地；在中国，则必是政治中心。西方的现代历史开始后，西方有代表性的城市就成为现代性城市，但还未发展成为典型的现代都市。典型的现代都市的产生应在英国工业革命之后。宗教改革和工业革命使伦敦的商业贸易达到当时世界最高水平，伦敦成为"财富之城""世界资本主义之都"；"到 1790 年，伦敦人口接近 90 万"，"成为（当时）欧洲最大的城市"①。西方现代都市化进程到 19 世纪中期取

---

① ［美］乔尔·科特金：《全球城市史》，王旭等译，北京：社会科学文献出版社 2010 年版，第 106-117 页。

得决定性胜利。美国学者保罗·M.霍恩伯格和林恩·霍伦·利斯所著的《都市欧洲的形成：1000—1994 年》指出："1848 年是不平静的一年"，因为这一年发生了两个标志性事件："《共产党宣言》的出版和英国第一个公共卫生条例的颁布。虽然只有其中之一被广为传颂，但二者均具有划时代的意义。《共产党宣言》以慷慨激昂的措辞总结了我们称之为工业化的一个经济剧变过程。提及都市化时，《宣言》做了许多预言性的论述：'资产阶级使农村屈服于城市的统治。它创立了巨大的城市，使城市人口比农村人口大大增加起来。'"①美国大卫·哈维的《巴黎城记：现代性之都的诞生》也陈述："1848 年，戏剧性的事件席卷了全欧洲，尤其是巴黎。当时的巴黎在政治经济、生活以及文化上表现出与过去完全决裂的态度……许多新事物于此时从旧事物中孕育。"②1853 年，奥斯曼受命于路易·拿破仑，正式开始了巴黎伟大的都市化进程。20 世纪中期，西方进入后现代都市时期。就我们的命题而言，我们最关心的是现代性都市。对应到词语上言，我们关心的是西方的 metropolis，而不是 megalopolis。megalopolis 指具有后现代性征的都市群，我们暂且悬而不谈。

中国的现代都市化过程肇始于 1843 年上海作为五口通商城市之一的开放，肇始于这一年英方首任驻沪领事巴富尔在上海黄浦滩一带开辟租界。之后，又有美租界、法租界，英美租界又合而为公共租界。由于上海优越的地理位置，中国人强烈的发展愿望，西方列强给上海带来的先进的科学技术、先进的管理—生活理念和丰富的物质产品对于上海政治经济文化生活的强大刺激，上海周边巨量流动人口的迁入，到 20 世纪 30 年代初期，上海已成为世界第六大都市，号称"东方的巴黎，西方的纽约"。只是，1937 年日本全面侵华不久，上海即为日本侵略者所全面控制，西方人或回到本国土，或被日本侵略者打入监牢，严重影响了上海的发展。新中国成立后，由于历史条件的限制，中国现代都市化进程也一度中断，直到 90 年代中国重新改革开放，这一过程才又接续。90 年代以后，中国加入了世界全球化的进程，中国现代都市建设也许会夹杂后现代的因子，但要说中国进入了后现代都市阶段，还为时尚早。

那么，现代都市的本质属性是什么？换言之，怎样从内在属性上把握现代都市？这是一个烦难的问题，这里，笔者只提出这样几点探讨：

---

① ［美］保罗·M.霍恩伯格、林恩·霍伦·利斯：《都市欧洲的形成：1000—1994 年》，阮岳湘译，北京：商务印书馆 2009 年版，第 165 页。

② ［美］大卫·哈维：《巴黎城记：现代性之都的诞生》，黄煜文译，桂林：广西师范大学出版社 2003 年版，第 2 页。

首先,注意它"市"的特点。这个"市"一指市场,二指市民。"市场"是商业空间概念,"市民"是城市主体概念。西方素有城市商业传统,市场经济有充分的基础,进入现代以来,西方商业经济在此基础上发展成工业化、集团化、全球化;西方也素有市民主政的传统,从古希腊开始,市民就有管理城市、控制城市、发展城市、保护城市的义务和权利,到了现代,就发展出黑格尔所谓"市民社会"。据西方学者考证,"在古代,单词 polis 既指狭义的'城镇',也指政治意义上的'城市国家'。当亚里士多德考察定位城镇的正确条件时,他提到了 polis,他在《政治学》中为了他的中心主题而几百次地使用这个词,这个词在这里的意思是城市国家,而不是城镇"①。中国学者也指出:"polis 原意即为'公民之家',希腊人的日常生活与其他公民是时时发生关系的,而没有现代人那种各自分离的家庭生活。他们的日常生活中心——市场就犹如一个大家庭。因此'对全希腊人来说,城邦就是一种共同生活','城邦的宪法是一种"生活方式"而不是一种法律结构'。"②另外,美籍学者张英进指出,英文中"city"来自法语的 cité,后者又源自拉丁文的 civitas,意为"城邦",本来指"罗马公民(civis)的权利和特权,扩展而言,就指把一个社会组织起来,并让其具备某种'品质'的社会原则的总和"③。换言之,"city"还指西方市民社会组织原则和市民精神。"西方都市往往成为统摄广袤地域的商业中心,比如罗马在公元前后已成为统治地中海与南欧甚至西亚、北非的商业中心。商业的发达造成市民阶层的强大,势必要在政治上取得权力,去保护商业利益。因此,古代与中世纪欧洲许多都市相继获得自治,成为单元性的政治实体,也有外国学者称之为'集体法人'、'共同体',包括城邦、城市共和国与城市公社。由市民代表所组成的市议会是最高司法权力与管理机构,并由选举产生。这就形成了古代欧洲都市的一般形态:政治形式是近代民主的雏形;经济主体则是工商业;社会组织以各种各样的行会为主;城市人员取得了自由市民的资格,'自由在中世纪是与一个城市的公民资格不可分割的属性'。"④据马克斯·韦伯辨析,传统中国并不缺乏商业性市民,相反传统中国市民的商业意识和商业能力在全世界都是出类拔萃的,但是传统中国的商业中终于不能发展出资本主义,传统中国也没有西方那样的市民社会。根本原因在于传统中国缺乏培养市

---

① [英]M. L. 芬利:《古代城市:从普斯特·德·古郎日到马克斯·韦伯及其他人》,见孙逊、杨剑龙主编:《阅读城市——作为一种生活方式的都市生活》,上海:上海三联书店 2007 年版,第 87-88 页。

② 马长山:《国家、市民社会与法制》,北京:商务印书馆 2005 年版,第 16-17 页。

③ [美]张英进:《中国现代文学与电影中的城市——时间、空间与性别形构》,秦立彦译,南京:江苏人民出版社 2007 年版,第 6 页。

④ 张鸿声:《都市文化与中国现代都市小说》,开封:河南大学出版社 1997 年版,第 6 页。

民管理城市、控制城市、发展城市、保护城市的意识和权利的土壤①。对此,顾准也指出:"中国从来没有产生过商业本位的政治实体,而且也不可能产生出这样的政治实体。……中国从不缺少商业。陶希圣甚至断定,唐代的社会是商业资本主义社会性质。但是,中国的城市、市井、市肆,却从来是在皇朝控制之下(参见《文物》,1973 年第 3 期,刘志远:《汉代市井考》),是皇朝的摇钱树,皇朝决不会允许商业本位的城市、城邦的产生。"②"商业城市,唯有在合适的政治权力和强大的武装保护下才能长出资本主义来。可是,如果政治权力和军事力量只以城市为取得征服扩张的财源之所,而不保护它成长的话,那也是长不出资本主义来的。"③换言之,传统中国有市民,但不是西方那种市民。"在中国,市民是一个相当古老的概念。它与乡民相对,一个老百姓,居乡则为乡民,住到城市里,则为城市之民,也就是市民了。这与近代意义上的市民概念迥然不同。市民当然是居住在城市里的人,但近代意义上的市民是属于公共领域的概念,指的是城市自由民或公民。"④无疑,在中国,这种市民只有等到 20 世纪初期上海崛起才会产生,而且它的产生也有一个过程;而上海作为"东方的巴黎,西方的纽约"也只有等这种市民出现才算名副其实。

其次,现代都市"市"的特点决定其"都"的情况也发生很大变化。在西方,都市的建设和发展必然有政治意义,如"路易十四在法国历史上被认为是最有为的一位国王,他将法国变为一个现代国家"⑤。他做的事情之一就是"下令拆除 12世纪末到 15 世纪的城墙遗址,以取消城市的边界"⑥。路易十四下令废除城墙的目的之一是便于警察镇压那些不服从统治者。这一点,1853 年塞纳省省长奥斯曼在路易·拿破仑支持下重建巴黎时也可以体现出来,实例之一就是为了便于警察快速有效地镇压那些不服从统治者而开发、建设了许多宽广通畅的大道,包括香榭丽舍大道。但是,君王和城市建设者的意图的另一面也充分体现现代民主和开放观念。西方的城市设计师和城市建设者受现代生理学和民主、开放观念启发,企图将都市建设成有机、开放、可以自由出入的公共空间结构。如美

---

① 〔美〕马克斯·韦伯:《儒教与道教》,洪天富译,南京:江苏人民出版社 2010 年版,第 87 页。
② 顾准:《顾准文集》,上海:华东师范大学出版社 2014 年版,第 73 页。
③ 顾准:《顾准文集》,上海:华东师范大学出版社 2014 年版,第 77 页。
④ 熊月之主编:《上海通史》第 5 卷,上海:上海人民出版社 1999 年版,第 378 页。
⑤ 〔美〕若昂·德让:《时尚的精髓——法国路易十四时代的优雅品位及奢侈生活》,杨翼译,北京:生活·读书·新知三联书店 2012 年版,"前言"第 6 页。
⑥ 〔美〕若昂·德让:《时尚的精髓——法国路易十四时代的优雅品位及奢侈生活》,杨翼译,北京:生活·读书·新知三联书店 2012 年版,"前言"第 167 页。

国学者理查德·桑内特的《肉体与石头》中就谈到，1628 年哈维的《论心脏的运动》启发了后来的城市建设，改变了传统的城市面貌。书中叙述年轻设计师朗方参考巴黎林荫大道给美国华盛顿设计林荫大道。"朗方强调，在这个大林荫道上，市民可以移动和聚会，1765 年的巴黎就是这样。林荫道并不是用来让乔治·华盛顿远方眺望而产生君临天下之感，如同路易十四望着他的凡尔赛花园，觉得自己统领万邦。朗方对首任总统说，他希望这两条林荫道'可以提供多样的、令人愉快的场所与风景'，而且能'连接城市的每个部分'。开放空间让所有市民能自由地进入，将能达成这两个目的。"①随着全球化时代的到来，时空进入"压缩"阶段，所有现代都市都伫立在海陆空交通便利的地带，所有现代都市也都废除了城墙。当年英人巴富尔之所以选择在上海开辟租界，很大原因就是看中上海优越的地理位置。上海处于中国南北的中心，外依太平洋，内接内地江河湖泊，海内外水陆空交通都十分方便。时至 20 世纪 30 年代，上海已经成为中国最大的交通枢纽，世界上著名远洋港口之一。虽然受到很多人反对，辛亥革命发生后不久，上海的城墙还是被推倒，也体现出向世界开放的格局和气度。北京的本质属性在于政治，它的城墙经过梁思成等一批建筑学大师和文化人的强烈建议，部分得到保留。如此，北京就成为历史怀旧的象征。

再次，注意它的动态结构。自从 18 世纪 80 年代，瓦特改良的蒸汽机在工业生产中得到运用，世界变得就不平静了。"假如用某一特征来形容近代工业：巨型机器、大型公司以及人口、财富、活动和权力的高度集中。"②"技术革命最显耀之处当属铁路"的修建，火车的运行③。铁路将一个国家、地区乃至全球连接起来，并且动态地运行起来。汽车、电车、公共汽车的普遍运用，使都市的动态成为常态。电话、电报的发明及运用使人类的信息交流变得过于轻易；留声机、电影院的发明及运用使人类的声音、活动等可以根据自己的需要进行任意虚拟、改造和留存；各种电灯、霓虹灯的发明、运用使都市变成不夜城。马克思、恩格斯在《共产党宣言》中说："资产阶级在历史上曾经起过非常革命的作用。……不断扩大产品销路的需要，驱使资产阶级奔走于全球各地。它必须到处落户，到处开

---

① ［美］理查德·桑内特：《肉体与石头——西方文明中的身体与城市》，黄煜文译，上海：上海译文出版社 2006 年版，第 268-269 页。

② ［美］保罗·M. 霍恩伯格、林恩·霍伦·利斯：《都市欧洲的形成：1000—1994 年》，阮岳湘译，北京：商务印书馆 2009 年版，第 182 页。

③ ［美］保罗·M. 霍恩伯格、林恩·霍伦·利斯：《都市欧洲的形成：1000—1994 年》，阮岳湘译，北京：商务印书馆 2009 年版，第 182 页。

发,到处建立联系。"①"资产阶级除非对生产工具,从而对生产关系,从而对全部社会关系不断地进行革命,否则就不能生存下去。……生产的不断变革,一切社会状况不停的动荡,永远的不安定和变动,这就是资产阶级时代不同于过去一切时代的地方。一切固定的僵化的关系以及与之相适应的素被尊崇的观念和见解都被消除了,一切新形式的关系等不到固定下来就陈旧了。一切等级的和固定的东西都烟消云散了,一切神圣的东西被都亵渎了。"②随之而来的是,人类的生活方式、心理、心态、风俗及各种价值观等也发生根本变化。生产追求快速、高效,生活追求新鲜、刺激、变化。在上海,西方各种现代化机器、交通工具、信息交流工具及留声机、电影等都是最先引入,社会组织机制的变化(享受"治外法权"),人们生活追求目标的变化(看重即时、物质、金钱、欲望),人们生活方式的变化(从工、从商、夜生活),也深刻地改变着人们的心理、心态、气性及各种价值观念。"动荡"与"变化"成为时代的总主题,喜新厌旧、追逐时髦(通俗意义上的现代)成为时代的风尚。所以,上海是中国最先进、最发达、最光明的地方,也是中国最动荡、最靠不住、最令人恐惧和深感困惑的地方。

复次,明晰它的消费性。消费作为典型的时代特征,是在后现代阶段,但是在现代都市里,已不乏突出的表征。马克思、恩格斯在《共产党宣言》里说:"资产阶级在它的不到一百年的阶级统治中所创造的生产力,比过去一切世代创造的全部生产力还要多,还要大。"③生产力的巨大促使物产的极为丰富,创新、发展的需要促使人类产业从第二产业向第三产业迈进。这也深刻地影响着人们的宇宙观、人生观、价值观,改变着人类的心理和情趣。另一方面,"上帝死了"的同时,人类的精神空间转由物质填满,商品拜物教开始出现。人们对物品的需求由取决于它的使用价值转向它的交换价值。与之相配合,都市会出现大量的消费品和供消费的场所。丹尼尔·贝尔说:"大众消费的象征——而且也是技术改变社会习惯的一个主要例子——当然是汽车。"④此外,还有电话、电扇、留声机、高档家具、高档服饰、高等化妆品等;消费场所如大百货公司、大饭店、歌舞厅、影戏

---

① 马克思、恩格斯:《共产党宣言》,中共中央马克思恩格斯列宁斯大林著作编译局译,北京:人民出版社 2015 年版,第 29-31 页。

② 马克思、恩格斯:《共产党宣言》,中共中央马克思恩格斯列宁斯大林著作编译局译,北京:人民出版社 2015 年版,第 30-31 页。

③ 马克思、恩格斯:《共产党宣言》,中共中央马克思恩格斯列宁斯大林著作编译局译,北京:人民出版社 2015 年版,第 32 页。

④ [美]丹尼尔·贝尔:《资本主义文化矛盾》,严蓓雯译,南京:江苏人民出版社 2007 年版,第 67页。

院、咖啡馆、跑马场、跑狗场等。消闲场所还有广场、大道和公园等。就巴黎而言，香榭丽舍大道位于卢浮宫与新凯旋门中轴线上，又称"凯旋大道"，第二帝国时期建成"法兰西第一大道"，成为百货公司、剧院、咖啡馆、饭馆云集的时尚豪华大街。之后，大道上则云集了法国和世界各地的大公司、大银行、航空公司、电影院、奢侈品商店和高档饭店，其中，"廉价百货（1852）、罗浮百货（1855）与春天百货（1865）成了巴黎商业的中心装饰"。巴黎地铁于 1900 年正式开通运行；汽车于 1919 年开始形成大众化、普及化局面。在上海，英美公共租界里南京路上有海内外华商投资兴建的四大环球百货公司：先施（1917）、永安（1918）、大新（1925）和新新（1936），内配电梯、暖气和空调。在此，可买到世界上最新物品，且"里面的电梯会把顾客送往各个楼层，包括舞厅、顶楼酒吧、咖啡馆、饭馆、旅馆及有各种表演的游乐场。因此这些商业大楼是兼有消费和娱乐功能的（游乐场的设计可能受到'大世界'的影响，后者可以被视为一个娱乐总汇，六层楼高，有当地杂耍、食品店，后来又有了具有狂欢气氛的电影院）"。先施还最先雇佣推销小姐。1934 年 6 月，《良友》第 89 期刊登一张组接照片，巍峨的公司大楼底下是一排着装仅保持三点式的西洋女子，成为都市消费文化的象征符号，颇为扎眼①。法租界霞飞路没有高层建筑，但仿香榭丽舍大街，汇集了大量电影院、歌舞厅、咖啡馆，是真正休闲的好去处。另有跑马场、跑狗场、大世界娱乐场、小世界娱乐场和公园等。有钱人家已备有汽车、电话、电扇、留声机等。

　　都市里还有一种特殊的情色消费，催生特殊的女性群体，如交际花、歌舞明星、电影明星乃至妓女。先进的避孕技术也助长了这一风气。在巴黎，"各阶级性关系与私通关系的货币化与商品化，以及女性在家庭经济与劳动市场中地位的渐形重要，这二者预示了女性在社会上所扮演的角色将有重大变化。……在社会关系逐渐货币化之下，一场游击战于焉展开，在这场战争中，女仆学会了如何利用甚至欺诈雇主；妓女学会了如何欺瞒恩客；罗瑞特学会了如何取代格里塞特；妻子或伴侣学会了如何看紧另一半的荷包；资产阶级妇女学会了如何领导形塑时尚的消费者文化；而工人女性则学会了如何接受新式工厂工作与勤务角色的挑战，并懂得探索其他的组织形式以构成未来能解放她们的经济基础。女性仿佛已经了解，如果她们是具有金钱价值的珍贵商品，那么她们就应该充分利用

---

① 李欧梵：《上海摩登——一种新都市文化在中国（1930—1945）》，毛尖译，北京：北京大学出版社 2001 年版，第 16-18 页。

金钱民主这项工具来解放自己,不管是以消费者还是生产者的身份。"①罗兹·墨菲的《上海——现代中国的钥匙》提供资料:"1934 年,一家当地中文报纸估计:就卖淫业作为一种特色而论,上海走在全世界城市的最前列:在伦敦 960 人中有一人当娼妓,即娼妓占总人口的九百六十分之一;在柏林,娼妓占总人口的五百八十分之一;在巴黎,占四百八十一分之一;在芝加哥,占四百三十分之一;在东京,占二百五十分之一;在上海,占一百三十分之一。"②忻平的《从上海发现历史》提供资料:"1935 年上海共有妓女 12 万人,平均每 9—15 名青年女性中即有一名妓女。"③这些妓女中多数是为生活所迫,但不能排除这其中有相当大一部分是为了享受情色,构成美国学者贺萧所谓"危险的愉悦"。

又次,明晰在它的内在结构里"存在着两种截然不同却又剧烈冲突的现代性。可以肯定的是,在十九世纪前半期的某个时刻,在作为西方文明史一个阶段的现代性同作为美学概念的现代性之间发生了无法弥合的分裂"④。"作为前者,即资产阶级的现代观念,我们可以说它大体上延续了现代观念史早期阶段的那些杰出传统。进步的学说,相信科学技术造福人类的可能性,对时间的关切(可测度的时间,一种可以买卖从而像任何其他商品一样具有可计算价格的时间),对理性的崇拜,在抽象人文主义框架中得到界定的自由理想,还有实用主义和崇拜行动与成功的定向——所有这些都以各种不同程度联系着迈向现代的斗争,并在中产阶级建立的胜利文明中作为核心价值观念保有活力、得到弘扬。相反,另一种现代性,将导致先锋派产生的现代性,自其浪漫派的开端倾向于激进的反资产阶级态度。它厌恶中产阶级的价值标准,并通过极其多样的手段来表达这种厌恶,从反叛、无政府、天启主义直到自我流放。因此,较之它的那些积极抱负(它们往往各不相同),更能表明文化现代性的是它对资产阶级现代性的公开拒斥,以及它强烈的否定激情。"⑤"一方面是社会领域中的现代性,源于工业和科学革命,以及资本主义在西欧的胜利;另一面是本质上属论战式的美学现代

---

① 〔美〕大卫·哈维:《巴黎城记:现代性之都的诞生》,黄煜文译,桂林:广西师范大学出版社 2010 年版,第 205 页。

② 〔美〕罗兹·墨菲:《上海——现代中国的钥匙》,上海社会科学院历史研究所编译,上海:上海人民出版社 1986 年版,第 8 页。

③ 忻平:《从上海发现历史——现代化进程中的上海人及其社会生活》,上海:上海人民出版社 2009 年版,第 62 页。

④ 〔美〕卡林内斯库:《现代性的五副面孔》,顾爱彬、李瑞华译,北京:商务印书馆 2002 年版,第 47-48 页。

⑤ 〔美〕卡林内斯库:《现代性的五副面孔》,顾爱彬、李瑞华译,北京:商务印书馆 2002 年版,第 48 页。

性,它的起源可追溯到波德莱尔。……一个是理性主义的,另一个若非公然非理性主义,也是强烈批评理性的;一个是富有信心和乐观主义的,另一个是深刻怀疑并致力于对信心和乐观主义进行非神秘化的;一个是世界主义的,一个是排他主义或民族主义的。"①美学现代性的概念由波德莱尔提出,促生出大量现代主义文学艺术。如美国学者理查德·利罕在《文学中的城市——知识与文化的历史》中指出:"城市的兴起与五花八门的文学运动有割不断的联系,尤其是与小说和继之而起的叙事模式——喜剧现实主义、浪漫现实主义、自然主义、现代主义和后现代主义——的发展有着千丝万缕的联系。"②美国学者大卫·哈维将巴黎的都市化过程称为"现代性之都的诞生",并且这样描述1848年前后的巴黎:"1848年以前的都市观点,顶多只能粗浅地处理中古时代都市基础建设的问题;而在1848年之后则出现了奥斯曼(Haussmann),是他强迫巴黎走入现代。1848年之前有古典主义如安格尔(Ingres)与大卫(David),以及色彩画家如德拉克洛瓦(Delacroix);之后则有库尔贝(Courbet)的现实主义与马奈(Manet)的印象派;1848年之前有浪漫主义诗人与小说家,如拉马丁(Lamartine)、雨果(Hugo)、缪塞(Musset)及乔治·桑(George Sand),之后则是严谨、精简而洗练的散文诗,如福楼拜(Flaubert)与波德莱尔(Baudelaire)。"③就中国现代文学讲,具有现代主义倾向的创作几乎都是在都市背景下创作或在北京、上海出版、发表。换言之,整体意义上的现代都市,不仅有俗的一面,也有雅的一面。

最后,明晰它在文化构成上的多元化和杂糅性特征。究竟要有多少人口才能被称作都市? 这一点,并无哪一个人做硬性规定。但至少百万人以上是多数学者的共识。以1850年为例,伦敦人口已达232万,巴黎人口131万有余。到1910年,伦敦依然是世界第一大城市,人口是巴黎的3倍④。上海,1930年人口已达314.5万⑤。都市人口多数是移民。就上海华人人口构成看,"1885年至1935年这50年中,公共租界非沪籍人口所占比重始终在78%—85%之间徘徊,平均为82%。而华界中1929—1936年非沪籍人口所占比重则在72%—76%之

---

① [美]卡林内斯库:《现代性的五副面孔》,顾爱彬、李瑞华译,北京:商务印书馆2002年版,第343页。

② [美]理查德·利罕:《文学中的城市——知识与文化的历史》,吴子枫译,上海:上海人民出版社2009年版,第1页。

③ [美]大卫·哈维:《巴黎城记:现代性之都的诞生》,黄煜文译,桂林:广西师范大学出版社2010年版,第2页。

④ [美]乔尔·科特金:《全球城市史》,王旭等译,北京:社会科学文献出版社2010年版,第166页。

⑤ 忻平:《从上海发现历史——现代化进程中的上海人及其社会生活》,上海:上海人民出版社2009年版,第29页。

间波动,平均占 74.2%。取其平均数,则两界沪籍人口与非沪籍人口之比为 21.9%和 78.1%"①。全国各地的均有,而苏、浙、皖、粤、鲁、鄂等地的又为最多。吴福辉《都市漩流中的海派小说》解释:"浙江人,广东人,苏南人,苏北人,本地人,组成人口的五大来源,本帮恰恰是小帮,所以人称上海是'五方杂处'。"② 来自国外的移民,仅 1936 年统计,就有 2 万人,61 国之多③。不同国度、地区的人如此密集地居住、生活在一起,经过多方融合,会产生新的上海人及其文化(所谓"洋泾浜文化"),但也必然保留着较多的原生活地的文化、风俗、习惯,造成都市的异质性,形成多元并存的大格局。

需要说明的是,在现代中国,较典型的都市是上海,但是不等于天津、哈尔滨、香港、重庆、北京、南京、杭州等其他城市没有任何都市性。事实上,受整个世界局势的影响,这些城市也具有一定的都市性征。因此,我们对浙江现代文学都市书写的考察,主要面向上海,但又不止于上海。

2.什么是书写? 为什么是书写?

这里所谓书写,既指用语言文字从事文学创作的过程,也指这一写作过程的结果——文本。文学作品是作家结合自己的见闻、体验、思考对世界、生活进行审美想象的产物,既是客观世界的反映,也是主观世界的表达。写作过程中,客观的与主观的已很难分清。从这个角度言,我们借用"书写"一词指称浙江现代文学对"都市"想象的文字表达,也许更能贴近这些文学的真意。实际是对用"词语"表达世界对象之有限性的认同,也是对作家主体性的尊重。关于这一点,西方学者和作家早已窥破"天机"。卡尔维诺在《看不见的城市》里言:"不能将城市本身与描述城市的词句混为一谈。"④"记忆中的形象一旦被词语固定住,就给抹掉了。也许,我不愿意全部讲述威尼斯,就是怕一下子失去她。或者,在我讲述其他城市的时候,我已经在一点点失去她。"⑤所以,卡尔维诺称自己所描述的城市为"看不见的城市"。美国学者博顿·帕克(Burton Pike)也指出:"真实城市与词语的城市之间的联系是间接而复杂的。""在真正的城市生活体验与小说和诗歌中的词语城市之间存在着一个裂缝。……作家不是直接从他的经历与我

---

① 忻平:《从上海发现历史——现代化进程中的上海人及其社会生活》,上海:上海人民出版社 2009 年版,第 40-41 页。

② 吴福辉:《都市漩流中的海派小说》,长沙:湖南教育出版社 1995 年版,第 48 页。

③ 忻平:《从上海发现历史——现代化进程中的上海人及其社会生活》,上海:上海人民出版社 2009 年版,第 41 页。

④ [意]卡尔维诺:《看不见的城市》,张宓译,南京:译林出版社 2006 年版,第 61 页。

⑤ [意]卡尔维诺:《看不见的城市》,张宓译,南京:译林出版社 2006 年版,第 87 页。

们说话,而是通过语言、通过文学形式的修辞惯例,作家必须通过这些惯例、词汇和意象才能表达自己并被读者理解。"①美籍学者张英进从研究方法的角度阐释个人的经验:"我将不拘泥于某一作品所表现的城市如何写实传真,而只探讨在这种文本创作的过程中,城市是如何通过想象性的描写和叙述而被'制作'成为一个可读的作品。……我说的'制作'是符号性的,指的是将城市表现为符号系统,其多层面的意义需要解析破译,我将重点放在制作的过程而不是其最终的产品——作为文本的城市(或称城市文本)。"②与此对应,国内学者如张鸿声强调:"在'文学中的城市'研究中,关于想象性概念的介入,并非完全摒斥文学文本的社会客观性与创作者的经验性,而事实上,它是联结创作者的城市生活经验与文学文本经由创作而造成的生活呈现的一个中介,即任何关于城市的文本都不可避免地来自城市经验,但城市文本却绝不等同于经验,因为它经过了由经验到文本的过程,这个过程其实也是想象性城市叙述的过程,城市想象其实就是一种城市表述。"③陈思和在他主编的"都市文学研究书系"总序里认为,与其从社会学角度、外部研究文学与世界怎样一一对应的关系,不如从文学自己角度、内部研究文学是怎样想象和表达世界包括都市的。他所主编的"都市文学研究书系"里的著作全是从"想象"和"书写"的角度命题、写作成书的,如王宏图的《都市叙事和欲望书写》、王进的《魅影下的"上海"书写》和陈晓兰的《文学中的巴黎与上海》等。自然我们也从这个角度着手研究。

3.关于浙江。

又为什么是浙江呢?为什么将浙江现代文学的都市书写专门提出来呢?换言之,作为一个问题成立吗?回答是肯定的。

1995年,严家炎主编的"二十世纪中国文学与地域文化丛书"陆续出版,他在为丛书写的"总序"里,曾盛赞:"浙江自'五四'新文学起来以后,出了那么多著名作家,各自成为一个方面的领袖人物和代表人物:鲁迅是现代文学的奠基人,乡土小说和散文诗的开山祖;周作人是'人的文学'的倡导者,现代美文的开路人;茅盾是文学研究会的主角,又是社会剖析派小说的领袖和开拓者;郁达夫则是另一个新文学团体创造社的健将,小说方面的主要代表,自叙传小说的创立

---

① 转自陈晓兰:《文学中的巴黎与上海——以左拉和茅盾为例》,桂林:广西师范大学出版社2006年版,第6-7页。

② [美]张英进:《都市的线条:三十年代中国现代派笔下的上海》,北京:《中国现代文学研究丛刊》1997年第3期。

③ 张鸿声:《"文学中的城市"与"城市想象"研究》,北京:《文学评论》2007年第1期。

者;徐志摩是新月社的主要诗人,新格律诗的提倡者;丰子恺则是散文方面一派的代表;等等。如果说五四时期文学的天空群星灿烂,那么,浙江上空的星星特别多,特别明亮"①。无独有偶,陈子善最近在浙江古籍出版社出版"蠹鱼文丛"之一《浙江籍》,"自序"里也谈到:"毫无疑问,鲁迅、周作人、茅盾、郁达夫、徐志摩……那么多重要的现代作家都是浙江籍,这是现代中国其他省份难以比拟的。因此,从某种意义上讲,浙江是中国新文学的发源地,也是中国新文学的大省。"②吴义勤、王素霞在《我心彷徨——徐订传》开头也惊叹:"现代汉语文学近百年历程,浙籍作家可谓居功至伟。单以'现代文学三十年'计,浙籍作家的卓越成就便有'三分天下有其一'甚或'半壁江山'之誉。"③严家炎就接着他上面的赞叹提出问题:"这种突出的文学现象应该怎样解释?"显而易见,"浙江现代文学"已经构成中国现代文学史上一个独特的现象。也正是在此背景下,近二十多年来,浙江现代文学研究界的学界前辈和同仁们如王嘉良、吴秀明、黄健、彭晓丰和舒建华等都出版了相应或相关的研究成果。

就浙江现代文学的都市书写而言,第一个十年是萌芽阶段,还不太成熟,但辛勤耕耘者多为浙江人。茅盾说鲁迅的文学不是都市文学,但不排除鲁迅的文学中有都市文学的因子。鲁迅早在日本留学期间所发表的《文化偏至论》已经站在人类理想主义的高度对于中西方文化包括都市人生的偏至进行审视、批判,其站位的高远已远非今后的现代文学作家包括都市文学作家所能匹敌。"五四"新文化运动开始后,出于"听将令"和现实功利的目的,其第一篇新小说《狂人日记》中那种要求觉醒与对现代性的强烈呼唤很难说与都市无关。《阿Q正传》之所以将中国人(乡村)写成那样,背后是西方现代性(都市)的强烈支撑。《幸福的家庭》和《伤逝》将人物生活场景安排在城市(不是典型的现代性都市,但不等于无现代性都市的因子),并且写出金钱对人生的作用,已较多地靠近都市文学。郁达夫以迅速发达的资本主义国家日本的都市文化氛围为支撑,创作了现代第一部都市小说集《沉沦》,开创了一种新的文学风气,奠定了一种新的文学范型。徐志摩的文学多具浪漫主义倾向,对于西方现代性和杭州西湖周围的现代性建设颇多非议,但对西方发达都市文明又有真诚陶醉。1920年冬,发妻张幼仪来英国与他团聚,在从巴黎到伦敦的飞机上他对张幼仪说的一句话令笔者记忆尤深:"你真是个乡下土包子。"这说明徐志摩是一个非常认同现代都市的人。此外,王

① 严家炎:《二十世纪中国文学与地域文化丛书·总序》,长沙:《理论与创作》1995年第1期。
② 陈子善:《浙江籍》,杭州:浙江古籍出版社2017年版,"自序"第3页。
③ 吴义勤、王素霞:《我心彷徨——徐订传》,上海:上海三联书店2007年版,第1页。

鲁彦、倪贻德、姚蓬子的创作无不显豁一定的都市文学倾向。第二个十年，都市文学崛起并趋向于成熟，代表人物也多是浙江作家。一般认为，海派文学的崛起标志着现代都市文学的正式诞生。在30年代的海派文学中，新感觉派和心理分析小说作家的创作又最具有代表性，而三位代表作家中就有两位是浙江作家：穆时英和施蛰存。穆时英之所以被称为"中国新感觉派文学圣手"，就因为其创作采用只有现代都市才有的文学艺术手段较为成功地表现了当时上海的都市神魂和风貌。其创作比刘呐鸥的更中国化，比施蛰存的更具都市性，对今后的都市创作产生深远影响。施蛰存的创作游走于都市与乡村之间，从中可以看到中国从传统（乡村）向现代（都市）转换的具体精神和心理过程。邵洵美是20年代末狮吼社和后期新月派的重要作家之一，其小说以大胆的构思和独特的视角表现都市人生的诱惑性、消费性和人性复杂性，其诗作将西方现代主义文学如波德莱尔的《恶之花》、王尔德的《莎乐美》等中国化，成为当时中国唯美—颓废文学的典型文本。孙大雨也是后期新月派的重要诗人之一，其长诗《自己的写照》和短诗《纽约》等写出动态的纽约作为机械之城的灵魂。章克标是狮吼社重要成员，其散文系列《文坛登龙术》写尽上海的文化市场怎样左右作家的写作。徐迟是现代诗派的重要诗人之一，其诗作表现了上海的现代性和"二十岁人"的迷茫。戴望舒看似离都市远了些，但他以自己独特的方式呼应了当时的都市审美，反成为当时现代诗派和新感觉小说派共同的精神领袖。他对波德莱尔及其诗歌的接受扭转了人们对波德莱尔的印象。杜衡则成为现代都市文学批评的代表。顾仲彝的剧作从多方面揭示金钱之于都市人生的意义。丰子恺的散文之所以有那样生动活泼的兴趣，没有现代都市的映照，是不可能的。茅盾、夏衍、殷夫、艾青、袁牧之、楼适夷等均是当时左联重要成员，他们的创作成为当时左翼都市文学的代表作；特别是茅盾的都市书写，从左翼角度俯瞰都市和乡村，比现代文学史上任何作家的都市书写都视野开阔、分析透彻、结构宏大、气魄非凡。艾青站在左翼立场对巴黎、马赛等西方发达国家都市的书写准确把握了其神脉，填补了这方面的空白。第三个十年，是都市文学进一步本土化、市民化、个性化、多元化时期，浙籍作家的代表性虽不如张爱玲、钱锺书典型，但也仅次于张爱玲、钱锺书。苏青与张爱玲同为40年代海派文学最有代表性的作家，其创作成为都市文学向普通市民文学转向的风标。其他后进海派青年作家如东方蝃蝀在当时就获得"男张爱玲"

的称号①。其实,其创作既超越 30 年代穆时英等洋场现代派小说,也疏离张爱玲那种噩梦连绵的女性写作,而在更常态中书写都市青年的生活困境和心理成熟。其文学的力量直逼张爱玲。令狐彗的创作被吴福辉称为"张爱玲时代的一个漂亮的尾音"②。其创作在表现现代都市人生方面显示新的审美感觉和叙述方式。汤雪华和施济美同为"东吴系女作家"的突出代表,前者的创作显示都市现实主义的力量,后者的创作显示都市浪漫传奇的魅力。另外,施济美对女性在都市空间的处境和命运的开掘达到相当深入的地步,其作品成为现代女性文学的经典个案。徐讦作为"后期浪漫派"的代表作家,其都市书写具有广阔的视野和丰富的中西文化比较内涵,其叙事方式又连结雅文学与俗文学两端。左翼作家柯灵等继续表达对上海半封建半殖民属性的发掘和批判;"九叶"派诗人穆旦、唐湜、袁可嘉等虽然书写都市的作品不多,但却真正显示了都市现代主义文学的新质地。

二、问题的解决

本课题避开那种理论先行模式,而力争将研究基础建立于阅读中国现代文学作品之上。记得刘增杰先生曾经谆谆告诫笔者,你不要管别人怎么说,你只要谈你自己的想法和感受。钱理群先生也特别强调研究者自己的阅读经验,认为这是文学研究的起点。只有将研究建立在自己对文学作品的阅读上,研究才能成为自我的,有独立性的。

本课题坚持文学研究与文化研究的统一性。都市书写这一概念本身表明这一研究偏重于文化研究。在研究中,我们将探讨浙江现代文学的都市书写具有什么样的特点和内涵,它取得了怎样的成就,还存在哪些缺失,取得这些成就和留下这些缺失的多种原因是什么,对后世文学的都市书写具有哪里警示作用。当然,这毕竟是文学的文化属性的研究,探讨的毕竟是文学,所以审美观照自然也是我们所用力的。

本课题坚持历史研究和当下性的统一。我们的研究应该具有历史的眼光,应该以历史的标准衡量这些作家的都市书写,只有这样才能更准确地厘定他们在现代都市文学史上的地位,但是无法忘记一切的历史研究活动都是为今人服务的,都是为了创造更美好的今天和明天,研究过程中都不可避免地渗透着今人

---

① 靳苓:《男张爱玲》,见肖进编著:《旧闻新知张爱玲》,上海:华东师范大学出版社 2009 年版,第 68 页。

② 吴福辉:《都市漩流中的海派小说》,长沙:湖南教育出版社 1995 年版,第 90 页。

的兴趣、眼光和价值判断。换言之,历史既有独立性的一面,也有去独立性的一面。

本课题坚持中国现代文学都市书写的整体研究与浙江文学都市书写的区域研究之统一。如将二者分割开来,浙江现代文学都市书写之研究就将失去整个坐标方位和整个都市文学产生语境;然不注意二者之间的区别,浙江现代文学都市书写的特色就无法显示出来。

本课题属于区域性文学研究,好处在于可以将现代都市文学研究引向深入和细化,难点在于深入和细化过程中必然碰触到许多在整个现代文学框架中不大有机会露面的作家及其创作。那么,要想将研究引向深入,就必须引入“知识考古”学的方法,大胆突破以往现代都市文学研究的既成结论,坚持独立思考,而且多处搜求有关作家作品及相关研究资料,如被以往文学史有意无意忽略的剧作家宋春舫、顾仲彝、石华父等人的创作及相关研究资料,40 年代浙籍海派青年作家汤雪华、施济美、郑家瑷、东方蟫蛛、令狐彗、麦耶、刘以鬯、沈寂等人的创作及相关研究资料,等等。

本课题牵涉面广,将会借鉴社会学、历史学、哲学、宗教学、心理学、文学等方面的知识、研究方法,因此具有跨学科性质。

本课题以现象为主线组织全篇,而不以单个的作家作品为论说单元。以时间为经,问题形态为纬,以点代面,融会贯通。

但愿我们的研究能达到预期目的。

第一章

浙江现代文学书写中的都市

多年的研究,使笔者产生如此印象:就文学与城市的关系讲,中国文学从传统到现代的转换,其第一波主要是韩邦庆所代表的清末民初狭邪小说,其《海上花列传》表现了古典情韵在近代崛起中的失落,开创了农民进城的叙事模式,奠定了吴语小说的基础。他笔下的上海是金钱理性逐渐战胜情义感性,阴诈乖觉逐渐战胜单纯善良。所以鲁迅评之:其"开宗明义,已异前人,而《红楼梦》在狭邪小说之泽,亦自此而斩也"①。自此之后,脱胎于《红楼梦》的才子佳人小说一变而为赤裸裸的嫖客妓女小说,男女双方之间已无多少谈情说爱的成分,而主要是斗智、骗钱、呈欲,利害交易。民国以来,王纲解钮、社会混乱,失望、迷茫之中,鸳鸯蝴蝶派文学产生。1905 年,清廷宣布废除科举,大批文人一下子失去了人生方向和重心;辛亥革命以来,国家、民族政治社会生活虽发生巨大变化,但是给没落文人留下的路子并不多,于是他们纷纷奔趋上海(商海),办报刊,开书店,成立出版社,做编辑,做记者,做文化商人,做职业作家,等等②。鸳鸯蝴蝶派文学主要是新的才子佳人小说,感受一定的近现代自由文化空气,书写才子佳人"相悦相恋,分拆不开,或者因为薄命,也竟至于偶见悲剧的结局,不再都成神仙了"③。衷心、失败、感伤是其三大主题情绪,低回、哀婉、悲情、伤情、艳情是其基本审美格调。鸳鸯蝴蝶派时期的上海还是不够发达的上海,作为现代性大都市还没有成熟,因此这一时期的上海,在鸳鸯蝴蝶派文学中,主要还是才子佳人的上海,书

---

① 鲁迅:《中国小说史略》,见《鲁迅全集》(第 9 卷),北京:人民文学出版社 2005 年版,第 271-272 页。

② 鲁湘元:《稿酬怎样搅动文坛——市场经济与中国近现代文学》,北京:红旗出版社 1998 年版,第 133-137 页。

③ 鲁迅:《上海文艺之一瞥》,见《鲁迅全集》(第 4 卷),北京:人民文学出版社 2005 年版,第 301 页。

写才子佳人不自由的生命意志和失败的爱情,既曲折表现出那一时代渐趋更新的人生价值观、人生姿态的曙光,同时也流露出那时代人们低沉的情绪。狭邪小说的主力是上海当地人,鸳鸯蝴蝶派文学的主力是江苏人,这一时期,上海也还在江苏省管辖之下,还没有独立出来,但到1927年之后,随着新的国民政府成立,上海成为国民政府特别市即直辖市,上海作为"东方的巴黎,西方的纽约"——世界第五大都市也迅速崛起,现代性增强,人们的人生价值观、人生姿态都有很大变化,新一代都市人也在崛起,作家队伍进行了重组,浙籍作家开始成为上海书写的主体力量,上海籍作家和江苏籍作家都反倒居其次。到了三四十年代,狭邪小说经上海籍作家王小逸等演变成海派通俗小说;江苏籍作家,较为守旧的如秦瘦鸥继续在鸳鸯蝴蝶派文学的路上沉醉、琢磨,较为新进的如钱锺书则在新崛起的上海边缘做反思和超越姿态①。在这种情况下,首先来梳理、分析一下浙江现代文学都市书写的总体状况,实为必要。

第一节　书写中的都市

这一节主要讨论浙江现代文学中较典型的都市书写,即上海、伦敦、巴黎、纽约和东京等现代性强的都市在浙江现代文学书写中所呈现的典型特征。这又分为两大类:物化的都市与人化的都市。这里所谓物化,与《庄子》里所谓"物化"意义正好相反。《庄子》里所谓"物化",是指天人合一,人与物可以相互转化,是对人的去文明化。所谓"昔者庄周梦为蝴蝶,栩栩然蝴蝶也,自喻适志与! 不知周也。……不知周之梦为蝴蝶与? 蝴蝶之梦为周与? 周与蝴蝶则必有分矣。此之谓物化"(《齐物论》)。王安石《庚申正月游齐安》中所谓"未即此身随物化,年年长趁此时来",也是此意。而我们这里所谓物化,包括两个方面,一是都市空间的物质化、人工化,一是人精神的物质化、异化,而无论哪一方面都与真正的自然传统文化渐行渐远。所谓"人化",指浙江现代文学并不否定都市作为人类文明发展最高阶段的结晶,而充分肯定它对于人性解放、人类智慧开发、人类审美提升和人类生存质量提高的重要作用。如美国芝加哥学派代表人物帕克等所言:"城市绝非简单的物质现象,绝非简单的人工构筑物","而(还)是一种心理状态,是

---

① 李楠认为鸳鸯蝴蝶派文学与通俗海派文学因为创作机制不同而在审美价值取向上存在根本性差异,可参见其《晚清、民国时期上海小报研究——一种综合的文化、文学考察》,北京:人民文学出版社2005年版,第226页。

各种礼俗和传统构成的整体,是这些礼俗中所包含,并随传统而流传的那些统一思想和感情所构成的整体"①。显而易见,对于都市,既不能简单肯定,也不定简单否定。

一、作为物化的都市

城市历来被称作"石头城",这是有目共睹的。实际上,到了现代都市崛起的时候,城市就不仅仅是由原始的石头建成的,或者主要不是由原始的石头建成的,它是人类所创造的各种属于第二自然的建筑材料构成的,如钢筋、水泥、机械、玻璃、灯光及各种化合物等;另外一个更为重要的方面是,都市的崛起本是人类聪明才智的象征物,它不可避免地打上人类思想、梦幻、情感、心理的烙印,但是由于人类欲望的无限膨胀,现代工业的飞速发展,劳动分工的进一步细化,工具理性的全面渗透,人越来越发现,人的功能、价值和本质越来越体现为物的功能、价值和本质,人的梦想和追求也越来越体现为物的梦想和追求,于是,人的精神的物化、"单面"化、异化、恶化不可避免地产生。

按照马克思的观点,一般意义上的物化不一定意味着人的本质异化,但是人的本质的异化必意味着人的物化的深入。马克思说:"劳动的产品是固定在某个对象中,物化为对象的劳动,这就是劳动的对象化。劳动的实现就是劳动的对象化。"②这种物化体现着人类生存的基本需要,因此受到马克思的肯定。但是进入现代历史阶段以来,物化往往意味着人的本质的异化。一是工人成为机器的一部分。"'由于人隶属于机器',形成这样一种状况,即'劳动把人置于次要地位'。"③"'个人被分割开,成了某一部分劳动的自动机器',因此'被糟蹋得畸形怪状'。"④二是商品拜物教。"商品形式的奥秘不过在于:商品形式在人们面前把人们本身劳动的社会性质反映成劳动产品本身的物的性质,反映成这些物的天然的社会属性,从而把生产者同总劳动的社会关系反映成存在于生产者之外的物与物之间的社会关系。由于这种转换,劳动产品成了商品,成了可感觉而又

---

① [美]R. E. 帕克、E. N. 伯吉斯、R. D. 麦肯齐:《城市社会学——芝加哥学派城市研究》,宋俊岭、郑也夫译,北京:商务印书馆2012年版,第4页。

② [德]马克思:《1844年经济学哲学手稿》,中共中央马克思恩格斯列宁斯大林著作编译局译,北京:人民出版社2000年版,第52页。

③ 转自[德]卢卡奇:《历史与阶级意识》,杜智章、任立、燕宏远译,北京:商务印书馆1999年版,第156页。

④ 转自[德]卢卡奇:《历史与阶级意识》,杜智章、任立、燕宏远译,北京:商务印书馆1999年版,第168页。

超感觉的物或社会的物。……这只是人们自己的一定的社会关系,但它在人们面前采取了物与物的关系的虚幻形式。"①这就是说,人的价值通过商品(物)的价值反映出来。一般意义上讲,这也是劳动的对象化的一种形式,但是当这种劳动价值的对象化形式成为人们顶礼膜拜的宗教,它就成为对于人的正常的人性和精神的挤占和伤害。这两个方面就是马克思所说的异化的主要内容,即人必然地或自觉地成为物的奴隶,而人的本质也物质化了②。

卢卡奇的物化理论在吸收马克思的异化理论及马克斯·韦伯的合理化理论基础上全面展开。他认为"正象资本主义制度不断地在更高的阶段上从经济方面生产和再生产一样,在资本主义发展过程中,物化结构越来越深入地、注定地、决定性地沉浸入人的意识里。"③"在资本主义社会,物化的现象很多,既有商品拜物教,又有资本拜物教和货币拜物教,甚至出现了没有灵魂的'专家',纵欲者没有心肝等怪诞现象。在《历史和阶级意识》中,卢卡奇把这些物化现象都归入三个领域,即生产、政治和文化这些社会基本领域。"④在生产领域,工人只是资本主义这部大机器中的一个零件,不是机器服从他,是他服从机器,他与自己的人格相对立,"人格沦为旁观者"⑤;在经济领域里,人都成为"计算的人"、"经济人",而丧失其超越性目标;在政治领域里,合理化原则使整个社会成为一个"铁笼",它的形成机制就是官僚化;在文化领域里,资产阶级学者缺乏总体性眼光和超越性思维,因而丧失了对资本主义社会的批判功能。之后,德国法兰克福学派指出在"工具理性"基础上形成的资本主义"一体化"社会成了"单向度的社会",资本主义社会中的人也成了"单向度的人"⑥。

西方物化理论能帮助我们解决问题,但是,由于西方都市和中国都市所产生的条件和语境不同,我们又无法照搬他们的理论。具体讲,西方都市是在自足的条件下崛起的,到 20 世纪 30 年代,已经有七八十年持续发展变迁的历史,最能代表西方资本主义社会人生状况,所以,西方现代派文学对西方社会人生物化问题的书写也达到惊人的地步;而中国现代的都市化过程是在西方列强殖民的情

---

① 马克思:《资本论》(第 1 卷),中共中央马克思恩格斯列宁斯大林著作编译局译,北京:人民出版社 2018 年版,第 89-90 页。

② [德]马克思:《1844 年经济学哲学手稿》,中共中央马克思恩格斯列宁斯大林著作编译局译,北京:人民出版社 2000 年版,第 66-67 页。

③ [德]卢卡奇:《历史与阶级意识》,杜智章、任立、燕宏远译,北京:商务印书馆 1999 年版,第 161 页。

④ 周立斌:《卢卡奇的物化理论及其演变》,北京:中国社会科学出版社 2012 年版,第 14 页。

⑤ 周立斌:《卢卡奇的物化理论及其演变》,北京:中国社会科学出版社 2012 年版,第 14 页。

⑥ [美]马尔库塞:《单向度的人》,刘继译,上海:上海译文出版社 2006 年版。

况下进行的,而且刚刚开始,所以,对于中国人来讲,都市不仅仅是地狱,还有天堂的一面,不仅仅是罪恶的渊薮,还有启蒙、引领的一面,不仅仅是扼杀人性的所在,相对于封建主义还有人性解放的一面。所以,中国现代作家在对都市进行审美时就流露出双重态度:一方面是惊恐、拒绝、对抗、批判,一方面是惊喜、欢呼、接纳、认同。如此情况下,中国现代文学的都市书写包括浙江现代文学的都市书写就既可能指向商品拜物教、金钱拜物教、纵欲主义及由此造成的人之精神、心灵的退化,也可指向"劳动的对象化",即科学技术基础上的第二自然的创造——世界的人工化所造成的巨大能量及相应的社会人生效果。所以,我们这里所提出的物化是一个内指更广泛、更笼统的概念。事实上,当前中国现代文学研究界也是这样看待现代中国都市的物化问题的。吴福辉就认为海派文学体现出的"物质化的观念""存在着把都市描画成天堂或地狱的全部可能性",绝非"只是揭发罪恶和弊端,而且从农业中国的立场出发"的鸳鸯蝴蝶派文学可比①。

中国现代文学史上,最早观照物化问题的,是鲁迅。1906 年,鲁迅在日本弃医从文后,便开始研究关于人性的三个基本问题:"一、怎样才是最理想的人性?二、中国国民性中最缺乏的是什么? 三、它的病根何在?"②稍后发表的《文化偏至论》参考西方文明发展状况,鲁迅提出,19 世纪的功绩在于物质文明,在于民主政治,但是站在 20 世纪的前沿看,西方文明的弊端也在这两方面。所谓:

> 故至十九世纪,而物质文明之盛,直傲睨前此二千余年之业绩。数其著者,乃有棉铁石炭之属,产生倍旧,应用多方,施之战斗制造交通,无不功越于往日;为汽为电,咸听指挥,世界之情状顿更,人民之事业益利。久食其赐,信乃弥坚,渐而奉为圭臬,视若一切存在之本根,且将以之范围精神界所有事,现实生活,胶不可移,惟此是尊,惟此是尚,此又十九世纪大潮之一派,且曼衍入今而未有既者也。……事若尽于物质矣,而物质果足尽人生之本也耶? 平意思之,必不然矣。

> 盖唯物之倾向,固以现实为权舆,浸润人心,久而不止。故在十九世纪,爰为大潮,据地极坚,且被来叶,一若生活本根,舍此将莫有在者。不知纵令物质文明,即现实生活之大本,而崇奉逾度,倾向偏趋,外此诸

---

① 吴福辉:《海派的文化位置及与中国现代通俗文学之关系》,见吴福辉:《多棱镜下》,北京:人民文学出版社 2010 年版,第 22-23 页。

② 许寿裳:《亡友鲁迅印象记·办杂志、译小说》,转自朱正:《鲁迅传》,北京:人民文学出版社 1982 年版,第 32 页。

端，悉弃置而不顾，则按其究竟，必将缘偏颇之恶因，失文明之神旨，先以消耗，终以灭亡，历世精神，不百年而具尽矣。递夫十九世纪后叶，而其弊果益昭，诸凡事物，无不质化，灵明日以亏蚀，旨趣流于平庸，人惟客观之物质世界是趋，而主观之内面精神，乃舍置不之一省。重其外，放其内，取其质，遗其神，林林众生，物欲来蔽，社会憔悴，进步以停，于是一切诈伪罪恶，蔑弗乘之而萌，使性灵之光，愈益就于黯淡：十九世纪文明一面之通弊，盖如此矣。

这里，鲁迅所指出的西方 19 世纪物质文明的弊端，与西方理论家谈论物化的认识思路和表达何其相似乃尔！正因为此，鲁迅提出"剖物质而张灵明，任个人而排众数"的"立人"、立"人国"的具体思路。"五四"文学革命伊始，鲁迅听从"前驱者"的"将令"，大声呐喊，要求"启蒙"，对于西方的科学和民主给以首肯，对于西方文明力主采取"拿来主义"，显示一定的西化倾向，但是从来没有放弃过对日益物化的西方文明（在中国就表现为各种都会病态现象）的审视和批判。关于这一点，后面还会议论到。

就文学书写看，最早触及人生的物化问题是郁达夫的小说。郁达夫在小说《南迁》里探讨了资本主义社会中人的生存与物质的关系问题。小说认同耶稣所言："心贫者福矣，天国为其天国也。"小说肯定那些重精神而轻物质的人，倡言人不能为物质所困苦；但是，小说还揭示另一类人的痛苦，这类人"与纯洁的心的主人相类的，就是肉体上有了疾病，虽然知道神的意思是如何，耶稣的爱是如何，然而总不能去做的一种人"。这类人"对现在唯物的浮薄的世界不能满足，而对将来的欢喜的世界的希望"又不能"达到"。其不能达到"希望"的原因之一是带有"一种世纪末 Fin de siécle 的病弱"。这种"病弱"导致对尘世的贪恋及物质的沉醉。具体到主人公的追求，就是在正常的爱情不能实现时对肉欲的沉醉和迁就。所以，小说言这类人在世界上最多，在精神上亦最苦。另外，小说还让主人公发出这样的哀吟："名誉，金钱，妇女，我如今有一点什么？ 什么也没有，什么也没有。我……我只有我这一个将死的身体。"这种感叹里很少通常所谓精神性的东西，而更多地让人想起鲁迅在《阿 Q 正传》里所讽刺的阿 Q 的"革命梦"。可以肯定，郁达夫对小说主人公心理、性格、人生追求的书写带有潜在的寓言性质。

对于物化都市的清醒审视和全面书写无疑是在 20 世纪 20 年代末 30 年代初上海作为现代大都市崛起之后。

（一）机械—声光化电的都市

都市文明，一定程度上讲，就是机械文明。最典型的机械文明的产物和象征便是各种巨型地面建筑（如高楼大厦、码头客栈等）、风驰电掣的汽车、作为公共交通工具的电车、五颜六色的霓虹灯管、超越时空限制的电话和留声机、纳世界风云于一幅的电影院、调节气温的冰箱和空调、轻松运载货物的电梯和记录时间的钟表等。30 年代，欧外·鸥在《股份 ISM—恋爱思潮——OGAI'ONIC - LOVE》里说："把近代文明和古代文明画了一条鲜明线痕的，是在机械的有无。因为机械闯入了人类的生活之中，所以个人的生活，社会的生活，都根本地改变了。人类所制作的制度也变了，思想也变了，道德也变了，文化也变了。恋爱是包含在其中的！"① 从日常生活的角度看，"衣服是机械的，就是我们住的家屋也变成机械了。直线和角度构成的一切的建筑和器具，装电线，通水管，暖气管，瓦斯管，屋上又要方棚，人们不是住在机械的中央吗？"②

可以说，这些机械文明现象及其意义指涉在浙江现代文学中都有想象和描摹。

茅盾在《机械的颂赞》里说得很清楚："现代人是时时处处和机械发生关系的。都市里的人们生活在机械的'速'和'力'的漩涡中，一旦机械突然停止，都市人的生活便简直没有法子继续。……机械将以主角的身分闯上我们这文坛"③。茅盾理论上有如此清晰的认识，其小说《子夜》开头对上海物质文明的描写就构成现代文学都市空间机械书写的经典：

> 暮霭挟着薄雾笼罩了外白渡桥的高耸的钢架，电车驶过时，这钢架下横空架挂的电车线时时爆发出几朵碧绿的火花。从桥上向东望，可以看见浦东的洋栈像巨大的怪兽，蹲在暝色中，闪着千百只小眼睛似的灯火。向西望，叫人猛一惊的，是高高地装在一所洋房顶上而且异常庞大的 Neon 电管广告，射出火一样的赤光和青燐似的绿焰：Light, Heat, Power!

李欧梵分析："在他小说的第一页就透露了一个'矛盾'的信息：外国资本主义统治下的上海虽然很可怕，但这个港口——在我看来茅盾希图用他的华丽笔触来传达的——熙熙攘攘的景象，还是渗透出了她无穷的能量：LIGHT, HEAT, POWER! 这三个词（光、热、力），再加上 NEON（霓虹灯），在中文中用的是英语，显然强烈地暗示了另一种'历史真实'：西方现代性的到来。……在小

---

① 陈子善编：《脂粉的城市——〈妇女画报〉之风景》，杭州：浙江文艺出版社 2004 年版，第 23 页。
② 刘呐鸥：《风景》，见《刘呐鸥小说全编》，上海：学林出版社 1997 年版，第 14 页。
③ 茅盾：《茅盾散文集》，上海：天马书店 1933 年版，第 39 页。

说的前两章,茅盾就大肆铺叙了长驱直入的现代性所带来的物质象征:汽车(三辆 1930 式的雪铁龙)、电灯和电扇、无线电收音机、洋房、沙发、枪(一支勃朗宁)、雪茄、香水、高跟鞋、美容厅、回力球馆、Grafton 轻绡、法兰绒套装、1930 年巴黎夏装、日本和瑞士表、银烟灰缸、啤酒和苏打水,以及各种娱乐形式:跳舞(狐步和探戈),'轮盘赌、咸肉庄、跑狗场、罗曼蒂克的比诺浴、舞女和影星'。这些舒适的现代设施和商品并不是一个作家的想象,相反它们是茅盾试图在他的小说里描绘和理解的新世界。"①接着,小说通过吴老太爷的"震惊体验"让读者看到上海街头的现代景观:

> 汽车发疯似的向前飞跑。吴老太爷向前看。天哪!几百个亮着灯光的窗洞像几百只怪眼睛,高耸碧霄的摩天建筑,排山倒海般地扑到吴老太爷眼前,忽地又没有了;光秃秃的平地拔立的路灯杆,无穷无尽地,一杆接一杆地,向吴老太爷脸前打来,忽地又没有了;长蛇阵似的一串黑怪物,头上都有一对大眼睛放射出叫人目眩的强光,啵——啵——地叫着,闪电似的冲将过来,准对着吴老太爷坐的小箱子冲将过来!近了!近了!吴老太爷闭了眼睛,全身都抖了。他觉得他的头颅仿佛是在颈脖子上旋转;他眼前是红的,黄的,绿的,黑的,发光的,立方体的,圆锥形的,——混杂的一团,在那里跳,在那里转;他耳朵里灌满了轰,轰,轰!轧,轧,轧!
>
> ……
>
> 吴老太爷猛睁开了眼睛,只见左右前后都是像他自己所坐的那种小箱子——汽车。都是静静地一动也不动。横在前面不远,却像开了一道河似的,从南到北,又从北到南,匆忙地杂乱地交流着各色各样的车子;而夹在车子中间,又有各色各样的男人女人,都像有鬼赶在屁股后似的跌跌撞撞地快跑。
>
> ……
>
> 机械的骚音,汽车的臭屁,和女人身上的香气,Neon 电管的赤光,——一切梦魇似的都市的精怪,毫无怜悯地压到吴老太爷朽弱的心灵上,直到他只有目眩,只有耳鸣,只有头晕!

由于价值判断中吴老太爷是一个没落的垂死的人物,所以小说对西方现代

---

① 李欧梵:《上海摩登——一种新都市文化在中国(1930—1945)》,毛尖译,北京:北京大学出版社 2001 年版,第 4-5 页。

性的批判就大打折扣。

张鸿声甚至这样分析:"《子夜》所写的,便是典型的资本主义机械文明下国际风格的社会生活。占据城市生活中心的,是普遍的'机械'意义——现代大工业生产以及由此而来的现代生活。在《子夜》洋洋 30 余万字中,处处可以领略茅盾对大工业生气勃勃的活力与快节奏、高速度的一种欣喜。那裕华丝厂隆隆的机器轰鸣,产业工人集团的伟大力量,工业托拉斯的成立,企业间大规模的合作与兼并,金融业对工业的渗透与影响,华商证券交易所瞬息万变的微妙情势以及幕后工业、金融巨头雄心勃勃的'多头'、'空头'计划,经纪人灵活的头脑与钢铁般的手腕等等,给人相当强的都市现代生活感受。"[1]

以往对艾青的农村题材诗歌重视较多,而对其都市诗歌关注不够。其实,艾青一生写作都市诗歌相当多,仅巴黎题材的就有 15 首之多。1984 年,诗人第二次巴黎之行之后所写的《巴黎,我心中的城》将巴黎比作"一朵全开的花"[2],寓意全面而深刻。30 年代所写的《巴黎》一诗就体现了巴黎这种"全开"精神。就机械文明一面言,质疑中显然有更多认同:

> 看一排排的电车
> 往长道的顶间
> 逝去……
> 却又一排排地来了!
> 听,电铃
> 叮叮叮叮叮的飞过……
> ……
> 巨大的力的
> 劳动的
> 叫嚣——
> 豪华的赞歌,
> 光荣之高夸的词句,
> 钢铁的诗章——
> 同着一篇篇的由
> 公共汽车,电车,地道车充当

---

① 张鸿声:《文学中的上海想象》,北京:人民出版社 2011 年版,第 105 页。
② 《艾青全集》(第 1 卷),石家庄:花山文艺出版社 1991 年版,第 34-36 页。

> 响亮的字母，
>
> 柏油街，轨道，行人路是明快的句子，
>
> 轮子＋轮子＋轮子是跳动的读点
>
> 汽笛＋汽笛＋汽笛是惊叹号！——
>
> 所凑合拢来的无限长的美文
>
> 张开了：一切 Ismes 的 Istes 者的
>
> 多般的嘴，
>
> 一切的奇瑰的装束
>
> 和一切新鲜的叫喊的合唱啊！

诗篇明显地，有未来主义之风。

无产阶级革命诗人殷夫《我们的诗》第一首《前行》，通过写现代机械的热、力、光和速度，展开对革命前途的想象：

> 汽笛火箭般的飞射，
>
> 飞射进心的深窝了！
>
> 呵哟，机械万岁！
>
> 展在面前是无限的前途，
>
> 负在脊上是人类的全图！
>
> 呵哟！引擎万岁！
>
> 燃上灼光的前灯吧！
>
> 让新的光射透地球，
>
> 以太掀着洪涛，
>
> 电子的光波咆哮，
>
> 呵哟！光明万岁！
>
> 机械前进了，
>
> 火箭似的急速，
>
> 点，点，点连成长线……

海派作家对机械的态度是矛盾的，既享受它的迅捷、便利，又恐惧它的冰冷、压抑。章克标 30 年代发表过一组题名为"风凉话"的杂文，第一篇是"拜金主义"，第二篇就是"汽车礼赞"，开头言："汽车是近代文明的代表，我们用十二分的理由去赞颂它。坐了汽车,要什么地方去都自由自在,既快又稳,绝不误事,很忙的人是用得着汽车了。即使是空闲的人,也该有汽车,因为坐在里面很安适,行驶时的微震又生肌肉的快感,而且还可以装点场面,表示阔绰。所以上海滩上的人,都要购置几辆汽车,便是买不起汽车的穷小子,也喜欢坐坐公共汽车,野鸡汽车,过他们的汽车瘾。"不待言,文章的叙说、议论口气是风凉话般的,也就是作者对自己的书写对象并不表示完全赞同,但也确实道出了汽车对当时上海人生活的重要性及人们的趋之若鹜①。海派诗人邵洵美诗歌《上海的灵魂》在勾勒上海的灵魂时,首先想到的是:"啊,我站在这七层的楼顶,/上面是不可攀登的天庭;/下面是汽车,电线,跑马厅。"诗篇注意到上海新的时空和新的物质文明。

施蛰存小说《薄暮的舞女》借电话构思一个舞女的生活。希华舞场的素雯厌倦了舞女这种公共生活,渴望与一个男人过安静的家庭主妇生活,并也得到这样一个男人的许诺,所以,她冒着不再被舞场老板续聘而失业的危险,拒绝了今天所有其他男客的邀约。谁知,她所爱的男人(也是一个客人)竟没有把她的期盼当成一回事,他说他的生意遇到了麻烦,他要一个月后才能决定能否到素雯这里来。结果,素雯的居室没有成为"家庭",还是一个"寄宿舍"。小说大部分文字都是素雯在接男客们的电话,拒绝他们,而后再被心许的男人电话里拒绝。电话助成了她的主体性,但电话也助灭了她的主体性。

穆时英小说除写机械化带来的快节奏外,主要是将机械拟人化,充分显示都市里机械的主宰地位和力量。写交通门在灯光映射下仿佛成了"白脸红嘴唇"、"带了红宝石耳坠子"的女人(《上海的狐步舞》)。写星期六晚上的"年红灯的高跟儿鞋鞋尖正冲着"卖报的孩子的嘴(《夜总会里的五个人》)。写别墅里幽媚的灯光"都会的眼珠子似地,透过了窗纱,偷溜了出来淡红的,紫的,绿的,……"(《上海的狐步舞》)。写"一列'上海特别快'突着肚子,达达达,用着狐步舞的拍,含着颗夜明珠,龙似地跑了过去,绕着那条弧线"(《上海的狐步舞》)。写"睡熟了的建筑物站了起来,抬着脑袋,卸了灰色的睡衣,江水又哗啦哗啦的往东流,工厂的汽笛也吼着"(《上海的狐步舞》)。写"一只 saxophone 正伸长了脖子,张着大嘴,呜呜地冲着他们嚷"(《上海的狐步舞》)。写"上了白漆的街树的腿,电杆木的腿,一切静物的腿……"(《上海的狐步舞》)写"跑马厅屋顶上,风针上的金马向着红月亮撒开了四蹄。在那片大草地的四周泛滥着光的海,罪恶的海浪,慕尔堂浸在黑暗里,跪着,在替这些下地狱的男女祈祷,大世界的塔尖拒绝了忏悔,骄傲地

---

① 陈福康、蒋山青编:《章克标文集》(上),上海:上海社会科学院出版社2003年版,第319页。

瞧着这位迂牧师,放射着一圈圈的灯光"。写"电梯用十五秒钟一次的速度,把人货物似地抛到屋顶花园去"(《上海的狐步舞》)。写女性是"Jazz,机械,速度,都市文化,美国味,时代美……的产物的集合体"(《被当作消遣品的男子》)。《白金的女体塑像》写都市社会语境里金钱、物质、机械、性欲怎样深深伤害了女子的正常生命,而让她变成一个无活色的白金的女体塑像。刘呐鸥小说《自杀未遂》写人只要长期在银行这种机械性环境里工作,全身就会透出一种僵直、冷漠的气息,与穆时英这篇小说形成互文。

西美尔认为,现代人精于算计的品格与"与自然科学的理想相一致:将整个世界变成一个算术问题,以数学公式来安置世界的每一个部分。……正如从表面上看这种精确性是由于微型手表的广泛普及而引起的"①。换言之,计算也是一种机械行为。穆齐尔认为:"数学像一个恶魔已经进入我们生活的各个领域。……这种理智虽然使人变成地球的主人,但却也变成机器的奴隶。"②施蛰存小说《鸥》就写数字对人的压抑。一个银行的初级职员,"挺厚的账簿写完了一本,又送来一本,好像永远是不会完的,而他还是这样机械地每天从早上九点钟坐到下午四点钟"。"洁白的纸,红的线格,蓝黑色的数字和符号不断地从他笔尖上吐出来:123456789,数字,数字,数字,无穷无尽的数字,无穷无尽的＄＄＄＄啊!"穆时英小说《黑牡丹》用数字表示生活的凡庸卑琐:

> 一只只的蚂蚁号码3字似的排列着。
> 有33333333333……,没结没完的四面八方地向我爬来,赶不开,跑不掉的。
> 压扁了!真的给压扁了!

30年代,年轻的现代派诗人徐迟在第一部诗集《二十岁人》"序"里发出疑问:"将来的另一型态的诗,是不是一些伟大的EPIC,或者,像机械与工程师,蒸气,铁,煤,螺旋钉,铝,利用飞轮的惰性的机件,正是今日的国家所急需的要物的,那些唯物得很的诗呢?"③为了"隐喻着一个机械时代的来临"④,其诗《都会的满月》这样书写现代钟表与都会、满月、时间、人之间的关系:

---

① ［德］西美尔:《大都会与精神生活》,费勇译,见汪民安、陈永国、张云鹏编:《现代性基本读本》(下),开封:河南大学出版社2005年版,第640-641页。
② ［奥］穆齐尔:《无个性的人》(上),张荣昌译,上海:上海译文出版社2015年版,第34页。
③ 徐迟:《二十岁人》,上海:上海时代图书公司1936年版,"序"第1页。
④ 吴晓东:《临水的纳蕤思——中国现代派诗歌的艺术母题》,北京:北京大学出版社2015年版,第195页。

写着罗马字的

I II III IV V VI VII VIII IX X XI XII代表的十二个星；

绕着一圈齿轮。

夜夜的满月，立体的平面的机件。

贴在摩天楼的塔上的满月。

另一座摩天楼低俯下的都会的满月。

短针一样的人，

长针一样的影子

偶或望一望都会的满月的表面。

知道了都会的满月的浮载的哲理，

知道了时刻之分，

明月与灯与钟的兼有了。

诗篇将南京路跑马厅建筑物上的一只大钟①比成满月，又将满月比成"立体的平面的机件"。人工的钟表与自然的满月意义相互指涉，说明现代都市里第一自然与第二自然的重叠。都市的时空也是重组的，因为诗篇告诉读者这个钟表上有代表现代时间观念的十二个罗马字母，而且有长针有短针（应该是分针和时针），时间是现代式地分割了，重组了；"贴"着钟的那个"摩天楼"在"另一座摩天楼"的"低俯"下，"短针一样的人"又在所有摩天楼的低俯之下；层次感、立体感的时空下，人也物化了，且显得那样被重重包围，那样渺小。夜来了，灯明了，在都市生活的道理也知晓了。张林杰指出：这首诗"包含着这种对现代文明的两歧态度，一方面，诗人以一种欣赏的眼光打量着都市景色，他用高楼塔上的巨钟置换了千百年来被反复歌颂的月亮，于是机械的'巨钟'就幻化成为一轮让诗人把玩欣赏的'都会的满月'，而钟上标示时间的罗马字母则被描述成了十二颗围着月亮旋转的星星。在摩天楼的低俯下，这个'月亮'的神秘已经消失，成为一种有用的物件，'明月与灯与钟的兼有了'。另一方面，透过都市风景的描写，诗人也表现了对于这种文明隐约担忧：那些都市中的人，也如同钟表上的部件一样，被机械的力量牵制着运转，他们是'短钟一样的人'，有着'长针一样的影子'。于是，

---

① 徐迟：《江南小镇》，北京：作家出版社1993年版，第125页。

诗人在对'现代'美的把玩中,就加入了一种站在'自然'立场对'不自然'的'现代'的批判意味"①。笔者认为,这首诗最大的成功就在于如上所述"两歧态度"的"零"处理(或称"冷"处理)。对于这种机械化都市的到来,诗人既没有表示出明显的欣赏态度,也没有表示明显的批判态度,而是一种机械认同,也可视为迷茫。

新月派诗人孙大雨则进一步看到机械都市给人带来的威压和对人性的异化。其短诗《纽约城》如下:

> 纽约城纽约城纽约城
> 白天在阳光里垒一层又垒一层
> 入夜来点得千千万万盏灯
> 无数的车轮无数的车轮
> 卷过石青的大道早一阵晚一阵
> 那地道里那高架上的不是潮声
> 打雷却没有这般律吕这般匀整
> 不论晴天雨天清晨黄昏
> 永远是无休止的进行
> 有千斤的大铁锥令出如神
> 有锁天的巨链有银铛的铁棍
> 辘轳盘着辘轳摩达赶着引擎
> 电火在铜器上没命的飞——飞——飞奔
> 有时候魔鬼要卖弄他险恶的灵魂
> 在那塔尖上挂起青青的烟雾一层

不难看出,这首诗里,机械不仅占满了整个艺术空间,而且都千万斤般的沉重、电气一般的神速、永没有停歇的时候。它的杀伤力从"有时候魔鬼要卖弄他险恶的灵魂"一句暗示出来。在这样的机械都市面前,人的主体性要受到考验了。长诗《自己的写照》,揭露美国资本主义现代化的崛起是以牺牲多少代美国当地土著民族的利益和广大劳动者的生命为代价的,其中特别写到纽约城人的精神和人格的物质化、机械化,也就是异化,所谓:纽约城办公室里的女打字员"健康的脑白/向外长,/灰白的脑髓压在/颅骨和脑白之间渐渐缩扁,——所以只

---

① 张林杰:《都市环境中的 20 世纪 30 年代诗歌》,北京:中国社会科学出版社 2007 年版,第 183 页。

除了打字/和交媾之外,她们无非/是许多天字一等的木偶"。邵洵美评之曰:"孙大雨……捉住了机械文明的复杂。"①九叶派诗人穆旦《城市的舞》写现代都市文明不过是"钢筋水泥的文明":"无数车辆都怂恿我们动,无尽的噪音/请我们参加,手拉着手的巨厦教我们鞠躬:/呵,钢筋铁骨的神,我们不过是寄生在你玻璃窗里的害虫。"这很容易让人想起卡夫卡《变形记》中一夜之间变成大甲虫的格里高尔。

(二)金钱—物质的都市

都市的灵魂是商品经济,商品经济的目的是为了获取金钱和物质。"在前市场经济中,金钱听命于权力;在市场经济中,权力听命于金钱。"②金钱是人类去掉一个有形的封建君主之后自己创造的一个新的君主。"货币成了现代社会的宗教。或者按一位德国作家汉斯·萨克斯的说法,'金钱是世界的世俗之神'。"③西美尔在那著名的《现代文化中的金钱》一文中指出:"人们经常抱怨金钱是我们时代的上帝……金钱越来越成为所有价值的绝对充分的表现形式和等价物,它超越客观事物的多样性达到一个完全抽象的高度。它成为一个中心,在这一中心处,彼此尖锐对立、遥远陌生的事物找到了它们的共同之处,并相互接触。所以,事实上也是货币导致了那种对具体事物的超越,使我们相信金钱的万能,就如同信赖一条最高原则的全能"④。这就是西美尔所谓"金钱自由"的基本内涵:"货币一方面制造了一种渗透到所有经济活动中的前所未闻的非人格性,另一方面创造了一种同样提高了人格的独立和自主。"⑤西美尔在《货币哲学》中也指出:"货币所能提供的自由只是一种潜在的、形式化的、消极的自由,牺牲掉生活的积极内容来换钱暗示着出卖个人价值。"⑥金钱"在解放我们的同时,只给了我们空虚的感觉"⑦。所以,新文学作家对金钱表示批判,海派作家则表现出复杂的态度。

---

① 《〈诗二十五首〉自序》,见张伟编:《花一般的罪恶——狮吼社作品、评论资料选》,上海:华东师范大学出版社 2002 年版,第 354 页。
② [美]理查德·利罕:《文学中的城市——知识与文化的历史》,吴子枫译,上海:上海人民出版社 2009 年版,第 282 页。
③ 陈戎女:《西美尔与现代性》,上海:上海书店出版社 2006 年版,第 71 页。
④ [德]西美尔:《金钱 性别 现代生活风格》,刘小枫编,顾仁明译,上海:学林出版社 2000 年版,第 12-13 页。
⑤ [德]西美尔:《金钱 性别 现代生活风格》,刘小枫编,顾仁明译,上海:学林出版社 2000 年版,第 2 页。
⑥ [德]西美尔:《货币哲学》,陈戎女、耿开君、文聘元译,北京:华夏出版社 2018 年版,第 422 页。
⑦ 陈戎女:《西美尔与现代性》,上海:上海书店出版社 2006 年版,第 78 页。

　　茅盾在《读倪焕之》里曾言:鲁迅《呐喊》里"没有都市,没有都市中青年们的心的跳动",《彷徨》里也只有《幸福的家庭》和《伤逝》等有点都市的影子①。但是1927年定居上海后,其创作就更广泛地向都市空间渗透。这一时期,鲁迅大量杂文对洋场都市各种反常现象进行描述和揭示,并从中升华出阶级、民族的大意义。《"揩油"》写上海滩头有一种人,专揩"豪家,富翁,阔人,洋商"的油。或设法向妇女调笑几句,趁机摸一下,也可谓之揩油。表现最分明的是电车上的售票员,卖票但不给发票,揩油于洋商。电车上的客人都不说话,也无须说话,因为一说话等于帮助洋商了。但如果三等客中少了一个铜圆,那么客人只好在到达目的地之前下车,他决不通融的。"'揩油'的人有福了。这手段将更加展开,这品格将变成高尚,这行为将认为正当,这将算是国民的本领,和对于帝国主义的复仇。打开窗户说亮话,其实,所谓'高等华人'也者,也何尝逃得出这模子。"《"吃白相饭"》先交代"吃白相饭"就是"不务正业,游荡为生"。继而写"'吃白相饭'在上海是这么一种光明正大的职业。……第一段是欺骗。见贪人就用利诱,见孤愤的人就装同情,见倒霉的人就装慷慨,但见慷慨的人就又会装悲苦,结果是席卷了对手的东西。第二段是威压。如果欺骗无效,或者被人看穿了,就脸孔一翻,化为威吓,或者说人无礼,或者诬人不端,或者赖人欠钱,或者并不说什么缘故,而这也谓之'讲道理',结果还是席卷了对手的东西。第三段是溜走。用了上面的一段或兼用了两段而成功了,就一溜烟走掉,再也寻不出踪迹来。失败了,也是一溜烟走掉,再也寻不出踪迹来。事情闹的大一点,则离开本埠,避过了风头再出现。……"问题是"'吃白相饭'朋友倒自有其可敬的地方,因为他还直直落落的告诉人们说,'吃白相饭的'"!《"商定"文豪》写上海文豪都是商家捧出卖钱的招牌。"商家印好一种稿子后,倘那时封建得势,广告上就说作者是封建文豪,革命行时,便是革命文豪,于是封定了一批文豪们。别家的书也印出来了,另一种广告说那些作者并非真封建或真革命文豪,这边的才是真货色,于是又封定了一批文豪们。别一家又集印了各种广告的论战,一位作者加上些批评,另出了一位新文豪。"《"京派"与"海派"》入骨见血地指出:"所谓'京派'与'海派',本不指作者的本籍而言,所指的乃是一群人所聚的地域,故'京派'非皆北平人,'海派'非皆上海人。……北京是明清的帝都,上海乃各国之租界,帝都多官,租界多商,所以文人在京者近官,没海者近商,近官者在使官得名,近商者在使商获利,而自己也赖以糊口。要而言之,不过'京派'是官的帮闲,'海派'则是商的帮忙而

――――――――――

　　① 《茅盾论创作》,上海:上海文艺出版社1980年版,第226页。

已。"柯灵上海"孤岛"时期写的杂文《如此上海》揭露上海一些商人"没有打仗的时候,许多人一提起抗战的字样就头疼,唯恐战争一起,打掉了他们的事业。现在可是笑逐颜开了,一切混混沌沌,他们正好投机发财,最好是永远这样打下去,好让他们在'孤岛'胡作非为"。

茅盾《子夜》所写多具有鲜明的政治意识形态性质,但是突破政治意识形态的外壳,我们还是能看到小说对在都市里金钱和物质作用的揭示。小说特别写出金钱帝国的金融业对于现代社会人生的主宰。小说中,买办金融资本家赵伯韬最后战胜民族工业资本家吴荪甫,顺便也震慑了以金融为业的资本家杜竹斋。这里,一方面表明西方列强对中国的经济侵略,一方面也表明 20 世纪社会经济新动向,即金融高于一切。金融的特性表现在证券交易所里,让所有人一夜暴富,也让所有人一夜成为穷光蛋;一夜间可升入天堂,一夜间也可以下得十八层地狱。金融左右了现代社会人生的成败与方向。围绕着金钱,《子夜》除塑造了三大资本家形象外,还塑造了一大批其他次一级的人物,如公债交易所经纪人韩孟翔、军人雷鸣、交际花徐曼丽、风流寡妇刘玉英等,都可以为了经济利益而不断地趋奉人又不断地背叛人,毫无信义和人格可言。土豪劣绅冯云卿就是为了金钱丧尽廉耻,让自己女儿去赵伯韬那里"钻狗洞",最后计策失败,人财两空。

顾仲彝在二三十年代的文坛,应该算是一个自由主义作家,抗战时期则为上海剧艺社的重要成员。他始终坚持精英立场,反对文艺成为纯粹娱乐或消闲游戏的工具①。其剧作一个突出的审美内蕴就是揭露都市空间"金钱暴力"对人性的腐化、对人生的宰制及由此给人们造成的悲剧命运。四幕剧《衣冠禽兽》写长沙小学教员蔡南屏与蔡太太自由恋爱被蔡太太的父亲赶出长沙,不得已,他带着妻女四人来到上海创业。经过艰苦努力,蔡南屏与戴惠康合开一家工厂,生意很好,市值上千万;又在北火车站附近购得地皮建造房屋,准备出卖或出租。正在这时,蔡南屏积劳成疾,突然中风死去了。蔡家生存形势发生剧烈的根本性转变。作为有钱人的家眷,妻女从来不需要操心生意场上事情,所以也不知道自己家到底有多少财产,这就给合伙人戴惠康和负责处理财产事宜的律师包瑞堂带来可乘之机。包瑞堂和戴惠康合伙挤兑蔡家妻女,说,蔡家所剩财产抵掉外账后只有 25 万元了,不够还戴惠康 27 万元欠款的。最令人绝望的是,蔡太太年纪大了,不好到社会上抛头露面找工作;大女儿本来拜师学青衣和弹琴,梦想将中西音乐打通创造新的艺术,可是现在为生计所迫,愿意"下海"演戏、甚至当歌女而

---

① 顾仲彝:《戏剧运动的新途径》,上海:《戏》1933 年第 5 期。

无门；三女儿本来与孙家少爷（教会大学毕业生，某机关科员）自由恋爱，山盟海誓，而且两人已有两性关系，可是孙家母亲（一个老于世态炎凉和人情世故的寡妇）坚决不允，并且责骂三女儿为"堕落的女人"；二女儿正在接受与不接受戴惠康的老谋深算和利益诱惑而发生心灵的挣扎和痛苦。最后，实在走投无路，二女儿投入戴惠康的怀抱。此时，二女儿不足二十岁，戴惠康不止六十岁。剧本让读者看到都市生存空间里，金钱成为最关键、最至高无上的主宰力量。

如人们所熟知，海派作家对于金钱一物质的审美态度是复杂、矛盾的，一方面享受都市物质的丰富和生活的便利，一方面深感物质对人性的宰制和压抑。邵洵美在散文《与青年谈钱》中深有体会地说道："钱究竟是好东西，有了钱你可以买到幸福，买到安乐，买到自由。当然，有了钱你可以反而得不到幸福，得不到安乐，得不到自由；这个，只可以怪你自己。有些爱情究竟要金钱去买。否则为什么你爱人的母亲为了你穷不肯把女儿嫁给你？不错，你的爱人自愿跟你过贫穷的日子，但是为什么你又对她说，你不愿她忍受痛苦？有了钱你眼前的困难便解决了！/你不用推说你不过要她等你事业成功了再结婚；所谓事业成功，还不是说等你有了相当的金钱？"①邵洵美所谈论格调似有不甚高雅之处，但是对金钱作用的看法还是有一定道理的。徐訏小说《婚事》也写头脑清醒、理智的舅舅"我"给侄女说："我觉得爱情不过是花木，它需要阳光的照煦，而爱情的阳光就是金钱。"②其四幕剧《母亲的肖像》写珠宝商人李莫卿的太太原与江南美术高等师范学校校长王朴羽相爱，但是为了解决家庭的贫穷问题，还是听从父母的安排嫁给了李莫卿。在"李太太"的名义下，她暗中继续与王朴羽相爱，并且先后生下三男一女。李太太病逝后，蔡晓镜又嫁给李莫卿，一是为向李莫卿复仇，因为他不让蔡晓镜与其儿子结婚，二是还想借李莫卿的钱保持青春，这样还可以吊住李莫卿儿子李卓榆的心，因为她知道男人要的是新鲜。对比曹禺《雷雨》所写的非正常之爱，这个作品的价值判断复杂、模糊多了。但是，他也另有散文《中西的电车轨道与文化》，揭露西方资本社会的金钱理性："在这道地的唯理的资本主义社会中，一分钱一分货，什么都是刻板的机械的买卖，没有一点点意趣与感情的。……在资本社会中，人与人永远没有接触，中间隔着金钱一座桥，永远的永远的，不用说朋友，甚至是父母，母子，爱人与夫妇，更无论萍水相逢的路人了。这社会弄得个个都感到孤独而后已。"其另一"拟未来派"短剧《女性史》第三幕写

① 邵洵美：《不能说谎的职业》，上海：上海书店出版社 2008 年版，第 58 页。
② 金宏达、于青编：《徐訏小说·鬼恋》，合肥：安徽文艺出版社 1996 年版，第 281 页。

都市女性对金钱的崇拜：

　　第三幕

　　时：刚刚，刚刚的现在。

　　地：同一地球上。

　　人：纤弱美少年，窈窕美丽的女性。

　　男：你不信我让你看。这全是我父亲留给我的：（开保险箱）这是我的公债票，政府一共欠我四千万；这是我在美国的地产契，这是我在欧洲的地产契，这是我银行的存折，——在各国银行都有我的钱；我在西湖已经为你筑起了媚庄，我在瑞士已经为你买定了行宫，我已经为你筑起四季的别墅，你要怕我弃掉你，我可以把这些别墅给了你，不相信，那还有五十万存款都可以随你支配。爱那些穷光蛋有什么意义？哪一样幸福与快乐可以离开钱？而我，你看，无论到哪一个银行去，我的名字就是钱。好妹妹！来吧！爱着我！

　　女：（撒娇地投入男怀）……

　　章克标在《风凉话·拜金主义》中无不讥讽地说：现在的世界上流行无数的"主义"，但是"顶有价值的，要推拜金主义"[1]。

　　穆时英小说《白金的女体塑像》塑造的女性形象是一个综合性的形象，其象征意关涉女性、身体、金钱、金属、物质、机械、欲望、病态等。《黑牡丹》中女主人公感叹："我们这一代人是胃的奴隶，肢体的奴隶"，"我是在奢侈里生活着的，脱离了爵士乐、狐步舞、混合酒、秋季的流行色、八汽缸的跑车、埃及烟，我便成了没有灵魂的人"。《五月》中的蔡佩佩将身子倚靠在男子的肩膀上，猫样地密语："真是辆可爱的跑车啊！我爱你的车！"《被当作消遣品的男子》里蓉子常把追求她的人看作雀巢牌朱古力糖、Sunkist（橘子）、上海啤酒、糖炒栗子、花生米等可食之物，因为"太爱吃小事"，所以常患"消化"不良症。被她抛弃的男子就成了给"排泄"出来的"朱古力糖渣"。穆时英小说一方面常将物质拟人化，另一方面又常将人拟物化，这种"双向逆动"，却加强了人造物反过来对人的吞噬力、覆盖力和支配力[2]。《Craven"A"》写交际花余慧娴"躺在床上"像"妇女用品店橱窗里陈列的石膏模型"；《上海的狐步舞》写"电梯用十五秒钟一次的速度，把人货物似地抛到

---

①　陈福康、蒋山青编：《章克标文集》（上），上海：上海社会科学院出版社 2003 年版，第 317 页。

②　李今：《海派小说与现代都市文化》，合肥：安徽教育出版社 2000 年版，第 26-27 页。

屋顶花园去";"搽满了粉的大腿交叉地伸出来的姑娘们"像"白漆的（树的）腿的行列"。以下的描写中人被物包围着："飘动的裙子，飘动的袍角，精致的鞋跟，鞋跟，鞋跟，鞋跟，鞋跟。蓬松的头发和男子的脸。男子的衬衫的白领和女子的笑脸。伸着的胳膊，翡翠坠子拖到肩上。整齐的圆桌的队伍，椅子却是零乱的。暗角上站着白衣侍者。酒味，香水味，英腿蛋的气味，烟味……独身者坐在角隅里拿黑咖啡刺激着自家儿的神经"。

施蛰存小说《花梦》写都市男女的爱情可以用金钱计算。一个独身男子在大百货商店闲逛之后，遇到一个兔子样温柔的女人，就想让她成为猎物，其实他恰好成为女子的猎物。男子不停地试探，女子也乐于迎逢，并且心中暗言："你把钱包装得满些，我绝不因为不喜欢你而失约的。"最后，男主人公要求去旅馆开房间，结果早晨醒来发现，女子将他衣袋里70多元钱拿走了。男子算了一笔账：晚餐，6元；礼物，20元；爱情，70元。《春阳》写婵阿姨受都市之风影响，为了获取金钱，情愿抱着死去的未婚夫的灵牌结婚。

东方蝃蝀是40年代后期海派最重要的青年作家之一，其小说集《绅士淑女图》"有一个特别的主角，它好像不在场，但又无处不在，那便是：金钱，欲望浸泡中的金钱！"①小说《忏情》写乡下名门闺秀出身的戚楚云来到上海寻夫，感到商店橱窗里琳琅满目的商品对自己的威压；对比匆匆而过的行人，感到自己的孤单和酸辛。《春愁》里贝信玉爱着成亚丽，但是贝信玉的家衰败了，成亚丽最终选择了他们的同学、银行家的公子杰米。《河传》中的邬明蟾为了改善处境，拒绝小文具铺子职员的爱，而欲嫁给美国航空大兵。《惜余春赋》里，任季苇在银行有很好的职位，对太太极尽恩爱之能事，但是她觉得丈夫挣的钱还是不够多，在日本投降、英美人在上海重新获得自由后，还是擅自离开丈夫，投入美国航空军人的怀抱。临走留下一言："打开天窗说亮话，我眼看你这几年打仗下来，也没什么好铜好铁给我！"难怪施蛰存小说《花梦》中叙述者感慨："虽'爱'这个字，还不曾在时代里死灭，但至少中世纪浪漫时代的男女所懂得的爱决不能再存在于现代的都会里了，或者是，再退一步说，绝不会存在于都会的女人胸中了。"

施济美是40年代上海东吴派女作家的领军人物，其中篇小说《十二金钗》写李楠孙为了成为"上海的女人"，不断地购物打扮，扭曲自己。当年胡太太与丈夫因为爱情而结婚，现在丈夫早已死去，生活残酷的磨炼，使她得出一个结论："名誉，事业，志向，人格，学问，爱情，理想……全是假的，书呆子骗人的鬼话，一点儿

① 左怀建：《评东方蝃蝀的〈绅士淑女图〉》，北京：《中国现代文学研究丛刊》2003年第2期。

用处都没有,如果有,也不过是可以用来换较多的金钱而已。"胡太太要女儿艳珠接受自己的教训,坚决不能再嫁给爱情,而要嫁给金钱,说:"人活在世上,只有钱才靠得住,尤其在这种年头儿。"她仇视一切比她有钱的人,而又巴结一切比她有钱的人。她让女儿想方设法吊住风流绅士"赵缺德"。她一方面痛骂昔日同学韩叔慧也不是什么好人,一方面又为了钱而替她写关于妇女参政的论文:"写、写、写,胡太太的手越写越冷。想、想、想,胡太太的人越想越热。"胡太太无疑是当时社会人性异化的典型书写。

徐迟对都市生活的物质性依然是冷把握。诗《隧道隧道隧道》将寻求爱情的过程比作"掘隧道"的过程,凸显在充分物质化的语境里爱情寻求之艰难:

> 我,掘隧道人,
> 有掘隧道的下午的,夜的。
>
> 既非古生物学的研究人
> 岩石学亦非主修。
> 层位学呢,亦非我的途径。
>
> 我只是掘着隧道而已,
> 不及黄泉,毋相见也,
> 左传第一章
> 而这,又是近世恋爱的科学化。
>
> 隧道是弯弯曲曲的,
> 隧道的文字是晦涩的。
>
> 构成金属矿床的恋女的心
> 得由矿物学家
> 凭了高等线的详细地图去开采的。
>
> 她掘了一条隧道,
> 我掘了一条隧道。
>
> 掘隧道的苦工是愉快的,

而我是有着所谓地质学的研究的。

可是，我却不知道

这宝贵的矿床的剖视图上，

两道隧道是否相见呢？

新月派诗人林徽因在小说《钟绿》里，写钟绿之所以离开都市，是因为都市里花朵都是假的、用纸编造的，而真的花朵即有独立性和主体性的生命存在却被抛弃了，所以主人公要逃到乡村去，逃到不被虚假和物质主宰的世界里去。

（三）消费—享乐的都市

亨利·列斐伏尔说："都市仅仅是与大生产单位相联系的消费单位。"①都市文明是商品经济高度繁荣的文明，从此出发，都市人的生活观念、价值观念和审美观念都发生很大变化。症候之一就是消费观的产生。某种意义上讲，"消费就是浪费"。消费的目的不在于基本的温饱和安全需要，而是为了享受人生。这时，"消费就决不能理解为对使用价值、实物用途的消费，而应看作是对记号的消费"②。换言之，消费指涉的是商品的交换价值即"符号象征意义"，包括附加在商品身上的娱乐价值、时尚价值、文化审美价值、服务价值和顾客能接受的心理价值等。都市是人类创造的第二自然空间（其实已经不是自然的空间，而是人工的空间），在这一空间里，人们能看到的不是第一自然的大地、丘陵、山岳、河水、湖泊、花草、树木、百鸟、云霞等，而是属于第二自然的经过整修过的地面、山岳、河水、湖泊、花草、树木，建筑而成的各种楼房、塔亭、街道、公路等。在对第二自然建造的过程中，建造者将自己所理解和想象的建造物的实用功能和大众审美心理期待投放进去，从而将整个都市空间建成一个巨大的商场，人们居住、生活其间，时间长了，兴趣、爱好、审美心理即发生很大变化。都市里，人们逛商场的兴趣超过走出人为空间看真正自然风光的兴趣。人们逛商场的目的不仅在于购物，还在于观赏商品及为商品服务的广告，享受为售卖商品提供的其他服务。人们走在富丽堂皇的商货大厦、走廊，还会产生一种与富丽的商品接近感，形成一种我拥有或我可能拥有的美好想象。除购物和逛商场外，人们还会到舞厅、咖啡馆、电影院、歌剧院、照相馆、美发美容馆、茶馆、游乐园、公园等去交友、游玩、消闲、娱乐——当然，这种种消费带有更多的文化审美色彩，有的就是新兴艺术如

---

① ［法］亨利·列斐伏尔：《空间》，见薛毅主编：《西方都市文化读本》第三卷，桂林：广西师范大学出版社2008年版，第41页。

② ［英］迈克·费瑟斯通：《消费文化与后现代主义》，刘精明译，南京：译林出版社2000年版，第124页。

舞蹈、电影、歌剧、照相等。

　　在精英作家看来,上海产生的消费是上海作为堕落之城的象征。如袁可嘉诗《上海》所揭露:"人们花十二小时赚钱,花十二小时荒淫。"茅盾《子夜》所塑造的赵伯韬形象作为西方资本操纵中国的代号,不仅扒进各种各样的公债,也扒进各种各样的女人。他的行踪除银行、公债交易所之外,总不出大饭店、歌舞厅、艳窟等,是作者极力否定的人物。一次,李玉亭代表吴荪甫去找他谈判,所看到的赵伯韬调弄风流寡妇刘玉英的一幕是表现"消费即堕落"的绝唱。殷夫的诗《春天的街头》写富人们沉醉于"金钱,投机,商市,情人";"汽车上的太太乐得发抖,/勾情调人又得及时上手。""拍卖心,拍卖灵魂!"/"拍卖肉,拍卖良心!"显而易见,左翼作家总是将这种消费上升到道德层面审判,所以,诗中工人阶级"轰的一声"将"塌车翻在街心",使"一切的人都在发抖",表示出强烈的不满。

　　而海派作家对都市消费的态度要复杂得多。海派作家也有道德审判意识,如穆时英的《上海的狐步舞》开头一句就是:"上海。造在地狱上的天堂。"小说表现上层社会的堕落与下层人民的不幸,但是小说又不止于此。小说结尾写失恋青年凌晨来到黄浦江畔,想自杀但又贪恋着上海的繁华,无法表达这种复杂的情感,就对着醒来的上海,滔滔的黄浦江水,大声叫喊:"哎……呀……哎……"

　　《夜总会里的五个人》有一节写尽都市消费的特点:

　　首先,它表现为现代物质建构,而不是中国传统都城那种拙直简陋。小说写星期六晚上的大街①,"办公处的旋转门像了风车,饭店的旋转门便像了水晶柱子。人在街头站住了,交通灯的红光潮在身上泛滥着,汽车从鼻子前擦过去。水晶柱子似的旋转门一停,人马上就鱼似地游进去。""红的街,绿的街,蓝的街,紫的街……强烈的色调化妆着的都市啊! 年红灯跳跃着——五色的光潮,变化着的光潮,没有色的光潮——泛滥着光潮的天空,天空中有了酒,有了烟,有了高跟儿鞋,也有了钟……""星期六晚上的世界是在爵士的轴子上回旋着的'卡通'的地球,那么轻快,那么疯狂地;没有了地心吸力,一切都建筑在空中。"

　　其次,它表现为时间的节律。小说叙写都市里五个人的命运多舛和人生困惑,前四个人命运的转折点是"一九三二年四月六日星期六下午",最后一个人的命运转折点是"一九××年——星期六下午",于是大家都在"星期六晚上"去发泄最后的狂欢和绝望,说明都市人的命运和狂欢消费都是受现代时间和节律控制的。

---

　　① 吴福辉《都市漩流中的海派小说》言:"熟悉上海的人都知道,这就是旧日法租界的霞飞路(淮海路)市景"。可参见该书湖南教育出版社 1995 年版,第 146 页。

再次，它是一种大众狂欢，而不再是传统都市那种有权有钱者的私密事件。所谓：

> 五点到六点，全上海几十万辆的汽车从东部往西部冲锋。
>
> ……
>
> 星期六的晚上，是没有理性的日子。
>
> 星期六的晚上，是法官也想犯罪的日子。
>
> 星期六的晚上，是上帝进地狱的日子。
>
> 带着女人的人全忘了民法上的诱奸罪。每一个让男子带着的女子全说自己还不满十八岁，在暗地里伸一伸舌尖儿。开着车的人全忘了在前面走着的，因为他的眼珠子正在玩赏着恋人身上的风景线，他的手却变了触角。
>
> 星期六的晚上，不做贼的人也偷了东西，顶爽直的人也满肚皮是阴谋，基督教徒说了谎话，老年人拼着命吃返老还童药片，老练的女子全预备了 Kissproof 的点唇膏。

这里所讲述的大众狂欢全在都市公共空间里进行。

复次，它表现为丰富的现代物质享受。所谓：

> 星期六晚上的节目单是：
>
> 1. 一顿丰盛的晚宴，里面要有冰水和冰淇淋；
>
> 2. 找恋人；
>
> 3. 进夜总会；
>
> 4. 一顿滋补的点心，冰水，冰淇淋和水果绝对禁止。
>
> ……
>
> 请喝白马牌威士忌……吉士牌不伤吸者咽喉……
>
> 亚历山大鞋店，约翰生酒铺，拉萨罗烟商，德茜音乐铺，朱古力糖果铺，国泰大戏院，汉密而登旅社……

最后，它表现为被广告传媒所诱惑和支配。小说写到星期六晚上大街上和报纸上的广告：

> 街——
>
> （普益地产公司每年纯利达资本三分之一
>
> 100000 两

东三省沦亡了吗

没有　东三省的义军还在雪地和日寇作殊死战

同胞们快来加入月捐会

大陆报销路已达五万份

一九三三年宝塔克

自由吃排）

"《大晚夜报》!"卖报的孩子张着蓝嘴,嘴里有蓝的牙齿和蓝的舌尖儿,他对面的那只蓝年红灯的高跟儿鞋鞋尖正冲着他的嘴。

"《大晚夜报》!"忽然他又有了红嘴,从嘴里伸出舌尖儿来,对面的那只大酒瓶里倒出葡萄酒来了。

鲍德里亚说:"在消费的全套装备中,有一种比其他一切都更美丽、更珍贵、更光彩夺目的物品——它比负载了全部内涵的汽车还要负载了更沉重的内涵。这便是身体(CORPS)。"[①]这种身体一般指向女性,可是穆时英小说《被当作消遣品的男子》写女性对男性的消费。大学生蓉子凭借自己的青春美貌,周旋在上海的各种消费场所,招来无数男子的迷恋和崇拜;她把他们和他们的爱情当成消遣品,当成可随吃随吐的朱古力糖、炒栗子等。究其实,在这个过程中,她也把自己当成消费品了。《骆驼·尼采主义者与女人》写一个时髦的女人,悠闲地抽着烟卷,一口气向男主人公介绍"三百七十三种香烟的牌子,二十八种咖啡的名目,五千种混合酒的成分配列方式",最终使男子抛弃尼采式沉重的"思想"包袱,而自觉投入自己的怀抱。《上海的季节梦》则写普通消费者的身影:"星期六晚上九点钟。……穿了蓝布衣裤的工人们和黑棉布旧袍的店员们抬起了蒙古种的圆脑袋,背着手站在广告场面前,用迟钝的眼望着被探照灯的白光照射着的,广告牌上的女人;小市民们带着妻子,一只手抱着了小儿子,一只手牵了大儿子,穿了半旧的新衣服,摆着很满足于生活的脸色,向次等戏院走去,预备在那里消磨他的例假日的晚上——都市是那样闲暇,舒适,懒惰,而且灿烂的样子。"

邵洵美有几篇写豪门聚赌的小说,不在于写赌博的恶果,而在于写赌博中人心气的较量,花钱的阵势和气派,及赌博的技巧,如陈子善所说,也算是一种特色。

(四)欲望—情色的都市

都市是人性欲望解放的最佳空间。远古时代,人类为了基本生存,不能将欲

---

①　[法]让·鲍德里亚:《消费社会》,刘成富、全志钢译,南京:南京大学出版社 2014 年版,第 120 页。

望提高到享受和审美的程度,而到了现代都市阶段,人性欲望进一步解放,不断激化的社会矛盾和科学主义导致人类虚无主义和世俗享乐主义,人类理性神话和情感神话均崩溃,人类只剩下本能的冲动,即欲望在挣扎。弗洛伊德主义使人类欲望的追逐合法化,先进的避孕措施使人类欲望的狂欢失去了后顾之忧,人类的欲望化生存一下子变得既轻松又多样化起来。色情文化和色情文学都应运而生。或说,都市文化作为商品文化,都带有一定色情成分,它投合的是人类的两大基本需求,即"食,色"。都市生活中频繁出现的色情性广告可为代表。都市文学(包括其他艺术门类)也往往带有色情暗示成分,或干脆就是一部色情作品。或写欲望获得的欣喜和沉醉,或写欲望不得释放的苦闷和懊恼,或通过写欲望表达对人类生活意义和方式的深思和追问。

浙江现代作家中,郁达夫是最早的都市欲望书写者。其早期小说主要写没有实现的爱情,这个爱情里包括没有实现的欲望。在表现欲望这一点上,其早期小说充满传统与现代的冲突及由此造成的焦虑。就传统的即道德的封闭的标准看,人的欲望是不能张扬的,张扬欲望者即不洁和堕落,但是就现代的即生命本体的开放的标准看,人的欲望又是必要的不可少的,欲望张扬有一定的合法性和正当性。其作品主人公就站在传统与现代交叉口冲突、徘徊。作品主人公往往既渴望欲望又害怕欲望,既想丢掉欲望又死死抓住不放。郁达夫通过对欲望的这种处理,写出了上个世纪 20 年代初期中国最早觉醒的一代知识青年从乡土中国情态向都市中国情态转变的心路历程。郁达夫小说始终震惊于邻国日本开放的欲望人生。如《空虚》(原名《风铃》)写主人公质夫在中国得不到现代爱(内含欲望爱)的知音,就回到日本去。正是在日本见到单纯而可欲望的女孩,一睹她美丽的身躯。《沉沦》里也是在日本见到女孩子美丽的身体。郁达夫笔下,日本妓女的欲望人生也是常态的,没有大惊小怪之处。但是到了中国,即使是上海,也没有常态地满足欲望人生的地方。《过去》写一场没有结果的二次爱。《春风沉醉的晚上》写欲望被道德制约。《迷羊》揭示欲望与上海之间的对应关系,但是男主人公又被欲望敞开的女主人公所抛弃。稍后的《她是一个弱女子》开始批判欲望。小说写一个女子中学三个女学生的故事。李文卿是一个体育健将,喜欢与女同学搞同性恋。她认为"恋爱就是性交,性交就是恋爱,所以恋爱应该不分对象,不分畛域的"。这是一个完全被低级动物本能所控制的女性,也是作者要完全否定的对象。郑岳秀本是一个心底纯净而学习上进的女孩,但是她的软弱被李文卿所利用,最后被李文卿推进虚荣和欲望的泥潭而不可自拔。她离不开李文卿给她的性自慰工具;之后,又投入曾是李文卿的情人的李得中和曾是好友冯世芬的崇拜者的张康(都是中年男子)的怀抱之中。大革命失败后,她随父母逃难来到上海,认识了报社编辑兼作家吴一粟,并且结了婚,但她还是没有断绝与李得中和张康的关系。小说最后的安排是日本海军士兵闯入他们的住宅,强行拉走郑岳秀并将她强暴致死。这种情节设计的目的很明显,就是要表明:贪欲者必被欲望所毁。小说最后安排受舅舅影响投入工人斗争行列的冯世芬来给郑岳秀料理后事,则表现:超越欲望,人生才有出路。

郁达夫到日本留学的时候,宋春舫正在欧洲留学。30年代,宋春舫写下《巴黎》(一)(二)等游记,指出:"谁都说,巴黎淫风,甲于天下,实际上,巴黎却并没有什么了不得之处,不过代人受过罢了。一切罪恶,都应该推在蒙马德身上。16世纪的时候,亨利第四带兵围住巴黎。他的军队,便驻扎在蒙马德尼院里,僧俗杂居,秽德彰闻,看了那时文人关于此事的记载,《天方夜谭》不能专美于前了。/蒙马德既有这样的艳史,流传下来,同时在圣但尼山上,又发现了石膏矿,于是工人、流氓、失业者,都争先恐后,趋之若鹜。蒙马德的市面,便立刻热闹起来。可是山上却一滴水也没有,于是不得不借重风磨来取水,至今矿虽开成,风磨却依旧存在。当初'红磨'舞场Moulin rouge,便以此为商标,门外竖有数丈高的风磨一架。"文章写得最生动的是巴黎的舞场。"欧洲——尤其是巴黎——的跳舞场,和我们在上海所习见的,完全不同。""巴黎舞女,十有八九,是执有卖淫执照的公娼,上海,纽约等处,却不尽然。……巴黎舞场,都备有密室,Cabinet Particulier完全是为舞女着想而设的,然而巴黎的舞场,正因此举,而为雅俗所共赏。第三,巴黎的舞场是和药房差不多,只要你懂得他们的隐语,无论哪一种麻醉剂,在里面都可以买得到。第四不同之点,是'吉角六'(Gigolo的译音),巴黎舞场的特产品,鼎鼎大名的'舞男'便是。纽约等处,也有舞男,但都自称为跳舞教员,艺术家之流亚也。巴黎的舞男,却和舞女没有丝毫区别,一样的领了执照。其中有的是大学生,世家子弟,纨绔少年等等,职业之微贱,与吾国清代相公,同为一丘之貉,不过巴黎的舞男是专供妇女的玩弄罢了。这也是世界女权发达的一种表现。"

邵洵美小说《搬家》将巴黎的欲望诱惑与人心意的开放和多元结合在一起。小说叙写在上海,因搬家整理旧箱子,发现一些早年在巴黎留学时看电影、进舞厅时的门票,勾起回忆,一次奇遇浮上脑膜。那次,租房隔壁一楼有舞厅。电光、香粉、美人让中国学子心血澎湃。横竖睡不着,就决定上四楼找老谢一起去舞场,不想走到三楼拐角,就听到一女子的惊叫声。是祈求救援还是勾引?要进去"救美"吗?闯进去也许是多事,也许毁掉一个人一生最美好的时刻,也许毁掉一

个作家最美妙的灵感。就这样犹豫着,进退失据,不知不觉已天亮。小说写在这个过程中"我"的心理非常绝妙:

> "这是什么声音? 这是什么声音?"我的筋急急地问着血,血急急地问着肉,肉急急地问着皮肤。
>
> 啊,这一声声音——
>
> 只听得我的心在胸腔内又高又快地飞腾。
>
> ……
>
> 说话讲不出了,舌头也好像缚紧,
>
> 这一忽时烈火在肌肤内飞奔,
>
> 眼睛看不见了,耳朵里似乎在摇铃,
>
> 汗跑遍了我的全体,
>
> 抖占住了我的周身。
>
> 我比草更白了……
>
> 只有 Sappho 这几句诗可以形容我了。筋似乎爆裂了,血似乎停止了,肉似乎滚烫了,皮肤似乎膨破了;我觉得热,又觉得冷,又觉得热,又觉得……在这几秒钟间不知过去了几千万个春夏秋冬。

更有意味的是,"我"看到女子从里面出来,急忙跑到四楼想告诉老谢一个稀奇的事情,不想今夜老谢并没有回来。那么,那个男人是不是老谢? 小说艺术上理性节制与意欲渲染结合得恰到好处,所以受到郁达夫等人的高度评价。

穆时英探索人的性欲本能对人生的决定作用。其名作《骆驼·尼采主义者与女人》里,开头男主人公还坚守尼采的艰苦承担意识,信奉像骆驼一样坚韧的人生观,但是遇到懂得"三百七十三种香烟的牌子,二十八种咖啡的名目,五千种混合酒的成分配列方式"的摩登女子后,终于改变了想法,忽然悟到:"也许尼采是阳痿症患者吧!"言外之意指面对满世界美丽漂亮的女人,尼采如果是性能力正常者,怎么会不被诱惑感动呢,怎么还提倡那样沉重严肃的人生观呢? 这种书写还让我们想起尼采的名言:"你去女人那里吗? 别忘了你的鞭子!"用罗素的话说,尼采这句话实际是表达了对女性的恐惧,对性的恐惧①。这种对人生的解读也让人想起法国皮埃尔·阿考斯与瑞士皮埃尔·朗契尼克合作的《病夫治国》这类书。延伸之意,人生命中有缺陷,所以才寻找别的方式弥补。东方蝃蝀《惜

---

① [英]罗素:《西方哲学史》(下),马元德译,北京:商务印书馆 2009 年版,第 319 页。

余春赋》写金娇艳之所以离开任季莆,一方面是认定任季莆"没什么好铜好铁给我",一方面如金娇艳走后,有的人所暗示,任季莆在两性生活上有欠缺。女人是较男人更实际的人,饮食男女两方面更是其基本追求,而任季莆两方面都不能满足她的要求,她当然无所留恋了。

欲望的张扬离不开女性的身体。因此,不少作品往往将都市比成一个放荡的女人。这时,荡妇淫娃反成为都市的象征。艾青的诗篇《马赛》说马赛:"你这为资本奸淫了的女子。"《巴黎》说:"巴黎,你——噫,/这淫荡的/淫荡的/妖艳的姑娘!"

茅盾的《子夜》一方面站在革命立场和知识分子立场对半封建半殖民地的上海的色情和欲望景观进行质疑和批判,但另一方面又自觉不自觉地在认同上海作为都市空间与色情和欲望的关联。小说第一章就通过街头人力车上妖艳的少妇形象符号和吴苏甫家里一群年轻女性的色情装束和打扮揭示上海的女性化和色情化。《子夜》特别强调女性"滑腻的臂膊"、"艳笑"、"兜头扑面的香气","身上的轻绡掩不住全身肌肉的轮廓,高耸的乳峰,嫩红的乳头,腋下的细毛!无数的高耸的乳峰,颤动着,颤动着的乳峰,在满屋子里飞舞了!而夹在这乳峰的舞阵中间的,是苏甫的多疱的方脸,以及满是邪魔的阿萱的眼光。突然吴老太爷又看见这一切颤动着飞舞着的乳房像乱箭一般射到他胸前,堆积起来,堆积起来,重压着,重压着,压在他胸脯上,压在那部摆在他膝头的《太上感应篇》上,于是他又听得狂荡的艳笑,房屋摇摇欲倒"。结果吴老太爷在这种"乳房之舞"①的过分刺激中突发脑溢血死去。茅盾小说特别要写到女性强壮的身体,风骚的身姿,突出的乳房,轻倩的媚笑,修长的大腿。女子下面一定要穿旗袍,开叉一定要很高,或穿其他很短的裙子,旋转身子舞蹈时裙子底部一定要伸展开来,像一朵喇叭花,好让人们能看到她更诱惑人的东西,如亵衣的花边等。茅盾写资本家欲望张扬,如赵伯韬,靠着美国的经济势力扒进各种各样的公债,也扒进各种各样的女人。在华安大厦,李玉亭代表吴苏甫去找他谈判那一次,正好遇到刘玉英在那里,刘玉英在李玉亭面前的风骚和发嗲写得几多沉醉,固然起到揭露买办资本家生活荒唐、腐烂的目的,但也不自觉地让人觉得书写者在欣赏。冯眉卿没显示任何思想矛盾和精神痛苦就到赵伯韬那里"钻狗洞"即企图用情色迷惑赵伯韬从而从他那里获取公债交易密报,一方面说明金钱对人有多大的诱惑力,另一方面也说明

---

① 高利克语,引自张英进:《中国现代文学与电影中的城市——空间、时间与性别构形》,南京:江苏人民出版社 2007 年版,第 146 页。

都市生活将冯眉卿这个乡下女子做了彻底改造。茅盾写吴荪甫在绝望、烦躁中强暴女仆王妈，本意要借此揭示民族资本家生活也有荒唐的一面，但因王妈转被迫为主动迎合，而质变为几近偷情。据金宏宇考证，原版《子夜》这时王妈"这脸上有风骚的微笑，这身上有风骚的曲线和肉味！""吴荪甫的沉重身体就撞了上去"的时候，王妈还发出"一声荡笑"。好像王妈一直在等待着这一天。这种书写无意中透漏信息，即在都市空间，连乡下来的仆人都欲望张扬起来了。可做旁证的是张爱玲《桂花蒸　阿小悲秋》和丁玲《庆云里中的一间小房里》等，也都写了乡下女性到都市后心态和情态的变化。《子夜》中革命者也有"色情狂"的一面。初版本里，苏伦对玛金说："玛金！你的奶就像七生的炮弹尖头一样！"他请求玛金："你有工作，我们快一点，十分钟！"

晚年鲁迅看到上海少女的早熟和危险境地："惯在上海生活了的女性，早已分明地自觉着这种自己所具的光荣，同时也明白着这种光荣中所含的危险。所以凡有时髦女子所表现的神气，是在招摇，也在固守，在罗致，也在抵御，像一切异性的亲人，也像一切异性的敌人，她在喜欢，也正在恼怒。这神气也传染了未成年的少女，我们有时会看见她们在店铺里购买东西，侧着头，佯嗔薄怒，如临大敌。自然，店员们是能像对于成年的女性一样，加以调笑的，而她也早已明白着这调笑的意义。总之：她们大抵早熟了。"（《上海的少女》）

新月诗人徐志摩散文名作《巴黎的鳞爪》将对女性身体的展览与高雅的绘画艺术需要结合在一起。作品第二部分叙写一个从事绘画的朋友住在巴黎最贫穷肮脏狭窄灰暗的地方，但是他的"艳丽的垃圾窝"里不断有美丽的女人来往。这些女人都情愿为他脱去衣服。长期的观察训练，这个朋友养成了一双艺术的"淫眼"，"不论她在人堆里站着，在路上走着，只要我的眼到，她的衣服的障碍就无形的消灭，正如老练的矿师一瞥就认出矿苗，我这美术本能也是一瞥就认出'美苗'，一百次里错不了一次；每回发现了可能的时候，我就非想法找到她剥光了她叫我看个满意不成，上帝保佑这文明的巴黎，我失望的时候真难得有！"

在徐志摩笔下，巴黎的一草一木都是女性的，色情的：

> 咳巴黎！到过巴黎的一定不会再稀罕天堂；尝过巴黎的，老实说，连地狱都不想去了。整个的巴黎就像是一床野鸭绒的垫褥，衬得你通体舒泰，硬骨头都给熏酥了的——有时许太热一些。那也不碍事，只要你受得住。赞美是多余的，正如赞美天堂是多余的；诅咒也是多余的，正如诅咒地狱是多余的。巴黎，软绵绵的巴黎，只在你临别的时候轻轻地嘱咐一声"别忘了，再来！"其实连这都是多余的。谁不想再去，谁忘得了？

> 香草在你的脚下,春风在你的脸上,微笑在你的周遭。不拘束你,不责备你,不督饬你,不窘你,不恼你,不揉你。它搂着你,可不缚住你:是一条温存的臂膀,不是根绳子。它不是不让你跑,但它那招逗的指尖却永远在你的记忆里晃着。多轻盈的步履,罗袜的丝光随时可以沾上你记忆的颜色!

无独有偶,邵洵美散文《巴黎的女人》也写巴黎到处充满"衣香,粉香,以及巴黎女人所特有的肉香"。《巴黎的春天》写舞厅、公园、咖啡馆等人们常去的地方充满女人的诱惑外,还有一些一般人不知道而艺术家们所迷恋的地方。文章就写到这样"一所深灰色的房子"里,一个高台上,"赤裸着上下身的女子在扮着各种的形态,有时挺起了乳儿,有时分开大膀,五分钟换一种样式,你便尽将你在刹那间所得到的她的全身的轮廓的印象,勾在纸上"。面对"春意"盎然的巴黎,作者说:"也有时候所谓'春心发动'起来。"

穆时英小说《上海的季节梦》写女性到了成熟期,就有"现实的,深刻的欲望"。《夜》的女主人公告诉对方:"记住我的名字吧,我叫茵蒂。"(指向女性最隐秘的生理空间和情欲意向)一方面表达男性中心社会对女性的物质性和轻侮性指涉,一方面也说明女性与性欲的复杂关联。《Craven"A"》将美丽女性的身体比成"优秀的国家的地图",这里有自然山水有城市风光,有高有低,有明有暗,有虚有实,有朗硬有柔靡,有静有动,有进有退,风光旖旎,魅力无限,如下面一段著名的文字:

> 南方有着比北方更醉人的春风,更丰腴的土地,更明媚的湖泊,更神秘的山谷,更可爱的风景啊!……在桌子下面是两条海堤,透过了那网袜,我看见了白汁桂鱼似的泥土。海堤的末端,睡着两只纤细的,黑嘴的白海鸥,沉沉地做着初夏的梦,在那幽静的滩岸旁。
>
> 在那两条海堤的中间的,照地势推测起来,应该是一个三角形的冲积平原,近海的地方一定是个重要的港口,一个大商埠。要不然,为什么造了两条那么精致的海堤呢?大都市的夜景是可爱的——想一想那堤上的晚霞,码头上的波声,大汽船入港时的雄姿,船头上的浪花,夹岸的高建筑物吧!

之所以会出现这样的书写,一方面说明男性是对女性的窥视欲在作怪,另一方面也与都市女性的性解禁甚至性放纵有关联。小说接着就写男子"我"在晚宴后,将微醉的女子送到大饭店并欲与之交欢的情景。

　　章克标在《风凉话》里还有一篇"娼妓礼赞",说上海的娼妓左右和促进了上海的商业经济:"在中国一切衣饰束装的流行,从上海发出,上海的流行,是由娼妓去翻新花样的。所以娼妓永远站在流行的第一线……她们始终穿着顶时髦的衣服,所以她们始终是顶好看的人。好看就是美呀!"①"娼妓聚集的地方,商业一定繁昌,是没有例外的。你想若使全上海一个娼妓都没有了,那么,那百货店,银楼,绸缎铺,化妆品店,中西菜馆等等做大生意的店铺,一定要变到门前冷落车马稀哩。我们可以妄言,一切顶漂亮的店,都是为了娼妓而开的。"②所以,邵洵美的诗《上海的灵魂》第一节写上海的机械性,第二节就写情色就是上海的精神:"舞台的前门,娼妓的后形;/啊,这些便是都会的精神;/啊,这些便是上海的灵魂。"

　　德国学者维尔纳·桑巴特指出,资本主义的发展与两性生活的官能化与精致化密不可分,而两性关系中高级妓女(包括情妇们)的需求又是第一位的。"'风流生活'的生活方式决定了交际花的生活方式,即社会的生活方式。自那时以来,这方面几乎未发生任何变化。"③这话正好与章克标和邵洵美的书写构成互文。

　　(五)"歹土"—邪恶的都市

　　"歹土"是借美国学者魏斐德《上海歹土》一书的说法。现代都市是人性最解放的地方,也是人性恶释放最充分的地方。因为都市的社会组织并非无懈可击,每个人实现欲望的条件并非对等,加上科学主义所带来的虚无主义和世俗主义及现世都市人生的巨大压力,于是仇视、嫉妒、报复、毁灭、抑郁等心理异常和精神分裂都会产生并且以多种极端的形式爆发出来。在都市,人生所有的正能量与所有的负能量都可以同时存在、传播并发挥其作用。这时便有一种奇特的人性恶出现。这在巴尔扎克的名作《高老头》中表现在伏脱冷身上,在阿尔志跋绥夫的小说《工人绥惠略夫》中表现在绥惠略夫身上。伏脱冷一度伏法,但是他留下的话依然令人吃惊:"世界上没有原则,只有事件;没有法律,只有机遇。""人生就是这样,跟厨房一样臭。要想捞油水就不能怕弄脏手,只要事后洗干净就行;我们这个时代的全部道德仅此而已。"绥惠略夫本是一个革命者,最后出于对社会、人生的彻底绝望,人性彻底反转、恶化,对被压迫者也发出罪恶的枪声。由于上海是在西方列强殖民化过程中被迫开始现代化进程的,西方都市这种人性恶与东方社会"固有的恶"杂糅在一起,便有了上海特殊的恶魔性兼流氓性,这在爱

---

①　陈福康、蒋山青编:《章克标文集》(上),上海:上海社会科学院出版社 2003 年版,第 335 页。
②　陈福康、蒋山青编:《章克标文集》(上),上海:上海社会科学院出版社 2003 年版,第 338 页。
③　[德]维尔纳·桑巴特:《奢侈与资本主义》,王燕平、侯小河译,上海:上海人民出版社 2005 年版,第 81 页。

狄密斯的小说《上海——冒险家的乐园》中有鲜明的呈现,再加上日本侵略者的肆意妄为,上海作为"歹土"的特性更加彰显,这在浙江现代作家创作中均有相当深入的表达。

浙江现代文学中,丰子恺是较早关注上海环境恶化的一个。他在上海居住多年,1923年即在《山水间的生活》中评价上海:"我曾经住过上海,觉得上海住家,邻人都是不相往来,而且敌视的。我也曾做过上海的学校教师,觉得上海的繁华和文明,能使聪明的明白人得到暗示和觉悟,而使悟力薄弱的人收到很恶的影响。我觉得上海虽热闹,实在寂寞,山中虽冷静,实在热闹,不觉得寂寞。就是上海是骚扰的寂寞,山中是清静的热闹。"

1926年,周作人的《上海气》开始把握更内在的"上海精神",他称之为"上海气",说:"上海滩本来是一片洋人的殖民地;那里的(姑且说)文化是买办流氓与妓女的文化,压根儿没有一点理性与风致。这个上海精神便成为一种上海气,流布到各处去,造出许多可厌的上海气的东西,文章也是其一。"周作人主要提出关于性的问题,"上海气"的人们并不真的坦白承认性的合理性和正当性,偏偏认为"女人是娱乐的器具,而女根是丑恶不祥的东西,而性交又是男子的享乐的权利,而在女子则又成为污辱的供献。关于性的迷信及其所谓道德都是传统的,所以一切新的性知识道德以至新的女性无不是他们嘲笑之的,说到女学生更是什么都错,因为她们不肯力遵'古训'如某甲所说。上海气的精神是'崇信圣道,维持礼教'的,无论笔下口头说的是什么话,他们实在是反穿皮马褂的道学家,圣道会中人。"周作人的意思很明显,就是说具"上海气"的上海人是假道学、真自私,假斯文、真流氓。周作人并不认为"上海气"全部来自西方,而可能"是中国古已有之的,未必一定是有了上海滩以后方才发生的也未可知,因为这上海气的基调即是中国固有的'恶化'"。

1927年,鲁迅定居上海后,对于上海人生有更深入的观察和描写。其大量杂文、散文都是揭露、抨击上海滩上的不良习气,其中主要是文人的流氓气和小市民的流氓气。《文坛三户》给当时上海滩文学界的三种人画像:一种是破落户,一种是暴发户,还有一种他命名为"破落暴发户"。对于后一种,他说:"这一户,此后是恐怕要多起来的。但还要有变化:向积极方面走,是恶少;向消极方面走,是瘪三。"而"使中国的文学起色的人,在这三户之外"。在《上海文艺之一瞥——八月十二日在社会科学研究会讲》中,特别强调上海文坛存在一种"才子+流氓"的不良习气。说:"无论古今,凡是没有一定的理论,或主张的变化并无线索可寻,而随时拿了各种各派的理论来作武器的人,都可以称之为流氓。例如上海的流氓,看见一男一女的乡下人在走路,他就说:'喂,你们这样子有伤风化,你们犯了法了!'他用的是中国法。倘看见一个乡下人在路旁小便呢,他就说:'喂,这是不准的,你犯了法,该捉到捕房去!'这时所用的又是外国法。但结果是无所谓法不法,只要被他敲去了几个钱就都完事。"①至于小市民生活领域,前文提到的《揩油》《"吃白相饭"》已经入木三分,其他如《推》《爬和撞》等都属于这方面的创作。这种习性传染到女性身上,就有了鲁迅笔下的阿金们。

《阿金》是鲁迅1935年的散文作品,曾被国民党政府无理禁止发表。其实,作品与当时国民党政府的统治无关,而主要通过塑造阿金这一上海洋人家中的女仆阿金形象揭露当时上海小市民借助上海都市自由空间和洋人的势力目中无人、任意轧姘头而享乐和胡闹的恶劣作风及对邻人生活的严重干扰和影响。阿金常言:"弗轧姘头,到上海来做啥呢?"这句话可以解读出以下两个方面的内涵:一,表明上海是移民社会。移民社会中,人与人之间彼此没有血缘关系,甚至不是熟人关系,所以,在法律或社会习俗许可的范围内,一个人的言行往往不需要对别人负责或考量别人的好恶,别人也不好对他轻易干涉,因此,他(她)的人身是自由的。正因为如此,作品中"我"只能看着阿金大声喧闹,甚至经常招惹闲散男女在"我"家附近弄堂(公共空间与私人空间之间的交接点)打骂而束手无策。作品开头、中间、结尾都对阿金表示"最讨厌",但即便如此,"我"也只能写写文章发发牢骚,对于阿金并没有任何制裁的权利。二,表明上海是自由空间。别人不好轻易干涉一个人的言行表现只是表面的浅层的自由,更内在的自由在于自己的追求目标,而阿金的追求目标不是别的,是"轧姘头",就是与男人自由交往并随意发生两性关系,——这样的事情不是都市不可能给予认可和实现,关键在于,阿金的"轧姘头"似乎超出常人的自由范围,即如作品言"她又好像颇有几个姘头",也就是她同时与几个男性保持性伴侣关系。从后面她对那邻居洋人家的男佣"西崽"(她的姘头之一)被人追打时竟不管不问的态度看,她对这些男人谈不上爱,只是身体欲求。如此,她也就是一个生理意义上的女性欲望的追求者。这倒像张爱玲小说《连环套》中的赛姆生太太和《桂花蒸　阿小悲秋》中的阿小。茅盾《子夜》中的王妈如果再主动一点,也应该能归入这个类别。这样的女人是有原始的生命力的,所以有的学者认为她身上"力比多过剩",有"顽强的生命力"②;但是她这种原始生命力在作品提供的叙述口吻中和上下文语境中,我们

---

① 《鲁迅全集》(第4卷),北京:人民文学出版社2005年版,第304页。
② 朱崇科:《女阿Q或错版异形?——鲁迅笔下阿金形象新论》,济南:《山东师范大学学报》(社科版),2015年第1期。

还是应该判断为一种没有得到教养和升华的东西,那就是普通所说的"恶",而既不能理解为唯美—颓废意义上的"恶之花",也不能理解为"革命的象征"的女性①。40 年代孟超认为阿金是一个"恶妇"形象,是"半殖民地中国洋场中的西崽像"②,70 年代郑朝宗认为阿金是一个"女流氓",带有"古往今来一切等级的女流氓的本性——放荡、无耻、狡诈、狠毒、卑怯"③,这些评判都因为过于紧张的新旧对抗关系而苛待了人物,忽略了人物身上的复杂性,但是大体而言,这些评断的方向还是正确的,即阿金应该是一个偏于否定性的形象,因为我们无法改变作品中鲁迅对阿金的情感态度及阿金给鲁迅思想上带来的深刻的触动。如人们所熟知,鲁迅一向反对将亡国之罪推给女性,哪怕最放荡的女性,如妲己、褒姒等,作品也写得明白:"我一向不相信昭君出塞会安汉,木兰从军就可以保隋;也不相信妲己亡殷,西施沼吴,杨妃乱唐的那些古老话。我以为在男权社会里,女人是决不会有这种大力量的,兴亡的责任,都应该男的负。但向来的男性的作者,大抵将败亡的大罪,推在女性身上,这真是一钱不值的没有出息的男人。殊不料现在阿金却以一个貌不出众,才不惊人的娘姨,不用一个月,就在我眼前搅乱了四分之一里,假使她是一个女王,或者是皇后,皇太后,那么,其影响也就可以推见了:足够闹出大大的乱子来。"也就是"区区一个阿金",却几乎颠覆了鲁迅对于女性的整体看法。所以,作品最后一句总结的话是:"愿阿金也不能是中国女性的标本。"面对阿金,鲁迅的思想还在挣扎。面对险恶、黑暗的上海都市空间,阿金顽强的生命力和放诞的人生姿态确实有一定的颠覆力量,但是显而易见,她身上这种"自由而自私的破坏性"也会给别人(大到国家、社会)带来危险和痛苦,换言之,她身上这种"自由而自私的破坏性"已经悄悄转换成恶魔性兼流氓性。

另外一部分浙籍作家的创作触及当时上海的黑帮社会。穆时英《上海的狐步舞》开头就是在沪西,两股黑社会势力拼杀,一方打倒了另一方。小说《本埠新闻栏编辑室里一札废稿上的故事》写皇宫舞场一名舞女受到有黑社会背景的流氓的调戏和殴打,可是舞厅老板不仅不去帮助舞女伸张正义,反而将舞女以捣乱营业罪送至警察所关押。杜衡的小说《寒夜》写一个穷知识分子生活无路,准备跳黄浦江自杀,可是一路上竟然连续遭到敲诈和抢劫。

① [日]竹内实:《阿金考》,见竹内实:《中国现代文学评说》,北京:中国文联出版社 2002 年版,第149 页。
② 孟超:《谈"阿金"像——鲁迅作品研究外篇》,桂林:《野草》第 3 卷第 2 期,1941 年 10 月 15 日。
③ 郑朝宗:《读〈阿金〉》,福州:《福建文艺》1979 年第 10 期。

据美国学者艾米莉·洪尼格的《姐妹们与陌生人——上海棉纱厂女工，1919—1949》考证，夏衍《包身工》中所叙写上海各工厂的工头差不多都是青帮中的人物，只是限于环境，夏衍不敢直接写明。夏衍在《〈包身工〉余话》中也仅仅交代"大体上讲，上海的包身工有江北帮和绍兴帮两大系统。绍兴帮人数不多，很少有集中式的组织，待遇也不及江北帮的残酷"。而事实上，"在晚清绍兴、扬州和泰州是青帮活动的中心，……换句话说，青帮的起源地和社会关系网与招募包身工活跃的区域有着密切的联系"①。"包身制的出现几乎与青帮势力和活动范围的迅速扩张同步。"②"对历史资料的考察表明包身工制度既不能归因于残暴的资本主义，也不能归因于帝国主义者。……实际上包身工制度的产生是上海青帮势力的产物。"③"使工厂管理者很惊愕的是，大多数机修工和许多工头、门警一样是青帮成员。"④因此，"在 20 世纪 30 年代期间，……由于增加了黑社会因素：……包身工的故事并不简单的是贫困农民、富裕资本家和帝国主义者的故事，而恰恰是上海青帮以及青帮如何垄断棉纱厂劳工市场的故事。"⑤青帮使所有人——"女工、华商亦或外商的工厂主"都要臣服。"包身制的意义不在于其代表着外国控制棉纱工厂而产生的严重剥削的制度，而在于表明了女工、华商亦或外商的工厂主在上海青帮面前的脆弱性。"⑥了解这些历史背景，才可以真正理解夏衍《包身工》初刊文本的行文风格，它的价值和缺陷。面对这一复杂的历史语境，夏衍对书写对象进行模糊处理。作品只指出所写为"东洋厂"女工的悲惨人生，但是它没有写这些"带工""工头""门警"等一干人是上海地方帮派分子。由于作品在这方面的虚幻性，作为报告文学其确切社会历史信息之不足，艾米莉·洪尼格就将它看作"期刊小说"⑦。茅盾《子夜》中，吴荪甫工厂的工头屠维岳

① ［美］艾米莉·洪尼格的《姐妹们与陌生人——上海棉纱厂女工，1919—1949》，韩慈译，南京：江苏人民出版社 2011 年版，第 88-89 页。
② ［美］艾米莉·洪尼格的《姐妹们与陌生人——上海棉纱厂女工，1919—1949》，韩慈译，南京：江苏人民出版社 2011 年版，第 111 页。
③ ［美］艾米莉·洪尼格的《姐妹们与陌生人——上海棉纱厂女工，1919—1949》，韩慈译，南京：江苏人民出版社 2011 年版，第 87 页。
④ ［美］艾米莉·洪尼格的《姐妹们与陌生人——上海棉纱厂女工，1919—1949》，韩慈译，南京：江苏人民出版社 2011 年版，第 38 页。
⑤ ［美］艾米莉·洪尼格的《姐妹们与陌生人——上海棉纱厂女工，1919—1949》，韩慈译，南京：江苏人民出版社 2011 年版，第 111 页。
⑥ ［美］艾米莉·洪尼格的《姐妹们与陌生人——上海棉纱厂女工，1919—1949》，韩慈译，南京：江苏人民出版社 2011 年版，第 120 页。
⑦ ［美］艾米莉·洪尼格的《姐妹们与陌生人——上海棉纱厂女工，1919—1949》，韩慈译，南京：江苏人民出版社 2011 年版，第 26 页。

也是利用流氓打手威吓、捕获反抗工人。据李天刚《文化上海》披露，20世纪前半期的上海，地方帮派势力非常强大，渗透到社会各个角落，也做过有利于民族、民众的事，但更多的是发乱世财，利用都市人生的缝隙，迅速蹿大，为所欲为，成为社会人生正常发展中的邪恶力量。

柯灵的笔深入到上海社会更广大的空间和更繁杂的人群。1935年写散文《夜行》就有如下的文字："上海的白昼汹涌着生存竞争的激流，而罪恶的开花却常在黑夜。神秘的夜幕笼罩一切，但我们依然可以用想象的眼睛看到这人间天堂的诸种色相。跳舞场上这时必是最兴奋的一刻了，爵士乐缭绕在黝黯的灯光里，人影幢幢，假笑伴欢的，靠着舞客款款蜜语；寻花问柳的，感到了女性占有的满足。出卖劳力的，横七竖八地倒在草棚里，无稽的梦揶揄似的来安慰他们了；多美，多幸福，那梦的王国！而有的却在梦里也仍然震慑于狞恶的脸相，流着冷汗从鞭挞中惊醒。做夜工的，正撑着沉沉下垂的眼皮，在嘈杂的机械声中忙碌。亡命与无赖也许正在干盗窃和掠夺的勾当，也许为了主子们的倾轧，正在黑暗中攫取对手的性命。"1939年散文《罪恶之花》揭露由于上海被日本侵略者占领而成为"孤岛"，其社会文化更加畸形——赌博成风，"名为'俱乐部'，实际却是个命运的搏斗场"！多少人想在这里暴富，但事实上往往是一夜倾家荡产，以至于被迫自杀；这里，有豪华的供应，有出卖色相的美女，有配带枪支弹药的打手、保镖，这里简直就是黑社会的缩影。1940年代写的《魔鬼的天堂》言："在沪西可以得到保障，滋长得翁翁郁郁，犹如茂林丰草的，是一切罪恶的事业。"文章将"孤岛"时期的整个沪西作为书写对象，揭示在日本侵略者控制下沪西真正成了"魔鬼的天堂"和"人的地狱"。这里有汪伪特务组织"七十六号"，经常逮捕、拷打、残害抗日进步人士；"抢劫和敲诈是家常便饭"；赌博、吸毒和玩弄女人是其主要内容。作品写到，在这里，吸毒的不仅是有钱人，也有很多走投无路的人沉醉其中，而"祸害最烈的，却是白面，下层市民受着很深的荼毒。在上月下旬，西伯利亚寒流袭沪，一夜凛冽的北风，到第二天早上，马路上露宿者的尸体恰如落叶满地。'朱门酒肉臭，路有冻死骨。'不错！可是请注意一件值得关心的事实，那些冻死者中间，占半数以上的正是有白面瘾的苦力！"作品还指出："目前在沪西专门以女性生殖器官号召观众的'戏院'，据我们知道，至少就有三四家。""这类影片既然得到自由公开的环境，看的人又那么踊跃热心，于是凡属有女性生殖器官出现的影片都搜罗出来了。《健美运动》，意义明白，一望而知；《夫妇之道》，其实不过是《医验人体》，正正经经的医学影片，都被歪曲得天花乱坠，邋遢不堪。这还不够刺激，于是又真的女人赤精精的登台。"其小说《霍去非》通过一个在都市长大的封建财主家的儿子霍去非人生意志的被阉割和人生方向的被扭曲表明上海这种生存环境的邪恶性和黑暗性。

（六）都市的时间与空间

时间与空间不仅是都市的内在属性，也是都市的物质表现形态，只不过这种物质表现形态特殊而已。前现代都市的空间是有限的，人口也少；时间也是混沌的，整体的，机械化时代还未到来，人们社会分工还未有明细，通过计时器（钟表）反映人类生活节律的需要还不迫切。但是进入现代都市阶段之后，这一切都发生了根本变化。

资本主义的发展实际就是时空的发展。大卫·哈维在《〈共产党宣言〉的地理学》中说："资本积累向来就是一个深刻的地理条件。如果没有内在于地理扩张，空间重组和不平衡地理发展的多种可能性，资本主义很早以前就不能发挥其政治经济系统的功能了。"[1]亨利·列斐伏尔在《空间：社会产物与使用价值》中也言："'生产空间'（to produce space）是令人惊异的说法：空间的生产，在概念上与实际上是最近才出现的，主要表现在具有一定历史性的城市的急速扩张、社会的普遍都市化，以及空间性组织的问题等各方面。今日，对生产的分析显示我们已经由空间中事物的生产转向空间本身的生产。""如果未曾生产一个合适的空间，那么'改变生活方式'、'改变社会'等都是空话。"[2]"空间是社会性的。"[3]在都市空间生产的过程中，都市分化成上层空间、中层空间和下层空间，人群进一步分化，家庭和社会的矛盾都进一步突出，物质形态的分割也千姿百态，最极端的例子就是各种巨型建筑物的拔地而起与简陋狭小的棚屋排列。关于空间与人群的分化问题，大卫·哈维在《巴黎城记》中以巴黎为例做了详尽分析。具体到浙江现代文学的书写，应该说也具有相当的自觉意识，并且显示突出的成绩。

艾青诗《画者的行吟》以边缘人和流浪者的眼光远距离地打量了巴黎，让读者看到埃菲尔铁塔、塞纳河上的轮船、画着广告的汽艇、高楼，听到汽笛声、无线电传送的国际性的声音。《巴黎》对巴黎的书写全面展开，从空间的角度看，目光涉及巴黎的大街、地道、广场，"成堆成垒的/建筑物的四面，/和纪念碑的尖顶/和铜像的周围/和大商铺的门前……/手牵手的大商场"，"拿破仑的铸像……，凯旋门/铁塔，……/卢佛尔博物馆，歌剧院/交易所，银行"，"巴士底狱"等，一方面，展示巴黎的物质文明和革命传统，一方面显示巴黎对异族人的压抑。《马赛》："厂

---

[1] 薛毅主编：《西方都市文化读本》（第三卷），桂林：广西师范大学出版社 2008 年版，第 6 页。
[2] 薛毅主编：《西方都市文化读本》（第三卷），桂林：广西师范大学出版社 2008 年版，第 24 页。
[3] 薛毅主编：《西方都市文化读本》（第三卷），桂林：广西师范大学出版社 2008 年版，第 25 页。

房之排列与排列之间所伸出的/高高的烟囱。……海岸的码头上,/堆货栈/和转运公司/和大商场的广告,/强硬的屹立着,/像林间的盗/等待着及时而来的财物。/那大邮轮/就以熟识的眼对看着它们/并且彼此相理解地喧谈。/若说它们之间的/震响的/冗长的言语/是以钢铁和矿石的词句的,/那起重机和搬运车/就是它们的怪奇的嘴。/这大邮轮啊/世界上最堂皇的绑匪!/几年前/我在它的肚子里/就当一条米虫般带到此地来时,/已看到了/它的大肚子的可怕的容量。"诗篇借此表现了资本主义的强盛与危险性。

茅盾确是一个有"野心"的作家。他要通过自己的书写对整个中国社会生活情况进行左翼剖析。小说"农村三部曲"写农村空间的平静被打破了。现代资本(包括外国资本和以吴荪甫为代表的上海现代资本)对双桥镇社会经济的渗透(各种商店、钱庄、当铺等的建立),使农民愈加贫困,走投无路,农民就揭竿而起,进行暴动。《林家铺子》写小城镇空间传统商业经济的破产。小城镇是乡村到都市的中转站,受封建主义和资本主义双重挤压最严重的地方,所以,代表这类小商人的林老板只能采取破产和逃跑的消极对付方式,根本构不成真正的对抗。散文《上海大年夜》借大年夜与家人一起去找上海热闹繁华的地方,写上海最热闹的地方也流露出萧条。譬如电影院、金城大戏院大年夜只有晚上九点半一场,现在早已关闭。四马路(今福州路)上也没有多少浓妆艳抹的妓女拉客。甚至南京路五百多家商店只有两家半才能赚到钱。而另一篇散文《我的学化学的朋友》又感慨现在的上海变得太快,在西方列强殖民背景下,上海成了一个畸形的非中非西的"新国度"。

《子夜》以具体、形象的笔触描画上海各种空间,并揭示其社会文化指向。开头先写上海的码头、大道、街区,借以展示上海的物质文明、广告传媒文化、女性风情。给吴老太爷办丧事,吴公馆迎来五类人物:一类是资本家,代表金钱、物质;一类是军人,代表社会风向;一类是交际花,代表上海的情色;一类是吴少奶奶,代表现代语境中古典爱情的失落;一类是李玉亭、范博文等,代表资本家羽下的寄生者。如此,吴公馆就成了一个全新的公共空间,而不再拘泥于传统家庭的功能,即便吴少奶奶的闺房也差一点成为打破传统婚姻架构的所在。吴公馆还是资本家密谋、放纵情欲和下层人道德蜕化的场所。小说和散文《证券交易所》对交易所情景和各色人等在其中的沉浮、悲欢的描写在现代文学史上无能出其右者。它和银行一起构成资本家操纵上海经济、特别是外国资本操纵中国经济命脉的象征。赵伯韬常去大饭店密谋,很多控制吴荪甫的计策都是在大饭店形成的,而且,大饭店也成为资本家生活最腐烂、堕落的地方,因为赵伯韬在某饭店专门设置一个办公室,派人给他跟踪、物色、引诱、强迫美丽姑娘来与他厮混。刘玉英就是在这样的饭店与他上演那荒唐、淫乱的一幕的,冯眉卿也是在这样的饭店失去处女身。小说还将笔触伸向沪西,描画了歌舞厅、丽娃栗姐村,"后者因茅盾的小说《子夜》而成了文学传奇"①。(《子夜》提到的艳窟在《第一阶段的故事》里有了较具体的描画:"房中的布置,像是富人家的内室,但也像是上等的旅馆。镜子特别多,梳妆台上是三折的镜屏","这么儿,但是到这里来的人,大半就喜欢晕眩,他们是找这个来的。不过他们要求的那种晕眩,是生理的,也是心理的。")小说开拓性地写了工人居住的贫民区,让人知道上海的"地狱"在哪里,然也正是在这里,工人阶级在我地下组织启发下觉醒,于是便有了大街上工人阶级浩大热烈的游行示威,这对海派作家的大街描写确是一个补充(还有殷夫的诗,拟在"人化的都市"里谈论)。另外,小说《幻灭》写上海的女中学生宿舍成为恋爱、偷情而失意的场所,《虹》写上海的街道、广场成为宣传革命的地方;散文《秋之公园》叙写上海秋天的公园是摩登男女高速度恋爱的旧战场,至于一般的上海小市民只对大世界这样的地方感兴趣。

美国学者卢汉超在《霓虹灯外——20世纪初日常生活中的上海》里集中探讨富丽堂皇的上海公共空间之外的小市民的弄堂、贫民的棚户区等更具日常生活色彩和阶级意向的空间的社会文化底蕴,并且指出,夏衍的戏剧代表作《上海屋檐下》就是描绘上海东区弄堂里"一群石库门居民的生活"。由于这五户人家经济收入和家境的不同,他们在这个石库门里居住的具体空间也不同。"二房东林志成(36岁)和在棉纺厂负责发工资的妻子杨彩玉(32岁)住在客堂间。小学教师赵振宇(48岁)和妻子(42岁)及两个孩子(儿子13岁、女儿5岁)一家住在厨房间,亭子间里住的是28岁的大学毕业生黄佳美和他24岁的妻子桂芳。黄佳美以前在一家外国人公司里当职员,不久前被解雇了。房子里最大的房间——卧室被海员的妻子施小宝(二十七八岁)租住,丈夫由于职业原因常年都不在家,这个寂寞的少妇只好做半公开的妓女(或者用当时上海对这类妓女的婉转称呼:'摩登女郎')养活自己,她租了最好的房间以方便接客。卧室底下一间阴暗的阁楼(也叫二层阁)里住的是李陵碑(54岁),他没有结婚,是个酒徒,以卖报为生。"②另外,其独幕剧《都会的一角》和《中秋月》都是写"上海中区的中下层

---

① [美]李欧梵:《上海摩登——一种新都市文化在中国(1930—1945)》,毛尖译,北京:北京大学出版社2001年版,第36页。

② [美]卢汉超:《霓虹灯外——20世纪初日常生活中的上海》,锻炼、吴敏、子羽译,太原:山西人民出版社2018年版,第168页。

住宅区"弄堂房子二楼"厢房"里下层妓女的艰辛人生。卢汉超认为,"里弄就是一般市民的家",其性质是"平平淡淡"的①,这与夏衍的普通市民人生书写及其艺术风格倒很相协。

鲁迅的散文《弄堂生意古今谈》注意到现代性推进下上海弄堂古意的失落。四五年前的弄堂里,小贩们叫卖的声音很讲究,很好听,不乏文化韵味,而且内容和形式都很丰富,一天下来大概有二三十种之多,虽然"闹得整天整夜写不出什么东西来",但是在刚到上海的人听起来,"就有馋涎欲滴之慨"。然而,"现在是大不相同了。……弄堂里的叫卖声,说也奇怪,竟也和古代判若天渊,卖零食的当然还有,但不过是橄榄或馄饨,却很少遇见那些'香艳肉感'的'艺术'的玩意了。嚷嚷呢,自然仍旧是嚷嚷的,只要上海市民存在一日,嚷嚷是大约决不会停止的。然而现在却切实了不少:麻油,豆腐,润发的刨花,晒衣的竹竿;方法也有改进,或者一个人卖袜,独自作歌赞叹着袜的牢靠。或者两个人共同卖布,交互唱歌颂扬着布的便宜。但大概是一直唱着进来,直达弄底,又一直唱着回去,走出弄外,停下来做交易的时候,是很少的。/偶然也有高雅的货色:果物和花。不过这是并不打算卖给中国人的,所以他用洋话:'Ringo,Banana,Appulu-u,Appulu-u!'/'Haha 呀 Hana-a-a! Hana-a-a!'……间或有算命的瞎子,化缘的和尚进弄来,几乎是专攻娘姨们的,……但到今年,好像生意也清淡了,……"这一段话里,卖花一节讽刺帝国主义势力已经渗透到日常生活领域,算命一节表明传统迷信已逐渐不被人们所接受,叫卖一节凸显现在弄堂人生虽依然热闹,但是日渐"切实"而又浮华,所以更难以让人忍受。总之,全球化背景下世界的一体化进程在扩张、加速,而传统光晕却日渐暗淡了。

卢汉超认为:"像外滩的倩影一样,棚户区也该算是近代上海的一个标志,或者,像韩起澜(Emily Honig)所说,'是上海的另一个特殊的世界'。"②柯灵的散文《都市中的棚户》就写辉煌的上海边陲常被人们忽略的空间——棚户区,那里"污秽,荒僻,局促可怜地蹲在高耸云霄的工厂烟囱底下,显得特别的陋小寒伧,从都市人眼睛里看来,这简直不是人住的地方",然而正是这种极其简陋的棚户区居住着六七万人以上的下层人群。这些人有的是修路工人,有的是拉人力车的,有的是推独轮车的,还有许多是产业工人。"这种草棚,都是由住着的人自己

---

① [美]卢汉超:《霓虹灯外——20世纪初日常生活中的上海》,段炼、吴敏、子羽译,太原:山西人民出版社2018年版,第133页。

② [美]卢汉超:《霓虹灯外——20世纪初日常生活中的上海》,段炼、吴敏、子羽译,太原:山西人民出版社2018年版,第106页。

建筑起来的,泥的墙,草的屋顶,薄得像纸板一样的门,……这些房子的建筑费(连材料费在内)呢,大一点的,每间约二十元;小一点的,每间大约五六元。——和一般弄堂房子里面的一间前楼或亭子间的一个月租金相仿。但假如这棚子没有意外的灾难,他们一建筑起来以后,就要子子孙孙,永远住下去。……这就是所谓'棚户'"。上海的棚户,东区集中"在兰路,齐齐哈尔路一带",西区集中"在曹家渡一带",北区集中"在闸北一带"。"有棚户的地方,必定有工厂",可见棚户与工人阶级有密切关系。柯灵的书写强调"一·二八"抗战失败后,不景气的狂风席卷上海,失业工人增多;农村经济又进一步破产,大批农村人流亡到上海,于是棚户区便有了空前的灾难,也有了空前的热闹。

英国评论家布莱恩·哈顿指出:街道是"人与物之间的中介——街道是交换、商品买卖的主要场所,价值的变迁也产生于这里。在街道上,主体与客体,观看橱窗者和娼妓、精神空虚者和匆匆过路人、梦想与需求、自我克制与自我标榜在不断交替。"①国内学者汪民安也认为:"街道,正是城市的寄生物,它寄寓在城市的腹中,但也养育和激活了城市。巨大的城市机器,正是因为街道而变成了一个有机体②。这样的街道往往是消费性的,因而在海派作家笔下出现最多。

穆时英小说《上海的狐步舞》通过写街道将整个上海连接起来,算是为上海绘制了一幅人文地图。月光下的"沪西"是荒凉的,所以常常是地方邪恶势力火拼的地方;只见一声枪响,一个生命完结了。向里走,写沪西僻静处(很多建筑物是有钱人的别墅或秘密销魂窟)的街道:

> 铁道交通门前,交错着汽车的弧灯的光线,管交通门的倒拿着红绿旗,拉开了那白脸红嘴唇,带了红宝石耳坠子的交通门。马上,汽车就跟着门飞了过去,一长串。

> 上了白漆的街树的腿,电杆木的腿,一切静物的腿……revue似地,把擦满了粉的大腿交叉地伸出来的姑娘们……白漆的腿的行列。沿着那条静悄的大路,从住宅的窗里,都会的眼珠子似地,透过了窗纱,偷溜了出来淡红的,紫的,绿的,处处的灯光。

再往里走,写繁华街道:

---

① ［美］杰奈尔·科茨:《街道的形象》,见罗钢、顾铮主编:《视觉文化读本》,桂林:广西师范大学出版社2003年版,第191-192页。

② 汪民安:《街道的面孔》,见孙逊主编:《都市文化研究》(第一辑),上海:上海三联书店2005年版,第80-81页。

跑下扶梯,两溜黄包车停在街旁,拉车的分班站着,中间留了一道门灯光照着的路,争着,"Kicksha?"奥斯汀孩车,爱山克水,福特,别克跑车,别克小九,八汽缸,六汽缸……大月亮红着脸蹒跚地走上跑马厅的大草原上来了。街角卖《大美晚报》的用卖大饼油条的嗓子嚷:

"Evening Post!"

电车当当地驶进布满了大减价的广告旗和招牌的危险地带去。脚踏车挤在电车的旁边瞧着也可怜。坐在黄色车上的水兵挤箍着醉眼,瞧准了拉车的屁股踹了一脚便哈哈地笑了。红的交通灯,绿的交通灯,交通灯的柱子和印度巡捕一同地垂直在地上。交通灯一闪,便涌着人的潮,车的潮。这许多人,全像没了脑袋的苍蝇似的! 一个 fashion model 穿了她铺子里的衣服来冒充贵妇人。电梯用十五秒钟一次的速度,把人货物似地抛到屋顶花园去。女秘书站在绸缎铺的橱窗外面瞧着全丝面的法国 crepé,想起了经理的刮得刀痕苍然的嘴上的笑劲儿。主义者和党人挟了一大包传单蹩过去,心里想,如果给抓住了便在这里演说一番。蓝眼珠的姑娘穿了窄裙,黑眼珠的姑娘穿了长旗袍儿,腿股间有相同的媚态。

接着,写一个作家要构思一篇都市巡礼,访探到了一个巨型建筑物的阴影里,突遇暗娼拉客,急忙逃走,又遇一老婆婆谎称请他帮忙读信到她家以接受她媳妇的被迫卖淫。一方面,有钱人如刘有德夫妇去华东饭店或华懋饭店淫乐,室内空间都有淫荡的妆饰;另一方面,建筑工人突然被身上的桩木压死,然就在他被压死的地方新的饭店和舞厅建起。

夜深了,再往东走,另一娱乐场所门前,美国醉水手坐人力车不给钱;一失恋青年从玻璃门出来,来到太阳就要升起的"浦东",发出"哎……呀……哎……"的复杂叫喊。这样,小说将整个上海做了巡礼。小说开头是"上海。造在地狱上的天堂",结尾是"上海,造在地狱上的天堂",区别只在于一个标点符号的变化。笔者的理解,开头句中间用句号将"上海"与"造在地狱上的天堂"并置,是要强调上海作为"地狱"和"天堂"的双重属性,结尾句中间改用逗号,是要将强调的意思悄悄往天堂挪移,显示对上海价值判断的微妙变化。

街道往往与舞厅、饭店、咖啡馆、百货商店、影戏院等连在一起,所以这些建筑空间自然也是都市文学乐于书写的对象。如穆时英就是书写舞厅人生的高手。所谓:

蔚蓝的黄昏笼罩着全场，一只 saxophone 正伸长了脖子，张着大嘴，呜呜地冲着他们嚷。当中那片光滑的地板上，飘动的裙子，飘动的袍角，精致的鞋跟，鞋跟，鞋跟，鞋跟，鞋跟。蓬松的头发和男子的脸。男子的衬衫的白领和女子的笑脸。伸着的胳膊，翡翠坠子拖到肩上。整齐的圆桌子的队伍，椅子却是零乱的。暗角上站着白衣侍者。酒味，香水味，英腿蛋的气味，烟味……独身者坐在角隅里拿黑咖啡刺激着自家儿的神经。

舞着：华尔滋的旋律绕着他们的腿，他们的脚站在华尔滋旋律上飘飘地，飘飘地。（《上海的狐步舞》）

舞厅外，"跑马厅屋顶上，风针上的金马向着红月亮撒开了四蹄。在那片大草地的四周泛滥着光的海，罪恶的海浪，慕尔堂浸在黑暗里，跪着，在替这些下地狱的男女祈祷，大世界的塔尖拒绝了忏悔，骄傲地瞧着这位迂牧师，放射着一圈圈的灯光"。对此，李今分析：小说将由美国监理会花费了约值白银 25 万两、在跑马厅对面重新建造、规模之宏大可为当时美国礼拜堂之冠、即使不高于也决不会比跑马厅和大世界太低的慕尔堂，写成过时的"迂牧师"，"浸在黑暗里，跪着，在替这些（在传统眼光看来可以）下地狱的男女祈祷"，而"象征着大众的娱乐与狂欢的跑马厅和大世界却以屋顶风针上'撒开了四蹄'的金马的雄姿和大世界塔尖的'骄傲的'姿态拒绝忏悔和罪恶的指控，最后那'放射着一圈圈的灯光'显然告示着世俗的'灯光'已经取代了天国世界的神圣的'光环'" [①]。

穆时英的中篇小说《GNO. Ⅷ》通过俄国流亡贵族的秘密政治活动将火车、街道、舞厅、咖啡馆、地下神秘空间连接起来。一列从哈尔滨开往上海的"国际急行列车"上，有一位美丽而神秘的许尼德夫人和她的先生，日本驻防军特务忠贞一怀疑这位夫人就是代号 GNO. Ⅷ 的前俄国高级间谍，她现在窃取了日本占领中国东北的帝国计划的副本，就一路跟踪，但是火车没到上海，许尼德夫人和她的先生就神秘失踪了。在上海为了工作，也是为了生存，GNO. Ⅷ 的公开身份是舞女康丽妮，现在她又成了国民党特务科科长梁铭的夜夫人，随梁铭出入于舞厅、饭店。最后，她来到前俄国流亡贵族秘密集会的地点，一个咖啡厅背后黑暗的大房子里。正是这个秘密的集会点使读者了解到俄国流亡贵族的内心痛苦和现实处境，使读者能撇开政治意识形态的控制，从一般人道的角度同情他们的遭

[①]　李今：《海派文化与现代都市小说》，合肥：安徽教育出版社 2000 年版，第 29 页。

遇,同时使上海作为一个"密谋的都市"有了另外的意义①。

　　施蛰存小说不怎么写舞厅,但上海的街道、公园、影戏院、咖啡馆、大饭店乃至出进上海的火车等都是他审美观照和刻意书写的对象。小说《四喜子的生意》通过车夫四喜子的心理书写都市女性和都市物质的诱惑,而这种诱惑的产生与都市空间的变幻密切相关。小说先叙述四喜子经常路过南京路,观赏到不少摩登女人和橱窗里摩登女人的照片,还有色彩变幻、灿烂生辉的珠宝。这时,一个外国女人叫车。外国女人穿的很薄很少,一身香气,坐在车上要表达意思,就先用皮鞋尖抵触四喜子的脊背。拉到西藏路口,发现这女子踹他时脚上没穿袜子;想回头问她什么意思,一回头,恰看到女子的裙子被风吹了开来;走到大世界附近,看到街两边站的都是野鸡;又被踹时觉得这女子连鞋子都脱掉了。跑到霞飞路上女子让往新开的路上拐,一份黑暗,一份刺激、神秘。这一系列动作中都有四喜子相应的心理活动,怕自己出事,四喜子让女人下来,争执之中女人被四喜子拥进怀里,感受女人温软的胸脯,沉醉失去知觉。待到女人叫喊,又看到女子带的项链正好与在橱窗里看到过的一样,就想逃跑时顺手捎带,不想巡捕及时赶到,结果他进了监狱。与其说小说"演变成了某种阶级性的愤恨"②,不如言小说演变成了某种民族性的仇隙。

　　《春阳》写抱着灵牌结婚的昆山寡妇婵阿姨在上海大街上感受生活气息,爱欲陡然兴起又失落的故事。当年,婵阿姨为了钱,抱着灵牌与死去的人结婚,现在有钱但无幸福。一次,去上海银行取一笔利息出来,时间还早,就"独自走到了春阳和煦的上海的南京路上"。受南京路上物品、女人的吸引,觉得自己身上有了郁热。特别是在一个小饭店吃饭时,看到一对夫妇带着一个可爱的孩子也在这里吃饭,那份温馨的家庭气息让她感动,她就不停地想象刚才去银行取款子时那年轻的男职员对她的微笑。她陡然觉得这职员对她是有意思的,于是她不自觉地又走到那银行,托故让那男职员再为她打开一次保险箱。结果什么事情也没有发生。那职员不过是履行公事,对她职业性地微笑罢了。小说写出大街对人情感生成的重要作用,当然也曲折表现出银行——金钱的载体——那里是不可能轻易发生爱情的。

　　对话体小说《散步》写三种空间、三种女性、三种生活情况。刘华德与妻子未

---

　　① 关于都市是一个密谋的城市,可参考本雅明:《发达资本主义时代的抒情诗人》,张旭东、魏文生译,北京:生活·读书·新知三联书店 2007 年版,第 36-37 页。

　　② [美]李欧梵:《上海摩登——一种新都市文化在中国(1930—1945)》,毛尖译,北京:北京大学出版社 2001 年版,第 197 页。

结婚时,妻子大雪天都跑来要求一起去看电影,婚后,妻子把精力差不多都放在经营"家庭"照顾孩子上而无精神陪丈夫去消闲了。丈夫说你不像原来爱我了,妻子说我的爱一点也没少,只是方式变了。"从前是恋爱之外还是恋爱,现在是,恋爱之外还有别的事情哪。"丈夫想与妻子一起散步,妻子说可以,但一会儿还要回来照顾要睡觉的孩子。丈夫觉得无聊,就自己走出家门。"街上"遇到昔日情人,别人的太太。通过交谈,知道情人也觉得婚后丈夫疏懒了,不再有往日的兴致和情味,所以遇到刘华德,同意刘的邀请,到咖啡馆喝一杯。刘想燃起昔日的情感,情人却说她并非不幸福,暗示刘不可造次,因为不是从前了。两人分手后,刘又到了"公园",遇到同巷寡妇,在她勾引下,两人到"饭店"开房间去了。作品寓意很明显:妻子是家里人,情人是路上人,姘妇是公园人。只有姘妇的心是一座公园,谁都可以进来赏玩。

《花梦》写大街、百货公司、电影院、大饭店等怎样助成都市男女的时髦生活。《在巴黎大戏院》写男女主人公先是在多个公园约会,做爱的游戏,而后在多家电影院、大戏院约会,一起消闲看电影。男性渴望通过此种行为发展与女人的感情,享受女性的美丽,女性则渴望通过此种行为享受男性的爱情和金钱。"本来,在我们这种情形里,如果大家真的规规矩矩地呆看着银幕,那还有什么意味!干脆的,到这里来总不过是利用一些黑暗罢了。有许多动作和说话的确需要黑暗的。瞧,她又在将身子倾斜向我这边来了。"

在施蛰存那里,有时,公园也被赋予积极的意义,那是普通人渴望重燃爱情和企图摆脱生活压抑的时候。小说《蝴蝶夫人》将年轻、活泼的女性安排在公园里打网球,从事健身运动。衬托男主人公李约翰博士的呆板、粘滞、迂腐。《残秋的下弦月》写生命垂危的女主人公渴望与丈夫再去一次公园,渴望在那里重燃与丈夫的爱情之火。显然,普通人可以借公园的公共性和开放性激活自己的青春,打开情感的闸门。

施蛰存对火车这种公共空间颇有兴趣,他至少有两篇小说和一首诗是写火车上的人和事的。小说《魔道》写男主人公坐火车去杭州路上遇到一个近似女魔的老太太,加速了主人公的神经过敏病症。《雾》写乡下女子坐火车去上海路上,遇到一个电影明星,不多的交谈却产生了极美好的人生想象。诗《嫌厌》写火车上"我"与一位"瘦削的媚脸"的女子相遇,用眼睛试探、交流,至相互欣赏、爱慕:

> 回旋着,回旋着,
> 永久环行的轮子。
> 一只眼看着下注的

红的绿的和白的筹码，
一只眼，无需说，是看着
那不敢希望它停止的轮子。
但还有——还有一只眼，
使我看见了
那个瘦削的媚脸，
涌现在轮子的圆涡里。

回旋着，回旋着，
她底神秘的多思绪的眼，
紧注着我——
红的绿的象牙，
遂忘情地被抛撇了，
像花蕊缤纷地堕下流水。
喋讷的嘴唇
吹不出习惯的口哨，
浆挺的胸褶
才给我以太硬的感觉。

回旋着，回旋着，
我是在火车的行程里，
绕着圆圈退隐下去的
异乡的田园，城郭，
村舍，河流，与陵阜
全不觉得可恋哪
去！让它们退去，
万水千山，悠远的途程哪！

回旋着，回旋着，
惟有这瘦削的媚脸，
永远在回旋的风景上。
我要向她附耳私语：

"我们一同归去,安息
在我们的木板房中,
饮着家酿的蜂蜜,
卷帘看秋晨之残月。"
但是,我没有说,
夸大的"桀傲"禁抑了我。

回旋着,回旋着,
我是在无尽的归程里。
指南针虽向着家园,
但我希望它是错了,
我祈求天,永远地让我迷路。
对于这神异的瘦削的脸,
我负了杀人犯的隐愿,
虽然渴念着,企慕着,
而我没有吩咐停车的勇气。

　　西美尔言:"在汽车、火车、电车得到发展的 19 世纪以前,人们是不能相视数十分钟,甚至数小时而不攀谈的。"但是到了 19 世纪成为常见的事实。19 世纪之后,人类空间的开拓,使眼睛的功用常常大于耳朵[①]。施蛰存这首诗就表现了这种情况。火车绝对是一个现代空间,在火车上,人们可以与陌生人近距离接触,可以暂时放下与亲人、熟人才维持的心理、行为约束,而变得大胆、放肆——其高级形态即是开放、浪漫——起来。但是置身众人紧密包围之中,这种浪漫也只能是心理的、思想的即虚幻的而已。也许是价值取向不同,也许是维护火车空间的完整性,诗没有让其中的人物像刘呐鸥小说《风景》中人物那样中途下车,实现其即兴爱(所谓"我没有吩咐停车的勇气"),所以情感的流只好像火车轮子那样永远地向前,但"回旋"着。对此,张生评说:"施蛰存的这首诗却并不是表现'怀乡病'的作品",它表达的是诗人"内心的矛盾"[②]。
　　咖啡馆是最得文人雅士青睐的地方,在那里,可以抽烟卷,品咖啡,看街市,

---

　　①　[德]本雅明:《发达资本主义时代的抒情诗人》,张旭东、魏文生译,北京:生活·读书·新知三联书店 2007 年版,第 57 页。
　　②　张生:《时代的万华镜——从〈现代〉看 20 世纪 30 年代初中国文学的现代性》,上海:同济大学出版社 2008 年版,第 56 页。

感受都市生活，寻找创作灵感。难怪海上文人张若谷在《俄商复兴馆》一文里赞叹：坐咖啡馆"是多么有趣的生活吓！坐在那里，正好像是坐在一本有趣味的小说面前一样"。徐迟诗《年轻人的咖啡座》也将坐咖啡馆当成青年人生活沙漠上的绿洲，所谓："何处是……谁知道吗？／年轻人筑造的乌托邦啊，／作着在幽暗之夜／幽然的旅行呢。／／衔在土耳其的烟味上，／是年轻人轻松松的幻梦。／／咖啡座的精致的门是终夜的，／咖啡座是咖啡的颜色，／咖啡座的年轻的烟灰啊。／／倏然亮了起来，／沙漠上，咖啡座一本。"施蛰存诗《夏日小景·沙利文》告诉读者咖啡馆里有冷气，有"刨冰的雪花"，但又因为有侍女的"大黑眼睛"，而变成了"热的"，"在我不知道的时候以前，／都使我的 Fancy Suudaes 融化了。"诗篇借此写出了咖啡馆独特的情调和气氛。徐迟曾经说："上电影院的女子是大多爱对男子作满不在乎的表情的。把女的引到咖啡馆去试试吧。"①诗《一天的彩绘》"三"就写"我"约相爱之人来咖啡馆相聚："她在咖啡座／（这是一个小型的）座中，／我要了杯深啤，她要了咖啡，／杯中的。花瓶旁，大小的杯图案旁，／我们坐着，因为这是一个小型咖啡座，／我们不坐在一条凳上。／在图案形的陈设的烟的蓝云里，／我望／／入了她的眼。／花之枝上，乌雀在欢歌，／花却过意地，不解语，不作答，／我说了许多话，／她却静默着：／眼半闭，眼半睁。／静，太静了，好啊，这是一个静静的咖啡座！／我们喜欢它。／／日曜日，教堂的歌声。／中国是富于异国情调的／Carconi！／（他躲到什么地方去了？）／／我们的中国血液／却叫我们静谧，我做了个不自然的表情后，／她羞涩。"也让人想起东方蝃蝀小说《春愁》中青年人坐咖啡馆的情景。《春愁》中没落家庭少年贝信玉爱上新兴资产阶级家庭出身小姐成亚丽，两人趣味相调和最好的约会地点就是咖啡馆，一方面，贝信玉的忧郁、优雅可以在此得到映现；另一方面，成亚丽的优美、富足、活泼也可以在此得到烘托，共同的感受是：精致、浪漫。徐迟诗《赠路易士》则描写诗人怎样在咖啡馆里受路易士鞭策、鼓励写诗的情景。

东方蝃蝀小说《牡丹花与蒲公英》将交际花的心比作一所公寓房子，谁都可以出钱租赁，也很独特。

章克标小说更感兴趣于在曲曲折折的街道里构筑各种都市情色空间。小说《银蛇》和《做不成的小说》都有对北四川路繁华的色情交易空间的想象。《做不成的小说》写："七点钟已到了灯火明耀的新兴街北四川路。……转入一条小弄，

① 徐迟：《恋爱的梦的断片》，见陈子善编：《脂粉的城市——〈妇女画〉之风景》，杭州：浙江文艺出版社 2004 年版，第 38 页。

是顿然变换了一个世界，像海底点了电灯一般地幽静，虽那小弄并不十分清洁，也偶然有一二个同样是来探险的人往来。""每到一处地方，每进一家门户，像去闯一个十姊妹的鸟巢，总是许多女人，关在一间房里，白白的粉，红红的胭脂，满涂在嘴上脸上，穿得单单薄薄的，显露那肉体上顶美艳的部分，各式各样的装束，表现出各个人极美的方面。大家同坐在靠墙的椅子上，或围着一张桌子，有的相互谈着天，有的曼声唱着歌，都是喜孜孜乐不可支的样子。当我们排闼而入，她们都满脸堆了笑，嘻着嘴说：'请进来，坐坐。'"小说还写到咸肉庄这类地方。小说叙述邵洵美要"我"写一篇名叫"蜃楼"的小说，可是"要找蜃楼须于海滨，须在近沙漠地方，都是要须少人迹的地方，在这样人口二百万，繁华冠亚东的上海哪里会有？会有就不成为上海了"。于是在《蜃楼》里，小说就想象一个蜃楼：恍惚中被送到"一所高大洋房的面前"——

那是不惹眼的普通的光线，照耀着这一间像是书斋。两壁挤满了高高的书架，书架上又是挤得满满的书本，靠窗边斜放着一张写字台，桌面上满摆着笔砚墨水瓶之类，却整理得很有秩序，另一面的墙边有一张方桌，桌上堆着许多书册，也有几包像新寄到不曾拆开的。窗前垂着深重的帷子，旁边的壁上挂着一幅圣母子像的洋画。我正在仔细观察，忽然听得一阵幽微的水声，像迷失在浓雾中的听得了一声枪响的信号，我立刻聚精会神耸起耳朵去追求这个声息，可是又寂然地听不见什么。我决意再闯进一重门，在座椅的背后，有一扇闭着的门。

过去推那扇门，却也一推就开了，门开处最先映到我眼睛里的是一架金光灿烂的铜床，像只金毛狮子蹲在屋的一角，这分明是什么人的卧房了。这是一间特别大的卧房，面积总有三丈见方的样子，比较起来房间的东西是太少了，所以空着的地面很宽阔。我转手掩上门，看见这边有一对衣橱，对面靠墙只放着两张沙发椅，中间夹着一张小几，靠窗有张梳妆台，正中四张小椅围了一张小方桌，桌上放着茶盘和一式茶器，床前的小桌上放着一对台灯，并不放光，同衣橱并着的还有一排衣箱。房间里的亮光是四个屋里放出来的淡紫色光线，把床上洁白的被褥也照得鲜艳可掬。我看见墙上还挂着几幅画，一幅像是德国浪漫派画家倍克林作的人鱼，海的碧波和女人的雪肌成个绝好的对照，还有浪花和巨蛇的戏耍，引人入幻想的仙境。另一幅是布沽洛的浴后巨岩旁倚着一个浴罢的女人，皮肤同大理石一般雪白光滑，后面衬着海阔天空的背景，在紫光底下，这画境更添一段风趣。但是另外的靠近窗边的一幅引起我的兴趣，我不能自制地一步步走进画去，站在床边仔细看察，正好高踞在靠床的长方桌上面，在金框缘架子中的是一幅半裸体的肖像，衬色的是鲜绿的绿草，描出的是从腰部以上，所以引我注意并因为作画的手腕比那两幅还高明，却是因为那画中人的面目真像我以前的爱人萍姑。这时忽地台上的台灯放了光明，我见了清清楚楚的萍。

……

我正在狂喜的当儿，忽然听得格钦一声的门锁响，回头一看是床左旁的门开了，一个穿浴衣的女人站着。……

这女人并不是"我"少年时代的恋爱对象萍姑，她看到客人沉浸在回忆之中，就安排小婢给"我"准备酒水，两人边伺候"我"喝酒，边先后在"我"面前跳舞；那种美艳，终使"我"与那女人共进"极乐世界"。小说借女人之口说："这里是欢乐的宫殿。这里是快活的殿堂。这里，这里没有定名，喜欢叫什么就是什么。这里也没有主人，到此地来的人就是主人。这里只有永久的现在。这里的施与不希望什么报酬。这里是耶稣基督降生以前的极乐世界。这里是伊甸园直接的分园。这里是该使你的忧愁完全消除的地方。这里没阶级差别，到这里来的什么人都是佳客，这里是一方净土。"第二天，与朋友一起再去寻这个地方，就再也寻找不到了。小说显然将这个秘密地方当作都市的桃花源来写了。

赌场也是浙籍现代作家颇关注的地方。左翼作家如柯灵强调其罪恶的意义，前面已有涉及，而海派作家则强调其消费审美意义。章克标《蜃楼》描画赌场的空间、装饰、人物："那地方是高大的洋楼，有精强的武师严重地把守着门口。里面正厅旁厅是赌场，还有好几间精致的鸦片室，有精美的餐厅，也有十几间美丽的浴室，装饰得非凡考究，布置得极其完美。地板比跳舞场还要光洁，用具都是紫檀红木大理石，壁上也有西洋名画，灯是装在墙隅里取不炫眼的反映。雇佣的侍者都是眉清目秀的青年，男的穿了漂亮的西装，活像个年轻留学生，女的着光彩奕奕的旗袍，像个顶出风头的女学生。桌子上放着香烟随你吸，是三炮台茄立克还有上等的雪茄。也有酒，也有菜，只要你喜欢，都听你的便。人世间可以有的享乐那里都具备，所以去过尝到了滋味的人，不到倾家荡产总不回头。"徐訏小说《赌窟里的花魂》张扬一种人生哲学：人生有定数、缺陷，人生愈想得到的愈会失去，人生拯救力量在于爱和美，人生的光华往往在于幽暗鬼魅的地方。邵洵美小说《赌》《赌钱人离了赌场》《三十六门》《输》和《贵族区》等写贵族的家也是赌场，拓展了对贵族之家空间书写的意义。

据德国学者汉斯·维尔纳·格茨《欧洲中世纪生活》考证，中世纪，人们的生活没有精确的时间概念。"13 世纪开始有了机械的齿轮钟表,但一直没有分针。"时间"仍然只是不受人影响的自然现象;因此,在计算时间时很少精确到小时和分钟"①。但是到了现代,时间已开始变成人为现象;时针固然重要,分钟也变得有价值;"此种时间新意识的一个预兆便是:自从十六世纪以来,在纽伦堡,钟表已敲一刻钟了。"②之后,人类创造世界的雄心越来越炽盛,科学技术的发展和资本主义的经济积累需要越来越精细的计时,于是几分几秒就成了重要的时间现象。机器在飞速旋转,时间像人类的其他属性一样在效益和货币流通中不断被型塑,人们的生活节律随之越来越快或发生混乱,于是都市人在现代时间里既感到刺激、兴奋,又感到深深的压迫和困惑。

张英进在《中国现代文学与电影中的城市》中论到,传统的城市主要是空间性的,时间上体现为静止不动,如"北京,它让人敬畏的对称城市布局,它三层坚固的封闭城墙,它引人入目的牌楼、大门、宫殿——它在中国的古老传说中是稳定的,似乎不变。的确,在现代中国的文化想象中,故都北京仍是一个'宇宙的-神秘的象征',稳稳立在'四方之极',完全沉浸在无所不在的空间中,似乎不受时间的影响。"③而"上海(在 20 世纪初有时写成海上)在 100 年的时间里,逐渐获得了一系列含义,其中包括流动、变迁、不稳定、转瞬即逝、幻想、光怪陆离、沉醉、幻灭。这些含义中的'时间'主题,说明人们对中国这座最现代的都市的感觉和体验都有了根本变化。而且,相应地,空间的结构也有了变化,……"④就浙江现代文学的书写看,左翼作家困惑之外感到的是兴奋,海派作家兴奋之余感到的是疲惫和困惑。

仅此一点看,左翼作家的书写带有早期现代化的性质。为了底层阶级能够尽快摆脱贫穷和劳役,左翼作家一般都呼唤社会的尽快变革,而这变革中,促使生产和生活节律增快的机械的力量往往成为想象的对象。茅盾在《机械的颂赞》中言:"现代人是时时处处和机械发生关系的,都市里的人们生活在机械的'速'和'力'的漩涡中,一旦机械突然停止,都市人的生活便简直没有法子继续。"⑤

① ［德］汉斯·维尔纳·格茨:《欧洲中世纪生活》,王亚平译,上海:东方出版社 2002 年版,第 15 页。
② ［美］弗洛姆:《逃避自由》,上海:上海文学杂志社 1986 年版,第 29 页。
③ ［美］张英进:《中国现代文学与电影中的城市》,秦立彦译,南京:江苏人民出版社 2007 年版,第 121-122 页。
④ ［美］张英进:《中国现代文学与电影中的城市》,秦立彦译,南京:江苏人民出版社 2007 年版,第 128 页。
⑤ 茅盾:《茅盾散文集》,上海:天马书店 1933 年版,第 39 页。

《子夜》既是全方位的空间之作，也是全方位的时间之作。吴老太爷一到上海就死去，冯云卿的家庭在短时间内迅速毁灭，都说明封建主义在现代都市面前实不堪一击。作为"子一代"代表的吴荪甫虽在上海工业界声名显赫，也有宏伟抱负，但抵不住西方列强金融资本的操纵（实际是全球化的征兆），也迅速败退。小说最后由"夕阳"更名为"子夜"，结尾处上海外滩海关大楼上的四面钟厚重清朗地打出罗马字的十二下，提醒人们中国正处于传统（乡村文明）到现代（都市文明）转折的节骨眼儿上。

艾青的诗《巴黎》从机械看到快速，从人流看到变幻，看到巴黎"一刻也不停的/冲荡！/冲荡"！巴黎是有自己的个性的，它的个性就是：怪诞，强健，激烈，动荡，快速，混杂。一切都在其中毁灭，一切也都在其中得到新生；一切让人兴奋，一切又让人沮丧。"巴黎/你这珍奇的创造啊/直叫人勇于生活/像勇于死亡一样的鲁莽！"

章克标《南京路十月里的一天下午三点钟》极力渲染南京路上人、物、车的拥挤和稠密，最后只一句："全南京路二千一百九十八步。只有一个字，动。"

穆时英小说《上海的狐步舞》以一个极短的篇幅"速写"了整个上海，行文的节律与都市的节律正好相符。一个典型的细节是开头写"一列'上海特别快'突着肚子，达达达，用着狐步舞的拍，含着颗夜明珠，龙似地跑了过去，……又张着嘴吼了一声儿，一道黑烟直拖到尾巴那儿，弧灯的光线钻到地平线下，一回儿便不见了。"小说集《白金的女体塑像》"自序"说："人生是急行列车，而人并不是舒适地坐在车上眺望风景的假期旅客，却是被强迫着去跟在车后，拼命地追赶列车的职业旅行者。以一个有机的人和一座无机的蒸汽机关车竞走，总有一天会跑得筋疲力尽而颓然倒毙在路上的吧！"

徐迟的诗《MCMXXXV》（题目是罗马数字的"一九三五"——作者注）说MCMXXXV像剪刀，"料理着这世界的政治网：经济恐慌。""对于我，MCMXXXV氏，你难道便是我的有柔软的发缕的恋人吗？//MCMXXXV氏，这样匆匆地，你何往呢？"显现时间对人生的主宰和影响。穆时英小说《夜总会里的五个人》则将都市人生的时间性写到极处。"一九三二年四月六日星期六下午"：金子大王胡钧益因公债风潮而破产；大学生郑萍再次失恋；交际花黄黛茜深感青春已逝。"一九××年——星期六下午"：五年来一直小心翼翼、克尽厥职的市政府秘书缪宗旦竟接到市长亲笔的辞退书。世界一下子到了末日，于是某个"星期六晚上"，这四人在皇后夜总会碰面；一夜狂舞，黎明时分，胡钧益走到自己的汽车旁开枪自杀。其他人给他送葬。为了凸显都市生活的快节奏和瞬息万变的境况,小说借用了电影脚本空间场景并置的写法。《被当作消遣品的男子》写蓉子恋爱的速度快得"可以绕着地球三圈。如果这高速度的恋爱失掉了它的速度,就是失掉了它的刺激性,那么,生存在刺激上面的蓉子不是要抛弃它了吗?"为了捕捉都市快节奏,穆时英小说还采取关键词、中心词不断重复、并置的写法。如上面所引述的:"飘动的裙子,飘动的袍角,精致的鞋跟,鞋跟,鞋跟,鞋跟,鞋跟。"

二、作为人化的都市

无论在马克思那里还是在卢卡奇那里,物化与"非人化""非人格化"都是相对应的,而与"人化"相对立。它说明现代人类历史的发展是以牺牲人的精神,导致人的本质的异化为代价的。但问题的另一面是,人类的历史也有进步的一面。就都市而言,它"不仅是个地方,也是一种精神状态,是独特生活风格的象征"①;它"召唤着我们心中潜藏的梦想"②。1666 年,伦敦重建,奠定伦敦世界第一大都市的基础;1688 年英国光荣革命,确立世界上最开明的政治制度;1782 年英国工业革命,拉开世界现代化序幕,不到一百年的时间内所创造的生产力超过此前人类生产力的总和③。1853 年巴黎重建,为巴黎"美好的时代"打下基础;1900 年巴黎世界博览会,主题是"巴黎,文明世界的首都"④,凸显"巴黎神话"的诞生。"宇宙中那么多的星辰都无法代替这唯一能独自照亮世界的光明。"⑤"巴黎阻止了世界变得愚蠢。"⑥1840 年纽约崛起,即便是在诗人惠特曼看来,纽约也是"光芒四射的,是民主的,它充满了活力、创造性以及物质与精神的力量"⑦。具体到上海,最早对世界开放(虽然开始是被动的),最早引进西方现代科技文明、物质文明和精神文明,最早产生接近西方的市民社会,最早有言论自由和个人自由,最早深刻改变了中国人的世界观、人生观、价值观和审美观,并由此重塑中国人

① [美]丹尼尔·贝尔:《资本主义文化矛盾》,严蓓雯译,南京:江苏人民出版社 2007 年版,第 109 页。

② 乔尼:《梦想之城》,转自张英进:《中国现代文学和电影中的城市》,秦立彦译,南京:江苏人民出版社 2007 年版,第 98 页。

③ [德]马克思、恩格斯:《共产党宣言》,中共中央马克思恩格斯列宁斯大林著作编译局译,北京:人民出版社 1997 年版,第 32 页。

④ [美]科林·琼斯:《巴黎城市史》,董小川译,长春:东北师范大学出版社 2008 年版,第 257 页。

⑤ [法]帕特里斯·伊戈内:《巴黎神话——从启蒙运动到超现实主义》,喇卫国译,北京:商务印书馆 2013 年版,第 280 页。

⑥ [法]帕特里斯·伊戈内:《巴黎神话——从启蒙运动到超现实主义》,喇卫国译,北京:商务印书馆 2013 年版,第 281 页。

⑦ [法]帕特里斯·伊戈内:《巴黎神话——从启蒙运动到超现实主义》,喇卫国译,北京:商务印书馆 2013 年版,第 234 页。

的精神、灵魂和生活方式。一句话，都市既表征着人类物质化的生存，也表征着人类疏离、对抗和超越物质化的精神性生存、灵魂性生存。相比之下，都市给人类生存带来更多的实现自由意志和人生愿望的机会，提供更大的释放自然欲望的空间，激发更多的人生智慧，成就更加美丽的人生，当然也更充分地暴露了人类生存所无法克服的困难及无法解决的根本性困境。鉴于此，本小节，我们就跳出都市物质化的思维窠臼，而从精神性、灵魂性的角度梳理一下浙江现代文学的都市书写。

（一）自由、开放之都

都市是现代历史阶段的产物，它的崛起、发展始终与人类孜孜追求的"自由"形影相随。这里，"自由"也应有两解：一是物理空间上来去往返——行动——的自由，一是精神空间上爱恨取舍——选择——的自由。都市的崛起伴随着全球化的崛起，全球化的崛起极大地延展了人们的视线，扩张了人们的心胸，激发了人们的梦想和欲望，形成更高的精神追求和更迫切的自由的愿望。也正是在这种语境中，世界上所有的现代都市都把城墙推倒，所有的都市人也都渴望将心扉打开，与整个世界接触。无疑，在这种"开放"的过程中，人类各种价值观、审美观都发生了极大变化，促生人类新的生活方式和精神风采。显而易见，浙江现代作家中，艾青等人的创作对此作出了很好的呼应。

众所周知，艾青的诗歌基本可分为两大类型，即"土地意象"的诗歌和"太阳意象"的诗歌。"土地意象"的诗歌主要表达对古老中国及其人民的理解、同情、赞美，"太阳意象"的诗歌主要表达对光明、自由、独立的追求及对现实苦难的化解和超越。需要强调的是，艾青诗歌中的"太阳"讴歌，主要文化背景是西方现代文明（虽然不止于西方现代文明）。其内蕴有对抗、超越社会现代性的一面（即有审美现代性的一面），但也不乏社会现代性的一面，即从民族与民族之间的关系看，其诗歌所触及的社会现代性对于后发展国家、民族来言，未尝没有构成一种线性历史启蒙。所以，诗人在《村庄》中这样歌吟："自从我看见了都市的风景画片，/我就不再爱那鄙陋的村庄了。"并进一步追问："什么时候我的那个村庄也建造起小小的工厂，/从明洁的窗子可以看见郁绿的杉木林。/机轮的齐匀的鸣响混在秋虫的歌声一起？/什么时候在山坡背后突然露出了一个烟囱，/从里面不止地吐出一朵一朵灰白色的烟花？/什么时候人们生活在那里不会觉得卑屈，/穿得干净，吃得饱，脸上含着微笑？/什么时候村庄对都市不再怀着嫉妒与仇恨，/都市对村庄也不再怀着鄙夷与嫌恶，/它们都一样以自己的智力为人类创造幸福，/那时我将回到生我的村庄去，/用不是虚伪而是真诚的歌唱/去赞颂我的小小的村庄。"《少年行》再一次申说:"我不喜欢那个村庄——/它像一株榕树似的平凡,/也像一头水牛似的愚笨,/我在那里度过了我的童年。"与此同时,象征着自由、富裕、繁华的城市成为艾青诗歌中现代性的主要承担者。如《黎明》这样开篇:"当我还不曾起身/两眼闭着/听见了鸟鸣/听见了车声的隆隆/听见了汽笛的嘶叫/我知道/你又叩开白日的门扉了……我也忆起/在远方的城市里/在浓雾蒙住建筑物的每个早晨,/我常爱在街上无目的地奔走,/为的是你带给我以自由的愉悦,/和工作的热情。"在《太阳》《向太阳》里,城市是"群众在旷场上高声说话"(表达主体性)的公共空间,城市成为"用电力与钢铁召唤""太阳"(光明、自由、幸福的象征)的使者,同时也成为"太阳""黎明"爱抚的对象。所以,诗人深情地歌吟:在这样的城市里,"我看见日出/比所有的日出更美丽"。在这些诗篇里,社会现代性与审美现代性显然主要是以统一、和谐的形态出现在读者面前的。

　　艾青一生书写巴黎的诗歌有 15 首之多,它们分别是《会合》《芦笛》《巴黎》《ORANGE》《画者的行吟》《古宅的造访》《雨的街》《欧罗巴》《哀巴黎》《溃灭》(包括《哭泣的老妇》《玛蒂夫人家》和《赌博》三个片段)(写自新中国成立之前)、《巴黎》《香谢丽谢》《红色磨坊》《巴黎,我心中的城》《敬礼,法兰西》(写自新时期"归来"之后)等,可谓情有独钟。这些诗作的具体情况容我们下面再谈,这里只需指出一点,在诗人笔下,无论巴黎有多少不足和缺陷,但都是诗人热爱的对象。在《巴黎,我心中的城》中,诗人这样歌唱:"巴黎,你像一朵全开的花。"这里,"全开"有开之"过"的内涵和嫌疑,但也明显有光明、自由、舒适、惬意的意旨。相比之下,1933 年在国民党监狱里写的《巴黎》是对巴黎的全面而较具体的讴歌,这里虽然也写出巴黎对待不同民族、不同人群的不公及巴黎的其他罪恶,但却更多地肯定了巴黎的自由、个性、人群的流动、科技的发展及由此产生的无限生气。说:"巴黎:/我恨你像爱你似的坚强。""你这珍奇的创造啊/直叫人勇于生活/像勇于死亡一样的鲁莽!"仔细阅读,可以发现,今后诗人诗作中几乎所有关键词、中心意象都可以在这里找到它的混杂的多声部的立体的表现:"黎明、阳光、电光、火焰、光彩;爱、恨、欢喜、悲哀、悲愤、欢乐、激昂、歌唱;群众的洪流、巨大的力、众人在悲痛里、攻打你的先锋;迷失在你的暧昧的青睐里、直到使我深深地受苦;豪华的赞歌、钢铁的诗章。"只有一种关键词、中心意象没有出现,就是《大堰河——我的保姆》一类诗中所表现的只有属于"中国"的"土地——农民——苦难"意象,如"草盖的坟墓、枯死的瓦菲、奴隶的凄苦、土地的气息、土地的颜色、土地的阴郁"等等。无疑,《巴黎》是诗人今后一切现代性想象、现代性追求的形象性宣言。诗人在《芦笛》中矜持地歌唱:"人们嘲笑我的姿态/因为那是我的姿态呀/人们听不惯我的歌/因为那是我的歌呀。"《芦笛》一诗的副标题是"纪念故诗人阿波里内尔"。标题下用阿波里内尔的诗句作题记(法文):"当年我有一支芦笛,拿法国大元帅的节杖我也不换。"可见诗人对巴黎作为自由之都的深度认同。

域外题材创作,可以归到这一类的还有郁达夫对日本东京及附近城市的书写。郁达夫是现代第一个出版新小说集的作家,其1921年出版的《沉沦》包括三个短篇《银灰色的死》《沉沦》和《南迁》。由于小说集碰触日本都市文化氛围,揭示青年人生命中爱欲的觉醒及不能得到实现而带来的悲剧命运,遂在国内青年读者中引起巨大反响。以往的解读总是强调小说中的灵肉冲突,给人带来误解,以为郁达夫小说主人公在否定、压抑人的性欲,而只是看重灵魂的纯洁、精神的超越。其实,这只是揭橥了小说内蕴的一个方面,另一方面是,小说主人公又何尝不渴望人的自然欲望的解禁、释放,只不过没有条件和机遇罢了。小说主人公要压制的不是正常的人性欲望,而是因为正常的人性欲望得不到满足而带来的变态的、病态的人性欲望,或者干脆说成是兽性欲望。性欲,当得不到正常满足时追求,就是人性的需要;当无论正常需要与否,都一味沉溺其中,就是兽性呈现;当不能得到正常满足而采取歪曲、不正常的方式替代时,就是变态、病态。显而易见,变态、病态的性的欲求介于人性和兽性之间。郁达夫小说中主人公的矛盾、痛苦就来自这种人性与兽性之间的摇摆、不确定性、相生相克。这些主人公为何居于这种境地呢? 除其他原因外,一个重要原因是乡土中国灵魂与他们实际居处环境之间的反差。换言之,郁达夫这几篇小说不经意间写出了当时日本都市文化氛围,特别是写出了当时日本都市氛围内男女的自由交往,两性之间性交流的自由化、常态化,及这种自由化、常态化两性交流给小说主人公生理、心理、心灵带来的刺激和启发。

日本素有男女交往自由的传统,这一点可归结为日本的民间传统,但是考虑到郁达夫反复强调的历史文化背景,如当时国际语境下,"支那"青年在日本少女嘴中如同猪狗一样等,我们可以断定,郁达夫小说中这类话题的书写不仅仅是揭示日本的民间传统,至少显意识里不是。郁达夫的小说中贯穿着现代发达国家、民族与不发达国家、民族之间的比较视角。换言之,其小说中有启蒙视角。那么,其小说中所写日本都市氛围就不仅仅是无意识的,而有文化启蒙意义。郁达夫这几篇小说中主人公都是青年男子,且是大学生,或者在图书馆学习(《银灰色的死》),或者手里拿着世界著名诗人的诗集(《沉沦》),或者考上了著名大学(《南迁》),说明他们是被启蒙的人,所以连性意识也被叫醒了。这几个主人公正常的性的欲望没有得到满足,小说没有因此得出结论指责日本是封建的、保守的,而是强调民族歧视、民族分隔所致。主人公眺望日本男女之间的交流却是自由的、常态化的,正是无缘这种性交流的正常化、自由化而矛盾、痛苦、自哀自怜,甚至自杀。《银灰色的死》写日本女孩静儿的妈妈曾在西洋人的咖啡馆里当炉,所以很开放,允许女儿与小说主人公 Y 君不受拘束地交往,以至小说主人公可以在快要结婚了的静儿的床上过夜。《沉沦》写日本高校里男女交往的轻松、自由,写日本女学生眼神的灵活给小说主人公带来的心理的刺激。特别是写小说主人公偷窥房东家女儿洗澡,被发现后并没有遭到任何惩罚;到处是野合;妓馆里的侍女可以高声向街头的男子叫生意;妓馆里的侍女可以将喝醉酒的客人搀扶到自己的住室过夜,而没有想到借机敲诈;等等。这些书写都有意无意地将日本都市文化环境中的负面因素过滤掉了,而显示叙述的"客观性",说明作家在想象和描摹这些生活和人物时,并没有采取批评、否定的态度,而是好奇、惊讶、羡慕。作家也没有明显地赞美,因为这些都市文化氛围毕竟产生在轻视、欺侮中国人的日本境内。到《南迁》,作家的创作企图发生偏向,不是张扬民族话题,而是揭示精神上具"一种世纪末 Fin de siécle 的病弱"的人的矛盾、痛苦。小说最后让主人公"伊人"摆脱 W 夫人,而趋向于 O 姑娘,说明现代向古典的回归,昭示今后郁达夫小说精神审美趋向对现代都市的疏离,但这是后话。

国内都市题材的书写,可以东方蝃蛛和施蛰存的一些创作为代表。

东方蝃蛛的小说集《绅士淑女图》已引起人们广泛注意,共包括七篇小说,被吴福辉盛赞"每一篇都达水准线"①。其实,《绅士淑女图》之后,他还有一单篇《花卉仕女图》也颇值得称道。小说写上海某报社记者"我"带着同报社的一个女记者,也算是女朋友石承珍来参加当年自己教会大学的班主任梅太太的生日聚餐会。"我"本是教会学校出身,所以对于聚餐会上各位洋派小姐所表现出的开放的态度、活泼的情趣、幽默的智慧很感兴趣,也很容易融入聚餐会的气氛中去,并且对于聚餐会中的一个小姐佩佩不免心存爱念。可是,石承珍对于这里却表示出仇恨、嫉妒、冷淡,当然也不会适应。她不说话,偶尔说的话与气氛和场合也不协调,也不接受"我"和其他聚餐会上的男子的邀请而参与跳舞。她就在那里不合群地孤坐着,直到我们离去。小说点明她"不过是一个杭州师范出身的普通女学生",显然是在杭州与上海的双城比照中,表达对作为现代大都市的上海的认同,对相对落后、闭塞、"土气,寒蠢"的内地城市的厌憎。石承珍说:"你只有过去,只有将来,没有现在。这样,你老是痛苦的。""我"说:"这不是痛苦,痛苦一半

① 吴福辉:《都市漩流中的海派小说》,长沙:湖南教育出版社 1995 年版,第 164 页。

是物质的;这是不满,心理上的不满足。"石承珍接着表示不解和不屑:"呸!别往脸上贴金了,别提什么心理、精神这些字眼了,你要的还是一辆汽车,一层公寓,这些简单的物质享受。就是得不到的苦,再不去怨怨你为什么没有一个做银行总裁的舅舅?"这里,石承珍的见解碰触了"我"之所以无法与洋派小姐发生恋爱的物质原因,揭示了"我"没有"现在"的困境,但也表明她对"我"的理解只保持在一个肤浅的层面上,而对"我"更内在的精神的渴望和追求无法洞察,更谈不上认同。所以,她不可能成为"我"真正的伴侣,而只能成为"我"暂缓目前危机的一个步骤,如"我"最后所言:"你现在是一剂药,也许会医治了我的病,不过,病治好了,药也就成了药渣。"小说深层次地表达了土洋、中西之间的矛盾、痛苦及理想无法实现的失落,但显而易见,在"土"与"洋"——乡村化的人生与都市化的人生——之间,小说的价值选择还在后者,而不是前者。

施蛰存的小说《春阳》也是将上海与上海附近的中国传统乡镇对比,写出上海丰富精美的物产(商品)、上海人轻松的心态、活泼的身影、幸福的感受,对比从昆山来的婵阿姨的阴暗心理、衰老心态、悭吝追求、孤寂身影。婵阿姨受上海氛围的刺激和感染,忽然有了想吃想爱的欲望,只是青春已去,华年渐老,终成为与幸福、生气背道而驰、渐行渐远的人物。小说写她虽有钱但与都市所代表的现代人生脱节,价值取向不言自明。

(二)女性进一步解放之都

世界各国女性解放的进程千差万别,但有一点是共同的,即都最先发生在现代性大城市。西方女性解放灵肉是同时的,而且她们的解放主要不是来自男性同情者的启蒙,而是她们自己的觉醒及对男权的不懈斗争。有两个显著的例子能说明问题。一是1716年英国著名女作家玛莉·维特雷·蒙塔古写给女友的信。信中说:当时的贵族"妇女一结婚就寻找情人,把他作为自己装备的一部分,没有他她就不可能高贵"[1]"也就是说,每个女士都有两个丈夫,一个挂名,一个履行职责,这已经成为惯例。"[2]这表明当时英国贵族女性被剥夺的权利在政治和经济方面,而不是在日常生活的生存和享受方面——譬如爱欲方面。表明工业革命之后英国社会对于女性的压抑远不如其他非工业化国家、民族强烈、彻底。一是高悬"自由、平等、博爱"口号的法国大革命并没有给妇女留下相同的权

---

[1] [美]丹尼斯·舍尔曼:《西方文明史读本》,赵立行译,上海:复旦大学出版社2010年版,第278页。

[2] [美]丹尼斯·舍尔曼:《西方文明史读本》,赵立行译,上海:复旦大学出版社2010年版,第277页。

利,一位来自底层的巴黎妇女奥伦比·德·日古模仿大革命中颁布的《人权宣言》写作并向世人公布了《妇女权利宣言》,"条款 1. 妇女生而自由而且享有与男性同样的权利。社会区别只能基于公用事业。""条款 17. 财产权属于男女两性,不管他们结合在一起还是分开来。对任何一方而言,它都是神圣不可侵犯的权利,除非法律决定的公共需要显然需要它,而且事先进行了公正的赔偿,否则任何人都不可将其剥夺,因为它是真正自然的遗产。"①结果,这一妇女被指控从事反革命行动,1793 年被捕并处决。这表明当时法国男性与女性之间是尖锐对立的。而中国的女性解放很大程度上来自 19 世纪下半期以来西方在华传教士在上海、宁波、福州等通商口岸城市兴办的女学和中国先知先觉者(绝大多数是男性)在上海、北京等地不遗余力地倡导和推动。也就是说,中国的女性解放,对于女性来讲,很大程度上是被动的、给定的,而且总是先有灵(思想概念)的解放,其次才是身(日常生活行为和各种欲望)的解放。这决定中国的女性解放将有一个曲折而漫长的过程。

中国女性解放的第一轮是从清末到民初。这一时期,中国现代都市尚未崛起,整个社会风气远未开放,女性在时代的压力下不可能有大的作为,而只是进行局部的思想启蒙(仿西方在华传教士而兴办女学、结社、创办报刊)和局部的身体解放(如放足)等。这时,上海的文学和画报最关注的还是新旧过渡期的小妾、妓女等女性的形象和生活。如《点石斋画报》所载的女性的照片和画像还主要是妓女的形象,《海上花列传》所塑造的女性主要是上海四马路(今福州路)的妓女形象,《歇浦潮》《海上繁花梦》等所塑造的女性形象主要是不守妇道的寡妇和小妾。由于作者缺乏新时代的眼光和审美标准,这些文学艺术中的女性形象都带有"旧而有新""中而有西"的色彩,而不是"新而有旧""西而有中"的特征②。第二轮是"五四"新文化运动时期,这一时期在鲁迅、周作人、陈独秀等大批先知先觉者的激烈推动下,女性解放全面展开,不仅要求女性与男性平权,女性享有意志自由和人格独立的权利,而且突破禁区,认真探讨女性贞操问题,企图打破几千年封建文化对女性身体的约束。文化宣传和报刊鼓动也远非前一轮所能比。在此语境下,女性生命开始焕发新时代的光彩。表现在文学中,新的思想观念和审美标准下,一批具有新的思想境界、人生追求和审美内涵的女性形象开始出现。如鲁迅《伤逝》中的子君、庐隐《海滨故人》中的露莎、冯沅君《卷葹》中的女主

---

① [美]丹尼斯·舍尔曼:《西方文明史读本》,赵立行译,上海:复旦大学出版社 2010 年版,第 313 页。

② 吴福辉:《京海晚眺》,南京:江苏人民出版社 1997 年版,第 24 页。

人公等。尽管如此,文学书写对女性的身体问题、爱欲问题碰触还是不够。如冰心的创作从不触及女性的身体欲望问题。鲁迅的《伤逝》,一句"我也渐渐清醒地读遍了她的肉体,她的灵魂,不过三星期",就将子君的身体和爱欲问题交代了过去。这种情况的产生除作家本身的原因外,还是与当时的时代语境有关。当时的文学中心在北京,北京还是中国传统文化的核心,这对当时的文学创作无疑具有潜在或显在的影响和制约作用。这种情况下,女性更内在的生命诉求就不可能得到正视和展开,女性解放也不会深入。这种状况的改变要到第三轮到来之后,也就是我们这里所关心的 20 世纪三四十年代。这时,中国封建政体正式结束,中华民国正式成立,上海作为"东方的巴黎,西方的纽约"也正式崛起。1935年出版的英文《上海指南》中说:"上海,世界第六大城市;上海,东方的巴黎;上海,西方的纽约。"①文化和文学中心南移,女性解放才真正步入新的阶段,即女性解放开始落实到女性的身体上、爱欲上、更内在的要求上,女性生命的光辉和美也才真正焕发出来。这时,裸体画的兴盛、歌舞学校的兴办、情人制的提倡、女性"大奶复兴"和性高潮的提倡、裸体运动的倡导、一批新的画报如《良友画报》和《妇女画报》等为女性的彻底解放和女性的"人工美"的摇旗呐喊②、好莱坞女电影明星的各种影响,彻底打碎了传统时代女性的贞操观、羞耻感,实现了女性从传统向现代的转型。需要指出的是,这时的都市也是一个消费性的都市、物化的都市,物化与人的精神追求相冲突,就构成同一时期中国女性解放更内在的困惑和迷茫。这些,在浙江现代作家的书写中均有典型的反映。

自由女的魅力和困境。这里所谓自由女,指在自我形象塑造上、在男女交往和性爱关系中拥有意志自由的女性。清末民初的女性书写主角是小妾、妓女,"五四"时代女性书写主角是具有新思想的青年学生,三四十年代的女性书写主角则主要是交际花、舞女(主要指中上层舞女)等。小妾终属于一个男人,妓女终固系在某个妓院,她们的穿着打扮(自我形象塑造)基本上没有走出传统;青年学生只有新思想却没有新的社会生活,她们的穿着打扮是统一的意识形态化的,不是个性的、自由的;只有交际花、舞女才相对受到较好的现代教育、感受较充分的现代人生、形成较优雅的现代美学趣味,显示迷人的现代风情和神韵,同时也享受较大的自我形象塑造的自由。如果说前两个阶段都市文学的女性主角处于从私人空间向公共空间过渡阶段,那么交际花、舞女则是完全属于公共空间的。舞

---

① 邵雍:《〈纽约时报〉视野下的上海城市化进程》,见孙福庆、杨剑龙主编:《双城记:上海、纽约都市文化》,上海:格致出版社/上海人民出版社 2011 年版,第 121 页。

② 仑:《流行花》,见陈子善编:《脂粉的城市》,杭州:浙江文艺出版社 2004 年版,第 94 页。

女是交际花的一种，交际花也往往是舞女，因为跳舞是现代交际不可少的高雅项目。交际花、舞女的悲剧在于，她们终免不了对财富的依靠，这财富又往往掌握在男性手里，于是交际花、舞女就成为男权社会所精心培养的女性之花、艺术之花、智慧之花。交际花、舞女最大程度上发挥了女性的魅力，同时也最典型地表征着女性在男权社会的危机。这一点，曹禺的《日出》和巴金的《寒夜》都表现得很清楚。具体到浙江现代作家笔下，穆时英和邵洵美的小说是最佳代表。

李欧梵《上海摩登》、张鸿声《文学中的上海想象》都注意到了海派小说中所描写的摩登女性的脸和身体在都市文化中的视觉表意作用。开放的打扮、自由的体态、异域风情，就是这些摩登女的脸和身体的审美特征。这样的女性美构成对都市男性的极端诱惑。穆时英的小说《被当作消遣品的男子》就极力渲染这一点。"我"是某大学学生，一个在文坛已小有名气的青年作家，但是"我"沉醉于同校女大学生蓉子的美。蓉子的服饰、长相、体态、身姿美："她有着一个蛇的身子，猫的脑袋，温柔和危险的混合物。穿着红绸的长旗袍儿，站在轻风上似的，飘荡着袍角。这脚一上眼就知道是一双跳舞的脚，跤在海棠那么可爱的红缎的高跟儿鞋上。把腰肢当作花瓶的瓶颈，从这上面便开着一枝灿烂的牡丹花……""在装饰上她是进步的专家。在人家只知道穿丝织品，使男子们觉得像鳗鱼的时候，她却能从衣服的质料上给你一种温柔的感觉。还是唱着小夜曲，云似地走着的蓉子。在银色的月光下，像一只有银紫色的翼的大夜蝶，沉着地疏懒地动着翼翅，带来四月的气息，恋的香味，金色的梦。拉住了这大夜蝶，想吞她的搽了暗红的 Tangee 的嘴。把发际的紫罗兰插在我嘴里，这大夜蝶从我的胳膊里飞去了。嘴里含着花，看着翩翩飞去的她，两只高跟儿鞋的样子很好的鞋底在夜色中舞着，在夜色中还颤动着她的笑声，再捉住她时，她便躲在我怀里笑着，真没法儿吻她啊。"蓉子的机智美、灵活美：蓉子有"一张会说谎的嘴，一双会骗人的眼——贵品哪！"她让人捉摸不透，正如这个都市让人捉摸不透。她的自由—随意美："记着，我是爱你的，孩子。可是你不能干涉我的行动。""你的话，我爱听的自然听你，不爱听你是不能强我服从的。知道吗？"蓉子充分利用自己的姿色美和都市空间自由，频繁出入于上海各交际场所，如舞厅、咖啡馆、丽娃栗姐村，把"我"和许多男子都抓在手里当消遣品，然后又像朱古力糖渣一样吐出。问题是，小说没有简单否定她的这种交往过于自由和精神物质化倾向，而是揭示她之所以这样做，一是为了尽情地享受生命的愉悦（她的青春），二是为了反抗父亲给她指定的婚姻。她说："我顶怕结婚，丈夫，孩子，家事，真要把我的青春断送了。为什么要结婚呢？"这里，显示都市人特别是都市女性生存的颓废感和急迫性。穆时英另一篇小说《夜总会里的五个人》写交际花黄黛茜在 28 岁的最后一天到来时所感到的绝望,于是在 29 岁的第一天尚未到来时去皇后夜总会跳舞狂欢,可以构成对蓉子生命感的补充。蓉子不愿意嫁给银行家的儿子,但也不接受作为穷学生的"我"对她的爱情。蓉子的选择是清醒的,所以也是更值得解读的。蓉子的魅力是都市、都市女性的魅力,蓉子的危机也是都市、都市女性的危机。《骆驼·尼采主义者与女人》中的交际花应该也属于蓉子一类。

穆时英对都市交际花、舞女的书写突破了刘呐鸥那种"非中国的"倾向,而更接近她们的人生实际。《黑牡丹》变换视角,写舞女在都市生活的危险处境和疲惫感。一次夜总会之后,男人挟持舞女黑牡丹一起去开房间,危险之中,黑牡丹误逃入"我"朋友的后花园,朋友发现,叹为奇观,惊为天赐。朋友问她是谁,她说是牡丹花妖。朋友请"我"来欣赏这花妖,"我"认识这个舞女,她告诉"我"原委,才知事情真相。有意思的是,她始终不愿意告诉"我"朋友事情的真相,因为一旦告诉他真相,他还会这样友好地对待这个女人吗?如小说所说:"如果说是舞娘,他不会留我的,也会把我当洋娃娃的。"而不知道女性真实的处境,怎么能真正关心和帮助女性呢?这里写出女人的要求与男人的兴趣的错位。《Craven "A"》和《夜》更进一步,深入交际花的内心,写她们虽自由但无家可归的境遇及由此产生的生存的孤独感、流浪感、疲惫感。前者的主人公余慧娴常常感慨的是:"寂寞啊!我时常感到的。你也有那种感觉吗?一种切骨的寂寞,海那样深大的,从脊椎那儿直透出来,不是眼泪或是太息所能洗刷的,爱情友谊所能抚慰的——我怕它!我觉得自家儿是孤独地站在地球上面,我是被从社会切了开来的。那样的寂寞啊!我是老了吗?还只二十岁呢!为什么我会有那种孤独感,那种寂寞感?"后者的主人公茵蒂在舞厅与一个外国水手"邂逅"。都是无家的人、寂寞的人、悲哀的脸上带着快乐的面具的人,狂欢后两人又各奔东西。"你以后怎么呢?""不知道。""以后还有机会再见吗?""不知道。""记住我的名字吧,我叫茵蒂。"这个名字实际双关了女性身体最隐秘的部分:阴蒂。杨义曾撰文认为"茵蒂"指"烟蒂",表示人皆可享乐,享用完了"即弃之"之意①。黄献文则认为,杨义的理解不符合小说原意,小说中"'茵蒂'即'阴蒂'之谐音,且烟为 yan,茵为 yin。虽然我们极不愿作这样粗俗的意义联想,但这何尝不是作家特意埋下的隐喻,或那位舞女对自己卑贱命运的恶作剧的自嘲呢?"②小说通过这种书写揭示了物

---

① 杨义:《京派海派综论》,北京:中国社会科学出版社 2003 年版,第 46 页。
② 黄献文:《论新感觉派》,武汉:武汉出版社 2000 年版,第 94-95 页。

化环境里女性生存的意义扭曲及她们的孤独、痛苦。

邵洵美小说《自白》想象更大胆，它设计这样的情节：一个舞女为了保住男人对她的爱，将梅毒传给男人，然后乞求男子同意与她结婚。她说她情愿一辈子伺候男子，任打任骂，任劳任怨。诗《冬天》写舞女生活并非都是自愿的，从而揭示"大都会的光暗面"①。

> 你怕冷？ 那我可不怕；
> 棉的不够有皮的，皮的不够有火炉——
> 任你有双倍的冬天，
> 双倍的西北风也吹不糙我的皮肤。
>
> 这才是！ 你说是羊脂？
> 管他！ 看，反正是白的嫩的又软又滑的。
> 你爱？ 你真爱？ 你就摸——
> 得留神，他怕会炙伤了你的，也值得？
>
> 这不是刀痕，也不是
> 火疤。咳，你还看不出是皮鞭的印子？
> 就为了上一个冬天，
> 我不叫那天杀的来打开我的帐子。
>
> 事情是过去了，先生，
> 我们吃这样的饭，就得做这样的人。
> 你别管，管也管不了；
> 摸你的，你爱，再嗅上一嗅吻上一吻。

欲望女的魅力和困境。这里所谓欲望女，不是指沉醉于金钱等其他物质的女性，也不是指生理意义上沉醉于两性欲望的女性，而是将两性欲望看作人性的一部分、正视它并张扬它的女性。从两性欲望层面探究女性人生，从丁玲开始，但如张爱玲后来所说："丁玲的初期作品是好的，后来略有点力不从心。"②即丁

---

① 邵洵美：《大都会的光暗面》，见邵洵美：《不能说谎的职业》，上海：上海书店出版社2008年版，第75-76页。

② 《女作家聚谈会》，上海：《杂志》第13卷第1期，1944年4月。

玲后来自觉地放弃了从欲望角度探讨女性生命存在的意义。丁玲之后,新感觉派对都市女性的性爱欲望的书写要么是妖魔化的,如刘呐鸥的《风景》,要么是回避式的,如穆时英的《Craven "A"》。承续这一传统,把两性欲望作为女性生命的"大欲"之一做正面的书写,从而彰显女性解放新维度的,是浙江女作家苏青。

苏青被称为 40 年代"大胆女作家"①。苏青后来回忆说:"记得有一本《前进妇女》里索性老实不客气地称我为'文妓'"②。问题是苏青并不在意。苏青说:"女作家写文章,有一个最大困难的地方,便是她所写的东西,容易给人们猜想到她自己身上去。关于这点,当然对于男作家也如此,只不过女作家们常更加脸嫩,更加不敢放大胆量来描述就是了。我自己是不大顾到这层的,所以有很多给人家说着的地方。"③苏青引起文坛注意,引起读者极大反响,《结婚十年》连续出版 18 版,《续结婚十年》也多次再版,就在于她大胆、直率地揭示了女性生存的内在秘密。

《结婚十年》从艺术上讲是叙述平实之作,但是其中探讨的女性生命的问题,不少话语即便今天看来,也是惊人之论,足值得读者深思。小说写苏怀青与徐崇贤结婚当天,便发现徐崇贤还有一个外婆家表嫂喜欢他。之后,她不满足于徐崇贤对她的爱,就想念大学时代的恋人应其民。在小说里,苏怀青自道内心隐秘:"女子是决不希求男子的尊敬,而是很想获得他的爱的!只要他肯喜欢她,哪怕是调戏,是恶德,是玩弄,是强迫,都能够使她增加自信,自信自己是青春,是美丽的。"女人并不一定喜爱自己的丈夫,但是希望他"在生理上却又是个十足强健的男人!"。短篇小说《胸前的秘密》将嫖客与丈夫的形象重叠想象,说明女人渴望丈夫像嫖客一样对待她。另一短篇《蛾》写妓女样的女子明珠明明知道男人要的不是"女人",而只是"女",但还是如期赴约与无名的男子发生两性关系。说:"欲望像火,人便是扑火的蛾!""只要有目的,就不算胡闹。""我要……,我要……,我要呀……"

苏青在著名的《谈女人》中重新解释妓女的生活,认为也许只有妓女那样不缺乏性的满足的人才可能有对爱情的真实诉求,相反,不能得到性的满足的"上层女人"往往容易陷入"饱暖则思淫欲"的矛盾境地。"还有一种老处女,她们的变态心理是别人都知道的,但她们自己却不知道。这不知道的原因,是她们听了

① 苏青:《〈浣锦集〉与〈结婚十年〉》,上海:《天地》第 15、16 期,1945 年 1 月。
② 苏青:《关于我——〈续结婚十年〉代序》,见方铭主编《苏青文集》散文卷(下),合肥:安徽文艺出版社 2016 年版,第 155 页。
③ 《女作家聚谈会》,上海:《杂志》第 13 卷第 1 期,1944 年 4 月。

别人虚伪的宣传,以为性爱是猥亵的,而自己则是纯洁非凡。殊不知'饮食男,女人之大欲存焉',天然的趋势决非人力所能挽回。……可见一个处女过了发育期还口口声声说抱独身主义,或者是一个妇人把养六个孩子的事实说此乃出于不得已,都是自欺欺人的天大谎语。"苏青由是断定:"我敢说世界上没有一个女人不想永久学娼妇型的,但是结果不可能,只好变成母性型了。"女性不能满足自己的性爱要求,就"只能爱着男子遗下的最微细的一个细胞——精子,利用它,她们于是造成了可爱的孩子,永远安慰她们的寂寞,永远填补她们的空虚,永远给以她们生命之火"。如有的研究者所言:"她以一种'灯蛾扑火'式的勇气,揭去了女人隐秘性的历史屏障,将 20 年代女作家放逐在文本之下的边缘化的女性经验再度中心化。""苏青的低语和锐叫构成了 20 世纪中国文学中的一个奇迹,成了'现代文学'中女性文学的一个高音区。"①需要指出的是,由于作家创作的语境是在当时的上海沦陷区,精神定位缺乏高度,在读者中引起消极影响也是难免的。其创作触及都市书写、市民书写与民族书写多方面的问题。

寻找女的魅力和困境。这里,所谓寻找女,指不认同都市的物质化、金钱化、欲望化,而主要在精神上超越,在归宿上寻找,而终成孤独者、流浪者、迷茫者的女性。这种女性是都市中真正的雅者。

林徽因一般被称为京派作家,其实她介于京、海之间,或者说超越于京、海之上。其小说《钟绿》中同名女主人公不仅具有传统美,而且具有现代美;不仅具有乡村美,而且具有都市美。她是一个理想主义者、完美主义者,所以她无法在世俗中寻找到归宿,而最后只能死在一条象征漂流的小帆船上②。

施济美也是一个理想主义者、完美主义者,但是她的创作更贴近都市些,所以其小说女主人公在理想与现实、乡村与都市、传统与现代之间矛盾冲突更强烈些。她们不愿意向现实低头,向理想的寻找更深入、更持久,也更动人心魄。

施济美的"寻找"类小说分两种:一种是走动类寻找,一种是心动类寻找。"走动"类寻找作品以《寻梦人》(原名《蓝园之恋》)、《紫色的罂粟花》《秦湘流》(原名《我不能忘记的一个人》)和《十二金钗》(原名《群莺乱飞》)等为代表,"心动"类寻找作品以《凤仪园》等为代表。《寻梦人》写当年的蓝湄因小姐今日的林太太经过多年都市生活之后对当初生命家园的寻找与回归。《紫色的罂粟花》写赵思佳不愿意做传统的妻子,也不愿意做一般欲望的奴隶,而是尊重自己的寻找,爱上

---

① 孟悦、戴锦华:《浮出历史地表——现代妇女文学研究》,北京:中国人民大学出版社 2004 年版,第 220 页。

② 吉素芬:《林徽因小说解读》,洛阳:《河南科技大学学报》(社会科学版),2005 年第 2 期。

自己的老师,结果被社会所不容。一个男子惊艳于她的美,也惊诧于她的冷若冰霜,问她:"你为什么拒人于千里之外?"赵思佳回答:"因为我始终站于你千里之外。"《秦湘流》中的秦湘流在隆冬岁月,大雪飘飞的时刻告别朋友,到远方去寻找。《十二金钗》中的韩叔慧为寻找女性尊严和生命价值,矢志独身,积极参加各种社会活动,结果她成了"董事""主席""妇女界领袖""女权运动者",她也成了"韩先生",成了"一个近乎男性的人物"。可叹的是,男性中心社会并不看重她的付出和劳动,而只想调戏她、占有她、利用她。她企图打碎男性中心社会给她锚定的女性角色镜像,但显然不可能,她没有这份力量,也缺乏相应的勇气。这里,就有了困惑。《凤仪园》中冯太太等待丈夫 13 年,实际也是在寻找,心灵的寻找。她不相信丈夫就这样一夜之间遇海难死了,她用 13 年的岁月等待丈夫的归来,实际是 13 年每一天都在向丈夫发出关心和爱的信号,表明自己的精神坚持。她身上明显有中国古代节妇、贞女的影子[①]。就是在引诱谢康平的时候,她也在寻找,因为她不知道这是否合适。她渴望自然欲望的满足,但是她又知道谢康平已有未婚妻。经过痛苦的选择,她决定放弃谢康平,让他回到他未婚妻的身边去。如她自己所说:她又做了"一个牺牲自我的英雄"[②]。小说将她与谢康平一夜情的具体状况略叙了,这是对当时通俗欲望化写作的回避,也是对冯太太精神脱俗性的维护。但是谢康平并不理解她,以为她是在玩弄他。"'可怜的孩子,他气得这样,以为我玩弄了他,他那里知道,我玩弄的只是我自己。'……他只生气她丢了他,却不去思索她为什么离开他,因为他只有二十三岁。""爱是不能在瞬息之间就变成恨的。然而它是能变的,现在也果然变了。"于是,误会终于难免,爱的同盟者终于缺席。我们可以进一步追问,都市男子如过江之鲫,冯太太为什么偏引一个青年大学生进园?仅仅是为了有一个更好的借口吗?这里,无疑表达了都市女性对占社会中心地位的都市男性的质疑和绝望。《三年》(原名《圣琼娜的黄昏》))表现了大致相同的意蕴。

革命女的魅力和困境。这里,所谓革命女,不是指所有具有进步意识,投身革命活动和斗争的文学女性,而是指有这么一批都市女性,基于对封建主义和帝国主义的仇恨,在时代的感召下,大胆打破一切性禁忌和其他人身约束,积极参加社会改造运动。革命女也是自由女的一种,但她们的性自由不是为了消费、个人享受,而是为了反抗现存男权和现存社会。同属公共空间,但意义悬隔明显。

[①] 左怀建:《精神守望者的哀歌——施济美小说精神内蕴的价值特征》,上海:《社会科学》2002 年第 11 期。

[②] 施济美:《凤仪园》,上海:大众出版社 1947 年版,第 245 页。

革命女也是欲望女的一种,但是她们要求解放的视域宽广得多。革命女也是寻找女的一种,但是她们的寻找最后都走向一种革命组织,或者已经成为某革命组织的一员,因此她们的寻找不再是一种纯粹个人意义的寻找,而有社会群体性。革命女形象书写大大扩张了都市女性书写的范围,从一个崭新的角度丰富了都市的人化内涵。

这种创作主要集中在 30 年代左翼作家和 40 年代"战国策派"作家手里,具体到浙江现代作家,则集中在茅盾和徐訏手里。

茅盾是现代革命文学的奠基人,其创作至今仍有无限丰富的可阐释空间,原因之一就是其创作不是狭隘的革命文学书写,除较鲜明的政治革命意识笼罩在作品中外,还有许多与政治革命保持一定距离但又无法分开的文化革命因素在中间起斡旋、调适作用。换言之,茅盾小说的革命性是广泛意义上的,既有属于明确的革命组织要求的,也有游离于明确的革命组织要求的。如他的第一个短篇小说《创造》就塑造了一个具有革命性但并没有具体革命目标,也不属于具体革命组织的都市女性形象。小说写君实在现实中寻找不到合乎理想的女子做妻子,就决定创造一个,欲创造的对象就是他的表妹娴娴。君实先是对娴娴进行知识启蒙,让她阅读政治、哲学、文学书籍,然后让她参加各种社交场所,增加社交经验,慢慢地,娴娴眼睛睁开了,勇气也增加了,终于有一天不满意于君实和眼前的家庭生活(私人空间),而走到社会(公共空间)上去了。小说暗示她将走向为社会改造服务的道路。茅盾后来回忆说:"这个短篇表面上看来是谈妇女解放,但是远不止此,它谈到中国的社会解放。""我写《创造》是完全'有意为之'。……我暗示了这样的思想:革命既经发动,就会一发而不可收,它要一往直前,尽管中间要经过许多挫折,但它的前进是任何力量阻拦不住的。被压迫者的觉醒也是如此。"[①]这里,娴娴就成了一个暗喻性的人物。《色盲》中的李慧芳是一个新兴资产阶级的女儿,很肉感,但乐观、大胆、好动、富有开创精神,也具有一定的革命暗喻作用。

茅盾最为人称道的是"时代女性"形象书写。上面论及的娴娴是其中的一个,其他的主要有第一部长篇小说《蚀》中的周定慧、孙舞阳、章秋柳,第二部长篇小说《虹》中的梅行素,《子夜》中的张素素等。关于《蚀》,茅盾说,他笔下"女性虽然很多,我所着力描写的,却只有两型:静女士,方太太,属于同型;慧女士,孙舞

---

① 茅盾:《创作生涯的开始——回忆录(十)》,见唐金海、孔海珠等编:《茅盾专集》(第 1 卷),福州:福建人民出版社 1983 年版,第 619-620 页。

阳,章秋柳,属于又一的同型"①。其实,细分,可归成四个类型:一是《动摇》中方罗兰的太太陆梅丽。她从社会重新回到家庭,不自觉地就掉入传统女性对自己的丈夫怀疑、对与自己的丈夫接近的其他女人嫉妒和仇恨的心理,生命的光华也将黯然消失。二是《幻灭》的女主人公章静。她在省城上中学时曾带领学生反抗校长,开展进步学生运动,但由于受传统影响较深,对生活还抱有小资产阶级幻想,对进步和革命活动较多看到其消极面,始终与大时代若即若离,所以她总感到幻灭,她的生命也总彰显软弱。三是《幻灭》中的周定慧、《动摇》中的孙舞阳和《虹》中的梅行素。这三个人物具有现代女性美的一切特点,如相貌出众,性格果敢,身体强健,而又内心细腻,情感丰富;特别是敢于打破一切性禁忌,面对男权社会里女性的屈辱地位,巧妙地将性与爱分离。一方面将爱看得异常珍贵,不肯轻易示人,另一方面又轻松玩弄男性于股掌之中,远超男性社会之上;既具解放女性的性别魅力,也具复仇女性的杀伤力;既是性革命的前卫,也是社会解放的先锋。如陈建华所评:"理想的小说形式凝聚着实现国民与社会现代化的希望,那么理想的英雄人物应当是身心健康,不仅勇于进取,具有百折不回的自由意志,而且能因势利导,具有适应环境的能力。"②结合当时的时代语境看,茅盾实际上是将30年代前后革命女性、运动女性、电影歌舞明星,甚至高级妓女等形象糅合,创造他心目中的理想女性:雄强与柔美合一,娴静与运动合一,矜持与放纵合一,灵魂与肉体合一,精神性与物质性合一,豁显了30年代都市女性书写的进展。所以,在小说中,虽然一般人看孙舞阳为"放荡,妖艳,玩着三角恋爱,使许多男子疯狂似的跟着跑",而方罗兰则认为"浮躁,轻率,浪漫,只是她的表面;她有一颗细腻温柔的心,有一个洁白高超的灵魂",并且说:"舞阳,你是我希望的光,我不自觉地要跟着你跑。"孙舞阳已没有周定慧那种初入世道的狂躁愤激,而是沉着冷静,从而应对一切纷乱。梅行素不愿意父母包办婚姻,逃婚的过程中看到那么多男性心底的不正和嘴脸的卑劣,决定离开四川,奔向上海。在上海,她进一步认识了都市和社会,正在幻灭之中,结识革命者梁刚夫,于是精神迅速提升。到小说结尾,她已经历了男性和社会两个险境,而终于成长为一个坚强的战士——性别革命的战士和社会革命的战士。无疑,周定慧、孙舞阳和梅行素都以女性特有的方式显示了个人本位与社会本位的相谐。四是《追求》中的章秋柳和《子夜》中的张素素。《追求》中的章秋柳表现了都市文化语境中女性个体与社会

---

① 茅盾:《从牯岭到东京》,见《茅盾论创作》,上海:上海文艺出版社1980年版,第31页。

② 陈建华:《"革命"的现代性——中国革命话语考论》,上海:上海古籍出版社2000年版,第351页。

本体之间更复杂的关联。章秋柳与周定慧、孙舞阳、梅行素一样是"雄强而美丽的女子",也参加过大革命,在大革命失败后陷入绝望和迷茫,但又不愿停止战斗,于是与几个同学成立社团,希望能对社会做些贡献。小说重点书写的是她的烦躁和颓废。她没有忘记时代对青年的召唤,但是她找不到正确的道路,更重要的是她越来越离不开都市生存环境的诱惑。如她自己所说:"理想的社会,理想的人生,甚至理想的恋爱,都是骗人自骗的勾当;人生但求快意而已。我是决心要过任心享受刺激的生活!我像是有魔鬼赶着似的,尽力追求刹那间的狂欢。我想经验人间的一切生活。有一天晚上我经过八仙桥,看见马路上拉客的野鸡,我就心里想,为什么我不敢来试一试呢?为什么我不敢做一次淌白,玩弄那些自以为天下女子皆可供他玩弄的蠢男子?诗陶,女子最快意的事,莫过于引诱一个骄傲的男子匍匐在你脚下,然后吓死劲把他踢开去。"小说中,她要凭借自己的生命力和爱意拯救精神颓靡的张曼青,失败,继而拯救重病的史循,失败,但又不愿跟着曹志方上山当土匪。她身上充分体现张曼青所说的"向善的焦灼,与颓废的冲动",既彰显都市性与革命性的相谐,也突出了都市性与革命性的背离。《子夜》中的张素素应该也属于这一类型。

徐讦的创作,革命女与都市的关系有一个从疏离到结合的过程。《鬼恋》写的是革命女与都市的若即若离。一个自称为"鬼"的女子曾是一个革命者,暗杀人有18次之多,枪林弹雨中逃生,亡命国外,流浪,读书,回国之后,才发现所爱之人都被捕杀了;之后的工作中,又看到无数人的高升、卖友、告密,或被捕赴死,就绝望于世,隐名埋姓,住在上海的边缘,装鬼做人。之后,"我"偶尔认识她,并对她产生爱情,但是她仍然不愿做人,为了躲避"我"而在上海的附近飘荡。她不愿意回到都市世俗漩流,所以不接受"我"的爱情,但是从小说对她生活趣味的描写看,她似乎又离不开上海。到1943年长篇小说《风萧萧》发表,革命女与都市的关系就是水乳交融了。抗日战争全面爆发后,上海先是成为"八一三"抗战的主战场;上海成为孤岛继而全部沦陷后,上海又成为民族自卫战争的特殊战场——地下战场。《风萧萧》就是写秘密抗战背景下,在上海,国民党高级间谍与美国高级间谍一起智取日军秘密情报的故事;在此过程中,显示中国间谍女的美丽多情、机智大胆、为国捐躯的宝贵精神。女主人公白萍公开的身份是百乐门舞女,实际身份是国民党高级间谍,目前的任务是秘密盗取日军机密情报,合作者是美国高级间谍梅瀛子,帮助者是国民党地下组织、中国老百姓和爱慕她的青年哲学家"徐"。白萍虽然没有完成任务,但是却张扬了"风萧萧兮易水寒,壮士一去兮不复还"的牺牲精神,表明中华民族精神不死,呼应了当时国人同仇敌忾、共同抗日的诉求。小说将秘密战争的舞台安排在上海,应该是大有深意存焉。一是表明只有上海才能培养出像白萍这样出色的女子,集各种美于一身,也只有上海才能适应像梅瀛子那样深具西洋文化内涵的女子的工作要求;二是表明只有上海才能产生成熟的现代民族观念,使中国的这场抗日战争成为全球反法西斯战争的一个重要组成部分(显示全球化的特质)。

古典女的失落和困惑。这里,所谓古典女,是指在都市中生存但依然保持传统文化心态、心理、性格的女子。由于心态、心理、性格、人生观、审美观与都市的格格不入,这些女子精神上必产生深长的失落,同时也会有各种困惑。古典女书写从一个侧面折射了都市人化内涵的复杂性。这方面,施济美和茅盾的小说均有一定表现。

施济美小说中的女性多数都是没有被完全都市化的女子。《子夜》中的吴蕙芳是乡村女孩,是上海打破了她内心的平静和对生活的传统追求。林佩珊陷入爱谁与不爱谁的犹疑、苦闷之中,因为在都市里一切都变得太快,包括她自己的爱情。吴少奶奶林佩瑶教会学校出身,五年前与同学雷鸣相爱,但因父母相继去世而嫁给富有的吴荪甫,吴荪甫几乎将身心全部投入工业、公债之中,偶尔与朋友去夜总会、艳窟等消遣,完全忽视了她的感情;雷鸣回到上海将代表他们爱情的一本破旧的《少年维特之烦恼》和一朵枯萎的白玫瑰花交给她之后,也一头扎进徐曼丽的怀抱,最后连生意场上也投靠了赵伯韬,从而使吴少奶奶感情完全失去寄托。作品中那本书、那朵花共出现三次,一次是雷鸣转交于她,两次是她正睹物伤神,但吴荪甫始终没有发现这其中有什么深意。这种书写表现了都市语境中爱情的悲哀,事业型男人的悲哀,做大老板妻子的悲哀,徘徊于爱情与舒适物质生活条件之间的女性的悲哀,都市家庭的悲哀。小说通过巧妙的构思深度书写了林佩瑶的生命世界。

(三)民族国家想象与左翼革命斗争之都

民族国家观念酝酿于16世纪欧洲文艺复兴,形成于18世纪欧洲启蒙运动,高潮于19世纪末期和20世纪初期世界各国民族独立运动。按照美国本尼迪特克·安德森的观点,民族是一个"想象的共同体"。他说:"遵循着人类学的精神,我主张对民族作如下的界定:它是一种想象的政治共同体——并且,它是被想象为本质上有限的(limited),同时也享有主权的共同体。"[1]对此,吴叡人在《认同

----

[1] [美]本尼迪克特·安德森:《想象的共同体——民族主义的起源与散布》,吴叡人译,上海:上海人民出版社2005年版,第6页。

的重量：〈想象的共同体〉导读》中解释："安德森认为'民族'本质上是一种现代的
（modern）想象形式——它源于人类意识在步入现代性（modernity）过程当中的
一次深刻变化"，这种变化就是"世界性宗教共同体、王朝以及神谕式的时间观念
的没落。只有这三者构成的'神圣的、层级的、与时间始终的同时性'旧世界观在
人类心灵中丧失了霸权地位，人们才有可能开始想象'民族'这种'世俗的、水平
的、横向的'共同体。安德森借用沃尔特·本雅明（Walter Benjamin）的'同质
的、空洞的时间（homogenous, empty time）'概念来描述新的时间观，并指出 18
世纪初兴起的两种想象形式——小说与报纸——'为重现（re-presenting）民族
这种想象的共同体提供了技术的手段'，因为它们的叙述结构呈现出'一个社会
学的有机体遵循时历规定之节奏，穿越同质而空洞的时间的想法'，而这恰好是
民族这个'被设想在历史之中稳定地向下（或向上）运动的坚实的共同体'的准确
类比。换言之，对安德森而言，'民族'这个'想象的共同体'最初而且最主要是通
过文字（阅读）来想象的。"当然，"想象民族"最后完成，还需要另一个结构上的先
决条件，即"资本主义、印刷科技与人类语言宿命的多样性这三者的重合。这三
个因素之间'半偶然的，但却富有爆炸性的相互作用'促成了拉丁文的没落与方
言性的'印刷语言'的兴起，而以个别的印刷方言为基础形成的特殊主义的方
言—世俗语言共同体，就是后来'民族'的原型。"①吴叡人在上述《导读》中还指
出："民族主义"经历了四个阶段，"第一波"是"美洲模式"，是一种不以语言为要
素的民族主义；"第二波"是欧洲的群众性语言民族主义，人们通过阅读形成对民
族的想象；"第三波"是"官方民族主义"，即欧洲各王室不得不顺应历史潮流，积
极归化民族，并控制对"民族想象"的诠释权；"最后一波"是"殖民地民族主义"，
也就是第一次世界大战以后在亚非殖民地掀起的民族主义，是对西方"官方民族
主义"的另一面——帝国主义——的反抗，以及对先前百年间先后出现的三波民
族主义经验的模仿与"盗版"②。

　　显而易见，中国民族主义的兴起接近"最后一波"。中国并非完全的殖民地
国家，它的前身是有几千年深厚封建主义传统的国度，也就是说，它的不适应性
更强，它在反抗西方"官方民族主义"同时借鉴和"盗版"前三波民族主义的经验
时，情形会更复杂。如有的学者所说，"建立现代民族国家"是"中国以及一切发

　　①　[美]本尼迪克特·安德森：《想象的共同体——民族主义的起源与散布》，吴叡人译，上海：上海
人民出版社 2005 年版，"导读"第 8-9 页。
　　②　[美]本尼迪克特·安德森：《想象的共同体——民族主义的起源与散布》，吴叡人译，上海：上海
人民出版社 2005 年版，"导读"第 10-11 页。

展中国家的现代化"建设所面临的"双重任务"之一,另一任务是"实现现代性"。"在西方国家的现代化进程中,实现现代性与建立现代民族国家的任务是一致的,它们都反对封建教会和贵族的统治。因此,西方的启蒙时代的民族主义推动了现代性而不是抵制了现代性;推动了世界主义而不是抵制了世界主义。而在第三世界,特别是在中国,实现现代性的任务与建立现代民族国家的任务发生了冲突。由于现代性发生于西方,中国传统文化中没有发生现代性的土壤(儒、释、道都没有科学精神和人文精神的思想资源),因此,中国的现代性只能从西方引进。这就是说,中国的现代性具有外源性。由于西方的帝国主义的扩张,使中国沦为半殖民地、半封建的国家,因此,建立现代民族国家就必须反对西方帝国主义,反对世界化。由于现代性的传播与殖民地是同一历史进程,因此,向西方学习,引进现代性的世界主义与反对西方帝国主义,建立现代民族国家的民族主义之间发生了矛盾。由于建立现代民族国家的任务更为迫切,于是实现现代性的任务只能让位于建立现代民族国家的任务,这就是所谓'救亡压倒启蒙'。……于是,第三世界包括中国的民族主义就与西方的世界主义相抵触,产生了民族化抵御世界化的倾向。这就是杰姆逊所谓的'民族寓言'。"①与此相对应,"第三世界文学也面临着与发达国家代表的世界文学之间的冲突。这种冲突往往是在革命文学与启蒙文学之间发生的。中国文学在五四新文学运动中接受了启蒙主义,启蒙主义是争取现代性的思潮,因此,五四文学具有世界主义的倾向,使中国文学走上了世界化的道路。五四以后,经过'革命文学'论争和 30 年代左翼文学阶段以及以后的抗战文学阶段,形成了革命文学。革命文学反对帝国主义以及西方文化,并批判五四文学的世界化(欧化)道路,五四启蒙文学蜕变为革命(新)古典主义"②。如上引述的阐释并非无懈可击,如将"现代性"与"现代民族国家"并举,将"启蒙文学"与"革命文学"对举是否恰当尚需进一步剖析,但大致来讲,对中国民族主义与世界主义的矛盾、冲突的揭示是符合历史情形的。具体到中国近现代文学对"民族国家想象"的书写,晚清文学便已经开始了。如美籍学者王德威"将晚清小说分为四个文类,即狎邪、侠义公案、丑怪谴责和科幻奇谭。四种文类分别从各个方面开始了近代国人对未来关于现代性的公共性想象,并开启了启蒙、革命、理性等主题,甚至至今仍不断浮出水面。他认为,在晚清狎邪小说中,已然僭越情色、感伤的老套语,确定了新的爱欲、情感范畴,开拓了中国情

---

① 杨春时:《现代性与中国文学思潮》,北京:生活·读书·新知三联书店 2009 年版,第 438 页。

② 杨春时:《现代性与中国文学思潮》,北京:生活·读书·新知三联书店 2009 年版,第 439 页。

欲主体的想象,并影响了以后新文学的颓废美学。……而科幻小说则更为国家想象的产物。一方面乌托邦小说(如《新中国未来记》、《月球殖民地小说》、《乌托邦游记》、《新石头记》)开始试图设计国家未来图景,想象理想家园,另一方面,则以西方科幻小说'未来完成时'的叙述,倒叙今后可能会发生的事情。《新中国未来记》以 1962 年为坐标;《新纪元》则想象 2000 年大中华民主国战胜英、法、德等欧洲列强,收复匈牙利,各国向中国赔款,改黄帝历的成就世界霸权的盛况"①。切近我们的论题,有必要强调的是,在近现代中国,上海具有"民族国家"意义。"对于民族国家的现代性想象是借助于公共空间才能完成的,但是以当时中国的贫穷困陋与公共事业的普遍缺乏,事实上能够存有公共空间的只有上海等极少数口岸城市,而其中又以上海为突出。也就是说,只有上海等口岸城市才会在公共领域中发生现代性想象,而这种想象的国家色彩非常明显。"②如前面已经涉及,上海是中国最早开埠的,上海最早有接近现代意义的市民社会,上海的出版印刷业占全国出版印刷业的 60% 以上,上海聚集中国晚清以来最多的文人进行文学创作,形成声势浩大的鸳鸯蝴蝶派,上海在政治上也最开明,所以许多进步政治活动都在上海开展(甚至共产党的成立也是在上海)。上海确实成为解读"现代中国的钥匙"和窗口。不过如张鸿声所指出,晚清文学对上海的想象主要在"文明"与"堕落"之间游移,经由"五四""五卅"运动之后,上海想象才开始与殖民主义联系在一起,上海作为帝国主义侵略中国的大本营这一形象才日益彰显③。而这时恰是郁达夫、楼适夷、茅盾、夏衍、殷夫等左翼作家也是浙江籍作家崛起的时候。

张鸿声还指出:"左翼对上海的认识,当然来源于晚清以来的现代性想象。在民族国家的建构中,这种现代性具有了反对殖民主义与反抗资本主义的双重色彩。由于基于成熟的资本主义社会结构的劳资结构、阶级对立被横向移植为殖民地国家的社会建构,因此,民族立场又常常被置换为阶级立场,最终成为以城市现代性表述民族国家诉求的混合体。……于是,基于知识者思想存在而产生的城市经验,被替代为阶级对立的城市概念,阶级斗争与产业无产阶级的革命学说构成左翼的城市知识。"④张鸿声结合左翼作家创作实际进行论证,对我们的研究起到引导作用。

---

① 张鸿声:《文学中的上海想象》,北京:人民出版社 2011 年版,第 19-20 页。
② 张鸿声:《文学中的上海想象》,北京:人民出版社 2011 年版,第 21 页。
③ 张鸿声:《文学中的上海想象》,北京:人民出版社 2011 年版,第 61 页。
④ 张鸿声:《文学中的上海想象》,北京:人民出版社 2011 年版,第 62 页。

郁达夫被称为左翼作家,似乎有些勉强。但是,郁达夫确实参加过"左联",只是不满意于"左联"的过激行动和宗派关门主义,后来又退出。郁达夫早期小说《沉沦》就展示了对民族国家的想象,表现了强烈的爱国主义情感。小说主人公"他"置身于日本东京,深感日本人对中国人的歧视,表明日本的富有、强大、开明,批判中国的贫穷、孱弱、愚昧。小说中所有的个人苦闷都带有弱国子民的民族苦闷性质,因此小说主人公最后的自杀是他对民族复兴的渴望。这里已经显示现代性与民族性的复杂纠葛。《南迁》中,作者开始探讨日本东京社会中工人阶级的处境和命运,认为资本主义的富有是建立对工人阶级的欺骗和掠夺之上的。郁达夫留学结束回国后,1923 年创作的《春风沉醉的晚上》和《薄奠》历来被公认为作者最具社会主义色彩的作品。两篇小说都具阶级视点。《春风沉醉的晚上》写上海 N 烟厂女工陈二妹的危险处境和美好品性。陈二妹没有了父母,只身一人在上海 N 烟厂做工,工头总想欺辱她,但是她还能保持美好品德,善良、诚实、遵纪守法、关爱他人。作品中男主人公"我"对她产生了尊重和爱意,但是漂泊中的无产知识者没有爱人的资格,只好更加痛苦和孤独。小说表现都市下层知识分子与下层劳动者同病相怜的情绪。《薄奠》写北京一个善良而贫穷的人力车夫的死,表达作为无产知识者"我"对他的一点"薄奠"之意,发出对当时都市不平等社会的诅咒。郁达夫这时还写有一篇很有名的文章《文学上的阶级斗争》,直接表达文学创作中的阶级斗争意识。到 1932 年发表《她是一个弱女子》,小说写冯世芬在舅舅的引导和支持下,在上海成为一个坚强而成熟的革命者,并让她在上海埋葬贪欲和柔弱的郑岳秀,褒贬倾向昭然若揭。小说更深一层的意指是,只有冯世芬这样的革命者才能承担民族苦难和进行民族国家建设。

夏衍的书写带有极其鲜明的政治意识形态色彩,因此意蕴不免单薄。尽管如此,仍具有一定的可阐释空间。夏衍的民族国家想象可以分为两大类,一类以《上海屋檐下》为代表,突出上海普通市民的生存艰难,矛头指向国民党反动政府;一类以《包身工》和《泡》为代表,揭露中国人所遭受的经济剥削和人身凌辱,矛头指向日本侵略者。阅读《夏衍全集》发现,夏衍 1922 年就开始创作了。1924年写的散文《童心颂赞》里说,作者日本留学时住在乡下,但是依然不能躲避日本人对中国人的轻视和欺辱。"最可怜的是东京大阪的小孩子,已经没有我们乡间一样的好了,和他们谈几句,'中国佬'的骂声的可能性,是确实的。可诅咒的都市,可悲伤的教育,谁实为之?"这里显示民族对立和城乡对立,也提出儿童教育问题。同年写的小说《圣诞之夜》显然模仿郁达夫《沉沦》的风格,有"颓废"意识,但更突出的是"心里迷藏着发明发见的雄心,为国为家的大望"的"我"对日本的失望。神经"被强烈的色彩、车轮和机械的噪音所疲乏",心灵被异域的同学和同国的同学所"抛弃"。"在离故乡几千里的海岛上","我"感到像是一个"被世界抛弃了的人"。

1936年写的报告文学《包身工》是夏衍最负盛名的作品之一。作品努力在"实事求是的调查"的基础上提出一个容易被一般人忽略的问题,即在上海存在"几千几万"的包身女工①,她们被近于流氓的东洋纱厂工头,也是她们的乡邻所欺骗来到上海,住的是鸽子笼,吃的是猪狗饭,干的是牛马活,而却没有任何人身自由和收入,生不如死。当初,她们的父母被巧舌如簧的乡邻工头所欺骗,放女儿去上海时是签了卖身契的,约定三年内这些女孩子的吃住归工头负责,而这些女孩子的工钱也归工头所有,三年之后这些女孩子才能有自己的收入。而事实上,能做工超过三年而不被折磨死的"大概不到三分之二"。作品称她们是"罐装的劳动力",让人想起马克斯·韦伯所说的"铁笼"。作品揭示这些包身工的出现及其命运的造成来源于帝国主义、资本主义和中华民族某些败类的合谋。作品将工厂称作"怪物",说它"已经张着嘴巴在等待着它的滋养物了"。说"纱厂工人的三大威胁——就是噪音、尘埃和湿气"。作品将车间飞舞的棉絮称为"小魔鬼",说"爱作弄人的小魔鬼一般的在室中飞舞着的花絮,'无孔不入'地向着她们的五官钻进,头发、鼻孔、睫毛和每一个毛孔,都是这些纱花寄托的场所"——结果,她们每天"要吸入零点一五克的花絮"!说包身工这种"血肉造成的'机器'"终于比不过钢铁造成机器结实,她们大多都做不到卖身契上所规定的三年。作品揭露"在这千万的被饲养者的中间,没有光,没有热,没有希望……没有法律,没有人道。这儿有的是二十世纪的烂熟了的技术、机械、制度和对这种制度忠实地服务着的十五六世纪封建制下的奴隶!"。这些都让人想起马克思所说的劳动的异化,只不过导致这种异化的原因不仅有资本主义、殖民主义,也有封建主义罢了。作品最后代广大工人阶级张扬觉醒和反抗意识,说:"不过,黎明的到来还是没法可抗拒的;索洛警告美国人当心枕木下的尸骸,我也想警告某一些人,当心呻吟着的那些锭子上的冤魂。"

1935年写的小说《泡》叙述女工彩云长期在日本人的工厂做工,营养不良,肺病也到了最后的时期。由于身体太没有力气,最近给肥皂打的商标都看不清楚。于是,厂方有了"停生意"(即解雇她)的理由。她是工会会员,托工会理事也

---

　① 夏衍:《从〈包身工〉所引起的回忆》,袁鹰、姜德明编:《夏衍全集》(第8卷)　文学(上),杭州:浙江文艺出版社2005年版,第31页。

是工厂总账房张大头向厂主求情,可这张大头根本不关心工人死活,临末反问彩云交了会费没有。小说也把"打肥皂印的机器"比作"野兽";更有意思的是,小说写彩云"听到这种有压力的呼声,她的四肢,她的躯体便会不自觉地依着一定的程序,一定的方向,规律地活动起来"。这是典型的马克思所说的"人变成机器的一部分"的异化现象。小说与《包身工》的不同在于以个案说明问题,走入人物内心,更具文学力量。

上海 40 年代青年女作家武桂芳的纪实文学《新生》也塑造了一个与《包身工》中的"芦柴棒"相近的女性形象"橄榄妹"。写她用整个生命的力量对付日本纱厂的工作,可是她所得到的收入却保不住最基本的日常生活,整日面黄肌瘦,活像一个"橄榄"。小说以她和她的姐妹为典型,写出中国女工在日本纱厂的悲惨处境,写出一部分中国人仗着日本人的势力欺侮自己同胞的卑恶嘴脸;更值得惊喜的是,小说最后写出中国工人阶级对于共产党领导的敌后革命根据地的赞美和向往。如小说所赞:"我们这里都很好。不但是身体强健,精神上尤其痛快万分。因为这里没有压迫,只有友爱,没有倾轧,只有互助。我们的前面,有英勇保卫的将士,我们的四周,有热爱国家的兄弟姐妹们,看到他们沸腾的热情,勇敢奋斗的情形,我们的每个细胞都紧张起来了。为了民族,为了几千万同胞的生存和解放,我们不会疲倦不会饥饿地工作,工作着,当我们看到我们工作的成效时,那种兴奋的程度,就是叫我们立刻死也是甘愿的。比起从前被压榨被剥削牛马似的日子,现在是像个人的生活了。"小说表达了对民族、国家重建和社会阶级生活重建的想象。

楼适夷批评施蛰存的《在巴黎大戏院》等是"新感觉主义"之作①,自己也写《上海狂舞曲》,揭露上海的贫富悬殊和阶级分野,同时又写《纺车的轰声——生产阵虔礼之一》一类报告文学揭示"庞大的资本主义的生产"制度下"整几千"男女工人先进的工作条件与恶劣的工作环境及同样恶劣的工作心情之间复杂的关系。先进的工作条件指现代化的厂房、机器和生产组织,恶劣的工作环境指工人们在工作中所面临的种种危险和威胁。这些工人都被关闭在高大工厂厚墙之内,没有人身自由;车间光线很暗,空气潮湿、污浊;工人劳动繁重,吃食恶劣,身体状况堪忧,精神不好,而机器皮带转动很快,结果一不小心,胳膊就有可能被皮带带入齿轮轧断,甚至发生生命危险。先进的工作条件"奏出一切乐器奏不出的

---

① 楼适夷:《施蛰存的新感觉主义——读了〈在巴黎大戏院〉与〈魔道〉之后》,上海:《文艺新闻》第 33号,1931 年 10 月 26 日。

豪壮的乐曲,使污秽的棉花变成了洁白的纱团,这是一个多么复杂而且精巧的过程";恶劣的工作环境使工人们挣扎在死亡线上,丧失了一切生的乐趣,如作品所言,"近代产业工人的英爽的气概,在他们的面上是丝毫也找不到的",女工们"如果(想)有笑的自由,她们就只能到四马路或八仙桥做劳力以外的别一种买卖",即做妓女去。作品告诉读者,这里所写的还是民族工业,这些工人一天 12、13、14 个小时工作,是在响应总工会"五一"宣言号召,"与跳舞场、花园别墅、林肯牌汽车中的主人,共同协力,谋国家生产的发展",但是他们却没有任何主人翁的待遇和认同感。当一群新闻记者离开这片工厂的时候,"跟一个女工谈话,问她一天可以得到多少工钱,但是女工没有回答她。只是望着密司那件苹果绿的长旗袍,也许已萌芽了隐隐的敌忾"。在这种情况下,作者所以有短篇小说《烟》那样的知识分子领导工人阶级进行大规模斗争的书写。小说写在 S 市,"我"的邻居吕卓如是 S 大学的学生,也是秘密革命者,不顾母亲、妹妹的牵挂和寻找,化名陈明安主编《明灯周刊》,多次发动工人运动,最终被反动派捕杀①。

　　殷夫是 30 年代最有代表性的革命诗人,也是"左联五烈士"之一。在他的都市体验与想象中,上海分明有两个,一个是代表帝国主义、国民党反动派的富人的上海,一个是代表中国"十二万五千的工人农民"的穷人的上海;一个是消费的堕落的上海,一个是生产的挣扎的上海。这两个上海的关系是前一个上海以牺牲后一个上海的经济利益和生命为代价。因此,这两个上海之间的关系就是不可调和的,二者之间的矛盾只有用斗争来解决。不过殷夫也看到,前一个上海正是后一个上海的母胎,如《上海礼赞》中写道:"是你击碎东方的谜雾,/是你领向罪恶的高岭! ……你是中国无产阶级的母胎,/你的罪恶,/等于你的功业/你做下一切的破坏,/到头还需偿还。"在这种马克思主义"辩证"思维指导下,殷夫笔下的工人阶级反而对前途充满必胜的信念。如《我们》这样歌唱:

　　　　　我们的意志如烟囱般高挺,
　　　　　我们的团结如皮带般坚韧,
　　　　　我们转动着地球,
　　　　　我们抚育着人类的运命!
　　　　　我们是流着汗血的,
　　　　　却唱着高歌的一群。
　　　　　目前,我们陷在地狱一般黑的坑里,

① 李松睿、吴晓东编选:《太阳社小说选》,北京:人民文学出版社 2011 年版,第 412-424 页。

在我们头上耸着社会的岩层。

没有快乐,幸福,……

但我们却知道我们将要得胜。

我们一步一步的共同劳动着,

向我们的胜利的早晨走近。

殷夫想象中国的未来在无产阶级,中国必将成为全世界"第二次十字军的领首,/你是世界大旗的好擎手!"(《前进吧!中国》)。为此,殷夫的诗歌对上海工人阶级的书写侧重点就不在工厂内、生产线上,而在大街上、广场上。这时,南京路就成为帝国主义、国民党反动派屠杀站在他们对立面、英勇斗争的工人阶级及工人革命者的有力见证,从而提升了南京路的政治文化意义。如《血字》写南京路上帝国主义屠杀中国工人阶级及工人阶级的英勇反抗:

"五卅"哟!

立起来,在南京路走!

把你血的光芒射到天的尽头,

把你刚强的姿态投映到黄浦江口,

把你的洪钟般的预言震动宇宙!

今日他们的天堂,

他日他们的地狱,

今日我们的血液写成字,

异日他们的泪水可入浴。

《意识的旋律》写南京路上上海工人的三次起义和国民党反动派的残酷镇压:

南京路的枪声,

把血的影迹传闻,

……

叛逆的妖女高腔合唱!

流血,复仇,冲锋,杀敌,

新的节拍越增越急!

黄浦滩上唱出高音,

苏州河旁低回着呻吟！

炮，铁甲车，步声，怒吼，

新的旗帜飘上了人头！

三次的流血，流血，流血，

无限的坚决，坚决，坚决！

"四一二"的巨炮震破欢调，

哭声夹着了奸伪的狂笑！

颤音奏了短音阶的缓曲，

英雄受着无限的屈辱！

报仇！报仇！报仇！

……

海的中心等候着最大的锤头！

《一九二九年的五月一日》"四"写工人罢工，其中有这样一节：

满街都是工人，同志——我们，

满街都是粗暴的呼声，

满街都是喜悦的笑，叫，

夜的沉寂扫荡净尽。

殷夫将工人阶级的斗争转换成政治派别的斗争。如《别了，哥哥》表现抒情主人公以穷苦者/共产党员身份向富有者/国民党党员身份的哥哥的"阶级"告别。《一九二九年的五月一日》里直接喊出"打倒ＸＸ党"的口号，虽然没有明指国民党，当时明眼人一看便知。《决议》写工人革命组织开会对革命计划进行表决。考虑到上海的民族性凸显是在1927年上海被国民党政府正式批为特别市之后——"1927年国民党政府定都南京之后，立即着手处理与上海有关的事宜。1927年7月7日，上海特别市成立，上海会审公廨（成立于1864年5月1日，是治外法权的体现之一）此时也已被临时法庭所取代，使国民党政府在审理外国租界内中国人的民事、刑事案件方面有了更大的权力。1927年，国民党政府试图利用临时法庭所赋予的权力向居住在租界内的中国房东征税。国民党政府还成功地赢得了对租界当局越界修筑路段的控制权。1930年1月1日，国民党政府甚至发布公告，宣布废除治外法权，尽管租界外国当局并未把公告真正当成一回事,仍然我行我素。"①——殷夫的这种书写多少含有偏狭的性质,但是另一方面,殷夫的书写也呈现鲜明的现代开放性。一是写广大的人群及其波动。虽然他写的人群及其生命活力只限于工人阶级(抒情主人公人称的复数性)。如本雅明评波德莱尔:"波德莱尔喜欢孤独,但他喜欢的是稠人广座中的孤独。"②这里,波德莱尔坚持的还是个人立场,我们暂且不论,这也是个人主义都市诗人与左翼都市诗人的根本区别,但有一点是相同的,即均探到都市的重要特征之一就是出现了人群这一点,前面提到的艾青《巴黎》一诗也做了旁证。二是不抹杀现代机械的积极意义,而是往往将工人阶级的革命斗争与现代机械紧密结合在一起,以至给人印象,只要有工人斗争的地方就有现代机械的伟力。如:"我们的意志如烟囱般高挺,/我们的团结如皮带般坚韧"(《我们》);"怒号般的汽笛开始发响,/……力的音节和力的旋律"(《一九二九年的五月一日》);"烟囱不再飞舞着烟,/汽笛不再咽叹着气,/她坚强地挺立,有如力的女仙,/她直硬的轮廓象征着我们的意志"(《静默的烟囱》);"'五'要成为报复的枷子/'卅'要成为囚禁仇敌的铁栅,/'五'要分成镰刀和铁锤,/'卅'要成为断铐和炮弹!"(《血字》)。最典型的是《一个红的笑》:

> 我们要创造一个红色的狞笑,
> 在这都市的纷嚣之上,
> 牙齿与牙齿之间架着铜桥,
> 大的眼中射出红色的光芒。
> 他的口吞没着全个都市,
> 煤的烟雾熏染着肺腑,
> 每座摘星楼台是他的牙齿,
> 他唱的是机械和汽笛的狂歌!
>
> 一个个工人拿起斧头,
> 摇着从来没有的怪状的旗帜,
> 他们都欣喜的在桥上奔走,
> 他们合唱着新的抒情诗!

---

① 孙绍谊:《想象的城市——文学、电影和视觉上海(1927—1937)》,上海:复旦大学出版社 2009 年版,第 145 页。

② [德]本雅明:《发达资本主义时代的抒情诗人》,张旭东、魏文生译,北京:生活·读书·新知三联书店 2007 年版,第 68 页。

> 红笑的领颈在翕动，
>
> 眼中的红光显得发抖，
>
> 喜悦一定使心儿疼痛，
>
> 这胜利的光要照到时空的尽头。

显然，如有的研究者所指出，殷夫的上海书写与同一时期中国诗歌会的上海书写同受革命意识形态统摄，但是比中国诗歌会的更有活力和魅力。殷夫进一步的意图很明显，就是当现代机械掌握在帝国主义和国民党反动派手里时，它是罪恶的，可怕的；但是当它掌握在先进的阶级手里就是有益于人民的，可以成就千秋伟业的。这里，民族国家的主人和成就民族国家的手段都在想象之中了。也许正是出于无产阶级的自信，姚蓬子"左联"时期的诗《肉与酒》等毫不客气地揭露资本家走狗企图通过"肉与酒"拉拢、分化工人阶级的阴谋诡计，表现上海工人阶级坚强的斗争意志。

新月派后期诗人陈梦家的《都市的赞歌》呈现复调结构，一方面写西方殖民扩张带来都市的扩张，而都市的扩张又给产业工人带来巨大劳动负担和生活苦难，使他们常年经受巨大的身心摧残；另一方面又惊异于都市这神奇的人造天堂，并写出产业工人阶级伟大的创造力量和推动历史文明前进的力量。

> 你有那不死的精力在地壳上爬，
>
> 日长夜长不曾换一口气，你走
>
> 走厌了一个年头，又是一个年头，
>
> 一切的事情你都爱做，你不怕
>
> 要这海填成了陆，陆地往海里沉，
>
> 尽管是十八层石屋要你承担，
>
> 你全不曾有一点犹豫，什么为难？
>
> 大步的踏，不分昼夜，不分阴晴
>
> ……
>
> 上帝造下这一群耐苦善良的人，
>
> 是生来为这灿烂的世界效劳，
>
> 受着安排好的"权威"大力的开导，
>
> 完成一个幸福的花园的工程。
>
> 尽管你是受着苦难，你没有一刻
>
> 好叹一口气，只赶你烧起汽锅

开唱那部插入云霄进行的高歌，

带走那流水一般"创造"的皮革。

尽管是另外一些人，他们只做声，

叫你做下这工程的一段，别怨

不公平，是不同的种，原也是上天

安排好，只用心计，创始的功臣。

但天是无偏：你们同在一个世界，

不分人我，看着日子一步一步

走近你们，又让日子一层层弥补

这人类的历史不紧要的存在。

这都是从极远的西方渡过大海，

带来了这事业，让自己去经营

一座天堂长年长日的放出光明，

却不是一盏灯点亮人的脑袋；

有的是机器油罐满了一盘心磨

流利的，不会有一天走到迟钝，

都在一杯酒一场笑里静静的等

计划中的天堂那落成的开幕。

这儿才是新的世界，建筑的天堂，

不停的嘈杂，一切圆轴的飞转，

一回一回旋进了那文明的大圈，

你听阿，那高声颂扬着的歌唱！

张鸿声说："茅盾是将上海问题国家化的最典型代表。在他看来，上海是中国社会最复杂、最典型、最有现代性、最能体现中国社会本质与发展动向的城市。"[1]"从创作上看，把上海当作中国社会聚焦点与时代方向，并且从经济、政治角度展示都市动态的倾向，贯穿了茅盾的所有作品。"[2]其长篇小说处女作《蚀》还透露过于浓重的小资产阶级颓废意识，显示前途的迷茫，受到当时左翼阵营的批判[3]，但到1929年写作《虹》，自觉向革命意识形态靠拢，主人公精神就为之一

---

[1]　张鸿声：《文学中的上海想象》，北京：人民出版社2011年版，第89页。

[2]　张鸿声：《文学中的上海想象》，北京：人民出版社2011年版，第91页。

[3]　如夏衍1930年写《文学运动的几个重要问题》，还在点名批判"茅盾主义"，见袁鹰、姜德明编：《夏衍全集》（第8卷）　文学（上），杭州：浙江文艺出版社2005年版，第266页。

变,显得异常阳刚,梅行素也成为"男性的女子"形象系列中的一个,而且她的民族、国家意识也开始浮出水面。梅行素承认她在四川生活的时候,从来就没有国家观念。但在上海这座半殖民城市仅仅数月,她"却渐渐看见了(国家)"。外国人在都市上海的强势存在,使梅女士"想起自己是中国人,应该负担一部分的责任,把中国也弄得和外国一样的富强"①。于是,她决心献身给"第三个恋人——主义",而与上海的工人阶级和左翼团体一起走向为劳动大众谋解放和幸福的革命"壮剧"的前台。梅行素的觉醒可以说是当时关心民族、国家命运的知识分子的觉醒,她最后的选择也给当时尚未找到最广大的人生意义的青年提供了借鉴。

茅盾的上海想象和书写也具有鲜明的意识形态性,如短篇小说《喜剧》写国民党青年华五年前在上海因为反对军阀孙传芳而被捕,五年后出狱,国民党"革命"已经成功了,可他依然身无分文,生活无着,且差点被当成共产党嫌疑抓进监狱。后来遇到老同学金,金鼓动他两件事,一件是以共产党名义自首,那样就会有工作,一件是到跳舞场消闲去。小说显然将上海当时物价贵、税收重、工农苦、卑劣者得势和上层人堕落等都看作是国民党"革命"的结果,而这种"革命"毋宁说是真正的反革命。在《虹》里,上海基本上还是两个,一个是充满"市侩气""拜金主义"和堕落享受的上海,一个是"真正的上海的血液在小沙渡、杨浦树、烂泥渡、闸北,这些地方的蜂窝样的矮房子里跳跃"的上海。显然,作品暗含了无产阶级是资产阶级的掘墓人的思想,而将工人阶级的上海看作了"真正的上海"的未来。到了《子夜》,小说在两个方面都取得长足的进步,一是自觉从阶级意识出发书写工人阶级的苦难生活、政治觉醒和联厂罢工,深化了《虹》这方面的内容,二是强化了对民族工业资本家形象的塑造,扩大了对他们的进步性、反动性和软弱性的多方面揭示,从而达到对民族国家想象和对左翼革命斗争书写的高峰。

《子夜》是茅盾的代表作,也是中国现代文学史上都市书写的重要收获。苏雪林曾评:"以前住在上海一样的大都市,而能作其生活之描写者,仅有茅盾一人,他的《子夜》写上海的一切,算带着现代都市味。"②茅盾野心勃勃,最初要通过《子夜》"解剖整个中国",只是因为现实主义创作方法限制和能力不足,才主要集中在上海题材范围内。"假如中国的民族主义能够抬头,那中国怒吼的第一声

---

① 孙绍谊:《想象的城市——文学、电影和视觉上海(1927—1937)》,上海:复旦大学出版社 2009 年版,第 53 页。

② 苏雪林:《新感觉派穆时英的作风》,见严家炎、李今编:《穆时英全集》(第三卷),北京:北京十月文艺出版社 2008 年版,第 518 页。

定是从上海发出。"①在茅盾的想象中,上海是中国现代化的桥头堡,上海的未来就是中国的未来,上海的问题也是中国的问题。上海引领周边农村的现代化发展,上海也导致周边农村自然经济的破产。而上海内部呢?帝国主义对中国经济的封锁和对中国工业的破坏,导致中国更加半殖民地化了。工人阶级受帝国主义、资本主义和封建主义三座大山压迫,生活更加艰难。在中国现代文学史上,没有哪一部作品在描写帝国主义的罪恶(以赵伯韬为代表)和工人阶级的斗争(以裕华丝厂的工人为代表)上规模更大、情节更具体、人物形象更鲜明。但是,《子夜》更独特的贡献显然在于从政治经济的角度表现了民族工业资产阶级的处境、奋斗和命运。用茅盾的话说,就是通过创作"所要回答的只是一个问题,即是回答托派:中国并没有走向资本主义发展的道路,中国在帝国主义的压迫下,是更加殖民地化了。"②茅盾的创作目的非常明确,就是要通过创作参加当时关于中国社会性质的论战,回答中国的现状如何,中国今后将会走向哪里的问题。《子夜》通过左翼作家的逻辑演绎宣布民族工业资本家吴荪甫的失败,并暗示中国历史的新阶段将有更新的人(工人阶级)来完成。茅盾忽视了中国工人阶级与西方工人阶级的区别,这里满足的只是政党的诉求;为了满足政党的诉求,也忽略了上海作为"飞地"资本主义畸形发展的事实,但是它又将主人公确定为民族工业资本家,而且那样严正地赋予他"20世纪机械工业时代的英雄、骑士和王子"的地位和身份,屡屡通过他的雄心壮志、伟大抱负、超强才干突出他的非同凡响,不自觉地在左翼政治逻辑之中放入非左翼的创作心理和审美情绪,从而使人物、作品的结构显示开放性分布,这也许正折射了作家世界观与创作实际之间的矛盾,无意间使小说文本又一定程度地消解了小说最初的动因。关于这一点,当时朱自清就提出来了,说:"吴、屠两人写得太英雄气概了,吴尤其如此,因此引起了一部分读者对于他的同情和偏爱,这怕是作者始料不及的罢。"③"而那些屈从于赵伯韬势力的懦夫则显得那样灰暗,至于那个以城市文明批判者自居的浪漫主义诗人范博文更加如一个小丑。吴荪甫的失败是现实的,而吴荪甫的野心、才干、胆略,与其说是现实的,毋宁说是理想的。因为他不再是老中国的儿女,而代表了中国工业化的顽强决心,代表了一种城市现代美。按照詹明信第三世界的文本总是以民族寓言的形式来折射一种政治的著名论断,可以认为,吴荪甫

---

① 新中华杂志社编:《上海的将来》,上海:中华书局1934年版,第38页。
② 茅盾:《〈子夜〉是怎样写成的》,乌鲁木齐:《新疆日报·绿洲》,1939年6月1日。
③ 朱自清:《子夜》,见《朱自清序跋书评集》,北京:生活·读书·新知三联书店1983年版,第199页。

'个人命运的故事',实际上也是一部民族寓言。它不仅是关于中国半殖民地的,也是关于中国国家现代性的寓言。"①

受时代空气影响,海派作家的书写也有一定的民族国家想象,也渗透一定的无产阶级意识。如穆时英曾经计划创作长篇小说《中国一九三一》(又名《中国进行》),后来虽然没有出版,但从面世的篇首引子《上海的狐步舞》,也可以看出,他企图将上海当成整个中国的缩影叙写。其友人曾谈到他的计划:"他雄心勃勃地想描绘一幅 1931 年中国的横断面:军阀混战、农村破产,水灾、匪患,在都市里,经济萧条,灯红酒绿、失业、抢劫。"②《良友》杂志还为其刊登广告,说"写一九三一年大水灾和九·一八前夕中国农村的破落,城市里民族资本主义与国际资本主义的斗争"。这几乎可以说是《子夜》的翻版,表明:即使如新感觉派这样努力抹去国家内容的派别,也存有以经济、政治为主导表达国家意义的情况③。此外,穆时英小说《手指》写日本纱厂将中国女工摧残致死,《断了条胳膊的人》写工人的胳膊被机器轧断,《偷面包的面包师》写面包师及其亲人竟无法享受自己的劳动成果,并为一次无奈的偷盗而丧失职业,均显示了较鲜明的民族立场和阶级分野。至于徐訏,不少文学史家将他归入 40 年代以标榜民族主义为特色的"战国策派",其长篇小说代表作《风萧萧》,融都市浪漫传奇与国家民族斗争于一体,将海派这类题材创作推向高峰。

(四)孤独、流浪、颓废、唯美之都

孤独,应有两个层面上的涵义,一是指肉身的独处,二是指精神的、心灵的独处。显而易见,现代都市社会里,人的孤独主要指后者。流浪指人的无家、漂泊状态,也主要是指精神的、心灵的。颓废作为人的一种精神状态,主要指现代以来人们对于资本主义社会现代化的失望及由此所产生的对人生积极意义和历史进步的怀疑和规避。唯美是在颓废意识下对艺术、美人及其他审美爱好的沉醉。作为一种审美范式的唯美,既是颓废的结果,也是颓废的表现形式。

都市社会是自由社会,人生的自由和责任同时交付给每一个人,面对庞大的社会客体,没有哪一个人不感到脆弱、渺小、孤独。都市社会是工商业社会,一方面现代机器生产方式和社会分工导致人服从机器和人格不完整,一方面人生目的的物质化、金钱化使人与人之间只剩下物质关系、金钱关系、算计关系,而丧失必要的相互的忠诚、信任、道义承担和情感关怀。另外,都市社会是移民社会,人

---

① 张鸿声:《文学中的上海想象》,北京:人民出版社 2011 年版,第 112-113 页。
② 黑婴:《我见到的穆时英》,北京:《新文学史料》1989 年第 3 期。
③ 张鸿声:《文学中的上海想象》,北京:人民出版社 2011 年版,第 66 页。

与人之间没有血缘关系,而只有暂时的工作、商业合作关系,彼此的联系靠理性维持,感情并不占决定地位。如此语境下,人不仅是孤独的,而且是无根的,人丧失了精神家园。人的生存一旦超出人所能把握的程度,那么人生的挫败感、荒诞感、无常感就会乘虚而来。西美尔说:"厌世(世故)态度首先产生于迅速变化以及反差强烈的神经刺激。……无限地追求快乐使人变得厌世,因为它激起神经长时间地处于最强烈的反应中,以至于到最后对什么都没有了反应。"①厌倦无法克服就产生绝望,刺激无限延期就产生颓废。人生的高雅趣味并不因颓废而改变或消失,于是便有唯美。通常情况下,唯美的人往往是一个颓废者,一个颓废者也往往是一个唯美者,二者常常是一个问题的两面。颓废也罢,唯美也罢,都是在"认同危机"前提下对现实存在的激进而又无奈的反抗方式。

浙江现代作家,最先通过文学书写表达孤独感、流浪感和颓废感的是郁达夫。据说,小说处女作《银灰色的死》所写 Y 君的生活有英国颓废派诗人道生的生活影子。道生为爱而不得而自杀,Y 君也是,只不过道生有具体的所爱对象,Y 君没有罢了。最后,Y 君因为无法排遣爱和生之孤独,饮酒过量而在一个银灰色的夜晚死在都市的大街上,是典型的颓废派文学处置方式。《沉沦》写主人公"他"面临四种孤独:一是作为弱国子民的孤独,二是作为善良弱小者的孤独,三是作为男性的孤独,四是作为现代人对自然的抛离。小说专门写他既渴望得到大自然的安抚又不满足于大自然的安抚。他拿着英国浪漫主义诗人华兹华斯的诗集来到一个树林,说:世上的人都在那里欺负你,你就在这里终老了吧,但他还是很快离开这里,回到都市。这说明小说主人公的灵魂已经不是华兹华斯诗歌中抒情主人公所能等同的,而是更进一步——都市化了。这一点,与波德莱尔颇为相近,只是没有波德莱尔彻底罢了,因为小说主人公最后还是葬身于大海(大自然)。《南迁》表达主人公"伊人"的"世纪末的病弱",也是一种颓废意识的强烈渗透。郁达夫留学结束回到中国之后,四处漂泊,作为"作家的自叙传"的小说、散文也塑造了大量的零余者形象(如《茫茫夜》中的于质夫等),不待言,这些形象的意义也只有放在现代都市语境里才能得到更好的阐释。

现代派诗人戴望舒始终与都市保持一定的距离。但是其诗《我的素描》《单恋者》和《老之将至》应该是比较接近都市的。《我的素描》歌吟:"我是青春与衰老的结合体,/我有健康的身体和病的心。"这是对都市颓废者生存状态的典型表

---

① [美]西美尔:《大都会与精神生活》,见汪民安、陈永国、张云鹏编:《现代性基本读本》(下卷),开封:河南大学出版社 2007 年版,第 641 页。

达。《单恋者》说："我觉得是在单恋着，/但是我不知道是恋着谁。""在烦倦的时候，/我常是暗黑的街头的踟蹰者，/我走遍了嚣嚷的酒场，/我不想回去，好像在寻找什么。/飘来一丝媚眼或是塞满一耳腻语，/那是常有的事。/但是我会低声说：/'不是你！'然后踉跄地又走向他处。/人们称我为'夜行人'，/尽便吧，这在我是一样的；/真的，我是一个寂寞的夜行人。"这里，表达的是孤独感、流浪感和自我对社会的疏离。

徐迟是更年轻的现代派诗人，其诗集《二十岁人》中始终回响着孤独者、流浪者的心音。《一个没有护照的侨民》这样书写："一个没有护照的侨民/是每天晚上/当为了他的下宿处而烦恼的//这绝非奇趣，欢乐/听听我的诉苦吧，//从一数到一千，/从摇篮时代……//从一千流回一，/到恋人的趾之爪……//他，深夜的不寐呵，/旅行者，几次临近了梦之村，/又几次给拒绝了入境。//这不明明的是洁白的床吗？/而且是温柔的钢丝之网，/但不寐，烦恼，每天晚上呢。//每天的晚上呢，不寐，烦恼？/为这下宿的烦恼所烦恼了。//有许多好梦已失落了吧。/我没有够量的哀悼以哀悼之，/这绝非奇趣，绝非欢乐呢。//虽然夜是幽幽之空中的夜，/但每天晚上，我是/一个没有护照的侨民啊。"这里，"护照"就是寄托身心的凭借，实际比喻精神家园；"我是一个没有护照的侨民"就是说"我"是一个没有精神家园的流浪者、孤独者。《年轻人的咖啡座》抒怀："年轻人的步伐，/年轻人的旅行，/年轻人的幻梦，//缓缓的是年轻的骆驼似的步伐，/街上，星光闪耀。//何处是……谁知道吗？/年轻人筑造的乌托邦啊，//作着在幽暗之夜/幽然的旅行呢。//衔在土耳其的烟味上，/是年轻人轻松松的幻梦。//咖啡座的精致的门是终夜的，/咖啡座是咖啡的颜色，/咖啡座的年轻的烟灰啊。//倏然亮了起来，/沙漠上，咖啡座一本。"这里，好像在说咖啡座是旅行者身心寄托之所在，其实不是，整体的意思还是说，旅行者只是咖啡座的过客。《家啊》表面上将咖啡馆当作家，实际还是无家——"浮浪儿而回了家了，/银行支票簿上有桃花色的纸，/破旧的家庭逐渐着色了。//为了母亲，/现在，浮浪儿恋爱了，/浮浪儿将有一个妻子，/家啊，可是浮浪儿对于/低价的咖啡，/酒店的嵌木的舞台，/各个不同民族的耽美的女儿们，//却在这有体系的家庭中，/迷失于沉默的眼泪，无政府的感怀中。//家啊！"诗篇两次诘问：这就是"家啊"？答案不言自明。《罗斯福的新纸牌》直接告白："我，/贪恋着人生的艺术。/以少年人的胆怯，/旅行在异乡地"。咖啡座也不过是"异乡地"。

左翼诗人艾青早年的巴黎组诗，上来就给我们抒情主人公是一个流浪者的印象。《画者的行吟》说："我这浪客的回想/从蒙马特到蒙巴那斯/我终日无目的地走着……/如今啊/我也是一个 Bohemien 了!"本雅明撰写《波德莱尔笔下的第二帝国的巴黎》,论述波德莱尔时,上来就将波德莱尔归入"波西米亚人"一列,并且指出波西米亚人的基本特征是,"他们都或多或少地处在一种反抗社会的隐秘地位上,并或多或少地过着一种朝不保夕的生活"①;他们对待革命与对待艺术是同一个态度,如波德莱尔所说:"我说'革命万岁'一如我说'毁灭万岁、苦行万岁、惩罚万岁、死亡万岁'。我不禁乐于做个牺牲品,作个吊死鬼我也挺称心——要从两个方面来感受革命!"②按照本雅明的分析,波西米亚人也是一种"浪荡者",他们宣称"要从两个方面来感受革命"实际就是一种颓废态度的流露。以往的研究总是回避艾青诗歌中的颓废意识,艾青本人也不承认,但是今天看来,是不成问题的。《巴黎》将巴黎比作一个"患了歇斯底里的美丽的妓女",一个"淫荡的妖艳的姑娘",也是颓废—唯美的见证。《病监》:"我肺结核的暖花房呀;/那里在 150℃ 的温度上,/从紫丁香般的肺叶,/我吐出了艳凄的红花。"只不过今后诗人在创作时有意淡化这种颓废—唯美意识罢了。

殷夫《流浪者短歌》写"流浪者"鄙视上海有钱人的消费生活,为人间的苦难而哭:

> 我走着路,暗自骄傲,
> 空着手儿也走街沿,
> 也不搔头,又不脱帽,
> 只害得爱娇的姑娘白眼……
>
> ……
>
> 你白领整装的 Gentleman,
> 脑儿里也不过是些污秽波浪,
> 女人的腿,高的乳峰柔的身,
> 社会的荣誉,闪光的金洋。
>
> ……

---

① 〔德〕本雅明:《发达资本主义时代的抒情诗人》,张旭东、魏文生译,北京:生活·读书·新知三联书店 2007 年版,第 39 页。

② 〔德〕本雅明:《发达资本主义时代的抒情诗人》,张旭东、魏文生译,北京:生活·读书·新知三联书店 2007 年版,第 33 页。

> 我不欲回头走此路，
>
> 我不欲过桥攀高屋，
>
> 凉夜如水夜如烟，
>
> 我要入河洗个泪水浴……

晚年的鲁迅生活在上海，主要用杂文和小说中的故事新编这两种形式表达这种孤独。《故事新编》中某些篇章属于都市性书写，容以后再论，现只就杂文来讲，如去世前写的《死》，留下的遗言："不要做任何关于纪念的事"；"赶紧收殓、埋掉，拉倒"。鲁迅恐怕被谬托知己者利用，说："损着别人的牙眼，却反对报复、主张宽容的人，万勿和他接近"，因为鲁迅知道这样的人不是真人，相信了这样人的话，等于将自己置于困境、死地。鲁迅的遗言折射出都市空间的人际关系及个人所处的境地。

作为海派作家，穆时英小说所表达的孤独感、流浪感、颓废感与以上作家同样强烈。《PIERROT——寄呈望舒》写作家魏鹤龄的五种孤独。第一，是在批评家中的孤独。"他们是我的朋友，可是他们不知道我是谁，精神地我是个陌生人。"第二，是在读者中的孤独。"人是可以被人理解的吗？我们所看到的理解只是一种以各人自己的度量衡来权量别人的思想以后所得到的批评。那是为什么？那是理解吗？"第三，是在有情人那里感到孤独。当魏鹤龄不在的时候，这女子又与别的男子混到一起去了。第四，是在父母那里感到孤独。他没有带钱来，父母也不满意了。第五，是在工人那里感到孤独。自己本是支持工人斗争的，但工人并不将他认作朋友。小说借魏鹤龄之口感慨："人在母亲的胎里就是个孤独的胎儿，生到陌生的社会上来，他会受崇拜，受责备，受放逐，可是始终是孤独的，就是葬在棺材里边的遗骨也是孤独的；就是遗下来的思想，情绪，直到宇宙消灭的时候也还是孤独的啊！"还有一点构成特色，就是其作品赖以表达这些孤独感、流浪感和颓废感的人物往往是破产商人、失意情人和无家可归的交际花等。如其小说《父亲》《旧宅》以自己家庭的生活为原型，写一个商人家庭的破产和孤独。《夜总会里的五个人》写五种人的孤独和绝望：就要破产的金子大王胡钧益的绝望和孤独、失恋的大学生郑萍的绝望和孤独、失业的市长秘书缪宗旦的绝望和孤独、就要成为明日黄花的交际明星黄黛茜的绝望和孤独、大学教授季洁的绝望和孤独。前四种人物无不被风云突变、命运难测的都市生活中的挫败感、孤独感、末日感所击垮。《哈姆莱特》版本专家、大学教授季洁则始终弄不明白：什么是你，什么是我；我是谁，你是谁。小说结尾，胡钧益开枪自杀，其他四个人为他送

葬,并深感:"辽远的城市,辽远的旅程啊!"《被当作消遣品的男子》写一个交际花
式的女大学生蓉子之所以那样沉醉于高速度的恋爱,整夜在上海的舞厅里狂欢,
心理驱动和精神危机与《夜总会里的五个人》里的人物大致相同。同时,热恋着
蓉子的青年作家"我"也摆脱不掉失恋的孤独:"'孤独的男子还是买支手杖吧.'
第二天,我就买了支手杖。它伴着我,和吉士牌的烟一同地,成天地,一步一步地
在人生的路上彳亍着。"《Craven"A"》和《夜》都是写交际花的孤独和流浪。谁
都说爱余慧娴,但谁都没真的爱她,而只是将她当成优秀的"国家地图"玩赏。
"这是初夏的最后的一朵玫瑰,独自地开着;没有人怜惜她颊上的残红,没有人为
了她的太息而太息!"所以,她甚为感慨:"寂寞啊! 我时常感到的。你也有那种
感觉吗? 一种切骨的寂寞,海那样深大的,从脊椎那儿直透出来,不是眼泪或是
太息所能洗刷的,爱情友谊所能抚慰的——我怕它! 我觉得自家儿是孤独地站
在地球上面,我是被从社会切了开来的。那样的寂寞啊! 我是老了吗? 还只二
十岁呢! 为什么我会有那种孤独感,那种寂寞感?"《夜》的女主人公茵蒂不知道
自己的家在哪里,所以只能整天整夜地沉醉在舞厅里、饭店里、咖啡馆里。

施济美则直接以女性的身份写交际花的孤独和流浪。在她笔下,无论是《秦
湘流》中的秦湘流,还是《三年》中的司徒蓝蝶,与五四以来以庐隐、丁玲为代表的
新文学作家笔下的女性孤独者和流浪者都同中有异。

第二节　书写中的都市生活

上一节是从物化和人化的角度探讨浙江现代文学所书写的都市的内在属
性,这一节是从空间、从面的角度探讨浙江现代文学所书写的都市生活。其实,
换个角度看,上一节也是在谈都市生活,这一节也是在寻找都市内在属性的丰富
性。因为都市的内在属性离不开都市生活,都市生活的枝枝节节也都是都市内
在属性直接或间接的表征。只不过上一节所整理的都市生活能更典型地表现都
市内在属性,而这一节所整理的都市生活在表现都市内在属性方面稍弱一些罢
了。现代都市作为人类最前卫的文明创造物,它本身层次地历史地蕴含了人类
全部文化生活和文明因子。

一、贵族的都市生活

中国现代文学史上,贵族出身的作家寥寥无几。就浙江现代作家而言,仅邵

淘美一人而已。邵洵美的曾祖父邵灿做过清漕运总督；祖父邵友濂同治年间做过工部员外郎，光绪初年为总理各国事务衙门章京，1882 年任上海道（市长），1891 年为台湾巡抚，1894 年为湖南巡抚；父亲邵恒一生以享乐为业。其伯母为李鸿章的女儿，母亲为近代第一大买办资本家、清末邮传部大臣盛宣怀的四女儿。伯母早逝，继伯母无生，按家规，邵洵美过继给伯父母。妻子盛佩玉是母亲的侄女，盛宣怀长子的五女儿。邵洵美以自己的家族为题材的作品并不多，仅《贵族区》等少数几篇，但是考虑到其内容的特殊性，这里分一小节专门探讨。

《贵族区》是一中篇小说，叙写上海贵族区的兴起及其中王家的贵族生活。小说交代，40 年前，贵族区不过是一片田野，因为外国领事最早在此设馆建筑，道台衙门也在此建造洋房，又有两位名宦在左右置起住宅来，接着有钱有势的，都以居留在这里作为一种荣誉。30 多年来，市政一天天改良，最富丽的住宅，几乎都积聚于此：这便是"贵族区"的来历。贵族区的西部住着王家，主人本来有六七十位，但是现在真正住在这里的却只有少数。贵族的后代自然有足够的财力享受生活，所以他们最大的娱乐是赌博和抽鸦片。他们的赌注往往在几千几万之间，但是他们输赢都不失风度。甚至是输得越多越高兴，表明自己不在乎。他们的婚姻都是在有钱有势的圈子里选择，但是现在有了例外。因为最年轻的小姐小老五执意要与蜡烛店老板的儿子林德甫恋爱、结婚。父母都已过世，哥哥们不免进言，说："今后你若有了什么不幸要自己负责"。小老五说："幸福由我一个人享受，痛苦由我一个人去担当！"

小说主要篇幅就是写小老五在选择自己人生幸福时的果敢和潇洒，以及二小姐小老二面对德甫所产生的错综的微妙的性心理。小老五不愧是贵族人家的女儿，得天独厚，率真任性，追求爱人只有一个标准：新。第一个所爱之人是自己的表哥，但不久便旧了，交往结束；第二个爱人是上海名伶，新的技巧比较高，维持了较长时间，但不久也被淘汰了。德甫是第三个。

小说没有写出德甫的特殊魅力，他的入选大概是因为他有女性的妩媚和男性的耐心、诚实。为了小老五的婚事，兄弟姊妹都来贵族区做客打牌，其中小老二多年前嫁给广东富商为妻，广东商人回原籍做生意，小老二独守空房，所以心理不免变态，看到小老五与德甫同在一个床上入睡，顿时感到丈夫的可恨可怨，同时对小老五产生嫉妒心理。小老二向跟随身边的一个表姐乔珍表达自己的心情，乔珍谨慎地向她提醒："一个人假使真的身体有需要，在逼不得已的时候，我以为即使强奸也是可以原谅的。""被盗被窃的他们一定有多余的金钱；被强奸的一定有空闲的身体。凡是多余的和空闲的，送掉了都不能叫做牺牲。"

那么,强奸未成年的幼女呢?

这是不道德的。

为什么你又说是不道德的了呢?

我认为强奸有两种:一种是肉欲的强奸,一种是邪念的强奸;前者
是可以原谅的,后者是不可饶恕的。强奸未成年的幼女是后一种。

读者可以想象,如果小老二的爱欲再不能得到正常的满足,她今后会走到哪一地步。其实,这也应该是乔珍个人今后的选择,因为她压根就是单身。令笔者惊讶和震颤的是,出身贵族的人的爱欲选择竟还有如此大胆前卫、精妙高深的理论做支撑,难怪一般所谓人伦道德对他们很难起到约束作用了。一般而言,贵族是社会、历史、人生建构的急先锋,而同时,又是社会、历史、人生拆解的急先锋,构成两种不同的"败德者"。所以,小老五说"我们姓王的名誉也坏得够了",也就不难理解了。

二、官僚、政客的都市生活

作为一种社会组织,都市也是一个政治体,从积极角度看,它催生新的政治力量登上历史舞台,培养具有更先进的意识的政治家、社会管理家,但是从消极角度看,它也催生无数腐败和堕落,产生道德败坏、性情乖戾、阴险机诈、纯粹自私自利的官僚、政客。具体到浙江现代文学,因为作家审美立场不同,不同作家对官僚、政客形象的塑造及其都市生活的书写也有了差异。

左翼作家注意将官僚、政客放在资本运作、商业投机的语境里进行书写,凸显他们官僚、政客兼商人的复杂身份。茅盾《子夜》中的唐云山是个混迹官场的人物,但是在小说中,他主要是为吴荪甫提供政治、军事情报,以服务于吴荪甫的公债生意也就是商业投机,其根本目的是企图从吴荪甫的生意中分得一杯羹。尚老头子也至少是一个准官场中人物,所以才有如此广泛的联系,能够调动冯玉祥军队的上层,他与赵伯韬、杜竹斋和吴荪甫联手拿出 30 万元钱贿赂冯玉祥的军队,让冯玉祥的军队后退 30 里,造成中央军胜利的假象,迎来上海公债价格的上涨,然后他们四人从中大捞一笔。写得最成功、表现最典型的是巴人的短篇小说《喜事》。小说充分写出主人公,抗战时期上海航业公会主席朱宝璇怎样审时度势,利用自己的聪明,多方拉拢政界和商界各路人物为他服务,从而既当官又大发国难财的行径,进一步而言,也是为了揭露国民党和汪伪政权的反动和混乱。朱宝璇年轻时曾出过苦力,后来当上买办,靠着聪明灵活,"突然得到洋人恩宠,略为发点小财,于是看风使舵,偶然拣桩国家大事,单名独姓地拍上一两个电

报,或向政府抗议,或向民众呼吁,于是这名字也'叫得响'了,就叫做'闻人'。所以政府里无论哪一个要员,都跟我们闻人朱宝璇先生有一份交情,叫他'璇老璇老'的。政府里有什么关于经济实业的兴革事宜,也总要跟我们闻人朱宝璇先生打个招呼。——'问一问璇老有怎么样?'不过这回抗战的爆发,是否经过他的同意,那在朱璇老的谈话里,就得不到证明。可是朱璇老的'经济主义',却还是四远驰名的。中国的政府要人,是最讲阔气与享乐的。例如,抗战没有爆发,国难却早已到来了。这自然不要紧,孔老夫子有过预言:多难可以兴邦。这个'邦'总归是会'兴'起来的,只要难上加难,难得了有个程度。土木自然不妨大兴,三百万的交通部,还得建设,因为这样,部长就可在上海拣个好地带,造所大洋房,让现在日寇汉奸在这里好办公。上海多的是这类大公馆,大洋房。为了这类大公馆和大洋房,也曾引起了日本人的眼红,于是爬过照墙,打开大门,把屋里的红木家具,贵重的物事,搬了个空。这一来,有了这些大洋房,就可叫日本人在人类史上留下个强盗的污名,仿佛也就完成了一桩'抗日'的使命。我们的大洋房的主人,也仿佛早就设计以大洋房的建造,来作为对日抗议用的:日本人连大洋房里的物事都要抢,其为强盗也无疑。于是世界人士,都同情中国抗战了。……可是朱璇老的经济主义,不同他们这样做法。他不造自己公馆,却兴建了航业公会大楼。"朱宝璇经常宣称:"'公益呀!这是公益!''为人总得讲公益。'"怎么讲公益呢?别的轮船公司的船触礁了,璇老去慰问,说少条船多份安全,但他自己的建国公司却年年打新船。他拿破船去银行抵押,30 万 50 万不等,一条破船也许抵押到两家银行。时值抗战紧要关头,他说:"我们不能屈服,宁可停业,不能挂外国旗。"可是,建国公司变成意商联华公司了。第一艘出吴淞口的便是他们的船,上面飘着意大利的旗。因为意大利与日本有"反共协议",遇到事情,好与日本人交涉。现在,上海隔离战场远了,他就做难民救济事业。他孙子结婚,他趁此广送请柬,大收贺礼,包括蒋介石、汪精卫的。厅堂里悬挂的贺幅,一边是蒋委员长、林主席、孔院长一方的,一边是汪精卫、褚民宜、周佛海一边的,按照官级军衔一一排列开去。

新月派剧作家陈楚淮的四幕剧《韦菲君》写上海一个不正经的女人的男人也是一个官僚在无尽地敛财——"最近发一笔大财,一手就十万块",同时又整天指使手下人捏造事实逮捕杀害进步青年学生,其三幕剧《金丝笼》中的杨荣藻既不忘抓钱也不忘抓权。他赞成封杀儿子参加的进步的少年同志社以至逮捕共产党员,因为少年同志社的宗旨是"打倒陈旧的阶级,建设光明的社会"。他在省政府任要职,月薪近 5000 元,还有别的丰厚的收入,所以很看不起穷人。他认为儿子茹心参加的"少年同志社里大半是穷苦的学生,怎么可以和他们一起! 他们因为没有饭吃,才主张打倒什么什么人,这也是容易说的事吗"? 有意思的是,剧本写到茹心的母亲、姨母也都是嫌贫爱富的人,也赞成杨荣藻的所作所为。所以,茹心带回家的传单上写的是:"他们以银线似的渔网网住我们的生命,他们以宝贝似的金锁锁住我们的灵魂,我们不要迷在繁华的梦境里,须看出繁华的梦境后,有一道悲哀的长流……"

石华父原名陈麟瑞,也是一个长期被遗忘的剧作家。1928 年毕业于北京清华学校,继而赴美国哈佛大学专攻英国文学,获硕士学位,后又游学欧洲;1933年回国后先后在上海暨南大学、复旦大学、光华大学、震旦女子文理学院等高校任教。他大体属于自由主义知识分子群体,上海沦陷期间,与钱锺书夫妇和柯灵等往来密切。其四幕喜剧《职业妇女》写某局局长方维德表面上道德君子,其实内心里在迷恋局长办公室秘书张凤来。为了方便亲近张凤来,特定下规矩,已婚女性不用,已用的辞退。想象自己今后与张凤来的幸福生活,就将局里公款拿去做公债生意,引起被辞退职工愤激,将他告到部里,部里派人下来调查,他企图带张凤来逃到香港;其实,张凤来也已经成婚,并且识破其诡计,将他买好的去香港的船票和他给的港币都转送给他的女儿和他女儿的男朋友,为他们去内地创造条件,因为此前他一直不答应女儿自由恋爱。剧本还将他对待老婆的态度与对待张凤来的态度对比,批判他的自私、腐化堕落和对女性的不尊重。

海派作家的书写,或揭露高级官员对下属的迫害及由此造成的心理崩溃,或揭露流氓官员对金钱的贪婪和对市民百姓镇压的残忍,或显示官僚生活和官僚个性的复杂性,与左翼作家的书写相比,则相对多面一些。前者以耶麦(董乐山)的短篇小说《奇梦记》为代表,中者以徐讦的独幕剧《乱麻》为代表,后者以苏青的《歧途佳人》和《续结婚十年》为代表。

麦耶的短篇小说《奇梦记》写某高级行政院唐院长年轻有为、精明强干,周游世界各地,懂得多国语言,又在美国获得政治经济博士学位,结果,年"未满五十,已是行政首揆"。夫人的父亲是前财政总长,现在"仍握金融牛耳",为他在仕途的发展也提供了别人没有的资本。所以,他自视甚高,以至刚愎自用。他不限制夫人的自由,但是他每年总要调换身边的机要秘书;对待下属,从来都是当仆役对待,即使是最受信任的国立银行总裁,碰到他发脾气的时候,也只好忍气吞声,无可奈何。他办事果断,傲慢成性,从来看不起优柔寡断的人,但当面对的是地位相当或地位比他高的人,或者是外国使节,他又总能和颜悦色,机智幽默,趣味高雅,应对得体,使人们不能不捧他出来为领袖。就是这样的唐院长忽然觉得自己病了，安排手下人打电话请精神病专家欧德林去出诊。欧德林不屑于攀附权贵，最后还是唐院长自己来就诊。他说他近来总是做些很怪诞的梦。如第一次，梦见在接见外国使节的宴会上，自己没有穿裤子，引起自己看不起的葛霖夫"好奇地看着我"，外交部部长夫人"红着脸吃吃笑"，美国海军司令"大声狂笑"。第二天，自己坐在国会休息室里，葛霖夫"故意低头看看我的腿，又看我的脸，眼光狡猾"，并回头微笑。好像他一定见过我梦中的窘相了。几天后一个晚上，又梦见自己到一个下流舞场，与一个老丑的妓女跳舞，恰好又是葛霖夫看见，葛霖夫还警告那妓女先要向我要钱，不然我会抵赖的，我一气之下拿起酒瓶向他头上砸去，用力过猛，就醒了。可第二天，葛霖夫到国会休息室竟说他头疼得厉害。梦中老是葛霖夫？是的。你做过对不起他的事情吗？多次均说没有，但最后一次还是道出葛霖夫"是个无耻小人"，去年当选国会议员，会议上常常提出很多问题，滔滔不绝，赢得不少议员共鸣；后来竟对政府提出不信任案了，被我抓到机会，极力挖苦调侃，一一驳斥，大大打击了他的气焰。从此他在党内的地位一落千丈，但不干我事。你对他打击太大了。你没有感到过内疚吗？有时看到他那可怜相，也有点觉得，但他是咎由自取。显然，他对葛霖夫又看不起，又有点忌讳。欧德林医生告诉他："一个人不只有一个'自我'，你有许多'自我'，其中一个'自我'，便起来反对你打击葛霖夫，并且在你心中，以葛霖夫的身份出现，惩罚你所不该做的事。如果我是一个教师，我便会告诉你，这是你的良心，采取了那个人的形式与外貌，责备你，教你后悔，迫逼你，要你补偿。"但这是唐院长所不能接受的，所以他的病也不会好。第二天，报纸头版大副标题："唐院长服毒自杀"。奇怪的是，葛霖夫也同日暴卒。难道是唐院长梦中又打击他了吗？这一方面说明人的神经上、心理上可能会出现奇异的现象，另一方面又说明唐院长致死都没有大度宽容一个自己看不起的人。

徐讦的独幕剧《乱麻》写"某都市"公安局陈局长下令对罢工工人进行机关枪扫射，工人发起反抗，用枪打伤了他，生命垂危之际，他还是忘不了对工人镇压，忘不了他的钱财和女人。他呼喊"快开机关枪"。他给第八个老婆说，让我们到保险箱拿钱和金刚钻跑吧，还有两万块未发的饷金也带着。他留遗言："我死了以后，每个姨太太都给她一万元钱，儿子，女儿，老八，平分我其余的钱。我的一张一丈二的照相，留赠老八。名马与手枪给秘书王君管领。"没有医生愿意给他医治，他说："朋友，想明白些，人谁不是为钱？有钱还有什么不行呢！"连他的女儿都把用机关枪扫射工人、群众当成一件乐事欣赏。最后，医生用毒药将这个残暴凶狠的刽子手毒死。

苏青在 20 世纪 40 年代上海的生活是研究者们所熟知的。由于苏青坚持"俗人哲学",坚持从"小历史"的日常生活的角度看人看事,所以其笔下的官僚形象就相对复杂些,其笔下官僚的都市生活也多了一些人情味。其中篇小说《歧途佳人》写苏怀青遇到一个叫符小眉的女性,这符小眉告诉苏怀青自己的遭遇,其中谈到她离婚后带着两个孩子,为了生活,她到上海的窦公馆去应聘家庭教师。一见面,符小眉就觉得窦先生心很细,很懂得关照人,也很有风度,不像社会上一般高官强势霸道、目中无人。窦先生对符小眉的关照引起窦夫人的嫉妒和警惕,决定辞掉这个家庭教师,窦先生也没有不同意,觉得符小眉作为一个青年作家为别人做家庭教师也是可惜,就暗中给了符小眉不少钱,让她买房子专心写作。后来,无赖青年史亚伦诈骗一个商人二十根金条,交由符小眉保管,他入狱后,要符小眉拿金条打通关节救他出去,他出狱后却百般刁难符小眉,认为是符小眉私吞了他的金条,而后赌博又输掉大批的钱,也要符小眉代还,情急之中,也是窦先生暗中将史亚伦的赌债还上,并且再次将史亚伦送进监狱。符小眉知道这是窦先生要通过这种办法彻底断掉史亚伦对符小眉的威胁。小说中,史亚伦说窦先生精明、阴险、强势,表面上颇有绅士风度,但照样勾结权贵,财运滚滚而又来路不明,而符小眉则觉得窦先生很清醒、冷静,善于理解人、尊重人。显而易见,窦先生的原型是上海沦陷时期伪上海市市长周佛海。周佛海虽是汉奸,但是在当时确实帮助了生存艰难的苏青。撇开政治问题不谈,但从日常人生角度言,小说实际传达了女性的恋父情结,表达了作为弱势群体的女性在险恶环境中对权力、对成功男子的依赖之情。按照这样的审美标准,苏青的《续结婚十年》也塑造了金总理和戚先生的形象,写出他们日常的一面。

三、商人、资本家的都市生活

这里所谓商人,不是指小本薄利、生意仅能糊口的下层商人,而是指资产在中等及中等以上的商人。当然,资本家的社会地位和经济实力更在中等商人以上。

现代都市的英雄,不是军人,也不是知识分子,而是商人、资本家,所以茅盾的《子夜》把吴荪甫塑造成时代的英雄,原在情理之中。与吴荪甫同盟的还有民族资本家,大兴煤矿公司总经理王和甫和太平洋轮船公司总经理孙吉人。在西方殖民资本强大压力下,他们虽败犹荣。不过,像吴荪甫那样富有国家民族意识和为事业奋斗牺牲精神的商人、资本家还是少见的,而大量的还是在民族道义、社会公德与自身利益之间矛盾冲突、首鼠两端,甚至是目光短浅、庸俗卑劣、自私自利、圆滑机诈、腐化堕落的人物。这类人物都市生活的书写显示了都市商人、资本家生活的复杂性、多元性。

茅盾《子夜》的重大贡献之一就是史无前例地塑造了现代商人、资本家的形象，书写了他们独特的都市生活，显示了历史发展的新趋向。《子夜》让我们看到全球化背景下，现代金融资本操纵下，都市人的生生死死。小说除书写了买办资本家赵伯韬、金融资本家杜竹斋、民族工业资本家吴荪甫、孙吉人和王和甫的都市生活外，还塑造了周仲伟、朱吟秋等工业资本家形象，书写了他们在外国工业资本和民族强大工业资本之间挣扎，终于破产的生活。周仲伟是某火柴厂老板，因为瑞士火柴进入中国，而且物美价廉，他的生产和销售都受到致命打击，最终因为资金周转不灵，将火柴厂抵押给外国洋行。朱吟秋是某丝厂老板，因为外国丝业进入中国，导致他资金周转不灵，没有办法，将自己的工厂抵押给吴荪甫。小说书写他们对工人阶级的剥削压迫，但是也显示他们在外国工业资本和国内强大工业资本挤压下的命运。茅盾另一长篇《第一阶段的故事》写上海市政府10周年庆典竟成为抗战前上海最后的繁华；"八一三"抗战开始，"大时代"就要来临，战争背景下，资本家却少有作为，潘先生一家仍过着虚荣、享受、腐化的生活，其他资本家也各为利益所困。

徐讦是继茅盾之后书写商人、资本家都市生活最着力的作家。其五幕剧《月亮》写上海资本家的原始积累和在日本侵略者打击下破产的故事。李勋位是上海"孤岛"时期最大的厂商和银行家，但他的发家带有血腥积累和艰苦创业双重性质，因为最初他是在福建商人也就是剧本里张盛藻父亲那里做学徒，后来升为经理，老东家死后，他就欺负孤寡弱小卷逃了老东家20万家产而至上海，再艰难创业，步步扩展，终于成为海上闻达。剧情开始于20年后，也就是上海沦陷之前，日本人步步逼近，而李勋位的银行要倒闭，工厂工人在罢工，公债生意连连受挫，就要破产。不得已，接受一个中间人的介绍，也是欺骗，答应以抵押设备最好的两个工厂为条件，向日本三洞洋行借款。为了使日本人不再有能力借款给公债生意的敌对一方，李勋位索性将所有工厂都抵押给日本人，不想日本人还有现款借给公债生意的敌对方，致使当李勋位他们买进公债（做多头）时，敌对方照样可以卖出（做空头）。日本人真实的目的是，借用这种手段将李勋位彻底击垮。剧本最后，李勋位想让其中一个厂连夜生产出用户所需产品，以拿到五万元的订单，企图继续寻找生机逃过劫难，但是工人继续罢工，日本人趁机燃起大火，并以维持秩序为由，向罢工工人开枪，李勋位同情并参加了工人斗争的二儿子闻道、某工厂工人也是工人罢工领袖大亮、李勋位的汽车司机张盛藻及其妹妹元儿都被日本人打死了,李勋位最后的点滴希望也彻底破灭了。在此过程中,剧本写到李勋位的大儿子闻天反复劝说父亲不要再存有野心和幻想,赶紧将自己的银行和工厂处理掉,到乡下养老去,二儿子闻道则劝父亲将资金转到大后方,离开上海,李勋位也说躲过这一关就走,但事实上他没有能躲过这一关。这一方面写出资本家的贪婪(最后又由张盛藻的母亲认出并当面揭穿他当年的罪恶),另一方面也写出艰难创业者对自己事业的迷恋,同时控诉日本侵略者难以饶恕的罪恶。从作品中,读者不难看出抗战最艰苦的岁月中国民族工业挣扎、生存的侧影。

徐讦另一些剧作书写商人家庭对平民家庭的欺凌,商人纯粹的物质主义人生观和混乱的家庭两性生活。其四幕剧《生与死》写上海环龙银行经理陈伯伟仗着儿子所爱的女子的父亲是自己银行的职员,就强势要求张企斋答应这门婚事,张企斋宁愿辞职而不答应,其儿子素龙就企图收买杀手杀害张企斋的女儿美度,而陈伯伟年轻的太太又偷偷地与更年轻的男子发生春情。独幕剧《租赁顶卖》写上海一张姓人家,丈夫死后,太太和女儿靠一幢三上三下的大洋房的租金为生。为了更高的租金,张太太将整个三楼租给开赌场的,她自己也去赌,结果三千元的租金很快输掉。小姐要谈朋友,需要一件皮大衣,没办法,就决定顶房子。最后,为了物质上的依靠,连小姐也一并"顶"掉。剧作中来顶房子的林湖平给想品尝恋爱滋味的张小姐说:"你难道不知道恋爱是什么吗?恋爱就是拿大衣给你穿,带你出去,两个人喝喝茶,吃吃饭,跳跳舞,公园里溜溜,看看电影,你把我当作男主角,我把你当做女主角,你叫我 Darling 我叫你 Sweetheart,此外难道还有别的么?"看得出,以物质主义为人生宗旨的商人将恋爱彻底庸俗化了。两幕剧《男婚女嫁》写上海的高百年为了发财,娶有钱人家的丑女结婚。等女儿长大要嫁人了,才知女儿是他与当年的舞女、今天自己家仆人的老婆生的女儿,这时,就给仆人说,我们换换妻子吧,我要漂亮的,你要有钱的。于是两人换妻。与舞女生的女儿嫁了留美学生,与丑女生的还是丑女,嫁给了仆人的儿子。看似大团圆,实际是讽刺中产以上商人生活的堕落与混乱。

夏衍的四幕剧《愁城记》写上海商人的唯利是图和流氓根性。赵婉的父母去世早,爷爷也在"一·二八"战争中被炸死,叔叔赵福泉就利用赵婉单纯、不懂继承法的缺点,瞒下这一关节,而只给陈婉小夫妻一间屋子作为新房。后来,上海沦陷,赵福泉大发国难财,为了扩充自己的生意,连这一间房也要收回去做公债公司的门市部。作品写得最成功的商人形象是何晋芳。他是赵福泉的同学,了解赵福泉的为人、个性,利用赵福泉的贪欲,暗示赵福泉可以利用赵婉的单纯霸占她应得的遗产,也是他推动赵福泉走向大发国难财的道路。只是生意走上顶点的时候,由于对利益分摊不满意,他就又回头找赵婉与她叔叔打官司。他的目的不在于对赵婉的同情,而只在于借此打击赵福泉,不想赵福泉竟一夜之间彻底破产,并开枪自杀。为了揭示何晋芳的流氓根性,剧本还设置另一条情节线索,就是何晋芳利用生意上的合作关系,力逼赵福泉家的小丫头赵梅芬嫁给他。

宋春舫的三幕喜剧《五里雾中》写上海专做金子股票生意的必达公司老板汪春龙因为人物漂亮,孔方兄又多,很惹女性追逐,罗曼史可以写成多部小说,这就引起一些女性的嫉妒和报复。其中,罗姓小姐冒充汪太太向中国殡仪馆、万国殡仪馆、丧器店、棺材店、和尚庙打电话诳说汪经理不幸病逝,请来汪家接洽有关用品和后事。汪春龙惊异不解之时,两个医院的医生又登门说有人打电话称这里的汪先生病了要求诊治。医生命令汽车夫等人强行将汪春龙拉到医院就诊。这时,又有人分别以汪太太的名义来说要为汪春龙的公司粉刷墙壁、更换办公用具,有人从宁波给公司寄来咸带鱼、臭豆腐、盐露瓜、苋菜梗等。汪春龙刚回到公司,就有郭姓小姐来公司应聘女秘书,其突然抱着汪春龙的脸狂吻恰巧被汪春龙的未婚妻貂小姐看见。罗小姐通过这种方式捉弄了汪春龙,证明女子的智慧不下于男性,而汪春龙则请私人侦探来料理这件事情,罗小姐只好逃之夭夭去新加坡。剧本写出上海滩有钱人被巴结、有钱人的任性、男女的较量及人的自私。《一幅喜神》带有未来主义剧作的特点,想象"现代性的,……中国既富且强以后","胜过纽约之第五条街(Fifth Avenue)万倍"之"首都最繁华的区域",有名大盗张三潜入著名收藏家李氏夫妇家里,检视了李氏夫妇的收藏品后,表示非常失望,因为李氏夫妇的收藏品除祖传的一幅喜神画是真品外,其他都是赝品或部分是赝品。张三为了保住自己著名大盗的名誉,必须带走一些东西,而李氏夫妇为了保住自己著名收藏家的名誉,乞求张三将他们家唯一的真品即那幅喜神画带走。剧本通过这种方式揭露了日益发达的大都市珍玩字画市场的伪诈,嘲弄了以李氏夫妇为代表的社会名流追逐时尚、附庸风雅、图慕虚荣、数典忘祖的不良世风。[①]

柯灵写于新中国成立之前的短篇小说《霍去非》写了一个介于现代与传统之间的颜料商人霍有财,突出他贪财好色,但又出奇的悭吝。他在上海拥有很多房产。他一生中只有两件事最爱:"抽鸦片和买金刚钻。先前家里有烟枪,后来叫人暗算,敲了一竹杠,从此一直就在外面躺小烟馆,多脏的地方他都躺得下去。

---

① 张健:《幽默行旅与讽刺之门——中国现代喜剧研究》,北京:中国人民大学出版社 1997 年版,第 127-128 页。

到了深夜,瘾过足了,照例在家里一个人玩他的钻石,在定造的台灯底下,用显微镜细细地看。"他的金刚钻藏在什么地方,全家人谁也不知道。他是 50 多岁的人了,但"好色,沾的又常常是放荡的穷人家妇女。……不惹交际花红舞女一类的名件,因为她们不好对付,花钱也多"。小说主要写在他的传统父权制约下,在他悭吝的经济约束下,儿子霍去非性格的极端懦弱。上海沦陷之前,霍有财曾出过一笔救国捐,霍去非曾写过一首"抗日大鼓"诗,都曾在报纸上发表过,上海沦陷后,为了自保,霍老头子到处托关系,最后竟由霍去非去日本宪兵队自首。抗战胜利后,又怕担了汉奸的罪名,选了最大的金刚钻镶成项链送给当时在上海的军统头子的太太,并且让自己的女儿认了干妈。后来,儿子因为告密逮捕进步分子有功,得以在国民党《和平日报》上班,"我"坐电车遇到霍老头子,他竟将这当作一件光荣和值得高兴的事情说给"我"听。小说把霍氏父子当作"腐肉似的"旧时代的象征来书写,虽有明显的意识形态性质,但是从文化的角度看,读者也不难发现传统向现代过渡中都市人生的复杂性。

四、底层市民的都市生活

都市就像一个金字塔,豪门巨族、达官贵人和富商巨贾是塔尖,是少数人,中产的商人、资本家、官僚、帮派头目、医生、律师、大学教授等是塔中,然人数最多、作为都市基础的是广大底层市民。这些市民的共同点是:生存环境险恶,生存条件低下,几乎得不到任何正规的文化教育,因此生存中不乏愚昧,甚至人性中也有肮脏和丑恶,但是他们身上有人类生存最强韧的力,他们最能承受劳苦和贫穷,他们人性中最光辉耀眼的品质是纯洁、善良、诚实和相互的信任与帮助。都市"天堂"的一面在哪里体现姑且不论,都市"地狱"的一面则主要是在这些市民人生中体现无疑。

早在 20 年代初期,郁达夫的《春风沉醉的晚上》《薄奠》和鲁迅的《一件小事》等作品就表现了这类市民人生的基本状况。到了三四十年代,随着上海作为"东方的巴黎,西方的纽约"在世界东方崛起,这类市民在残酷的现代生存竞争中更处于劣势了,他们的生存更艰难,而他们身上所体现的人类的优良品质也更难能可贵了。可以说,浙江现代文学对于都市底层市民人生的书写也主要在这个时期,而且无论左翼文学还是海派文学,都是从理解、同情的角度出发。

茅盾的《子夜》写工人阶级大规模的阶级斗争,同时将笔触延伸到他们的日常生活,写出他们日常生活的艰难病苦,如对朱桂英一家的描写,也算是揭开了都市底层市民人生的一面。另外,其短篇小说《大鼻子》写上海流浪儿"大鼻子"

在"一·二八"战火中死去了父母,丢掉了家,之后就是一个人流浪在上海街头。学会很多偷、骗的伎俩,但是一次学生运动中,他看到巡捕打学生,就知道学生与自己一样也是好人、无辜的人,乃帮助学生拾旗子,与学生一起游行示威;本来有偷打旗学生钱包的意图,现在看到他与巡捕搏斗,就将学生掉在地上的钱包捡起来,并轻松送回他的口袋里。

袁牧之的电影文学剧本《马路天使》写上海一群底层人的苦难生活及他们相互帮助、支持与妓院老鸨、地痞流氓斗争的故事。小红是某妓院的歌女,也是将来的妓女,因为天真活泼,深得某西乐队号手小陈的爱恋,但是地痞流氓顾成龙看上了,就去与妓院老鸨及其相好琴师商量,决定将小红买走。同一妓院的妓女小云听到消息后,就冒着危险来找小红;小云原不被小陈看得起,她对小陈的多次示爱均被小陈拒绝,但在共同的命运面前,大家还是团结起来了。最后,为了让小红逃走,小云勇敢与流氓搏斗,终于被害死。

何家槐30年代的短篇小说《娱乐》写傅亦吾是一个正派、有良知的青年,参加一次朋友宴会,觉得后悔,就主动离开。本可以坐车回去,但愿意步行。霞飞路影戏院门前广告上正在宣传:"你要看肉感多情的少女吗?"走到一条小街上,遇到"一个抹粉的,涂口红的下等女人,年轻得简直没有达到法律年龄"。原来这个少女的母亲出身贫寒人家,因为貌美嫁给富人家做媳妇,但是一只眼睛偶然被有毒的虫子弄瞎了,于是被赶出来,之后只好做妓女,现在的少女是她的女儿。没有办法,主要是出于同情,青年人将仅有的二十多元钱全给了她们。小说将穷人的生活放在富人享乐的环境里表现,对比突出。结尾:"他很快离开那里,这时大世界塔尖像巨人的骷髅,沉寂地,幽暗地,耸立着俯瞰沉睡在梦中的大上海。"①

柯灵1936年写、1948年修改的短篇小说《浮世画》主要写了上海底层三个家庭的生活悲剧。光头原是上海某码头上的临时工,经常没活干,生活无保障,无法养家,就铤而走险参加抢劫一伙,结果东西没抢着,人被巡警逮着,判了十年监狱生活。问题是在监狱还有一个固定的住的地方,还有饭吃,出狱后,母亲、妹妹、妻子都不知下落了,家也没了,他就只能终日流浪街头。戴鸭舌帽的原是上海某报馆的排字工人,"一·二八"战争爆发,报馆被日本人炸毁,他也无业可就,为了生活,只好让妻子去做下等妓女,每当来了客人,岳母只能在床底下打地铺安息,自己则到街上去躲避。最后,为了多挣些钱给母亲治病,妻子找到一份在

---

① 陈子善编:《朱古力的回忆——文学〈良友〉》,杭州:浙江文艺出版社2004年版,第99-106页。

大世界跳裸体舞的工作,钱拿到手了,母亲也已经死了。戴眼镜的本是内地一个小城市的小学教师,因为"一肚子不合时宜",辞职到上海来寻找出路,没想到上海根本没有他插足的地方。小说还写到一个家庭六口人全部从大世界楼顶跳下去。小说去掉了人们所想象的草裙舞的光环,让读者看到在大世界跳草裙舞的小姑娘一个个"瑟瑟缩缩,骨瘦如柴"。小说通过这些书写,企图揭示上海"黑暗像地狱"的真相。

郑定文原名蔡达君,是上海沦陷时期最有成就的青年作家之一,后到苏北参加新四军,可惜 22 岁即溺水身亡。其短篇集《大姐》中多数作品均是书写都市底层市民的心酸和痛苦。短篇小说《魇——小职员手记》以"我"的家庭为主,连带写出同一弄堂里其他市民家庭的悲剧。"我"的父亲去世了,母亲指望着儿子们孝敬、维持家庭生活,但是际遇不对,大哥吸上了鸦片,二姐为了生活去做"玻璃杯"(即变相的妓女),"我"则日日挣扎在学校里做穷职员。其他人家,祥明得病死了,祥明的母亲整天以泪洗面;银花的母亲也得了肺病,马上就要离开人世。其另一短篇《大姊》则通过挣扎在底层市民生活中的"大姊"这一形象表现都市底层市民心底的善良、意志的坚强和对生活的渴望。"我"的大姊出生在上海石库门里一个贫寒人家,年轻时美丽漂亮好强,工厂做工做得好,流氓等在大门外等着吃豆腐,但她撑下来,还与邻居金姑娘相互鼓励去夜校学习认字识数。一次,演讲比赛,代表初级班,说道:"诸位!中国的妇女是最最苦命的……比牛马还不如!……""我是做工的,天亮做到天黑,工钱只有一点点,……流氓还要吃豆腐,欺侮我们……"赢得热烈掌声,坚定了大姊学习的决心。但后来金姑娘与男子私奔,一些风言风语也对准大姊,父亲不准她再去学习,她心痛之余将希望寄托在"我"身上,情愿再加夜班,也要让"我"去上学。爸爸死后,大姊的工厂也倒闭了,实在不得已,大姊嫁给一个有三个孩子的裁缝,自己又生了一个,这样,忙着四个孩子的营生,还供应我、鼓励我:"只要你,你将来好些,会赚钱……""孩子都在大起来,我也不是白苦的……"这时,"我"忽然觉得大姊高大起来。"大姊,你是一个伟大的女性!"①

夏衍的电影文学剧本《上海二十四小时》写在上海一个外资创办的纱厂里,一个童工被机器轧死了,还不如买办阶级的一条狗。老赵是童工姐姐的恋人,他为了有钱为童工医伤,去偷买办太太的大衣和首饰换钱,结果被抓进监狱。《脂

---

① 柯灵名誉主编:《上海四十年代文学作品系列——一吻》,上海:上海书店出版社 2002 年版,第 177-191 页。

粉市场》写上海的李铭义去为公司收账,大街上被强盗抢劫,中枪死亡,他母亲、妻子和妹妹的生活马上发生危机。为了生存,其妹妹李翠芬去百瑞百货公司包装部上班,遇到公司监督和公司股东的儿子都觊觎她的青年美丽,屡屡欺骗、要挟,为了自己的尊严,终于辞职。作品可贵的是写出李翠芬终于没有走交际花林小姐的路,而是"下了决心,要向黑暗的社会勇敢地挣扎"。独幕剧《中秋月》写上海下层舞女李曼娜每次从舞场回来,都要被养母李太太搜身。李太太救了自己女佣的女儿,又准备将她养到一定年龄也送去当妓女或做舞女为她挣钱。李曼娜深受其害,就偷偷将藏在衣服夹层里的钱送给女佣,让她带女儿赶快离开。《娼妇》写上海一个弄堂里,在报馆工作的李先生为生活所迫,出卖了反对汪精卫的邻居,下层娼妇和她的女儿都为这人的家属捐款感动了李先生,为了不再做错事,他终于带女儿逃走。

徐訏的五幕剧《月亮》除了书写资本家李勋位一家的生活,还书写了因为他的背叛而破产的张盛藻一家的生活和他家的仆人月亮的哥哥大亮的生活。张家破产后,张母带着儿女来到上海投亲,后在某纱厂做洗衣工人,一晃二十多年,尝尽人间酸辛。剧作中的张母经过生活的磨炼,对人生的认识更深刻了,意志也更坚强。当工人罢工进入艰难阶段,她主动拿出盛藻给她做生活费的三百元钱,全部交给工人代表。她认为月亮长期在李家做仆人,会养成优越生活的习惯,自己儿子盛藻与她不会有幸福生活;也认为李勋位的二儿子闻道虽然积极参加工人斗争,显得进步和健康,但是参加斗争对他来说,也可能是时髦、好玩,自己的女儿元儿与他在一起也未必有好的结果。她的这些看法未免有偏见,但是她对有钱人的怀疑和仇视也流露明显。最后,她对李勋位只提出一个要求,就是送两家几个孩子带大后方去,只是这时已来不及了,因为闻道、盛藻、元儿和月亮的哥哥大亮都在工人斗争中被日本人杀害了。其独幕剧《漏水》写上海二房东怎样欺负租房的贫困者,及底层市民相互的理解和帮助。赵二夫妇租二房东一间极为狭小的房子,且多处漏雨,但是一月还要交十元钱的房租。实在没有钱,二房东就要将他们可怜的一点生活用品作抵押,引来邻居租房者的同情和不满。邻居说:搬我们那里住去。二房东说:你们那里不是我的房子吗?邻居回答:我们没交你房租吗?我们不能来个客人吗?二房东自知理屈,也只好作罢。

穆时英的短篇小说《上海的狐步舞》贫富对比,写出上海上层人的堕落与下层人的不幸。《街景》写富人开着苹果绿的跑车,带着水果、水壶、牛脯、面包、玻璃杯、汽水、葡萄汁、快镜、手杖、Cap 等去野宴,或去百货商店买奢侈品,穷人则辛辛苦苦挣点钱,又被豪强抢去,欲回家乡不成,终年流浪街头卖花生米。《南北极》写租界上海、消费都市对乡下姑娘强大的吸引力,写农村青年在都市的寻找、挣扎、奋斗。这农村青年对着有钱人喊出:"你有什么强似我的? 就配做主子? 你等着瞧——"并用实际行动教训了淫乱、堕落的都市饮食男女。施蛰存的小说《鸥》和《梅雨之夕》可以合起来读,表现都市小职员生活的沉重和失落。《鸥》写小陆来上海讨生活,两年后的今天是某银行每月可以拿 40 元工资的小职员。他感到有做不完的工作,"他仍旧在账簿上画着各种数字的组合。洁白的纸,红的线格,蓝黑色的数字和符号不断地从他笔尖上吐出来:0123456789,数字,数字,数字,无穷无尽的数字,无穷无尽的 $ $ $ $ 啊"! 他得了怀乡病,他渴望能返回大海边的家乡,与自己心爱的姑娘一起看白鸥自由飞翔。但是一个夜晚,他在大光明电影院门前看到那姑娘就是同事老汪的苏州相好,原来她也来到上海,变成一个"完全上海化的摩登妇女的服装和美容术里"的女子。小陆遭受沉重打击,"开始有点虚无主义的感情了"。《梅雨之夕》里,想象这样的小职员渴望通过浪漫奇遇摆脱生活沉重的压力,但结果还是不可能,留下的是更多的惆怅和更深远的失落。

五、女性的都市生活

很少文学作品所描摹的人生世界里没有女性,都市文学尤其如此,因为都市文学基本上都是考察人与人之间的关系的,再加上女性生活的境况实际是一个民族、一个城市文明程度和审美样态的反映,所以都市文学有大量的女性形象塑造和女性生活书写,也在情理之中。以上无不涉及女性及其生活,以下也还要论及,这里之所以还需专门设一小节进行梳理、论述,实在是因为都市文学中女性及其生活的书写过于丰富和多元,而非以上和以下的论说所能穷尽。

摩登女性的都市生活。这里所谓摩登女性,指那些思想意识和行为习惯上都充分都市化,但又有自己的个性和不同凡俗的生活追求的女子。包括上一节所论述的进一步解放的女性的前四种。鉴于此前我们已多有论及,这里只作补充性介绍。穆时英不愧是书写都市摩登女郎形象及其生活的圣手。其短篇小说《红色的女猎神》写经常出入于跑狗场、歌舞厅的摩登女郎也是出色的枪击手,深夜参加秘密活动,与巡捕房的巡警战斗。《GNO. Ⅷ》写前俄国皇裔叶甫琳娜公主公开身份是舞女康丽妮,暗中身份是俄国尼古拉皇室高级间谍 GNO. Ⅷ,一直活跃在中国东北到上海的交通线上。小说直接书写的是她与另一俄国皇裔李维耶夫扮成德国商人夫妻盗取日本未来的帝国大战的机密情报,然后甩开日本高级特务的跟踪,坐"国际急行列车"回到上海向俄国皇族秘密组织复命。在上海,她又以"夜夫人"的身份吊住了国民党特务科科长梁铭。小说写女主人公姿色出众，风情万种，遇事沉着、冷静、机智，对俄国尼古拉皇室忠贞不贰，随时准备献出自己宝贵的生命，在男女之间也表现出无限的柔情，但是神情中又总有挥之不去的忧郁。因为她是一个清醒的战斗者，她知道自己及自己所属的俄国贵族的艰难处境。无疑，这是一个有深度的女性形象。小说通过这一书写显示了俄国贵族高贵和优秀的一面，至于他们对苏联无产阶级革命的敌视是否正确，这不是小说所要表现的。另一面，小说也写出日本对中国的侵略，国民党反动势力对共产党的监视和剿杀，又多少呈现出一些左翼的色彩。三四十年代，以流亡在上海的俄国贵族的生活为书写对象的作品并非个别，除大家所熟知的蒋光慈的《丽莎的哀怨》外，还有殷夫的短篇小说《音乐会的晚上》和刘以鬯的中篇小说《露薏莎》等。殷夫的《音乐会的晚上》写俄国原御前卫士安得列夫支对布尔什维克的仇恨，其中写到他的未婚妻玛利亚倒是同情中国的革命。刘以鬯的《露薏莎》写上海著名交际花露薏莎的父亲是俄国流亡贵族，母亲是哈尔滨人。日本占领东北后，母亲因不愿受日军的侮辱而被杀，哥哥也被上海的流氓杀害，现在她一人周旋于上海各歌舞厅。"我"是抗日分子，最后在舞厅她又因掩护"我"而被日本人用枪打死。这些作品可增加人们对流亡在上海的俄国贵族的了解、同情，甚至赞美。同时，以国际间谍女性生活为书写对象的还有徐訏的《犹太的彗星》。小说写意大利籍犹太女青年凯撒玲是西班牙高级间谍，这次要去意大利那不勒斯完成一项秘密任务，这项任务可能需要有人牺牲，"我"正好被派到欧洲去考察教育，坐同一条船，于是她的同伴也是"我"的朋友——上海一家咖啡店的主人决定说服"我"做她名义上的丈夫，陪她去意大利。公开的理由是凯撒玲的姑母给她留下一笔遗产，她要按照意大利法律先结婚后去继承。旅途中，"我们"两人的感情升级，到意大利后，她便让在船上屡屡讨好她的意大利青年去牺牲，也让他代替自己去接受反法西斯的光荣。之后，她在另一次任务执行中牺牲。

徐訏实在是现代文学史上不可多得的都市文学作家，可惜过去一直没有得到足够的重视。其中篇小说《吉普赛的诱惑》破除意识形态的偏见，写出都市摩登女性与金钱、物质、虚荣之间的血肉关系。小说写"我"去参观法国"奇都"马赛，咖啡馆认识以相面和拉皮条为生的吉普赛女郎罗拉。"我"称赞她美，她给"我"介绍某时装店的女模特、法国摩登女郎潘蕊，说见了她，你才知道什么是女人的美。经罗拉介绍，两人认识，果然美若天仙，但是这"仙女"却是一个卖淫妇。她卖淫因为她需要养活她的母亲和四个弟妹。"我"爱上她，决定带她回中国，但是到了中国，她的美却快要被死板、平淡的生活所毁灭了。正如罗拉所说："她是一个地道的资本主义社会的女人,生得漂亮,出入交际场,生活在她是一团火,她浪漫惯,奢侈惯,需要无谓的应酬,稀奇的刺激给她兴奋。她可以同你安定过家庭生活吗?你带她到家庭,已经不容易,带她到你们的故国,过死板的家庭生活,这会使她快乐吗?这等于你带热带鱼到北极,叫她过寂寞的冰冻的生活一样,要是她不同你决裂,她只好哀怨地老起来,死下去……"为了不让她的美毁灭,"我"与她一起重回马赛,她不仅找回了原来的自己,而且将自己的光荣推向峰顶。小说同情于潘蕊和她的家人的生活艰难,没有在一般道德意义上去质疑、批判她的生活选择,而且揭示都市摩登女性的美与物质、金钱、虚荣不可分离的血肉关系,也就是最大限度地接纳了世俗都市,只是作家创作的最终目的不在这里,而是更上一层楼,站在超越都市的角度,向吉普赛人那种简单、原始、流浪的人生致敬,最后写"我"和潘蕊都随吉普赛人去南美洲流浪去了。

令狐彗即后来生活在纽约的著名翻译家、文化人董鼎山,是 20 世纪 40 年代最重要的海派青年作家之一,也是继徐訏之后对摩登女性都市生活书写最着力的作家。他在 40 年代出版的小说集是《幻想的地土》,包括《白色的矜持》《蓝》《故事的结束》《白猫小姐》《荙罗拉》和《幻想的地土》6 篇。80 年代出版小说集《最后的罗曼史》,除了原来《幻想的地土》中的 6 篇外,又搜罗辑入了 40 年代写作的《残缺的遇合》《最快乐而最寂寞的》《无花的冰岛》《橱窗里的少女》《我希望我是十七岁》《睫毛上的澄珠》《群像》《顽皮的象征》《五彩的城》和 70 年代写作的《最后的罗曼史》,计 10 篇。总的来看,这些小说都是"爱情故事",每篇至少有一个女主人公,这些女主人公的共同点是多出身都市富裕家庭,经济不成问题,都受过很好的现代教育甚至多有洋化背景,有的就是西洋女子,年轻漂亮、聪明伶俐,善于交际;不善于交际的也很快学会交际,经常出入于舞厅、咖啡馆、飞机上或家庭派对,常常使男主人公"我"惊艳、爱恋,但最后又都以离别为结束。

与 30 年代的穆时英相比,令狐彗的这些小说女主人公差不多都是教会中学或教会大学的学生,年龄在 17 岁到 23 岁之间,有的甚至更小。但令人惊异的是,这些女主人公都显得相当早熟,特别是在男女交友上,都往往占主动一面。也就是说,随着都市文化的渐趋成熟,女性的心理也更成熟了,人生选择更自主且多元化了。如《故事的结束》叙述"我"的妹妹和她的那些教会高中的女同学,现在才十四五岁就都有男朋友了。其中最出色的是一个不超过 18 岁的白蓓拉,现正在自己家的洋房里举办家庭宴会,邀请的也都是十七八岁的少男少女。《我希望我是十七岁》写"我"的好友柏霖人的妹妹,17 岁的柏灵子很快爱上"我",并努力将她作为女性成熟的一面展示给"我"看,"我"几乎完全被她征服的故事。

《群像》写几个刚大学毕业或大学还未毕业的男孩子交往了几个大学还未毕业或还是中学生的女生,但最后这些女孩子都离他们而去。其中写的最突出的是黛茜和孙琪。黛茜才 19 岁,但"却是一个最有主张的人"。"十九岁的黛茜,使二十岁的男子在她的面前觉得不自然,这便是黛茜的力量。当然她的朋友极多(包括男孩子),她的交友是多方面的。她的缺点便是,她不将她的许多男友聚合在一起,这也是她本身的优点,她让许多男孩子追逐她。"孙琪与黛茜从同一个中学升入同一个大学,性格随和,与男孩子们交往得很好,男孩子们都喜欢她,她也答应男孩子们一定不会因为有了男朋友就忘记了旧朋友,但是有一天她也终于"打电话来,她不要我们去看她,她也不能出来看我们,因为她的在远方的好友归来了"。显而易见,小说写孙琪这种成熟更无懈可击,也更让男孩子们无可奈何。《白色的矜持》中的赵朱蕙应该是与黛茜属于同一类型,不过比黛茜更高傲,更有主见,更能沉住气。她晚上去跳舞,皇后似的受各种男子崇拜着,白天则保持着高贵的"白色的矜持",从来独来独往,很少与男生接触。《茀罗拉》写两年前,"我"与 17 岁的斐依相恋,但"我"不是斐依唯一的男朋友。"我"邀斐依去跳舞,斐依却介绍她最好的女友茀罗拉陪我。发现茀罗拉与"我"的感情后,斐依就限制"我"与别的女孩子交友,包括茀罗拉,而她自己却继续与别的男孩子交友。为此,斐依与茀罗拉也疏远了。两年后,"我"在百货公司遇到茀罗拉,又约下周日咖啡馆相见。"我不相信斐依舍弃了新的,再回到我身边来",就渴望得到茀罗拉的"安慰",但是茀罗拉一口气否定了当初自己对"我"的感情,说那时是因为"孩子气"。

> "现在呢?"
> "现在没有孩子气,正如你所说老练了。"
> "你们都老练了,我呢?"

小说写出面对复杂多元的都市生活十八九岁的青年男女心理上、情感上的成长问题,在此过程中,写出女性最先适应这种都市生活,而男性则相对落后了。"我"给茀罗拉说:"我喜欢女孩子是活泼的,可是不喜欢她同时是老练,活泼是跟天真连在一起的。活泼如果也老练,天下的男孩子都是她的了。"而斐依和茀罗拉恰都是活泼兼老练的。茀罗拉也与多位美国军人交往,现在就有一位开着吉普来接她了。

令狐彗还有一类小说侧重写都市男女的萍水相逢(邂逅型),及由此引发的深沉的怅惘。都市给人带来很多意想不到的机会,但是都市也很快将这些机会带来的希望消解。《橱窗里的少女》写"我"一直热爱的女性——理亚人生中的两个点。第一个点,是理亚12岁时,她的家与"我"家是邻居,她过12岁生日,她的妈妈请一批小朋友来热闹,其中就有"我"。从此"我"与理亚成为好朋友,但不久她跟随她的父母到北平去了。第二个点,是8年之后,理亚随父母从北平回来,与"我"同在一个大学上学,又遇见,两人都很惊喜。理亚更漂亮、迷人了,"我"完全被她的美征服了。被她妈妈邀请又参加了一次她父亲朋友的家宴,得与理亚有更亲密的接触,但也仅如此,半年之后理亚到美国去了,"我"就只能从一家外国人开的著名照相馆的橱窗里她的相片上满足"我"见到她的渴望。小说盯住橱窗里的相片做回忆、想象,将上海橱窗的魅力与现代女性的魅力结合在一起写,会勾起读者更深远的想象。《残缺的遇合》写萝佩小姐在元旦之夜举办家庭宴会,邀请许多俊男靓女,其中"我"对她明确表示爱恋之意,她也说"一见你就喜欢你了",但是第二天就飞去北平,结婚了。《最快乐而最寂寞的》是美国故事,写在美国一个都市的夜晚,"我"遇到来自美国一个中等城市的克劳地亚,她当然也是美女,但是她更真实自然,不虚荣,很随和,对人坦然而真诚。一次化妆舞会,"我"被推为帝王,克劳地亚被推为皇后,当两人揭开面具,认出是对方后,无限惊喜,情感更加深了,但是没几天克劳地亚就要回自己的家了。克劳地亚原答应"我"三个星期后回校的,但是现在新的学期开始了,克劳地亚并没有回来。

虚荣—享受—堕落女性的都市生活。虚荣是对比的结果。贫富悬殊,成败得失,同样是人,但因种种原因遭遇不同的处境,而渴望之心不死,于是便有了想象的、虚幻的荣誉的欲求。通过正当的方式和渠道满足虚荣心是积极进取,世界上伟大的事业都因这种虚荣驱动而成,而通过不当的方式和渠道满足虚荣心是人性的弱点之一,世界上许多罪恶也都因它而起。都市,这是一个最显贫富差异的地方,最让人感受世间冷暖的地方,而女性又是弱者,所以,都市空间,女性的虚荣尤其明显。女性之所以为女性,有历史形成的一面,但也不能否认有天生如此的一面,所以女性心理的软弱和神经的敏感是有目共睹的,女性的虚荣也常常不可避免。女性最大的虚荣都表现在情爱上、物质生活的享受上,但正是这些地方给女性布下罗网,使她们陷入人生的种种困境。曹聚仁散文《花瓶》指出,女子做到"花瓶"是历史的进步,但女子满足于做"花瓶"则又是女子虚荣、贪图享乐的结果。散文《乳房》谓摩登女性造假乳房,也是为了虚荣、享乐。施济美短篇小说《暖室里的蔷薇》就以疏离的笔触写都市女孩子小小年纪就订婚、结婚,作者显然认为这是女性的一种软弱。短篇小说《马莉玛》写教会中学女生马莉玛的极端虚荣和矫揉造作,中篇小说《十二金钗》揭示李楠孙为了成为"上海的女人"而不惜扭曲自己,短篇小说《蓝天使》则写上海昂贵的物价对于虚荣、贪图物质享受的小姐们的精神打击。很多作品都写女青年的误入歧途一定程度上根源于她们自己虚荣、贪图物质享受的心理驱动,如陈楚淮的四幕剧《韦菲君》对韦菲君虚荣心的揭示,茅盾的长篇小说《腐蚀》对赵慧明虚荣心的揭示,杜衡的短篇小说《海的笑》对芸仙虚荣心的揭示,徐訏的中篇《旧神》对微珠虚荣心的揭示,等等。茅盾的短篇小说《烟云》写重庆铁路局普通职员陶祖泰的妻子因为不满意于小家庭生活的平淡,长期在邻居家打牌,与一个心术不正的朱先生相熟,最后经受不了这朱先生的利诱,背叛丈夫而去。徐訏的短篇小说《私奔》写得很复杂,既写出女主人公翠玲姨对爱情的渴望,也写出她对虚荣的追求。"我"的家在上海,对上海的浮华表示厌恶,但是翠玲姨到上海后却很快沾染上这种浮华的气息,而失去了她原来的清纯之美。

受害女性的都市生活。这里所谓受害女性,是指那些因为被欺骗或被强权胁迫而被迫进入都市浮华生活的女性。这类女性已经进入都市浮华生活,但是因为并非己愿,所以也并不幸福,而且对于将自己推入这种生活的人和环境产生仇恨心理和复仇行为。施蛰存的中篇《阿秀》写阿秀被父母卖给上海一个有钱人做第六房,虽有吃有穿,但是享受不到一个女人正常的幸福,因为这上海人并不把她当作人看待,而是经常辱骂她、欺侮她,所以她带着首饰细软逃回父母之家;怕被上海有钱人找到,在母亲安排下又匆匆嫁给同村在上海做车夫的阿炳,谁知阿炳也是一个吃喝嫖赌无所不作的男子。当阿秀最后一枚首饰卖掉,被迫去做妓女,这时那上海有钱人来嫖,正好遇到,令人惊诧的是那上海有钱人的车夫就是阿炳,三人撞在一起,形成对男性中心社会强烈的讽刺。陈楚淮《韦菲君》中韦菲君被欺骗来到上海拍电影,电影没拍成,自己的纯洁没了,生活的希望也没了,于是就设法开枪打死欺骗她的人。郁达夫的短篇《秋河》写一个师范学校的女生被迫做了一个军阀总督的外室,现住在上海霞飞路附近。这女生为了报复,已经背着总督同多个男子同居。这时,总督前妻的儿子从美国回来,他们两人又很快沉入爱河。

不少作品是将女性的虚荣和受害结合在一起书写。如徐訏的中篇《旧神》写在上海,微珠不接受大学生刘伯群的爱,而被一个正要去美国留学的富家子弟程先生所欺骗。程先生诱使微珠爱上他,但是他并不践约带微珠去美国,而是在去美国的船上向省主席的已有婚史的小姐大献殷勤,并且很快两人订婚、结婚,而把微珠抛到脑后。微珠由此怀恨在心,这时,她认识某工厂青年厂长陆国光,两人结婚后马上去美国;到纽约后,程先生要求与她重叙旧情,陆国光提出离婚,于是微珠寻机杀死了程先生。三年监狱生活之后,微珠再不可能有爱情,就做起交际花来,同时与好几个男子交往。最后嫁给一个年老而有钱的男人当二太太,当这男人又要娶姨太太时,微珠又杀了他。小说借人物之口得出这样的结论:"所有女子的犯罪都是男子的罪恶",而"所有男子的犯罪仍旧是女子的罪恶"。前者直指男子的强权和利诱,后者直指女子的虚荣和贪图享受。杜衡短篇小说《蹉跎》写上海职员曼青的三妹聪明能干,学习了很多都市女性所需要的交际手段,如歌舞、演戏、英语,还登上了杂志封面,为小报所追逐,身边有十几个男子包围着,最后选中其中一个,无须说,有钱有房有车,但这是一个骗子,当得知三妹怀孕后就杳无踪影了。经受这次打击,母亲伤心死去,三妹也迅速老去,并且轻易不出来交际了。小说实际告诉我们,一个女人的人生就此完结了。

沦落风尘的女性的都市生活。周越然是活跃于三四十年代上海文坛的藏书家、散文家、性学家。他在《何故为妓?》一文中指出,无论古今中外,绝大多数女子沦落为妓女都是为生活所迫。这样的女性的都市生活,在"底层市民的都市生活"一小节里已经多有论及,这里主要阐述由于突来的灾难,从小康人家坠入贫困,不得不沦入风尘的女性的都市生活。柯灵的电影文学剧本《乱世风光》叙写翠岚本有一个平静而安康的家庭,可是由于日本侵略,慌慌张张从江南某地逃到上海,结果她和女儿小翠一起,而丈夫孙伯修却失散了。到了上海,租房住下,带来的衣物逐渐当出,为了女儿能继续上学读书,她只好去当妓女。另一面,孙伯修逃难路上遇到女性玩世者叶菲菲和洋场恶少钱士杰,在后者教唆下,三人住进上海中华大旅馆,开银行,做证券投机生意,出入西餐馆和跳舞场。一次,钱士杰约定一个新做妓女的女人,孙伯修好奇,来欣赏,见到才知是自己的妻子。受此刺激,翠岚投黄浦江自杀,孙伯修也陷入精神疯狂。

为了独立、自由艰难涉世的女性的都市生活。夏衍的电影文学剧本《脂粉市场》开头言:"妇女职业解放,谁都知道是个重要问题,同时谁又都感到它的进程中,有许多困难和障碍。"剧本写了三个女性:靠出卖色相维持职业的姚雪芬,妓女林小姐,挣扎于生存与人格、尊严之间的李翠芬。李翠芬选择了人格、尊严,也预示着她今后道路的更加艰难。《女儿经》让一群大学女生十几年后相遇,各谈自己在社会上的经历,其中,宣淑因为年龄大些,嫁人早些,没有到社会工作,就总是受丈夫欺负。高华因为并没有真正的女性独立精神,所以一面参加多种妇女活动,是多个妇女团体的重要成员,以到处讲演妇女解放的意义为生活荣耀,另一面又将生存维持在丈夫的钱袋上,享受着丈夫对她的服务和经济保证。作品写她是"妇女建业同志会常务委员、妇女节制生育会执行委员、妇女参政协进会执行委员、《妇女日报》名誉编辑、福利华西女子学校名誉校长、福利中国大学院政治学士",可如她们当年的校长所说:"她呀,与其说她是个社会上活动的人,还不如说她是个傀儡,一个玩物。""她演讲起来更神气十足,那个慷慨激昂,谁也不信她是个口是心非的人。当然她讲的话总是那些老调:什么女子不要做玩物,女子要到社会上去奋斗呀,女人应该自立呀,不要用男人的钱哪……尽管她声音喊得高,手舞足蹈的,好像她说的一切话全是女人们道德的经典,可是哪一句不是她自己在那儿骂自个儿呢?"作品把她比作"一个精制的鸟笼"里关着的"一只会说话的鹦鹉"。显然,夏衍的书写谴责了"那个万恶都市的环境"对女性的压抑、排挤和伤害,但是也彰显女性自身的缺陷。

吴福辉评苏青小说一个重要主题,就是"女性涉世"①。苏青也确实写出男权社会里女性走上独立、自由之路的诸多艰辛和困难。其长篇小说代表作《结婚十年》写苏怀青大学未毕业就听从父母之命与徐崇贤结婚,婚后生儿育女,成为人母。到了上海,丈夫红杏出墙,又不给生活费,苏怀青只好偷偷写作、投稿,走上职业女性的道路,丈夫发现之后,不能容忍,只好离婚。小说"后记"劝天下夫妇能迁就的还是马马虎虎过下去吧,一切都是为了孩子,说明苏怀青走到独立、自由的路上并未完全是自己的初衷,实为情势所逼。《续结婚十年》写苏怀青离婚后,为了生存,多次找职业不成功,上海成为"孤岛"进而沦陷后,就与当时汪伪报界的文人、当时伪上海政界权要、军界权要、金融界大亨联系起来,甚至多次牺牲自己的身体以满足一些人的要求。苏怀青的选择显然有损于民族大义之处,暴露女性的软弱,所以,抗战胜利后,她接触过的这些男人或逃亡或被捕,她自己也险些身败名裂。另一长篇《歧途佳人》写两姐妹的遭遇。符小眉的姐姐从小聪明好学,努力上进,大学毕业,来到青岛某大学做助教,但是个人幸福耽误了,现在重病在床需要照顾和安慰,而还是孤单一人。这是上进女性的代价。符小眉离婚后来到上海,为了生活,到窦公馆做家庭教师,接受窦先生巨款资助,也暴露女性的无奈和软弱。

郑家媛是东吴派女作家之一,其短篇小说《她和她的学生》将女性经过独立奋斗之后还要嫁人处理成一出悲剧,读来仍然令人心动。上海的曹月清为了独立、自由,生下一个女儿后与丈夫离了婚。她在一个小学教六年级的国文,班上的李湘就是她的亲生女儿,但是李湘并不知晓。李湘聪明好学,但也尖刻高傲,她经常捉弄曹老师。一次,开始上课之前,李湘又给同学们宣布消息,称我们的

---

① 吴福辉:《都市漩流中的海派小说》,长沙:湖南教育出版社1995年版,第98页。

国文老师曹月清要嫁给麻油店的老板了,并且让同班的男生陈大力出来作证,还让陈大力用漫画的形式将麻油店驼背老板的形象画出来,贴在黑板上。上课后,曹老师先发下作文本,评点一番,回头一看黑板,脸上立刻变了颜色。谁画的啊?曹老师,我画的。不是你画的,不会是你。曹老师,听说我们有个国文老师要嫁给这个人了,你没有听说吗? 曹老师知道是怎么回事了,她极其沉痛地向孩子们解释,她也年轻过,还生下一个女儿,现在年纪大了,一个女人到了这个年纪,没有力量独立支撑了,这是我的平凡,也是生活的残酷。"一个女人,为了生活去结婚,那原是最平凡的悲剧,也就是现在中国职业妇女最末的一条出路! 你们觉得好笑吗?"曹老师不再追究,接着引导同学上新课,而李湘却内心起了大的波澜。这次,她以曹老师为原型,做了一篇最出色的作文。这样的结尾预示着李湘也将继其母亲之后成为一个有追求的都市职业女性。

追求爱情的女性的都市生活。在充分物质化、利益化的都市里,不计门第、财产,只凭爱情就可以让两个人生死相约,好像是过于奢侈了,也可以说是过于古典化了,这样的爱情属于"五四",而不属于三四十年代的上海,但是事实上,40年代青年女作家林淑华的长篇小说《生死恋》就以她和她当年深爱的徐惠民为原型,写出了这样的爱情。小说主要写男女主人公从相识、恋爱、结婚、生女,最后男主人公创办医院,为了治病救人积劳成疾,两人生离死别的过程,读来确有一种特别的魅力,所以小说1948年初版,就受到广大读者的欢迎,到1950年已出到第五版,说明当时上海读者文学审美情趣的多元。

普通知识者家庭主妇的都市生活。普通知识者的家庭生活是贫穷的,所以,作为这样的家庭主妇的女性的都市生活也呈现多种样态。施蛰存的短篇小说《莼羹》写"我"是一个作家,最近正在翻译英美意象派诗歌,妻子却常常为每天的饮食询问"我"、打扰"我"。一次,朋友来,妻子想让"我"做一个莼菜汤,"我"却以为妻子多事,拉着朋友出去吃面。等"我"回来,妻还是坚持:"莼菜还没有下锅,晚上还是要你做汤的,我一定要尝尝你做给我的菜肴的味道。"这时,"我"才知道潜伏在妻子内心的秘密——"一重恋爱的新欲望"。"我"完全误会她了。小说通过这种书写表现了普通家庭主妇细敏的心理、不断调整生活以增强爱意的能力,而批判了"卑劣的男子的无礼貌的高傲",具有一定女性文化色彩。袁牧之的《寒暑表》也是写一个作家,因为爱情而与妻子结合,因为贫穷而拼命写作,但是妻子有时候耐不住寂寞,会出去做客或会客,这时丈夫就"撒娇",说没有生活情趣了,写作没灵感了。这次,妻子又不打招呼到亲戚家做客三天,回来心虚就主动为丈夫摇冰淇淋。丈夫就此怀疑她与那家的儿子有亲近的行为,要求离婚,妻子没有办法,也只好同意分手。丈夫说,这里留给你,我去找地方住,可是外边天气太热,丈夫只好说等到秋天再说吧,妻子当然也乐得接受这个建议。其实,妻子操守上并没有任何问题,仅仅是去做客而已。一场吵嘴,剧本写得妙趣横生,让读者看出这是两个有修养有灵魂有感情也不乏趣味的男女。最后,丈夫说:"其实,我是什么地方都可以马马虎虎,不闻不问的,只要你有很好的感情让我领略,使我写得出东西来。"妻子问:"那么你今天有领略到什么情感吗?"丈夫说:"有的,今天这场吵闹就很可以写一篇小说。"妻子说:"那么你把我抱睡着了就写吧,写好了我代你抄,好不好?"杜衡的短篇小说《重来》写考古学家刘雨若的妻子终于与丈夫一起回到离别 3 年的上海,开始感到丈夫落伍、迂腐,没有生活情趣,羡慕自己昔日好友映芬的奢华、气派,并且对其丈夫陈渊如抱有同情。当陈渊如想趁她醉酒占她便宜时才知道自己丈夫的可靠,于是收敛内心,开始帮丈夫进行《蒙古史》的下卷写作工作。

下层女仆的都市生活。有钱人家的女仆,生活有保障,还学着扮时髦,但是贫苦人家的女仆,生活不仅艰难,个人感情和人性欲望也满足不了。孙席珍的短篇小说《到大连去》叙写在上海,本为乡邻的大姐姐与"我们"夫妇同在一个条件简陋的学校里做事,学校因经济困难倒闭,大姐姐无处可去,就带着孩子暂居"我"家。为了生活下去,大姐姐就主动承担起女仆的工作。她勤劳、善良,会做事,但长期单身生活使她对"我"产生了超出主仆关系的感情,梦话中反宾为主指责"我"的妻子没有照顾好"我"的生活。认清自己的处境后,不得已选择离开上海,到大连投奔亲戚,寻找生路。

参加革命或抗战的女性的都市生活。关于女性与革命的关系前面已有探讨,这里只是补充。袁牧之独幕喜剧《一个女人和一条狗》写上海一个女革命者被一巡警发现,并暂时被巡警控制,但是她通过种种巧妙的言辞和方法终于反被动为主动,反要被巡警逮捕为用镣铐铐住巡警,脱身。殷夫短篇小说《小母亲》写林英出身富裕之家,但是为了追求真理,叛离自己的家庭,来到上海工人区,对工人进行革命宣传和革命鼓动工作。她也有过为了小资产阶级那种爱情而悲伤的时候,但是现在成熟的思想和坚强的理性支持她始终全心全意为工人阶级的解放而斗争。所以,另一更年轻女性称她为"小母亲同志"。夏衍电影文学剧本《女儿经》写在上海,胡瑛积极支持丈夫的革命行为,保护革命者郑仲侠,丈夫的妹妹直接与郑仲侠到南方参加革命工作去了。徐志摩和邵洵美共同完成的中篇小说《珰女士》以 30 年代的丁玲为原型叙写一个女革命者在监狱的生活及域外朋友们的救援。

抗战开始之后，柯灵的短篇小说《舍》写上海一女性为了去参加敌后抗日革命工作而忍心将自己的儿子寄养在亲戚家里。施济美的小说处女作《晚霞的余韵》写秦淮河一著名交际花放弃浮华生活而去内地参加抗日工作。夏衍的四幕剧《愁城记》写上海"孤岛"时期一对青年知识者赵婉和林孟平在另一青年李彦云的引导下终于走出自己的"小圈子主义"，而走向与大众打成一片的道路；另一四幕剧《天涯芳草》写抗战中，上海教会女中出身的孟小云随叔叔婶婶来到桂林，开始还沉醉于都市小姐的浪漫生活中，并爱上了叔叔的好友尚志恢，但是面对日本侵略者的累累罪恶，看到无数中国人在日本侵略者的枪口前倒下，她很快觉悟并参加了战地服务团。她从都市小姐的趣味中摆脱出来，而成为优秀的抗日战士。夏衍的剧作表现出抗战这"铁与血"的大时代对于上海都市小姐的改造。

六、知识者的都市生活

真正的知识分子在精神上是超越于城乡两界的。如鲁迅、艾青、戴望舒等。刘呐鸥劝戴望舒距离"现代生活"即都市生活再近一些，其实，与都市生活保持一定的距离恰是戴望舒的自觉追求。戴望舒一定程度上是反都市的。他最关心的是："那天上的花园已荒芜到怎样了？"鉴于文学中所书写知识者不一定具有典型的知识分子精神，为有足够的概括面起见，我们就将这一节定为"知识者的都市生活"。

市场型知识者的都市生活。在金钱支配一切的都市生活环境里，知识者迅速分化，一部分自觉走向市场，成为市场型知识者，一部分拒绝与市场合作，成为退隐型知识者，一部分既不膜拜市场，也不退出市场，而是在更高程度驾驭市场，成为精英知识者，还有一部分则角逐于政治舞台，成为官僚型知识者。茅盾的《子夜》主要写第一种。小说里，大学经济系教授李玉亭和吴府律师秋隼看似是独立身份，自由职业者，但也都是受都市市场支配的人物。他们具体的工作就是为资本家的活动寻找理论支撑和法律支撑，根本目的是从资本家的赢利中分得一杯羹。他们早已丧失知识分子精神。在小说第二章，知识者们有一个讨论：一个资本家又要顾及民族利益，又要顾全自己的阶级利益时怎么办？李玉亭先是闪烁其词，说工人"饿肚子也是一件大事"，但旋即补充说："资本家非有利润不可！不赚钱的生意根本就不能成立。"而秋隼在回答工人要求加薪的要求时，为资方辩护说："劳资双方是契约关系，谁也不能勉强谁的。"可当吴荪甫残酷镇压工人时，他却不加阻止。尤其是李玉亭，在小说中，他是以一个学者身份参与经济活动的中间人。他的身上，还有若干自由派知识分子的影子，但这一切不过是他有意表现出来的表象,实际上他是一个首尾两端的依附者与代言人。他明着追求张素素,暗地里却觊觎着张父的巨万资产。他在赵、吴之间两头讨巧,但又希望大家视他为中立者。因而小说中常常出现讽刺性的场面:在谈话中,他的态度常常"已经超过了第三者所应有",因而半遮半掩地环顾左右而言他。由于自明自由派,他谈话特别小心、敏感、多疑,如果别人说一句稍不中听的话,便会汗流浃背。在吴府受过一次冷遇后,他便疑心吴府"把他看成老赵的走狗和侦探"。事实上,越是标榜中立,越是走狗味十足。其内心真实的遗憾,并不在于能不能中立,而是:"我以老赵的走狗自待,而老赵未必以走狗待我。"在《子夜》中,真正的自由派是不存在的。这正印证了马克思的一句话:"资产阶级抹去了一切向来受人尊崇和令人敬畏的职业的灵光。它把医生、律师、教士、诗人和学生变成了它出钱招雇的雇佣劳动者。"①

徐訏的独幕剧《契约》写一个都市的律师怎样利用职业的便利收取贿赂,购得洋房、汽车及现代家用设施,同时巧舌如簧,诱惑前来应聘私人秘书的女大学生在他的婚姻契约上签字。这律师说:"爱情本来是诗人骗人的话。""女子本是最美的东西,最美的东西,就不能实用,因为那就是文化!美术的瓷器是挂在墙上鉴赏的,大的花瓶是放在大客厅里看的,好花是种在好的花园里的,所以女子自然要钱养,要大汽车装,要大洋房藏,要人参来补……要男子磨最好的金刚钻来打扮,打最好样子的衣裳给她穿,烧最美味的菜给她吃……是不是?所以,女子要嫁给男子,应当订这样详详细细的合同,法律是为什么的?最基本的就是维持这个秩序。"这个律师将女子当作物品,将结婚当成订商业合同,将法律当成维护他的这种商业行为的保证。如果说《子夜》中李玉亭和秋隼的行为还有为资本操纵因而带有被动的性质,那么这里所书写的律师的行为就是将都市里一切活动均是商业活动、一切行为均是商业行为的生活习性和方式内化为自觉的表现了。或者说,《子夜》中李玉亭和秋隼的表现是在为获取金钱而"生产",而这篇作品中律师的表现是在获取金钱之后而"消费"。而把"生产"和"消费"联系在一起的恰是"市场"。

为资本家所豢养的知识者的都市生活。《子夜》还描写了一批暂时没有走上社会,只在吴公馆、杜公馆吃闲饭的青年知识者。这批知识青年,由于出身和环境限制,没有能超出他们家族利益以外的人生理想,无聊之中,只能谈谈恋爱,发

① [德]马克思、恩格斯:《共产党宣言》,中共中央马克思恩格斯列宁斯大林著作编译局译,北京:人民出版社1997年版,第30页。

发牢骚,表现出十足的寄生症候。其中,最典型的是林佩珊和范博文。林佩珊是吴少奶奶的嫡亲妹妹,受着姐姐的护爱,衣食不愁,但是内心并不宁静。她感到爱情是难的。她与范博文恋爱,但没想到要嫁给他。她说:"老是和一个人在一处,多么单调!"吴荪甫想让她嫁给杜竹斋的儿子杜学诗,但是她又说:"我想来,要是和小杜结婚,我一定心里还要想念别人——"范博文是青年诗人,对上海有一定反思意识,但是他的反思不是站在民主、人道的立场上,也不是站在知识分子精英立场,而是站在浪漫的虚荣的小资产阶级的立场上,因此也不可能抓住上海作为资本之都的本质,而显得过于肤浅、贫乏、无力。他开始与林佩珊恋爱,一次在公园求爱不成,就想自杀,但是自杀的目的不是为爱情,而是为了出风头,为了虚假的浪漫,为了赚取女人的同情和眼泪。后来,他又与吴蕙芳恋爱。有一点是不变的,即离不开吴公馆。正如他自己所说:"没有办法!诗神也跟着黄金走,这真是没有办法!"杜竹斋的儿子杜学诗认为中国人不配有民主、自由,而只适合铁拳专制,这是有产者巩固自己经济地位和社会地位的变相理论。杜学诗的叔叔杜新锋是另一个典型,他认为中国压根就无法拯救,所以主张一切放任,随波逐流,及时行乐,这又是有产阶级不负责任的症候。

为虚荣、浮华生活所拖累的知识者的都市生活。倪贻德的短篇小说《离婚》写孙炳炎是"我"大学时同学,本是富家弟子,上学时整日追逐时髦,后来家境败落,到内地一个县城做师范学校教师,与一女学生恋爱,不想这女学生比他还虚荣。结婚后无力养家,出走上海,在上海,妻子的虚荣心得到极大激发,婚姻无法维持,只有离婚。小说写出女性虚荣的后果,也写出在浮华上海传统婚姻模式的脆弱。

为旧的家庭环境和商人气息所牺牲的知识者的都市生活。柯灵的小说《霍去非》写得最多的还是子之辈霍去非。小说叙写,霍去非表面上"温文而潇洒,俨然是一个有修养的少年绅士";他也确实读过不少书,谈吐不俗,也愿意结交学者名流,甚至渴望有自己的职业,不想做纯粹的"小开",但是他遇到的生活环境是一个顽固而贪婪的商人父亲所造成的阴暗的生活环境,在这种环境里长大,他根本上丧失了独立面对生活困难的勇气,同时又懂得了为自己的利益而见风使舵、审时度势。如此一来,他形成既让人鄙夷又让人恐惧的心理、个性。上海沦陷前,他曾经发表过一首"抗日大鼓"诗,上海沦陷后,为了保命,他马上去日本宪兵队自首;抗战胜利后,怕担汉奸的罪名,又到处托关系、找门路,对当时还在上海的文化名流极力拉拢。他托同乡,也是文化界进步人士"杭铁头"代他邀请文化名流聚餐,他主动提出代"杭铁头"保管不能带走的书籍,但是逮捕进步人士的风声一紧,他就觉得"杭铁头"放在他家里的那些书好像定时炸弹,时刻威胁他和家人的安全,最重要的是他觉得人们已经发现了他与"杭铁头"的亲密关系,所以还是为了自保,他竟向当局告密,将"杭铁头"抓去,同时把"杭铁头"的那些书都卖到书摊上。他安全了,并由此获得了在所谓《和平日报》做事的资格,但是一个知识者起码的尊严和人格也没有了。

民族气节有损的知识者的都市生活。上海沦陷后,进步文艺界多数作家、文艺家都到大后方去了,少数滞留在上海的作家、文艺家要么隐名埋姓,暂时隐退,要么变换方式继续与日本侵略者斗争,可是日本占领上海后,也需要大多数市民活下来,他们也需要有文化艺术生活支撑所谓"大东亚共荣"局面,甚至鼓励中国作家去东京参加"大东亚文学奖"颁奖大会。如此,不愿意隐退,又不愿意斗争的一批文人、作家就出来帮衬热闹,落水文人自然产生。这样的文人、作家的都市生活在苏青笔下有了形象地展现。苏青的《续结婚十年》主要写女主人公苏怀青与几个落水文人和汪伪政要的笔墨关系和男女关系。如上所述,由于苏青采取的视角独特,所以其笔下的所有人物都淡化了政治评判的色彩,而多了几分男女日常生活的人情味儿,自然,其笔下的落水文人也不例外,如鲁思纯和潘子美等。

挣扎于贫困线的知识者的都市生活。这样的知识者有一个共同特点,就是正派、诚实,不愿意做亏心事,所以与社会往往不合,往往失业;或者有职业也是始终安分守己、辛勤劳作,由于背后没有权势和金钱做支撑,生活也始终处于艰难困苦之中。郁达夫大量的小说表达知识分子的善良、正义、失业和贫穷。如《离散之前》以郭沫若、成仿吾和作者自己为原型,写曾、邝、于都是在日本留学时的同学,对文艺事业充满理想,但在出版商眼里只有利用的价值,生活无着,只好先后离开上海。《春风沉醉的晚上》写流浪知识者"我"因为失业的缘故,在上海居无定所,半年之内便搬了三次家,最后困居在外白渡桥北岸的邓脱路中间、日新里对面的贫民窟里。正是在这里结识了在 N 烟厂做工的底层女工陈二妹。《茑萝行》以作者的亲身经历为蓝本,写流浪知识者"我"半生的贫穷和颠沛流离。"我"因为不愿昧着良心做事所以失业,因为失业更加贫穷,以致几次想去自杀,最后只好让妻小离开上海,返回故乡。王以仁是受郁达夫影响而走上文学道路的作家,其短篇小说《神游病者》写一个诗人在上海因贫穷而失恋,因失恋而自杀。海派作家穆时英小说《贫士日记》写上海青年作家韩晓村因为贫穷而家破人亡。施蛰存小说《残秋的下弦月》写穷作家夫妻在上海的生活像"残秋的下弦月",残缺、孤单、凄凉、感伤、失意。

殷夫短篇小说《King Coal》写在上海,大学毕业生竟找不到工作的愤怒。夏衍的《上海屋檐下》也写黄家楣乃大学毕业生，但是因为不会钻营，常年找不到工作，无力养家；林志成为了照顾朋友匡复的妻子和女儿，在工厂不能不每天看着工厂主难看的脸色行事，最后实在忍受不了上层管理者的欺侮，终于失业。袁牧之的电影文学剧本《桃李劫》写陶建平和李丽琳夫妻二人都是上海建业工艺学校的高材生，但均因过于正直、纯洁、不通世故而找不到工作或一再失业。最后，妻子生产后，不小心从楼梯摔下来，为了给妻子筹医疗费，他就去偷，拒捕时造成警察自残，他被执行枪决，妻子也已死去。

带着传统诗意而去世的知识者的都市生活。刘呐鸥说过的一段话很有名："我不说 Romance 是无用，可是在我们现代人，Romance 究未免缘稍远了。我要 faire des Romance，我要做梦，可是不能了。电车太噪闹了，本来是苍青色的天空，被工厂的炭烟布得黑濛濛了，云雀的声音也听不见了。缪斯们，拿着断弦的琴，不知道飞到那儿去了。那么现代的生活里没有美的吗？那里，有的，不过换了形式罢了，我们没有 Romance，没有古城里吹着号角的声音，可是我们有 thrill，carnal intoxication，这就是我说的近代主义，至于 thrill，carnal intoxication，就是战栗和肉的沉醉。"[1] 其小说《热情之骨》也借人物之口宣称：以往那种以抒情为内容的诗"在这个时代是什么地方都找不到的。诗的内容已经变换（变成物质的——引者）了"。对比刘呐鸥所说的现代诗意，那种轻物质、重精神，轻利害、重惬意，不鼓励动、而只趋向于静的诗意存在显然是可归入传统一类了。徐訏的五幕剧《月亮》写李勋位的大儿子闻天不赞成父亲的赚钱野心，多次劝父亲将工厂卖掉，将银行的钱处理掉，回乡下去养老；对世间的利益之争毫无兴趣，而只关心心灵的自由和舒适。他对父母敬爱，对兄弟亲爱，对仆人关爱，特别是对年轻的女仆月亮有超乎一般友善的感情。他教月亮识字、念诗，劝父亲去保因罢工被逮捕的月亮的哥哥大亮出狱，他渴望月亮能真的像天上的月亮一样，用她温柔娴静的光辉安慰他一生。但是月亮考虑的是现实的问题。她认为她不应该只当闻天的仆人，还要当闻天的主人，所以她想象：当她真的成为李家少奶奶的时候，当为了现实的生活问题需要闻天侍候她的时候，闻天对她的爱也许就要褪色，两人最后的结果仍然不会幸福。这里突出一个问题，仆人也要享受现代都市的人生幸福，那么什么是现代都市的人生幸福呢？就是衣食不愁，且有人侍候。闻天拥有这些，所以不急于得到这些，月亮没有这些，所以潜意识里正需要这些，

---

① 1926 年 11 月 10 日刘呐鸥致戴望舒信，见孔另境编：《现代作家书简》，广州：花城出版社 1982 年版，第 185 页。

如此,现代人生的盲点暴露出来,即所谓幸福都是建立在别人的牺牲之上,当被牺牲的人不情愿被牺牲时,矛盾就凸显出来了。如矛盾要解决,则两人要么相互隐忍和牺牲,要么两人干脆分开。作品的最后是两人分开,不过这分开是以闻天的得病死去为结束,因为作家显然看不出闻天还另外有什么高明的手段来解除人生的困境。显而易见,闻天代表中国传统诗意人生的追求,只是这传统的诗意在现代都市中国只有被牺牲、被消解的命运了,他的死又表征了传统虚幻诗意与现代现世实存的矛盾、冲突及由此产生的诸多困惑。

作为都市打量者的知识者的都市生活。本雅明将波德莱尔称为城市的打量者,施蛰存也塑造了类似的知识者形象,书写了他们的都市生活。施蛰存短篇小说《梅雨之夕》写"我"是上海某公司一名普通职员,每天要处理大量的案牍材料,生活非常苦闷、压抑,但是"我"并不因此失去疏离上海、打量上海的眼光和心情。这一天,"我"照例很晚才下班,"我"打起伞慢慢走,慢慢打量这雨中的都市。"我"发现人们都为了一个目的急急忙忙地来往。这时,一辆公交电车停在路口,"我"看到上面下来五个人,最后一个是青年女性。小说就着重写在这"梅雨之夕""我"与那青年女性的一段交往。"我"主动勇敢地去解救雨中孤独无助的那女性,因为长相相近,"我"想起自己的初恋,但是那初恋只能保留在往日的时空中了,现在面对的是陌生的女性。"我"的相助得来她的一声"谢谢",但也仅仅如此,一会儿这姑娘就头也不回地走远了。小说写"我"是有妻子的,大街上与那姑娘同走时,忽然发现街旁一商店柜台里站着的女子仿佛是自己的妻子;回到家后,敲门进去,听到妻子的应声又仿佛是那姑娘,说明小说是将妻子与姑娘对比着来写的,深层意图在于显示"我"对日常烦琐生活的恐惧和在压抑中渴望浪漫自由的隐秘心理。但是,小说的叙述笔调又是相对冷静的,表明小说从情感上对都市有了一定的疏离,与戴望舒的《雨巷》比,主人公不只是一个现代人生的需求者,也是一个现代都市的打量者。

热衷文化事业的知识者的都市生活。杜衡的短篇小说《重来》写考古学家刘雨若从北方小城回到上海后,还是不忘记他的蒙古史研究。郑振铎《书之幸运》写在上海,仲青爱书如命,为此,家里经常负债,妻子多次反对,但是看见珍本的书就想买。这一次,天一书局的老板又让伙计带着几本书来了:李卓吾评刻的《浣纱记》,褚氏原刻的《隋唐演义》,明刻的《隋炀艳史》,尤子龙原编、李笠翁改订的《笑史》。经过验书、还价,最后以120元成交。可是钱哪里出呢?只好让妻子到亲戚家去借。

反抗资本家的知识者的都市生活。这里所谓反抗资本家的知识者,并非是

有政党背景的工人知识分子,而是作为道德和正义的代表出现在读者面前。徐
讦的五幕剧《月亮》写李勋位的二儿子闻道积极支持工人罢工斗争,并为此献出
年轻的生命。杜衡短篇小说《人与女人》写哥哥嫂子都是某工厂的工人,但是他
们的生活情趣并不因为贫穷而低俗。他们看不起不劳而获的人,看不起女性的
虚荣和贪图享受,所以与他们的情趣正相反的妹妹就总是有在他们面前理亏的
地方。最后,生存日益艰难,哥哥参加了反抗工厂主的斗争,被逮捕枪毙,嫂嫂没
办法只好去当妓女。其另一短篇《在门槛边》写陈二甫与白大胖是同学,白大胖
一家在上海开厂发财,陈二甫来投靠,白家工厂与工人有了冲突,白家厂主要陈
二甫合谋抓获闹事工人的领袖,也是陈二甫的同学顾均,陈二甫经过激烈的思想
斗争,最后还是辞职而去。

置于死地而后生的知识者的都市生活。这里所谓置于死地而后生的知识
者,是指有那么一类知识者,内心始终抱有对于人类的同情心,对于人生的正义
感,所以在经历过一些人生磨难后,反而更有勇气面对人生困境了。他们代表人
类生存的尊严和不死的生存意志。杜衡短篇小说《寒夜》写一个留居于上海的知
识者生活无着,准备去跳黄浦江自杀,但是路上先遇到乞丐后又遇上劫匪。这两
人具体身份不同,但是在索要和劫掠别人的钱财方面却惊人相似,都表现出超越
常人的执着、难缠、固执或强硬。这反让欲自杀者悟出了可以不死的道理:什么
样的人在这世界上都可以心安理得地活下去,他为何不能想法子活下去呢? 显
而易见,小说写出上海既逼人"死"也逼人"活"的双重面孔![①]

参加革命或抗战的知识者的都市生活。参加革命或抗战的女性知识者的都
市生活,前面已有涉及,这里不再赘述。这里仅就参加革命或抗战的男性知识者
的都市生活做一交代。茅盾的《蚀》写出大革命前后都市男女知识者的精神历
程。第一部《幻灭》中的强连长显然是一个青年知识者,因为当章静问他为什么
去打仗时,他的回答别具一格:为了刺激。他可以被看作未来主义和表现主义的
信徒。第二部《动摇》中的方罗兰可以代表当时参加革命的都市知识分子在革命
原则和软弱意志之间的动摇。他对孙舞阳的欣赏和迷恋说明他不是一个乡村型
知识者。第三部《追求》中的张曼青、史循是大革命失败后悲观颓废型知识者的
代表;王仲昭是亦步亦趋的现实主义者;曹志方是一个粗暴的对于现实的反抗者
(他要上山当土匪)。《虹》中引领梅行素走上革命之路的梁刚夫确是一个成熟的
革命者。殷夫诗歌中的"我"多是革命者;其短篇小说《监房的一夜》写工人狱友

① 陈子善编:《朱古力的回忆——文学〈良友〉》,杭州:浙江文艺出版社 2004 年版,第 21-26 页。

对于有一个在国民党总司令部工作的哥哥的"我"的不放心。姚蓬子"左联"时期的小说《一幅剪影》写 30 年代初期的革命者置身在繁华上海,已能摆脱纯粹个人小圈子里的男女之爱的诱惑。夏衍三幕剧《上海屋檐下》中的匡复为了革命离开上海多年,回来发现妻子与自己的好友结合后,再次离开家庭走向革命的风风雨雨。其四幕剧《心防》写刘浩吾为了在上海沦陷区筑起一道反法西斯的精神堤防,情愿放弃到大后方的机会,最后被日本特务杀害。其另一四幕剧《法西斯细菌》写太平洋战争爆发后细菌科学家俞实夫在香港的遭遇和得到的教训。俞实夫原来一直坚持科学研究与政治无关,但是日本侵略者疯狂地毁掉了他的科学研究仪器,迫使他终于认识到,他不问政治,但政治要问他,最后在我地下党安排和帮助下离开香港,去参加大后方的抗日救亡工作。戴望舒的诗《我用残损的手掌》写抒情主人公在香港被捕期间对日本侵略者罪恶的控诉和对我党领导的北方抗日革命根据地的信念和向往。

第二章

浙江现代文学中的都市性书写

这一章的关键词是"都市性",即都市之所以为都市的内在属性。这里所谓"都市性书写",意指浙江现代文学中还有不少作品不是以上海等现代性强的都市为书写对象的,而是以一般城镇或历史生活甚至是文学作品虚构人物生活为题材内容,这些作品的内容或者本身具有一定的都市色彩,或者因为作家都市审美趣味和审美诉求的投射而呈现了不同程度的都市属性。诚如美国学者沃斯在《作为一种生活方式的都会主义》一文中指出:"只要我们局限于城市的实际范围来理解城市生活,将城市仅仅看作具有确定界线的空间,认为城市的特征仅限于其任意的边界线,那么,我们就不可能充分理解作为一种生活模式的城市生活。交通和通讯等技术发展,事实上标志着人类历史的新纪元,突出了作为我们文明主导因素的城市的作用,极大地将城市生活模式推广到城市以外的地区。……城市化不再仅仅意味着人们被吸引到城市、被纳入城市生活体系这个过程,它也指与城市的发展相关联的生活方式具有的鲜明特征的不断增强;……不管这些人生活在哪里,他们都受城市的影响。"①正是在这种"城市化"(现代性强的大城市化即都市化)影响下,出现了文学中的都市性书写。朱寿桐在为刘永丽撰《被书写的现代:20 世纪中国文学中的上海》所写的序言里也指出:"现代文学家书写上海等都市,都暗示着或寄托着对这一特定空域的某种态度和价值认知,某种意义上说,作家们是实写还是虚写这样的都市已经不那么重要,也就是说,是否以这些都市为题材,是以都市为实景还是为背景并不很关键,关键是都市写作在

---

① [美]沃斯:《作为一种生活方式的都会主义》,陶家俊译,见汪民安、陈永国、马海良编:《城市文化读本》,北京大学出版社 2008 年版,第 143—144 页。

空域意义上到底体现出作家怎样的'胸臆',弄清楚作家都市书写作暗示或寄托的精神意涵。"①这里,朱寿桐所谓作家的"胸臆""所暗示或寄托的精神意涵"也可以理解为都市精神和都市意识,在这种都市精神和都市意识统照下,都市书写扩域为都市性书写。另外,文学创作作为一种文学行为,总是在一定艺术思想指导下完成,或者体现了一定艺术价值追求;文学作品的完成总需要相应的艺术方法和手段,这些应该也强化了作品的都市属性,所以,我们在这一章里一并探讨。

第一节　都市性人生书写

这里,所谓都市性人生书写,主要包括三个方面的内容:历史题材的都市性书写、现实中一般城镇题材的都市性书写和中外文学名著的都市性改写。不同作家不同题材的都市性书写成就不一,但是都程度不同地呼应着都市作为中心城市的审美面向和文学表达。

一、历史题材的都市性书写

这方面,最有名的是夏衍 1936 年发表于《文学》的七场话剧剧本《赛金花》。剧本所叙述的时间是 1900 年,地点是北京,事件是八国联军侵占北京时,一代名妓赛金花怎样在国家危难之际挺身而出,利用她与德国统帅瓦德西的特殊关系解除八国联军在北京的戒严、骚扰和杀戮,同时也帮助清政府巧妙处理了德国公使克林德被义和团杀害事件,挽回了当时中国最高统治者——慈禧太后的脸面,维护了当时国家民族的尊严;继而叙写清政府怎样忘记对赛金花的承诺,封建卫道者孙家鼐怎样继续排挤赛金花,背信弃义的小人魏邦贤怎样直接逼迫赛金花,一些趋炎附势的家丁怎样背离赛金花;最后,赛金花不得不带着自己唯一的义仆顾妈逃离北京城,到南方寻找存身的可能。

夏衍是著名左翼作家,《赛金花》是应当时"左联""国防文学"的号召而写,自然不乏鲜明的政治意识形态诉求。夏衍事后说,这个剧本是"为了骂国民党的媚外求和"②,也就是说,剧作写的是"历史"——清朝末年,"讽喻"的是当时的国民

---

① 刘永丽:《被书写的现代:20 世纪中国文学中的上海》,北京:中国社会科学出版社 2008 年版,"序"第 8 页。

② 夏衍:《谈〈上海屋檐下〉的创作》,见刘厚生、陈坚编:《夏衍全集》(第 1 卷) 戏剧剧本(上),杭州:浙江文艺出版社 2005 年版,第 227 页。

党政府。夏衍在另外一篇文章中说:"最初的着想如此,所以在性质上说,这习作只是以反汉奸为中心的奴隶文学的一种。高居庙堂之上,对同胞昂首怒目,对敌人屈膝蛇行的人物,从李鸿章、孙家鼐一直到求为一个洋大人的听差而不可取的魏邦贤止,固然同样的是作者要讽嘲的奴隶,就是以肉体博取敌人的欢心而苟延性命于乱世的女主人公,我也只当她是这些奴隶里面的一个。我想描画一幅以庚子事变为后景的奴才群像,从赛金花到魏邦贤,都想安置在被写的焦点之内。我不想将女主人公写成一个'民族英雄',而只想将她写成一个当时乃至现在中国习见的包藏着一切女性所通有的弱点的平常的女性。我尽可能的真实地描写她的性格,希望写成她只是因为偶然的机缘而在这悲剧的时代里面串演了一个角色。不过,我不想掩饰对于这女主人公的同情,我同情她,因为在当时的形形色色的奴隶里面,将她和那些能在庙堂之上讲话的人们比较起来,她多少的还保留着一些人性!"①不难看出,夏衍对赛金花和那些所谓大人先生们的态度都是极为严厉的,但又是有分别的。对于赛金花形象的把握更是值得玩味。先是将她与那些大人先生们放在新的政治意识形态评判前给以质疑和批判,接着又表示理解她不过是一个具有所有女人弱点的女性,譬如善于利用自己的姿色、肉体讨取男性的欢心,以此挣得自己的世俗物质享受;她虽然是在一个极偶然极讨巧的机缘里做成了大人先生们所不能做成的事,但终究是就此避免了侵略者对国人的更大杀戮,部分地挽回了国家、民族的脸面,多少总有值得肯定之处。也就是说,赛金花是一个有缺点的红尘女性,但是历史又给了她超越红尘女性的机遇和条件。她最后达成杀戮的停止是严肃的民族政治话题,她达成这一目的的方式又是诙谐的都市情欲话题。柯灵在杂文《"玉碎"颂》中就指出,关于赛金花,当时有夏衍和熊佛西两个人的剧本,两个都被国民党政府禁演。而正是这种语境下,观众喜欢看《赛金花》,实际上就达到侧面讽刺、批判国民党政府不抗日的目的②。茅盾观剧后则撰写《谈〈赛金花〉》,认为宣传《赛金花》是"国防戏剧"也罢,自称是"历史的讽喻"剧也罢,都没有达到艺术的目的,"剧本,给与观众感应的就只能是第四场开头的笑料,以及对于赛金花个人运命的关心而引起的掌声而已"③。茅盾是以演出的作品来评判夏衍写作的剧本,显然不可能完全符合剧本实情,但是看茅盾的行文,他就是在说,"剧本"的看点差不多仅集中在一些意义

① 夏衍:《历史与讽喻——给演出者的一封私信》,见刘厚生、陈坚编:《夏衍全集》(第1卷) 戏剧剧本(上),杭州:浙江文艺出版社第82页。
② 《柯灵七十年文选》,上海:上海文艺出版社1996年版,第456-457页。
③ 《茅盾全集》中国文论四集,合肥:黄山书社2014年版,第254页。

不大的噱头上和赛金花这个曾经艳帜高张的妓女身上。如此,夏衍的《赛金花》与差不多同时搬上舞台的宋之的的《武则天》就成为最受当时市民阶层追捧的剧作。当年,张庚撰文称:《赛金花》"轰动了上海从文化界一直到最落后的小商人。"①光未然指出,左翼剧作家也"渐渐地商业化了"。② 当今学人葛飞也认为:"《赛金花》可谓左翼剧运进入市场的原典和原点。……从历史剧的角度观之,《赛金花》、《秋瑾》、《武则天》构成了一个系列;从'妓女(舞女)+国防'的模式来说,则有《赛金花》、《夜光杯》、《春风秋雨》;《赛金花》、《春风秋雨》、《武则天》又皆使用了闹剧手法。可见类型化不仅出现在通俗小说和商业电影的制作之中,也出现在进入市场的左翼戏剧这里。"③

赛金花究竟与瓦德西之间有没有两性情爱关系?换言之,赛金花究竟是不是靠着与瓦德西有染才拯救了当时北京城千万中国人的生命?关于这一点,历来说法并非那样统一。影响最大的一种说法是认同他们两人之间存在这种两性关系。在刘半农、商鸿逵对她的多次访谈中,她也流露出这一点④。其次,还有两种说法,一种说法认为两人之间存在友情,但"不见得就表示跟她有恋情或床笫之间的关系"。凭着这份难得的友情,赛金花照样可以起到保护北京人生命安全的作用。这是海外当代作家赵淑侠在长篇小说《赛金花》"代序——赛金花隐没于红尘尽处"中的观点。她说为了写作小说《赛金花》,她在海内外查阅了"五六十种""中外文资料",但没有发现赛金花与瓦德西存在两性关系的资料⑤。另外一种说法认为赛金花不过是一个妓女,庚子事变中,她所接触的都是德军下层军官,根本无缘与瓦德西相识,更不用说借用与瓦德西的关系保护北京人的安全⑥。就一百多年来人们的接受而言,人们更倾向于相信第一种说法。因为人们无法相信一个中国名妓能在乱世中不与曾经相识的八国联军统帅瓦德西发生两性关系就可以得到瓦德西的信任,瓦德西就可以听从她(一个妓女)的建议,轻易下令停止对北京城的暴力行动。鲁迅在杂文《"这也是生活"……》中也提及过

---

① 张庚:《1936年的戏剧——活时代的活记录》,上海:《光明》第2卷第2号,1936年12月25日。
② 光未然:《"庸俗的戏剧运动批判"》,上海:《光明》第2卷第12号,1937年5月25日。
③ 葛飞:《戏剧、革命与都市漩涡——1930年代左翼剧运、剧人在上海》,北京:北京大学出版社2008年版,第196-197页。
④ 具体情况见商鸿逵《曾孟朴与赛金花》、曾繁《赛金花访问记》和曲江春《赛金花轶事汇录·赛金花看〈赛金花〉》等。这几篇文章都收集在2006年中国人民大学出版社出版的刘半农、商鸿逵合著《赛金花本事》一书里。
⑤ 参赵淑侠:《赛金花》,北京:北京十月文艺出版社1990年版。
⑥ 这种说法以齐如山的《关于赛金花》等文为代表。见2006年中国人民大学出版社出版的刘半农、商鸿逵合著《赛金花本事》。

"义和拳时代和德国统帅瓦德西睡了一些时候的赛金花"云云,更无需言为了"多铺述数回"而有意渲染两人情爱关系的著名小说《孽海花》和以揭内幕为乐趣的商业小说《九尾龟》了。显而易见,对男女两性都市人生了解甚深的夏衍也是认同这一种说法的,因为《赛金花》一剧就是"大约取材于刘复的《赛金花本事》,曾孟朴的《孽海花》,虞麓醉髯的《金花传》等书"写成的①。剧本完成之后,夏衍在《历史与讽喻——给演出者的一封信》和《〈赛金花〉余谈》等文中还特别强调赛金花是"以肉体博取敌人的欢心而苟延性命于乱世的女主人公"②。如此一来,王德威所谓"情色政治"的说法就可以成立了。王德威曾指出:"我们还能够找出比赛金花更为奇诡的情色政治范例吗? 义和团之乱中,盛传赛金花与德国元帅瓦德西伯爵有染,使她名噪一时。按照这一神话,她的这段露水姻缘使千百万中国百姓幸免于八国联军的劫掠。一名妓女淫荡的身体成为救赎中国的法宝。"③

海派作家刘以鬯的《迷楼》截取历史上隋炀帝后宫淫乱生活的一幕,写出他极端享受的人生和对百姓疾苦的漠然,映照了现代都市人生氛围和现代人道主义精神,应该也是一次不错的对历史的都市性书写。

《迷楼》篇幅不长,但概括力强,可视作一个中篇的缩写。作品上来就交代:天已大亮,但是昨晚龙眠在逍遥宫"迷楼"里的隋炀帝这时还没有晨起,因为昨晚有十个宫女侍寝,二十个宫女给他按摩,又喝了酒,吃了春药,与宫女罗罗一夜狂欢,所以精神有些不济了。皇帝的淫宫叫铸乌铜扉,据说是从外国买来的,八面铜镜包围着,一个宫女在里面就会有八个女体映现,现在是二十个宫女,赤身裸体,皇帝眩晕了过去。这种欲望化的狂欢的人生,镜子映照的虚实相间的世界,女体的暴露,都是再典型不过的都市症候。小说还特别写到两个宫女侍候皇帝晨起等得不耐烦,一个宫女撩开"翠幌",向"宝帐内部张望了一下",马上看到皇帝与被幸宫女最隐秘的部分。皇帝终于晨起,这时,一个太监慌忙来报,宫女侯夫人悬梁自尽了。侯夫人留下字条:"宰我夫,奸我身,虽做鬼,不可活。"隋炀帝很窘,宦官头子高昌当即以侯夫人的口吻杜撰了一首颇感孤独、冷落的诗,并向世人宣布:"侯夫人因不能进御而自缢。"显然这是篡改事实,蒙骗后人。小说写出了淫乱人生、阴险智慧、皇帝霸权及其对平民百姓的危害,将历史都市书写引向严肃思考。

---

① 刘厚生、陈坚编:《夏衍全集》(第1卷) 戏剧剧本(上),杭州:浙江文艺出版社2005年版,第80页。
② 刘厚生、陈坚编:《夏衍全集》(第1卷) 戏剧剧本(上),杭州:浙江文艺出版社2005年版,82、85页。
③ 转自肖复兴:《八大胡同八章》,北京:作家出版社2007年版,第43页。

　　李欧梵称施蛰存为"中国第一个弗洛伊德论作家"①,显然有偏爱和夸饰之嫌。因为在施蛰存之前,郭沫若、郁达夫都已经运用精神分析的方法进行小说创作了,如郭沫若的《残春》、郁达夫的《青烟》等。但要推举施蛰存是中国现代最着力将弗洛伊德精神分析方法引进小说创作的人,应不为过。施蛰存自觉地书写都市,进行多方面的探索,至少在书写现代都市、都市性地书写历史和现代一般城乡三个方面都取得可圈可点的成绩。书写现代都市,前面已经论及,都市性地书写现代一般城乡后面还要提到,这里仅分析其都市性地书写历史的那部分故事新编式的作品。

　　施蛰存这类故事新编式的作品,包括《鸠摩罗什》《将军底头》等。这些作品的共同点在于都写情爱,但不是鸳鸯蝴蝶派文学那种情爱。鸳鸯蝴蝶派文学中的情爱主要是"情",一般仅触及男女两方的精神、心灵,主要表现为封建道德与自然感情的冲突。用周作人的表达法,即属于"上半身"的文学,而施蛰存这类小说中所表达的情爱主要是"爱欲",文学表达的重点倾向于"下半身"或"上半身"与"下半身"的冲突。为了实现这样的书写内容,就必须引进具有视觉蛊惑力的女性身体作为支撑。而这正是都市审美的表征。

　　据有关史书记载②,鸠摩罗什(344—413)的父亲鸠摩炎原是天竺(今印度)的国相之子,但长大后坚决出家做和尚,为龟兹(今新疆库车)国君看重,被逼与其妹婚配,生下罗什。罗什的才华超过了他的父亲,跟随他的母亲一起出家,作了龟兹国的国师。前秦苻坚闻其名,于建元十八年(382)遣吕光攻打龟兹,命令一旦俘获罗什,马上带到长安,可是吕光在龟兹滞留3年,享尽人间安乐,且又强迫罗什与其表妹婚配。前秦败亡,吕光死去,后秦弘始三年(401),姚兴遣使迎请罗什从凉州到长安,奉为国师,讲译佛经。从此,罗什带领众僧,经十余年努力,共译经300多卷,译出的佛经,既能明确表达梵文原意,又能做到行文流畅,字句优雅,令佛教徒无不信服赞赏,成为中国佛教史上一件大事,中外文化交流的典范。可是,后秦主姚兴又一次让罗什尴尬,因为他一定要赠送罗什10个妓女,说是要罗什留下"法种",为后世造福。引起其他佛教徒的不满和嫉妒,一些修炼甚浅的和尚声称也要学罗什的样子夜宿女人,罗什想出一计,第二天,让大家都来法坛,他将大把铁针吞下,证明自己夜宿女人并不影响修炼,谁能够做到这一点,

　　① ［美］李欧梵:《上海摩登——一种新都市文学在中国(1930—1949)》,毛尖译,北京:北京大学出版社2001年版,第185页。

　　② 参考龚斌《鸠摩罗什传》,上海:上海古籍出版社2013年版。此传后面附录有《高僧传·鸠摩罗什传》,内容与以上叙述无差。

也可以夜宿女人,结果众人皆服,从此无话。

但是,在施蛰存的书写中,罗什与女人的关系不仅是被逼迫的,还有自己内心深处的渴望。罗什离开凉州去长安的时候,他的表妹是否一起踏上了旅途,《高僧传》里没有记载,龚斌的《鸠摩罗什传》里没有写她跟着罗什去,施蛰存的小说里却想象相反的情景。小说借着这个旅程首先让人们看到罗什人间感情的一面。其妻路上病逝,为他到长安后人间感情匮乏、爱的欲念未绝打下伏笔。这时,小说接着写在长安,一个前来听道的妓女孟娇娘扰乱了他的心神,因为这孟娇娘长得过于明艳迷人,她的过于明丽活泼的眼神直射进他的灵府,使他身心的统一受到破坏。从此意、情和欲失去平衡。意和情开始向欲倾斜。终于主动要求再见孟娇娘,而后修炼多年的功业终于崩坏。小说没有交代姚兴有要罗什与妓女留下"法种"的意图,而是叙述姚兴受罗什迷恋孟娇娘的启发,乃送他 10 个妓女,这里明显有嘲弄之意,但罗什还是接受了这 10 个妓女,说明推动情节发展的动因不是外在的,而是罗什生命内在的,即爱欲。小说利用精神分析方法,揭示人物意、情和欲的冲突,宣布意和情在欲面前的失败,肯定了世俗欲望,宣布了宗教的伪作,实际是现代都市世俗人生情趣的延展。

花敬定是唐朝成都尹崔光远手下的一名武将。上元二年(761),梓州刺使段子璋叛乱,兵袭东川节度使李奂于绵州,自称梁王。五月,花敬定奉旨攻克绵州,斩杀段子璋,但又居功自傲,骄恣不法,纵兵大掠,甚至目无朝廷,僭用天子音乐,致有杜甫赠《戏作花卿歌》予以委婉的讽刺。后被叛军所杀。

施蛰存小说《将军底头》写唐代成都花惊定将军奉命去西北边境抵抗吐蕃人的骚扰。他原是匈奴人,以为人严正出名,特别看不起汉人打仗就是为了抢女人,想借此机会归顺匈奴。但一个美丽的大唐姑娘的出现使一切都朝相反的方向发展。一骑兵战士调戏一边境壮士美丽的妹妹,壮士告之于花将军,花将军为严明军纪,拟将兵士砍头示众,不想一见奉命前来对质的姑娘大惊,对于战士之迷恋于她也有了同情。因为面对姑娘的美丽,他也情不自禁地流露了爱慕,甚至表示出"狎亵的调侃"。他问姑娘,若再有人来缠绕你,那怎么办呢? 姑娘说,将军一定也会杀了他。将军又说,那个人如果不是别人呢? 姑娘领会他的意思,说,按照将军的军法,可以有例外么? 将军喟叹:"只是……受了自己的刑罚的花惊定,即使砍去了首级,也一定还要来缠绕着姑娘,这倒是可以预言的事了。"小说写出女性容貌美对于人生的重要影响,揭示个人情爱与民族大义之间的冲突。小说写得最神奇的是,战斗打响了,将军暂时忘记姑娘,一心征战,但是姑娘哥哥的战死又引起他对姑娘的怜悯。"这时的花惊定将军完全是自私的,他忘记了从前的武勇的名誉,忘记了自己的纪律,甚至忘记了现在是正在战争。"神情恍惚之中,头被吐蕃首领砍下来,幸好他也同时将吐蕃首领的头砍下来。无头的身子飞马来到村庄寻找姑娘,当在河边的姑娘说"打了败仗吗?……无头鬼还想做人吗?呸!"时,身子才颓然倒下去。手里吐蕃人的头笑了,而远处吐蕃人手里将军的头却哭了。这样的书写凸显了爱欲对于战争的微妙影响,对于人物二重人格的揭示也是深刻的。

此外,袁牧之的短剧《爱神的箭》取材于历史说部中薛仁贵与柳金花的故事,不写薛仁贵如何建功立业,而是写他功成名就归来之后基于极度的爱的焦渴,竟然对深得妈妈疼爱的自己儿子表示嫉妒,最后把儿子射死。显而易见,这是对弗洛伊德所谓恋母情结的反写,影射都市爱欲人生的复杂和错综。

二、现实中一般城乡题材的都市性书写

浙江现代文学中,对现实中一般城乡生活进行都市性书写,大致可分为以下几类:

首先,一种强烈的时间意识和生命意识的萌发。现代都市人的时间意识都特别强,这种时间意识表现在生命意识里,就是特别敏感于自己年龄的变化。林徽因的小说《窘》写在北京,人到中年的维杉面对年轻人特别是面对年轻女孩子深感说不出的"窘":说年轻已经不年轻,但是你说他老了,他无论如何不会承认。自己的孩子都已进了大学,对年轻女孩子不应该再有"非分"之想了,但是生命里仍然有一种渴望,渴望与女孩子接近,渴望得到女孩子的喜爱——爱。特别痛苦的是这种爱的渴望因为年龄的关系不能明确表白;而女孩子们哪里懂得这么复杂的心理,只将他当作伦理意义上的热心叔叔罢了。时间对人的宰制和人本(自我)与人伦(超我)之间的冲突在小说里表现得相当细腻、绵远而意味深长。

其次,都市"动的精神"的体现。吉登斯认为,现代人生装上了"动力机制"[①]。李欧梵也认为"这种新文明的基本源泉就在于'动'"[②]。20年代,闻一多就看出郭沫若的《女神》充满"20世纪是个动的世纪"的精神[③]。其实,艾青的诗也充分体现了这一特点。

---

① [英]吉登斯:《现代性与自我认同》,夏璐译,北京:中国人民大学出版社2016年版,第16页。
② [美]李欧梵:《上海摩登——一种新都市文化在上海(1930—1945)》,毛尖译,北京:北京大学出版社2001年版,第108页。
③ 闻一多:《〈女神〉之时代精神》,见杨匡汉、刘福春编:《中国现代诗论》上卷,广州:花城出版社1985年版,第82页。

　　以往,人们总是看重艾青诗歌中的农业文明性质,如他对土地的深情,对农民苦难的讴歌等,而对其诗歌中的工业文明性质视而不见,或重视不够。其实,艾青对工业文明、对都市始终是一往情深,孜孜追求。艾青在《村庄》中说,自从见了都市图画,就不再爱乡村了。什么时候家乡有了机器轰鸣,他才会对它歌唱。艾青在《时代》一诗中所表现的激情不仅有被时代所规训的,也有不被时代所规训的。这决定其不少诗歌都有潜在的都市审美性质。如《太阳》一诗对太阳的歌唱:

> 从远古的墓茔
> 从黑暗的年代
> 从人类死亡之流的那边
> 震惊沉睡的山脉
> 若火轮飞旋于沙丘之上
> 太阳向我滚来……

　　这里面有几种元素对应了都市的精神和气质:一是火热的激情。这种激情来自对光明、温暖、自由的极度渴望并由对太阳的讴歌做表征。二是旋转的律动和有力的节奏。艾青的诗歌是真正得到自由诗的精髓的,他那自由奔放、不受拘束的歌唱方式,这种歌唱中所表达出的不可切断、无可阻挡的力的旋律和节奏是现代任何一个诗人的诗歌都无法比拟的。再看《火把》对火把的讴歌:

> 火把从那里出来了
> 火把一个一个地出来了
> 数不清的火把从那边来了
> 美丽的火把
> 耀眼的火把
> 热情的火把
> 金色的火把
> 炽烈的火把
> 人们的脸在火光里
> 显得多么可爱
> 在这样的火光里
> 没有一个人的脸不是美丽的
> 火把愈来愈多了

愈来愈多了　愈来愈多了

火把已排成发光的队伍了

火把又流成红光的河流了

火光已射到我们这里来了

火光已射到我们的脸上了

你们的脸在火光里真美

你们的眼在火光里真亮

你们看我呀我一定也很美

我的眼一定也射出光采

因为我的血流得很急

因为我的心里充满了欢喜

让我们跟着队伍走去

跟着队伍到那边去

到那火把出来的地方去

到那喷出火光的地方去

快些去　快些去　快去

去要一个火把……

"给我一个火把!"

"给我一个火把!"

"给我一个火把!"

你们看

我这火把

亮得灼眼啊……

　　诗行里这种急切的、快速的、温暖的、热烈的、明亮的节奏、光亮和氛围明显地只有现代都市广场聚集的人群那里才有的。波德莱尔说,都市是人群的,这里正是体现出了这一点,烘托出了这样的都市气氛。茅盾的《蚀》三部曲的第一部《幻灭》对武汉广场上人头攒动的革命人群的描写庶几近之。换言之,这不仅是政治意识形态性的,也是都市审美的。

　　再次,都市瞬时审美的体现。波德莱尔说:"城市居民的快感不在于一见钟情,而在于最后一见而钟情。"①戴望舒《雨巷》典型地表现了这一点。以往的理解,认为《雨巷》表现大革命失败后诗人内心的惆怅和理想的破灭;稍后,人们强调诗歌在一般意义上表现人生理想的可望而不可即;现在,人们开始看到《雨巷》古典色彩人生理想破灭背后隐藏的非常复杂微妙的现代性内涵(都市属性)。要理解《雨巷》与现代都市而不是一般城镇的关系,必须真正诠解诗歌中所精心创造的那个"我"与姑娘瞬间相遇又相错的戏剧性情境的隐藏内涵。"我"执着地苦苦寻求、等待,姑娘"近了,近了",然而瞬间工夫,她又走"远了,远了",像梦一般从"我"身旁"飘过",——那样的快速闪现又消失。张英进认为,《雨巷》受波德莱尔《恶之花》中《致一位过路女子》的影响②。波德莱尔这首诗写巴黎街头一个端庄、美丽的女子在人群中匆匆而过,在抒情主人公身旁匆匆走过,她只无意中投来一瞥的目光,然而抒情主人公却马上爱上了她,可是在如海的大都市人群中,一切都陌生化、匿名化的都市中,这女子瞬间也将消失得无踪无影,抒情主人公的爱又将寄托到何处去呢? 遑论这爱的实现! 波德莱尔说:"现代性,就是过渡、短暂、偶然,就是艺术的一半,另一半是永恒和不变。"③从这个方面言,《雨巷》准确捕捉到都市这种瞬间审美气息,而给以象征性呈现。另一方面,《雨巷》表现了更深刻、内在、悲哀的都市人生内容。《雨巷》特别强调"我"要寻找的姑娘要"像我一样/像我一样地/默默彳亍着/冷漠、凄清、又惆怅",就是说,"我"和姑娘都是深具古典情怀的,都代表一定的传统光晕,尽管如此,姑娘还是没有停下脚步,二人还是没有融会到一起,这表明现代人主体性普遍觉醒之后,主体间性生成,而人的追求却越来越难以及物了,人也就越来越孤独了。

复次,都市"错综爱"的心理体现。弗洛伊德精神分析认为,文明与原欲具有不可调和的冲突。在文明压抑下,现代人的爱往往处于错综状态。具体表现就是反伦理、多角爱的频繁发生。而这种爱由于受文明教条支配和意识的压抑,又采取一种扭曲和变态的形式。毋庸置疑,这种"错综爱"在现代都市环境里,最典型,也最容易发生。作家将这种爱的心理和意识投射到他笔下一般城乡人的身上,那么便产生如下具体文学图景。

一般认为,鲁迅的小说《肥皂》是揭露封建卫道者的人性虚伪和肮脏的,但从

---

① [德]本雅明:《波德莱尔》,第45页,转自张英进:《中国现代文学与电影中的城市》,秦立彦译,南京:江苏人民出版社2007年版,第180页。

② [美]张英进:《中国现代文学与电影中的城市:空间、时间与性别构形》,秦立彦译,南京:江苏人民出版社2007年版,第179-180页。

③ 郭宏安编译:《波德莱尔美学论文选》,北京:人民文学出版社2008年版,第439-440页。

都市审美的角度看,小说叙述主人公四铭听见几个流氓指点着讨饭的少女所说的"你不要看这货色脏。你只要去买两块肥皂来,咯支咯支遍身洗一洗,好得很哩"的话之后,欲念陡起,随即到商店买肥皂,渴望回家一洗老婆的心理,实在是典型的都市症候。只是,主人公的心理被来访的何道翁揭破,引起老婆孩子共同的不满和羞弄,造成对主人公的绝妙讽刺。有的研究者直接认为,小说中四铭的欲望起伏是鲁迅生活中欲望起伏的映照。

　　施蛰存对人物精神分析不仅表现在历史题材、都市题材上,而且表现在一般城乡题材上。其短篇《周夫人》写一乡村寡妇对小男孩"我"的畸爱。"我"随母亲去周夫人家探亲戚,周夫人就对"我"表现出超乎正常伦理范围的疼爱、溺爱,甚至要把"我"久久拥在怀里。一是因为"我"像她死去的丈夫,二是她生理上和心理上都需要男性关爱。这篇小说与郭沫若的小说《叶罗提之墓》有异曲同工之妙。《港内小景》写某城一男子表面对重病的妻子细心照顾,实则是为了隐蔽与情人的约会。情人说要去南方游玩,于是他便劝说妻子到南方疗养,那样对她身体的康复有好处。为此,妻子对他非常感激,以为他尽到了做丈夫的责任。只是,小说写到最后也讽刺了主人公的心猿意马,因为那女性又决定先结婚再南下了。

　　又次,都市人神经的脆弱和过敏在都市与乡村之间的演绎。都市人是进化人,也是退化人。都市人的心理百般错综和复杂,都市人的神经也是极端脆弱和敏感。为了产生陌生化效果,施蛰存将都市人这种心理和神经过敏安排在乡村与都市之间表现,也算是别具一格。

　　施蛰存小说《魔道》写"我"坐火车出上海到乡下参加一个朋友的婚礼,火车上遇到一个老年妇女,觉得她神秘,怪异,不由得想起书上说的西洋的妖怪老妇人骑着笤帚飞行在空中捉人家孩子的事情,也想起《聊斋志异》上隔着窗棂在月下喷水的黄脸老妇人的幻像。书上还说,有魔法的老妇人的手是能够脱离了臂腕在夜间飞行取人灵魂的,于是感到害怕,担心自己"会得神经衰弱症、怔忡症……"。火车越过荒野里一个大土包,就幻想是古代哪个王妃的陵墓,王妃如果现在走出来,人们对她的爱会超过对任何人的。深感"这真是个璀璨的魔网!"。也许对面的老妇人就是那王妃的木乃伊?到乡村,坐在陈君夫妇的会客室里,忽然觉得不远处青烟下有一黑色影子,哦,这老妇人怎么也来到了这里?指给朋友看,朋友说那是玻璃上的一个黑点。傍晚去散步,就把陈夫人也幻想成了那个妖怪老妇人。指给在潭边洗衣服的姑娘看,姑娘说:"你才是妖怪哪,那是我的妈妈。"回到上海,一熟识的咖啡女邀我去喝一杯,进去发现:"黑啤酒!又是黑！我眼前直是晃动着一大片黑颜色的绸缎。看，有多少魔法的老妇人在我面前舞动啊！她们都是要扼死我，用她们那干萎得可怕的小手。……"咖啡女搂上了我的脖子，我觉得她就是王妃的木乃伊，老妇人的化身了。当我回家去时，发现一穿了黑衣服的老妇人也孤独地走进小巷去。小说将人物心理放在都市与乡村、传统与现代、现实与魔幻之间呈现，好奇、渴望与恐惧、逃避贯穿始终，扑朔迷离，难以把握。

施蛰存另一小说《夜叉》写"我"的朋友卞士明为了祖母的丧事到杭州，在西溪湿地小河里坐船游玩，忽然发现一小船上有个穿白衣的妙龄女子，引起无数联想。《西溪志》上说，一百年前，这里出过一个夜叉，莫非显身了？夜晚趁着月光散步时，又发现前面有白光一闪，以为就是白天溪流上遇见的那女人。跟随而去，又发现一所白墙的坟屋。以为是夜叉的巢穴，推门进去，但呀的一声，只见一个庞大的黑影飞窜出去，那女子也很惊恐，伸出两手似乎要与他搏斗，他不等那女子占先，就伸出两手将那女子的脖子狠狠掐住，不一会儿，这女子死去了。这时，才发现她不过是一个乡下女子，与白天船上所见根本不是一回事。他非常恐怖，赶紧跑回住处，第二天晨晓就借故返回城去，路上听人议论昨夜一个聋哑的女人失踪了。如此一来他成了杀人犯。可那白天所见的女人呢？回上海路上，忽然发现后面车厢里有个女人与昨夜那女人一样，回到上海在永安公司又发现那白衣女人，甚至发现这白衣女人又跟随他到"我"家来了，神经再也受不了，就大病一场。其实这女子是"我"表妹，刚到上海四天，虽去年与朋友卞士明见过一面，但中间并无接触；她也是那时候坐火车回上海，后到永安公司买东西，再回到家。——小说中，女人成了吸引主人公又压迫主人公的"夜叉"。这样的故事看似与都市无关，其实正是都市人心理和精神气质的另一种反映。

最后，都市生产方式和生活方式向农村的渗透及一般城乡生活观念和生活方式的巨大变化。浙江离上海很近，与上海有直接的经济、文化关联，能直接感受上海的都市氛围，加上浙江也正处于明清江南腹地，历来商业发达，进入现代以来，又有了全球化背景和大工业生产的冲击，生活观念和生活方式也很快发生巨大变化。对此，浙江现代作家也很敏感，并进行了及时书写。

20年代末期，浙江作家已经敏感到时代的变动，这时出现乡土写实派小说，大部分作家都是浙江人。其中，王鲁彦的短篇小说《黄金》写乡村人对金钱的崇拜和人与人之间感情的淡薄已入木三分。如是伯伯的儿子暂时没有汇钱来，生活有了些拮据，村子里的人就像得了传染病似的，都不愿意与如是伯伯夫妇来往了，因为他们担心如是伯伯会向他们借钱，并且公开表示对如是伯伯一家人的轻侮和欺负。过了一段日子，如是伯伯的儿子来信了，说自己已新任秘书主任，先汇上大洋二千元，稍后还会亲解价值三十万元之黄金回家，村子里的人知道后，马上又一传十，十传百，都来到如是伯伯家里，齐声大叫："老太爷！老太太！恭喜！恭喜！"作品写得有些夸张，但是唯有这种夸张表现，才真实、深刻地揭示出当时农村人价值观和心态的变迁。到了 30 年代，施蛰存的小说《汽车》写从城市向乡村修筑汽车路，引起农民惊慌。短篇《渔人何长庆》写渔人何长庆的未婚妻受都市浮华生活诱惑，与别人私奔到上海，何长庆及时寻回，才避免她的堕落。另一短篇《闵行秋日纪事》写美丽的乡下姑娘竟成为来往于上海与乡村之间的毒贩子。杜衡的《怀乡病》郁结着更沉重的情感内涵，先写小时候乡村船夫因为会划船的得意，后写城里向乡村的汽车路通了之后乡村船夫的失业、绝望和反抗。

　　茅盾说鲁迅的小说里缺乏都市，而他自己的创作时时刻刻在对照着都市。其第一个短篇小说集《野蔷薇》共五篇作品，第一篇《创造》和第五篇《昙》都是上海女性题材。第二篇《自杀》写杭州环小姐与一青年秘密恋爱，控制不住爱欲的驱动，多次与青年在旅馆过夜，只是她思想还没有完全解放，传统的精神负累还存在，所以，青年不辞而别，她发现自己怀孕后自杀。第三篇《一个女性》写一乡绅家女儿琼华初中毕业就成为镇上的交际明星，全镇人还封她为"一乡之女王"，无数青年男子都"密斯杨""杨小姐"地拜倒在她面前，渴望得到她的垂青。她的高傲和做派与都市女性无异，只是后来火灾中父亲去世，家庭经济上受到打击，她的地位也一落千丈。第四篇《诗与散文》写青年寡妇桂奶奶受表哥丙少爷勾引、鼓动、启发，走出传统的贞节和娴静，开始沉醉于叛逆、放荡的生活，由诗走向散文。作家说："如果环境改变，这样的女子是能够革命的。"也就是说，这样的女子已完全放弃了思想包袱和精神负累，而站在了时代的最前列，完全可以与都市中最具有开放性、自主性和革命性的女子同列。其长篇处女作《蚀》的第二部《动摇》虽写的是某县，但在渲染男女之间性的诱惑时，特别是在塑造"公妻榜样"孙舞阳这个新的时代女性形象时，作品所提供的生活氛围之都市性一点也不亚于第一部和第三部，甚至有过之而无不及。其后期长篇名作《霜叶红似二月花》对于江南城镇商业活动和商人心理的书写，《腐蚀》对于陷入国民党特务组织的交际花赵慧明的书写等，也都有较鲜明的都市性。他就是写乡村也常含都市的因子。如其短篇名作《春蚕》，里面设置了月夜多多头只身追赶年轻寡妇翠花，翠花不慎绊倒，他也一下子扑到翠花身上的情节片段。胡风曾经言，茅盾的小说不过如此，总是忘不了用"刺激性的色情"来吸引读者。这种"色情"文学可以理解为民间审美，也可以理解为都市性审美。散文《乡村杂景》写农村田地里已经有了

"铁轨",天空里已经有了"铁鸟",河道里已经有了小火轮。《"现代化"的话》写:"跟着交通的发达,大都市里的时髦风气也很快地灌进内地去了;剪发,长旗袍,女大衣,廉价的人造丝织品,国产电影,一齐都来了。都市和乡镇现在正起了交流作用,乡镇的金钱流到都市,而都市的'现代'风气的装饰和娱乐流到乡镇。"《子夜》中,吴荪甫的家乡双桥镇则直接成为他上海工业王国的一个组成部分。

三、中外文学名著的都市性改写

浙江现代文学的都市性书写还有一种情况,就是对中外文学名著的改写。这些名著,有的本身就属都市文学,有的是不分都市与乡村的神话故事,有的在空间和性质上介于都市与乡村之间。浙江现代文学的这部分书写或者极具都市性征,或者反将原来文学的都市性减弱了,所以,严格说来,这一节的标题里包含有不确切的内容。好像给人印象,这些中外文学名著的都市性本来并不突出,但是经过浙江作家书写后突出了。其实,这种描述不太符合浙江现代文学书写的实际情况,只是为了与前两节标题的表述方式一致,而又一时找不到更合适的命名,所以暂且用这样的标题。特别说明在此。

左翼作家对中外文学名著的改写背后有先进的政治意识形态诉求,或强调现代工业和商业对于传统商业的冲击,或强调都市底层人的苦难和阶级反抗,或强调都市知识分子的精神超越性。前者以茅盾改编的《百货商店》为代表,中者以袁牧之改编的《钟楼怪人》为代表,后者以夏衍改编的《复活》为代表。

茅盾的《百货商店》以15000字之长的散文形式出现,却改写自左拉20多万字的长篇小说《妇女乐园》。作者在"序"里交代:左拉这部小说"是《罗贡·马惹丛书》中之一卷。这是描写拿破仑三世'帝政时代'法国新式大商店即所谓百货公司的兴起,以及守旧的小商人的绝望的挣扎,照例,这书里也有恋爱事件,就是那男主角,百货公司'太太们的乐园'的总经理莫尼,和那女主角,该百货公司一个女店员台尼丝,两人中间的有点'不近人情'的热恋。说是'不近人情'(用一句术语是浪漫蒂克),并非过分。因为不但女店员的台尼丝(本来是一个乡下姑娘),是那样的'超人',金钱权势都不能诱惑她,而那百万家财,颇多艳史,发动了近代商业革命的总经理莫尼,到后来也因屡次'求爱被拒'而至于失魂落魄,生意都没有心思去做,好像一个未尝亲近女人的三家村的书呆子了。这一幕'两性斗争'的浪漫司,结果是胜利属于女方。莫尼由'揩油'的不光明动机转到了正大光明的求婚,并且因此断绝了许多情妇,——其中有贵妇人,也有风骚的另一女店员,并且,毅然不顾他公司里高级同事的反对。这在我们看来,岂不是太不近人情吗？这样'生铁蛮忒而'（即'感伤的'——原注）的总经理和那样'超人'似的冰清玉洁的穷乡下姑娘的女店员，在现今是找不到的。"基于如此认识，茅盾的改写删去了恋爱的线索，而重点介绍"书中最主要的结构——新式的百货公司打倒了旧式的小商店"。台尼丝的叔叔蒲杜先生是巴黎一家以售棉布呢绒为特色的百年老店"欧尔倍老店"的主人，但是最近几年因为附近莫尼的百货商店崛起而生意大不如从前，等到台尼丝父母去世，领着两个弟弟来投奔他时，他已经无力收留他们了。不得已，台尼丝经人介绍到莫尼的百货商店去上班。中间虽经曲折，但最后还是因为莫尼的赏识而当上了丝绸部的副经理。这一过程中，她叔叔商店里还剩下的唯一的伙计也是他未来的女婿柯龙巴偷偷移情别恋于莫尼百货公司的女店员，导致他女儿遭受致命打击，以至于病逝，他的妻子病倒，他的商店关门；同时，另外一个以出卖手工伞为特色的老人的店也受着莫尼百货公司扩张的威胁，莫尼正在想方设法逼迫老人将自己的店出售给他而他在那地方建起新的商业大楼。该文渲染了莫尼百货公司发展的神速和效果，说这公司会经营——投合购买者心理，与工厂合作制造"巴黎快乐绸"；大搞特价，多打广告，"薄利多卖"，加速资金运转速度；增加货源，合理分类，建立不同部门，满足不同人群的需要；商品摆放有意不同颜色杂糅，刺激购买者的视觉神经，挑逗她们的胃口；建立稽查队伍，防止店员偷懒和购买者偷盗，等——结果生意越做越大，利润滚滚，到文章结束时，百货公司已经有 2700 个店员，其中很多是女店员，因为购物者主要是女人，想方设法留住女人的心是商业秘诀；年营业额高达万万元。而另一方面，文章也渲染了传统商人的悲惨处境和心中的愤怒，特别叙写蒲杜先生的女儿病逝后，无数相识与不相识的小商人都来送葬，大街上"满行列是悲哀和憎恨的空气"。如人们所熟知，茅盾是左拉自然主义的信徒，他的这一改写突出了历史发展的客观趋势，如文章借台尼丝之口言："她知道乐园并没可恨的理由，一切都是时势所趋罢了。"

袁牧之的六幕剧《钟楼怪人》是对法国作家雨果名作《巴黎圣母院》的改写。雨果《巴黎圣母院》叙写发生在 15 世纪巴黎的故事，时代限制，精英知识分子审美取向的约束，使作品在契合现代都市审美方面明显不足，但是小说所写流浪美女、丑怪撞钟人、变态副主教等，还是具有一定都市传奇性。袁牧之改写的《钟楼怪人》显豁阶级意识，强调军官和副官所代表的权势阶级的贪色、堕落、腐化、残忍，减弱副主教的变态阴暗心理，极力渲染权势阶级和庸众对撞钟人夸西莫多的丑化和人格侮辱，突出波西米亚舞女爱斯美拉达尔的单纯、善良，也不忘记揭示以小丑为代表的觉醒底层人的反抗意志和实际斗争。换言之，袁牧之的改写过于凸显左翼政治意识,而部分地遮蔽了原著较为丰富的都市审美内涵。

夏衍的六幕剧《复活》是对俄国作家托尔斯泰同名长篇小说的改写,叙述贵族公子涅赫留道夫引诱下层女子马斯洛娃,继而良心发现,对因遭自己抛弃沦落风尘的马斯洛娃认罪,最后通过帮助马斯洛娃也拯救了自己灵魂的故事。托尔斯泰《复活》思想视野宽广得多,提出的问题也很尖锐,矛头直接对准俄国的司法制度和土地制度,呼唤有良知的人特别是受过良好教育的人悔罪。托尔斯泰《复活》最后的结局是马斯洛娃找到真正能理解她、陪她生活的人西蒙松,而让涅赫留道夫又回到他熟悉、热爱的都市生活中去——所谓"这是两个月以来涅赫留道夫头一次重又处在他所习惯的、比较干净舒适的环境里。尽管涅赫留道夫下榻的房间算不得奢华,可是他经历过驿车、客店、旅站的生活以后,仍然感到极其畅快。""这种微妙的奉承,再加上将军府里那种极其优美豪华的生活排场,使得涅赫留道夫只顾欣赏漂亮的陈设,吃下可口的菜肴,同他熟悉的那个圈子里的有良好教养的人们轻松愉快地周旋,完全沉迷在一种飘飘然的舒畅状态里,倒好像最近这段时期他在生活里所经历的种种事情,无非是一场大梦,如今刚从梦里醒过来接触到了真正的现实生活似的"。这里,托尔斯泰价值判断是复杂、矛盾的。他并没有否定整个贵族阶级,而是呼唤他们觉醒、忏悔,认为这样他们才有新生的希望,俄国也才有新生的希望。夏衍的《复活》写在抗战后期(1944年),这时他不便"把托翁那样执拗地攻击的司法制度和寿昌兄那样多彩地描画了的土地问题放在这改编本的主位",也不准备将剧本"写成一个哀婉的'恋爱故事'",而是突出托尔斯泰原著的知识分子忏悔意识和人道主义内涵,"只写了一些出身不同、教养不同、性格不同,但是基本上却同具着一颗善良的心的人物,被放置在一个特出的环境里,他们如何蹉跌,如何创伤,如何爱憎,如何悔恨,乃至如何到达了一个可能到达的结果"①。在民族意识和左翼意识支配下,夏衍的改编压缩了托尔斯泰原著的格局,特别是删减了托尔斯泰原著对都市价值的叙写;尽管如此,剧本还是揭开了当时俄国贵族阶层日常生活随意、放荡、自私和虚伪的一面,并让读者看到当时俄国贵族知识分子精神的嬗变。

左翼作家柯灵和京派作家师陀合作的四幕剧《夜店》改写于高尔基的剧作《底层》,因为出现在上海沦陷时期,政治意识形态已经无法凸显,于是就在挖掘底层人承受苦难的能力、压不死的原始的旺盛的生命力、善良的心地及其鲜活的

---

① 夏衍:《改编〈复活〉后记》,见刘厚生、陈坚编:《夏衍全集》(第2卷) 戏剧剧本(下),杭州:浙江文艺出版社2005年版,第3页。

民间智慧上用功夫,从而为读者提供一个丰富的强盛的民间都市、下层都市。可以说,现代作家都市底层书写到师陀、柯灵改编的《夜店》才算达到艺术的繁盛。

鲁迅收在《故事新编》中的《奔月》取材于中国古代神话传说,写嫦娥好吃懒做、贪得无厌,沉醉于穿着打扮、物质享受的生活;《理水》里让一群远古的学者说英语,貌似有"绅士"风度。这种书写显然也是典型的都市性书写。李永东甚至认为:"《理水》……叙事风格也受到租界文学油滑打趣风气的影响,达到了恣肆放纵、涉笔成趣的海派作风。"①"《故事新编》后期作品的'诙谐'却……多少投合了海上市民的消费心态和对租界的文化想象。"②

海派作家一般远离社会政治斗争,而更有兴趣于在一种世纪末意识下放大古代文学经典中人物的欲望狂欢和性变态心理。前者以邵洵美为代表,后者以施蛰存为代表。

苏雪林称邵洵美是现代"中国唯一的颓废诗人",他以"决心堕落的精神"③仿写波德莱尔的《恶之花》和王尔德的《莎乐美》。如其第一部诗集就命名为《花一般的罪恶》。同名诗歌《花一般的罪恶》写一个天使情愿违背上帝的意志下凡到人间做淫娃荡妇。《我们的皇后》直接脱胎于王尔德的《莎乐美》:"为甚你因人们的指责而愤恨?/这正是你跳你肚脐舞的时辰,/净罪界中没有不好色的圣人/皇后,我们的皇后。//你这似狼似狐的可爱的妇人,/你已毋庸将你的嘴唇来亲吻,/你口齿的芬芳便毒尽了众生。/皇后,我们的皇后。//管什么先知管什么哥哥爸爸?/男性的都将向你的下体膜拜。/啊,将我们从道德中救出来吧。/皇后,我们的皇后。"诗歌直接称莎乐美为"我们的皇后",其唯美、唯爱、狂欢、颓废意识更强,但其浓俗的享乐主义色彩无意中淡化了波德莱尔和王尔德创作中原有的社会反抗精神。

施蛰存小说《石秀》是对《水浒传》中石秀这一人物形象的改写。《水浒传》里,石秀作为英雄好汉之一,是行侠仗义、锄奸惩淫的代表,但是到施蛰存的这篇小说中,石秀这个人物引导杨雄宰杀潘巧云的深层动机就转入极其私密的性变态心理了。

小说写石秀住到杨雄家,因惊艳而对潘巧云顿生爱慕之情。朋友之妻不可欺,但潘巧云转而去与报恩寺的裴如海和尚私通。这使带着"正义的面具"而实

① 李永东:《租界文化与30年代文学》,上海:上海三联书店2006年版,第222页。
② 李永东:《租界文化与30年代文学》,上海:上海三联书店2006年版,第224页。
③ 苏雪林:《论邵洵美的诗》,见张伟编:《花一般的罪恶——狮吼社作品、评论资料选》,上海:华东师范大学出版社2002年版,第287页。

际上产生了强烈的嫉妒心的石秀异常痛苦。为了报复潘巧云,石秀先是到勾栏里与妓女胡混;继而将潘巧云与和尚私通告诉杨雄,反被潘巧云诬告,遂激起他手刃和尚以惩处潘巧云的欲望。"以前是抱着'因为爱她,所以想睡她'的思想,而现在的石秀却猛烈地升起了'因为爱她,所以要杀她'这种奇妙的思想了。"在翠屏山上,当杨雄让石秀帮他将潘巧云的衣服剥下来的时候,小说大量渲染、铺叙:"石秀正盼候着这样的吩咐,便上前一步,先把潘巧云发髻上的簪儿钗儿卸了下来,再把里里外外的衣服全给剥了下来。但并不是用什么狂暴的手势,在石秀这是取着与那一夜在勾栏里临睡的时候给那个娼女解衣裳时一样的手势。石秀屡次故意地碰着了潘巧云的肌肤,看她的悲苦而泄露着怨毒的神情的眼色,又觉得异常的舒畅了。把潘巧云的衣服头面剥好,便交给杨雄去绑起来。一回头,看见迎儿不错,这个女人也有点意思,便跨前一步把迎儿的首饰衣服也都扯去了。看着那纤小的女体,石秀不禁又像杀却了头陀和尚之后那样的烦躁和疯狂起来,便一手将刀递给杨雄道:'哥哥,这个小贱人还留他做什么,一发斩草除根。'"杨雄立马将迎儿杀死。潘巧云对石秀说:"叔叔劝一劝。"可石秀这时在想什么呢?"石秀定睛对她看着。唔,真不愧是个美人。但不知道从你肌肤的裂缝里冒出鲜血来,究竟奇丽到何种程度呢。你说我调戏你,其实还不止是调戏你,我简直超于海和尚以上地爱恋着你呢。对于这样热爱着你的人,你难道还吝啬着性命,不显呈你的最最艳丽的色相给我看看么?"结果,杨雄每杀她一刀,他都感到一阵快意。杨雄将她从心窝直剖到下腹,五脏六腑都掏出来,四肢卸下来,乳房割掉,这最后的桃红色的鲜血的流淌,使石秀得到最大欢喜。心想:"真是个奇观啊!分析下来,每一个肢体都是极美丽的。如果这些肢体合并拢来,能够再成为一个活着的女人,我是会得不顾着杨雄而抱持着她的呢。"显而易见,施蛰存是将现代都市人常有的人格分裂和"虐恋"心理投射到古代文学人物身上去演绎了。对此,郁达夫评价:"历史小说的优点,就在可以以自己的思想,移植到古代的人的脑里去。施君的四篇东西,都是很巧妙地运用着这一个特点的。尤其是《将军底头》神话似的结束,和《石秀》的变态地感到性欲满足的两处地方,使我感到了意外的喜悦。"[①]

中国现代文学史上,顾仲彝无疑是改写中外文学名著最多的作家之一。他一生共改写 12 个多幕剧和 10 个独幕剧。从他的家庭出身、学养、职业和交友看,他应该属于学院派的自由主义知识分子群体。影响所及,突出一点,即其剧

---

① 郁达夫:《在热波里喘息》,上海:《现代》第 1 卷第 5 期,1932 年 9 月 1 日。

作总是具有鲜明的道德教化色彩。他关心现实生活中世道人心之"剧变",但是他坚守社会道义、家庭伦理之"恒常"。从都市审美的角度看,他的改编剧主要在于映照了都市空间金钱的腐蚀力量及由此造成的人性的堕落。具体可以分为以下三个方面:

首先,有钱人家小姐不自觉成为金钱的奴隶,以致背离基本家庭伦理,最终遭受应有的惩罚。这方面可以根据莎士比亚《李尔王》和中国旧剧《王宝川》改写的四幕剧《三千金》为代表。剧本叙述晚清"太子少保赏戴双眼花翎两广总督"李襄享辛苦将三个女儿抚养成人,大小姐夫妇和二小姐只关心瓜分老人的财产,任意挥霍享受,完全不兑现诺言照顾老人基本生活。老人财产全部分光(三小姐拒绝分父亲的东西)之后,他们就把老人彻底撵出家门。为了使老人不去官府申请改变财产分配方案,大女儿还曾企图将父亲药死。作品含有喜剧成分,描述虽不免夸张,但是金钱对人性的异化已经刻画得入木三分,发人深省。作品最后让三女儿与父亲相遇,使父亲终于有了归宿,二女儿幡然悔悟,大女儿服毒自杀,不免善有善报、恶有恶报之嫌疑。确实,少了莎士比亚悲剧的彻底性,多了些中国古装戏的大团圆味道。有的研究者称之为"中西合璧"式的改编①。独幕剧《同胞姊妹》根据 Houghtend 的 *The Dear Departed* 改编而成,题旨与《三千金》相近。

其次,底层人为"金钱暴力"所逼迫,从正直本分之人变成贪欲冷酷之人。这方面可以根据 1936 年郑延谷翻译的法国剧作家巴若莱的剧作《小学教员》(原名《窦巴兹》)改编的四幕剧《人之初》为代表。剧本将故事发生的时间安排在北洋军阀割据时期,地点不详,但是作者在《〈人之初〉序》里说明,这个"剧本的主旨"是忠实于原著的——《人之初》是针对现今黄金世界的社会讽刺剧"。这个剧本在孤岛时期上海"前后三次演出(第一次为去年九月二十三日起在法工部局礼堂公演三天,第二次十月十四日起重演三天,地点同上,第三次为今年二月十二日在卡尔登戏院重演两场),在社会上获得相当好评应该归功于导演吴彻之先生"②。吴彻之在《这一次导演者的话》里也着重交代:"《人之初》里所揭发的社会罪恶的症结是在于金钱暴力的控制。"③可见剧本属于典型的都市性书写。剧本叙述某城市一小学语文教师张伯南人本正直善良,业务能力强,工作极其认真细致,教学效果极好,许多学生都是因为他而来就读,但是他属于穷人,他向校长

①　刘欣:《论顾仲彝的改编剧》,昆明:《云南艺术学院学报》2010 年 2 期。
②　顾仲彝:《〈人之初〉序》,见巴若莱著、顾仲彝改编:《人之初》,上海:新青年书店 1939 年版。
③　吴彻之:《这一次导演者的话》,见巴若莱著、顾仲彝改编:《人之初》,上海:新青年书店 1939 年版。

的妹妹求婚,遭到校长的拒绝,他不愿意弄虚作假给一个有钱人家的孩子虚假的分数而遭到有钱人的申斥、羞辱并被校长开除。走投无路之时,他的学生家长肖丽莲和她的情夫、某督军府秘书郭敬亭合伙撺掇他参与他们的生意,让他以"伯南洋行"总经理的身份为他们利用权力和公款倒卖现代扫街洒水车服务。

后来,张伯南看出这是犯法的事情,要求退出,只是肖丽莲利用他对自己的迷恋将他留下,结果张伯南在罪恶的泥潭里越陷越深,最后他竟"青出于蓝而胜于蓝",背着郭敬亭和肖丽莲,利用"伯南洋行"的盈利而做起了更大的地产生意,而且表示不再屈服于郭敬亭和肖丽莲。张伯南这一形象在现代文学史上是一个独特的创造,他体现了社会小人物背叛自己的良心和美德走向欺骗、犯罪、贪欲的复杂、痛苦的过程,他最后的成功预示现代金钱的罪恶、现代人在"金钱暴力"宰制下传统美德更普遍也更深层地丧失。

再次,"金钱暴力"宰制下女性的处境和命运。这方面可以根据美国剧作家尤金·沃尔特剧作《捷径》改编的四幕剧《梅萝香》为代表。《捷径》主要叙述青年女性劳拉凭借姿色和聪明(捷径)一路进军旧金山,成为一家娱乐公司舞台剧的主要演员,接着又成为纽约一位著名经纪人的情妇。之后,她与一位戏剧评论家相遇,彼此内心都有所触动,从此决定重新做人。显而易见,《捷径》有更丰富的都市审美内蕴。改编成《梅萝香》后,剧本主要突出梅萝香的软弱、虚荣和受害。梅萝香是上海一名普通的戏剧演员,靠非正常手段发迹的白森卿喜欢她,可她在厦门旅游时认识报社编辑马子英并陷入恋爱。白森卿专门从上海到厦门去接梅萝香,许诺梅萝香回上海后可以在明新舞台做主角,成为戏剧明星,享受丰富的物质生活,这时的梅萝香为爱情所驱使,没有答应白森卿,可是回到上海后,生活很快陷入绝境。在这个节骨眼上,白森卿派梅萝香昔日戏班里的姐妹去看她的窘相,用金钱去诱惑,她终于坚持不住,背叛与马子英的盟约,迅速搬出贫民窟,投入白森卿的怀抱。这时,白森卿坚持要梅萝香马上通知马子英他已最先得到梅萝香,目的就是要以此羞辱梅萝香和马子英,不想马子英这时已经成为南方一个金矿在上海的总办,正在千方百计寻找梅萝香的下落。面对生活如此的嘲弄,梅萝香只好选择自杀。《梅萝香》创作较早,发表于1926年《东方杂志》,两年前鲁迅发表《娜拉走后怎样》,指出现时代女性出走只有两条路,不是回来,就是堕落,同一年,鲁迅小说集《彷徨》出版,其中收入他唯一一篇以婚恋生活为题材的小说《伤逝》,《伤逝》塑造了一个自我解放不彻底的女性子君的形象,描画了她之所以"回来"的思想和精神轨迹,——无疑,《梅萝香》就是一个"堕落的娜拉"形象,不过鲁迅侧重强调人物悲剧命运的社会成因,而《梅萝香》则强调人物悲剧命运的个人承担。深层地言,鲁迅强调人物思想精神的误区和复杂性,《梅萝香》强调人物人性欲望的弱点和复杂性。换言之,《梅萝香》有更自觉的都市审美意识。

陈麟瑞将美国 George S. Kaufman 与 Edna Ferber 合作的 *Dinner At Eight* 改编成《晚宴》,将法国 Eugène Labiche 与 Edward Martin 合著的 *Le Voyage de M. Perrichon* 改编成《雁来红》,前者地点放在上海,后者地点放在北京。其中,《晚宴》最有名。剧本写四达轮船公司总经理赵勉生收到内蒙古八王爷的电报,说下周五到上海。为了讨好八王爷,让他在四达轮船公司投资,赵勉生夫妇决定为八王爷夫妇设宴洗尘。剧本围绕顺便该请哪些人陪客展开,一一铺写这群上海人的风流韵事。其中,杨鲁林是无声电影时代的电影明星,现在时代发展快,他落伍了,最后忍受不了这种被冷落和被淘汰的命运,吃安眠药自尽,这是其他作家作品中所没有的。

第二节　都市性文学思想及其艺术传达

这一节的设立似乎有些奇怪,文学思想及其艺术表达也可以被指称为都市性书写吗? 这里,笔者的理解是,当文学思想以一种文学批评、文学理论或文学作品的形式表现了都市审美特性的时候,它也可以被称为都市性书写。作为一种文学生产,这些都市性文学思想经过艺术传达及推广,同样对读者产生了审美教育和审美愉悦作用,与那些都市书写或都市性人生书写共同形成一个时代、一个民族的都市文学-文化审美空间。譬如说周作人一生创作都市性文学作品不多,但是他对弗洛伊德心理分析学说和蔼理斯性心理学的推崇及在文学批评中不遗余力地运用就构成一个典型的都市性文学事件,人们就可以将这种文学行为称为都市性书写。好的文学批评是"灵魂在杰作之间的奇遇",它本身也可以"成功一种独立的艺术,不在自己具有术语水准的零碎,而在具有一个富丽的人性的存在"[1]。无须讳言,这里的"都市性书写"之意义范围扩展了。

一、自然主义文学思想及其艺术传达

在西方文学史上,自然主义滥觞于浪漫主义的衰竭和现实主义的兴起;正式开端于福楼拜的《包法利夫人》,鼎盛于左拉的《卢贡-马卡尔家族》。自然主义的思想基础是实证主义、遗传学和决定论。法国孔德的实证主义把一切现象都看

---

① 李健吾:《咀华集·咀华二集》,上海:复旦大学出版社 2005 年版,第 1 页。

成不变的自然规律的反映,而不去探讨其他原因和目的。不待言,这是启蒙运动以来科学主义在哲学上继续发生影响的结果。法国文学批评家泰纳据此提出"种族、环境、时代"三要素说。这也是后来兴起的文学地理学的主要思想资源。科学主义在生理学上的成果之一便是遗传学的创立,法国吕卡思的《自然遗传论》是其代表。吕卡思认为一切肉体的和精神的病例都可以从遗传的角度来解释,一个家族成员的过失可以影响整个家族,而且他的症候可以延续到社会、政治和世俗等各个方面。决定论是科学主义的又一成果,法国克罗德·贝尔纳在《实验医学研究导论》里以实验对抗任何片面的经验论和唯理论,认为在探究任何事物的性质时都需要研究它所处的环境和生成条件。在此基础上,自然主义主张写实和客观性是文学的首要任务,为此,自然主义特别强调环境的重要性,一部作品往往对人物生活的环境进行细致、客观、不厌其繁的描绘。为了真实性,甚至追求"实录性"效果,就又特别强调实地观察和科学分析,然后严格按照生活本来的面目反映之。

从都市文学的角度看,自然主义可以被看作世界第二波都会主义文学思潮。第一波应该是以巴尔扎克、狄更斯等为代表的现实主义,但是从浙江现代作家对于西方文学关注的兴奋点来看,巴尔扎克、狄更斯等似乎被跨过去了,相比之下,自然主义才是他们最感兴趣的文学思潮。或者这样说,狄更斯和巴尔扎克们的创作主要是以现代早期都市生活为审美对象的文学,而随着现代的发展,由工业机械相伴随的现代都市人生就逐渐占据文学审美的前台,所以,相比之下,左拉文学的都市性更具前卫性。如郑克鲁、蒋承勇主编的《外国文学史》所言:"19世纪下半叶出现了不少新的社会现象,如大百货公司、铁路货运、煤矿工人的生活和大罢工,都是巴尔扎克没有描绘过的。"①再一点,自然主义特别关注人的身体性征问题,如生理、心理和情欲等问题,这在人对自我的探索上也比巴尔扎克深入一步。狭隘一点讲,如果说巴尔扎克的小说是以金钱为审美核心的都市文学,那么,左拉的小说是以欲望为审美核心的都市文学②。

浙江现代作家中,最早接受自然主义影响的,恐怕要推郁达夫。看郁达夫的《小说论》和《戏剧论》,里面对西方各历史阶段文学了如指掌,对于自然主义文学也不例外。如《小说论》谈到"至于自然主义的作家弗洛背(Gustave Flaubert, 1821—1880),左拉(E mil Zola, 1840—1902),莫巴桑(Guy de Maupassant,

---

① 郑克鲁、蒋承勇主编:《外国文学史》(第三版),北京:高等教育出版社2015年版,第378页。
② [日]片山孤村:《自然主义的理论及技巧》,鲁迅译,见李新宇、周海婴主编:《鲁迅大全集》(13)译文编1924—1927,武汉:长江文艺出版社2011年版,第100页。

1850—1893)……"。《戏剧论》言："一八六○年代至一八八○年代的中间,法国的自然主义小说家左拉(Zola,1840—1902)及刚果尔兄弟(Edmond et Jules de Goncourts)等想把小说上的自然主义的科学的描写方法应用到戏剧上去,而这一种演剧上的自然主义的理论,竟有安笃安去实行了。与此成相辅之势的,有北欧的作者易卜生,斯曲林堡,托耳斯泰(Tolstoy,1828—1910)等伟大的天才,他们都竭力的暴露现实,为自然主义的宣传,于是近代剧的基础就稳固了。这一个时代,可以说是近代剧运动的准备时代,也可以说是宣传近代剧的时代。"①不过,自然主义对于郁达夫的影响主要在具体的创作上。早年的《沉沦》明显受日本"私小说"影响,而"私小说"又受法国自然主义文学影响;30 年代的《她是一个弱女子》明显受惠于日本谷崎润一郎的《痴人之爱》,而谷崎润一郎这一小说又明显受惠于左拉的《娜娜》。

在理论上大力提倡自然主义的,当数茅盾。1920 年,他从文学进化论出发,大力提倡新浪漫主义,说:"所谓新浪漫主义起初是反抗自然主义的一种运动。"它的目的是"为补救写实主义丰肉弱灵之弊,为补救写实主义之全批评而不指引,为补救写实主义之不见恶中有善,与当世哲学人格惟心论之趋向,实相呼应"。所以,"今后的新文学运动的方向该是新浪漫主义的文学"。但是 1921 年下半年,经胡适劝说,他又改变了意图。同年 7 月 22 日《胡适日记》记载:"我昨日读《小说月报》第七期的论创作诸文,颇有点意见,故与振铎及雁冰谈此事。我劝他们要慎重,不可滥收。创作不是凭空的滥作,须有经验做底子。我又劝雁冰不可滥唱什么'新浪漫主义'。现代西洋的新浪漫主义的文学所以能立脚,全靠经过一番写实主义的洗礼。有写实主义做手段,故不至于堕落到空虚的坏处。如梅特林克,如辛兀,都是极能运用写实主义的方法的人。不过他们的意境高,故能免去自然主义的病境。"②从此之后,茅盾又改倡自然主义。1921 年 12 月茅盾发表《一年来的感想与明年的计划》,其中说道:"以文学为游戏为消遣,这是国人历来对于文学的观念;但凭想当然,不求实地观察,这是国人历来相传的描写方法;这两者实是中国文学不能进步的主要原因。而要校正这两个毛病,自然主义文学的输进似乎是对症药。这不但对于读者方面可以改变他们的见解、他们的口味,便是作者方面,得了自然主义的洗礼,也有多少的助益。不论自然主义的文学有多少缺点,单就校正国人的两大毛病而言,实是利多害少。……所以我

① 郁达夫:《艺文私见》,上海:复旦大学出版社 2004 年版,第 87 页。
② 转自俞兆平:《中国现代三大文学思潮》,北京:人民文学出版社 2006 年版,第 211 页。

觉得现在有注意自然主义文学的必要,……"针对不少人的质疑,茅盾写了不少答辩文字。1922年7月他发表著名的《自然主义与中国现代小说》,呼吁向自然主义学习真实描写的态度和方法,言:"我们都知道自然主义最大的目标是'真'。……自然派作者对于一桩人生,完全用客观的冷静头脑去看,丝毫不搀入主观的心理;他们也描写性欲,但是他们对于性欲的看法,简直和孝悌义行一样看待,不以为秽亵,亦不涉轻薄,使读者只见一件悲哀的人生,忘了他描写的是性欲。这是自然主义的一个特点,对于专以小说为'发牢骚','自解嘲','风流自赏'的工具的中国小说家,真是消毒药:对于浸在旧文学观念里而不能自拔的读者,也是绝妙的兴奋剂。"自然主义的代表是左拉,左拉不仅是作家,也是社会民主斗士,特别是在著名的"德雷福斯事件"中,他凭着知识分子的良知,不屈地为冤枉的德雷福斯说话,呼唤社会正义,直到德雷福斯平反昭雪。所以,在茅盾看来,自然主义文学虽有"颓废"色彩,但不改其精英文学本色。今后,茅盾的小说《蚀》《子夜》和短篇小说集《野蔷薇》里的作品无不打上深深的自然主义的烙印。事实证明,茅盾这些小说因为自然主义因素的渗透而成为现代最重要的都市文学作品。

查阅文献发现,1926年,茅盾已经转向提倡"无产阶级艺术"了,而鲁迅、周作人几乎同时翻译两篇关于自然主义的长文。2月份,鲁迅翻译的日本片山孤村的《自然主义的理论及技巧》发表,先是简要分别两种不同的自然的意义,区别19世纪末法国自然主义与德国自然主义的不同追求、左拉的自然主义与巴尔扎克的写实主义的不同,然后重点指出左拉的创作多从观念出发,他是先有了创作意图,然后去寻找生活、观察和体验生活。引左拉《实验的小说》中的话:"他应该首先来聚集关于他所要描写的社会的见闻的一切,记录下来。他于是和某优伶相识,目睹了或一种情形。这已经是证据文件,不但此也,而且是成熟在作家的心中的良好的文件。这样子,便渐渐准备动手;就是和精通这样的材料的人们交谈,搜集(这社会中所特有的)言语,逸闻,肖像等。不但这样,还要查考和这相关的书籍,倘是似乎有用的事情,一一看过。其次,是踏勘地方,在戏园里过两三天,各处都熟悉。又在女伶的台前过几夜,呼吸那周围的空气。这样子,文件一完全,小说便自己构成了,小说家只论理底将事实排列起来就好。挂在小说各章的木扒上所必要的光景和说话,就从作家所见闻的事情发展开来。这小说奇异与否,是没有关系的。倒是愈平常,却愈是类型底(代表底)。使现实的人物在现实的境遇里活动,以人生的一部分示给读者,是自然派小说的东西。"因此,可以断定:"自然主义者,那主张,是在将感觉底现实世界,照所经验的一模一样地描写出来,为艺术的本义的。凡自然派的艺术家,须将自然界,即现实界的一切事象,照样地描写,其间不加什么选择,区别;又以绝对底客观为神圣的义务,竭力使自己的个性不现于著作上。对于这要旨,凡有自然派的文士,是无不一致的。至于理论的细目和实行的方法,那不消说,自然还有千差万别。"最后,文章指出,以上是探讨自然主义者怎样模仿自然,下面再说明自然主义者何以模仿自然。其原因有二:一方面是为了"教实理哲学",也就是文学有文学以外的目的,所以又被称为"教训底写实主义";另一方面是因为模仿本身就是人的天性,模仿的目的就在模仿,此外没有目的,这就接近了唯美—颓废主义。前者以左拉为代表,后者以恭果尔兄弟(龚古尔兄弟)为代表[1]。

1924 年,周作人撰写《文艺与道德》,里面就引译英国蔼理斯《论左拉》中许多段落表达对左拉文学的看法,1926 年 7 月,周作人发表完整的蔼理斯《论左拉》的译文。文章从人们指责左拉将什么人生"污秽东西"都放进他作品里,因而他的创作难称艺术——入手,指出其实"左拉是一个理想家,正如乔治·珊特(George Sand)一样。他很多选取物质方面的材料,而且他选的很庞杂,这都是真的。但是选择总还存在,凡有过审慎的选择的便即是艺术。""在左拉身内,积蓄着一种丰裕而混杂的民族的精力,含有法国意大利希腊的分子——母亲是法国波思中部的人,其地出产五谷较智慧为多,父亲系意大利希腊的混血种,是一个工学的天才,具有热烈的魄力与伟大的计画,——左拉一人很奇异的混合了各种才力,……""左拉对于他同时的以及后代的艺术家的重要供献,以及他的给予重大刺激的理由,在于他证明那些人生的粗鄙而且被忽视的节目都有潜伏的艺术作用。《路公麦凯耳丛书》在他的虚弱的同胞们看来,好像是从天上放下来的四角缝合的大布包,满装着四脚的鸟兽和爬虫,给艺术家以及道德家一个训示;便是世上没有一样东西可以说是平凡或不净的。自此以后别的小说家因此能够在以前绝不敢去的地方寻到感兴,能够用了强健大胆的文句去写人生,要是没有左拉的先例,他们是怕敢用的;……左拉推广了小说的界域。他比以前更明确更彻底地把现代物质的世界拿进小说里来,正如理查特孙(Richardson)把现代的感情世界拿进小说来一样;这样的事业当然在历史上划一时代。虽然左拉有许多疏忽的地方,他总给予小说以新的力量与直截说法,一种强健的神经,——这固然不易得到,但得到之后我们就可以随意地使它精炼。他这样做,差不多便将那些崇奉小说家诀窍的不健全的人们,那些从他们的空虚里做出书来,并没有内

---

[1]　李新宇、周海婴主编:《鲁迅大全集》(13)　译文编 1924—1927,武汉:长江文艺出版社 2011 年版,第 98-107 页。

面的或外面的世界可说的人们,永远地赶出门外去了。/左拉的喜欢详细描写,的确容易招认严厉的攻击。但是我们如不把它当作大艺术看,却看作小说的进化上的一个重要时期,那么它的细写也就自有理由了。这样猛烈地去证明那全个现代的物质世界都有艺术的用处这个主张或能减少著者的技巧之名誉,但这却的确地增加主张的力量了。左拉的详细描写——那个浪漫运动的遗产,因为他正是这运动的孩儿,——很公平地普及于他所研究的人生的各方面,矿中的工作,巴拉都山的植物,以及天主堂的仪式。但是反对派所攻击最力者,并不在于这些无生物的描写与人类之工业及宗教活动的精细记录,他们所反对的却在左拉之多用下等社会的言语以及他的关于人类之两性的及消化作用的描写。左拉多用隐语——民众的隐语,——在研究下等社会生活的《酒店》内最多,其余的书里较少一点。《酒店》一书在许多方面是左拉最完全的著作,它的力量大部分在于他的能够巧妙地运用民众的语言;读者便完全浸在如画的,强健的有时粗鄙的市语的空气中间。在那书里,杂乱重复地装着许多粗话恶骂以及各种不同的同意语,未免缺乏一种艺术上的节制。但是那些俗语达到了左拉所求的目的,所以也就自有存在的价值了。/我们把这个运动看作对于过分的推敲之一种反抗,觉得更有关系。"左拉的语言给法国语言以血性,对于有三百年精细推敲之历史的法国语言是一个有力的丰富、扩充和矫正。至于"左拉的关于两性的及消化机能之写法",这原也符合人类生存的根本需要,"勇敢"的作家都不可能不给以正视①。

不难发现,周氏兄弟翻译的这两篇大文,前者偏于自然主义技巧的介绍,后者偏于自然主义精神的阐发,而归根结底,可以说,都肯定了以左拉为代表的自然主义作家对于现代物质世界和人生根本需要的审美观照,肯定了其真实描写、详细描写和世俗语言运用对于艺术家把握现代世界、人生的有效性,及其文学史贡献。

二、唯美—颓废主义文学思想及其艺术传达

就国内外的研究状况看,唯美主义与颓废主义是可以分开而论的,如 1988年中国人民大学出版社出版赵澧、徐京安主编"外国文学流派研究资料丛书"之一《唯美主义》,其中没有选编波德莱尔的论文和作品;2012 年上海人民出版社出版薛雯著《颓废主义文学研究》,对颓废主义作为文学思潮、文学流派和代表作

---

① [英]蔼理斯:《论左拉》,周作人译,见止庵编订:《周作人译文全集》(第十卷),上海:上海人民出版社 2012 年版,第 669—683 页。

家作品进行深入系统研究,并且旁及颓废主义在中国现代文学中的表现,特别指出"唯美主义中的颓废与颓废主义中的颓废之间的区别是:唯美中的颓废服从于美的追求,所以往往只是其中的一小部分,⋯⋯颓废主义可能连所谓的唯美的目标也没有,用解构美来表现颓废,颓废主义的本质特性是虚幻。在唯美主义中,颓废服从唯美,表现颓废的目的是为了强化唯美的重要性;在颓废主义中,也可能有唯美的倾向,但唯美服从颓废,表现唯美是为了表现颓废"①。但是,事实上,唯美主义中往往存在颓废的成分,颓废主义也追求艺术的唯美,二者常常难以分清。如解志熙在《美的偏至——中国现代唯美—颓废主义文学思潮研究》中所言:"以唯美主义和颓废主义而言论,只有'颓废的唯美主义'(decadent aestheticism)才是真正的唯美主义,而真正的颓废主义又必然会趋向于唯美化(aestheticization of decadence)。"②薛雯所谓"颓废主义可能连所谓的唯美的目标也没有,用解构美来表现颓废,颓废主义的本质特性是虚幻",这是就颓废主义的审美内涵而言,就颓废主义的艺术美本身而言,可能就不确切了;而解志熙所谓"真正的颓废主义又必然会趋向于唯美化(aestheticization of decadence)",这是就颓废主义艺术本身而言,而对颓废主义的审美内涵而言,可能也不确切了。为了便于分析问题,我们沿用解志熙《美的偏至》中的"唯美—颓废主义"的概念。这一概念在解志熙的运用中,主要是强调从唯美主义向颓废主义演变的思潮史意义,这从解志熙翻译、引用艾布拉姆斯《文学术语汇释》中关于唯美主义和颓废主义的段落看得出来,而这一概念也可以从意义的空间并置和交合上运用,因为薛雯在论述唯美主义和颓废主义的关系时显示了这一意向,所谓:"只有在唯美主义就是颓废主义时,才使得唯美就是颓废,颓废就是唯美,这在王尔德的《莎乐美》中达到了混合的极致。"也就是说,成就大的唯美主义作品可能也是成就大的颓废主义作品,反过来,也一样。其他,波德莱尔的诗作《恶之花》、于斯曼的小说《逆流》、比亚兹莱为王尔德《莎乐美》所做的插图,你还真的不好分清哪些部分是唯美主义的,哪些部分是颓废主义的,而事实上这两种成分是完全交融在一起、无分轻重的,所以在薛雯的著作里,这些作家都属于被重点探讨的对象。为了分析问题方便起见,我们对于这两个概念只好做模糊处理。

从文学史的角度看,唯美—颓废主义应该算是世界第三波都会主义文学思潮。这一点,薛雯的著作专门做了讨论。她指出:"颓废不只与过去的文明(指古

① 薛毅:《颓废主义文学研究》,上海:上海文艺出版社 2012 年版,第 28 页。
② 解志熙:《美的偏至——中国现代唯美—颓废主义文学思潮研究》,上海:上海文艺出版社 1997 年版,第 6 页。

罗马文明——引者)相关——它是历史的产物,而且更是城市文明的产物,与城市的高度发达密不可分。看看波德莱尔的《恶之花》,描写与歌吟的是死尸、妓女、乞丐、拾垃圾者,将丑恶、猥亵、忧郁、死亡表现出来了,反映的是人性之恶、社会之恶及人的病态、变态,但它写的是城市的恶之花——在城市中生长的恶,这恶就像花一样开放。我在上面提到的作品,恐怕很少是以乡村作为背景来展开颓废主义的创造的。所以,我认为,波德莱尔用巴黎这个城市创造了颓废主义的经典之作,绝非偶然,而是一个象征:城市裹挟着更多的颓废要素并产生了新的文学时代。"①波德莱尔诗歌写出巴黎传统光晕的丧失,写出妓女们、乞丐们所代表的巴黎"恶之花"的繁盛,其取材的另类,以丑为美的诗学,对于诗歌艺术的精益求精,都表明波德莱尔既是西方唯美—颓废主义的奠基者、代表者,也是西方现代都会主义诗歌的开路先锋。在本雅明笔下,波德莱尔还是一个城市游荡者,"波德莱尔喜欢孤独,但他喜欢的是稠人广座中的孤独"。换言之,他虽坚持知识分子超越性精神立场,但并不放弃巴黎人间生活;他质疑人类历史进步,但是他并不一味排斥现时代科技发展带来的人生的新景象和新的审美的可能②。他就是在这种语境下提出著名的审美现代性的定义:所谓"现代性,就是过渡、短暂、偶然,就是艺术的一半,另一半是永恒和不变"。王尔德《莎乐美》及比亚兹莱的插图所宣扬的唯美至上、唯爱至上、唯神秘至上、唯瞬间至上、唯邪恶至上、唯我至上的理念与波德莱尔的颓废诗学一脉相承。于斯曼的《逆流》将唯美—颓废的盛宴渲染到极致。总之,与浪漫主义相比,唯美—颓废主义强调人与自然的对立,推崇文学艺术的人工(创造)美;与现实主义相比,唯美—颓废主义强调美与道德和有用无关,主张不是艺术模仿生活,是生活模仿艺术;与自然主义相比,唯美—颓废主义张扬主观个性,洞察世界和人的情感、心理的幽微,注重艺术题材的奇癖和艺术风格的怪异,反对机械论、宿命论、客观论。套用薛雯的表述法,唯美—颓废主义者是现代城市中的猎人,他们的双管猎枪是自由和虚无。他们追求绝对的自由,所以他们才感到面对宇宙、社会乃至自我时的脆弱、渺小和虚无;他们深切地感到脆弱、渺小和虚无,所以才追求绝端的自由。这种极致化的唯美—颓废,在一般人那里是堕落的毒药,而在真正了解人类生存状况的人看来,是解人类生存之毒的药。"城市文明正需要这样极度个性化的颓废来解毒与提升。解毒指的是,颓废主义对社会的种种异化提出抗议,用充满情趣的人工化的

---

① 薛雯:《颓废主义文学研究》,上海:上海人民出版社2012年版,第235页。
② [德]本雅明著:《发达资本主义时代的抒情诗人》,张旭东、魏文生译,北京:生活·读书·新知三联书店2007年版,第31页。

世界来对抗充满铜臭味的社会化的世界。提升指的是使那些可能被平庸化的生命，通过颓废主义这种极端化的方式获得某种参照的愉悦。"①可以说，唯美—颓废主义的价值理念和艺术精神在现代浙江作家创作中有着极为丰富、多元的体现。

　　鲁迅的人间性有中西方复杂背景，但是与波德莱尔的人间性又不乏异曲同工之妙。如上文所引，茅盾曾言鲁迅《呐喊》里"没有都市，没有都市中青年们的心的跳动"。其实，这种说法也不乏可分析之处。从《文化偏至论》等文看，鲁迅的思想不仅早已超越了中国传统人生，而且也超越了当时西方正蒸蒸日上的现代人生，因为他看到西方现代人生已经达到多数暴政的境地，也就是大众化时代的到来。这显然是一个典型的都市话题。鲁迅的特点是对于多数暴政质疑和批判，表明鲁迅的知识精英立场，但正因为鲁迅对西方都市大众化时代的不满，才导致他真正的绝望和颓废。也就是说，鲁迅的绝望与颓废，与西方唯美—颓废主义者同步。鲁迅对西方唯美—颓废主义文学思潮非常熟悉，在《〈比亚兹莱画选〉小引》里，一篇评比亚兹莱画风的短文竟旁及波德莱尔、王尔德、西蒙斯等好几个西方唯美—颓废主义文学大师及他们的创作的审美取向。并且评比亚兹莱的作品"达到纯粹的美，但这是恶魔的美，而常有罪恶底自觉，罪恶首受美而变形又复被美所暴露"②。为了让国内读者更全面了解比亚兹莱的艺术创作，他曾专门出版《比亚兹莱画选》。1925 年，应《京报副刊》的征求，鲁迅发表《青年必读书》，明确言："中国书虽有劝人入世的话，也多是僵尸的乐观；外国书即使是颓唐和厌世的，但却是活人的颓唐和厌世。我以为要少——或者竟不——看中国书，多看外国书。"③这里，鲁迅所谓外国书里表"颓唐和厌世"的书显然是指西方唯美—颓废者的书。这一时期出版的最具个性色彩的散文诗集《野草》也明显受波德莱尔《巴黎的忧郁》影响。《野草》第一篇《秋夜》里那"哇地一声飞走了"的"恶鸟"分明带有唯美—颓废主义恶魔派艺术审美之遗风。"五四"文学革命开始以后，鲁迅文学所有的绝望都不仅仅是中华民族的，而且是全球化背景下世界的；不仅仅是历史的，而且是哲学的，因而也是根本的、永恒的。鲁迅的颓废因为有对西方现代（都市）人生理论上的自觉，所以才是最清醒、深刻而挥之不去的。今后，鲁迅文学中总有一个从远方来的观察者"我"，"归来"某城镇寻亲寻友，然而得到的只能是悲凉或失望，只好再"离去"，那么，这个"我"要到哪里呢？这种书写恰恰暴

<hr />

① 薛雯：《颓废主义文学研究》，上海：上海人民出版社 2012 年版，第 237 页。
② 《鲁迅全集》（第 7 卷），北京：人民文学出版社 2005 年版，第 311 页。
③ 《鲁迅全集》（第 3 卷），北京：人民文学出版社 2005 年版，第 12 页。

露鲁迅思想矛盾的两个方面：一方面让"我"离开代表传统的小城，这时，作家思想背景里显然有更先进更大的城市（都市）做比照；另一方面，作家并未写明"我"去了哪个具体的城市（都市），因为理想比照下，现实的城市（都市）都是有缺陷的。这样一个带着悲凉和颓废心情"游荡"在各城市（都市）之间的"我"就是鲁迅文学所提供的都市人形象。

　　周作人接触唯美—颓废主义几乎与鲁迅同时。1918 年 4 月他在北京大学演讲《日本近三十年小说之发达》，把当时日本方兴未艾的反自然主义文学思潮统称为"新主观主义"，其中包括"享乐主义"和"理想主义"。"理想主义"主要指白桦派文学的美学追求，"享乐主义"则指以永井荷风和谷崎润一郎为代表的唯美—颓废主义。就其创作言，1921 年他写《美文》已经暴露唯美转向的征兆；同年写《纪念三个文学家》，要纪念的作家之一就是波德莱尔，称赞波德莱尔"他的貌似的颓废，实在只是猛烈的求生意志的表现，与东方式的泥醉的消闲生活，绝不相同。""波德莱尔……欲于苦中得乐，于恶与丑中而得善美，求得新异之享乐，以刺激官能，聊保生存之意识。"同年 12 月又在翻译波特莱尔"散文小诗八首"后写"附记"论波德莱尔："他用同时候的高蹈派的精炼的形式，写他幻灭的灵魂的真实经验，这便足以代表现代人的新的心情。他于诗中充满了一切他自己的性格的阴影，哲学的苦味，和绝望的沉痛。"①从此看，周作人是非常理解波德莱尔及其文学的真谛的。1923 年写《自己的园地》说："有些人种花聊以消遣，有些人种花志在卖钱，真种花者以种花为其生活——而花亦未尝不美，未尝与人无益。"显然，这里追求的是无用之美，即典型的唯美。1924 年写《苍蝇》《哑巴礼赞》《娼妓礼赞》等，其中《苍蝇》写"五四"时期，作者将世上一切可诅咒的东西都比作苍蝇，这时作者坚持的是启蒙主义立场；"五四"之后，作者对苍蝇的态度来了一百八十度的大转弯，由诅咒变成歌颂，调引西方和日本不少传说和文献资料证明苍蝇也有可敬佩之处，甚至据说苍蝇是由执着地追求爱情的美女默亚变来的——到这时，作家显然放弃了"五四"那样的启蒙立场，大有以丑为美、唯美—颓废之倾向。作为东方的作家，周作人作品中东方式自然主义倾向还在，但是作品明显增加了黑色幽默性质。至此，其作品"寄沉痛于悠闲"的艺术风格已然形成。

　　如果说鲁迅的颓废是偏重于社会历史的颓废，周作人的颓废介于社会历史颓废与个人生命颓废之间，那么，郁达夫的颓废则主要是个人生命的颓废。也许，郁达夫的颓废更切合西方文学中的颓废，因为西方人生都是个人本位的，西

---

① 止庵编订：《周作人译文全集》（第九卷），上海：上海人民出版社 2012 年版，第 478 页。

方文学中的颓废更多的还是关涉个体生命问题。

　　郁达夫非常不情愿别人指称他为"颓废派",但他"也许是创造社同仁中最具唯美色彩、最具颓废嫌疑的作家。事实上,郁达夫也确实对唯美—颓废主义情有独钟"①。1922 年《创造季刊》创刊号上即有郁达夫翻译的被视为王尔德唯美主义文学宣言的《〈杜莲格来〉的序文》;1923 年《创造周报》又发表《The Yellow Book 及其他》,最早向中国读者介绍包括王尔德、比亚兹莱在内的英国唯美—颓废主义文人集团——《黄面志》同人群像的文学主张和艺术创作。在后面这篇文章里,郁达夫特别激赏、同情于将"柔弱的身体天天放弃在酒精和女色中间,作慢性自杀的……薄命诗人 Ernest Dowson"即道生,说"实际上他是天生成的一个世纪末的颓废诗人",天生有"厌世观、嫌人僻"。道生在伦敦小酒馆里爱上的当炉少女"只解欢娱,没有灵性",不理解他的爱的意义,最后嫁给了一个酒馆侍者,使他遭受致命打击,却引发道生创作了许多来自"他的唯美的天性"的诗歌,33 岁终于得肺病而去世②。不难发现,《沉沦》集里三篇小说均表现了主人公这种"世纪末 Fin de siécle 的病弱"。

　　在《〈茑萝集〉自序》里,郁达夫感慨:"人生终究是悲苦的结晶,我不信世界上有快乐的两字。人家都骂我是颓废派,是享乐主义者,然而他们哪里知道我何以要去追求酒色的原因? 唉唉,清夜酒醒,看看我胸前睡着的被金钱买来的肉体,我的哀愁,我的悲叹,比自称道德家的人,还要沉痛数倍。我岂是甘心堕落者? 我岂是无灵魂的人? 不过看定了人生的运命,不得不如此自遣耳。……你们若能看破人生终究是悲哀苦痛,那么就请你们预备,让我们携着手一同到空虚的路上去罢!"③

　　关于自己作品取材的奇僻,郁达夫辩解:"游荡文学(狭邪小说之类——引者),在中国旧日的小说界里,很占势力。不过新小说里,描写这一种烟花界的生活的,却是很少。劳动者可以被我们描写,男女学生可以被我们描写,家庭间的关系可以被我们描写,那么为什么独有一个烟花世界,我们不应当描写呢? 并且散放恶毒的东西,在这世界上,不独是妓女,比妓女更坏的官僚武人,都在那里横

----

① 解志熙:《美的偏至——中国现代唯美—颓废主义文学思潮研究》,上海:上海文艺出版社 1997 年版,第 73 页。

② 郁达夫自述,其处女作《银灰色的死》就是以道生为原型创作的。见《郁达夫全集》(第十一卷)文论(上),杭州:浙江大学出版社 2007 年版,第 88-97 页。

③ 《郁达夫全集》(第十一卷)　文论(上),杭州:浙江大学出版社 2007 年版,第 69-70 页。

行阔步,我们何以独对于妓女,要看她们不起呢?"①事实上,郁达夫小说的选材
不限于妓女生活,还有手淫、窥欲、偷听野合、自虐、同性恋、恋物癖等变态性心理
和性行为。这是郁达夫被社会一般人所谴责的地方,也是郁达夫小说艺术精神
接近波德莱尔《恶之花》的地方。郁达夫在《怎样叫做世纪末文学思潮?》里解释:
"世纪末是法国语,因为世纪末的那一种心的状态,最初自觉地实现出来的,是在
法国。……而巴黎却是一个观察它的各种各样的形状的最适当的地方。……世
纪末的病症,是带有传统道德破坏性的疯狂病疾,这些世纪末的人的肉体上就有
着显著的不具者的特征。因而神经衰弱,意志力毫无,易动喜怒,惯作悲哀,好矫
奇而立异,耽淫乐而无休。追求强烈的刺激的结果,弄得精神成了异状,先以自
我狂为起点,结果就变成色情狂,拜物狂,神秘狂;到头来若非入修道院去趋向于
极端的禁欲,便因身心疲颓到了极点而自杀。这一种现象,尤其在文明烂熟的都
会里为最普遍,因而由都会里产生出来的近代文学,便一例地染上了这一种色
彩,这就是世纪末的文学思潮。"②这种世纪末的文学思潮包括法国的高蹈派与
恶魔派(Parnassians and Diabolists),英国的唯美派;Arthur Symons 所力说的
象征主义派的运动(The Symboliste Movement)③。而郁达夫在《文艺鉴赏上之
偏爱价值》中所称赞的就是这种文学思潮和文学流派所体现的审美内涵和审美
趣味,言:文艺鉴赏第一等的偏爱价值是"病的心理的偏爱",这"第一种偏爱的发
生,与神经衰弱症,世纪病,有同一的原因,大凡现代的青年总有些好异,反抗,易
厌,情热,疯狂,及其他的种种特征。因这几种特征的结果,一般文艺爱好者,遂
有一种反对一般趣味,走入偏僻无人的路里去的倾向,偏爱价值就于是乎出生
了"④。

郁达夫文学思想和创作不仅受西方唯美—颓废主义浸染,而且受日本唯
美—颓废主义影响。考虑到"游荡文学"也是日本唯美—颓废主义文学题中之
意,可以推断,郁达夫对"游荡文学"的倡导也未必不受日本唯美—颓废主义文学
之启发⑤。其小说中颓废的情绪和病态的情色狂热中明显可看到日本佐藤春
夫、田山花袋和谷崎润一郎等作家作品的影子。佐藤春夫《田园的忧郁》直接启
发郁达夫《沉沦》中城市近郊荒凉颓败景象的描写;田山花袋《棉被》等直接启发

---

① 郁达夫:《我承认是"失败"了》,见《郁达夫全集》(第十一卷) 文论(上),杭州:浙江大学出版社
2007 年版,第 121 页。

② 《郁达夫全集》(第十一卷) 文论(下),杭州:浙江大学出版社 2007 年版,第 209-210 页。

③ 《郁达夫全集》(第十一卷) 文论(下),杭州:浙江大学出版社 2007 年版,第 211 页。

④ 《郁达夫全集》(第十卷) 文论(上),杭州:浙江大学出版社 2007 年版,第 80-81 页。

⑤ 齐珮:《日本唯美派文学研究》,北京:中国社会科学出版社 2009 年版,第 77-79 页。

郁达夫《空虚》中性变态心理描写；谷崎润一郎《富美子的脚》等直接启发郁达夫《过去》中的性自虐心理描写，《痴人之爱》等直接启发郁达夫《她是一个弱女子》中女性肉体和情色的狂热书写。另外，郁达夫对于情色狂热的想象还可以从他对赛金花的评价窥见一斑。1935 年，他写《读〈赛金花本事〉》，对《赛金花本事》中赛金花的自述表示怀疑，最后的结论是："晓得赛金花的性欲的特别强烈，是一部赛金花传的重要关键，而那一位身强体壮的三爷，能够和她厮伴到数年之久的最大原因，也就在这里。并且据编者的附注中之所说，则赛金花曾于嫁魏之先，嫁过了一位铁路从事员，这位先生之死，也似由于痨瘵。"①

　　与郁达夫相比，徐志摩更偏重于浪漫主义审美追求，所以卞之琳认为徐志摩的"诗思、诗艺几乎没有超越出过十九世纪英国浪漫派雷池一步"。但是，卞之琳所谓 19 世纪的浪漫主义是个宽泛的概念，除"布莱克……新滋渥斯、拜伦、雪莱、济慈"外，还包括"维多利亚朝诗人、先拉菲尔派以至世纪末的唯美派"，甚至哈代、波德莱尔等②。遭受现实打击后，"悲观主义诗歌给他以恶毒的想象力和冷酷的人生观察，使他向阴森的寒夜、坟墓的冰冷归宿宁静地观望；象征主义诗歌则给他以恶魔般的想象力和龌龊的人生洞察，使他把笔锋转向罪恶的都市、人伦的暴露上"③。1924 年，徐志摩翻译波德莱尔《恶之花》中的《死尸》并盛赞之"是菩特莱尔的《恶之花》诗集里最恶亦最奇艳的一朵不朽的花，翻译当然只是糟蹋。……他的臭味是奇毒的，但也是奇香的，你便让他醉死了也忘不了他那异味"④。"奇毒的，但也是奇香的"，这个评价可谓抓住了波德莱尔《恶之花》的精魂，以后他自己的创作也不断出现这样的意象。诗《又一次试验》写上帝决定重新造人，因为他对现有的人类颇为不满，感叹道："我老头再也不上当，／眼看圣洁的变肮脏，——／就这儿情形多可气，／哪个安琪身上不带蛆！"圣洁的安琪儿竟成为丑恶的形象。诗《运命的逻辑》以夸张的时间节奏写一个交际花堕落而不知堕落，她变卖了自己的灵魂，也勾走了多少男子的灵魂；她变成了"老丑"，"她胸前挂着一串，不是珍珠，是男人们的骷髅；／神道见了她摇头，／魔鬼见了她哆嗦"！这首诗与波德莱尔的《腐尸》一样对那恶魔般的女性并没有简单否定之意，甚至故意取消价值判断的主观倾向性，而只是突出这样的女性在观看者心目中所起的真假

<hr />

① 《郁达夫全集》(第十一卷)　文论(下)，杭州：浙江大学出版社 2007 年版，第 159 页。
② 卞之琳：《徐志摩诗选·序》，见《徐志摩诗选》，成都：四川人民出版社 1981 年版，"序"第 6 页。
③ 孙乃修：《徐志摩：性灵深处的妙悟》，见曾逸主编：《走向世界文学——中国现代作家与外国文学》，长沙：湖南文艺出版社 1986 年版，第 361 页。
④ 这是徐志摩发表他翻译的波德莱尔诗《腐尸》前的一篇小短文中的话，见韩石山编：《徐志摩全集》第七卷·翻译作品(1)，天津：天津人民出版社 2005 年版，第 228 页。

善恶美丑难断的两栖性、客观性,实际上是一种诗意审美表达的间离效果,从而真正达到"以丑为美"的艺术目的。不如闻一多《死水》视野开阔,主题重大,但比《死水》深入人生内部多了。稍后的《罪与罚》(一、二)里仍有"她是一个美妇人,/她是一个恶妇人",她有"……毒的香,/造孽的根,假温柔的野兽"的形象书写。

1925 年,徐志摩发表意大利唯美派作家丹农雪乌(今译为"邓南遮")的戏剧名作《死城》的译本,并连续撰写《丹农雪乌》《丹农雪乌的作品》《丹农雪乌的戏剧》三篇文章盛赞丹农雪乌受波德莱尔和尼采影响,"他的生命只是一个感官的生命,……性欲的特强,更不必说,这是他的全人格的枢纽,他的艺术创作的灵感的源泉。……他的青年期当然是他的色情的狂吼时代,性的自觉在寻常人也许是缓渐的,羞怯的发现,在他竟是火焰的炸裂,摧残了一切的障碍与拘束,在青天里摇着猛恶的长焰。他在自传里大胆的叙述,绝对的招认,好比如饿虎吃了人,满地血肉狼藉的,他却还从容的舐净他的利爪,摇舞着他的劲尾,大吼了几声,报告他的成绩。'肉呀!'他叫着,……"[1]"他的纵欲主义,……他的唯美主义……丹农雪乌与王尔德一样,偏重了肉体的感觉;他所谓灵魂只是感觉的本体,纵容肉欲(此篇用肉欲处都从广义释)最明显的条件,是受肉的支配;愈纵欲,满足的要求亦愈迫切,欲亦愈烈,人力所能满足的止境愈近,人力所不能满足的境界亦愈露——最后唯一的疗法或出路,只是生命本体的灭绝"[2],但是他的创作对于对抗"不自然的,矫揉、湮塞不能的""近代的生活状态"却是有力的[3]。

也是 1925 年,徐志摩发表著名的《巴黎的鳞爪》,第二章"先生,你见过艳丽的肉没有?"以特别出格而艺术的笔触叙写巴黎女人对待画家,无论贫富和民族分野,都愿意为他们赤裸裸做模特,画家因此养成一双能迅速发现并高度鉴赏女性人体美的艺术之眼——"淫眼"。"女人肉的引诱在我看来差不多完全消灭在美的欣赏里面,结果在我这双'淫眼'看来,一丝不挂的女人就同紫霞宫里翻出来的尸首穿得重重密密的摇不动我的性欲,反面说当真穿得极整齐的女人,不论她在人堆里站着,在路上走着,只要我的眼到,她的衣服的障碍就无形的消灭,正如老练的矿师一瞥就认出矿苗,我这美术本能也是一瞥就认出'美苗',一百次里错不了一次;每回发见了可能的时候,我就非想法找到她剥光了她叫我看个满意不

---

[1] 徐志摩:《丹农雪乌》,见来凤仪编:《徐志摩散文全编》,杭州:浙江文艺出版社 1991 年版,第 153-154 页。

[2] 徐志摩:《丹农雪乌》,见来凤仪编:《徐志摩散文全编》,杭州:浙江文艺出版社 1991 年版,第 160 页。

[3] 徐志摩:《丹农雪乌》,见来凤仪编:《徐志摩散文全编》,杭州:浙江文艺出版社 1991 年版,第 159 页。

成,上帝保佑这文明的巴黎,我失望的时候真难得有!"①显而易见,徐志摩这种书写让人想起他称赞的丹农雪乌的创作,而呈现典型的都市唯美主义症候。

1928 年之后,诗人遭受各方面打击,理想破灭,深深哀叹"我不知道风在哪一个方向吹——","她的负心,我的伤悲";"黯淡是梦里的光辉"。诗《活该》里感慨:"提什么以往?——骷髅的磷光!"这时的诗歌艺术明显偏向于颓废主义,如他自己所说"流入怀疑的颓废"②。这时就有了茅盾在《徐志摩论》所评价的:"志摩是中国布尔乔亚'开山'的同时又是'末代'的诗人。《猛虎集》是志摩的'中坚作品',是技巧上最成熟的作品;圆熟的外形,配着淡到几乎没有的内容,而且这淡极了的内容也不外乎感伤的情绪,——轻烟似的微哀,神秘的象征的依恋感喟追求:这些都是发展到最后一阶段的现代布尔乔亚诗人的特色,而志摩是中国文坛上杰出的代表者,志摩以后的继起者未见有能并驾齐驱,我称他为'末代的诗人',就是指这一点而说的。"③

新文学阵营里,戴望舒和艾青的诗歌思想和诗作也都不同程度地带有唯美—颓废主义倾向。戴望舒早年在震旦大学学习时,就读法文版的波德莱尔、魏尔伦诗集和英文版的道生诗集等。1927 年大革命失败,白色恐怖中他和杜衡一起在施蛰存家避难,两人还共同翻译了《道生诗歌全集》;40 年代又翻译、出版波德莱尔《〈恶之花〉掇英》。针对一些人认为《恶之花》有"毒素",戴望舒特将瓦雷里的《波特莱尔的位置》译出放在《〈恶之花〉掇英》中波德莱尔的诗前面,而自己又撰写《译后记》放在波德莱尔的诗后面,指出那种观点是一种偏见,人们只有在"一种……更深更广的认识"基础上才能体会到它的独特价值④。戴望舒《诗论》里有一条也颇有唯美—颓废主义遗风,言:"象征派的人们说'大自然是被淫过一千次的淫娼妇'。但是新的娼妇安知不会被淫过一万次,被淫的次数是没有关系的,我们要有新的淫具,新的淫法。"

青年学者彭建华指出《雨巷》前后戴望舒不少诗作都受《恶之花》影响⑤。笔者甚至同意这样的观点:常被人们提及的"道生、魏尔伦给《雨巷》带来的是当时备受称道,后来却屡造误解的音乐性",而波德莱尔才给《雨巷》带来更内在诗的

①　徐志摩:《巴黎的鳞爪》,见来凤仪编:《徐志摩散文全编》,杭州:浙江文艺出版社 1991 年版,第 42 页。

②　徐志摩:《猛虎集·序》,见来凤仪编:《徐志摩散文全编》,杭州:浙江文艺出版社 1991 年版,第 649 页。

③　茅盾:《徐志摩论》,上海:《现代》第 2 卷第 4 期,1933 年 2 月 1 日。

④　王文彬、金石编:《戴望舒全集》(诗歌卷),北京:中国青年出版社 1999 年版,第 645 页。

⑤　彭建华:《现代中国作家与法国文学》,上海:上海三联书店 2013 年版,第 201-204 页。

情绪的现代性①。《雨巷》中的"姑娘"虽然与波德莱尔笔下的"恶之花"不同,偏于正面的形象想象,但是她与诗中的"我"一样饱含一种世纪末的病症——忧郁症却是不争的事实。今后,戴望舒诗歌中塑造了一系列这样的"独自"远行者(《独自》),"单恋者"、"夜行人"(《单恋者》)形象,并且悲叹:"我是寂寞的生物"(《单恋者》),"我"有"一张有些忧郁的脸,/一颗悲哀的心"(《对于天的怀乡病》),"我是青春和衰老的集合体,/我有健康的身体和病的心"(《我的素描》)。穆时英小说《PIERROT》是献给戴望舒的,叶灵凤认为小说中的魏鹤龄是受比亚兹莱画中与《黄面志》杂志中那种小丑形象启发而塑造的②。

1940年2月,艾青刚到延安不久,曾经写《唯美论者》质疑唯美主义者"绝对的""超功利的"文艺观是建立在资产阶级"安逸"生活上的产物,但到1942年延安文艺整风前,却写《了解作家,尊重作家》,同样用唯美主义的文艺观表达对当时延安多数人误解文艺的不满。《了解作家,尊重作家》言:

> 有人问:"文艺有什么用处呢?"
>
> 文艺的确是没有什么看得见的用处的。它不能当板凳坐,当床睡,当灯点,当脸盆洗脸……它也不能当饭吃,当衣服穿,当药医病,当六〇六治梅毒。
>
> 所以反功利主义的唯美论者——戈谛耶会满怀愤慨地说:"……我们不能从物喻得到一只帽子,或者像穿拖鞋般穿比喻;我们不能把对偶法当伞用,我们不能把音韵当背心穿。"
>
> 但是人类还会思索,还有感觉,还知道耻辱和光荣,还能嫉妒和同情,还懂得爱和恨,还常常心里感到空漠因而悲哀,还要在最孤独的时候很深沉地发问:"活着究竟是为什么?"
>
> 这些事,都并不是凳子、床、灯、脸盆、饭、衣服、药、六〇六这些东西完全可以解决的。因为这些事,同样会发生在没有物质忧虑的人们之间。
>
> 就连最原始的人类,也有他们的心理活动;就连最不开化的民族,也有他们自己的诗歌。

① 段从学:《〈雨巷〉:古典性的感伤,还是现代性的游荡?》,太原:《山西大学学报》(哲社版)2014年第3期。

② 《三十年代文坛上的一颗彗星——叶灵凤先生谈穆时英》,见严家炎、李今编:《穆时英全集》(第三卷),北京:北京十月文艺出版社2005年版,第496页。

文章中,艾青还引用法国人对象征主义诗人瓦莱里《水仙辞》的称颂来肯定文艺的独立价值。《水仙辞》是古希腊神话故事重写,呈现鲜明的幻美色彩。法国人称诗歌的发表是"'近年来我国发生了一件比欧战更重大的事件'……这原因就在于《水仙辞》为烂熟了的法国资产阶级——也可以说全世界的资产阶级提出了许多使内心颤栗不安的问题,他的诗,通过他自己深沉的审视,从哲学上引起了对生命实体的怀疑的问题"①。

过去,研究者总是看重艾青诗歌中"土地组诗"的人民意旨和苦难意旨,对于艾青诗歌中"太阳组诗"的内涵总是往民族解放和阶级解放的政治社会意旨上索解,其实,一方面艾青诗歌总体审美意旨不会如此单一,另一方面,人们对艾青诗歌中"太阳组诗"审美内蕴的理解也远不到位。艾青作为现代最优秀的诗人之一,其诗歌内蕴既有国家民族时代层面的,也有个体生命中一些根本问题的;既有理想主义一面的,也有唯美—颓废主义一面的。这种复杂性在其早期诗歌中表现尤其突出。艾略特称波德莱尔为"现代所有国家中诗人的最高楷模"②。而艾青在早期诗歌《芦笛》中称波德莱尔和兰波的欧罗巴是自己的精神家园。所谓:"我耽爱着你的欧罗巴啊,/波德莱尔和兰布的欧罗巴。"本雅明在《发达资本主义时代的抒情诗人》中指出,波德莱尔赞成革命,但他只是信奉福楼拜的宣言:"一切政治我只懂得反抗",他的意思是:"我说'革命万岁'一如我说'毁灭万岁、苦行万岁、惩罚万岁、死亡万岁'。"③而艾青早期诗歌《透明的夜》等就是讴歌这样一群原始意义上的狂乱的暴徒。所以,杜衡说早期艾青是一个"暴乱的革命者"④。长诗《巴黎》开头就将巴黎比喻成一个"患了歇斯的里亚的美丽的妓女"!说她"解散了绯红的衣裤/赤裸着一片鲜美的肉/任性的淫荡……"尽管如此,诗篇结尾还是表示:等我们磨炼好筋骨,还要回来,做"攻打你的先锋,/当克服了你时/我们将要/娱乐你/拥抱着你/要你在我们的臂上/癫笑歌唱!/巴黎,你——噫,/这淫荡的/淫荡的/妖艳的姑娘"!另外,像《病监》讴歌"我肺结核的暖花房啊;/那里在150℃的温度上,/从紫丁香般的肺叶,/我吐出了艳凄的红花"。这也不乏唯美—颓废主义余韵。所以,杜衡又在上文中称早期艾青为"耽美的艺术家"。今后的艾青诗歌会随着时代的变化更新其审美意旨,但就其早期诗作而

① 《艾青全集》(第5卷),石家庄:花山文艺出版社1991年版,第377页。
② 转自刘波:《波德莱尔:从城市经验到诗歌经验》,北京:北京大学出版社2016年版,第39页。
③ [德]本雅明:《发达资本主义时代的抒情诗人》,张旭东、魏文生译,北京:生活·读书·新知三联书店2007年版,第33页。
④ 杜衡:《读〈大堰河〉》,上海:《新诗》第1卷第6期,1937年3月。

言，又不能不承认杜衡独具慧眼，揭示了为人们所忽略或不敢正视的一面。

在郁达夫和徐志摩看来，王尔德、邓南遮就是新浪漫主义的代表，而作为左翼作家的茅盾则认为新浪漫主义是一种新理想主义①，它的代表是罗曼·罗兰、巴比塞等②。从此可看出茅盾的左翼理想主义精神价值取向。在此基础上，茅盾多次撰写文章表达对唯美派的不认同。"他对于唯美主义、'为艺术而艺术'、象征主义等'唯美'性质的文学，始终保持警戒，加以排斥批判。在他的观念中，唯美、玄想、神秘、虚无、浪漫等唯美元素，与现实生活、真实人生毫无关涉，更不利于改良人生，'激励民气'。……《唯美》(1921 年 7 月)指责唯美派王尔德、邓南遮所宣扬的浪漫个人主义、热情至上主义、官能享乐主义无益于人类的前进。《什么是文学——我对于现文坛的感想》(1923 年 8 月)批评中国的唯美派崇拜无用的美，其狂放不羁的行为落入了中国传统名士风流的窠臼。《'大转变时期'何时来呢？》(1923 年 12 月)讥讽中国的唯美作家不知道什么是唯美主义，沉醉于'象牙之塔'，以旧文人的几句风花雪月的陈词滥调装点他们的唯美主义。《现代的！》(1933 年 2 月)嘲弄唯美派打着超现实的美的旗帜，躺在泥浆里梦想那渺茫的美。"③茅盾不赞成唯美派，但是对俄国颓废主义诗人梭罗古勃(Sologub)却给以相当的肯定。认为："梭罗古勃……觉得这世界是恶的，这世界的恶攻袭人类，人类是无法抗拒的；除是死了，人是不能美化的，所以他赞美'死'，他以为'死'即是'美'。……梭罗古勃是厌世者、悲观者；但他底悲观是对于人类希望太过了的悲观。他嘴里虽说着死，心里却满贮着生命之烈焰。……惟其他渴望更好的人生，更好的世界，所以诅咒现在这人生和世界。在这一点上，他不但和王尔德不同，和唐南遮也不大相同，他真是人生底批评者，真是伟大的思想家。"④茅盾在另一篇文章中言："所谓颓废派(decadent)……于外面形式上看来，似乎不好，但是平心而论，也有可用之处，因为他的这种奇怪感想，全是反动的不平的思想所做成；他要求进步，而偏为社会所束缚，愤世故的悖逆，便发出许多狂言反语，他的形式虽然消极，其实却是积极，对于人类尚不致有坏的影响。"⑤显而易

① 茅盾：《文学上的古典主义、浪漫主义和写实主义》，见《茅盾全集》外国文论四集，合肥：黄山书社 2014 年版，第 228 页。
② 茅盾：《〈欧美新文学最近之趋势〉书后》，见《茅盾全集》中国文论一集，合肥：黄山书社 2014 年版，第 52 页。
③ 李永东：《左翼批评家茅盾的颓废观念》，上海：《中国比较文学》2007 年第 4 期。
④ 茅盾：《唯美》，见《茅盾全集》中国文论一集，合肥：黄山书社 2014 年版，第 144-146 页。
⑤ 茅盾：《什么是文学——我对于现文坛的感想》，见《茅盾全集》中国文论一集，合肥：黄山书社 2014 年版，第 435-436 页。

见,茅盾对颓废主义青睐有加,主要是看重颓废主义对现世人生的反抗倾向。

李永东的研究触角伸得很远,他认为茅盾不局限于一般意义上肯定颓废,他更企图通过为颓废重划边界,建构左翼颓废主义诗学。他借用"颓加荡"这个词,解释茅盾《狂欢的解剖》中的"'狂欢'近似于'颓废'",言:"在这篇文章中,茅盾大致就是以'颓'和'荡'分别作为侧重点,来界分两种性质不同的'狂欢'(颓废);第一种是'向上的健康的有自信的朝气蓬勃的作乐',侧重于'荡';第二种是'没落的没有前途的今日有酒今日醉的纵乐',侧重于'颓'。""茅盾在《狂欢的解剖》一文中对于两种'颓废'的阐释,掺入了鲜明的阶级意识和民族意识。在他看来,有着无产阶级觉悟和民族意识下的下层民众'颓废',是因对现世失望而颓荡作乐,以此祭奠时代的灭亡;没有无产阶级觉悟的市民和帝国主义者的'颓废',是因对未来恐惧而衰败颓唐,寻求最后的疯狂刺激。其实,经茅盾清洗后的第一种狂欢作乐和'颓废'概念有着较大的距离。因为颓废者对自我、人生、世界都持一种消极、悲观、绝望的态度,缺乏任何引导其向上的价值理念,心存幻灭,深怀跌入万劫不复深渊的恐惧,只能以堕落对抗绝望。"茅盾强调"'荡'包含了一种决绝的放弃姿态和对现存世界的反叛,这是为茅盾所喜欢的。茅盾从'荡'中抽取反叛现存政权体制的精神,加诸所寄托的革命市民阶层,从而塑造了积极自信,然而已非本原意义上的颓废者,并因此与没落阶层的'颓'形成鲜明对照,从中构设了阶级对立、民族觉醒、改天换日的思想体系。"①

李永东的研究不免过分阐释之嫌,但是这种研究启发性很大,它可以有效地解释左翼作家创作中何以也有颓废的问题。如借用李永东的研究成果就可以解释殷夫诗《一个红的笑》中无产阶级面对地狱似的天堂上海时的颓废心态。艾青与殷夫同为左翼诗人,但是艾青的颓废主要是西方唯美—颓废主义式的,即个人主义的,艾青思想真正转变要到延安文艺整风之后;而殷夫16岁就参加实际革命活动,22岁短暂生涯四次被逮捕,说明他很早就是一个彻底的无产阶级革命者了,这样的革命诗人,其诗里有无颓废的问题?笔者以为答案是肯定的。不然,就无法全面理解《一个红的笑》这样的诗。这首诗将对机械文明的书写与对工人阶级巨大创造力和斗争精神的颂赞结合在一起。机械文明给工人阶级带来更多的苦难和人性异化,但是机械文明也给工人阶级展示自己的伟力、创造新的历史提供更高的平台和更可能多的契机。机械文明的地狱性产生"颓",机械文明的天堂性产生"荡",于是诗篇开头便是:"我们要创造一个红色的狞笑,/在这

① 李永东:《左翼批评家茅盾的颓废观念》,上海:《中国比较文学》2007年第4期。

都市的纷嚣之上。"诗篇显然具有李永东所说的左翼颓废主义的指向。

在新文学作家(纯文学作家)那里,唯美—颓废主义与对现代以来国家、民族、社会、人生的深切关怀和对人生根本困境的精神性探索密切相连,具有较为丰富的审美现代性内涵,而几乎所有的海派作家思想和创作又都不同程度地将唯美—颓废主义引向精神物质化、生活消费化、现世享乐化的路径。这方面,首先要论及的自然是狮吼派成员邵洵美。

邵洵美出身贵族之家,在英法留学期间,先是接触古希腊女诗人萨福的诗,继而接触先拉斐尔派诗人史文朋(斯温伯格)的诗,再而接触波德莱尔、魏尔伦等人的诗作,为今后的唯美—颓废主义创作打下基础。1926年回国后,先接触新月派群体,继而加入狮吼社,1927年出版第一部诗集《天堂与五月》,1928年创办金屋书店,出版译诗集《一朵朵玫瑰》和介绍西方唯美—颓废主义文学艺术的《火与肉》,并出版第二部诗集《花一般的罪恶》、复活《狮吼》半月刊,1929年创办《金屋》月刊等,力介西方唯美—颓废主义文学思想和创作,正式打出唯美—颓废主义大旗。1929年,晚清著名小说家曾朴及其子曾虚白合作翻译出版法国19世纪末期新希腊派作家、王尔德的密友边勒鲁意(比埃尔·路易)的《肉与死》(原名《阿弗洛狄德》),其实这也是邵洵美所推崇的作品——曾氏父子翻译时,邵洵美还向他们提供可参照的英语版本——作品那种唯爱至上、极致死亡、肉欲狂欢的唯美精神与王尔德的《莎乐美》相仿①。1935年,苏雪林俯瞰整个文坛,撰写《论邵洵美的诗》,开头便是:"在中国新诗坛里有两个诗人,成果虽不怎样伟大,然作风带有特殊色彩,这就是李金发所领导的象征派和邵洵美所引导的颓废派。……邵洵美……他可谓中国唯一的颓废诗人。"她以邵洵美的诗集《天堂与五月》《花一般的罪恶》为基础,总结邵洵美诗歌特点:"第一,强烈刺激的要求和决心堕落的精神。"受"'世纪病'Lemal du Siecle'的狂潮"影响,"他们常用强烈的刺激如女色,酒精,鸦片,以及种种新奇的事情,异乎寻常的感觉……以刺激他们疲倦的神经聊保生存的意味。……一切刺激中女色是最基本的最强烈的刺激,所以

---

① 在曾氏父子出版《肉与死》之前,邵洵美曾经化名刘舞心写信给曾朴,表达他对曾氏父子翻译这部小说的看法,曾朴旋即写《复刘舞心女士书》,并且刊载于曾氏父子主编的《真美善》上。曾朴复信中曾有这样的话:"你独能在大家忽略放过的地方,睁开您的慧眼,注意到这个出奇的作家,注意到他最大胆的名作《阿弗洛狄德》。而且,不但读过,并俱已很深的了解。您认这部书不是一部娱乐作品,换一句说话,就认它不是淫书,您又赏赞它 L'invittaion 一节,却讨厌它 Bacchi 巴克唏老情人,诸极拉丹斯 Naucrates 的许多哲学理论。您若不是彻底研究过全书的意义,尝味了作者想象的内在,怎么能说出这几句话? 这真使我不自禁地手舞足蹈的欢喜。"见曾朴翻译《肉与死》的"原序",收入[法]比埃尔·路易:《肉与死——又名美的性生活》,曾孟朴、曾虚白译,长沙:岳麓书社1994年版。

他的诗对于女子肉体之赞美就不绝于书了。""第二,以情欲的眼观照宇宙一切。"
"第三,对于生的执着。"苏雪林处处以波德莱尔的诗歌思想和创作来比照、引
证①。李欧梵也称邵洵美是"完美的体现了唯美主义"的作家②。他说,他"颇
喜"用"颓加荡"来翻译"颓废"(英文是 decadence,法文是 décadent),"因为望文
生义,它把颓和荡加在一起,颓废之外还加添了放荡、荡妇,甚至淫荡的言外之
意,颇配合这个名词在西洋文艺中的意义"③。

　　尽管如此,相比之下,笔者更认同解志熙和罗岗对邵洵美及其诗作的理解。
解志熙认为,邵洵美是在唯美—颓废主义旗帜下张扬现世享乐主义的"肉感诗
派"代表。"感官享乐主义的趣味在'肉感派'诗人创作中的具体落实,便是对所
谓'颓加荡'的美与爱的颂赞。邵洵美的诗集《花一般的罪恶》堪称典型。整部诗
集既没有深刻的思想苦闷,也没有高雅的精神情趣,只是一味地鼓励人们在颓废
的人间苦中及时行乐。"④即便是邵洵美最为人所称道的代表作《蛇》,也不免庸
俗化的一面。"不论从情感还是艺术上看,冯至的《蛇》诗都可以说是对比亚兹莱
《蛇》画的创造性转化和升华。同冯至大异其趣,邵洵美反而刻意加强了原画中
的颓废气息和肉感色调,把蛇的形象置于充满'色的诱惑,声的怂恿,动的罪恶'
的语境中,使它蜕变为除了色情冲动别无任何意味的象征性形象。从这个事例
中可以看出,原本不乏深刻的人本内涵和艺术的严肃性的西方唯美—颓废主义
文艺,在邵洵美这样的诗人手中被庸俗化、肉感化到了何等等而下之的地步。"⑤
"邵洵美确实只从波德莱尔《恶之花》和魏尔伦那里汲取了形而下的趣味而丢掉
了形而上的以至于超验的情趣。"⑥解志熙的评价似乎严苛了一点,但是大体而
言,乃不移之论。费冬梅认为,在乔治·摩尔等唯美主义者的影响下,邵洵美确
实形成了"享乐主义的注重人生逍遥自在的人生观,……在当年的文坛建构了一

---

① 张伟编:《花一般的罪恶——狮吼社作品、评论资料选》,上海:华东师范大学出版社 2002 年版,
第 287-291 页。
② [美]李欧梵:《上海摩登——一种新都市文化在上海(1930—1945)》,毛尖译,北京:北京大学出
版社 2001 年版,第 255 页。
③ [美]李欧梵:《漫谈中国现代文学中的颓废》,见[美]李欧梵:《中国现代文学与现代性十讲》,上
海:复旦大学出版社 2002 年版,第 48 页。
④ 解志熙:《美的偏至——中国现代唯美—颓废主义文学思潮研究》,上海:上海文艺出版社 1997
年版,第 333 页。
⑤ 解志熙:《美的偏至——中国现代唯美—颓废主义文学思潮研究》,上海:上海文艺出版社 1997
年版,第 340 页。
⑥ 解志熙:《美的偏至——中国现代唯美—颓废主义文学思潮研究》,上海:上海文艺出版社 1997
年版,第 349 页。

个兴趣广泛、具有艺术家气质的'唯美的纨绔子'形象"①。罗岗因此断定:"邵洵美式的'颓废'诗歌却徒有其表。……形成不了'反现代'的美学现代性,进而构成现代性内部的紧张和冲突",一些研究者"推重的事物,比如'色欲和魔幻','颓加荡的爱',并没有造成'现代性'的歧途(指审美现代性对社会现代性的疏离和反抗——引者),反而完善了某种更具主导性的'现代性'的想象和设计"②。从这一点看,解志熙将他归入海派,完全成立,而事实上,他身边围绕的也多是海派才子。

邵洵美的文友中,章克标、倪贻德和方光焘都是浙籍狮吼社成员。章克标是日本留学生。1928年他翻译了王尔德《道连·格雷的画像》,同时翻译日本恶魔主义大师谷崎润一郎的作品,1929年出版翻译本《谷崎润一郎集》,其创作多具有情色梦幻成分。其中,短篇小说《蜃楼》将妓院当成都市的桃花源;长篇小说《银蛇》以郁达夫与王映霞的恋爱生活为原型,将男主人公邵逸人想象成一个被女性美迷惑失态的男子,而女主人公伍女士也主要以丰美的肉体迷惑着男主人公。他曾因为出版《文坛登龙术》而受到鲁迅强烈的挖苦和批判。晚年,章克标回忆:"我们这些人,都有点'半神经病',沉溺于唯美派——当时最风行的文学艺术流派之一,讲点奇异怪诞的、自相矛盾的、超越世俗人情的、叫社会上诧异的风格,是西欧波德莱尔、魏尔伦、王尔海乃至梅特林克这些人所鼓动激荡的东西。我们出于好奇和趋时,装模作样地讲一些化腐朽为神奇,丑恶的花朵,花一般的罪恶,死的美好和幸福等,拉拢两极、融合矛盾的语言。《狮吼》的笔调大致如此。崇尚新奇,爱好怪诞,推崇表扬丑陋、恶毒、腐朽、阴暗;贬低光明、荣华,反对世俗的富丽堂皇,申斥高官厚禄大人老爷。"③对比章克标的创作,他的回忆强调他们反抗世俗的一面,却忽略了他们世俗享乐主义的一面。

苏雪林在《新感觉派穆时英的作风》里评:"以前住在上海一样的大都市,而能作其生活之描写者,仅有茅盾一人,他的《子夜》写上海的一切,算带着现代都市味。及穆时英等出来,而都市文学才正式成立。"④确实,30年代海派文学创作的成就数穆时英最为突出,其思想和创作的唯美—颓废主义倾向也最深刻复

---

① 费冬梅:《沙龙——一种新都市文化与文学生产(1917—1937)》,北京:北京大学出版社2016年版,第105页。
② 罗岗:《文学,跨文本》,见罗岗:《想象城市的方式》,南京:江苏人民出版社2006年版,第163-164页。
③ 章克标:《回忆邵洵美》,见南京师范大学图书馆和中文系资料室编:《文教资料》1982年第5期(总第125期)。
④ 严家炎、李今编:《穆时英全集》(第三卷),北京:北京十月文艺出版社年版,第518页。

杂。30年代中国的新感觉派受法国穆杭和日本新感觉派影响而起,而穆杭受英法唯美—颓废主义影响,日本新感觉派受法国穆杭和日本唯美-颓废主义影响。苏雪林在上文中评说:"穆杭以其世界人的倾向,道德的蔑视,生活样式与感情的不平衡,即所谓现代人的体验,写成《不夜城》(Ouvert Lanuit)、《乐城》(Ville de Plaisir)、《优雅的欧洲》(L'Europe Galante)等书,大博读者欢迎,推为新感觉主义的巨擘。"① 日本唯美主义大师永井荷风散文《欢乐》里言:"唯有与缔造日本的古今道德宗教背道而驰的优美的'形'和优美的'梦'可以慰藉我。"② "在我眼里,没有善,也没有恶。"③ "波德莱尔的诗集《恶之花》才是我的至高无上的福音书。"④ "我对世上所有动的东西、香的东西、有色的东西,都感到无限的感动,以无限的快乐来歌唱它们。"⑤ 恶魔主义大师谷崎润一郎把艺术和美的梦想寄托在西洋肉体型、放荡型的女人(所谓"圣洁的荡妇""糜烂的贞女"⑥)身上,言:"美比善更近于恶"(《饶太郎》)。这种感觉主义和恶魔主义的启发,催生中国新感觉派对大量的"妖姬型女性"形象的塑造,对于一种忧郁的唯美-颓废主义情调的抒发,穆时英的创作自然也不例外。《被当作消遣品的男子》中蓉子不满足于一个男子的爱,大学期间经常出入于上海大小舞厅,陶醉于一群男性的供奉,所以经常得消化不良症,男子们也常常成为消遣品,甚至是"药渣"。《白金的女体塑像》写一个24岁的年轻少妇沉醉于物欲和性欲,所以身体原始的生命力几乎被抽空,而成为一个典型的现代的机械式的没有血色的存活物。《骆驼·尼采主义者与女人》中女主人公教会男主人公"三百七十三种烟的牌子,二十八种咖啡的名目,五千种混合酒的成分配列方式",最后勾引得一个俨然尼采的男性信徒要抛弃沉重的哲学问题而投入看似放荡的女性的怀抱。《Craven "A"》书写女主人公在现代都市的绝对孤立、孤独、寂寞、漂泊,特别是对她身体之美及性别魅惑的想象和描摹已经成为现代文学史上著名的唯美—颓废主义个案。与唯美—颓废的情调相适应的是语言和修辞的浓艳华奢繁复,如《被当作消遣品的男子》的开头:"第一次瞧见她,我就觉得:'可真是危险的动物哪!'她有着一个蛇的身子,猫的脑袋,温柔和危险的混合物。穿着红绸的长旗袍儿,站在轻风上似的,飘荡着

① 严家炎、李今编:《穆时英全集》(第三卷),北京:北京十月文艺出版社2008年版,第518页。
② 《永井荷风选集》,陈薇译,北京:作家出版社1999年版,第291页。
③ 《永井荷风选集》,陈薇译,北京:作家出版社1999年版,第295页。
④ 《永井荷风选集》,陈薇译,北京:作家出版社1999年版,第309页。
⑤ 转自叶渭渠、唐月梅:《日本文学史》,北京:经济日报出版社2000年版,第438页。
⑥ [日]谷崎润一郎:《恋爱与色情》,见[日]谷崎润一郎:《阴翳礼赞》,陈德文译,上海:上海译文出版社2017年版,第66页。

袍角。这脚一上眼就知道是一双跳舞的脚,践在海棠那么可爱的红缎的高跟儿鞋上。把腰肢当作花瓶的瓶颈,从这上面便开着一枝灿烂的牡丹花……一张会说谎的嘴,一双会骗人的眼——贵品哪!"香港学者司马长风认为:"他是堕落的天才,夭折的天才,是垃圾粪土里孤生的一株妖艳的花。"①司马长风的评价带有强烈的意识形态性质,但是他也抓住了穆时英唯美—颓废主义的某些神韵。

40 年代,文学风气向古典主义回转,徐讦对唯美—颓废主义的追求明显带有王尔德的"说谎"性质和古希腊文学艺术的神奇幻想色彩。1936 年他在赴法留学途中写作《阿刺伯海的女神》,其中借人物之口说道:"平常的谎要说得像真,越像真越有人爱信,艺术的谎言要说得越假越好,越虚空才越有人爱信",并宣称"我愿意追求一切艺术上的空想,因为它的美是真实的"。这让人想起王尔德在《谎言的衰朽》中的名言:"撒谎与作诗都是艺术……它们有它们的技巧,就像绘画、雕塑等更为有形的艺术有它们的形式和色彩上的难以捉摸的秘密,技巧上的奥秘,以及审慎的艺术方法一样。"②相似的作品还有《荒谬的英法海峡》《吉普赛的诱惑》等。其中,《吉普赛的诱惑》的前半部分不乏曾孟朴翻译的《肉与死》的艺术气质和神韵。其成名作《鬼恋》虚构了一个人鬼情未了的故事。小说中女鬼超群拔俗的美是典型的唯美—颓废主义艺术思想的结晶。长篇小说《风萧萧》中所塑造的几个美女特工形象也带有强烈的唯美主义色彩。徐讦小说有知识分子对人类精神的探索和家国情怀,但是其写作的文化市场运作模式和其一般读者群的市民化定位,使其作品中的唯美—颓废主义既与知识分子读者群疏离,也与一般市民读者群悖反,既缺乏足够的深广度,也缺乏足够的柔软度,而呈现两边都不讨好的状态。

三、未来主义文学思想及其艺术传达

"未来主义"一词由其代表人物、意大利诗人马里内蒂于 1908 年 10 月提出,作为一种思潮、运动开始于次年 2 月马里内蒂在法国《费加罗报》发表《未来主义的创立和宣言》(简称《未来主义宣言》)。之后,连续七年内,人们连续看到《未来主义画家宣言》(1910 年 2 月)、《未来主义音乐家宣言》(1911 年 1 月)、《未来主义文学的技术性宣言》(1912 年 5 月)、《未来主义合成戏剧宣言》(1915 年 1 月)和《未来主义电影宣言》(1916 年 9 月),标志着这一思潮、运动的普遍扩张。

从文学史的角度看,未来主义可谓世界第四波都会主义文学思潮。未来主

---

① 严家炎、李今编:《穆时英全集》(第三卷),北京:北京十月文艺出版社 2008 年版,第 515 页。
② 赵澧、徐京安主编:《唯美主义》,北京:中国人民大学出版社 1998 年版,第 109 页。

义崛起的背景就是意大利知识青年面对英法美等国工业化、机械化、都市化的优势,不满于意大利自身的保守落后性,而呼唤砸烂一切传统,否定历史,创造未来。《未来主义宣言》歌颂科学、机械(火车、轮船、工场)、革命、战争、大炮、流血、暴动、性欲,一切"动力"和"速力"、快节奏、激动性生活等。宣布:"4.我们要说世界的宏伟性增添了一种新的美:速度的美。一辆赛车的机罩上装饰着粗大的排气管,就像大口喷气的蛇……一辆咆哮着的汽车就像骑在机关枪弹上奔跑,比萨莫色雷斯的胜利女神像更美。5.我们要为手握方向盘的人唱赞歌,他掷出了自己的精神之矛,指挥地球沿着自己的轨道运行。……11.我们要歌颂现代都会中五光十色、众生噪杂的革命浪潮;我们要歌颂电光辉耀的兵工厂和船坞那充满活力的夜晚的一派炽热;我们要歌颂那贪婪地吞进冒烟长蛇的火车站;……我们要歌颂像伟岸的运动健将一般横跨河流的桥梁,那些河流就像钢刀在阳光下闪闪发亮。……"①俄国未来主义诗人马雅可夫斯基解释:"未来主义诗歌——就是都市诗歌,现代的都市之歌……整个现代的文化世界都正在变成无限庞大的都市。都市代替了大自然和自然力。都市本身就是自然力,新的都市人就诞生在它的内部。电话、飞机、特别快车、电梯、复印机……最主要的是生活的节奏变了。一切都成了闪电式的,迅雷不及掩耳,活像电影的镜头。旧诗歌那种四平八稳、不慌不忙、不急不躁的节奏不适合现代都市人的心理……发疟子——这才是现代节奏的象征。都市里没有平平稳稳、从容不迫、圆圆滑滑的线条,有的是棱角、断层、折线——这才是都市风景的特点。诗……而应当适应现代都市心理的因素……"②苏雪林在《新感觉派穆时英的作风》里也谈到:"新感觉派的作风本与未来主义接近。未来派赞美机械,歌颂现代物质文明,喜于表现骚动、喧嚣、疾驰、冲突、激乱、狂热,而此种种,唯现代大都市有之,于是西洋文明遂发生一派'都市文学'。未来派文学崇拜'力'与'速度',好取大工厂、汽车、飞机、暴动、战争、革命,以及一切大流血,大破坏为题材,……"③艺术上,未来主义讲究艺术体式的充分自由,一页作品可以用三四种色彩的墨水,可以用20种字型书写;消灭形容词,独立名词,使动词不定形,用数学公式链接;模拟声音等。实际上带有很大的盲动性、非理性、试验性和虚无主义色彩。

　　情色唯美—颓废,中国自古即有,所以,中国人接受现代性视野下的唯美——

---

①　汪民安、陈永国、张云鹏编:《现代性基本读本》(下卷),开封:河南大学出版社2007年版,第899页。

②　转自袁可嘉:《欧美现代派文学概论》,桂林:广西师范大学出版社2003年版,第173页。

③　严家炎、李今编:《穆时英全集》(第三卷),北京:北京十月文艺出版社2008年版,第518页。

颓废主义比较轻松愉快,但是对于机械、速度、工业文明等进行艺术审美和表达,却是一个崭新的话题。尽管如此,浙江现代作家还是做出了积极回应,表露了对未来主义的见解,有些创作也表达了未来主义的神韵。

五四时期,最早介绍未来主义的是浙籍出版家章锡琛,作家是沈雁冰(即茅盾)。1922年7月,沈雁冰在宁波演讲时就为宁波中小学教师介绍了未来派、达达派和表现派。同年10期《小说月报》发表他的《未来派文学之现势》,对未来主义做专门介绍。指出:"未来主义当本世纪初年在意大利勃兴,可说完全是对于环境的反动。"之前,意大利也为唯美主义支配,形成向古的风气,使意大利笼罩在古罗马的阴影里,而不能再往前移动半步。于是,为了意大利的明天(未来),为了寻求突破,未来主义就直反着唯美主义而去。"正像唯美主义是自然主义极盛后的反动一样,未来主义是唯美主义极盛后的反动!唯美主义全不触着实在的人生,未来主义与之极端相反;唯美主义赞美过去的古迹,未来主义要毁弃一切过去的和古的。/未来派崇拜近代的能力的文化。他们以为'速'是美之极致;……他们崇拜机械的伟大力量。他们赞美机械发出来的繁复的重声,所以要把机械运动的声音谱入乐曲,所以卢梭洛(Louis Russolo)要造'繁音乐器'。……宣言里说,'意大利收藏的古董都应该卖去,转买大炮,飞机和毒气炮。威匿思应该炸为粉碎,罗马的古迹都该铲除。那么,好让出空地来盖造工厂,炮台,放置机器。'//未来主义自一九〇八年突盛后就侵入文艺的任何方面。小说,诗歌,戏剧,绘图,雕刻,音乐,都染着了未来主义的色彩了。"①茅盾在该文中还指出,未来主义传到法、美等国时间都较短,唯独在俄国形成很大声势,因为它的激烈的反传统精神契合了当时俄国的需要。以后,茅盾又陆续撰写《苏维埃俄罗斯的革命诗人冯霞考夫斯基》《未来派文学之今昔》等多篇文章论及未来主义。一般人认为,茅盾1925年发表《论无产阶级艺术》是与未来主义分道扬镳的开始,其实这是误会。

1927年茅盾开始创作《蚀》三部曲的第一部《幻灭》就深受未来主义影响,具体表现是,小说给男主人公取名"强惟力",让他回答女主人公的问题时自述:"是的。我在学校时,几个朋友都研究文学,我喜欢艺术。那时我崇拜艺术上的未来主义;我追求强烈的刺激,赞美炸弹,大炮,革命——一切剧烈的破坏的力的表现。我因为厌倦了周围的平凡,才做了革命党,才进了军队。依未来主义而言,战场是最合于未来主义的地方:强烈的刺激,破坏,变化,疯狂似的杀,威力的崇

---

① 《茅盾全集》外国文论四集,合肥:黄山书社2014年版,第664-665页。

拜,一应俱全!"我们不能说虚构作品中人物的心声就是作者的心声,但是作品的叙述口吻显然有所包容。另外,小说写武汉宏大革命场面、群众洪流,那份狂热和广场效应也应该与未来主义的启发有关。

1930年4月马雅可夫斯基自杀身亡,8月,茅盾出版《西洋文学通论》,其中,仍然很具体地探讨未来主义在意大利的崛起及其在法国和俄国的发展流变。指出,意大利的未来派,主要是"赞美机械文明,崇拜力……他们说'美'就是速度",其缺陷是非理性、"病热""盲目""狂乱""胡闹""享乐"、作品"无内容,且意义不明了";其"权力欲和夸大狂"与"达到全盛期的资产阶级心理相应和",走向健康文化的反面①。在法国,"相当于意大利的未来主义那样的新运动,叫做立体主义(Cubism)。这本是绘画上的新派,一九一一年在巴黎开第一次展览会后,始在艺术家中正式占据一角。他们是反对那仅仅影写现实的外表的印象派,他们要表现物的内心,但是他们也不满于神秘主义象征主义的虚幻梦呓,他们要'创造'那并非模拟实物而又不是玄虚的文艺。他们是努力着要把印象组织起来,用体积的形式(三角形,圆柱形,圆锥形,圆,方,等等)来表现他们主观上所见的物的内在的真实。神秘主义和象征主义要到飘渺虚无的不存在的世界,立体派则要回到实在的地上;神秘主义和象征主义尊重刹那的不可捉摸的兴感和情调,立体主义则要求印象的组织化与实体化。立体主义的理论侵入了诗歌方面时,产生了三位有名的诗人,亚波列南尔(Apollinaire),约可勃(Max Jacob),萨尔蒙(Salmon)。亚波列南尔曾说:'当人要模拟步行时,创造了车轮,车轮是不像一只腿的;人是这样的不自知的超写实地创造了。'所以他们立体主义者不主张摄影似的摹写现实,却主张以自己从现实所得的印象组织起来而创造。"②这是笔者所见过的对于立体未来主义最明晰的描述。在苏俄,"把未来主义带到街头,和广大的群众接触的,是玛霞珂夫斯基。他的诗是表现了雄伟粗壮的巨人的喊声,是不能用'好'或'不好'来平衡的。……他是十字街头狂吼的演说的诗人。这就说明了何以在俄国革命后的紧张空气中玛霞珂夫斯基成为卓特的诗人,受到群众的欢迎。在俄国革命的初期,玛霞珂夫斯基一派成为最有势力的集团;他们是拥护苏维埃政权的,自称为最革命的诗人"③。这里,茅盾依然高度评价马雅可夫斯基的革命未来主义。

之后,茅盾的思想和创作更加符合主流意识形态诉求,对未来主义的看法有

① 茅盾:《西洋文学通论》,上海:复旦大学出版社2004年版,第155页。
② 茅盾:《西洋文学通论》,上海:复旦大学出版社2004年版,第155-156页。
③ 茅盾:《西洋文学通论》,上海:复旦大学出版社2004年版,第158-159页。

所改变。在《现代的!》一文中,他认为西方未来主义有"世纪末"色彩,"这是旧世界趋向于溃灭的惊慌失措,手忙脚乱! /未来派的文学是那样'世纪末'紧张的尖端表现。他们讴歌'速度',但那是向迷途,向绝地,向溃灭! 他们讴歌'威力',但那是暴乱的破坏的威力! /现在我们的文艺女神也叫做'紧张',——也是'速',是'力',可是不同方向,不同质!"。这里,他说的"我们"的"紧张"指无产阶级"亘古未有的'大创造'"的紧张,和无产阶级向资产阶级"亘古未有的'大决算'"的紧张①。尽管如此,茅盾对未来主义并不放弃,而是吸收他认为合理的成分,就是发展现代机械文明。这与后发展状态的中国的诉求是一致的。1933 年前后,他积极呼应《申报月刊》等倡导的现代化讨论,撰写了相当多的文章讨论与现代工业机械文明有关的话题,如《在公园里》《现代化的话》《乡村杂景》《陌生人》《上海》《百货商店》《上海——大都市之一》《谈月亮》《证券交易所》《机械的颂赞》等。这些文章表达了茅盾的都市心态、科学信仰和对现代机械文明的热衷。其中,《机械的颂赞》强调:"机械这东西本身是力强的,创造的,美的。我们不应该抹煞机械本身的伟大。在现今这时代,少数人做了机械的主人而大多数人做了机械的奴隶,这诚然是一种万恶的制度,可是机械本身不负这罪恶。把机械本身当做吸血的魔鬼而加以诅咒或排斥,是一种义和团的思想。"文中,作者还说:"我们有许多描写'都市生活'的作品,但是这些作品的题材多半是咖啡馆里青年男女的浪漫史,亭子间里失业知识分子的悲哀牢骚,公园里林荫下长椅子上的绵绵情话;没有那都市大动脉的机械! 间或有之,那就被当作点缀品;间或不是点缀品了,却又说成非常可憎的东西。""也许在不远的将来,机械将以主角的身分闯上我们这文坛罢。"②可以说,茅盾自己的创作就是企图将机械带上文坛主角的努力,因为他很多虚构性作品都写到现代机械文明,到长篇小说《子夜》,对现代都市空间和现代工业机械文明的成果——汽车、柏油马路、大桥、高层建筑、霓虹灯和现代工业机械文明的属性——光、热、力的盛赞达到高潮。

　　1923 年,徐志摩在天津做题为《未来派的诗》的演讲,其中谈到:"现世纪的特色是:一、迅速。例如坐车总爱坐特别快车。二、刺激。例如爱看官能感觉的东西。三、嘈杂。例如听音乐爱听大锣大鼓。四、奇怪。例如现代什么样希奇的病症都出现了。"反映在诗歌上,"千变万化,神秘莫测,极自然的写出,极不连贯,这便是未来派诗人的精神,他们觉得形容词是多余的,可以用快慢的符号代替,

① 茅盾:《茅盾散文集》,上海:天马书店 1933 年版,第 111-112 页。
② 茅盾:《茅盾散文集》,上海:天马书店 1933 年版,第 40-42 页。

并且无论牛唤羊声、乐谱、数学用字、斜字、倒字,都可以加到诗里去。他们又觉得一种颜色不够,于是用红绿各色来达意,字也可以自由制造。他们是极端的诚实,不用伪美的语句,铲除一切的不自然。看来虽好似乱七八糟,据说读起来音节还是很好听的,……无论如何,他们一番革命的精神,已是为我们钦敬了!"①徐志摩一生都"想飞",他的思想和创作中浪漫主义当然是主要的,但生在世界已经快速发展的节奏上,未来主义也未尝没有对他产生一定的启示。据陆小曼回忆,徐志摩爱坐飞机。1931 年 11 月 18 日他坐飞机从北平回上海,陆小曼曾表示担心,但第二日诗人坐飞机从南京回北平竟遇难身亡。

30 年代,左翼作家孙席珍曾发表《未来主义论》《论俄国的未来主义》等;之后又出版《近代文艺思潮》,其中未来主义也是重要论述对象。孙席珍总结未来主义六大特征:一,未来主义理论主张的根本是力与速。速力和动力的象征是机械,所以表现于未来主义精神上的是对机械的赞颂。二,未来主义诗歌中数字运用成为一大特色,构成"数的感觉"。三,绘画要捕捉动的印象。他们说:"一切都在动,一切都在转移,一切都在迅速的变化。印象绝不在我们面前停留,它是不绝地闪现,不绝地消失。因为映在网膜上的形象不动,对象便增加着,像忙乱的波动似的,前推后拥地追逐着。"所以空间已经不重要,时间成为主宰力量。四,未来主义的音乐无视调和与旋律,倡导骚乱音乐(Bruitisme)。他们认为,音乐该是复响音(Polyphin),该是极度的跃动与骚音之混合(Cocktail)。因为只有骚音,才能表现出近代的机械生活。五,未来主义的跳舞以暴力、躁动、颠倒、错乱为主旨,有怪诞派跳舞(La Danse Grotesque)之称。六,未来主义的生活态度反对温文尔雅,主张暴烈急进;反对冷静,主张热烈;反对迂缓迟钝,主张直截痛快;厌恶感伤悲观,赞美健康快乐;排斥沉思因循,称扬冒险飞跃。孙席珍认为,未来主义充满盲目、狂乱、躁动、颓废,代表资本主义布尔乔亚文化症候,特别是产生了墨索里尼所代表的法西斯,这是它不好的地方,但是"在未来主义之中,有着诉诸我们感情的什么东西,它的生活态度之积极与健壮确是可爱的,它是世纪末的颓废青年的一副极有力的兴奋剂。……它对于现代文艺的影响却要更大,20 世纪新兴的文艺上的各种流派,几乎无一不受它的若干启示。"②《论俄国的未来主义》探讨俄国未来主义的特征,认为俄国未来主义没有意大利未来主义的主题——讴歌机械文明和帝国主义;他们也讴歌都市,但主要是消费性都市——咖

---

① 来凤仪编:《徐志摩散文全编》,杭州:浙江文艺出版社 1991 年版,第 461-462 页。
② 张大明编著:《西方文学思潮在现代中国的传播史》,成都:四川教育出版社 2001 年版,第 648-651 页。

啡馆里的扰攘和街上行人的杂沓。俄国未来主义主要局限于诗歌方面。他们改造诗歌的语言和形式,运用于对时代、大众、革命的赞颂上。俄国未来主义分为自我未来主义与立体未来主义两种,前者以塞尔维亚宁(I. Severyanin)为代表,后者以马雅可夫斯基为代表。孙席珍评价说,俄国未来主义者,"他们反对观照的艺术而主张行动的艺术,反对表现的艺术而倡导指令的艺术,反对认识的艺术而拥护建设的艺术",可是,艺术制作完全领命于政党的指令,忽略了心灵的一面,那只是机械地服从于革命,不是与革命有机的结合。俄国未来主义在诗歌形式上有创造性,但不充分,流于叫喊;讽刺新奇但不深刻;常将诗篇拿到街头朗诵,但也习惯于用实验室的方法在书斋里创作,致使大众看不懂。俄国未来主义"它的最大的功绩是替俄国文坛扫除了一大秽积,助成后来新写实主义的缜密活泼亲切的文体之完成。它是由旧时代的文学过渡到新时代的文学的一座桥"①。

戴望舒对于未来主义也是非常熟悉的。他曾化名"月"写《阿保里奈尔》,化名陈郁月翻译阿保里奈尔小说《诗人的食巾》,化名江思翻译了《马里奈谛访问记》②。最难得的是,他虽不是左翼作家,以后对"左联"提倡的"国防诗歌"曾表示强烈不满,但是他的思想和创作中都有较鲜明的左翼倾向。1930 年,他发表《诗人玛耶阔夫斯基的死》,从诗人与社会、革命的关系深入探讨了马雅可夫斯基自杀的原因,认为言马雅可夫斯基自杀是因为诗体实验失败和失恋是无稽之谈,其根本原因是在于马雅可夫斯基所信奉的未来主义与当时苏维埃革命之间的矛盾和冲突。文章中,戴望舒首先提醒人们认识"未来主义的阶级性"。未来主义对于"机械的力学的"讴歌"完全是没有直接参与生产过程的人们的头脑里发生出来的东西,小资产阶级的,同时是个人主义的东西"。他引日本藏原惟人《新艺术形式的探求》里的话,说:"未来主义的机械都是街头的机械。汽车,机关车,飞机,车站,桥梁等,都是街头的机械,是'消费'的机械。工厂和其他的地方,都是被外表地处理着的。生产的机械从来没有做过未来主义的艺术的题材。这表示艺术家是离开了生产过程。……从这些特点看来,未来主义明显地是反抗着过去的一切,而带着一种盲目性,浪漫性,英雄主义来理解新的事物的现代的小资产阶级的产物。它之所以会在产业落后的意大利萌生,并且在产业落后的俄罗斯繁荣,也是当然的事了。未来主义者歌唱着运动,但他们不了解那推动这运动

---

① 张大明编著:《西方文学思潮在现代中国的传播史》,成都:四川教育出版社 2001 年版,第 631-632 页。

② 参见李鑫、宋德发:《未来主义文学在中国》,武汉:《世界文学评论》2006 年第 2 期。王文彬、金石编《戴望舒全集》共三卷,只收入戴望舒翻译的阿波利内尔小说《诗人的食巾》。

的力和这运动所放在自己前面的对象;未来主义歌唱着机械,但他们不了解机械的目的和合理性,未来主义者们反对着学院文化的成为化石了的传统,但他们只作着一种个人主义的消极的反叛。他们在艺术上所起的革命,也只是外表的,只是站在旧世界中的对于旧的事物的毁坏和对于新的事物的茫然的憧憬,如此而已。他们并没有在那作为新的文化的基础的观念,新的生活,新的情感中去深深地探求他们的兴感。他们的兴感纯然是个人主义的。/从这里,我们明白了未来主义的发生是完全基于否定的精神。/⋯⋯和对于机械一样,未来主义者们的对于革命的理解,也只是革命是伟大的,它的运动是有纪念碑的(monumental)性质,和它是破坏着一切而已。由着马里奈谛从而来歌颂战争,赞扬法西斯蒂的这条道路,玛耶阔夫司基便来歌颂这完全异质的无产阶级的革命!/⋯⋯这样,玛耶阔夫司基和这现实的无产阶级的革命,在根本上已不互相投合。因此,这是必然的,革命在破坏的时期兴感起他的诗,而当这破坏的时期一过去,走上了建设的路的时期,他便会感到幻灭的苦痛,而他的诗也失去了生气(虽然他还写着,还写得很多),而且不为群众所接近了。于是,在这位诗人和其社会环境间,一种悲剧的不调和便会发生了。他要做一个为革命的革命作家,他不愿做一个背教者,但是他不惯和党的组织工作联接起来(他不是一个党员)。他只觉得他应该拥护那和无产阶级专政的路线符合的文学的路线,但他的在革命前染着的习惯还是很牢固,他以他自己的标准(!)去实现他所认为伟大的(!)决定和议决案,而没有从组织上去实现它的可能(这些都是他自己所说的话,见他的演讲《诗人与阶级》)。"①

戴望舒不是左翼作家,但是注意到未来主义的阶级性及其与苏维埃革命的关系问题,诚实难得。他跳出个人主义的圈子考察问题,分析比孙席珍更加透彻,大有盖棺定论之势。结合现代中国作家的思想和创作实情来看,中国语境决定中国现代作家对未来主义的接受避免了马雅可夫斯基式的悲剧,但也没有了马雅可夫斯基艺术的精神爽朗、原生动力和艺术冲击力。最典型的例子莫过于戴望舒自己的诗《我们的小母亲》了。

> 机械将完全地改变了,在未来的日子——
> 不是那可怖的汗和血的榨床,
> 不是驱向贫和死的恶魔的大车。

---

① 戴望舒:《诗人玛耶阔夫司基的死》,见王文彬、金石编:《戴望舒全集》(散文卷),北京:中国青年出版社 1999 年版,第 107-116 页。

> 它将成为可爱的,温柔的,
> 而且仁慈的,我们的小母亲,
> 一个爱着自己的多数的孩子的,
> 用有力的,热爱的手臂,
> 紧抱着我们,抚爱着我们的
> 我们这一类人的小母亲。
>
> 是啊,我们将没有了恐慌,没有了憎恨,
> 我们将热烈地爱它,用我们多数的心。
> 我们不会觉得它是一个静默的铁的神秘,
> 在我们,它是有一颗充着慈爱的血的心的,
> 一个人间的孩子们的母亲。
>
> 于是,我们将劳动着,相爱着,
> 在我们的小母亲的怀里,
> 在我们的小母亲的怀里,
> 我们将互相了解,
> 更深切地互相了解……
> 而我们将骄傲地自庆着,
> 是啊,骄傲地,有一个
> 完全为我们的幸福操作着
> 慈爱地抚育着我们的小母亲,
> 我们的有力的铁的小母亲!

《我们的小母亲》讴歌现代机械文明,但是阳刚的进取的审美对象转换成了阴柔的守护的审美对象。这既是戴望舒式的,也是中国式的。

创作上最能得未来主义神髓的是艾青。艾青回忆自己在巴黎时接受的文学影响,《一个无赖汉的忏悔》的作者叶赛宁、《十二个》的作者勃洛克、诗人兰波属于象征主义作家;《穿裤子的云》的作者马雅可夫斯基、诗人阿波利奈尔、桑特拉司则是未来主义作家①。艾青早期诗歌中的未来主义倾向主要是欧洲式的。长诗《巴黎》有典型的欧式未来主义精神,诗中讴歌了巴黎的巨型建筑、现代交通、

---

① 艾青:《我怎样写诗的》,见《艾青全集》(第三卷),石家庄:花山文艺出版社 1991 年版,第 130 页。

空间震动、群众洪流、繁复声响、革命和反叛精神,体现了未来主义审美技巧之三要素:声响、重量、气味。诗中讴歌的"Severini 的斑斑舞蹈版辉煌的画幅"就是指塞维里尼在未来主义阶段的作品。青年学者彭建华认为艾青的《巴黎》《马赛》等诗表现了"机器美学的光照下肯定创造和反叛的现代社会生活",是"明显的接近未来主义的颂歌"①。诗篇用"＋"连接词汇,去掉形容词,这也是未来主义艺术技巧的翻版。彭建华也探讨了艾青诗歌对法国立体派——也就是茅盾在《西洋文学通史》中所论说的未来主义在法国的变体——之传统的接受。

抗战爆发后,他创作中的未来主义倾向则主要是马雅可夫斯基式的,与明确的民族感情结合成为左翼未来主义,代表作如《马雅可夫斯基》《向太阳》《火把》等。其中《马雅可夫斯基》这样歌吟:

> 马雅可夫斯基
> 永远是
> 不可比拟的
> 新人类的代言者,
> 站立在
> 智慧的高峰
> 向全世界
> 播送
>
> 革命的语言,
> 钢铁的语言;
> 不灭的
> 辉煌的诗章,
> 带来了
> 世纪的骚音;
> 永远是
> 不可比拟的
> 马雅可夫斯基:
> 意象——
> 新鲜如云霞,

① 彭建华:《艾青与立体主义和未来主义》,邯郸:《河北工程大学学报》(社科版),2012 年第 4 期。

> 旋律——
>
> 吹刮如旋风,
>
> 音节——
>
> 响亮如雷霆,
>
> 思想——
>
> 宽阔如海洋。

进入延安革命根据地后,这种未来主义因素又与明确的阶级立场和政治诉求结合,而成为真正的革命未来主义之歌,代表作如《雪里钻》《黎明的通知》等。以往理解《黎明的通知》,只说它充满革命乐观主义信念,其实这种昂扬的向黎明——希望、未来的讴歌底子里应该有革命未来主义的成分①。

现代文学史上,殷夫是著名的无产阶级革命诗人、红色鼓动诗的代表。显而易见,其诗歌的鼓动性不仅来自诗人对革命的信念和洋溢的革命激情,也与接受未来主义启发有关②。如前面我们已经论及的《我们的诗》第一首《前灯》,发出"机械万岁!""引擎万岁!""光明万岁!"的强烈呼声,"机械"和"速力"成为主要的审美对象。作为无产阶级革命诗人,殷夫对机械、速力的讴歌往往与无产阶级的革命斗争联系在一起,如《血字》组诗、《我们的诗》组诗、《诗三篇》组诗和《一九二九年的五月一日》等莫不如此。殷夫书写的对象也主要在大街,而不在工厂,但他所写是作为生产代表的工人阶级在大街上争取自身的解放,所以他的创作也可说是生产性写作,而不是消费性写作,换言之,他改写了大街的空间文化指向。特别是殷夫的诗进一步融进党的革命组织意识,所以,他的思想情感与其所讴歌的工人阶级对象是完全融洽的,他也不可能发生马雅可夫斯基那样的悲剧,相反,他倒是因为对组织斗争过于投入和巨大的革命影响力而遭受反动派的逮捕和枪决。因此,我们也不妨说,殷夫的革命诗歌也是革命未来主义之歌。

前面已经论及,现代派诗人徐迟对"诗的机械性"颇感兴趣,曾发出疑问:"将来的另一型态的诗,是不是一些伟大的 EPIC,或者,像机械与工程师,蒸气,铁,煤,螺旋钉,铝,利用飞轮的惰性的机件,正是今日的国家所急需的要物的,那些

---

① 彭建华也认为《黎明的通知》是艾青诗歌革命化转向后"偶尔会返回到未来主义和维尔哈伦的诗歌的影响投射下的抒写。"见彭建华:《现代中国作家与法国文学》,上海:上海三联书店 2013 年版,第 520 页。

② 兰花、简圣宇:《红色思潮下的鼓动诗篇——试析殷夫诗歌中的未来主义艺术内质》,哈尔滨:《哈尔滨学院学报》,2006 年第 1 期。

唯物得很的诗呢?"①其诗歌不仅受西方未来主义影响讴歌机械，还进而把握现代人生的机械性，如前面我们已经提及的名诗《都会的满月》。此外，他的诗歌还喜欢用字体放大、字体颠倒等来表达感觉和情感，如《我及其他》：

　　我，日益扩大了。

　　我的风景。我i
　　倒立在你虹色彩圈的 IRIS 上
　　我是倒了过来的我。

　　这"我"一字的哲学啊。
　　桃色的灯下是桃色的我。
　　向了镜中瞟瞟了时，
　　奇异的我，
　　忠实地爬上了琉璃别墅的窗子。

　　我安憩了——或是画梦吧，
　　我在深蓝的夜网中展侧。

　　于是，在梦中，在望日，
　　我在恋爱中翻着觔斗。
　　我我我我我我——

　　我已日益扩大了。

著名诗人、诗评家周良沛认为这首诗与"三十年代智利比森特·乌伊布罗(Vicente Huidobro 1893—1945)、墨西哥的胡安·塔乌拉达(Juan Ta Idaa, 1871—1945)试图以绘画的形式进行诗歌创作，后来发展变化为欧美流行的'新型诗体'Conretismo(具体诗)……异曲同工"②。但是，考虑到西方未来主义诗歌也有此字体排列特点，我们也不妨认为此诗受到西方未来主义启发。

海派作家穆时英对未来主义的接受主要从两个方面：一是审美内涵上，专注

---

① 徐迟：《二十岁人》上海：上海时代图书公司 1936 年版，"序"第 1 页。
② 周良沛编选《中国新诗库·徐迟卷》，武汉：长江文艺出版社 1990 年版，"卷首"第 8-9 页。

于机械力和速力的表达;二是艺术表现方法上,对快节奏和自由语的迷恋。如前面我们已经论述,他的作品写出现代机械对都市男女人生的宰制,包括人对机械的迷恋和人的人格的机械化;另一面,其叙述的快节奏对应现代都市机械人生的快节奏,其自由语对应现代都市变幻不定、自由聚散的人生场景。徐讦30年代初期写了三个"拟未来派剧"《荒场》《女性史》《人类史》。《荒场》的主题是时间,人的一生大跨度瞬间过去。《女性史》写大跨度时间内女性从原始时代到未来的四个阶段里精神价值的变化。《人类史》写大跨度时间内人与人关系的三个过程。三个剧本都显示强烈的时间意识、未来意识及高强的艺术概括能力。

四、弗洛伊德主义文学思想及其艺术传达

一般而论,弗洛伊德主义是以弗洛伊德的精神分析学说为核心的社会文化思潮,但文学是人学,弗洛伊德主义也可以是以弗洛伊德精神分析学说为核心的文学思潮。心理是人的心理,文学是表现人的思想、情感、心理和生命的文学。弗洛伊德精神分析学崛起于20世纪初期,此后虽经曲折,但总是长盛不衰。其学说的核心观点如下:

首先,人的心理可分为意识、前意识和潜意识(或称无意识),相应的,人的人格结构可分为超我、自我和本我。实际上支配着人的行为的不是意识,而是潜意识。意识的内涵是一种清醒的理智,它对应于超我,因为在一个社会中,总还存在一些超越于个体意识之上的伦理原则和道德理想作为个体实现人格完善的精神目标。前意识是介于意识与潜意识之间的东西,它负责调解意识与无意识之间的关系,对应于自我,而自我也是负责调解超我与本我之间的关系。潜意识的内涵是人的本能欲望,主要是追求肉体欢娱的性冲动,它构成了一个人心理的"本我"。这种理论为人们认识人生和人的本性提供了深层心理学基础,也为文学创作表现复杂人情人性提供了深层心理学基础。

其次,文明社会里,人的本能欲望必受到压抑,但又可通过"升华"达到"替代性满足"。弗洛伊德认为,处于潜意识之中的那种本能的欲望主要是性的冲动,是一种强大的生物能量、心理能量,其功能是维护种族的繁衍。后来,弗氏又发现了"死亡的冲动",其功能是达成个体生命的最终归宿。这两种本能既是强大的又是盲目(非理性)的,性的冲动可能带来淫邪和乱伦,死亡冲动可能带来暴力与破坏,因而总是受到道德与法律的压抑和制裁。压抑与制裁的结果则将会使个人感到忧郁或焦虑,在心理中形成某些"情结"(即中国古人常说的"块垒"),给个体生命造成内在的伤害。如何走出生命的这一两难处境,弗洛伊德指示的有

效路径是"升华",即将人的原始欲望、本能冲动通过一个良好的渠道上升到一个更高的层次上,转化到被社会所容许和赞同、较为高尚的目标或对象中去。比如,将性欲升华成友爱乃至慈善事业,将攻掠转换为竞技乃至体育运动。在弗洛伊德看来,文学艺术就是种种心理苦闷的象征,是文学艺术家"性的升华"的结晶。文学艺术家就是这样一类人:他们为过于强烈的本能欲望所驱使,在实际生活中又无法满足这些欲望,禀赋中拥有的无限升华能力使其遭受压抑的欲望转换成文学艺术。

再次,人的成长史就是人的性的生成、发展史,在此过程中,童年经验是存在的,并且尤其重要。精神分析心理学中的人格理论是一种生成理论,它认为一个人的人格,是在作为主体的这个人与其所生存的环境之间的冲突、协调过程中形成的。弗洛伊德强调指出在此过程中有两点被人们忽略了:一是这一过程发生得很早,几乎是从刚刚出生的婴儿时期就开始了;二是这一过程的主要内涵依然是"性欲"。弗洛伊德所谓"性欲"并不都与"生殖"有关,更多地表现为一种快感;这些引发快感的"性感区"也并不都是生殖器官。最初引起婴儿快感的"性感区"是与吸吮相关的口腔、与排泄相关的肛门,最后才是生殖器。美国心理学家卡尔文·S.霍尔在阐发弗氏的这一理论时说:这些性感区"对于人格的发展非常重要,因为它们是烦躁与刺激的重要来源,婴儿不得不与之斗争,它们同时又为婴儿提供最初的愉快经验";"涉及性感区的行为,使婴儿与父母发生冲突,产生挫折和焦虑。挫折和焦虑转而促进适应、位移、防御、转化、妥协和生活大量地发展"①。一个人的精神人格,实际上就是在他与他自身的本能、与他周围的环境、与他的父母代表的"超我"三者之间的紧张对峙、悉心调节中生成的。弗洛伊德感慨地说:可怜的自我,它必须同时伺候三个残酷的主人,且须尽力满足这三个主人相互分歧、相互冲突的要求。况且,如此艰难的人生从婴儿时代就已经开始了。弗氏的"婴儿性欲说"也许只是一个大胆的假设,但"早年经验"对于一个人人格的形成,尤其是对于一个文学个性的形成,无疑是非常重要的。正如俄国著名文学评论家巴乌斯托夫指出的:如果一个人在悠长而严肃的岁月中仍然没有失去童年时代给予他的珍贵的精神馈赠,那么,这个人就有可能成为一个诗人或作家。

最后,梦是潜在欲望未达成时形成的一种精神现象,文学就是作家的"白日

---

① 〔美〕卡文尔·S.霍尔:《弗洛伊德心理学与西方文学》,陈昭全译,长沙:湖南文艺出版社1986年版,"译者序"第97页。

梦"。对梦的解析,是弗洛伊德精神分析心理学的另一理论支柱。在弗氏看来,梦并非荒诞不经的,"梦是一种完全合理的精神现象,实际上是一种愿望的满足",是一种潜在的欲望变相得以满足的过程。无论表面多么离奇的梦,在其深层往往掩藏着做梦人的一个未能实现的欲念。弗氏的原意是希望通过对梦境的解析,追溯到压抑在做梦人潜意识中的情结,从而达到心理治疗的目的。但在对梦的结构、梦的生成过程的研究中弗氏意外地发现,"梦的工作"与作家从事的文学创作非常相似。梦,由"显在的梦中情境"和"潜在的梦的意义"两个部分组成,梦境是梦的意义的象征性表现,这就很像文学符号中的"能指"与"所指",像一篇作品中的显在的形象系统与隐含的意义系统。况且,梦对于日常生活中经验与记忆加工制作的手法,如选择、凝缩、象征、隐喻、夸张、变形、转移、掩藏、拼接、整合、修饰、润色等,都与文学的创作手法类同。"文学与梦"这个古老的命题在现代心理学中获得新的阐发,弗洛伊德因此断定,文学创作与做梦一样是人类带有普遍性的一种精神现象,作家的工作就是"白日做梦","每一个人在内心都是一个诗人,直到最后一个人死去,最后一个诗人才死去"①。

从文学史的角度看,弗洛伊德主义也可以算作是世界第五波都市主义文学思潮,因为它所提出的潜意识、性欲本能、性错综(同性恋、恋母情结、恋父情结、虐恋等)、压抑、转移、升华、梦幻等问题恰在都市人生中暴露最典型、最充分,与之相对应,也引起广大作家和批评家的普遍关注。斯宾格勒言:"一个结论性的事实——但迄今还没有人认识到——就是:所有伟大的文化都是城镇文化。"②人类伟大的文明总是首先在城市里产生和发展,而另一面,城市又往往是人性最压抑的地方,因为城市文明首先是理性规范文明,它首先牺牲个体的、感性的乃至潜意识的大量诉求和信息,到现代都市阶段尤其如此,这就造成马尔库塞所谓"爱欲与文明"的冲突。弗洛伊德学说坚持一切均是性欲的转移和升华,对人生的解释不免绝对化,所以受到不少人的非议,但是它戳破了许多宗教的虚伪和大人先生们的虚荣,也超越了唯科学对人生的解释,使人对自我(内宇宙)的认识发生了质的飞跃,具有鲜明的非理性质疑和颠覆色彩,所以也得到更多人的赞肯和拥护,对比之下,也受到强权的摧残和压制。一位弗洛伊德的传记作者评论道:

---

① 关于弗洛伊德精神分析学主要观点的概括,笔者参考了几种,但认为都不如王先霈、胡亚敏主编《文学批评导引》(第二版)详尽周全,所以长文引录于此,敬请该著作的作者和读者谅解。所引除各节节首要点总结外,其他基本上是该著作的原话,在此特别说明。见该书高等教育出版社 2014 年版,第 116-118 页。

② [德]斯宾格勒:《西方的没落》(第二卷),吴琼译,上海:上海三联书店 2014 年版,第 79 页。

"现在,可以毫不夸大地说,弗洛伊德对文学艺术的影响已经达到了这样的程度,即:'如果不了解精神分析学的内容,简直无法把握现代文学艺术的发展趋势。'"①另一方面,1933 年 5 月,柏林正式宣布弗洛伊德的书是"禁书",并且焚毁了他所有著作。弗洛伊德得到这一消息后,诙谐地说:"我们的进步有多大! 要是在中世纪,他们会把我烧死的;在今天,他们只烧掉我的书就满足了。"弗洛伊德的话正好说明人类历史变迁的一个复杂现象,即人类越进步越带来反动、越开明带来越黑暗,反过来也可以说,越反动越孕育进步、越黑暗越孕育开明。"二战"爆发前,弗洛伊德的家产全部被德国法西斯所没收,他的四个妹妹都被杀害,他则逃到英国②。其实,希特勒的疯狂行为也可以进行精神分析,那不过是一个精神病患者的挣扎在世界范围内的转移罢了。

　　"鲁迅是最早接触到弗洛伊德学说的中国作家之一。"③1922 年,鲁迅就试图运用弗洛伊德精神分析说创作《补天》。他在《故事新编》"序言"里交代:这篇小说"很认真的,虽然也不过取了茀罗特说,来解释创造——人和文学——缘起"④。后来又补充说:"我做的《不周山》,原意是在描写性的发动和创造,以至衰亡的。"⑤吴立昌解释说:"这一创作在起首一段表现得很明显。女娲从梦中惊醒,'只是很懊恼,觉得有什么不足,又觉得有什么太多了。'望着色彩斑斓的天空和大地,她'从来没有这样的无聊过!'所谓'不足',即性欲的不能满足,所谓'太多',即指蕴蓄于体内的性的能量太多,用精神分析的术语来说,就是'里比多'过剩。'那非常圆满而精力洋溢的臂膊'和'仿佛全体都正在四面八方的进散'的身体,都是这种特性的内驱力弥满几乎快要溢出的体现。所谓'懊恼''无聊',就是一种性欲得不到满足的苦闷心理。然而,当她把这蕴蓄的能量用来不停地、费力地创造人类(用软泥捏成小人)时,则感受到了'未曾有的勇往和愉快','长久的欢喜'。这些艺术描写,反映了鲁迅当时对弗洛伊德关于性欲可通过创造人类文化而得到宣泄排遣的升华说的赞赏。"⑥后来另外的原因使小说没有对弗洛伊德思想学说贯穿到底,但也已经表明鲁迅对弗洛伊德学说的熟稔和部分认同。鲁

---

　　① 〔奥〕西格蒙德·弗洛伊德:《弗洛伊德论美文选》,张唤民、陈伟奇译,上海:知识出版社 1987 年版,"译者序"第 9 页。

　　② 〔奥〕西格蒙德·弗洛伊德:《弗洛伊德论美文选》,张唤民、陈伟奇译,上海:知识出版社 1987 年版,"译者序"第 7 页。

　　③ 王宁:《弗洛伊德主义在中国现代文学中的影响与流变》,见王宁:《文学与精神分析学》,北京:人民文学出版社 2002 年版,第 83 页。

　　④ 《鲁迅全集》(第 2 卷),北京:人民文学出版社 2005 年版,第 353 页。

　　⑤ 鲁迅:《我怎么做起小说来》,见《鲁迅全集》(第 4 卷),北京:人民文学出版社 2005 年版,第 527 页。

　　⑥ 吴立昌:《鲁迅如何看待精神分析》,上海:《复旦学报》社科版 1986 年第 1 期。

迅运用性欲升华说创作最成功的作品是小说《肥皂》。小说主人公四铭是一个所谓道德君子,平时看不惯社会上伤风败俗的事情,可是一次,在大街上,他听到一个光棍对着一个领着老祖母讨饭的姑娘说,你别看这姑娘身上脏,领回家用肥皂"咯支咯支遍身洗一洗,好的很哩",就陡起意欲;不敢领姑娘去洗,就买肥皂准备回家洗自己老婆,可是嘴里还要责备街上光棍的流氓行为,等妻子听出他弦外之音,将他的肥皂扔到他脸上,小女儿也划着脸蛋羞他时,他的意欲才慢慢落下来,归于平静。1924 年 12 月,鲁迅翻译出版日本厨川白村的《苦闷的象征》,并受厨川白村影响,非常同意厨川白村所谓"我所最觉得不满意的是他(指弗洛伊德——引者)那将一切都归在'性底渴望'里的偏见,部分底单从一面来看事物的科学家癖",因为人的生命存在不只有性欲,而且首先还不是性欲,首先是"生",即厨川白村所谓"生命力"。鲁迅在《苦闷的象征》翻译本"引言"里高度评价说,厨川白村"据伯格森一流的科学,以进行不息的生命力为人类生活的根本,又从弗罗特一流的科学,寻出生命力的根柢来,即用以解释文艺——尤其是文学。然与旧说又小有不同,伯格森以未来为不可测,作者则以诗人为先知,弗罗特归生命力的根柢于性欲,作者则云即其力的突进和跳跃。这在目下同类的群书中,殆可以说,既异于科学家似的专断和哲学家似的玄虚,而且也并无一般文学论者的繁碎。作者自己就很有独创力的,于是此书也就成为一种创作,而对于文艺,即多有独到的见地和深切的会心"[1]。1925 年在《诗歌之敌》中又指出:"奥国的佛罗特一流专一用解剖刀来分割文艺,冷静到入了迷,至于不觉得自己的过度的穿凿附会者,也还是属于这一类。"[2]不过这不意味着鲁迅抛弃了弗洛伊德学说的影响,此时他创作的散文诗集《野草》中的"梦幻"书写已经被研究者指出受弗洛伊德启发,有的学者还认为整本的《野草》都是鲁迅力比多的升华[3]。另外,小说《明天》关于单四嫂子对蓝皮阿五想入非非的心理的描写,《兄弟》中对哥哥担心弟弟病逝后要承担抚养他两个孩子的心理的描写,无不受到弗洛伊德潜意识说的启发,这一点已为学界所公认。

其实,如果我们放开视野看,总体意义上的鲁迅及其文学又相当典型地引证了弗洛伊德的"一切文学均是性的升华"说。鲁迅曾经说:"因为不得已而过着独

---

① 《鲁迅全集》(第 10 卷),北京:人民文学出版社 2005 年版,第 257 页。
② 《鲁迅全集》(第 7 卷),北京:人民文学出版社 2005 年版,第 246 页。
③ 2000 年人民文学出版社出版李天明《难以直说的苦衷》,2004 年东方出版社出版胡尹强《鲁迅:为爱情作证:破译〈野草〉世纪之谜》,都专门探讨鲁迅《野草》与精神分析的关系问题,都认为《野草》是鲁迅运用弗洛伊德精神分析压抑与升华说的结晶,可参。

身生活者,则无论男女,精神上常不免发生变化,……生活既不合自然,心状也就大变,觉得世事都无味,人物都可憎。"①鲁迅这篇文章直接的目的是想暗讽当时主政北京女子师范大学的杨荫瑜的独身所造成的心理缺陷,如"执拗""猜疑""阴险"等,但不幸,这话用在鲁迅自己身上也未必不合适。正如王晓明在《无法直面的人生——鲁迅传》里所分析:"这些话虽有特定的指向,他对独身者的心理变态能有这样透彻的把握,显然是掺入了自己的切身体验。"②如人们所熟知,虽然鲁迅 1906 年就与朱安结婚,但他并不接受朱安,所以也一直单身,到他 1925 年发表《寡妇主义》这篇文章时已单身近 44 年,那么,他对旧世界的仇恨,对人生的态度兼及对文学的态度,不可能不受此影响。鲁迅常说"我的内心太黑暗",这个"黑暗"里应该包括正常的两性生活不能得到满足时其心意的颓唐和情意的灰暗。按照精神分析学说,鲁迅对世界、人生的失望、绝望和憎恨也包括因为单身而产生的失望、绝望和憎恨,他的伟大之处在于他成功地将这种个人私密化的意向和情感转移和升华了。鲁迅说他一生没有私仇,只有公仇,从社会层面看是不错的,但是从精神分析看来,是对潜意识的自我压制和回避。鲁迅一生只活 56 岁,其他原因我们不谈,鲁迅的"自我"对于"本我"的过分压抑应该是原因之一。鲁迅的社会价值在于"超我",在于"民族魂",他的心理和精神是升华了,但是这不表明他的个人身体化潜意识不存在。平时意识不到,照顾不到,去牺牲它甚至回避它,但是这都不表明它不存在。鲁迅说,"创作总根源于爱",爱而不得,自然是恨了,所以鲁迅对旧世界的决绝姿态和不屈斗争精神,正面的就是对于现代性的强烈呼唤,有很深的个人精神根源。另一面,鲁迅由父亲那里得来肺病,从年轻到病逝,曾四次大发作,每一次都要在床上躺一个月左右,说明他的身体状况很不好,这也影响到鲁迅对欲望审美的态度。鲁迅升华自己的需求,基本上只写民族、社会大题材,探讨民族、社会大问题,而很少碰触纯粹个人领域的人生。他对欲望的文学书写主要有四种:第一种是妖魔化,以《奔月》《肥皂》《高老夫子》为代表——《奔月》塑造了一个好吃懒做、贪得无厌、毁灭英雄的女性(嫦娥)形象;《肥皂》塑造了一个表面道貌岸然内里贪欲卑劣的伪君子形象;《高老夫子》则揭露更加卑下的伪君子的嘴脸。第二种是嘲笑,以《我的失恋》为代表,据说这首诗是因为鲁迅"看见当时'阿呀阿唷,我要死了'这类的失恋诗盛行,故意做一首'由

---

① 鲁迅:《寡妇主义》,见《鲁迅全集》(第 1 卷),北京:人民文学出版社 2005 年版,第 180 页。

② 王晓明:《无法直面的人生——鲁迅传》,上海:上海文艺出版社 1993 年版,第 47 页。

她去罢'收场的东西,开开玩笑的"①。第三种是揶揄,以《阿Q正传》为代表,对于阿Q突然向吴妈跪下,说"我和你困觉"表示批判中的同情,同情中的揶揄。第四种是回避,以小说《伤逝》为代表,把涓生与子君分手的原因全归为精神上、灵魂上的差异,而忽略两人身体之爱的作用。

周作人接受弗洛伊德精神分析理论,主要是通过蔼理斯。1937年,他在《关于自己》中说:"所读书中,于他(即周作人自己——引者)最有影响的是英国蔼理斯(Have lock Lllise)的著书。""关于文化批评方面的影响我却不得不感谢蔼理斯了。蔼理斯是医师,是性的心理研究专家,所著书自七大册的《性的心理》以至文艺思想社会问题都有,一总有三十册以上,我所得的从《新精神》至去年所出的《选集》共只二十七册。"1944年写《我的杂学》又说:"我学了英文,既不读莎士比亚,不见得有什么用处,但是可以读蔼理斯的原著,这时候我才觉得,当时在南京那几年洋文讲堂的功课可以算是并不白费了。性的心理给予我们许多事实与理论,这在别的性学大家如福勒耳,勃洛赫,鲍耶尔,凡特威耳特诸人的书里也可以得到,可是那从明净的观照出来的意见与论断,却不是别处所有,我所特别心服者就在此。""五四"时期写《文艺与道德》,开头言:"英国的蔼理斯不是专门的文艺批评家,实在是一个科学家,性的心理学之建设者,但他也作有批评文艺的书。……却纯从大处着眼,用了广大的心与致密的脑估量一切,其结果便能说出一番公平话来,与'批评家'之群所说的迥不相同,这不仅因为他能同时理解科学与艺术,实在是由于精神宽博的缘故。读他所著的《新精神》,《断言》,《感想录》以及《男女论》,《罪人论》,《性的心理研究》和《梦之世界》,随处遇见明智公正的话,令人心悦诚服。先前曾从《随想录》中抄译一节论猥亵的文章,在《绿洲》上介绍过,现在根据《断言》(Affirmations,1898)再抄录他的一点关于文艺与道德的意见。"在这篇文章里,周作人并无头巾气的道德论说,而是介绍蔼理斯对于一些表现性心理的文艺书的看法。按照蔼理斯的观点,18世纪被称为不道德的凯纱诺伐的放纵生活不是不道德,凯纱诺伐日记也"是一部艺术的好书,而且是很道德的"。因为凯纱诺伐"他以所爱妇女的悦乐为悦乐而不耽于她们的供奉,她们也似乎恳挚的认知他的爱术的工巧。凯纱诺伐爱过许多妇女,但不曾伤过几个人的心……一个道德纤维更细的人不会爱这许多女人,道德纤维更粗的人也不能使这许多女人仍是幸福"。显然,这里所谓道德与否不是按照传统标准来衡量

---

① 鲁迅:《我和〈语丝〉的始终》,见《鲁迅全集》(第4卷),北京:人民文学出版社2005年版,第170页。

的,而是按照现代标准来衡量的,因为现代坚持的不是陈腐的为维系封建宗法而设的道德,而是人的生命的发展是否健全的标准。也就是说,现代的道德是反传统道德的道德,而凯纱诺伐的生活及其日记也应如此看。这里,周作人表现出了多么大的眼界和心胸! 文章里,引蔼理斯的话:"艺术的效果大抵在于调弄这些我们机体内不用的纤维,因此使他们达到一种谐和的满足之状态,……艺术的道德化之力,并不在他能够造出我们经验的一个怯弱的模拟品,却在于他的超过我们经验以外的能力,能够满足而且调和我们本性中不曾满足的活力。"蔼理斯举例说:"精神病医生常述一种悲惨的疯狂病,为高洁的过着禁欲生活的老处女们所独有的。她们当初好像对于自己的境遇很满意,过了多少年后,却渐显出不可抑制的恼乱与色情冲动;那些生活上不用的分子,被关闭在心灵的窖里,几乎被忘却了,终于反叛起来,喧扰着要求满足。古代的狂宴——基督降诞节的腊祭,圣约翰节的中夏祭,——都证明古人很聪明的承认,日常道德的实生活的约束有时应当放松,使他不至于因为过紧而破裂。我们没有那狂宴了,但我们有艺术替代了他。"这实际上就是在解释弗洛伊德的性欲转移和升华说。40 年代,周作人大力提倡中庸,但此"中庸"与中国古代的中庸判然有别,因为他根据的还是蔼理斯的性欲调弄和节制说,其核心问题还在于关注生命健康,而不是反人道的封建传统。

　　如何看待茅盾《蚀》《子夜》、小说集《野蔷薇》中的情色书写? 过去指出受西方自然主义文学影响所致;后来看到也受当时上海都市文化氛围的诱导;但是,如果从茅盾自己的潜意识言,未尝没有"白日梦"的性质。作为左翼作家、精英作家,茅盾与鲁迅一样都将自己的个人欲望压抑、转移和升华了。换言之,某种程度上讲,性的潜意识还是决定了茅盾小说的情色格调。

　　将自己的情欲世界直接打开,暴露个体生命种种问题的是郁达夫。郭沫若在《论郁达夫》里称赞之:"他那大胆的自我暴露,对于深藏在千年万年的背甲里面的士大夫的虚伪,完全是一种暴风雨式的闪击,把一些假道学、假才子们震惊得至于狂怒了。为什么? 就因为有这样露骨的直率,使他们感受着作假的困难。"①郁达夫暴露的主要是个人情欲。郁达夫在《戏剧论》里说:"种种的情欲之间,最强有力的,直接摇动我们的内部生命的,是爱欲之情。诸本能之中,对我们的生命最危险而同时又最重要的,是性的本能。恋爱、性欲、结婚,这三种难关,

---

① 陈子善、王自立编:《郁达夫研究资料》,北京:知识产权出版社 2010 年版,第 76 页。

实在是我们人类的宿命的三种死的循环舞蹈。"①"性欲和死,是人生的两大根本问题,所以以这二者为材料的作品,其偏爱价值比一般的其他作品更大。"②性本能与死本能恰是弗洛伊德精神分析学说的核心内容。郁达夫一个创造性的开掘是深入弗洛伊德所说的性错综的领域,不少作品接触到了同性恋、虐恋(《茫茫夜》《她是一个弱女子》《过去》)等,相应的探讨到个体生命的灵肉冲突和二重人格问题。就是说,郁达夫小说暴露个人生命的情欲问题,但仍然没有解决生命的正常需要问题,因为压抑依然存在,这种压抑不仅来自外部因素,也来自内部因素。郁达夫通过写作达到转移、升华,而他笔下的主人公却始终没有完成这一步,所以生命只有扭曲、枯萎或沉沦了。郁达夫在日本留学时,弗洛伊德学说已经在日本广为流传,日文版的《弗洛伊德全集》也已出版③,日本私小说的形成一方面受惠于西方的自然主义,一方面也肯定受启发于弗洛伊德的精神分析,而郁达夫又深受日本私小说的影响。

李欧梵在《上海摩登》里说:"施蛰存可以被视为是中国第一个弗洛伊德论作家,因为他的有些故事完全是在弗洛伊德的范畴里建构的。"④施蛰存先读到与弗洛伊德同时代的奥地利精神分析大师施尼茨勒的小说,而后接触弗洛伊德的理论⑤。30 年代,施蛰存说,"想弄一点有趣味的轻文学"⑥,他所谓"轻文学"就是在认同世俗人生的基础上建构精神分析的小说。施蛰存不同意将他称为新感觉派小说家,他说他的小说"不过是应用了一些 Freudism 的心理小说而已"⑦。他的小说主要写男女的二重人格和围绕着性所产生的微妙、复杂以至于变态、扭曲的心理。其小说对于个人情欲世界的探索比郁达夫的小说远较细致入微和形式多样,但是他取消了郁达夫小说的家国情怀和超越意向。或者说,他更多的是在艺术形式本体上运用弗洛伊德精神分析学说的。《将军底头》《梅雨之夕》中的

① 郁达夫:《戏剧论》,见郁达夫《艺文私见》,上海:复旦大学出版社 2004 年版,第 93 页。

② 郁达夫:《文艺鉴赏上之偏爱价值》,见郁达夫《艺文私见》,上海:复旦大学出版社 2004 年版,第 116 页。

③ 李婉:《精神分析的中国之旅(1914—1949)》,石家庄:河北师范大学 2013 年硕士学位论文,第 74 页。

④ 李欧梵:《上海摩登——一种新都市文学在中国(1930—1949)》,毛尖译,北京:北京大学出版社 2001 年版,第 185 页。

⑤ 施蛰存:《为中国文坛擦亮"现代"的火花——答新加坡作家刘慧娟问》,见施蛰存《沙上的脚迹》,沈阳:辽宁教育出版社 1995 年版,第 175 页。

⑥ 1933 年 5 月 29 日施蛰存致戴望舒信,见孔另境编《现代作家书简》,广州:花城出版社 1982 年版,第 79 页。

⑦ 施蛰存:《我的创作生活之经历》,见施蛰存《十年创作集》,上海:华东师范大学出版社 1996 年版,第 804 页。

大部分小说均是典型的精神分析之作①，之后，《善女人品行》中的小说精神分析开始淡化，但还是主要特色。30 年代末，施蛰存曾用精神分析理论解读鲁迅小说《明天》，结果引起很大争议②。

徐訏1931 年北京大学哲学系毕业后又在北京大学心理学系进修两年，1936年去巴黎大学攻读哲学博士学位，也就是说，他对于弗洛伊德精神分析学说应该有专业的了解。影响所及，其创作自然也有明显的精神分析成分。其成名作《鬼恋》就是写压抑及其转移。女人受压抑的结果是做了"女鬼"，与"我"的一场未了情则满蓄着无法实现的生命欲望的悲怆。小说《旧神》写一个女子从底层出来，走上体面的生活，这个过程中，她的欲望逐渐膨胀，然而她驾取不了生活的变幻，就寻机杀人。小说没有将这一题材处理成一个一般的欲望问题，而是作为深层心理问题对待，就是作品写出女主人公走到杀人犯罪这一步是一个心理畸变的过程、不知不觉的过程。换言之，作品告诉人们，小说里，不是女主人公杀人，是欲望潜意识杀人。《精神病患者的悲歌》写贵族人家小姐白蒂受家庭严格规范和古堡气氛压抑精神失常，"我"作为精神病医生助手住进这个家庭，并负责观察、照顾白蒂小姐；过程中，白蒂小姐慢慢向"我"敞开心灵，"我"与她产生感情，但是因为她的高傲"我"产生自卑心理，去爱白蒂小姐的女仆海兰，其实"我"是心理错乱。最后，海兰为了成就"我"与白蒂小姐而自杀，"我"终于走出阴影，心灵升华，决心献身于精神病医院；而白蒂小姐则进修道院皈依了上帝。徐訏前期创作古希腊文学影响明显，后期现代主义成分加重，风格由绚烂归为朴素，但精神分析不仅没有减少，反而成为其现代主义人生困境表达的主要支撑。

---

① 在《将军底头·自序》里，施蛰存曾交代："《鸠摩罗什》是写道和爱的冲突，《将军底头》却写种族和爱的冲突了。至于《石秀》一篇，我是只用力在描写一种性欲心理，而最后的《阿褴公主》，则目的只简单地在乎把一个美丽的故事复活在我们眼前。"可参见施蛰存：《十年创作集》，上海：华东师范大学出版社1996 年版，第 793 页。

② 张克：《施蛰存评论鲁迅小说〈明天〉一事的文献问题》，北京：《鲁迅研究月刊》2014 年第 6 期。

第三章

浙江现代文学中都市书写的特质

前两章,是就浙江现代文学中的都市书写本身探讨,多属于文本内部的研究。从这两章,不难发现,浙江现代文学都市书写视野宏阔,内容宏富,可以说将都市人生、艺术的各个方面均照顾到了,而且不同观念下的都市书写呈现不同的价值判断。那么,进一步,将浙江现代文学都市书写放在整个现代文学史上审视,它会有怎样的地位和面貌呢?王嘉良在《地域视阈的文学话语》里说,20世纪文学浙军实为20世纪中国文学的领军力量,它的经验值得总结推广①。鉴于此,这一章拟将视野进一步放大,并注意总结浙江现代文学都市书写的艺术特质。

第一节　都市文学观念的前卫性

前面我们已经提及,中国现代文学,三分天下,浙江现代作家有其一,甚至有占取半壁天下之美誉。浙江现代作家在中国现代文学的各个方面均有显明的开创性贡献,正如黄健在《"两浙"作家与中国新文学》中所言:"'两浙'作家总是以'弄潮儿'的前卫姿态,出现在新文学的文坛上,担纲起引领潮流,艺术创新的历史重任。"②自然,对于中国现代都市文学而言,也不例外。或者说,浙江现代作家不仅在中国现代都市文学创作方面有丰富的开创之功,而且积极进行理论探讨,为今后中国现代都市文学发展提出了积极建议。考虑到中国现代都市文学

---

① 王嘉良:《地域视阈的文学话语》,上海:上海文艺出版社2011年版,第124页。
② 黄健:《"两浙"作家与中国新文学》,杭州:浙江大学出版社2008年版,第299页。

理论建设之先天不足,浙江现代作家有关方面的探索实值得强调。

一、"现代的诗"观念的前卫性

由于百年来中国人所迎接的"现代"不是中国土壤上自然生成的,所以,中国人对于这一"现代"始终缺乏足够的认识;具体到"现代的诗"的创作和建设上,中国人一直表示看不懂和做不来。这也很正常,问题在于中国现代文学要融入世界文学的洪流,就不能不关注世界现代文学的发展,而要与世界同步,就必须先理解何谓"现代文学",譬如理解何谓"现代的诗"。呼应时代的诉求,施蛰存做了积极回答。

施蛰存最早的文学兴趣是诗歌,所以,1932 年 5 月 1 日《现代》创刊,他担任主编后,马上发表大量中外诗歌。据统计,创刊号发表了安簃(施蛰存笔名)翻译的"叶芝诗抄"7 首:《木叶之凋零》《水中小岛》《茵尼思弗梨之湖洲》《恋之悲哀》《酒之歌》《他希望着天衣》《柯尔湖上之野凫》;戴望舒"诗五篇":《过时》《印象》《前夜》《款步》《有赠》。第 2 期发表陈御月(戴望舒笔名)翻译"核佛而第诗抄"5 首:《心灵出去》《假门或肖像》《白与黑》《同样的数目》《夜深》;他自己"意象抒情诗"5 首:《桥洞》《祝英台》《夏日小景》《银鱼》《卫生》。第 3 期发表安簃翻译的"美国三女流诗抄"共 7 首,包括陶立德尔女史三章:《池沼》《山魈》《月上》;史考德女史二章:《热带之月》《冬季之月》;罗慧儿女史二章:《某夫人》《赠遣》;又发表戴望舒"诗四篇":《游子谣》《秋蝇》《夜行者》《微辞》。第 4 期发表刘呐鸥译的"日本新诗人诗抄"6 首,包括天野隆一《六月横滨风景》、后藤楢根《满月思慕》、乾直惠《丘上》、大塚敬节《真生颂》、冈村须磨子《冰雨的春天》、田中冬二《吃饭》;朱湘"诗二首":《圉兜儿(Rondel)》《雨》;严敦易"诗二首":《索居》《费话》。第 5 期发表戴望舒译的法国象征主义诗人特·果尔蒙"西茉纳集"11 首:《发》《山楂》《冬青》《雾》《雪》《死叶》《河》《果树园》《园》《磨坊》《教堂》;莪伽(艾青笔名)"诗三篇":《当黎明穿上了白衣》《那边》《阳光在远处》。第 6 期发表戴望舒"诗二首":《妾薄命》《无题》;何其芳"诗二首":《季候病》《有忆》。第 2 卷第 1 期的创作增大号,发表郭沫若"诗二首":《夜半》《牧歌》;李金发"夜雨孤坐听乐外二章":《夜雨孤坐听乐》《月夜》《忆上海》;戴望舒"乐园鸟及其他"4 首:《乐园鸟》《寻梦者》《灯》《深闭的园子》;他自己"九月诗抄"3 首:《嫌厌》《桃色的云》《秋夜之檐溜》;同时刊发了戴望舒的《望舒诗论》。第 3 卷第 1 期发表施蛰存和徐霞村合译美国芝加哥都市诗人"桑德堡诗抄"9 首:《夜》《前题》《南太平洋铁路》《特等快车》《钢的祈祷》《芝加哥》《帽子》《工女》《嘉莱市长》,并同页面刊载施蛰存写的《芝加哥诗人卡尔·桑德堡》，称赞芝加哥是"这资本主义发展到极度的大都市"，桑德堡则是将"这大城市的一切品性"表现出来的诗人。同期，还刊载有艾青的《芦笛》。第3卷第4期发表杜衡《望舒草序》，借戴望舒第二本诗集《望舒草》的出版对其诗作的象征主义艺术特色做了及时的总结。至此，戴望舒和施蛰存最重要的诗歌均已面世，相应的诗歌理论也已经成形，不少青年诗人受戴望舒等影响写出风格和趣味相近的诗歌投稿于《现代》，现代诗派就要浮出历史地表。可同时，读者对《现代》上的诗歌的责备也越来越频繁，主要是反映"看不懂"，不理解《现代》为什么登载那么多这样的诗歌。对此，施蛰存在《社中座谈》中多次进行解释，最有名的就是发表在《现代》第4卷第1期《文艺独白》里的《又关于本刊的诗》，这篇短文实际上无异于中国"现代的诗"的宣言书①。

> 《现代》中的诗是诗，而且纯然是现代的诗。它们是现代人在现代生活中所感受到现代的情绪用现代的辞藻排列成的现代的诗形。
>
> 所谓现代生活，这里面包括着各式各样的独特的形态：汇集着大船舶的港湾，轰响着噪音的工场，深入地下的矿坑，奏着Jazz乐的舞场，摩天楼的百货店，飞机的空中战，广大的竞马场……甚至连自然景物也和前代的不同了，这种生活所给予我们的诗人的感情，难道会与上代诗人从他们的生活中所得到的感情相同吗？
>
> 《现代》中有许多诗的作者曾在他们的诗篇中来用一些比较生疏的古字，或甚至是所谓"文言文"中的虚字，但他们并不是在有意地"搜扬古董"。对于这些字，他们并没有"古"的或"文言"的观念。只要适宜于表达一个意义，一种情绪，或甚至是完成一个音节，他们就采用了这些字。所以我说它们是现代的词藻。
>
> 胡适之先生的新诗运动，帮助我们打破了中国旧体诗的传统。但是从胡适之先生一直到现在为止的新诗研究者却不自觉地堕入于西洋旧体诗的传统中。他们以为诗应该是有整齐的用韵法的，至少该有整齐的诗节。于是乎十四行诗，"方块诗"，也还有人紧守规范填做着。这与填词有什么分别呢？《现代》中的诗人多数是没有韵的，句子也很不整齐，但它们都有相当完美的肌理（Texture）。它们是现代的诗形，是诗！（有一部分诗人主张利用"小放牛""五更调"之类的民间小曲作新诗，以期大众化，这乃是民间小曲的革新，并不是诗的进步。）

---

① 杨扬、陈树萍、王鹏飞：《海派文学》，上海：文汇出版社2008年版，第138页。

　　这里,施蛰存所理解的"现代的诗"实际上就是现代都市诗。第一小节是对"现代的诗"的总体特征进行概括。第二小节是解释"现代的诗"的审美内涵,所谓"现代的诗"应该表现"汇集着大船舶的港湾,轰响着噪音的工场,深入地下的矿坑,奏着 Jazz 乐的舞场,摩天楼的百货店,飞机的空中战,广大的竞马场……甚至连自然景物也和前代的不同了"。这种生活场景的捕捉与表述自然让人想起未来主义的诗歌,想起刘呐鸥所说的:"我不说 Romance 是无用,可是在我们现代人,Romance 究未免缘稍远了。我要 faire des Romances,我要做梦,可是不能了。电车太噪闹了,本来是仓青色的天空,被工厂的炭烟布得黑濛濛了,云雀的声音也听不见了。缪塞们,拿着断弦的琴,不知道飞到那儿去了。那么现代的生活里没有美吗? 那里,有的,不过形式换了罢,我们没有 Romance,没有古城里吹着号角的声音,可是我们却有 thrill,carnal intoxication,这就是我说的近代主义,至于 thrill 和 carnal intoxication,就是战栗和肉的沉醉。"①这里,刘呐鸥所见视野不免偏狭,所论之精神价值取向也不够高雅,但是有一点与施蛰存所提倡的"现代的诗"相近或相同,即都要求关注现代都市人生在审美上的诉求,都呼吁现代艺术的都市性,从文学审美内涵上讲,就是前卫性。当时海派文人张若谷在《艺术的都会性》里也谈到:"最近的艺术,像未来派表现派等的艺术,都是表现那种动乱的,不安的,刺激的都市的情调,用了那电车,汽车,活动电影,淫荡的妖妇这些东西来替代那些田畴,乡村,水面,帆影,纯洁的处女等,作为画面的题材。一切的艺术家都从山水怀里跳了出来,积聚在大都会里……"②由于中国现代工业文明并不发达,都市人生也不充分,所以施蛰存、刘呐鸥、张若谷们的提倡虽然也有高下之分,但是都显示超前性、前卫性。事实上,当时在《现代》《无轨列车》《新文艺》等新感觉派和现代诗派作家群所主编的刊物上发表的诗歌也绝大多数都不是都市题材,要么是乡村题材,要么是诗人虚构的能够寄载其精神审美的象征性时空和风物,总之不是正面的实际的都市人生。据粗略统计,《现代》《无轨列车》《新文艺》上总共发表翻译诗歌 106 首,其中都市诗仅有 39 首;发表中国现代诗人创作诗歌 265 首,其中仅有都市诗 60 首。换言之,以戴望舒为代表的象征主义诗歌流派与施蛰存所提倡的"现代的诗"还有一定距离。施蛰存在后来的访谈中明确指出:"都会并不是指所有在都市的人都是都市人。为什么戴望舒喜欢法国几个象征主义诗人像耶麦、保罗·福尔等,他们用象征的手法,但

──────────

① 1926 年 11 月 10 日刘呐鸥致戴望舒信,见孔另境编:《现代作家书简》,广州:花城出版社 1982 年版,第 185 页。

② 张若谷:《战争·饮食·男女》,上海:良友图书印刷公司 1933 年版,第 90 页。

是思想感性的基础是田园的,他们并不描写巴黎,他们都描写平静的教堂、牧牛等,但是他们用象征的手法。我们不能说象征诗人都是都市诗人,象征派也要分散的,部分诗人才跟都市结合。"①第三、四小节论及"现代的诗"的语言和形式,这一点戴望舒的诗做到了,他在《望舒诗论》开头即谈:"诗不能借重音乐,它应该去了音乐的成分。""诗的韵律不在字的抑扬顿挫上,而在诗的情绪的抑扬顿挫上,即在诗情的程度上。"戴望舒的诗正是现代词汇里夹杂着古典词汇,而且没有固定的文体形式。戴望舒的诗后来加强了对现代人生的表现力度,如《寻梦者》《乐园鸟》等都表现了现代人生的孤独、迷茫、困惑、自嘲,但是依然距离现代都市人生较远。他的审美现代性主要表现在对于西方象征主义的学习上,而不是对于都市文学的认同上,正如其在《望舒诗论》里所说:"诗是由真实经过想像而出来的,不单是真实,亦不单是想像。"难怪刘呐鸥劝他从精神方面离都市再近一些。② 也许是为了理论与实践更好地结合,《现代》从第 4 卷开始努力增加对都市诗的发表,如第 4 卷第 1 期有王一心的《颓废》和李心若的《音乐风》,第 4 期有番草的《水手》、苏俗的《街头的女儿》,第 5 期有李心若的《失业者》、莪伽的《病监》,第 6 期有陈江帆的《公寓》;第 5 卷第 1 期有玲君的《乐音之感谢》《公园里的一张椅》、路易士的《给音乐家》和徐迟的"《诗拔萃》4 首":《MEANDER》《七色之白昼》《微雨之街》《都会的满月》,第 2 期有莪伽的《搏动》,第 3 期有林庚的《春天的心》和钱君匋的《夜的舞会》,第 4 期有玲君的《白俄少女的 Guitar》,第 5 期有吴汶的《七月的疯狂》、宗植的《初到都市》《夏之夜》;第 6 卷第 1 期有陈江帆的《麦酒及其他》组诗:《麦酒》《减价的不良症》《海关钟》《都会的版图(一作新堤)》《街》《秋风》。《现代》第 1、2 卷由施蛰存独立编辑,第 3 卷开始,杜衡加入编辑,第 6 卷第 1 期之后,两人同时退出。第 6 卷第 2 期打出"革新号"的旗子,其实到第 4 期就终刊了。第 6 卷第 2—4 期也几乎不再有诗歌发表。正如葛飞所言,施蛰存乐意为都市诗提供发表平台③。从此可看出施蛰存、杜衡等浙籍作家诗歌思想理念的前卫性和对中国"现代的诗"发展的努力。今后,王瑶编《中国新文学史稿》就将《又关于本刊的诗》一文作为 30 年代"现代派"诗歌的理论纲领,钱理群、温儒敏和吴福辉合著《中国现代文学三十年》"前言"在解释何谓"现代文学"

---

① 施蛰存:《中国现代主义的曙光——答台湾作家郑明娳、林耀德问》,见施蛰存:《沙上的脚迹》,沈阳:辽宁教育出版社 1995 年版,第 170 页。

② 1932 年 7 月 8 日刘呐鸥致戴望舒信,见孔另镜:《现代作家书简》,广州:花城出版社 1982 年版,第 186 页。

③ 葛飞:《新感觉派小说与现代派诗歌的互动与共生——以〈无轨列车〉、〈新文艺〉与〈现代〉为中心》,北京:《中国现代文学研究丛刊》2002 年第 1 期。

时也采用《又关于本刊的诗》中解释何为"现代的诗"时的思维方式和语言表达方式，可见施蛰存等关于"现代的诗"的理想观念影响之深远。

中国现代派诗歌，20世纪20年代中期由早期象征派诗人李金发发轫，30年代初中期由施蛰存正式打出"现代的诗"的大旗，戴望舒等在象征主义诗歌艺术上取得成熟，但从理论上更加高远深入、诗歌创作上取得更大成就，并标志着中国"现代的诗"走向新的阶段，还要到40年代袁可嘉的"新诗现代化"理论和穆旦为代表的"九叶派"诗歌。就诗歌理论观念讲，袁可嘉1946年冬到1948年底，撰写系列论文先后发表在当时天津和上海《大公报》星期文艺、天津《益世报》文学周刊、上海商务印书馆《文学杂志》《诗创造》和《中国新诗》上，粉碎"四人帮"之后，由文艺界和教育界师友帮助，1988年出版《论新诗现代化》，标志着"现代的诗"理论的最高水平。

在《论新诗现代化》里，袁可嘉没有用"现代的诗"这样的表述，但是他提倡的"新诗现代化"与施蛰存的"现代的诗"的理论都强调新诗与"现代"的关联，实为一脉相承之作。区别在于，施蛰存的诗歌理论建立在海派文学审美追求上，对工业文明基础之上的世俗都市质疑、批判的同时也流露出认同和迷恋，所谓今后准备"弄一点有趣味的轻文学"，即为题中之意；而袁可嘉的诗歌理论审美追求属于精英文学范畴，对工业文明基础之上的世俗都市主要是质疑和批判，更不可能有海派那样的认同或迷恋。换言之，施蛰存的审美追求是社会现代性与审美现代性的同时存在，造成相互消解、矛盾和张力，袁可嘉的审美追求则主要是审美现代性的，对社会现代性的态度与西方现代派文学一样而取超越和批判态度。如此，袁可嘉诗歌理论的"现代化"与都市的关联也只在审美内部彰显。尽管如此，他所提出的"新诗现代化""新诗戏剧化"、新诗"民主"化等，依然与现代都市有割不断的因缘。归根结底，现代都市不仅有世俗的一面，而且有超越世俗的一面，因为精英知识阶层和精英文学的存在和发展本身就是都市高雅性的呈现。

袁可嘉在《新诗现代化——新传统的寻求》中指出："无论在诗歌批评，诗作的主题意识与表现方法三方面，现代诗歌都显出高度综合的性质：批评以立恰慈的著作为核心，有'最大量意识状态'理论的提出；认为艺术作品的意义与作用全在它对人生经验的推广加深，及最大可能量意识活动的获致，而不在对舍此以外的任何虚幻的（如为艺术而艺术的学说）或具体的（如以艺术为政争工具的说法）目的的服役"[1]。在《新诗现代化的再分析——技术诸平面的透视》里，他也在

---

[1] 袁可嘉：《论新诗现代化》，北京：生活·读书·新知三联书店1988年版，第3页。

讲:"新诗现代化的要求完全植基于现代人最大量意识状态的心理认识"①。"现代诗人从事创作所遭遇的第一个难题,是如何在种种艺术媒剂的先天限制之中,恰当而有效地传达最大量的经验活动"②。从袁可嘉的论述看,新诗的价值决定于新诗获取"最大量意识活动"的多少和高低(即量与质)。那么,他所谓"最大量意识活动"内涵究竟是怎样的呢?这从两个方面分析,一是从社会学的角度,认为,现代社会应该是民主社会,现代文化也应该是"民主文化"。"最普通的误解是将民主只看作狭隘的一种政治制度,而非全面的一种文化模式或内在的一种意识状态;将诗只看作推进政治运动的工具而非创造民主文化和意识的有机部分。这样看法下所能得到的结论是显而易见的:因为民主只指某一形式的政治制度,而诗又只是政治工具,那么在目前我们底处境中,除政治的宣传外,应该举国无诗;这个逻辑的推理中所包含的狭隘性、排斥性、简化性、感伤性、机械性恰好与民主作为文化形态时所要求的辩证性、包含性、戏剧性、复杂性、创造性、有机性、现代性,构成尖锐的对照,本来意在民主的却终于危险地倾向不民主了"③。"这样看来,无论把民主定义为外观的文化模式或内在的意识形态,它都具有下述的几种特性:它是辩证的(从不同产生和谐),包含的(有关的因素都有独立的地位),戏剧的(通过矛盾冲突而得到平衡),复杂的(因有不同存在),创造的(各部分都有充分生机),有机的(以部分配合全体而不失去独立性),现代的,而非直线的,简化的,排它的,反映的,机械的和原始的。"④作为对这样人生进行审美的"现代化的诗(也必然)是辩证的(作曲线行进),包含的(包含可能溶入诗中的种种经验),戏剧的(从矛盾到和谐),复杂的(因此有时也就晦涩的),创造的('诗是象征的行为'),有机的,现代的。"⑤二是从现代心理学的角度,指出:"现代的心理学家说,所谓人生不过是前后绵连的'意识流'的总和,而意识流也不过是一串刺激与反应的连续、修正和配合。各种不同的刺激引起各种不同的反应,既有不同,就必有冲突矛盾,而如何协调这些矛盾冲突的冲动(刺激+反应)便成

---

① 袁可嘉:《论新诗现代化》,北京:生活·读书·新知三联书店 1988 年版,第 10 页。

② 袁可嘉:《论新诗现代化》,北京:生活·读书·新知三联书店 1988 年版,第 11 页。

③ 袁可嘉:《诗与民主——五论新诗现代化》,见袁可嘉:《论新诗现代化》,北京:生活·读书·新知三联书店 1988 年版,第 40-41 页。

④ 袁可嘉:《诗与民主——五论新诗现代化》,见袁可嘉:《论新诗现代化》,北京:生活·读书·新知三联书店 1988 年版,第 42 页。

⑤ 袁可嘉:《诗与民主——五论新诗现代化》,见袁可嘉:《论新诗现代化》,北京:生活·读书·新知三联书店 1988 年版,第 43 页。

为人生的不二任务。"①"人生价值的高低即决定于调和冲动的能力,那么能调和最大量,最优秀的冲动的心神状态必是人生最可贵的境界了。这就是他们所谓'最大量的意识状态'"②。能蕴含这种"最大量的意识状态"的新诗无疑也是最上乘的诗,即实现了"新诗现代化",也就是将"现代的诗"推入新的历史阶段,它的实现途径是"新诗戏剧化"——"人生经验的本身是戏剧的(即是充满从矛盾求统一的辩证的),诗动力的想象也有综合矛盾因素的能力,而诗的语言又有象征性,行动性,那么所谓诗岂不是彻头彻尾的戏剧行为吗? 我们再重复一遍:诗所起用的素材是戏剧的,诗的动力是戏剧的,而诗的媒介又如此富有戏剧性,那么诗作形成后的模式岂能不是戏剧的吗?"③通过梳理,不难发现,袁可嘉所谓"新诗现代化""新诗戏剧化",是对中外诗歌史上单一的封闭的个人抒情的疏离,也是对当时中国诗歌过于直露、武断、表面化的政治说教的疏离。

袁可嘉新诗理论的根基是现代意义上的"人的文学"④,必然要求新诗自主又包容,自守又开放,因袭而创造,具体而宏阔;必然是情、理、智、欲的综合协调和多视角、多角色的戏剧化表达(所谓"现实、象征、玄学的新的综合")。如此,就无法不承认袁可嘉的"新诗现代化"理论观念与都市性文学审美具有密不可分的内在关联,因为所有这些审美因素的养成都离不开现代都市,也只有在现代都市里才可能有这样开放、多元、民主、立体、有机、繁复的审美追求。换言之,袁可嘉的这一理论显豁了都市性文学审美的一些关键特征。事实上,在西方文学史上,现代主义与都会主义往往是交融、复合的,因为二者同时是现代都市(作为人类文明的最高级形态)发展到峰顶的产物,是一个母亲所生的两个儿子。正如英国学者布雷德伯里所指出:"十九世纪末兴起并发展到今天的实验性现代主义文学,从许多方面看都是城市的艺术尤其是多语种城市的艺术";"现代主义是大城市的艺术",是"为极少数具有高度审美力的人而创作的艺术",它们往往应照"城市复杂而紧张的生活气息,这仍是现代意识和现代创作的深刻基础"⑤。袁可嘉

① 袁可嘉:《谈戏剧主义——四论新诗现代化》,见袁可嘉:《论新诗现代化》,北京:生活·读书·新知三联书店1988年版,第31页。
② 袁可嘉:《谈戏剧主义——四论新诗现代化》,见袁可嘉:《论新诗现代化》,北京:生活·读书·新知三联书店1988年版,第32页。
③ 袁可嘉:《谈戏剧主义——四论新诗现代化》,见袁可嘉:《论新诗现代化》,北京:生活·读书·新知三联书店1988年版,第34页。
④ 袁可嘉:《诗与民主——五论新诗现代化》,见袁可嘉:《论新诗现代化》,北京:生活·读书·新知三联书店1988年版,第113-114页。
⑤ [英]马尔科姆·布雷德伯里:《现代主义的城市》,见[英]马尔科姆·布雷德伯里、詹·麦克法兰编:《现代主义》,胡家峦等译,上海:上海外语教育出版社1992年版,第76-81页。

在探讨新诗获取"最大量意识状态"的途径时举例说,乔伊斯的《尤力西斯》代表"极度的扩展"的一路,它"以二十五万字的篇幅写一天平常生活",而艾略特的《荒原》代表"极度的凝缩"的一路,它"则以……寥寥四百行反映整个现代文明,人生,社会"①,而乔伊斯的《尤利西斯》和艾略特的《荒原》均在对现代文明深刻反思的同时也表达了对西方现代都市人生的审美呼应,从而成为西方现代都市文学的经典之作。如利罕所评:"乔伊斯的《尤利西斯》(Ulysses),艾略特的《荒原》(The Waste Land),……所有这些作品都将古代城市与现代城市叠加在一起,抛弃奥古斯丁的线性时间,代之以对历史的循环观解释。这样的解释与庞德的'重复'('repeat')和艾略特的'正在倾坍的塔'('falling towers')主题刚好一致,也与现代记忆和城市'再现'('re-presentation')的模式相一致。"②体现了袁可嘉"新诗现代化"诗歌理念的"九叶派"诗人的诗歌虽然没有乔伊斯《尤利西斯》和艾略特《荒原》那样深广的历史性和复杂多元的人性倾向,但是他们不少诗歌"有一个明显的特征,即城市化倾向"③,从而在实践上将"新诗现代化"向前推进了一步,却是毋庸置疑的。如穆旦的短诗《春》虽然写的是作为自然现象的"春",但这个"春"被赋予强烈的都市审美蕴含,那就是等待、将要、必然解禁和释放的生命欲望。它把自然的欲望意旨与都市文明的欲望意旨巧妙地连接、融合在一起,由欲望到思想、由身体到精神,充分显示他创作中"带电的肉体""用身体去思考"的"现实、象征、玄学"的综合的审美向度。《诗八首》也是这样,借自然界的"客观关联物"表达只有在都市才有的现代人对爱恋的复杂、多元、不乏悖论和嘲讽性的感受和思考。《城市的舞》是最直接的都市之歌,它表达都市文明的机械性对于人的压抑和人性的异化,但是诗篇上来就指明是"我们已跳进这城市的回旋的舞",换言之,现代城市机械文明对于人的压抑和人性的异化,不仅是城市本身的客观无情所带来的,而且是人类自己的主观愿景所招致的;如此一来,诗篇开头和结尾的反复追问:"为什么? 为什么?"就不仅指向外界,更是指向人自身,因为人无法推脱自我毁灭的责任。与此相适应,诗篇也采取了圆形结构,即封闭的结构,象征人永远因为自身缺陷而走不出去的生存困境。这样复杂、多元、综合、象征的审美观照必然体现对"新诗现代化""新诗戏剧化"的追求。对于

---

① 袁可嘉:《新诗现代化的再分析——技术诸平面的透视》,见袁可嘉:《论新诗现代化》,北京:生活·读书·新知三联书店 1988 年版,第 11 页。

② [美]理查德·利罕:《文学中的城市——知识与文化的历史》,上海:上海人民出版社 2009 年版,第 24 页。

③ 尹燕:《九叶诗派抗战时期的"新诗现代化"构想与艾略特影响》,重庆:重庆师范大学 2007 年度硕士学位论文,第 17 页。

长期生活在缺乏民主的国度、对真正的"民主文化"尚无切实审美感受的国人而言，"最大量意识状态"的诗歌理论已经相当前卫和陌生，而与袁可嘉"新诗现代化"理论相协调而产生的穆旦等人的诗歌又凸显理知化、"非诗化"和客观象征的审美意向，他们这一派的诗歌更不为普通读者所理解和接受，也就是意料之中的事了。而恰恰这样的诗歌理论才是真正的"现代的诗"的理论，这样的诗才是真正现代派的诗。

二、"都市文学"观念的前卫性

由于中国是后发展国家，农业文明依然是主要的文明形态，都市人生进入文学审美依然是一个陌生的话题。直到今天，中国的文学创作依然是农业题材居多，而都市题材则甚少；就是研究界，也相对重视乡土文学的研究，而缺乏鲜明的都市审美意识。如有的学者讨论茅盾 1927 年写的《鲁迅论》，肯定鲁迅对于老中国儿女人生的深刻描绘，但是无意识于茅盾对于鲁迅文学缺陷——即鲁迅的文学里"没有都市，没有都市中青年们的心的跳动"——的显露①。如此情况下，浙籍作家对于"都市文学"的提出及其内涵的界定就显得特别难能可贵。

其实，中国现代文学史上，最早提出"都会诗人"概念的还是鲁迅。1926 年 7 月，他撰写《〈十二个〉后记》，随同年 8 月北新书局出版的中译本《十二个》出版，其中盛赞苏联象征派诗人勃洛克"从一九〇四年发表了最初的象征诗集《美的女人之歌》起，……便被称为现代都会诗人的第一人了。他之为都会诗人的特色，是在用空想，即诗底幻想的眼，照见都会中的日常生活，将那朦胧的印象，加以象征化。将精气吹入所描写的事象里，使它苏生；也就是在庸俗的生活，尘嚣的市街中，发见诗歌底要素。所以勃洛克所擅长者，是在取卑俗，热闹，杂沓的材料，造成一篇神秘底写实的诗歌。／我们有馆阁诗人，山林诗人，花月诗人；……但是没有都会诗人"②。显然，在鲁迅看来，都市诗歌不回避都市人生的"卑俗，热闹，杂沓"，是这种"都市中的日常生活"的审美观照和象征性表达。看看今后中国现代都市文学的发展演变，我们不能不佩服鲁迅的眼光和断言。

最早运用"都市的文学"概念的是杜衡。1933 年 2 月，针对当时左翼文学界对穆时英文学的批评和谩骂，他在《现代出版界》第 9 期发表《关于穆时英的创作》，对穆时英的创作给以客观评价，认为穆时英的小说形式上是好的，每一篇都能给人新鲜的感觉；即使有错误，也应该说属于青年作家的错误，应该允许改正，

① 张大明：《中国左翼文学编年史》，北京：社会科学文献出版社 2013 年版，第 125 页。

② 鲁迅：《〈十二个〉后记》，见《鲁迅全集》（第 7 卷），北京：人民文学出版社 2015 年版，第 311 页。

不可一棍子打死。文章特别指出:"中国是有都市而没有描写都市的文学,或是描写了都市而没有采取了适合这种描写的方法。在这方面,刘呐鸥算是开了一个端,但是他没有好好继续下去,而且他的作品还有着'非中国的'即'非现实的'缺点。能够避免这缺点而继续努力的,这是时英。"①今天看,杜衡是有眼光的。杜衡还有一评价常为今天的人们所引用,就是对早期艾青诗作的评价——他认为早期艾青有两个,一个是"暴乱的革命者",一个是"耽美的艺术家",而两个都与西方唯美—颓废主义文学有关联。这一评价随着艾青思想和诗作的逐渐进步(左倾)而渐被人们所忽略,特别是 1940 年杜衡投靠了国民党,人们更尽量不用他的评论;艾青后来也一再回避他的评论,甚至对他进行文字污名化,但是超出个人情感,从文学史的客观角度看,杜衡的评价是敏感的、超前的、站得住脚的,只是作家也会不断发展变化,这一评价不能用在艾青一生的创作历程上。

赋予"都市文学"这一概念新的内涵的是茅盾。1933 年 3 月,他撰写《都市文学》一文,不仅高屋建瓴地提出"都市文学"的概念,而且特别强调"参加生产的劳动者的……都市文学"。说,现在上海人口已达 300 万,但工业发展不容乐观。"上海是'发展'了,但发展的不是工业的生产的上海,而是百货商店的跳舞场电影院咖啡馆的娱乐的消费的上海!上海是发展了,但是畸形的发展,生产缩小,消费膨胀!/这畸形的现象也反映在那些以上海人生为对象的都市文学。/消费和享乐是我们的都市文学的主要色调。大多数的人物是有闲阶级的消费者,阔少爷,大学生,以至流浪的知识分子;大多数人物活动的场所是咖啡店,电影院,公园;跳舞场的爵士音乐代替了工场中机械的喧闹,霞飞路上的彳亍代替了码头上的忙碌。……我们有很多坐在咖啡杯旁的消费者的描写,但是站在机器旁边流汗的劳动者的姿态却描写得太少;我们有很多的失业知识分子坐在亭子间里发牢骚的描写,但是我们太少了劳动者在生产关系中被剥削到只剩一张皮的描写。"为了改变这一现状,茅盾呼吁"必先有作家的生活的开拓",因为"我们目前的都市文学实在也是作家一部分生活的反映。到作家的生活能够和生产组织密切的时候,我们这畸形的都市文学才能够一新面目"②。茅盾这一都市文学观念应该有日本藏原惟人《新艺术形式的探求——关于普鲁艺术当面的问题》的影响。在这篇文章里,藏原惟人认为未来主义对机械的赞颂、表现主义对机械的否定都是抽象的形而上的,都没有与生产结合起来,而实际上要避免审美上的盲目

---

① 杜衡:《关于穆时英的创作》,见严家炎、李今编:《穆时英全集》(第三卷),北京:北京十月文艺出版社 2008 年版,第 424 页。

② 茅盾:《茅盾散文集》,上海:天马书店 1933 年版,第 37-38 页。

性、空疏性甚至虚假性,新的文学艺术家特别是普罗文学艺术家"应该接近生产,而从那儿摄得近代工业的感觉"①。在藏原惟人那里,机械是有重大意义的,但是它也只能是工具,不是目的;目的还在于创造新的历史和生活。可以说,这正是左翼文学家对都市机械文明的态度和理解。茅盾的"都市文学"概念矫正了当时中国都市文学发展的偏向,扩展了中国现代都市文学的审美内涵,在引导中国现代都市文学走向健康的路上具有重大意义。同时,它也标志着中国现代都市文学概念的多元化和日趋成熟。

第二节　都市文学范型的开创性

"范型"即典范、模式。文学范型的出现意味着文学创作个性、风格的成熟。文学范型具有原创性,它一旦拥有生命,形成自我,往往具有巨大的艺术生发力,对今后的文学创作和发展具有深远影响。事实上,浙江现代文学都市书写在多个都市文学范型上取得辉煌成就。这里,之所以不用"流派"的概念,是考虑到整个中国现代文学史上,都市文学创作并非主流,浙江现代作家所开创的都市文学范型并不是马上有很多人相互借鉴、创作、发扬,不一定都适合用"流派"的概念分析之;为谨慎起见,还是直接用"范型"好。"范型"直接凸显浙籍现代作家所开创的文学类型的典范性,至于是否构成流派,那还是另外一回事。

一、自叙传体浪漫颓废小说

如果将中国现代文学的范围扩大,将韩邦庆的《海上花列传》、孙玉声的《海上繁华梦》和朱瘦菊的《歇浦潮》等也算作现代都市文学的话,郁达夫小说都市书写不是最早的;但是如从新文学视角看,中国现代都市文学最早的开创者则非郁达夫莫属。郁达夫开创并奠定了现代自叙传体浪漫颓废小说的基础。郁达夫在《中国新文学大系·散文集》"导言"里说,"五四"最大贡献是"'个人'的发现",他的小说就是个人生命觉醒后的文学表达,其特点是面对封建中国,它具有生命觉醒的启蒙主义和个性解放的浪漫主义成分,而面对日本都市空间,他又有自然主义和世纪末唯美—颓废主义之倾向。

在西方,启蒙主义属于现代性起步阶段,反对神权,张扬人权;反对迷信,张

---

① 藏原惟人:《新艺术形式的探求——关于普鲁艺术当面的问题》,葛莫美译,上海:《新文艺》第1卷第4号,1929年12月15日。

扬科学;远离神圣,走向世俗。因为有共同的敌人,这时,社会现代性与审美现代性之间没有明显的界线,正如马克思在《共产党宣言》所说,这时的资产阶级是以先锋派和革命派的面目出现的,所以社会改革家与文学艺术家暂时还是一个同盟体。而浪漫主义文学艺术家将开始新的历史任务,即与资产阶级决裂,反对资产阶级的唯利是图,反对资产阶级的工具理性,要求复原人的感性世界、感情世界、幻想世界,要求回归自然,这便有了英国的拜伦、雪莱与华兹华斯等真正的浪漫主义。就积极面世、超越世俗、要求个性解放和个人爱情的实现等方面看,郁达夫欣赏的是拜伦、雪莱的浪漫主义,就其个性、情感的另一面即对世俗人生绝望、避之唯恐不及等方面看,他欣赏的又是华兹华斯等的浪漫主义。《沉沦》开篇不久就是写主人公远离人群,来到树林里读华兹华斯以自我安慰。郁达夫小说同时具有启蒙主义与浪漫主义两个方面的属性,如杨春时所言,它表明中国现代历史的复杂性,也表明中国现代文学的复杂性。它表明中国浪漫主义的不彻底性,或说未完成性,而这种未完成性成为今后中国文学一再呈现的主题内蕴。杨春时由此得出结论,认为中国现代文学很大程度上只能称为"近代"文学,也就是表征人类现代化早期属性的文学①。

问题是,发生学意义上的中国现代文学,其产生和发展都带有鲜明的中国特性,即在西方是线性时间过程中产生和发展的,在中国则共时移植过来而产生和发展。"五四"时期,是中国现代文学的诞生期,但是这时将世界上所有的文学流派和主义思潮都引介了过来,其中,郁达夫对于世纪末思潮特感兴趣,或说这一思潮契合他对世界、社会、人生的体验、观感及相应的心情、心境、气质。世纪末思潮与唯美—颓废主义是密不可分的,就文学艺术来讲,可以说就是一回事。过去,为了强调郁达夫思想艺术的纯正性,总是引李初梨的话指认"达夫是摩拟的颓唐派,本质的清教徒"②,今天看来,我们不妨将此评价修订为:"本质的颓唐派,认真的清教徒"。"颓唐"应该不完全等同于"颓废",但是已经接近于"颓废"无疑。这一点,其实在《南迁》里表达得已经非常清楚。小说借主人公言,探讨:

> 古人说德不孤,必有邻,现在却是反对的了。为和平的缘故,劝人
> 息战的人,反而要去坐监牢去。为正义的缘故,替劳动者抱不平的人,
> 反而要去作囚人服苦役去。对于国家的无理的法律制度反抗的人,要

---

① 杨春时、宋剑华:《论二十世纪中国文学的近代性》,上海:《学术月刊》1996年第6期。

② 郭沫若:《论郁达夫》,见王自立、陈子善编:《郁达夫研究资料》,北京:知识产权出版社2010年版,第76页。

被火来烧杀。我们读欧洲史读到清教徒的被虐杀，路得的被当时德国君主迫害的时候，谁能不发起怒来。这些甘受社会的虐待，愿意为民众作牺牲的人，都是精神上觉得贫苦的人吓！所以耶酥说："心贫者福矣，天国为其国也。"

　　精神上贫苦的人，就是有纯洁的心的人。这一种人抱了纯洁的精神，想来爱人爱物，但是因为社会的因习，国民的惯俗，国际的偏见的缘故，就不能完全作成耶酥的爱，在这一种人的精神上，不得不感受一种无穷的贫苦。另外还有一种人，与纯洁的心的主人相类的，就是肉体上有了疾病，虽然知道神的意思是如何，耶酥的爱是如何，然而总不能去做的一种人。这一种人在精神上是最苦，在世界上亦是最多。凡对现在的唯物的浮薄的世界不能满足，而对将来的欢喜的世界的希望不能达到的一种世纪末 Fin de siécle 的病弱的理想家，都可算是这一类的精神上贫苦的人。

这里，主人公伊人的演讲昭告了他思想意识上的矛盾，即一面欲完成高雅的社会人生理想，一面又对这现实的社会人生绝望，更重要的是对欲实现其社会人生理想的自己绝望。因为他断定自己也是"世纪末的病弱的理想家"中的一个。只是有理想，而没有实现理想的资格和能力，这种人必然是颓废派，甚至也只能是颓废派。因为如波德莱尔，真正的颓废派并不低俗。如此，便可以理解郁达夫小说为什么有那么多情色描写。主人公心理的扭曲和对欲望的沉醉，实是一种颓废的姿态。只是，郁达夫要将小说写给中国青年看，在中国语境，他再大胆也不可能不对"肉"的描写有所警惕，有所批判，也就是对传统道德有所敬畏，尽管如此，他还是要遭受传统道学家的猛烈攻击。

《沉沦》写自日本，当时日本的都市化进程基本完成，如郁达夫说，"自从欧洲文化输入以后，各都会都摩登化了"，看不出它原来的痕迹了①。这时，脱胎于日本自然主义文学的私小说最终发展成为国内文坛各流派所通用的一种文学体式。自然主义主张对人性欲望敞开描写（大胆暴露，破理显实）；私小说摒弃自然主义文学的社会视野，突显对个人、自我内部世界的特别关注，可视为浪漫主义精神的变异，而爱欲、个性、敞开（打开，不隐藏，自由开放）恰是青年作家郁达夫和其小说中主人公所需要了解和追求的。如此，郁达夫小说一下子就跃上现代

---

　　① 郁达夫：《日本的文化生活》，见《郁达夫全集》（第三卷）　散文，杭州：浙江大学出版社 2007 年版，第 287 页。

文学的第二种人类文明形态——都市文明的台阶。而自然主义和私小说的影响又加重了郁达夫小说的唯美—颓废主义倾向。

厨川白村在《苦闷的象征》里言:"在内燃烧着似的欲望,被压抑作用这一个监督所阻止,由此发生的冲突和纠葛,就成为人间苦。……倘不是将伏藏在潜藏在意识海的底里的苦闷即精神伤害,象征化了的东西,即非大艺术。浅薄的浮面描写,纵使巧妙的伎俩怎样秀出,也不能如真的生命的艺术似的动人。"①可以说,郁达夫的《沉沦》恰是"将伏藏在潜藏在意识海的底里的苦闷即精神伤害,象征化了的……大艺术"。郁达夫在《沉沦·自序》里特别说明,这几篇小说表现"现代人的苦闷——便是性的要求与灵肉的冲突"。而"在感情上是一点儿也没有勉强的影子映着的;我只觉得不得不写,又觉得只能照那么地写,什么技巧不技巧,词句不词句,都一概不管,正如人感到了痛苦的时候,不得不叫一声一样,又那能顾得这叫出来的一声,是低音还是高声? 或者和那些在旁吹打着的乐器之音和洽不和洽呢"②? 也可谓达到了"真的生命的艺术"的极致。周作人借助弗洛伊德理论,在为《沉沦》辩护的文章里专门指出,小说里"性的要求"是确切的,但并不存在"灵肉的冲突"。"所谓灵肉冲突原只是说情欲与迫压的对抗,并不含有批判的意思,以为灵优而肉劣"。《沉沦》出于被压抑的"人性的本然",取材和情调不免有"猥亵""放诞"的成分,但它并非"不道德的文学",而只是"不端方的文学";"所有自然派的小说与颓废派的著作,大抵属于此类。"③成仿吾也否定小说里有灵肉冲突,而认为作品表达的是爱的强烈渴求及爱而不得产生的"不自然的满足与变态的欢娱,引起了他多大的恐怖与不少的后悔"④。周作人和成仿吾的辨析为《沉沦》里的欲望书写提供了生存的合法性和舒展的艺术空间,凸显了《沉沦》对于中国现代文学史的独特贡献,即有现代意义的对"欲望的重新叙述"⑤。

同一时期,鲁迅无感兴趣于两性话题,冰心无勇气于两性话题,只有郁达夫借助日本都市文化氛围,大胆地自我暴露,勇敢地提出人生命中的"性及其压抑"问题,传达了无数青年人的心声,也洞开了文学书写的新面向,可谓石破天惊,影响深

---

① [日]厨川白村:《苦闷的象征》,鲁迅译,北京:人民文学出版社 2007 年版,第 34-36 页。

② 郁达夫:《忏余独白——〈忏余集〉代序》,见王自立、陈子善编:《郁达夫研究资料》,北京:知识产权出版社 2010 年版,第 182 页。

③ 仲密(周作人):《沉沦》,见王自立、陈子善编:《郁达夫研究资料》,北京:知识产权出版社 2010 年版,第 266 页。

④ 成仿吾:《〈沉沦〉的评论》,见王自立、陈子善编《郁达夫研究资料》,北京:知识产权出版社 2010 年版,第 266 页。

⑤ 程文超等:《欲望的重新叙述》,桂林:广西师范大学出版社 2005 年版,第 123 页。

远。1927 年,有名"锦明"者言:"今日公开的性的讨论,那神圣的光,是《沉沦》启导的;今日青年在革命上所生的巨大的反抗性,可以说是从《沉沦》中那苦闷到了极端的反应所生的。"①另一面,《沉沦》作为现代文学史上第一部新小说集,其中三篇小说按照写作时间看,不啻为小说主人公精神炼狱里的三部曲。小说主人公最后精神的升华竟然是以其相反的方式完成的,即自灭、自虐状态(自杀或助人以至将死状态)完成,实际上真正表达了"世纪末 Fin de siécle 的病弱"者的悲哀,这可视为张爱玲"软弱的凡人"的审美追求的先声。

《沉沦》没有否定欲望,而是探索怎样才能获得正常、健康的欲望,而事实上,主人公失败了。如此,小说主人公精神上、心理上的矛盾、痛苦是可以想象的,以至于屡屡被强烈的忧郁症所困扰。《沉沦》"自序"里也说"第一篇《沉沦》是描写着一个病的青年的心理,也可以说是青年忧郁病(Hypochondria)的解剖"。中国现代文学史上的病症书写与文学的关系,始于鲁迅,但明确的都市病症书写,却首开于郁达夫《沉沦》无疑。主人公自我压抑与反压抑表征在人格上,就是"二重人格"的形成。换言之,《沉沦》开了今后"二重人格"都市书写之先河。

"世纪末 Fin de siécle 的病弱的理想家"的叙述文本,字里行间必充满浪漫飞扬与颓废情热。其内倾性叙述、私语式笔法,为中国现代私密化写作、欲望化写作、身体性写作打下坚实基础。今后,郁达夫仍有不少都市书写,艺术风格力争向现实主义和现代主义靠拢,但是其早期小说的底色还在,其意义仍不容低估。

二、左翼都市文学

左翼都市文学的特色在于左翼立场和价值诉求。站在左翼价值立场对于都市时空内各阶级生活进行审美观照并付诸艺术实践的文学即左翼都市文学。左翼都市文学最要紧的审美对象应该是无产阶级的生活、思想情感和命运,但是从左翼价值立场对资产阶级或其他阶级的生活、思想感情和命运进行审美书写具有同样的价值。中国现代文学史上,这方面代表当然是茅盾、殷夫、夏衍等浙籍作家。

茅盾是现代左翼都市文学首要的提倡者、开创者、奠基者和最高代表。与郁达夫不同,茅盾坚持马克思对"人"的理解,认为人不仅是个人,更重要的是类人,所谓"人的本质不是单个人所固有的抽象物,在其现实性上,它是一切社会关系的总和",所以他的写作主要观照人的群体性、社会性、阶级性,其都市书写也不例外。茅盾在没有从事小说创作之前,已经是资深的编辑家、批评家、理论家,我

---

① 锦明:《达夫的三时期:〈沉沦〉——〈寒灰集〉——〈过去〉》,见王自立、陈子善编:《郁达夫研究资料》,北京:知识产权出版社 2010 年版,第 289 页。

党最早的党员之一。其第一部长篇小说《蚀》出版后,曾引来早期革命文学家的批判,对此,他"真诚地自白":"我对于文学并不是那样的忠心不贰。那时候,我的职业使我接近文学,而我的内心的趣味和别的许多朋友——祝福这些朋友的灵魂——则引我接近社会活动。"①所以他的文艺活动总是与国家、民族、社会前途密切相关,表达他对国家、民族、社会发展变迁的理解和态度。《蚀》塑造了一批姿态和内涵都非常奇特的"时代女性"形象,这里的"时代"就是指都市与无产阶级革命同时崛起的时代,在这样的文化语境里,一批都市知识女性如周定慧、孙舞阳、章秋柳等带着强烈的个性解放、女性解放意向参加革命运动,由此造成自我性与革命性之间的复杂关联。茅盾极力挖掘他们身上自我性与革命性之间的一致性,强调说:只有这样刚毅开放、追求自由、敢于打破一切性道德禁忌的都市青年才可能成为真正的革命者,"只要环境改变,这样的女性是能够革命的"②。有的研究者认为,茅盾在塑造这些女性形象时,投射了过多的男性欲望。"他是按照自己的欲望和理想来塑造女性的:美貌、性感,又充满政治热情;既是情人,又是同志,且无须担心她们会拖住自己要求结婚。革命的时代,造就了革命的浪漫关系;而这种浪漫关系中女性的真实体验,作为男性,茅盾仍然是缺乏同情与体谅的。男性的经验、欲望、道德和审美期待,支配着他对女性的塑造和想象,也限制了他对女性处境的深入观察。"③显然,茅盾这时的革命文艺观还不够成熟,小说中的女性形象塑造还带有鲜明的自然主义和唯美—颓废主义倾向,但经过《虹》到《子夜》,他奠定了自己作为成就最高的革命现实主义文学作家、左翼都市文学作家的文学史地位。

《子夜》1930 年构思,1933 年出版,历时 3 年之久,直接目的就是为了参加当时中国社会性质的论战,所以学者们都不得不承认《子夜》存在"主题先行"的情况。这是作家不愿意为艺术而艺术,而是积极干预生活、参与社会历史的文学观的表征。小说用"革命"眼光和观点"全景式"地——最大视觉幅度地——表现了30 年代中国社会生活的各个方面,特别是表现了中国封建地主阶级的没落腐朽和民族资产阶级的垂死、挣扎,说明中国在帝国主义侵略之下,不仅不能走上欧美式资本主义道路,反而更加殖民地化了,有力回击了当时托派的谬论,以一种纵深的必然的逻辑暗示只有共产党领导的无产阶级革命才是中国自救之路。

---

① 茅盾:《从牯岭到东京》,见《茅盾论创作》,上海:上海文艺出版社 1980 年版,第 29 页。
② 茅盾:《写在〈野蔷薇〉的前面》,见《茅盾论创作》,上海:上海文艺出版社 1980 年版,第 51 页。
③ 杨联芬:《女性与革命——以 1927 年国民革命及其文学为背景》,贵州:《贵州社会科学》2007 年第 10 期。

《子夜》成功塑造了两大形象系列,一是封建地主形象系列,一是现代资本家形象系列。封建地主形象系列以吴老太爷、冯云卿和曾家驹为代表。吴老太爷这个"封建僵尸"30 年没有出过农村家门,与整个世界脱节了,所以他一到上海便被上海所代表的现代性所击垮,迅速死去。他是封建地主阶级生命力完全腐朽、衰老的象征。冯云卿在农村欺压、剥削农民激起农民反抗,避难到上海做"寓公",为了公债生意翻本,不惜将自己未出阁的女儿送到买办资本家赵伯韬那里去"钻狗洞"即实行美人计以企图套取公债生意机密,可是"赔了夫人又折兵",只好自杀。他是封建地主阶级道德堕落、人格退化的象征。曾家驹在农民反抗狂潮中逃跑还不忘记强奸妇女,这是封建地主阶级中最残酷、下贱的一类。茅盾书写他们的目的显然在于告诉人们,这些人是不可能领导中国走出困境了。资本家形象系列以买办金融资本家赵伯韬、民族工业资本家吴荪甫和金融资本家杜竹斋为代表。吴荪甫被称为"20 世纪机械工业时代的英雄、骑士和王子",小说极力突出他有民族自尊心、有理想、有办法、有牺牲家庭幸福的精神,但是他在当时内忧外患的历史语境下还是逃不了失败的命运。国家政治混乱,社会公平无法保障,农村经济破产,农民没有购买力,就无法进行再生产;另一面,发达国家经济侵略造成中国民族工业举步维艰,生产和消费都遇到严重障碍。在此过程中,小说特别写出金钱帝国之金融业对于现代社会人生的宰制,凸显现代人生的新动向。

金融业的产生基于现代生产力的飞速发展和物质财富的极大积聚,它的本质由物质财富的价值逐渐转向自身的价值,由服务于生产和生活转向主宰生产和生活。当它完全独立于现代生产和生活之上的时刻,它就由功能性的工具存在转向价值本身的目的存在。如西美尔所指出:"货币到处都被视为目的,迫使众多真正目的性的事物降格为纯粹的手段。"[1]"因此,货币在形式上——且只在形式上——具有类似上帝观念的客观性,它几近是现实的宗教。"[2]陈戎女甚至感慨:"如今的金融贸易直接通过银行转账完成,金钱只是账面上的数字,作为流通币的实在体消遁于无形——这一金融现象不正是把西美尔的'不管表征什么,货币都不是拥有功能,而是本身就是功能'的论断推向极端吗?质料性地使用货币是实物经济时期的事情,货币经济说到底就是要把货币货币地使用。"[3]换言之,货币已经成为它自己的"王",金融就是它庞大的军队,银行就是它的王国,别

① [德]西美尔:《货币哲学》,陈戎女、耿开君、文聘元译,北京:华夏出版社 2018 年版,第 457 页。
② 陈戎女:《西美尔与现代性》,上海:上海书店出版社 2006 年版,第 72 页。
③ 陈戎女:《西美尔与现代性》,上海:上海书店出版社 2006 年版,第 66-67 页。

的什么都不是。这时,货币的能指功能与所指功能开始分裂,能指任意转动、飘飞,于是出现了货币最特殊最具精神实质的运作形式——证券交易所。证券交易所促使人类生产和生活快速变幻,人与人之间关系重组,在满足人类非分之想(贪欲的表现形式)的同时,也毫不留情地毁灭着人类。可以说,茅盾的《子夜》相当成功地表现了现代都市人生的这一方面。不少研究者感兴趣于茅盾小说的"经济视角",这个"经济"在小说中首先应该是金融经济,其次才是产业经济,而且金融经济始终干扰、控制工业经济,最后战胜工业经济,成为上海社会人生的最高主宰。小说特别写出股票价格的升降高低与实际经济发展水平无关,而是与政治有关,与商业利益有关,与赵伯韬为代表的买办大鳄的个人兴趣有关,也就是股票价格的升降高低主要为能指任意发酵作怪的结果①。也正因为股票价格的这一特点,所以任何散户都不可能掌握股票价格的真正实情,那么在交易中处于劣势地位,最后一败涂地也就是在所难免的了。在这种语境中,吴荪甫失败是必然的,冯云卿失败也是必然的。小说围绕证券交易所叙写了无数"经济"人变幻不定的命运,从审美上讲,打开了现代人生的一大空间。历史地看,《子夜》比 20 年代初期江红焦的《交易所现形记》各方面都新锐、高远得多,可以说是近代以来经济题材小说的"重新叙述"。

《子夜》写出学院派知识分子和小资产阶级知识分子的精神退化。五四时期,无论学院派知识分子还是小资产阶级知识分子都是推动中国改革、历史前进的主角,可是到了 30 年代,他们中不少人都遭遇资本对人精神的宰制、困扰及精神的退化。小说中,李玉亭这个大学教授没有在大学里教书育人,而是整天奔走于资本市场上为资本家们服务。诗人范博文不徜徉在他的精神王国、审美圣地,而是做了吴荪甫家的食客,追求资本家的小姐不成,要自杀还要考虑对身边太太小姐们的感动效果。"五四"时作为正面的历史人物这里被喜剧化了。张素素可算作《蚀》中"时代女性"的姊妹,但是这里也只有恐惧和迷茫。

《子夜》写出农村人到都市的迅速变化,凸显了都市文学"变"的主题。冯云卿的女儿冯眉卿刚到上海不久就变得看金钱比贞洁更宝贵。王妈变资本家的强暴为自己主动向资本家迎逢,这里面价值观和心理的变化实值得深思。吴老太爷生前最足以骄傲、认为无论如何不会变的四女儿慧芳心理正经受巨大的斗争,她的心灵成为城市与乡村、传统与现代激烈交战的战场。至于那个同时从农村

---

① 茅盾在散文《上海》里也谈到,证券交易所里的经纪人助理"就同傀儡戏中的木偶一样全听命于他的上级……那个经纪人,而经纪人的背后牵线者则是那几个银行。"显然,银行又是由银行家大鳄所操纵的。见《茅盾全集》散文一集,合肥:黄山书社 2014 年版,第 227 页。

带出来的小儿子阿萱早就被都市征服了。

《子夜》在以上基础上重点书写都市产业工人的苦难生活、思想觉醒和对资本家的坚决斗争。小说写出他们日常生活中之贫穷,工厂劳作工作条件之艰苦,工厂劳作之疲惫,遭受资本家压迫、剥削及利诱之痛苦,当然也写出他们在我党地下组织领导下的思想觉醒和罢工斗争,突出他们的自救作用。作品政治意识形态性很强,但是对国家、民族特别是无产阶级前途、命运的关心,使作品体现对个人以外重大社会、历史问题的考量,如张鸿声所分析,茅盾笔下的上海书写体现的是国家逻辑和阶级逻辑①,而且真正体现了"生产性都市文学"的诉求。

小说遵循马克思主义文艺理论,强调塑造典型环境中的典型人物,主要是塑造按照马克思主义阶级论所应该体现出来的社会的阶级的文化属性和心理个性;其结构的复杂而宏大也是社会性结构的复杂而宏大,其史诗般的笔法意欲凸显其社会性都市书写的逻辑必然性和历史合法性②,属于典型的宏大叙事、树立话语权威之作③。当然作品在艺术格调上,还不乏自然主义和唯美—颓废主义文学之余韵,在具体艺术表现上,也借鉴了现代主义手法,但是这些都无损于作为都市文学的艺术价值,反而使作品呈现复杂审美向度,敞开更大可阐释空间。

长期以来,人们难以理解《子夜》为什么让人物匆匆来去,而没有挖掘人物的深层心理,致使人物形象有扁平化之嫌,其实这是受美国作家辛克莱和帕索斯影响所致。美国研究者认为:"人物之所以是类型而不是个人,乃是因为他们的社会——据刘易斯的看法——不允许他们作为个人而发展。"④帕索斯在小说情节里直接插入"新闻短篇"。作为把握变幻、繁复的都市现实人生的一种方式和手段,茅盾小说的叙事也呈现出一种社会新闻报道性。捷克学者普实克就认为茅盾总是将"具有时事性的现实"写进小说⑤。郁达夫曾指出:"自入二十世纪以后,因科学的极端发达,人口的大量增加,智识的普遍扩充,从第一次世界大战以来,社会人事的纠纷错杂,演成了从来历史上所少有的一个复杂局面。所以,欧洲的文艺批评家,有感慨着诗的世界,已经消失了的(就是说现在是散文的世界),有懊恼着罗曼史已经无处可寻的。实际上,现世上的社会事物,的确比小说

---

① 张鸿声:《文学中的上海想象》,北京:人民出版社 2011 年版,第 89 页。

② 王宏图:《都市叙事与欲望书写》,桂林:广西师范大学出版社 2005 年版,第 76 页。

③ 陈建华:《革命与形式——茅盾早期小说的现代性展开》,上海:复旦大学出版社 2007 年版,第 48 页。

④ [美]谢尔登·诺曼·格雷斯坦:《辛克莱·刘易斯》,张禹九译,沈阳:春风文艺出版社 1994 年版,第 170 页。

⑤ 转自李岫:《茅盾比较研究论稿》,太原:北岳文艺出版社 1998 年版,第 10 页。

传奇,还要来得更伟大、更复杂、更有味,许多小说家,诗人,在最近,都放弃了结构、布局、幻想、涂色等种种空灵的把戏,群趋于事实报道的一途的原因,或者也就在这里。"①郁达夫称之为"新写实主义"。显而易见,《子夜》是将想象型传奇性与都市社会现实人生的传奇性糅合在一起来对待了。1931 年 6 月《文艺新闻》第 12 期发表楼适夷的《上海狂想曲》之前曾登出一个广告,称楼适夷的这部作品是"创造中国的新闻文学之作"②,其实,《子夜》恰也具备这样的属性。

政治意识形态性贯穿其中,人物心理揭示又缺乏足够的深度,致使作品带有一定的平面化、公式化和概念化倾向,历来毁誉参半。《子夜》出版后,瞿秋白、朱自清、吴宓、鲁迅和郁达夫等都给以高度评价,吴组缃的评价更凸显其崇高地位:"中国之有茅盾,犹如美国之有辛克莱,世界之有俄国文学。"③但韩侍桁认为:"它的伟大只在企图上,而并没有全部实现在书里。……这书不能成为写实的,但带了极浓厚的罗曼蒂克的色彩。""全书中所表现的人物,只有两种,一种是理想的,一种是被讽嘲的,可以称为写实的成分都很少,成为这书中的英雄的两个人物,企业家吴荪甫与工厂管理人屠维岳,是理想化的,其余的人们都多少像是显示在谮画中的人物似的。"④常风认为:"这部《子夜》是一个失败,一个大失败。……就以《子夜》的中心人物吴荪甫来说:这简直是一个无灵魂的木偶。这是一个多种人格的混合物但是在叙述中似乎缺少若干必须的说明。像傀儡戏中的木头人一样,吴荪甫是被一个劣等的玩傀儡戏者在摆动着。"⑤唐湜认为小说"陷于新闻主义的支离又概念化的境地"⑥。80 年代中期,严家炎将它视为社会剖析派小说的开山之作和代表之作⑦;但这时,美国夏志清的《中国现代小说史》已经传入大陆,他对《子夜》评价不高。夏志清言:"他在本书的表现,仅是按照马克思主义的观点给上海画张社会百态图而已。读此书时,我们很容易就发现书中的人物,几乎可以说都是定了型的,是注定了要受马克思主义者批判的那种丑化人物。即使主角吴荪甫(一个颇具粗线条的人物)亦不例外。"⑧稍后,蓝棣之也认

① 郁达夫:《事物实写与人物性格》,见《郁达夫全集》(第十一卷) 文论(下),杭州:浙江大学出版社 2007 年版,第 363 页。

② 李秀卿:《楼适夷与〈文艺新闻〉》,太原:《编辑之友》2011 年第 9 期。

③ 吴组缃:《新书介绍:〈子夜〉》,上海:《文艺月报》创刊号,1933 年 6 月。

④ 韩侍桁:《〈子夜〉的艺术思想及人物》,上海:《现代》第 4 卷第 1 期,1933 年 11 月 1 日。

⑤ 常风:《茅盾:〈泡沫〉》,见常风《弃余集》,北京:新民印书馆 1944 年版,第 58 页;转自陈思广:《中国现代长篇小说编年(1922.2—1949.9)》,成都:四川大学出版社 2008 年版,第 105 页。

⑥ 唐湜:《师陀的〈结婚〉》,上海:《文汇》第 3 卷第 3 期,1948 年 3 月 15 日。

⑦ 严家炎:《中国现代小说流派史》,北京:人民文学出版社 1989 年版,第 175-176 页。

⑧ 夏志清:《中国现代小说史》,刘绍铭等译,桂林:广西师范大学出版社 2014 年版,第 121 页。

为不过是"一份高级形式的社会文件"①。有的学者为现代作家重新排座次,茅盾的位置大幅后撤。这时,王晓明撰文揭示了茅盾小说的复杂性,实际上是看到了《子夜》革命理性批判与都市审美叙事之间的裂痕,也就是看到了《子夜》作为都市文学的普遍价值②。后来,陈思和进一步发挥,直接称《子夜》开创了中国现代文学史上左翼海派文学的传统③。王嘉良认为它形成了"茅盾范式"④。关于《子夜》中理性思维过强,谭桂林将它放在 30 年代都市文学总体格局中考察,认为,与京派作家群的重"情绪"和海派作家群的重"感觉"不同,《子夜》恰开创了"高度智性化"的审美维度。谭桂林的文章指出:"正是高度理性化的茅盾在美学品格的建构上超越了海派与京派两者,他重视感觉却并不倚赖感觉,他饱含情绪却不纵容情绪,而是用一种高度智性的力量去统摄感觉和情绪。所以,《子夜》在美学品格上呈现出阳刚与阴柔兼济、感觉与情绪相生、悲剧与喜剧交织、热烈与冷峻共振的综合性、混融性与宏阔性,从而为中国现代都市文学在阳刚与阴柔之外又增添一种雄浑、崇高的美学品格。"⑤至此,《子夜》的文学史地位又大幅回升。新旧世纪之交,《子夜》靠重新崛起的都市文化审美寻回自己的文学史地位,这本身就值得玩味。实际上,客观地评价,《子夜》是有缺陷的都市文学,因为它对当时上海民族工业挣扎、发展的历史走向的把握并非无懈可击,某种意义上,它的政治诉求"影响到了作品的艺术真实性"⑥。尽管如此,与其所取得的成就比较而言,这些缺陷又是可以体谅的,因为只有它才真正开启了现代都市文学之新的面向。今后的左翼都市文学和革命都市文学如 50 年代周而复的《上海的早晨》和 80 年代蒋子龙的《乔厂长上任记》等无不受其影响和启发,但无论在艺术的创造性上还是在都市生活把握的深广度上,都尚没有达到《子夜》的水平。

殷夫是无产阶级革命诗歌方面的最高代表。短短的 22 岁革命生涯曾 4 次被逮捕,最终为国民党反动派所杀害。套用闻一多《文艺与爱国——纪念三月十八》中评拜伦、冰心《追念闻一多先生》中评闻一多的话,殷夫一生固然创作了很多有价值的革命诗歌,但是他一生最伟大的一首诗就是他的死。其诗歌创作可以看作茅盾《子夜》的补充,因为其诗最大特色就是写觉醒了的工人阶级如何坚

---

①　蓝棣之:《一份高级形式的社会文件》,上海:《上海文论》1989 年第 3 期。

②　王晓明:《一个引人深思的矛盾——论茅盾的小说创作》,北京:《中国现代文学研究丛刊》1988 年第 1 期。

③　陈思和:《论海派文学的传统》,杭州:《杭州师范大学学报》社科版 2002 年第 1 期。

④　王嘉良:《茅盾艺术范式论》,上海:上海文艺出版社 2011 年版,第 114 页。

⑤　谭桂林:《现代都市文学的发展与〈子夜〉的贡献》,北京:《文学评论》1991 年第 5 期。

⑥　梁竞男、康新慧:《茅盾小说历史叙事研究》,北京:中国社会科学出版社 2013 年版,第 226 页。

定信念,与黑暗世界和资产阶级做坚决斗争;革命意识与都市意识融合,唱出了左翼都市诗歌的最强音。他与茅盾一样,都是将上海理解为两个,一个是资产阶级的糜烂的上海,一个是觉醒的无产阶级的上海,最后的指向自然是工人阶级是资产阶级的掘墓人。其诗歌中的历史逻辑与茅盾的《子夜》完全一致,却比《子夜》表现得更激烈。所以鲁迅在《白莽作〈孩儿塔〉序》中评之曰:"这是东方的微光,是林中的响箭,又是冬末的萌芽,是进军的第一步,是对于前驱者的爱的大纛,也是对摧残者的憎的丰碑。一切所谓圆熟简练,静穆悠远之作都无需来做比方,因为这诗属于别一世界。"客观地说,鲁迅对殷夫《孩儿塔》的评价不免高夸之嫌,因为《孩儿塔》为殷夫前期作品,表现的多是个人的低回的情感,但是如果将这评价指称殷夫成熟期的无产阶级诗歌,确实又堪称不易之论。本"序"写自殷夫遇难五个年头之后,显然,鲁迅将对殷夫后期诗歌的崇高评价借给《孩儿塔》写序说出来了①。

夏衍报告文学《包身工》主要通过叙写日本人纱厂中国年轻女工的悲惨处境和不幸命运来控诉帝国主义者的罪恶,虽然由于强烈的政治意识形态诉求,历史有被模糊处理的一面,但是在同类题材文学中依然是出类拔萃者。30年代,《光明》创刊号的《社语》曾指出:"《包身工》一篇可算在中国的报告文学上开创了新的记录。"《包身工》最大的艺术成就是加强了报告文学对于现实的干预,并且力求达到真实性与文学性的高度统一。其剧作被评为"左翼派戏剧创作水准最高,技巧最为娴熟"者②,主要写都市知识分子在革命感召下的思想转型和生活转型。《上海屋檐下》中的知识分子只能蜷伏在旧上海的时空中艰难挣扎,《愁城记》中的知识分子因为年轻和对生活有新的思想就走出了这阴暗的时空,而迈向新的生活。夏衍笔下,旧上海的描写还有较丰富的历史含量,到写革命新人,政治意识形态性就很强,人物往往不满足于这样的上海,而直奔一个政治理想去了。如《天涯芳草》中的孟小云,本是上海小姐,但随着参加战地服务队,慢慢从思想、气质、服装、打扮发生变化,最后完全成为一个坚定的革命战士。

作为"同路人"的施蛰存、穆时英、杜衡、戴望舒等提倡的无产阶级文学则完全是作为一种新兴审美样态来对待的。施蛰存在《我们经营过三个书店》一文中谈起:"刘灿波(即刘呐鸥——引者)喜欢文学和电影。文学方面,他喜欢的是所谓'新兴文学','尖端文学'。新兴文学是指十月革命以后兴起的苏联文学。尖

① 鲁迅:《白莽作〈孩儿塔〉序》,见《鲁迅全集》(第6卷),北京:人民文学出版社2005年版,第512页。

② 王嘉良:《地域视阈的文学话语》,上海:上海文艺出版社2011年版,第108页。

端文学的意义似乎广一点,除苏联文学之外,还有新流派的资产阶级文学。他高兴谈历史唯物主义文艺理论,也高兴谈佛洛伊德的性心理文艺分析。看电影,就谈德美苏三国电影导演的新手法。总之,当时在日本流行的文学风尚,他每天都会滔滔不绝地谈一阵,我和望舒当然受了他不少影响。"①言外之意,施蛰存他们关注无产阶级文学,不是着眼于政治利益,而是着眼于审美之新,所以,在他们那里,无产阶级文学与其他资产阶级新兴文学如现代派文学地位是完全平等的,既不低于资产阶级现代派文学,但也决不高于资产阶级现代派文学。如此,我们便可看到,以往现代文学史上屡屡被批判甚至连文学史也上不了的现代派和海派文学作家竟然在当时极为活跃地介绍无产阶级文学,并努力创作无产阶级文学。从 1927 年暑假他们创办同人小刊物《文学工厂》开始,到 1932 年 5 月施蛰存主编《现代》,中间经过他们办过的三个书店(第一线书店、水沫书店、东华书店)和三个刊物(《文学工厂》《无轨列车》《新文艺》),他们一直在坚持推介和创作无产阶级文学,所以书店和刊物都先后被禁。推介方面最典型的例子是水沫书店期间,他们计划与鲁迅合作翻译出版《科学的艺术论丛书》。1929 年《新文艺》创刊号上,有一页《科学的艺术论丛书》的广告,保存了当时拟定要印行的第一批书目,如下:(1)《艺术之社会基础》,卢那卡尔斯基著,雪峰译;(2)《新艺术论》,波格达诺夫著,苏汶译;(3)《艺术与社会生活》,普列哈诺夫著,雪峰译;(4)《文艺与批评》,卢那卡尔斯基著,鲁迅译;(5)《文学评论》,梅格林著,雪峰译;(6)《艺术论》,蒲力汗诺夫著,鲁迅译;(7)《艺术与文学》,蒲力汗诺夫著,雪峰译;(8)《文艺批评论》,列褚内夫著,沈端先译;(9)《蒲力汗诺夫论》,亚柯弗列夫著,林伯修译;(10)《霍善斯坦因论》,卢那卡尔斯基著,鲁迅译;(11)《艺术与革命》,伊列依契著,冯乃超译;(12)《苏俄的文艺政策》,藏原外村著,鲁迅译②。1929 年 5 月到 1930 年6 月,该《丛书》出版了 5 种,国民党出来干涉,《丛书》被迫停止发行。施蛰存后来说:"《现代》杂志的立场,就是文艺上的自由主义,但不拒绝左翼作家和作品。当然,我们不接受国民党的作家。"③1933 年 2 月,鲁迅撰写纪念"左联五烈士"的《为了忘却的纪念》,其他刊物不敢发表,两个月后,施蛰存还是大胆在《现代》第 2 卷第 6 期给予刊登。他们的左翼文学创作如刘呐鸥的小说《流》、施蛰存小

---

　　①　施蛰存:《我们经营过三个书店》,见施蛰存:《沙上的脚迹》,沈阳:辽宁教育出版社 1995 年版,第13 页。

　　②　施蛰存:《我们经营过三个书店》,见施蛰存:《沙上的脚迹》,沈阳:辽宁教育出版社 1995 年版,第19-20 页。

　　③　施蛰存:《为现代文坛擦亮"现代"的火花——答新加坡作家刘慧娟问》,见施蛰存:《沙上的脚迹》,沈阳:辽宁教育出版社 1995 年版,第 181 页。

说的《凤阳女》《阿秀》《花》《追》、杜衡的小说《机器沉默的时候》《黑寡妇的街》和戴望舒的诗《断指》《我们的小母亲》等自然无法与茅盾、殷夫、夏衍的创作相提并论,但是也曾出现穆时英早期小说《南北极》《黑旋风》《咱们的世界》《手指》《偷面包的面包师》那样的创作,对于底层的苦难和原始反抗也曾给予生动的想象和表现,以至于使左翼文学界产生错觉,"仿佛左翼作品中出了个尖子"①,甚至被誉为"普罗小说中之白眉"②。

艾青早期的巴黎之歌真正做到了"新兴文学"与"尖端文学"的合一,体现出"左翼现代主义"的特征③。一方面,站在底层阶级立场歌颂法国大革命和巴黎公社所代表的革命精神,揭露西方列强对于落后民族子民的歧视和不公正待遇,一方面又站在现代个人主义立场,自觉认同巴黎乃自己的精神家园,巴黎所代表的审美现代性更是自己沉醉、追逐的目标。其诗歌受西方唯美—颓废主义和未来主义等现代主义浸染,其激情、忧郁的艺术风格、其"瞬间审美"所形成的美学效果、对于快速和激烈的现代人生的"震颤"心理反应,都构成鲜明的都市文学表征。艾青的都市书写因为具有"开放的现代意识"、国际化视野而避免了茅盾、殷夫、夏衍等作家左翼书写的狭隘性,又因为其左翼诉求是诗人内在的严肃的诉求,其艺术想象与诗人深刻的都市体验及其爱憎是合一的,所以又避免了穆时英、施蛰存、杜衡乃至戴望舒等作家左翼书写的空洞性和肤浅性。考虑到巴黎"美好时代"的不再,艾青的巴黎书写也成为中国现代文学史上乃至世界文学史上的绝唱,对于今后国际化大都市的文学表达具有经典的启发意义④。

三、新感觉派小说

按照现在一些学者的观点,30 年代有三种不同类型的都市文学:左翼都市文学、海派都市文学和京派都市文学。显然,京派都市文学只是取其都市题材之意,从都市审美意识的角度看,大多并不符合都市文学的要求。左翼都市文学由茅盾、殷夫、夏衍开创,那么,海派则由刘呐鸥、穆时英、施蛰存等来开创。30 年代的海派文学主要指新感觉派小说。考虑到刘呐鸥不是浙籍作家,施蛰存不承

---

① 施蛰存:《我们经营过三个书店》,见施蛰存:《沙上的脚迹》,沈阳:辽宁教育出版社 1995 年版,第 22 页。

② 施蛰存:《编辑的话》,上海:《新文艺》,第 2 卷第 2 期,第 399 页。

③ 解志熙:《精深的冯至与博大的艾青——中国现代诗两大家叙论》,见解志熙:《摩登与现代——中国现代文学的实存分析》,北京:清华大学出版社 2006 年版,第 133 页。

④ 左怀建:《开放的现代意识与严肃的左翼立场——论艾青早期诗作中的巴黎书写》,北京:《中国现代文学研究丛刊》2017 年第 3 期。

认自己是新感觉派，而是心理分析派，所以这里，我们先将穆时英单独列出，考查其创作的范型意义。

关于海派文学，吴福辉的界定是："所谓海派文学，第一，它应当最多地'转运'新的外来的文化，而在 20 世纪之初，它特别是把上一世纪末与本世纪初之交的世界最近代的文学，吸摄进来，在文学上具有某种前卫的先锋性质。第二，迎合读者市场，是现代商业文化的产物。第三，它是站在现代都市工业文明的立场上来看待中国的现实生活与文化的。第四，所以，它是新文学，而非充满遗老遗少气味的旧文学。这四个方面合在一起，就是海派的现代质。"①关于新感觉派小说，一篇对施蛰存的访谈中认为："(1)新感觉派小说是中国第一次较典型而完整地把现代主义引介到中国小说中的流派。……(2)新感觉派小说可以说是中国近代第一次都市文学的兴起，……(3)新感觉派小说不仅给中国小说带来表现手法上的革命，同时也是主题的革新。中国小说到晚清时代在内容上开始走进当代社会，已具有相当大的革新意义；新感觉派小说的内容带进都市生活的每一个细节中，同时深入人类异化的心灵世界，在主题场域上无疑别辟新境。"②归纳一下，新感觉派小说是中国现代第一波现代主义都市文学，它从内容到形式都是新的；它是商业文学，反映文化市场的诉求，也满足作者的经济需要，但却是"在市场和商业文学中发展得最早并发展得最好的"③。这决定新感觉派小说内在的质的矛盾性：一面是先锋的，一面又是世俗的，换言之，一面体现审美现代性，一面又体现社会现代性。或者说，这是中国现代都市文学审美现代性（现代主义）的不彻底性，解志熙称之为"摩登主义"④。

新感觉派最早的开拓者是刘呐鸥，他来自日本，熟悉日本文坛动态，创作出版小说集《都市风景线》，翻译出版日本作家小说集《色情文化》，在他带动下，施蛰存、穆时英和杜衡等都在创作具有新感觉的小说。然而，穆时英和施蛰存各以自己的成就超过了他。

新感觉派作家与左翼作家主要的不同点就在于，左翼作家仅对工业文明的

---

① 吴福辉：《为海派文学正名》，见吴福辉：《都市漩流中的海派小说》，长沙：湖南教育出版社 1995 年版，"导言"第 3 页。

② 施蛰存：《中国现代主义的曙光——答台湾作家郑明娳、林耀德问》，见施蛰存：《沙上的脚迹》，沈阳：辽宁教育出版社 1995 年版，第 162-163 页。

③ 吴福辉：《现代作家各有其位——〈宁波晚报〉记者访文学史家吴福辉》，见吴福辉：《多棱镜下》，北京：人民文学出版社 2010 年版，第 350 页。

④ 解志熙：《"摩登主义"与海派小说——〈海派小说论〉代序》，见解志熙：《摩登与现代——中国现代文学的实存分析》，北京：清华大学出版社 2006 年版，第 304 页。

都市和无产阶级的都市持肯定态度,而对消费的糜烂的都市则持批判态度,而新感觉派作家的态度则复杂得多。如前所述,新感觉派作家也曾积极靠近革命,就是到一直未见出版的长篇小说《中国行进》(写于 1932—1936 年)等,穆时英也一直显示鲜明的左翼倾向。《上海的狐步舞》特别形象地表达:"上海。造在地狱上的天堂。"《中国行进》是未完成稿,经严家炎、李今发掘,已经写成的除《上海的狐步舞》外,还包括《中国的季节梦》《中国一九三一》《田舍风景》《我们这一代》四个部分,受丁玲《水》、茅盾《子夜》和美国进步作家杜斯·帕索斯的小说《美国》三部曲影响,意欲"写一九三一年大水灾和九一八的前夕中国农村的没落,城市里民族资产阶级和国际资本主义的斗争"①。对此,张屏瑾评曰:穆时英小说对都市内部空间关系保持高度敏感②。有意思的是,在《文学市场漫步》系列散文里,穆时英对茅盾的《子夜》并不欣赏,说:"不妨把浪费在《子夜》上的时间来读一读这本《八月的乡村》——至少比《子夜》写得高明些。"③所以,李欧梵认为:"穆时英也许想以这部小说——从不同的视角切入——直接向茅盾的作品挑战。"④

当然,出身、经历、教养等都决定新感觉派作家更感兴趣的是都市消费文化生活,所以他们关注更多的人生场景和人生对象还是上海的各种新的消费场所和声色犬马、宝车美女;对于上海,他们的态度是既迷恋又恐惧。他们恐惧的不是无产阶级革命,而是金钱的压力和美女的征服。这一点,穆时英小说也最有代表性。所以,当时左翼批评家批判穆时英、施蛰存等为代表的海派文学"一方面是显示了中国创作中的一种新的方向,新感觉主义;一方面却是证明了曾经向新的方面开拓的作者的'没落'"⑤。瞿秋白更不客气,说这样的文学是"财神"荫蔽下的文学,是布尔乔亚的消遣品⑥。今天看来,这种评判不免苛刻,因为人类文明发展到都市阶段,消费是其必然的生活内容,何况穆时英的小说写出了消费文化语境下当时都市现实人生的矛盾和痛苦,如张屏瑾所言,穆时英小说"将现代

---

① 1936 年《良友》第 113 期《〈中国行进〉广告词》,见严家炎、李今编:《穆时英全集》(第三卷),北京:北京十月文艺出版社 2008 年版,第 436 页。

② 张屏瑾:《摩登·革命——都市经验与先锋美学》,上海:同济大学出版社 2011 年版,第 58 页。

③ 穆时英:《文学市场漫步》(三),见严家炎、李今编:《穆时英全集》(第三卷),北京:北京十月文艺出版社 2008 年版,第 93 页。

④ [美]李欧梵:《上海摩登——一种新都市文化在中国(1930—1945)》,毛尖译,北京:北京大学出版社 2001 年版,第 237 页。

⑤ 杨杏邨:《一九三一中国文坛的回顾》,见严家炎、李今编:《穆时英全集》(第三卷),北京:北京十月文艺出版社 2008 年版,第 391 页。

⑥ 司马今(瞿秋白):《财神还是反财神》,见严家炎、李今编:《穆时英全集》(第三卷),北京:北京十月文艺出版社 2008 年版,第 414 页。

都市主体深陷入都市物象序列"的困境"完整"呈现了出来。① 其小说除表现都市人生的贫富悬殊、天堂与地狱二重性外,其小说还相当深刻地揭示人在都市的孤独、寂寞、疲惫、困惑,显示精神上的唯美—颓废倾向。换言之,其小说在审美内蕴上达到了或接近了精英知识分子那样的现代主义文学境界。穆时英说:"我却就是在我的小说里的社会中生活着的人,里面差不多全都是我亲眼目睹的事。"② 表明,他的作品并非全是凭空"制造"③。1927 年,其父亲经济破产,家庭生活走向困顿,他感受到了世态炎凉和人生的痛苦,他揭示人物精神的这些方面都是炽热的、真实的,有他自己的心情、心境的投射,所以颇为动人。新感觉派小说特别有兴趣于"妖姬型"女性形象的塑造,但是相比之下,穆时英的书写摒弃了刘呐鸥小说的男性中心意识,而设身处地,换位思考,表达对女性的理解和同情,这样,他笔下的"妖姬型"女性也有了自己的内心世界,也感受到了在都市中无家可归、无人可依的孤独、寂寞和流浪,如此,他扭转了读者对"妖姬型"女性既有的审美认知,提高了这类女性形象的艺术价值。王嘉良甚至认为他的写作达到了"纯中国化"的程度④。

穆时英小说可谓 30 年代"尖端文学"的一个突出代表。其小说受欧美现代电影艺术特别是美国好莱坞电影启发甚广。受刘呐鸥影响,穆时英也写过大量有关电影的理论与评论文字,也参与了与"左联"的"软性电影"与"硬性电影"之争。具体到其小说,模仿电影明星描写小说中女性的相貌和言行特征,特别强调女性的"性感和神秘主义",认为:"神秘主义是希伯来的性感,内在的,诗的,罗曼蒂克的,智识阶级的,崇高的;在好莱坞的意义上的性感则与神秘主义相反,是希腊型的、外向的、散文的、现实的,而且是平庸的。"⑤ "美和魅力是两种截然不同的东西,前者是生理的、世间的、肉体的,而后者是形而上的、灵魂的、彼岸的。女性的优越不是生理上的美,而是她们的魅力。美同样地存在于石膏像中,魅力却是不可捉摸的。维纳斯塑像所以能倾倒千古者,在于这塑像取得了女性的灵魂;反之,就是在每一部分都酷肖石膏塑像的女子,如果她不是具备魅力的话,也不

① 张屏瑾:《摩登·革命——都市经验与先锋美学》,上海:同济大学出版社 2011 年版,第 68 页。
② 穆时英:《公墓·自序》,见严家炎、李今编:《穆时英全集》(第一卷),北京:北京十月文艺出版社 2008 年版,第 234 页。
③ "制造"是京派代表沈从文在《论穆时英》中的词汇,他认为穆时英小说内容空洞,仅玩弄技巧而已。见严家炎、李今编:《穆时英全集》(第三卷),北京:北京十月文艺出版社 2008 年版,第 432 页。
④ 王嘉良:《"辉煌"浙军"的历史聚合:浙江新文学作家群整体透视》,北京:中国社会科学出版社 2009 年版,第 234 页。
⑤ 穆时英:《电影的散步》,见严家炎、李今编:《穆时英全集》(第三卷),北京:北京十月文艺出版社 2008 年版,第 178 页。

过是一个石膏塑像,不能使男子动心的,漠然的石膏塑像而已。"①可以说,其小说中女性形象就是这种"美和魅力""性感和神秘主义"糅合的结果,虽不像刘呐鸥小说中女性形象那样过于洋化(非中国化),但是与中国传统女性也相差甚远。艺术表现上,大胆利用电影蒙太奇的手法,拓展小说的叙述空间,提速小说的叙述节奏,使小说的"时间空间化",同时也使"空间时间化",交叉紧追瞬息万变的都市人生。这种叙述时空、视角的快速变幻不仅是外在的物理的,而且是内在的心理的。这助成其小说明显的心理分析和意识流倾向,如《白金的女体塑像》写男主人公谢医师面对前来就诊的身体如白金塑像的女病号的心理震惊、好奇和迷恋的分析及这种心理的意识流表达。小说多段相应文字没有标点符号。为了快速表达都市新感觉,其小说叙述文体上借用电影脚本的写法,大量内容以情节片段并置、文字重复的方式排列出来。如《上海的狐步舞》随着镜头的旋转叙写了9个情节片段,凸显了"上海。造在地狱上的天堂"的主题。《夜总会里的五个人》叙述"一九三二年四月六日星期六下午"同一时间四个"从生活里跌下来的人"和一个差不多同时"从生活里跌下来的人"不约而同地到皇后夜总会做最后的狂欢的情景。小说文字干脆、节奏明快、情调浓郁,一场都市人生瞬息万变、令人感慨的情景跃然纸上。李今具体分析:"穆时英的《夜总会里的五个人》、《上海的狐步舞》等也几乎可以说是不标镜头的分镜头脚本。其每一段落都可视为一个镜头,或系列画面。《夜总会里的五个人》全文共排列了491行,其中1至2行为一段的就有366行,占全文行数的75%,而其他段落又大部分是由占3行的段落组成。段落的密布和小型化直接说明了小说文本的片段性和零碎性,而事实上,即使是较长段落也往往是由密集的零散性的画面系列聚集而成的。"②

穆时英小说在审美内涵和精神取向上颇遭左翼作家非议,但是在艺术风格、艺术体式和艺术表现上的探索却得到包括左翼作家在内的文学界一致的好评。钱杏邨就指出:"文字技术方面,作者是已经有了很好的基础,不仅从旧的小说中探求了新的比较大众化的简洁、明快,有力的形式,也熟习了无产者大众的独特的为一般智识分子所不熟习的语汇,以这样的文字技术,去描写正确的新的题材,是能以适应的,只要作者能艰苦的走上新的道路。"③其他批评者则着重挖掘

---

① 穆时英:《电影的散步》,见严家炎、李今编:《穆时英全集》(第三卷),北京:北京十月文艺出版社2008年版,第182页。

② 李今:《海派小说与现代都市文化》,合肥:安徽教育出版社2000年版,第162-163页。

③ 钱杏邨:《一九三一年中国文坛的回顾》,见严家炎、李今编:《穆时英全集》(第三卷),北京:北京十月文艺出版社2008年版,第390页。

穆时英小说对于中国现代都市文学的贡献。杜衡认为穆时英小说找到了适合描写中国都市的方法。穆时英是"各种手法都尝试"的先锋,"而且,凭借他的才智,他是差不多在每一种手法的尝试上都获得可观的造就"①。苏雪林借黄源评价日本横光利一的话评价穆时英:"他将活动的、立体的、燃烧的、刹那的、冲动的、复杂喧嚣的争斗与狂热、不安与狂想的现代情势之一角,用了肯定的、鲜明的、优美的,又是诗的手段表现出来。"并认为其小说标志着现代都市文学的"正式成立"②。杨之华认为:"总观穆氏的作品,其作风是一贯的,不变的。在他的作品里,饱含着抒情诗的浓郁味和近代风的明快感,其精致而新鲜的笔法不单可以将要写的情景流露出纸面,而且也有着诉诸视觉以外的新感觉。在许多成名了的中国青年作家群中,穆氏的风格有如鹤立鸡群,他对于文艺新样式的探求非常大胆,在创作的技巧上,他打破历来的因袭型,常常作着新的尝试,而他大胆的尝试,往往得到惊人的成功。如《夜总会里的五个人》,《白金的女体塑像》,《五月》,《某夫人》等篇,都给近代的文艺界创造出一个难得的新样式。"③穆氏在创作上的手法,确实摄取了日本横光利一文学的精华:"以艺术的新尺度去测量社会的现象和人们的心理,摆脱以前一切的古旧的因袭,给中国的新文艺开拓出一个广大而新鲜之路,并绘出了纯都会人的各式各样的典型。"④王哲甫期许穆时英在不久的将来"会有更伟大的作品产生出来"⑤。

程文超等《欲望的重新叙述》认为,中国现代文学三十年之主流,第一个十年即"五四"时期,是新理性价值原则指导下的心意解放、感情释放为主人生的书写时期,第二个十年即常说的 30 年代是新理性价值都市化、世俗化、商业化,人的欲望感性全面松绑和释放并走向文学书写前台的时期,第三个十年即常说的 40年代是新理性价值原则重新走向精神化并与传统价值原则结合调控文学中的人性书写时期。换言之,30 年代是人性、欲望、各种感觉全面释放和狂欢的时期。为了凸显这个时代的人性、欲望、感官盛宴,达到艺术的繁复和立体化、陌生化效

---

①　杜衡:《关于穆时英的创作》,见严家炎、李今编:《穆时英全集》(第三卷),北京:北京十月文艺出版社 2008 年版,第 424 页。

②　苏雪林:《新感觉派穆时英的作风》,见严家炎、李今编:《穆时基全集》(第三卷),北京:北京十月文艺出版社 2008 年版,第 517-518 页。

③　杨之华:《穆时英论》,见严家炎、李今编:《穆时英全集》(第三卷),北京:北京十月文艺出版社 2008 年版,第 475 页。

④　杨之华:《穆时英论》,见严家炎、李今编:《穆时英全集》(第三卷),北京:北京十月文艺出版社 2008 年版,第 472 页。

⑤　王哲甫:《中国新文学运动史》(节选),见严家炎、李今编:《穆时英全集》(第三卷),北京:北京十月文艺出版社 2008 年版,第 427 页。

果,穆时英小说调动了大量具体的可视可听可感的艺术手法:(一)光、影、色的渲染和叠加。穆时英笔下的都市是流光溢彩而变幻多端的。如前述《上海的狐步舞》和《夜总会里的五个人》里所写。决定其叙述深度的是,穆时英笔下的光、影、色往往具有都市文化意指或折射人物的内心世界,表达异样的审美感觉。如《上海的狐步舞》两次叙写上海大饭店内部环境设施之"白":墙壁是白的,床单也是白的,而人物却是荒淫、无灵魂的,这造成对比和讽刺。《PIERROT》用黑色表环境的压抑和人物心理的沉郁:"抬起脑袋来:在黑暗里边,桌上有着黑色的笔,黑色的墨水壶,黑色的书,黑色的石膏像,壁上有着黑色的壁纸,黑色的画,黑色的毡帽,房间里有着黑色的床,黑色的花瓶,黑色的橱,黑色的沙发,钟的走声也是黑色的,古龙香水的香味也是黑色的,烟卷上的烟也是黑色,空气也是黑色的,窗外还有个黑色的夜空。"(二)声音的渲染和叠加。《上海的狐步舞》开头,两伙地方势力拼杀,一方用枪打倒另一方,另一方的"救命"声又马上被疾驰而来的特快列车那狐步舞般的行进声完全掩盖。接着写富有动感和立体感的舞厅景象:"蔚蓝的黄昏笼罩着全场,一只 saxophone 正伸长了脖子,张着大嘴,呜呜地冲着他们嚷。当中那片光滑的地板上,飘动的裙子,飘动的袍角,精致的鞋跟,鞋跟,鞋跟,鞋跟,鞋跟。蓬松的头发和男子的脸。男子的衬衫的白领和女子的笑脸。伸着的胳膊,翡翠坠子拖到肩上。整齐的圆桌子的队伍,椅子却是零乱的。暗角上站着白衣侍者。酒味,香水味,英腿蛋的气味,烟味……独身者坐在角隅里拿黑咖啡刺激着自家儿的神经。"这里,又涉及另一表现手段,即:(三)物象的渲染和叠加。《PIERROT》通过写大街上无数的"眼"表达都市人生的多元、繁杂和神秘。所谓:"街。街有着无数都市的风魔的眼:舞场的色情的眼,百货公司的饕餮的蝇眼,'啤酒园'的乐天的醉眼,美容室的欺诈的俗眼,旅邸的亲昵的荡眼,教堂的伪善的法眼,电影院的奸滑的三角眼,饭店的朦胧的睡眼……/桃色的眼,湖色的眼,青色的眼,眼的光轮里边展开了都市的风土画……"(四)象征、比喻、拟人、通感。如《骆驼·尼采主义者与女人》用骆驼象征人生的"静默,忍耐,顽强";《白金的女体塑像》用白金塑像象征女性纵欲过度所形成的身体塑形。《街景》采取拟人手法,将满载旅客的火车开离站台的一刹那,写成"月台往后缩脖子"。《墨绿衫的小姐》用"绢样的"表"声音",是通感;说"墨绿衫的小姐,仰起了脑袋,一朵墨绿色的罂粟花似地,羽样的长睫毛下柔弱的载不住自己的歌声里边的轻愁似地,透明的眼皮闭着,遮住了半只天鹅绒似的黑眼珠子,承受着那从芦笛里边纷然坠下来的,缤纷的恋语,婉约得(像词)马上会融化了的样子",充分显示其语言修辞的灵活性、多样性、心理感应和表意取向的综合性、圆融性。(五)标点符号

的巧用。如《PIERROT》在有了上面所引那段文字后用括号括住 10 个问号
（??????????），表达了对这种沉郁的都市人生的困惑和不解。（六）字体大小的
巧用。如《Craven"A"》用"啧啧啧啧啧"表达男主人公对于谜一样的女性的迷恋和
感叹。（七）数字的巧用。如《黑牡丹》结尾这样写："生活琐碎到像蚂蚁。/一只
只的蚂蚁号码 3 字似的排列着。/……/有 333333333333……没结没完的四面
八方地向我爬来，赶不开，跑不掉的。/压扁了！真的给压扁了！"

前面已经论及茅盾小说具有"新闻文学"趋向，其实穆时英小说《本埠新闻栏
编辑室里一札废稿上的故事》受帕索斯影响，也有相近的艺术特征。吴福辉就称
之为"新闻传奇体"①。小说打破封闭的艺术结构，将虚构部分与现实中一则下
层舞女被流氓欺侮的新闻废稿穿插在一起叙写，虚实相间，拓展了小说叙述空
间，扩大了小说叙述含量；而且小说从不同人物角度叙述这场案情，造成多个人
物声音的对话关系，繁复了小说结构，凸显了一场冤案的立体感，呈现鲜明的文
学本体特征，亦颇耐人寻味。

吴福辉在《中国现代文学三十年》里评说："他是真正意义上的新式洋场小说
家。因为充足的才气，无顾忌的描写，会觉得他有点文字暴发户的味道。他把新
感觉的文体，发挥得淋漓尽致。是他创造了心理型的小说流行用语和特殊的修
辞，用有色彩的象征、动态的结构、时空的交错以及充满速率和曲折度的表达式，
来表现上海的繁华，表现上海由金钱、性所构成的交声喧哗。是穆时英等人的新
感觉派小说，在现代文学史第一次使得都市成为独立的审美对象，可供品赏，同
时进行一定的文化思索。"②穆时英代表 30 年代中国新感觉派的最高水平，当时
就被人们称为"天才""鬼才""中国新感觉派文学圣手"等③。有人这样回忆 30
年代穆时英的影响："穆时英的作品，经常席卷上海的大小书摊，就像霞飞路上的
法国时装款式而流行；电车上、公园里的年轻人每人几乎执一册登有穆时英小说
的杂志，以示摩登时髦云云。"④1933 年 6 月穆时英的第二部小说集《公幕》出版，
"穆时英笔调"、"穆时英作风"更是因有众多模仿者而风靡一时⑤。可惜由于作
家思想的局限和左翼作家的猛烈批判，他有意无意地倒向国民党政府的民族主

---

① 吴福辉：《都市漩流中的海派小说》，长沙：湖南教育出版社 1995 年版，第 33 页。

② 钱理群、温儒敏、吴福辉：《中国现代文学三十年》（修订本），北京：北京大学出版社 1998 年版，第
326-327 页。

③ 杨之华：《穆时英论》，见严家炎、李今编《穆时英全集》第三卷。北京：北京十月文艺出版社 2008
年版，第 471 页。

④ 余麟年：《穆时英：中国新感觉派文学的"圣手"》，郑州：《名人传记》2003 年第 11 期。

⑤ 陈海英：《民国浙籍作家穆时英研究》，杭州：浙江工商大学出版社 2015 年版，第 26 页。

义文学运动。1937 年抗战全面爆发后,他又被引上一条有意无意附逆汪伪政权之路,终于在 1940 年被暗杀于上海街头,年仅 28 岁。时隔半个世纪之后,他的趣味、笔调和文风在邱华栋、卫慧、郭敬明甚至慕容雪村等作家那里显影,但平心而论,尚无出其右者。

四、心理分析小说

施蛰存在《我的创作生活之经历》里说:"因了适夷先生在《文艺新闻》上发表的夸张的批评,直到今天,使我还顶着一个新感觉主义的头衔。我想,这是不十分确实的。我虽然不明白西洋或日本的新感觉派主义是什么样的东西,但我知道我的小说不过是应用了一些 Freudism 的心理小说而已。"[①]在一篇访谈中,他说他是先读到与弗洛伊德同时代的奥地利精神分析大师施尼茨勒的小说,后接触了弗洛伊德的理论,再而阅读了蔼理斯的《性心理学》煌煌四卷,受他们影响才开始小说创作的。"显尼志勒把心理分析的方法用在小说里头。我到上海后首先接触的,便是这种心理分析的小说,它从对人深层内心的分析来说明人的行为,对人的行为的描写比较深刻。我学会了他的创作方法。"[②]在这篇访谈里,他也不同意笼统地将他的小说称为"心理小说",认为那"实际上是不对的。他们不知道心理和心理分析的不同。心理小说是老早就有的,十七、十八世纪就有的。Psychoanalysis(心理分析)是二十世纪二十年代的东西。我的小说应该是心理分析小说。因为里头讲的不是一般的心理,是一个人心理的复杂性,它有上意识、下意识,有潜在意识。这和十八世纪的写作不一样,那时的心理学还没有挖到这么深的地步"[③]。这应该针对此次访谈前上海文艺出版社出版的"中国现代作家名著珍藏本"丛书里施蛰存那本被冠以"心理小说"的名字而言。这样,就很清楚了,我们便可以认定,施蛰存是现代心理分析小说的开创者、奠基人。李欧梵在《上海摩登》里评价说:"施蛰存可以被视为是中国第一个弗洛伊德论作家,因为他的有些故事完全是在弗洛伊德的范畴里建构的。"[④]

施蛰存是一个对文学颇有抱负的作家,受刘呐鸥影响,对当时世界上正"新

---

① 施蛰存:《创作十年集》,上海:华东师范大学 1996 年版,第 403-404 页。
② 施蛰存:《为中国文坛擦亮"现代"的火花——答新加坡作家刘慧娟问》,见施蛰存:《沙上的脚迹》,沈阳:辽宁教育出版社 1995 年版,第 175 页。
③ 施蛰存:《为中国文坛擦亮"现代"的火花——答新加坡作家刘慧娟问》,见施蛰存:《沙上的脚迹》,沈阳:辽宁教育出版社 1995 年版,第 177 页。
④ [美]李欧梵:《上海摩登——一种新都市文学在中国(1930—1949)》,毛尖译,北京:北京大学出版社 2001 年版,第 185 页。

兴"和处于"尖端"的文学莫不沉醉。心理分析小说就是当时西方"尖端文学"之一。因为这个时候,弗洛伊德主义运用到文学创作上刚开始不久。施蛰存在接受访谈时回忆道:"当时英国乔艾斯(James Joyce)的《尤里西斯》('Ulysses'),写潜在意识的一本大书,是很贵的,大概五六十块钱,在上海也买不到。英文版,法国出的。等到我见到时,已经是一九三四、三五年,快打仗了。我也已经写了我那些心理分析小说。所以不能说我先看到《尤里西斯》。""我并没有受《尤里西斯》影响。""现在上海有人说我受伍尔芙影响,(也)是不对的。我知道这个人,但打仗以前我没有看到她的书。"①在另一次接受访谈时说:"吴尔芙写小说是我之后。"②在《我们经营过三个书店》里写道:"我在创刊号(指《新文艺》——引者)上发表了《鸠摩罗什》,同时《小说月报》发表了我的《将军底头》,这两篇都是运用历史故事写的侧重心理分析的小说,在当时,国内作家中还没有人采取这种创作方法,因而也获得一时好评。"③

　　施蛰存的心理分析小说起步于收在《上元灯》中的《周氏夫人》《宏智法师的出家》等,高潮于《将军底头》里的 4 篇小说,后续于《梅雨之夕》中的 10 篇小说和《善女人的品行》中的 12 篇小说,结束于《小珍集》里的 9 篇小说。就题材讲,分为历史题材和现实题材。历史题材的有《鸠摩罗什》《将军底头》《石秀》《阿褴公主》《李师师》《黄心大师》等,主要写人物的"二重人格",就是理性与感性的分裂性,超我与自我的分裂性,意识与无意识的分裂性。苏雪林后来在《心理小说家施蛰存》里说:"如果有人叫我开一张五四以后新文学最优秀作品的目录,施蛰存《将军的头》一定会占个位置。《将军的头》实奠定他的文坛地位,我们可以派之为他的代表作。"④《将军底头》里最好的作品是《石秀》。《石秀》将《水浒传》中石秀怂恿杨雄杀妻进行深度心理开掘,打开了用现实主义创作方法无法打开的人情人性的复杂世界。但是这类小说如严家炎所指出,刻意于人物二重人格开掘,对于人物和生活的真实面相不免扭曲,有为出奇而出奇的心理动因,艺术价值不免受到影响⑤。现实题材的代表作是《梅雨之夕》。在这篇小说里,历史题材小说那样刻意对人物进行心理分析的"艺术之过"基本上销声匿迹,而善于贴近都

---

① 施蛰存:《为中国文坛擦亮"现代"的火花——答新加坡作家刘慧娟问》,见施蛰存:《沙上的脚迹》,沈阳:辽宁教育出版社 1995 年版,第 176 页。

② 《中国现代主义的曙光——答台湾作家郑明娳、林耀德问》,见施蛰存:《沙上的脚迹》,沈阳:辽宁教育出版社 1995 年版,第 172 页。

③ 施蛰存:《沙上的脚迹》,沈阳:辽宁教育出版社 1995 年版,第 22 页。

④ 转自黄献文:《论新感觉派》,武汉:武汉出版社 2000 年版,第 191 页。

⑤ 严家炎:《新感觉派小说选》,北京:人民文学出版社 1989 年版,"前言"第 5 页。

市日常生活逻辑和情景,撷取典型都市生活细节和生活场景对人物进行深层心理开掘,尤其写出人物"无意识"流动变迁的过程,折射都市俗常人生对人的压力及人们渴望变化、渴望解压、渴望轻松浪漫而未果的内心世界。杨迎平指出:施蛰存对弗洛伊德理论是有取舍的,二者不同之一就在于弗洛伊德理论完全将性本能解释为人生的根本动力,不顾及个人与社会的关系,而施蛰存的心理分析则兼顾到人生活的多个方面,因此其小说就显示现实主义与心理分析的结合。到《善女人品行》集里的作品如著名的《春阳》《雾》等,心理分析再变而为人物"内心独白",现实主义成分更鲜明了①。施蛰存还有一些小说如《魔道》《夜叉》调动"各种官感的错觉,潜意识和意识的交织"写都市人的神经过敏、"不宁情绪"、心理创伤及感觉聚焦。这是施蛰存心理分析小说的又一类型,而且也带有鲜明的原创性。比如,《魔道》里写主人公看到一个玻璃上的黑点子,以为是玻璃外面有人影。这种写法在伍尔芙的《墙上的斑点》里成了著名的文学事件,而施蛰存说,他当时写这个细节时并没有看到过伍尔芙的作品。他说,他这个创造性的想象和书写受启发于蔼理斯的著作②。在另一篇访谈中,他说:"我创造过一个名词叫 inside reality(内在现实),是人的内部,社会的内部,不是 outside 是 inside。""吴尔芙写小说是在我之后。我这篇小说是受法国怪诞小说的影响。最有名的是十九世纪多列维莱的作品,我把心理分析跟怪诞揉合起来,在法国称之为'黑色的魔幻'"③。这种小说很容易让人想起后来的魔幻现实主义。

施蛰存不认为自己的创作是新感觉派之类,但是 30 年代,左翼作家就将他与刘呐鸥、穆时英们放在一起谈论,楼适夷更是在《施蛰存的新感觉主义——读了〈在巴黎大戏院〉与〈魔道〉之后》中直接称呼他的创作为新感觉主义;新时期的研究者如最早研究施蛰存创作的严家炎就还是将他归入新感觉派对待。严家炎在 1985 年撰写《略谈施蛰存的小说》,其中论到:"心理分析小说并不等于新感觉派,两者并不是一回事,但它们之间又确有某种关联。日本的新感觉派小说家如横光利一等,后来就发展到了'新心理主义'的道路上去。施蛰存等正是在这样的条件下追求创新并写作心理分析小说的,他的作品在一定程度上也不免接受日本新感觉派的影响。他创作的那些心理分析小说,大体相当于日本新感觉派

---

① 杨迎平:《永远的现代——施蛰存论》,北京:光明日报出版社 2007 年版,第 162 页。

② 《为中国文坛擦亮"现代"的火花——答新加坡作家刘慧娟问》,见施蛰存:《沙上的脚迹》,沈阳:辽宁教育出版社 1995 年版,第 176 页。

③ 《中国现代主义的曙光——答台湾作家郑明娳、林耀德问》,见施蛰存:《沙上的脚迹》,沈阳:辽宁教育出版社 1995 年版,第 172 页。

后期提倡的'新心理主义'。我们从这里所选的《鸥》,也可以看到施蛰存小说所具有的某种新感觉主义的烙印。这是一篇有特色的小说。它不但采用了意识流手法,节奏较快,带有电影蒙太奇的跳跃性,还涂抹了一重象征色彩,以此显示了朦胧的美好理想在无情的现实面前的破灭,给人留下一点惆怅感。实际上,它已超出了一般心理分析小说的范围。这类作品代表三十年代现代派作家所进行的新的探索,它们在现代小说史上,是应该有自己的地位的。"①

五、后期浪漫派小说

历史延续到了 40 年代,徐訏、无名氏的创作是否可以作为一个流派看待,这是一个不乏争议的问题,尽管如此,更多的人还是接受了严家炎将他们命名为"后期浪漫派"的观点②。那么,这样,我们又可以说,徐訏是 40 年代新浪漫派的开创者和奠基者。

在中国现代文学史上,像徐訏这样著作等身、成就突出,而文学史身份和地位一直难以确认的作家,可谓寥寥无几。要说他属于新文学作家,肯定不妥,因为他的创作很少有像鲁迅、茅盾那样对国家、民族重大问题的探索,也很少有像戴望舒、钱锺书那样对个体生命根本性困惑的追问或对精神性超越的诉求。但是他又明确鄙薄张爱玲、苏青们,说她们的创作"低级幼稚""浮浅"之处甚多。具体如下:

> 我于抗战胜利后回到上海,很想看看敌伪时期占领区的文艺。文艺的表现不外是生活的生命的或是社会的时代的,无论是歌颂诅咒或讽刺,总是可以反映这一个时间里的生命的活动与社会的活动。在长长抗战的历史中,我们的后方出现了不少的小说戏剧散文与诗歌,虽不敢说有多少伟大的收获,但至少可以看出伟大的抗战时期人民生活的悲喜的面貌,社会行进中动荡的情形。但是可怜得很,整个的广大沦陷区竟没有一本可以代表那一个社会的小说,没有一本能表现那个时代的戏剧,也没有动人心弦的诗歌。我只看到一些散文,而也只是些零星的微弱的作品,既不是代表独特的生命的产物,也不能代表反映特殊社会的作品。有人介绍我两个当时见红的女作家的作品,一个是张爱玲,一个是苏青。张爱玲有一本短篇小说集,一本散文集,小说所表现的人

---

① 严家炎:《略谈施蛰存的小说》,北京:《中国现代文学研究丛刊》1985 年第 3 期。
② 严家炎:《中国现代小说流派史》,北京:人民文学出版社 1989 年版,第 295 页。

物范围极小，取材又限于狭窄的视野，主题又是大同小异，笔触上信口堆砌，拉杂拉扯处有时偶见才华，但低级幼稚耍文笔处太多，散文集比小说稍完整，但也只是文字上一点俏皮，并无一个作家应该有且必有的深沉的亡国之痛与回荡内心的苦闷之表露；也无散文家所必需的缜密的思考与哲理的修养。苏青所写的则也只限于一点散文，以俏皮活泼的笔调写人间浮浅的表象，其成就自然更差。能够让我们有点时代反省与可以让我们见到那个社会的知识阶级的感受的，远不如周作人的几篇散文。可惜周作人也只有几篇散文。如果当时有一个小说家在沦陷区写一部可稍稍笼括那一个时代社会的小说，如果当时有一个诗人在沦陷区反复回荡地写他个人的深浅曲直的观察感受，这该是多么可喜呢？可是竟没有！现在我们要谈到中国现代文学史的"敌伪时期沦陷区的文学"，则几乎是要交白卷的可怜①。

这段话里，他显示其文艺观，即"文艺的表现不外是生活的生命的或是社会的时代的，无论是歌颂诅咒或讽刺，总是可以反映这一个时间里的生命的活动与社会的活动"。在这种文艺观下，他肯定了大后方文学，认为大后方文学"虽然不敢说有多少伟大的收获，但至少可以看出伟大的抗战时期人民生活悲喜的面貌，社会行进中动荡的情形"。相比之下，他认为上海沦陷区文学远远没有达到这个水平。显而易见，他的文学评判标准在新文学与海派文学之间或之外。张爱玲、苏青们在新文学与通俗海派文学之间寻找结合点或说超越点，徐訏在新文学、新海派文学与通俗海派文学之间寻找结合点或说超越点。他也渴望文学有重大时代愿景，但是除《鬼恋》《风萧萧》外，他的创作基本上都与时代大潮无关；他的创作也是纯粹个人话语，也主要写男欢女爱那点事，但他更感兴趣的是超越世俗欲望的审美意义上的爱情、带有宗教情绪的爱情，永远不会实现的那种，所以他看似又比张爱玲、苏青们的创作精神化、高雅化。所以，有的研究者称之为"审美个人主义者"。言："徐訏的独特之处在于他以唯美主义的超然眼光，对于女性美的挖掘和表现，由此营造出他的爱和美的乌托邦，多姿多彩、形态各异的女性是这个乌托邦王国中的最为光彩照人的人物，他的爱和美的浪漫理想主要也是由这些女性作为载体来表现的。从具有一种飘然出世之美的《鬼恋》中的'女鬼'开始，到《精神病患者的悲歌》中为成人之美而可以献出自己的一切的女仆海兰，

---

① 徐訏：《谈小说的一些偏见——於梨华〈梦回青河〉序》，见《徐訏文集》（第11卷），上海：上海三联书店2008年版，第3页。

再到《风萧萧》中清纯出世、一尘不染的海伦,徐讦是以这些女性人物来寄托他的人生和艺术理想的,看似脱离于现实,但也恰恰是对充满暴力和残忍、争斗和仇恨的时代现实的一种回应。……徐讦笔下的女性给人带来的是美感而与快感无关。"①在一篇散文中,徐讦也说:"恋爱所以会神圣,我觉得完全为有宗教般的信仰,有宗教般的信仰,方有神秘的气味"②。为了增加这种"神秘的气味",徐讦就大量虚构相关人事和情景,"有人在世上求真实的梦,我是在梦中求真实的人生的……"(《阿剌伯海的女神》)距离现实人生过远,唯美倾向明显,不具有深厚、具体的人生底蕴,所以,张爱玲评之曰:"徐讦——太单薄,只有那么一点。"③这样,他雅得不够,俗得也不足,他错过了多少读者。但是,他又确实有自己的艺术个性,走出了一条属于自己的路。如此,徐讦就构成独特的文学现象,实值得作一次深入全面的讨论。

徐讦与穆时英一样,写作上具有两副笔墨、两个面孔。穆时英一面写左翼小说,一面写新感觉小说。"左联"作家最不能理解的就是穆时英的这种"二重人格",认为他浪费了自己的才华,其实这种评判恰构成对都市人生实际处境的忽视和对都市文学审美的有意敌视。都市人生是多元人生、动荡人生、各种矛盾纠结在一起的人生,人置身其中,不可能没有多重人格乃至人格分裂。弗洛伊德精神分析学说的产生一方面来自科学(生理学、心理学等)的发展,一方面也来自现代都市人生中人的生存的多种病候。在精神分析视野下,没有精神隐患和人格分裂的人很难想象。所以,穆时英自我告白:"我过着二重,甚至于三重,四重……无限重的生活的。……我是正,又是反;是是,又是不是;我是一个没有均衡,没有中间性的人。"④其实,徐讦也说过:"我"也有"灵魂的两个方面,我是一个最热诚的人,也是一个最冷酷的人,我有时很兴奋,有时很消沉,我会在狂热中忘去自己,但也有最多的寂寞袭我心头。我爱生活,在凄苦的生活中我消磨我残缺的生命;我还爱梦想,在空幻的梦想中,我填补我生命的残缺。在这两种激撞之时,我会感到空虚。……一时我腾飞在情热之上,一时我消沉在理智之中"⑤

---

①　耿传明:《轻与重之间:"现代性"问题视野中的"新浪漫派"文学》,天津:南开大学出版社 2004 年版,第 32-33 页。

②　徐讦:《中西的电车轨道与文化》,见《徐讦文集》(第 9 卷),上海:上海三联书店 2008 年版,第 27 页。

③　宋以朗编:《张爱玲私语录》,北京:北京十月文艺出版社 2011 年版,第 59 页。

④　穆时英:《我的生活》,见严家炎、李今编:《穆时英全集》(第三卷),北京:北京十月文艺出版社 2008 年版,第 7-8 页。

⑤　徐讦:《一家·后记》,上海:夜窗书屋 1943 年版,转自钱理群编:《二十世纪中国小说理论资料》第四卷(1937—1949),北京:北京大学出版社 1997 年版,第 172 页。

。按照西美尔的说法,这都是典型的都市人格征兆。一面兴奋到极点,一面消沉到极点;一面积极,一面消极;在多元的、动荡的、各种矛盾纠结在一起的巨大的都市人生面前,很少有人能全身而退了,所以张爱玲说:"生在这世上,没有一样感情不是千疮百孔的。"这是理解40年代很多都市文学作家创作复杂向度的基础;加上40年代抗日战争的背景,徐讦创作的复杂性也自然形成。徐讦也是一面写偏于现实主义的作品,一面写偏于浪漫主义的作品,一面写正剧,一面写喜剧,一面是东方式回眸,一面是西方式眺望,但无论哪一种类型的作品、哪一种文化姿态,都取材于都市或与都市有关,都不乏现代主义—现世主义内蕴。

徐讦一生以小说闻名,但戏剧、诗歌和散文也取得了不可忽视的成就。目前所见,1930年发表的独幕剧《青春》是徐讦最早见诸报刊的作品,写一个大学教授从年轻时就爱一个朋友家的小女孩。这爱给他奋斗的勇气和力量,但等女孩长大成人,他也到了人生之秋;虽然女孩是他的学生,爱的表白还是无法得到相应的回报。而他的外甥、一个与女孩同样处于美好青春岁月的男生却轻而易举地得到了女孩的爱。这是一个喜剧,两个刚见面、连名字也不知道的青年男女就为爱相拥,而一个爱了近20年的中年人却以失败而告终。剧本夸张了青春的荣耀和权力,但是对于人生命的短暂、时间对人命运的捉弄的表达还是给人留下深刻的印象。可看作杨绛40年代小说《小阳春》的滥觞。1934年写的短篇小说《属于夜》则属正剧性质,叙写在上海,一个大学毕业生与一个名舞女比邻而居,舞女开始看不起大学生,大学生几年后事业有成,生活地位上升,顺利成家,舞女则很快红颜衰退,心高气傲,难以凑合,始终不曾有婚嫁之事。时间是命运的形式,命运是时间的内涵,舞女最后不得不输给时间和命运,再后悔当初对大学生的倨傲也晚了;在上海再也待不下去,经济的、心伤的原因,她决定回家乡随便嫁人以表达对命运的迁就,同时也是对自我的嘲弄。这篇小说叙事节奏非常沉实、舒缓,好像无数的人生无奈、悲凉与理性审视都浸透在字里行间,有张爱玲《爱》那样深远的现代主义人生内涵,但比张爱玲的《爱》有更具体实在的都市生活肌理。如果按照这个路子走下去,徐讦肯定是现代主义大家,但是1936年去法国,在靠近古希腊文明的地中海上,他写了《阿剌伯海的女神》,从此改变了审美方向。以后又写了《鬼恋》《荒谬的英法海峡》《吉普赛的诱惑》《精神病患者的悲歌》《烟窟里的花魂》《风萧萧》等一批充满浪漫奇幻色彩的小说,也就是严家炎所指称的"后期浪漫派小说"。

徐讦北京大学求学时阅读了英文版的马克思《资本论》等社会主义著作,思想是激进的,但是后来到巴黎留学,见到不少反映苏联阴暗面的材料,于是对社会主义的信念破灭,从此坚守自由主义和个人主义。他是北京大学哲学系出身,后认真研习过现代心理学,到巴黎留学的方向也是专攻哲学,这样,对于康德自由哲学、柏格森生命哲学、弗洛伊德精神分析梦幻理论和荣格关于幻觉艺术的论述等都熟稔于心。一般认为这就是其小说浪漫奇幻色彩的影响源①。其实,不尽于此,还应有古希腊文学、文化精神的浸染。

周作人在《圣书与中国文学》里指出:"近代欧洲文明的源泉,大家都知道是起源于'二希'就是希腊及希伯来的思想,实在只是一物的两面,但普通称作'人性的二元',将他对立起来:这个区别,便是希腊思想是肉的,希伯来思想是灵的;希腊是现世的,希伯来是永生的。希腊以人体为最美,所以神人同形,又同生活,神便是具足的人,神性便是理想的充实的人生。希伯来以为人是照着上帝的形象造成,所以偏重人类所分得的神性,要将他扩充起来,与神接近以至合一。这两种思想当初分立,相互撑拒,造成近代的文明,到得现代渐有融合的现象。其实希腊的现世主义里仍重中和(Sophrosyne),希伯来也有热烈的恋爱诗,我们所说两派的名称,不过各代表其特殊的一面,并非真是完全隔绝,所以在希腊的新柏拉图主义及基督教的神秘主义已有了融合的端绪,只是在现今更加显明罢了。"②马克思认为希腊神话"仍然能够给我们以艺术的享受,而且就某方面说还是一种规范和高不可及的范本","显示出永久的魅力",就因为希腊神话是希腊这个"正常的儿童"的艺术,言外之意即指它里面有人的精神和肉体的健康合一,没有后来的病态、分裂③。泰纳在《艺术哲学》里也指出:古希腊"雕塑家必须使雕塑的躯干与四肢显得和头部同样重要,必须对肉体生活像对精神生活一样爱好——希腊文化是唯一能做到这两个条件的文化。文化发展到这个阶段这个形式的时候,人对肉体是感到兴趣的;精神还不曾以肉体为附属品,推到后面去;肉体有其本身的价值。观众对肉体的各个部分同等重视,不问高雅与否;他们看重呼吸宽畅的胸部,灵活而强壮的脖子,在脊骨四周或是凹陷或是隆起的肌肉,投掷铁饼的胳膊,使全身向前冲刺或跳跃的脚和腿"④。

可以断言,中国现代作家创作不受古希腊文化文学精神影响者寥寥可数。有的研究者认为,二三十年代的京派偏于"强调古希腊文化中所呈现出的那种和

---

① 陈旋波:《时与光——20世纪中国文学史格局中的徐讦》,南昌:百花洲文艺出版社 2004 年版,第 111 页。

② 杨扬编:《周作人批评文集》,珠海:珠海出版社 1998 年版,第 255 页。

③ [德]马克思:《政治经济学批判·导言》,见北京大学中文系文艺理论教研室编:《马克思恩格斯列宁斯大林论文艺》,北京:人民文学出版社 1980 年版,第 83 页。

④ [法]泰纳:《艺术哲学》,傅雷译,北京:生活·读书·新知三联书店 2017 年版,第 320 页。

谐、民主和匀称的特点,将其当做中国社会思想革命所遵循的向导",而海派"却大肆渲染它的自由精神,为解放思想、彻底挣脱传统封建道德的枷锁提供了可资膜拜的模范"①。周作人晚年说:"余一生文字无足称道,唯暮年所译希腊对话,是五十年来的心愿,识者当自知之。"②如果说,周作人作为"五四"时代的领袖,看重的是古希腊思想文化作为"中国社会思想革命所遵循的向导",那么,30 年代戴望舒对古希腊文化的关注就比较个人化,对于现代人生的个体审美不乏启发意义。这可以从周作人与戴望舒都选译古希腊"路吉阿诺斯对话集"(戴望舒译为"路吉亚诺思文录"),但侧重点不同得到佐证。周作人翻译的是《大言》《兵士》《魔术》,内容显然偏于社会矛盾和社会公正之类;戴望舒先后翻译的是《娼妓问答》"三·训女"、《魔法》(即周作人翻译的《魔术》——引者)、《爱钞》《哲人》《激妒》和娼妓问答五题》包括《人妖》《爱俏》《争风》《报复》《误会》,内容显然偏于个人生命自由和唯美之类。前面已经论及,1929 年曾朴、曾虚白父子翻译法国 19世纪末作家比埃尔·路易的《阿芙洛狄忒》,改名为《肉与死》出版,其内容和情趣与戴望舒翻译的"路吉亚诺思文录"的内容和情趣非常接近。邵洵美、张若谷等对路易这部小说推崇有加,张若谷藏有它的法文本,邵洵美藏有它的英文本,他们还曾借书给曾氏父子作参考。为制造市场效应,邵洵美还曾化名 19 岁的女学生刘舞心给曾朴写信,表示是曾朴的崇拜者,更是这部小说的钟情者,为曾朴翻译这部小说兴奋,也为曾朴翻译这部小说担忧,因为不愿意再回想小说中女主人公的凄艳结局。著名期刊《论语》《人间世》的主编都是林语堂,《论语》的创办人是时代印刷公司的总经理邵洵美;1933 年夏,徐訏北大学习结束来到上海,曾先后在这两个刊物做过林语堂的助手,他对当时上海文坛这份热闹应该有所了解,且对于《肉与死》应该阅读过。这部小说当时不止曾氏父子一个译本,还有鲍文蔚根据法文、英文两种底本翻译的 1930 年出版的《美的性生活》等,可见它在当时确有广泛的影响。如此背景下,理解徐訏小说中浪漫奇幻色彩之形成就多了一条可靠路径,即明显受古希腊和法国文学、文化传统影响。《吉普赛的诱惑》写到女人对性的关系也可以看到与《阿芙洛狄忒》的相仿。《阿芙洛狄忒》正是写古希腊妓女的唯美追求,这里妓女们的生活是合法的常态的,无所谓损害社会道德,因为这是社会允许的。只是徐訏同时受东方佛道文化思想影响,也可能是不愿意看到《阿芙洛狄忒》那样女主人公惨死的悲剧结局,所以,《吉普赛的诱惑》

---

① 王敏:《清眼看世界——爱丁堡访学让我搞定了博士论文选题》,见 2015 年 11 月 4 日清华大学研究生教育公共平台,"求知网"(www. qiuzhi5.com)转载。

② 钟叔河选编:《周作人文选:1945—1966》,广州:广州出版社 1996 年版,第 567 页。

的结局改为中国式处理,即让男女主人公跳出西方人生的逻辑,而到东方或拉丁美洲去寻找或流浪。这也就是作品前半部分显示西方式浪漫幻美色彩,作品后半部分转换为东方式浪漫幻美色彩的原因。

《鬼恋》将自由、原欲世界写成鬼的世界,压抑、理性世界写成白天的世界,这有点像《聊斋志异》,就是小说奇幻色彩的构成转回到东方,但西方因素依然很明显,譬如女鬼的长相、气质、穿着打扮、生活作风、所抽纸烟爱好、家里有钢琴等都是典型的异域风情。换言之,《鬼恋》的成功是因为强化了本土因素,与中国读者有了更好的沟通方式。

1943年,长篇小说《风萧萧》在重庆《扫荡报》连载,大受读者欢迎,一时洛阳纸贵,1943年也被称为"徐訏年"。其实这一年,张爱玲《沉香屑——第一炉香》《金锁记》《倾城之恋》等作品已经发表,苏青长篇小说《结婚十年》也已在报刊连载;可见当时徐訏创作巨大的影响力。那么,《风萧萧》成功的秘密在哪里?应该说是民族情感、知识分子唯美情结、爱的宗教情怀、西方文学幻美色彩与当时最大多数市民读者群阅读趣味的奇异结合。所谓民族情感,指作品设置几个女主人公都是为民族而战、为正义而战,其中国民党女间谍白萍还为战争献出了自己青年的生命,表现了当时国人所需要张扬的民族气概。这在当时语境下,是很容易引起共鸣和同情的。所谓知识分子唯美情结,是指小说虽然以抗战为背景,但是写得最多的还是男主人公与三个女主角的唯美爱恋。三个女性各有各的出众的美,但是又都无条件地爱"我",这里不仅是唯美,还表现出超级自恋倾向。有的人就认为这种自恋迎合了当时国人对自我的保护心理。所谓爱的宗教情怀,指这里的爱如前面所述,不及于世俗欲望,而只凸显其难得的超世俗的美。所谓西方文学幻美色彩,指古希腊文学、文化传统一直是西方文学特别是英法唯美—颓废主义文学发展演变的源头,通过英法文学的影响,它自然渗透进中国现代文学,包括徐訏的小说。如徐訏喜欢的法国作家梅里美,其代表作《卡门》写吉普赛女郎卡门的传奇人生,就有鲜明的古希腊文学印痕。"梅里美小说人物性格的与众不同和异国情调很为徐訏心仪。徐訏的《吉普赛的诱惑》就有梅里美的《卡门》的影子。……徐訏小说在爱情表现中的神秘倾向和美化色彩,也与梅里美所主张的唯美主义不无关系。"[①]戴望舒翻译过来的《高龙芭》,也充满神秘奇幻色彩。所谓最大多数读者群的阅读趣味就是指徐訏渴望在最大范围内成功,如此,他要最大可能性地照顾读者群的阅读趣味,其创作的先锋性就受到制

---

① 吴义勤、王素霞:《我心彷徨——徐訏传》,上海:上海三联书店2012年版,第87-88页。

约,但也不是没有先锋性,而是将先锋性稀释了,如吴义勤所说乃"通俗的现代派"①。反映在叙事上,小说借鉴侦探小说的叙事模式,巧设悬念,环环相扣,人物一点一点地显影,很能吊读者胃口。一位当年的历史见证者评:"徐訏先生的《风萧萧》在《扫荡报》连载时,重庆渡江轮渡上,几乎人手一纸,这应是纯文学的小说与报纸结合的最成功的例证之一。"②徐訏影响下,无名氏小说奇幻唯美色彩更明显,如其长篇代表作《海艳》就写姨表兄妹两人超血缘的唯美的爱,激烈如大海狂潮的爱。再深入追问,这样的创作应该也与40年代中国现代文学遇到的发展困境有关系。这时,各种题材都被写过了,各种美学趣味都已经有人实验过,留给徐訏、无名氏的已经不多,再加上战争的压力、都市的压力,人们渴望解压,渴望释放,渴望精神调剂,于是这种想象多于现实、中外结合、"雅俗互动互融"、不乏异国情调的唯美文学、幻美文学就可以大行其道,获取读者。徐訏的本事是每一个故事里都力争融化进去一些人生哲理,这样就避免了创作的轻巧和肤浅。

徐訏的都市"审美罗曼司"写到40年代末,又一变。这时,徐訏成熟了,其作品再也不仅靠外在的幻美、传奇性吸引读者,而是靠对人生更深入、真实的体验、了解及对这种人生更深刻、朴素的表达,大有举重若轻、返璞归真之气概。如中篇小说《旧神》,就利用女性的虚荣心、爱情的自私性、血腥暴力、女性坎坷命运与国际化视野制造浪漫传奇性,然这种浪漫传奇性几乎要走向它的反面,成为反传奇的传奇了。

六、海派女性文学

中国现代女性文学经过一个从女儿文学到女性文学、从精神性女性文学再到身体性女性文学的过程。"五四"时期冰心的文学是女儿文学,庐隐的文学是成长中的女性文学;"五四"落潮后丁玲的文学开始女性身体的觉醒,但还主要是精神性女性文学,高迈的理想将现实的精神和身体都压了下去,留下一个颓废的结局。丁玲文学要求女性与男性进行平等对话,主体间性视域下相互凝视,也想象过女性将妓院当作新的家,但最后还是以向男权靠拢为归宿。这时,女性文学在上海沦陷区花开两朵,一朵是极致的身体性书写,一朵是极致的精神性叩问。前者以浙籍作家苏青的创作为代表,苏青的创作因此成为现代女性身体写作的前驱,并与张爱玲一起奠定了40年代女性海派文学的基础;后者以浙籍作家施

---

① 吴义勤:《通俗的现代派——论徐訏的当代意义》,沈阳:《当代作家评论》1999年第1期。
② 彭歌:《忆徐訏》,台北:尔雅出版社《徐訏二三事》一书第248-249页,转自严家炎:《中国现代小说流派史》,北京:人民文学出版社1989年版,第301页。

济美为代表,施济美的创作因此成为"东吴派女作家"文学的开创者和影响最大者。

苏青的魅力来自大胆、直率,什么都说,口无遮拦,许多以往女作家无论如何不会说的女性人生的秘密都给她道出来了;文学的内容固然值得惊奇,文学表达的憨厚、大胆而又机警、明慧同样令人拍案叫绝。这是人在生命绝处的文学,一切以往需要端着的架势、需要有的羞耻心都放下了、顾不上了。这是繁华热闹中最悲凉的。所谓"乱世里的盛世人"正可以颠倒过来,她的"盛世"出场恰折射当时的"乱世"症候。

苏青在一篇文章里说:"假使国家不否认我们在沦陷区的人民也尚有苟延残喘的权利的话,我就是如此苟延残喘下来了,心中并不觉得愧怍。"[1]这是理解苏青文学的基本前提。

苏青女性身体写作的特点如下:(一)大胆。她大胆的女性言说前面我们已经引用很多,这里从略。苏青因此被称为"大胆女作家",甚至被称为"文妓"[2]。(二)全面。她不仅写两性生活视域里的女性身体,而且写母子(或母女)视域里的女性身体;即不仅写享乐、消费的女性身体,而且写痛苦、生产的女性身体;不仅写本体意义上的女性身体,而且写伦理意义上的女性身体。《谈女人》等文中主要是谈前者,《结婚十年》等文则主要写后者。如《结婚十年》写苏怀青生第一个孩子时的身体:"西医说:屁股不要动,但是我实在觉得非动不可,而且想撒尿,又想大便了。""这样一次又一次的迸着,也不知过了多少时间,在我已有些迷惘,连恐惧悲哀的心思都没有了,只觉得周身做不得主,不知如何是好。痛不像痛,想大便又不能大便,像有一块很大很大的东西,堵在后面,用力迸,只是迸不出来。白布单早已揭去了,下身赤露着,不觉得冷,更不觉得羞耻。"写哺乳孩子时的女性身体:"黄大妈说该给孩子'开口'了。用梳子烧煎出来的汤洗乳头,让孩子吮吸。慢慢的乳汁多了,用手捏,乳汁喷出来,稀薄的,细丝的,像乱喷着的池水。""公婆为了让我早生个男孩,第三天就不让我哺乳了,因为哺乳期里经潮不会来,那就不会怀孕。""一大团硬面包似的东西渐渐变成果子蛋糕般,有硬粒有软块了。终于过了一个星期左右,乳房不再分泌乳液",乳房也慢慢变小了。这段文字里触及传统男权伦理对于女性身体自由的压制和女性身体因此而产生的

---

[1]　苏青:《关于我——〈续结婚十年〉代序》,见方铭主编:《苏青文集》散文卷(下),合肥:安徽文艺出版社 2016 年版,第 159 页。

[2]　苏青:《关于我——〈续结婚十年〉代序》,见方铭主编:《苏青文集》散文卷(下),合肥:安徽文艺出版社 2016 年版,第 155 页。

畸变。(三)不避俗。苏青在《道德论——俗人哲学之一》里自白:"我是一个彻头彻尾的俗人,素不爱听深奥玄妙的理论,也没什么神圣高尚的感觉。"就是说,她的处世没有多少知识分子那种精神超越性,她的女性身体写作也是如此。日常生活视域中女性身体欲望的展开,反能使女性身体写作落到实处。所以,张爱玲在《我看苏青》里说得非常清楚:"即使在她的写作里,她也没有过人的理性。她的理性不过是常识——虽然常识也正是难得的东西。""她的处境是最确切地代表了一般女人。""苏青最好的时候能够做到一种'天涯若比邻'的广大亲切,唤醒了往古来今无所不在的妻性母性的回忆,个个人都熟悉,而容易忽略的。实在是伟大的。她就是'女人','女人'就是她。"所以,"把我同冰心白薇她们来比较,我实在不能引以为荣,只有和苏青相提并论我是甘心情愿的"①。李嵘明评:"苏青以远逊于张爱玲的才华而获得相似的声誉,绝非侥幸所致。她也许可看作是市民化写作的一个突如其来的高峰。"②与此相适应,苏青开创了女性日常审美空间及私语文学叙述模式,这也是今后市民女性文学的滥觞。

"东吴派女作家"因为40年代一批年轻的女作家都毕业于东吴大学(先在苏州,抗战全面爆发后迁到上海)或与东吴大学有密切关系,创作上有相近关怀和风格而在新时期以来引起文学史家们的关注。她们的领军人物和代表是浙籍作家施济美与汤雪华。施济美的创作不如张爱玲对于人性残酷性洞察之幽微,不如苏青张扬女性欲望之大胆,不如汤雪华书写人生之沉实,但是在执着于一种纯洁的感情、坚守精神家园方面尚无出其右者。如李嵘明所言:"与苏青利用世俗性毫无相似之处,施济美属于海派中善于利用高贵的小说情调去弥补自身才华缺陷的文人。1943年是她引起读者注意的一年。周瘦鹃(实际应为陈蝶衣——引者)的《万象》杂志网罗的新手里面,施济美算不上更有文学才智,但由于她能独到地将自己融入怀旧性的想象世界,并掺入一种执着的忧伤,她看上去仍是奇特的作家。她获得了能够与喧哗的现实中一切不可靠的变化相抗衡的手段。"③施济美的创作与徐讦的一样,带有"两希"精神糅合的特点。既不避世又超越世俗,肯定灵魂也不丑化肉体。其最有名的小说《凤仪园》写冯太太并不拒绝欲望,而是拒绝被欲望所俘虏;同是写"一夜情",但小说写出女性灵肉冲突的痛苦及最后灵魂对肉体的战胜。这与徐讦《吉普赛的诱惑》的处理方式相仿。最后都是放弃身体欲望的追求。但《吉普赛的诱惑》放弃的是多余的欲望,而《凤仪园》女

---

① 张爱玲:《我看苏青》,上海:《天地》第19期,1945年4月。
② 李嵘明:《浮世代代传——海派文人说略》,北京:华文出版社1997年版,第209页。
③ 李嵘明:《浮世代代传——海派文人说略》,北京:华文出版社1997年版,第217页。

主人公的身体欲望问题仍然没有得到解决，所以，相比之下，更具艺术张力的是《凤仪园》，因为冯太太生命世界的现代性焦虑并没有因此消失。为了使谢康平了解她，冯太太推荐给谢康平的书目里既有佛经，也有《新旧约全书》，但是谢康平显然没有明察冯太太的用心良苦。所以误会终于难免。徐訏曾多次感慨："中国自有新文艺运动以来……最失败的则是文艺批评，这大概是无可讳言的了。……在没有文艺批评的社会里，作为一个作家是特别寂寞的。"①显而易见，徐訏表达了在当时文艺界的寂寞。其实，施济美也曾在散文《逝水》里表达因"陈义过高"而产生的寂寞。施济美还有几篇作品是对古希腊神话传说故事的改写，如散文《金翅膀》、书评《神秘的大卫——我最爱的一本书》等，这些都有利于其作品之异域情调、浪漫情怀和幻美色彩的形成。谭正璧在《当代女作家小说选·叙言》里称施济美是"为创作而创作的纯文艺作家"②，相比之下，其创作的叙述方式确实比徐訏创作的叙述方式有更多的艺术纯粹性和精神脱俗性，在"雅俗互动互融"语境里，她走的是偏于内敛的"孤雅"的一路。现代是一个世俗化的过程，《凤仪园》却调动各种手法执意打造诗意家园，其实质乃在于表征40年代文化市场上尚没有被完全克服的最后的精神晖光。

如果说施济美的创作偏于幻美，那么，汤雪华的创作偏于沉实。施济美是"五四"时期弥洒社著名代表人物胡山源的入门弟子，汤雪华是胡山源的寄女。汤雪华的小说取材视野相对开阔，能跳出知识分子圈子，而面向社会各色人等。因此，其小说很少知识者个人内倾叙述，而偏于平民社会客观叙述。如《投机》写受上海物价动荡影响，小城镇人家金钱贬值，为了生活，李福麟听取上海好友的劝告，去学着做投机生意，从此不得安宁，焦头烂额，因心理压力过大，日夜操劳，终于病倒，最后钱虽然赚到一点，但远不够付医院治疗费的。时代气氛折射非常饱满，小人物的盲目挣扎也写得细致生动，给人留下深刻印象；字里行间满蓄同情，同时又有讥讽，艺术格调极为复杂。《红烧猪头和小蹄膀》写一个小学教员因为口吃遭到学生嘲笑，屡屡被解聘；一个下等妓女因为过分受糟蹋住进医院，因为没有钱付医疗费而次日死去。字里行间满蓄温暖的同情，对社会的愤怒又引而不发，大有"此时无声胜有声"之效果。《郭老太爷的烦闷》暗暗讥讽一个官宦人家的老爷子享受丰富舒适的物质生活之余，还想享受少女的温暖，屡逼儿女为他买姑娘"窝脚"，结果第一个姑娘太大，没几天与家里厨子私奔了，第二个姑娘

---

① 徐訏：《〈全集〉后记》《文学批评》，分别见《徐訏全集》（第10卷），上海：上海三联书店2008年版，第137、271页。

② 谭正璧：《当代女作家小说选·叙言》，上海：太平书局1944年版，第26页。

又太小,不会照顾老爷子,老爷子因此受了风寒病倒了。小说的魅力在于,对郭老太爷也没有取否定态度,因为人对异性的喜爱是不分年龄的,这是人性之所趋,小说对他只是引而不发地讥讽,因为他的年岁毕竟与小姑娘们差得太远了,他丧失了对自我的清醒认识和应有的节制,这是属于人的过失,不是人的罪恶,所以作品的格调是讥讽中也有同情的。谭正璧在《当代女作家小说选·叙言》里盛赞之:"作品特别多,而且好的也多,取材又广普,笔调也老练,有些文章,竟然不像是一个年轻的女作家写的。"①可以说,在当时的上海文坛,论写实的功夫,没有几个女作家可与汤雪华比肩的②。

七、都市幽默喜剧

张健研究指出,中国现代喜剧观念分客观论与主观论两大类型。持客观论者主要来自左翼团体或其他激进人士,认为人生中本来就有进步与落后、真善美与假恶丑之分,喜剧就是对人生中落后的、假恶丑的东西的批判和讽刺。鲁迅说:"悲剧将人生的有价值的东西毁灭了给人看,喜剧将那无价值的撕破给人看"③。鲁迅首先也承认人生中存在"有价值的"东西和"无价值的"东西。客观论者所关心的多是社会、历史、道德性话题,其创作也多为社会讽刺剧、道德讽刺剧乃至政治讽刺剧。代表作品如曹禺的《日出》、陈白尘的《升官图》等。主观论者多为自由主义知识分子,他们关心人生主要从人自身开始,从个人开始,从人性的弱点或人的心理、性格的缺陷开始,而不太看重社会、历史的道德价值诉求乃至政治价值判断。李健吾把"人和人性"看作是比"命运"更大的谜④。杨绛引古代《歌代啸》中句子强调:"世界原系缺陷,人情自古刁钻。"又引西方沃尔波尔(Horace Walpole)的话道:"这个世界,凭理智来领会,是个喜剧;凭感情来领会,是个悲剧。"⑤而无论凭理智来领会还是凭感情来领会,这只是人的主观的变化,而"世界"还是那个"世界",所谓"凭理智来领会",指主体对世界人生只是超越性地有距离地审察、观看,不介入个人感情好恶,更不涉及个人利益取舍;而"凭感

---

① 谭正璧:《当代女作家小说选·叙言》,上海:太平书局1944年版,第23页。

② 陈青生:《年轮——四十年代后半期的上海文学》,上海:上海人民出版社2002年版,第107页。

③ 鲁迅:《再论雷峰塔的倒掉》,见《鲁迅全集》(第1卷),北京:人民文学出版社2005年版,第203页。

④ 《李健吾戏剧评论选》,北京:中国戏剧出版社1982年版,第18页。

⑤ 杨绛:《有什么好?——读奥斯汀的〈傲慢与偏见〉》,见《杨绛文集》(第3卷),北京:中国社会科学出版社1993年版,第186页。

情来领会",蕴意正相反。老舍在《幽默论》里也言:喜剧"看"世界,而不是"觉"世界①。人性的弱点和人的心理、性格缺陷及由此造成的人生世态、习俗的弊端往往是超越阶级、时代而存在的,所以,主观论者的喜剧创作往往不是批判、否定、讽刺、挖苦、嘲弄的,而是理解、悲悯、含蓄、机智、曲折、幽默的。现代中国历史条件决定客观论者获得了强有力的存在和发展,主观论者相对内敛和纤弱,但要从现代都市文学的角度看,主观论者的创作明显比客观论者的创作更富有人性和都市文化审美内涵。

人生观、价值观和审美观决定主观论者所创作往往是幽默喜剧,即使是讽刺和批评,也比客观论者的创作少了锋芒。胡适的《终身大事》就有幽默喜剧的因子。1923 年至 1930 年,丁西林创作了《一只马蜂》《亲爱的丈夫》《压迫》等幽默喜剧,并改编了凌叔华颇具幽默色彩的小说《酒后》等,从而奠定他作为现代第一个幽默喜剧作家的历史地位。不过,之后 10 年,丁西林基本上没有创作,这时,袁牧之、徐讦、王文显、宋春舫、顾仲彝、陈麟瑞、杨绛等幽默喜剧作家相继出现,并创造了现代幽默喜剧文学的高峰。其中,袁牧之,徐讦、宋春舫、顾仲彝、陈麟瑞、孔另境都是浙籍作家。

袁牧之以悲剧电影作品《桃李劫》《马路天使》等闻名,但是他早期的剧作主要以幽默喜剧为特色。他首先是表演艺术家,其次才是剧作家。1926 年至 1932 年,袁牧之四次表演的《酒后》就是丁西林根据"五四"时期小说家凌叔华的《酒后》改编的一个幽默喜剧。1929 年,他自己创作了《甜蜜的嘴唇》《寒暑表》等幽默喜剧。1931 年,这两个剧本与另外两个独幕剧一起以《两个角色演底戏》出版。1932 年,另一更有名的幽默喜剧《一个女人和一条狗》出版,从此,其作为幽默喜剧作家的文学史地位得以确立。

张健认为,袁牧之属于 30 年代"机智化"幽默喜剧的代表作家之一。袁牧之对丁西林的剧作推崇备至,他自己创作和演出也多受丁西林影响。但是相比之下,袁牧之创作还是凸显出自己的特点,即机智化的同时更加都市世俗化。丁西林创作于"五四"时期,其作品中的理想主义和知识分子气息还非常浓郁,带有"五四"反封建思想启蒙和新人生理想树立的倾向,而袁牧之作品则更接近现实都市人生世俗,其作品中人物不再有引领现实人生的思想视角,而只是都市世俗人生中的一员,甚至为了最简单的生存不停地文学劳作。《寒暑表》中,没有履行法律手续领取结婚证的年轻夫妇显然是"五四"时代精神的受益和体现者,但是

---

① 老舍:《谈幽默》,上海:《宇宙风》第 23 期,1936 年 8 月 16 日。

作品主要不在这里做文章,而是叙写妻子在丈夫几天不在家的时候也与别的男人(朋友)一起而三天不在家的情景。这很像是都市男女多角关系的架构,但是作家不是张资平一类通俗作家,他不在这些烂俗的都市男女多角关系上下功夫,而是借此探索男女主人公心理、情绪上的变化,进一步窥视人性的微妙。男性几天不在家,女子基本上可以认可,但是女子几天不在家,男性就会产生很多联想,特别是女子与另外的男子在一起,作为丈夫的男性就无法接受。这里,传统所谓女性的软弱与男性的坚强,应该反过来想象。另外,作为丈夫的男性还有点自私,就是离不开女性的爱、安慰和生活照顾,有娇妻在家,他就创作有灵感,否则一句话也难写出来。两人各有弱点,互不相让,一场唇枪舌剑难以避免,但是在两人真要分离的时候又相互难以割舍,最后终于在爱的回忆和留恋中重归于好,一场虚惊就此结束。作品让读者看到都市普通男女夫妻关系中的干扰因素,一为贫穷,二为感情游移,如果这两个方面出现问题,那么小家庭就会结束它的历史。张健认为,袁牧之不如丁西林有西学功底和古典文学修养,所以其作品含蓄、蕴藉、意味深长之处相对薄弱,机智趋于"纯化",戏剧语言"更多的是紧凑、机敏、活泼和俏皮,同时又难免有一点直露",这一点在《一个女人和一条狗》中表现更加充分,尽管如此,袁牧之此类剧作还是达到了当时幽默喜剧所能有的最高水平,继承并发展了丁西林所开创的文学传统。田禽在40年代写作《中国戏剧运动》一书时,仍然不能忘情地给以很高评价,言:"在战前,写剧而能把握住喜剧情调的,恐怕除了我们绰号'千面孔'的袁牧之的《一个女人和一条狗》,没有再能和他(指丁西林——引者)比拟的剧作了罢!"①另外,《寒暑表》中,用高温天气里寒暑表气温的高低变化暗示、衬托两人感情的变化、情绪的起伏,也不乏诗意,颇耐人寻味。

张健认为,徐訏也属于30年代机智幽默喜剧代表作家。三四十年代,他共创作出14部幽默喜剧,就数量讲,已经超过现代文学史上不少作家。其创作有三个方面显示其特色:一是诗意美,二是哲理美,三是佯谬式结构范型。诗意美可以看到丁西林的影响,哲理美在丁西林和袁牧之作品中也不难找到,但是佯谬式结构范型却是徐訏的独创。所谓佯谬式结构范型指徐訏幽默喜剧中,本该被讽刺和批判的人物却占取了本该由值得肯定和赞扬的人物作主角的位置,看似荒谬的人物却也因为作家的理解、悲悯而承担了人生的一些必要的意义。而且这种佯谬式写法不仅是作品中的一个点,而是成为结构全篇的基本原则。如《租

---

① 田禽:《中国戏剧运动》,上海:商务印书馆1944年版,第49页。

押顶卖》中林湖平一个市侩气的人竟可以轻而易举地骗到房东母女的信任，房子和主人家的女儿一并租了过去。《男婚女嫁》中，发了财的男人要抛弃长相丑陋的发妻另娶美女，正处于困难之中的男性宁愿舍弃美女而娶有钱的妇人。结果，双方交换，各大欢喜。这样的题材在客观论者那里往往写成讽刺剧，但是徐訏仍然把它控制在幽默喜剧范畴内，之所以形成这样的面貌，一是因为作家的悲悯情怀，二是因为这类剧作多写自上海"孤岛"时期，作家主要将作品中人物当作"同胞"看待，这样便多了同情和宽容，少了批判和讽刺。张健认为："中国现代幽默喜剧机智化取向在进入徐訏阶段以后，机智话语在形式上经历了一个美化的过程，装饰性有明显的加强。其中尤应指出的是，'佯谬'结构的出现具有特别重要的意义，因为，它不仅拓展了机智话语的表现视界，而且也为机智化融入世态化的总体流向提供了契机。"①其实，徐訏这类剧作已经能很形象地表现"孤岛"时期上海中产阶级中那种没有多少精神空间、一切以物质和金钱为目的的人的生存状况，揭开了当时上海世态的一些面向。

宋春舫创作起步于 1932 年，可视作 30 年代世态化幽默喜剧的代表。其仅有的 3 个剧本《一幅喜神》《五里雾中》《原来是梦》都是写都市物质化、欲望化人生，而夸张、讽刺色彩更明显，不乏趣剧和闹剧的特点。40 年代，石华父的《职业妇女》也不乏趣剧和闹剧色彩。顾仲彝的剧作如《人之初》等有深刻的悲剧性衬托，喜剧性从生活中表现出，艺术价值更高。孔另境三幕剧《凤还巢》叙写上海一年轻妇人因为维护自己做妻子的权利而离开做律师的丈夫，等丈夫真正把心思、情感回归于她后，才又回到家里。剧作较深入地探讨了人的自由与人的世俗人生幸福之间的复杂关系，可以看作对袁牧之《寒暑表》的隔代呼应。40 年代，世态化幽默喜剧的高峰是杨绛的"喜剧二种"：《称心如意》和《弄真成假》，但是杨绛与顾仲彝、石华父等都是戏剧创作方面的好友，孔另境与上海世界书局合作、主编出版"剧本丛刊"5 集 50 种，将他们的优秀剧作都囊括了进去，共同推动了现代幽默喜剧的发展。

第三节　都市文学书写的不饱满性和疏离性

从以上的分析、论述，不难发现，浙江现代文学对都市的书写很多方面都走

---

① 张健：《幽默行旅与讽刺之门——中国现代喜剧研究》，北京：中国人民大学出版社 1997 年版，第 121—122 页。

在国内文学界的前面,在很多方面达到国内最高水平,但是这不意味着浙江现代文学都市书写在各个方面都是圆满的、到位的;相反,由于各种原因,浙江现代文学都市书写也存在诸多不足。从作家创作心态上看,主要有三个方面的问题:一是有的作家人生预设远在都市之上,他要寻找的理想人生状况不在都市,所以他的审美归结点也不在都市,这就造成对都市的疏离性;二是有的作家对于都市的认同度是有限的,他的乡村审美心态还在起作用,所以他的书写对于都市也构成疏离性,具体表现就是一方面在一定范围内或一定程度上认同都市,另一方面又表达对都市的质疑和疏远,甚至置身都市却怀想乡村,构成一种都市中的怀乡病;三是有的作家渴望通过哲理性玄思达到对都市的超越。

一、都市文学书写的不饱满性

浙江现代文学都市书写的缺陷大致可以从以下几个方面把握:

首先,国内都市题材多,国外都市题材少。中国现代异域题材都市文学的具体起点在哪里,尚待考索,但就新文学而言,可谓开始于郁达夫,也就是开始于新文学作家海外留学都市生活的书写。之后,浙籍作家艾青和孙大雨分别创作了著名的巴黎之歌和纽约之歌;邵洵美、徐志摩、林徽因和徐订等还有一些相关小说、诗歌和散文。但总的看,质量参差不齐,数量也有限。最有分量的是郁达夫的小说、艾青和孙大雨的诗歌等,但它们有一共同特点,即都是以一种边缘人、审察者的姿态面对西方发达国家都市,而从细部进入其中则基本上缺席。徐订作品书写异域生活比较深入,但数量也不多。且长篇小说甚少,仅有通俗作家陈辟邪 20 年代末出版长篇小说《海外缤纷录》《留欧艳情录》等。仔细想来,亦不难理解,因为接近、熟悉异域都市,特别是将它纳入审美范围,需要一个相当长的时间过程,而几乎所有现代作家包括浙籍作家在国外都只是"过客",其留学时间都只是短暂的三五年时间,有的只有一两年时间。只有郁达夫在日本长达将近 10 年之久,所以,他对日本文化底蕴把握就较其他作家高出一筹,他自己创作的底蕴自然也较深厚。更多都市书写是在上海正式崛起之后,如茅盾、殷夫、袁牧之、穆时英、施蛰存、杜衡、苏青、施济美、顾仲彝等都不曾有国外留学经历,但总体看,他们的都市文学成就超过了郁达夫、艾青、孙大雨、徐志摩和邵洵美等人的异域都市题材创作。

其次,消费性都市文学多,生产性都市文学少。中国现代文学史上,到底有多少都市题材的作品,特别是到底有多少都市意识下的都市文学作品,目前没有数据支撑。80 年代中期开始,严家炎开始新感觉派小说研究,90 年代中期,吴福辉海派文学研究著作出版,新世纪伊始,李今、李楠海派文学拓展研究成果出版,近年来,李俊国和张鸿声都市文学研究著作出版,但是目前还没有人做都市文学的资料统计工作。尽管如此,说"消费性都市文学多,生产性都市文学少",这一判断还是成立的。茅盾1933年写《都市文学》已经指出这一点。正因为当时消费性都市文学过多,适应的都是都市浮华靡丽的一面,所以他才大声疾呼要求当时都市文学创作转向,多关注机器旁的工人的生活,多创作生产性都市文学。查阅知识产权出版社出版六大本《中国现代文学期刊目录汇编》、上海人民出版社出版三大本《中国现代文学期刊目录新编》,还有福建教育出版社出版《中国现代文学总书目》等,不难发现,就整个现代文学来讲,还是乡村题材的多、都市题材的少,而都市题材也不一定就是严格意义上的都市文学。即便是都市文学,表现个人世俗情爱欲望的消费性的都市文学还是多。进而言之,通俗都市文学多,侧重国家、民族、社会重大问题探索和个体生命超越性精神探寻的都市纯文学还是少。就浙江现代文学而言,查《浙江省文学志》,情况大体一致。就人们熟知的情况看,现代文学史上有较大影响的通俗都市文学的作者差不多均来自上海本地或安徽、湖南、江苏等,而来自浙江的极少。被誉为海派文学之先声的《海上花列传》的作者韩邦庆、《海上繁花梦》的作者孙玉声、《歇浦潮》的作者朱瘦菊、《骚来女士外传》的作者王小逸等均是上海本地人或生地先是属于江苏后归为上海。《亭子间嫂嫂》《夜夜春宵》《欲》的作者周天籁是安徽人,《留东外史》的作者平江不肖生、《倡门红泪》的作者何海鸣都是湖南人;《上海春秋》的作者包天笑、《人海潮》的作者平襟亚、《人间地狱》的作者毕倚虹、《交易所现形记》的作者江红焦、《九尾龟》的作者张春帆都是江苏人。《人海梦》的作者严独鹤来自浙江,而这部小说从内容上主要写近代革命者秋瑾等的生活,很大程度上已经游离了都市文学;另一浙籍作家陈蝶仙的《泪珠缘》为家族小说,主要表达《红楼梦》那样的流风遗韵,作为都市文学也不够典型。只有来自慈溪的陈辟邪的《海外缤纷录》和来自绍兴的胡梯维的《十里莺花梦》等属于较典型的通俗都市文学,前者叙写中国留学生在海外的冶游经历和见闻,后者描述十里洋场上海"一班阔少,富贾,有钱又有闲的导演,小报记者、编辑等""整天泡在这柔荑、粉腮、香肩、酥胸之中"的事情。换言之,浙江现代作家都市文学创作的成就主要在20年代末30年代初上海作为"东方的巴黎,西方的纽约"崛起之后。这时,作家更年轻,知识结构更新,都市风景线更加繁华亮丽,西方现代派文学译介过来更多,如此一来,浙籍作家的创作有一个更高的起点:通俗都市文学基本上没有兴趣进入,如章克标就不喜欢阅读鸳鸯蝴蝶派的作品①；穆时英一上来就要求自己与世界同步（在《被当作消遣品的男子》里，他借人物之口表达对当时文学的观感，说《茶花女》只能是老祖母读的，左拉的《娜娜》、陀思妥耶夫斯基的《罪与罚》是想睡时读的，只有"刘呐鸥的新的话术，郭建英的漫画"和他自己"那种粗暴的文字，旷野的气息"是喜欢的）。戴望舒、施蛰存文学起步时曾追随过鸳鸯蝴蝶派，但是很快转变身份，成为中国现代文学史上先锋派、现代派一类的作家。所以，就总体情况看，浙籍作家的通俗都市文学比其他省份作家都少，特别是茅盾、殷夫、夏衍、楼适夷等左翼作家的生产性都市文学创作已经使浙江现代都市文学的总体格局大为改观。尽管如此，浙籍作家都市文学创作更多的还是与消费性、通俗性分解不开。穆时英、施蛰存、邵洵美、章克标、徐訏、苏青、东方蝃蝀、令狐彗等人的创作都是不彻底的现代主义，如罗岗所言，都或多或少有意无意助长了"主导性的'现代性'的想象和设计"②。左翼作家的生产性都市文学在浙江现代都市文学总体格局中所占比例还是不够高。

再次，传奇性强，真实性差。由于多数都市文学属于消费性都市文学，所以，总的来看，浙江现代文学都市书写与整个中国现代文学都市书写一样，特别注重文化市场效应，注重更多、处于平均数的读者的阅读趣味，这样，小说的概念接近fiction，而不是 novel，换言之，更在意创作传奇性的小说，而不是真实反映社会历史人生的小说③。施蛰存说"想弄一点有趣味的轻文学"，他的轻文学就是传奇性小说。杨迎平在《永远的现代——施蛰存论》里专门辟出一章谈施蛰存小说集《将军底头》里作品的虚构性，认为"施蛰存的早期创作，就有幻想的特点"；以后借助弗洛伊德理论更加驰骋他的想象，于是写成他著名的《将军底头》里 4 篇小说。从《我的创作生活之经历》看，施蛰存对自己在艺术上的创新是颇为自负的，但是他也承认他的这种小说有"妄想"的成分，说："我有许多文章都是从这种病榻上的妄想中产生出来的，譬如我的《魔道》，就几乎是这妄想的最好的成绩。"④他最后知道这种小说无法继续下去，因为没有真实生活做底子，所以又回归现实主义。徐訏的小说也给人就是"编"的感觉。他曾说他的创作"情调外的

---

① 章克标：《世纪挥手》，见陈福康、蒋山青编：《章克标文集》（下），上海：上海社会科学出版社 2003 年版，第 120 页。

② 罗岗：《想象城市的方式》，见罗岗：《想象城市的方式》，南京：江苏人民出版社 2006 年版，第 90 页。

③ 施蛰存在《古今中外的"小说"》一文里，对古今中外"小说"概念做了辨析，可参见施蛰存：《北山散文集》（一），上海：华东师范大学出版社 2001 年版，第 744-745 页。

④ 施蛰存：《赞病》，见施蛰存：《灯下集》，北京：开明书店 1994 年版，第 94 页。

实事，自然是完全虚构的"①，包括他的中外文学资源的化用及由此造成的幻美色彩，总给人过于虚幻的感觉。40 年代左翼作家孟超等人称他为"新鸳鸯蝴蝶派"，因为"张恨水的鸳鸯蝴蝶派是有显明的现实，徐讦的世界却是梦幻"②。解志熙称之为"都市罗曼司"，还是指他的小说不是 novel，而接近 fiction。施济美小说存在与徐讦一样的弊病。女作家感觉纤敏，但生活面更窄，于是就凭借聪明展开想象，创造幻美色彩，如《鬼月》《莫愁巷》都没有现实的人物活动时空。小说将人物活动时空虚化，它的好处是可抽象出一种永恒的意义指向，但坏处乃在于让人觉得是在"编"。这就是施济美创作虽然坚持精神守望，表达对都市人生的绝望和疏离，但是她的创作还是不能归入新文学的原因。一个细节，柯灵主编《万象》初期，施济美还有两篇作品发表在《万象》上，但是之后，她就不在《万象》发表作品了，还是跟随陈蝶衣而去《春秋》继而在沈寂主编的《幸福》上发表作品了。论文学想象力和对现代都市人生的感受，施济美一点不比北方的梅娘差，但是因为梅娘的创作有比较深厚的现实人生的底子，所以就为新文学阵营所接纳；新时期以来，梅娘可跻身华夏出版社出版的"现代文学百家"，而施济美就不能。张爱玲的小说之所以成就高，不仅因为想象力，更重要的是对现实都市人生的感悟力和洞察力，她的很多作品都有她那衰败的贵族之家的人和生活做底子，并非随意幻想以编造的。

　　当时，遭受批判最厉害的是穆时英的小说。开始，左翼文坛认为穆时英的《南北极》《黑旋风》等可视为无产阶级文学的优秀作品，《南北极》还在权威的《小说月报》上发表，但穆时英《被当作消遣品的男子》《公墓》等海派作品面世以后，左翼文坛就好像认清了他的面目，于是批判之声不绝于耳，致使穆时英不得不写《关于自己的话》《我的生活》等文章出来辩解。左翼文坛，舒月撰文认为："我们读了《南北极》中的五个短篇，《手指》一篇除外，我们立即感觉到篇中所有的人物，事件，都是超现实的，传奇性的，所用的技巧，一点亦不觉得有新的感觉，只是觉得像读《水浒传》一样，正是作者开篇的自白，他熟读了《水浒传》。"因此很不客气地称这种文学为"社会渣滓堆的流氓无产者"的文学③。京派作家沈从文不是从革命意识出发，但是批判也许最为严苛。他撰文说"一切伟大作品皆必然贴近血肉人生"，而穆时英创作过分玩弄技巧。其"所长在创新句，新腔，新境，短处在

---

① 徐讦：《我在英国时的房东》，见《徐讦文集》（第 9 卷），上海：上海三联书店 2008 年版，第 84 页。

② 孟超等：《蝴蝶·梦·徐讦》，天津：《大公报》1948 年 12 月 16 日。

③ 舒月：《社会渣滓堆的流氓无产者与穆时英君的创作》，见严家炎、李今编：《穆时英全集》（第三卷），北京：北京十月文艺出版社 2008 年版，第 403 页。

做作,时时见出装模作样的做作。作品于人生隔一层。……多数作品却如博览会的临时牌楼,照相馆的布幕,冥器店的纸扎人马车船。一眼望去,也许觉得这些东西比真的还热闹,还华美,但过细检查一下,便知道原来全是假的,东西完全不结实,不牢靠。铺叙越广字数越多的作品,也更容易见出它的空洞,它的浮薄"。沈从文因此认为穆时英的创作是"邪僻文学"、"假艺术"、专门"制造"的"传奇(作品以都市男女为主体,可说是海上传奇)"①。沈从文自己的文学也有传奇性,且最近的研究表明他也受海派风气影响,他对穆时英的评价未免苛刻,但是大体而言,又是不无道理的。此外,邵洵美、章克标等海派作家的创作都可作如是观。

复次,世界性强,中国性差。世界的现代化进程伴随着西方列强的殖民扩张,现代都市本来就是全球化、世界主义的产物,上海也不例外。上海具有二重性和"飞地"特征,一方面表征西方的殖民罪恶,一方面又显示对西方先进文明传播的功劳。对于中产以上的人而言,可能更多看它有利于消费的一面,对于无产阶级来言,则更多地看它有利于无产阶级革命的意义。这时,不难发现,无论海派文学家,还是左翼文学家,都显示出审美想象的世界主义倾向,即"非中国化"的倾向。杜衡评论刘呐鸥的小说"还有着'非中国的'即'非现实的'缺点",其实,邵洵美、穆时英、施蛰存、徐订乃至茅盾的创作也都不同程度地存在这一问题。邵洵美的"颓加荡"诗歌书写既是传奇性的又是非中国化的。他的诗歌后来增加了民族性,但内在情调上依然是非中国化的。穆时英小说中的都市场景(大饭店、电影院、歌舞厅、夜总会、咖啡馆)、都市人物(特别是女性多是希腊式鼻子、嘉宝型的眉、西班牙的风情)、都市情调(男女自由的聚散)也都有非中国化的一面。施蛰存鼎盛时期的小说对人物的心理分析完全依靠弗洛伊德理论,所以也很使中国人感到陌生。茅盾的《子夜》按照法国资产阶级来想象他笔下的资本家,所以朱自清感到作者过于理想化了,也就是按照发达国家的标准将人物写得过于世界主义化了。显然,作者是明白这一层的。小说最初题名"夕阳";初版时扉页上用英文标明"夕阳:1930年中国的罗曼史",显示小说既有传奇性又有非中国化倾向。

张鸿声在《文学中的上海想象》中认为,现代中国关于上海的想象有"两大谱系,即一是从现代性中关于民族国家的意识出发,去认知旧上海作为世界主义殖

---

① 沈从文:《论穆时英》,见严家炎、李今编:《穆时英全集》(第三卷),北京:北京十月文艺出版社2008年版,第433-434页。

民体系中的边缘性,和与其相伴随的消费性、工业破产、畸形堕落等特点以及它最终摆脱了殖民体系,获得民族解放,并成功消除资产阶级国家遗存的国家元叙事;二是作为中国现代化进程中的中心地位所包含的现代性普世价值,其与西方的同步,引领着中国现代化的进程,表现为物质的扩张与物质乌托邦、大工业的,组织化的与摧毁传统力量的种种情形。两种形象谱系造成了近代以来关于上海文学的总体风貌与主流,并构成在文学中表现上海的中心性"①。实际上,张鸿声所总结的这两大上海形象谱系都属于非中国化的。第二个谱系固然是世界主义的非中国化的,第一个谱系看似是在主权意义上对第二个谱系的克服,但是它并未考虑到中国历史的具体性和复杂性,而是直接按照马克思主义对无产阶级革命的理解而看待当时上海的主流社会阶级和历史动向,过于急切的克服愿望和过于政治化的抚慰视域,导致对整个中国现代化进程的简单处理,自然,这也并不是正常意义上的中国化及相应真正意义上的中国性,反而可看作变相的世界主义和非中国化。譬如茅盾、夏衍等左翼作家的创作对于上海的书写就遮蔽了不少合理的历史因素,使他们作品中的上海面貌某种程度上成为残缺不全的。白先勇就曾经就茅盾的上海书写提出质疑:"茅盾在《子夜》中,对上海怀有很深的偏见,认定上海是个罪恶的都市,他当时对上海的了解和认识,恐怕是相当肤浅的。我相信旧社会的上海确实罪恶重重,但像上海那样一个复杂的城市,各色人等,鱼龙混杂,必也有它多姿多彩的一面。茅盾并未能深入探讨,抓住上海的灵魂。"②"据我了解,旧社会中的上海大商人,大多手段圆滑,应付人八面玲珑,不可能整天'狞笑'。茅盾笔下的资本家,是一个概念化的人物,缺乏真实感。"③

二、都市文学书写的疏离性

对于 20 世纪前半期的中国人而言,现代都市是可爱而又可恨的,是可接受又是可拒斥的。国外题材的创作,艾青的诗歌表达了社会现代性、审美现代性、民族现代性与阶级现代性四者之间复杂的关系。对于发达的法国本身而言,社会现代性分裂出阶级现代性和审美现代性成为它自己的对立面,而对于后发展国家、民族而言,西方都市所代表的社会现代性、阶级现代性与审美现代性都有

①　张鸿声:《文学中的上海想象》,北京:人民出版社 2011 年版,第 15 页。
②　白先勇:《社会意识与小说艺术》,见《白先勇文集》(第 4 卷),广州:花城出版社 2000 年版,第 258 -259 页。
③　白先勇:《社会意识与小说艺术》,见《白先勇文集》(第 4 卷),广州:花城出版社 2000 年版,第 258 页。

进步意义和未来启示意义,但是正因为自己处于落后国家、民族,往往又被西方社会现代性所压抑、伤害(看不起,被冷落,甚至逼进贫困等),这时自然拿西方阶级现代性和审美现代性做护卫自我的武器、心灵归宿和情感慰藉。这时,便造成对西方现代性的选择性认同,而不选择的则是疏离的。如诗歌《巴黎》所叙写的,巴黎是自由的生动的有个性的能让你爱到彻骨,但是巴黎又是瞬间变幻的冷酷无情的,对于落后国家子民尤其产生压力,所以结尾处表示不得不暂时离开它,等到练好筋骨,再来做攻打它的先锋。这里面,既有民族现代性(民族意识的觉醒和民族尊严的卫护)的表达,也有阶级现代性的表达(讴歌巴黎公社)。当然,民族现代性是主要的。孙大雨《自己的写照》站在超越者(第三者)的立场上,用同情的口吻叙写美国大都市崛起时地方民族的衰败;另一面,写大都市人生命的异化,所谓:"可是她们健康的脑白/向外长,灰色的脑髓压在/颅骨和脑白之内渐渐:/缩扁,——所以除了打字/和交媾之外,她们无非/是许多天字一等的木偶。"言外之意,孙大雨的书写不乏疏离之意。这种疏离可以理解为落后民族子民对于发达民族都市人生的进不去,也可以理解为落后民族子民对于发达民族都市人生的质疑和拒绝。徐讦《吉普赛的诱惑》结尾安排来自中国的男主人公与来自法国的女模特双双跟随吉普赛女郎离开繁华巴黎去东方或南美洲流浪。上海是国中之国,现代作家对于上海的书写大致属于同一个思路。

罗兹·墨菲在《上海:现代中国的钥匙》中言:"就在这个城市,胜于任何其他地方,理性的、重视法规的、科学的、工业发达的、效率高的、扩张主义的西方和因袭传统的、全凭直觉的、人文主义的、以农业为主的、效率低的、闭关自守的中国——两种文明走到一起来了。两者接触的结果和中国的反响,首先在上海开始出现,现代中国就在这里诞生。"①现代中国作家多向往世界主义,因为它带有反抗封建传统以求自由和解放的象征意义,但是西方人看待上海往往相反。英国作家克里斯多福·纽的长篇小说《上海》写上海更多的是东方色彩,西方的男性在与东方的女性的爱情中成长。日本作家村松梢风的《魔都》认为上海一切都是可以的,有一切的自由,也有一切的罪恶。西方作家爱狄密勒的《上海——冒险家的乐园》也是写这里只需要胆量和智慧,而不需要道德和情感。这样,上海就有两种罪恶或说两种危机,一面是现代的罪恶和危机,即工业机械社会、金钱社会必要人付出精力、良知和感情的代价,另一面是传统的罪恶和危机,即传统

---

① [美]罗兹·墨菲:《上海:现代中国的钥匙》,上海社会科学院历史研究所编译,上海:上海人民出版社1986年版,第4页。

遇上殖民,趋于崩溃和解体,这里传统"善"失去统摄人的内心和行为的力量,而传统"恶"却派上了用场,加上现代的冷酷,就有了中外邪恶势力的合谋和猖獗,给普通人的生存带来更大的威胁。这种情况下,现代作家对于上海的书写在赞扬、向往和沉醉的同时,必然产生失望、拒绝和疏离。就浙籍作家言,这种疏离有三种情况:一种是理想性疏离,一种是乡土性疏离,一种是玄思性疏离。

理想性疏离指鲁迅、戴望舒和徐志摩等对都市的独特态度。鲁迅坚持"立人""立人国"的理想标准,所以对现代都市就显示了超越性姿态。可以说,鲁迅对现代性那么强烈的诉求,没有对作为现代性表征的都市的想象是不可能的,但是鲁迅又从来不在都市层面上停留,因为他清楚地看到都市已经暴露新的危机。戴望舒与刘呐鸥、施蛰存、穆时英等都是好朋友,但写作上却呈现出不同的审美倾向。在刘呐鸥、施蛰存、穆时英们对都市表示沉醉的同时,他始终对都市采取质疑和疏离的态度。他执着地追问:"那天上的花园已荒芜到怎样了?"他的视点不在地上,而是天上,这一点倒像徐志摩。徐志摩说:"什么是现代的文明:只是一个淫的现象。淫的代价是活力之腐败与人道的丑化。"①"活力之腐败"主要指生活靡丽奢华,生命力退化;"人道之丑化"主要指欲望高涨,道德堕落,纯洁丧失。所以,他总想"飞,飞到天上去",最后终于"如愿以偿"。这两人与鲁迅一样都是理想主义者,乃至为完美主义者。这就是戴望舒只能被看作新文学作家、纯文学家,而不能混同于海派作家的根本所在。他开始定位就高出海派作家许多。所以,30 年代海派作家又都以他为精神领袖,如有的学者已指出,穆时英的小说《公墓》《PIERROT》和施蛰存的小说《梅雨之夕》等无不是受戴望舒《雨巷》启发而写成。这些小说不仅艺术色泽上投射了鲜明的《雨巷》的影子,而且与《雨巷》一样都表达置身都市的孤独、寂寞和精神无所归依。

乡土性疏离指大多数作家的怀乡病不指向"天上",而是指向乡村田野。如吴福辉所指出:"穆时英一方面是洋场文学的'圣手',一方面却用写舞厅、酒吧的笔,来写《父亲》、《旧宅》和集外的《竹林的惆怅》。这些小说是些十足的怀旧感伤的故事,作者似乎是患了'怀乡病'。而海派的另一位作家施蛰存背靠松江、苏州、杭州,写他的乡人在上海的遭遇如《春阳》、《鸥》,同他的《梅雨之夕》、《巴黎大戏院》纯都市人的感觉适成对照,可见他身上充溢的'乡土情结'和'民间情怀'。读海派的这类小说如置身于都市中的乡村,或者拉开更大的时空距离,似觉置身

---

① 徐志摩:《我过的端阳节》,见来凤仪编:《徐志摩散文全编》,杭州:浙江文艺出版社 1991 年版,第244 页。

在宏大乡村世界的一个边缘城市。新旧的掺杂更显错综。"①杜衡有一篇小说直接命名为《怀乡病》,他一个小说集也直接命名为《怀乡集》。

黄献文曾说:"在新感觉派作品中,普遍存在着一个传统与现代、乡村与都市对比的深层结构,在前者的描写中总不忘含沙射影地对后者加以贬斥,在对后者的否定中总充满对前者的向往。其实,现代诗派的诗人们未必不是如此。"②如徐迟的诗《春烂了时》写"街上起伏的爵士音乐"、到处是失业者伸出的乞讨的手的都市里,抒情主人公成了无数"蚂蚁们"中的一个,那么"忧郁"和卑微的,深感:"把忧郁融化在都市中,/太多的蚂蚁,/死了一个,也不足惜吧。"正是这时想起:"乡间,我是小野花;/时常微笑的;/随便什么颜色都适合的;/幸福的。"于是:"爵士音乐奏的是:春烂了。/春烂了时,/野花想起了广阔的田野。"典型的怀乡病。而其另一首诗《故乡》对乡村又呈现复杂情感态度。歌吟:"我在晶耀的美众中患了孤冷的怀乡病,/我问:故乡,你新了多少,年青了多少?/因为梭发的我是年青的啊,/而我的心,原是田和桑树林。"抒情主人公的"心"原属于乡村田野,但是又担心它不够"新"和"年青",不如"在异乡中,才适合了我自己"。言外之意,乡村还是不能安慰"我"孤独、忧郁的心灵。归根结底,诗歌还是在表达心灵无所归依的流浪感。在这种情况下产生的"怀乡病"就只能是"孤冷的"。

所谓玄思性疏离,是指有些作家的思想扭结点既不在现代都市,也不在乡村田野,也不在一个超越性的理想之上,而是返祖回到中西文化的源头,显示旧而新、新而旧的文化价值取向。这方面的代表是 40 年代后期浪漫派的徐訏和无名氏。无名氏的创作最后遁入新的宗教情怀,显示 40 年代文学的"玄学"倾向,而徐訏的也不例外。袁可嘉指出,40 年代现代派诗人的美学目标就是一种"现实、象征、玄学的新的综合传统"③,这里面的"玄学"因为与"现实"结合而成为人间的可亲近和理解的,因为与"象征"结合而成为形象的暗示的诗的艺术的。而徐訏和无名氏的玄学却恰与现实分离,而走上独自的道路,几乎在历史的深处销声匿迹了。这就决定他们只能大致归入海派,而不可能被视为新文学作家。不难发现,徐訏的创作总是在最紧要的地方少点什么。《风萧萧》少点现实,因为小说中的都市人生都是虚的,不对应真实都市人生的。《吉普赛的诱惑》人物

---

① 吴福辉:《海派的文化位置及与中国现代通俗文学之关系》,见吴福辉:《多棱镜下》,北京:人民文学出版社 2010 年版,第 24 页。

② 黄献文:《论新感觉派》,武汉:武汉出版社 2000 年版,第 85 页。

③ 袁可嘉:《新诗现代化——新传统的寻求》,见袁可嘉:《论新诗现代化》,北京:生活·读书·新知三联书店 1988 年版,第 4 页。

最后归宿突然转向西方之外的东方和南美洲,这本身无可厚非,但是艺术上不免逻辑混乱。更多的小说缺一口激烈的情感和人气。他曾就一个友人的写作表达看法,言小说不能将篇幅拉得太长,那样就如同"放了太多白水",没有了结构和情节的浓度和密度,"不够浓度是淡而无味,不够密度是稀松无格,前者是冲淡了主题,后者是失去了主题",总之都影响作品的艺术质量①。可是如果允许实话实说,徐讦的小说就正好有这种"放了太多白水"之嫌疑。那么,徐讦小说这种过于平淡的风格是怎么形成的?其他原因暂且不谈,这里可以指出的是他的传统玄学思想在作怪。他在《论中西的风景观》里指出,西方的风景画主要是画人,而且画得大,占居中心;中国的风景画主要是画自然风景,人或者没有或者画得很小,不占画面中心。西方风景是入世的享受人生的,中国风景画是出世的看破人生的。

> 西洋把宗教拉到都市,千万的宗教徒,现在早没有千分之一的人去教堂,去教堂的人中也没有百分之一的人参悟到生死的平淡!在山水风景里满布着旅馆与饭庄让人民淫乐,国家在交通营业上固然多了一点收入,但再不能引起人一点较深远的情感和想象。只有极少数的艺术家,在偏僻的山村中,会感到真正生物的常规,而将这些告诉给别人听去。

> 中国是没有宗教的国家,但是深山中一个古刹,一丝悠长的钟声,会启发我们深邃的冥想,这出世的冥想,创出艺术家们的画幅与假山,使我们在都市的斗室之中,将自己的灵魂投入在假山中的小泥人,与画中的面目不清的人物之中。也能参悟到生死的平淡,参悟到光阴的永生,与万物的无常了。

> 论理,像我这样的年龄,也到过瑞士,似乎对于满布着洋房的瑞士雪山风景卡片,会起一种带一个新鲜的肉体在那里喝几瓶香槟,吃几块牛排与几只肥鸡,度几天外交家常过的生活的联想。

> 但是我不,因为我对于山水与大自然,养成了中国式的冥想。而对于物欲的享受,则觉得上海瑞士都是一样的。而且,有了这一份冥想,我对于享受的物欲也看成平淡了。②

---

① 徐讦:《小说的浓度与密度》,见《徐讦文集》(第 9 卷),上海:上海三联书店 2008 年版,第 480-481 页。

② 《徐讦文集》(第 9 卷),上海:上海三联书店 2008 年版,第 12-13 页。

　　这几段话里说得很清楚,徐訏是一个中国道家思想的信奉者,他觉得西方现代人生不值得羡慕和追求,而中国千年古刹倒是令人向往,因为一个人"灵魂上的积垢浓污"只有到那里才能"净化"。作家说,他面对山水与大自然"养成了中国式的冥想",正是这种"中国式的冥想"使他参悟到"生死的平淡",连"对于享受的物欲也看成平淡了"。完全可以肯定,其小说格调的"平淡"与这种中国道家的"参悟到生死的平淡"有关。进一步说,徐訏的都市小说却以道家冥想和出世思想为底色,这是一个矛盾,一个"能引起人一点较深远的情感和想象"的矛盾,显示作家在写作都市的时候也在疏离都市,只可惜他这种思想、审美态度和文学配方在当时的中国甚至今天的中国都难以为多数人所理解、接受或喜欢,所以,作家的寂寞是注定的。无独有偶,施济美在40年代后期也表示遁入中国文学文化传统以消磨余生①。

---

　　① 薛采蘩(施济美):《岸》,上海:《幸福》第2年第10期,1948年10月30日。

第四章

浙江现代文学都市书写的成因

　　1995 年，彭晓丰、舒建华的《"S 会馆"与五四新文学的起源》将清末民初、新文学尚未正式诞生之前的文学称为"前夜文学"，指出这种文学的作者都是广州人和江苏人，很少浙江人，然紧接着就是浙江人登上历史舞台，跃居时代的主角，"以鲁迅、周作人为首的两浙作家艰难的崛起，真正标志着中国新文学的源起"①。接着该著作追问："为什么前夜文学的区域景观中吴粤几乎占尽全部风光？为什么在中国文学由传统到现代的转型中出现'吴、粤→越'的空间传动？"其实，这也是本论题题中之意。就中国现代都市文学而言，一般认为，韩邦庆的《海上花列传》是现代通俗都市文学的滥觞。之后，香港文学尚在酝酿之中；广东以康有为、梁启超和黄遵宪等为代表的早期启蒙文学已经过了它的时代；江苏以徐枕亚、李涵秋、吴双热、包笑天、周瘦鹃、秦瘦鸥等为代表的鸳鸯蝴蝶派文学盛大出场，曲折发展，顽强坚持，但究其实，乃传统才子佳人文学的现代版。以《歇浦潮》《海上繁华梦》《骚来女士外传》《亭子间嫂嫂》等为代表的通俗海派文学的作者多为上海本地人、上海周边人或安徽人。只有浙江作家面对正在发展壮大的世界都市和刚刚崛起的都市上海，怀揣激进的愿望，以踊跃的姿态、大胆开拓和创新的精神，走在整个中国现代文学的最前列，创造了异彩纷呈、风格多样、成就辉煌的现代都市文学。那么，为什么是浙江呢？为什么只有浙籍现代作家才拥有这份千载难逢的荣耀？同时，浙江现代都市书写又为什么出现那么多缺陷和不足呢？这又回到本论题的开端来了。下面就从几个方面来探讨这个问题。

---

① 彭晓丰、舒建华：《"S 会馆"与五四新文学的起源》，长沙：湖南教育出版社 1995 年版，第 26 页。

第一节　时代、地域、个人原因

中国古代讲究"天时、地利、人和"。其实,文学的产生和发展也离不开这三个方面的条件。法国文艺批评家泰纳认为文学艺术的发展离不开三个要素:"种族、环境、时代"。"种族"相当于中国古代哲学中的"人",仿佛植物的种子;首先种子优秀,植物才能长得好。"环境"相当于中国古代哲学中的"地",就是土壤和地域;种子要长得好,土壤和地域是必要条件。"时代"相当于中国古代哲学中的"天",即四时变幻和气候等;种子要长得好,时序和气候也是极为重要的条件。泰纳将"种族"列为首位,"时代"列为末位;中国哲学将"天"列为首位,"人"列为末位。这表明在西方,种族的本体地位,人高于一切;在中国,"天"高于一切,"人"最低。现在文学研究强调文学发展的内源性因素,但是中国现代文学的性质决定,外援的重要性无可比拟,所以,现在不妨还按照中国的习惯,先探讨时代对浙籍作家都市书写的影响,再探讨地域对浙籍作家都市书写的影响,最后探讨个人在浙江现代文学都市书写中的作用。

一、时代原因

泰纳在《艺术哲学》里言:"的确,有一种'精神的'气候,就是风俗习惯与时代精神,和自然界的气候起着同样的作用。……必须有某种精神气候,某种才干才能发展;否则就流产。"①王国维在《宋元戏曲考·自序》里也说:"凡一代有一代之文学。"可见时代是催生或制约文学产生发展的一个重要因素。世界在时间中,人在时代中,文学也不例外。特别是中国现代文学是在外国文学文化影响下产生的,浙江现代作家都市书写里尚有不少对异域都市的书写,那么,对异域都市和都市文化的发展状况进行一次简单的回顾就不是多余的。

斯宾格勒指出:"一个结论性的事实……所有伟大的文化都是城镇文化。"伴随西方现代性的崛起,人类最伟大的城镇——都市也迅速崛起,所以19世纪下半期到20世纪上半期,是人类都市文明最辉煌的时期,世界上所有伟大的都市文学作家如英国的狄更斯、王尔德、艾略特,爱尔兰的乔伊斯,法国的巴尔扎克、波德莱尔、福楼拜、莫泊桑、左拉,美国的德莱赛、菲茨杰拉德、辛克莱、帕索斯、凯鲁亚克等莫不诞生在这一历史阶段。而中国现代文学的都市书写包括浙江现代

---

① ［法］泰纳:《艺术哲学》,傅雷译,北京:生活·读书·新知三联书店2017年版,第45页。

文学的都市书写也都正好产生在这一时期。

1666 年，一场大火将老伦敦烧掉，之后重建伦敦，开始的设计是在市中心建筑一个庞大的金融交易所，虽然后来没有落实，但是这种理念已经渗透进今后的伦敦建设中，甚至渗透进今后世界都市建设之中①。随着启蒙主义和工业革命的兴起，一个科学的、世俗的、工商业经济的都市时代就要到来。伴随全球殖民过程，英国成为"日不落帝国"，伦敦也成为世界上最大的经济金融中心。1848 年历来被西方学者称为现代性"与过去完全决裂"的时刻②。这一年，西方现代性显示全面成熟的征兆，它以彻底征服者的姿态出现在西方政治经济文化各个方面；也是这一年，马克思、恩格斯出版《共产党宣言》，宣布今后的时代将是无产阶级登上历史舞台的时代。1851 年，伦敦举办了万国工业产品博览会（第一届世界博览会），充分展示了它的经济实力和全球化视野。西美尔言："伦敦从来没有成为英格兰的心脏，但经常充当英格兰的智囊和钱袋。"就是说它虽然富足、繁荣，但从没有成为英国人的感情寄托之所在。西方文学史上，浪漫主义是第一波审美现代性，之所以出现在英国伦敦，就是因为英国的社会现代性最早发展，企业家与艺术家最早分手。现实主义是第二波审美现代性，在英国就是狄更斯所代表的都会主义文学书写；现代主义是第三波审美现代性，在英国就是以王尔德为代表的唯美—颓废主义。1851 年，拿破仑的孙子路易·拿破仑成为法国最高主宰，1852 年他改共和制为帝国制，1853 年任命塞纳省省长奥斯曼主政巴黎，开始巴黎作为"现代性之都"的历史进程，而正是这时出现法国文学史上第一个真正的都市文学作家波德莱尔。巴黎从 1855 年到 1937 年，共举办七次世界博览会，充分显示法国的经济、文化实力，特别是 1900 年那一次，主题是："巴黎，世界文明之都"，迎来巴黎的"美好时代"，也是人类历史上最富足而和平的时代；尽管如此，大批文学艺术家如巴尔扎克、雨果、波德莱尔、福楼拜、莫泊桑、左拉、都德、魏尔伦等都向巴黎表示质疑和失望。第一次世界大战，伦敦、巴黎都损失惨重，受到很大破坏，但是元气还在，大战结束后，很快复原，所以第二次世界大战爆发之前，欧洲仍然是繁荣、富足、文化昌盛的，还是世界都市文化和现代人生的领潮者。但是第二次世界大战还是爆发了，这次，整个欧洲跌尽元气，伦敦、巴黎也不例外，整个世界现代人生发展和都市文化建设的桥头堡转移到美国去了，纽约当

---

①　[美]理查德·利罕：《文学中的城市——知识与文化的历史》，吴子枫译，上海：上海人民出版社 2009 年版，第 32-33 页。

②　[美]大卫·哈维：《巴黎城记：现代性之都的诞生》，黄煜文译，桂林：广西师范大学出版社 2010 年版，第 1 页。

然是最大的受益者。纽约完全是一个突然兴起的都市,是在欧洲都市文明基础上直接跳级发展的都市,综合了英国和法国的都市精神,而成为全世界最庞大亦是最强大的都市。纽约号称"不设国界的城市",全世界的人都可以移民进去,因而开放性、自由性和世界性更强。纽约迎来人类科技发展的第三次浪潮,机械化程度更高,显示更快的生产和生活节律,这时,人的物化和人性的异化就更典型了。美国都市文学从惠特曼的启蒙主义歌唱,到德莱塞的现实主义批判和菲茨杰拉德的现代主义质疑,再到凯鲁亚克的后现代主义嘲弄,始终是审美现代性对社会现代性的精神文化反映。在 20 世纪二三十年代,浙江现代作家徐志摩、邵洵美、艾青、徐讦、孙大雨、林徽因等有了对以上三个都市的书写。

日本是后起现代化国家。1867 年,日本明治天皇登基,在内外交困的情况下进行全面改革。到 1912—1926 年大正时期,日本进入相对和平、繁荣、富足、文化活跃的年代,可称作日本都市文明的美好时代,因为之前是艰苦创业时代,之后是军国主义时代。大正时期正是郁达夫、郭沫若等留学并开始创作的时代。

在五大都市中,上海的崛起最晚。1843 年,英国领事巴富尔在上海黄浦滩头租下地皮,开始中国的现代化进程,同时开始上海的都市化进程。上海的开放和崛起是在西方列强强迫下进行的,伴随着屈辱,这时,传统作为一种维护本民族尊严的合法性力量出现。传统不肯改,但是西方列强带来的不仅是屈辱,还有更先进的文明和文化,所以,传统又取得被改造的机遇,"现代"终于在中国大地落地生根,中国也以此获取变异、新生的契机;之后,西方的现代又暴露出新的危机,对于后发展国家又构成一种负面的启示,这时便有了新一轮中国传统文化向西方现代性中心疏离的理由。如此,中国现代文学包括浙江现代文学对于都市的疏离性书写就有了双重性质,一方面是因为自身缺陷走不进现代,另一方面又对现代的危机产生惊惧。可以说,此前所述浙江现代文学都市书写中对都市的乡土性疏离主要属于前一种情况,对都市的玄思性疏离主要属于后一种情况,而对都市的理想性疏离则就是企图避免和超越这两种情况。

二、地域原因

周作人在《地方与文艺》里说:"风土与住民有密切的关系,大家都是知道的;所以各国文学各有特色,就是一国之中也可以因了地域显出一种不同的风格,譬如法国的南方普洛凡斯的文人作品,与北法兰西便有不同,在中国这样广大的国土当然更是如此。"①吴福辉也指出："为了了解中国的都市文化,先要了解它们各自的文化'根系'。而且文化色彩愈浓郁的都市,它的'根系'愈深。"②时代是不断变化的,地域却是相对稳定的。进而言之,地域性作为一种文化属性最接近一个民族或地区的文化根性,乃至集体无意识。所以,时代对文学的影响是直接的表象的,地域对文学的影响则是缓慢的内在的。甚至可以说,能否表现一个民族或地区的文化个性及其民族无意识,是衡量一个作家优秀与否的重要尺度。鉴于此,本著作就先从海外都市的地域性及对浙江现代文学之都市书写的影响谈起。

英国是商业新教伦理国家,其最高文化精神就是理性精神。作为海洋中的岛屿国家,英国生存资源有限,要想发展壮大,必须走出岛屿,向外扩张,经济上必然是以商品经济为主。所以,新教改革后,英国人形成这样的理念:能赚钱、发财致富才是上帝最好的选民。发财致富与信仰上帝奇妙地结合在一起,所以,资本主义现代性崛起阶段,不少牧师后来成了资本家。商业活动需要忠诚、守信、守法、克己、筹划,感情不能作为商业活动的标准,这便形成理性精神的第一个方面:商业理性。同时形成理性精神的第二个方面:个人生活理性。强调节欲、勤劳、实干,"合理、系统地安排整体道德生活"③。认为:"时间就是金钱","浪费时间是首要的、而且原则上是最该死的罪孽。人的一生无限短暂,无限珍贵,都应该用来确证他的入选与否。把时间损失在社交、闲聊、奢侈生活方面,甚至睡觉超过保证健康所需的时间(六小时,最多八小时),是一定要受道德谴责的。……静居冥想也是毫无价值的"④,只有"星期日就是专门为了冥想而设"⑤,"劳动是一种公认的禁欲手段"⑥。工业革命后,英国资本主义现代化进程加快,对外扩张进程也加快,这时,英国资本主义工商业就不仅是个人的个别的活动,而是整个国家、社会的总体活动,所以,工商业扩张要求对整个社会进行合理化分工和

---

① 杨扬编:《周作人批评文集》,珠海:珠海出版社 1998 年版,第 65 页。
② 吴福辉:《关于都市、都市文化和都市文学》,见吴福辉:《多棱镜下》,北京:人民文学出版社 2010 年版,第 70 页。
③ 〔美〕马克斯·韦伯:《新教伦理与资本主义精神》,彭强、黄晓京译,西安:陕西师范大学出版社 2002 年版,第 111 页。
④ 〔美〕马克斯·韦伯:《新教伦理与资本主义精神》,彭强、黄晓京译,西安:陕西师范大学出版社 2002 年版,第 148 页。
⑤ 〔美〕马克斯·韦伯:《新教伦理与资本主义精神》,彭强、黄晓京译,西安:陕西师范大学出版社 2002 年版,第 149 页。
⑥ 〔美〕马克斯·韦伯:《新教伦理与资本主义精神》,彭强、黄晓京译,西安:陕西师范大学出版社 2002 年版,第 149 页。

组织。这是资本主义区别于前资本主义时代其他任何形式的商业行为的根本特征。这就是现代社会科层化的起源,形成理性精神的第三个方面:社会理性,其后果之一就是导致"铁笼"社会的到来①。

启蒙视角下,老舍的《二马》将这种理性精神理想化了。法国人更多则是取批判眼光。伊戈内的《巴黎神话》指出:"做过记者的起义者儒勒·瓦莱斯发现伦敦具有巴黎的一切缺点(贫富悬殊以及资产阶级狭隘的自私),而替营利主义辩护并扼杀快乐的英国新教使这些缺点变得更为恶劣;他认为伦敦是一座'阴森、肮脏、恶臭的城市。偷情在这里绝不可能,……','英国的上帝丑陋、冷淡、无奈……痴迷于天主教,对女人的羞耻心来说是危险的。所以,改革后新教不会使孩子们喜欢'。瓦莱斯是巴黎公社社员,他赞扬天主教,这似乎有些令人吃惊;但英国和伦敦的新教所产生的不良影响是一种时代的迂腐,公认的反巴黎公社派戈蒂耶,在这个问题上也与他的政敌意见一致:'英国人富有、积极、灵活,但说实在的,艺术是他们的缺项……;他们只不过是些外表光鲜的野蛮人……此外,英国人不是天主教徒——新教对艺术来说和伊斯兰教一样是有害的,也许更有甚至之。艺术家们只能是无神论者或天主教徒。'"②无独有偶,恩格斯也表示了相近的看法。恩格斯在《家庭、私有制与国家的起源》中说,英国"允许资产阶级的儿子有或多或少的自由去从本阶级选择妻子;因此,一定程度的爱可能成为结婚的基础,而且,为了体面,也始终以此为前提,这一点符合新教伪善的精神。在这里,丈夫实行淫游婚并不那么厉害,而妻子的通奸也比较不那么常见。不过,在任何婚姻形式下,人们结婚后和结婚前仍然是同样的人,而新教国家的资产者又大多是些庸人,所以,这种新教的专偶制,即使拿一般最好的场合来看,也只不过是被叫做家庭幸福的极端枯燥无聊的婚姻共同体罢了。"③小说是审查其婚姻状态的典型例子,德国是新教国家,而"德国小说的枯燥之于法国资产者,正如法国小说的'不道德'之于德国的庸人一样是令人不寒而栗的"④。

洞察了伦敦所代表的都市等级和都市文化精神,就不难解答一个问题,即为

---

① [美]马克斯·韦伯:《新教伦理与资本主义精神》,彭强、黄晓京译,西安:陕西师范大学出版社2002年版,第175页。

② [法]伊戈内:《巴黎神话:从启蒙运动到超现实主义》,喇卫国译,北京:商务印书馆2013年版,第238-239页。

③ [德]恩格斯:《家庭、私有制与国家的起源》,中共中央马克思恩格斯列宁斯大林著作编译局译,北京:人民出版社1999年版,第72页。

④ [德]恩格斯:《家庭、私有制与国家的起源》,中共中央马克思恩格斯列宁斯大林著作编译局译,北京:人民出版社1999年版,第72页。

什么中国现代文学史上,英国题材的作品那么少,而对英国都市进行书写的作品少而又少。伦敦生活程度高,中国留学生很少有条件支持在那里的生活,特别是不容易进入它的生活内部。伦敦一切看钱,机械、刻板,这很不符合中国的人情标准,特别不符合远在天边的中国游子的感情需要。

对于英国这种理性精神,浙籍作家书写最客观的是徐讦小说《英伦的雾》。小说取平视的姿态,叙写东方青年"我"与妻子在伦敦的雾里过留学生活,妻子是舞蹈家,她爱上了一个西班牙革命青年,那是她的迷恋者和崇拜者。结果她与"我"离婚,跟西班牙青年回国投入战场,西班牙青年牺牲,她又回到伦敦,这时"我"与法国女子萨芝正在订婚仪式上。英伦的雾使妻子迷失了方向,使妻子不安和疯狂,但是英伦的雾却使萨芝"冷静,沉着,含蓄,敏见,远识,不失足,不莽撞,不后悔,无热情的动物"。萨芝没有狂热的爱情,但是有更成熟的爱情。这里,小说注意到"英伦的雾"对于民族根性形成的作用,这是典型的文化地理学的视角,这样的创作在中国现代文学史上是不多见的,弥足珍贵,但是徐讦另有散文《中西的电车轨道与文化》,对这种"唯理的社会"就增加了质疑和批判,指出:"这种枯燥死板,机械乏味的人世是我们东方民族可以耐的么?……在这道地的唯理的资本主义社会中,一分钱一分货,什么都是刻板的机械的买卖,没有一点点意趣与感情的。……在资本社会中,人与人永远没有接触,中间隔着金钱一座桥,永远的永远的,不用说朋友,甚至是父母,母子,爱人与夫妇,更无论萍水相逢的路人了。这社会弄得个个都感到孤独而后已。"

徐志摩散文《巴黎的鳞爪》第一部分"九小时的萍水缘"让一个心灵受伤的巴黎女子自述,她嫁给一个英国伦敦的伯爵,在伦敦"真的我不曾感着他一息的真情;新婚不到几时他就对我冷淡了,其实他就没有热过……他有的是钱";实在忍受不了他,两人终于分手。邵洵美散文《在牧师家中》叙写留学期间,他在剑桥大学的一位名教授也是牧师家租住。"每星期付了七镑——约合中国大洋一百二十元左右——高代价的膳宿费。(在剑桥其他人家,每星期只要两个金镑,就过得去了。)"但是牧师太太过于泼辣俭克,"平常给我吃的东西,总是几片冷羊肉和马铃薯,我吃得腻了,……自己破了钞,买了一只上好的火腿送给牧师太太,这是出乎她的意料之外的,因为他们家里从来不会拿出钱买这一类高贵的东西,这一回小小的送礼,果然发生了很大的效果,她时常堆满了一副快乐的笑容向我问:'明先生,你是否最喜欢火腿么?''并不。''那末你喜欢点什么呢?''辣酱比较可口一点。'其实我也并不喜欢辣酱,因为我每日吃着马铃薯,太无味道了,辣的东西是比较有点刺激性,佐膳时,也不至于食不下咽。/固然,她为博得我的欢心,第二天就买了一小瓶的辣酱回来,她的经济算盘,我真佩服,就是一大瓶也只供我一星期享受,这小小一瓶,大约只有二次够吃。在吃午饭时,她把辣酱授给我,我开瓶倒了一半,她忽然大叫一声,吓得我和那位老牧师都有点莫名其妙,她带了十分诧异的口吻说:这一瓶我预备你半年好吃,怎么你一次空了一半?我们明了原来是这么一回事"。真令人啼笑皆非。徐訏散文《我在英国时的房东》叙写他的房东太太怎样每天精打细算,生活极其克俭。她和她的儿女们将房子腾出来租出去,她们自己住在夹楼的小屋子里。夹楼的门开在洗澡间的壁板上,她们早晨出来可以顺便看房客洗澡,发现这个秘密后,他从此不敢在早晨洗澡。每天供应四个房客三餐饭一餐茶,还包括洗衣补袜,很辛苦。但她们也有自己的快乐,每天晚饭预备好后,总要换上晚礼服,晚饭后总要将桌凳拿开请我们跳舞到深夜。有时也邀请房客去郊游或看电影,经济上当然不能含糊。她们说她们爱中国,希望嫁给中国人,因为中国物价便宜。

法国是欧洲最大的内陆国家,商业性自然不如英国,而封建专制却是欧洲最典型的。这是巴黎的暴力革命之所以兴起的前提。世界上的革命有两个范型,一个英国代表的改良主义革命,一个就是法国代表的激进主义革命。从这一点看,法国与中国相仿佛。所以,中国人从来欣赏法国式革命,而不喜欢英国式革命。就凭这一点,巴黎迎来多少世界落后国家和民族的后起革命者。法国是天主教国家。天主教国家没有新教国家那样全面地渗透到生活各个层面的禁欲倾向。他们也讲究节制,但那是在礼拜日,礼拜过后还是可以释放人的自然情怀。"天主教在伦理方面的要求比较缓和"①。"在法国的天主教中地位低下的教徒对生活享乐极为关注,而地位高的教徒,则直接地敌视宗教。"②天主教的中心在罗马。古罗马的文化是古希腊文化的继承,巴黎原为古罗马的一个小镇,巴黎就在此基础上建立起了它的卢浮宫,并成为全世界艺术中心。19 世纪末 20 世纪初,全世界的艺术家不到巴黎不算最后的完成,所有艺术家都将巴黎当作自己的第二个家园。奥斯曼主政巴黎后,为了美观,也为了防止工人阶级反抗,下令所有工厂搬迁到城外去。城内主要是政府、公司、商店、饭店、酒店、咖啡馆、电影院、歌剧院、歌舞厅、画廊、美体馆、妓院、银行等。特别是咖啡馆,与画廊一样,成为巴黎最有情调和灵魂之所在。据统计,到1900 年,巴黎的咖啡馆"已经有两万

---

① [美]马克斯·韦伯:《新教伦理与资本主义精神》,彭强、黄晓京译,西安:陕西师范大学出版社2002 年版,第 103 页。

② [美]马克斯·韦伯:《新教伦理与资本主义精神》,彭强、黄晓京译,西安:陕西师范大学出版社2002 年版,第 10 页。

七千家,即每一百个巴黎人拥有一家咖啡馆"①。巴黎由此成为革命之都、自由之都、艺术之都、爱与美之都、消闲之都,当然也可谓科学之都。

伦敦的理性精神形成著名的绅士风度,巴黎的自由、爱与美的精神形成著名的女性风情。法国历史上最著名的封建君主路易十四说:"国王在上,这个国家其实是由女人统治的。"②法国历史学家埃玛纽埃尔说:"法兰西首先是女性。漂亮的女性。"③巴黎女人没有美国女人那样强烈的女权主义愿望,以至于法国女性到 1944 年才获取选举权与被选举权,可是她们却特别注重服饰,注重化妆打扮。"时尚"的最初含义就是指时装,后来意义泛化,指一切正流行的东西。儒勒·瓦莱斯说:"巴黎的女性以她们的典雅与魅力,以她们化妆的天赋,雅致的花饰以及从衣领和裙下散发出的性感体香胜过伦敦女人……[这个]好像邪恶天使的马路美人,的确要比在道德魔鬼手中的英国女人更有素质。"④"马路美人"可以指居家女子,也可以指交际花、妓女。巴黎的女子多不愿意结婚,而愿意做殷实的寡妇,或者性伴侣⑤。据统计,进入 20 世纪以来,"有超过 50％的法国女人选择同居,但不选择结婚。……如今大家都在问:'为什么要结婚?'"⑥恩格斯在《家庭、私有制与国家的起源》也谈道:"在今日的资产阶级中间,缔结婚姻有两种方式。在天主教国家中,父母照旧为年轻的资产阶级儿子选择适当的妻子,其结果自然是专偶制所固有的矛盾得到了最充分的发展:丈夫方面是大肆实行淫游婚,妻子方面是大肆通奸。天主教会禁止离婚,恐怕也只是因为它确信对付通奸就像对付死亡一样,是没有任何药物可治的。"⑦如此,高级妓女或情人与居家女子没有了两样。"1869 年,雷布尔画了一幅极好的巴黎女士肖像,并为之取名《巴黎女人》,而观众把这幅画戏称为《高等妓女》,这个名称就这样保留下来。"⑧

---

① [法]伊戈内:《巴黎神话:从启蒙运动到超现实主义》,喇卫国译,北京:商务印书馆 2013 年版,第296 页。
② 转自[美]戴布拉·奥利瓦:《好一个法国女人》,史国强、元由译,北京:现代出版社 2010 年版,第2 页。
③ 转自[美]戴布拉·奥利瓦:《好一个法国女人》,史国强、元由译,北京:现代出版社 2010 年版,第27 页。
④ 转自[法]伊戈内:《巴黎神话:从启蒙运动到超现实主义》,喇卫国译,北京:商务印书馆 2013 年版,第 120 页。
⑤ [美]大卫·哈维:《巴黎城记》,黄煜文译,桂林:广西师范大学出版社 2010 年版,第 196 页。
⑥ [美]戴布拉·奥利瓦:《好一个法国女人》,史国强、元由译,北京:现代出版社 2010 年版,第 116-117 页。
⑦ [德]恩格斯:《家庭、私有制与国家的起源》,中共中央马克思恩格斯列宁斯大林著作编译局译,北京:人民出版社,1999 年版,第 72 页。
⑧ [德]爱德华·傅克斯:《欧洲风化史》,侯焕闳译,沈阳:辽宁教育出版社 2000 年版,第 391 页。

女性不结婚,促使巴黎红灯区的繁荣。"1855 年的伦敦有两万四千名妓女,而人口不到英国首都一半的巴黎却有三万四千名妓女。这些数字随着城市和郊区人口的增长而不断扩大;到了 1925 年,巴黎大约有七万名妓女。"①为了与妓女争夺男子,居家女子在服装上、风情上与妓女竞赛。"妇女连针织内衣也不穿了,而保留下来的薄纱衬衣也使用尽可能透明的织物,于是好寻根究底的目光就得以窥见最隐秘的迷人之处了。"②"制作裙子也选用那些可以紧紧裹住身体的面料。"③"从前着大开领衣裳时乳房所起的作用,如今则由身体的后部来完成了。"④显而易见,巴黎的感性、自由、爱与美的姿色风情对于中国留学生也构成巨大诱惑,这便催生出通俗文学家如陈辟邪的小说《海外缤纷录》,海派作家如张竞生、邵洵美、张若谷、徐讦的相关小说和散文,新文学作家如徐志摩、巴金、艾青、戴望舒、朱自清、刘海粟、郑振铎、辛笛等的相关小说、诗歌和散文。可以说,去欧洲留学或访问的作家,不到巴黎观光和体验的几乎没有。通俗作家关注巴黎的情色享乐,海派作家关注巴黎色情享乐的同时还想寻找一些人生和艺术的意义,新文学作家除看到巴黎的情色外,还看到巴黎的革命精神、知识传播和真正艺术精神,体现出家国意识与个人意识的融合。不待言,这三种品阶的文学作品,其创作的主力仍然是浙籍作家。

如果说,伦敦的都市精神是理性,巴黎的都市精神是感性,纽约的都市精神则是金钱—机械性。西美尔指出,"金钱自由"的后果是金钱掏空一切实在的有价值的内容,包括自由本身。"金钱式的自由恰恰是充满种种可能性的、不系于任何实在之物的自由;它在解放我们的同时,只给了我们空虚的生命感觉。"⑤而纽约恰恰是空前的金钱帝国,在这里,金钱才是最高主宰。所以,美国哲学的代表只能是实用主义。纽约的机械化程度也是全世界最高的。帝国大厦高耸入云、成为世界之最,没有过硬的机械技术保证是不可能的。"直到 1950 年,仍有一百万纽约人即百分之三十的就业人口一直在为大约六万家工厂工作。"⑥工厂机器设备更新,生产规模最大,形成独特的理论范式和实践范式——福特主义。

---

① [法]伊戈内:《巴黎神话:从启蒙运动到超现实主义》,喇卫国译,北京:商务印书馆 2013 年版,第 111 页。

② [德]爱德华·傅克斯:《欧洲风化史》,侯焕闳译,沈阳:辽宁教育出版社 2000 年版,第 188 页。

③ [德]爱德华·傅克斯:《欧洲风化史》,侯焕闳译,沈阳:辽宁教育出版社 2000 年版,第 203 页。

④ [德]爱德华·傅克斯:《欧洲风化史》,侯焕闳译,沈阳:辽宁教育出版社 2000 年版,第 202 页。

⑤ 陈戎女:《西美尔与现代性》,上海:上海书店出版社 2006 年版,第 78 页。

⑥ [法]伊戈内:《巴黎神话:从启蒙运动到超现实主义》,喇卫国译,北京:商务印书馆 2013 年版,第 234 页。

纽约交通工具和通讯工具等也最先进：汽车、火车、空中车、地铁、飞机、照相、电报、电话、传真、收音机等。如此，生产和生活节律都更快，人的流动性更强，对人刺激更大，压抑也更大。奥地利学者赫尔嘉·诺沃特尼指出："20 世纪 20 年代和 30 年代，在从美国回来的欧洲人所写的游记中，我们看到的都是被那里盛行的快节奏和对速度的狂热崇拜所迷醉的记述，欧洲人对它们的评论既带着敬佩之情，又夹杂着文化悲观主义的预感。相当多的新兴心理学的从业者在研究期间碰到了患有焦虑和焦虑性神经症的患者，他们无法应对时间上的需要。某种'文化忧郁症'（cultural hypochon-dria）爆发了。"① 更强烈的金钱—机械化，加上日益严重的虚无主义和世俗享乐主义，必导致更典型的精神物化和人性异化。在这种情况下，看孙大雨的诗《纽约城》和《自己的写照》，不能不佩服诗人高度的艺术敏感力、概括性和表达力。在艾青诗歌中巴黎有缺点，但主要是生动、泼辣和魅力四射；在孙大雨诗歌中，纽约有优点，但主要是沉重、冰冷、压力和危机。

明治维新开始后，日本政治社会层面上是彻底西化了，但这不等于日本的文化也全盘西化了。文化是一个民族的精神血脉，不是轻易可以改变的，也没有必要完全改变。何况这种完全西化是在被迫情况下突然进行的，历史夹生饭处必定很多，反映在都市和都市文化建设上，也必有许多不彻底之处。东京原名江户，西化之后，江户的底子还在。这样，现代与传统的杂糅就构成东京都市文化的特色。在这方面，文学书写最深刻、最能接近东京都市文化实质的恐怕还是郁达夫。郭沫若《女神》中有一批诗表现了日本都市的工业的动的精神，如《笔立山头展望》《日出》等，但这与其说是实写，不如说是想象，这是在未来主义和惠特曼启蒙主义影响下的艺术想象。陶晶孙的小说捕捉到了东京的都市新感觉，是 30 年代新感觉派小说的前奏，但也不免流于表面。郁达夫小说不仅写出日本都市的现实性，如资本主义发展导致工人的失业，色情到处蔓延，但是他更准确契合日本的历史文化，写出日本之所以成为全世界最色情的国家之一、东京成为世界上最色情的都市之一，是有一种民族无意识在里面。

王向远将日本哲学家、美学家九鬼周造的《"意气"的构造》、阿部次郎的《德川时代的艺术与色道》和日本"色道"原典、藤本箕山著《色道大镜》的第五卷（曾以《色道小镜》独立刊行过）合成《日本意气》一书出版，其中指出，"意气"一词来源于日本江户时代游廊（妓院），是日本色情文化的一个重要概念，指男女双方交往时各自拥

---

① ［奥］赫尔嘉·诺沃特尼：《时间：现代与后现代经验》，金梦兰、张网城译，北京：北京师范大学出版社 2011 年版，第 17 页。

有的内在的风情、气质和"媚态",从其自尊、自傲、有底气的角度看来,就称"意气地"。对于男女这种"意气",不能用一般的色情的眼睛观赏,而是用妙悟的唯美的眼观照,这种观照称"谛观"①。郁达夫《沉沦》中有两处文字接近这种"意气"和"意气地":

(日本男女同学相遇,三男问两女:)

"上哪儿去?"

那两个女学生就作起娇声来回答说,

"不知道!"

"不知道!"

那三个日本学生都高笑起来,好像是很得意的样子。

(男主人公偷窥房东女儿洗澡。)

那"伊扶"发了娇声问说:

"是谁呀——"

这两处文字里所表现的女性就有日本"意气"和"意气地"之余韵。日本传统文化里,女性曾是太阳,在性文化上,呈开放、自由、活泼、可爱、娇媚之势。徐志摩《沙扬娜拉》里:"道一声温柔,道一声温柔,/这一声温柔里,有蜜甜的忧愁。"这里,也应该有"意气"之美。

小说写到主人公的手淫,这似乎是主人公的个人行为,可是了解日本性文化就知道这是对日本性文化的暗合。美国本尼迪克特著名的《菊与刀——日本文化的类型》指出:"日本人对于自淫性享乐也不认为是道德问题。再没有其他民族像日本人那样有那么多的自淫工具。在这个领域内,他们也试图避免过于昭彰,以免外国人非议。但他们绝不认为这些工具是坏东西。西方人强烈反对手淫,……日本的幼儿和少年没有这种体验,他们长大后也不可能与我们采取同样的态度。他们丝毫不觉得自淫是罪恶而认为是一种享乐,只须在严谨的生活中把它放在微不足道的地位,就能够充分控制住。"②

小说写到主人公的"偷窥"行为,其实在日本两性生活中,"偷窥"是普遍现

---

① [日]藤本箕山、九鬼周造、阿部次郎:《日本意气》,王向远译,长春:吉林出版集团 2012 年版,第 23—28 页。

② [美]鲁思·本尼迪克特:《菊与刀——日本文化的类型》,吕万和、熊达云、王智新译,北京:商务印书馆 1990 年版,第 130 页。

象。成书于公元712年的日本精神元典《古事记》就叙述日本民族建国英雄之一、大物主神偷窥、跟踪,继而强奸少女势夜陀多良比卖的情形①。小说叙写主人公偷看房东女儿洗澡,这在中国,肯定以为不洁、不雅,可是在日本,你不看女性洗澡恐怕都不容易做到,因为如周作人在《谈混堂》里引经据典指出,在日本,男女同堂洗澡是"民间日常生活的一部分,亦差不多是平民的一种娱乐",没有什么道德问题,所以也不会引起大惊小怪。1928年7月茅盾避居日本,1929年2月写《速写一》《速写二》,记述他在日本东京澡堂的见闻。前文写见到五六岁的小姐妹坐在池壁上,已有大人的"妩媚"风度;后文写女池里一个"倩影"通过男女池中间的温水槽里的水面(茅盾称之为阴阳镜)映射过来,顿时"一种强烈的异样的情绪抓住了我"。更坦白的叙述是1935年左翼作家王礼锡以王搏今为笔名出版的《海外杂笔》,其中记载,去日本旅游,旅店主人安排去洗澡,侍女站着等衣服脱光。第二天又介绍到"大汤"洗:"呵,那真是洋洋大观!男男女女都很大方地在一个大厅里脱衣服,一丝不挂地走进隔房的大池里。池的面积大约可以密密地排一百人以上。四面装着镜子,高大和墙壁一样。池里满满的一池'赤裸相见'的男女。……四面的镜子下一排排坐着许多少女,在那里像匠人粉墙一般把刷子在上半个身子上刷粉。——刷了粉又坐着梳头。差不多坐两三个钟头在那儿。于是乎大镜子里面就万象杂陈,有洗澡的,有刷粉的,有梳头的,……"②丰子恺《日本的裸体问题》也谈道:"他们的浴池,不分男女;或虽分男女而互相望见。他们把洗浴看作同洗脸一样的常事,自然避不得许多。在小旅馆中,往往在同一浴池的中央的水面上设一块板壁,以为男女之分。池上的空气和视线虽被隔断,池内的水却是共通的。而且板的下面离水面尚远,两方的洗浴者可从这隙处互相窥见其下体。"③郁达夫还有一篇小说《空虚》,写男女主人公在日本澡堂赤身裸体相见,女主人公却无任何羞惭之色。这样大胆、前卫的书写还以为作者犯有色情狂之类疾患,其实这是日本性文化的艺术反映。

小说里还有男主人公偷听野合。这既是现实都市景观,也是日本历史文化景观,因为这样随便男女偷情、野合,也是日本性文化的表象。30年代,钱歌川撰文指出:"日本女人在处女时代……有她的自由,……有她的生命,一旦走进婚姻即失去她的一切,而取来一个丈夫。""日本女人在结婚前尽可以风流自赏,与

① 郝满祥:《日本人的色道》,武汉:湖北人民出版社2012年版,第29-31页。
② 王搏今:《海外杂笔》,上海:中华书局1935年版,第33-34页。
③ 丰子恺:《日本的裸体问题》,上海:《宇宙风》第25期,1936年9月16日。

人滥交,但有了一个丈夫以后,这便成了一种严厉的禁律。"①本尼迪克特的《菊与刀——日本文化的类型》认为日本人没有性罪恶观念,不认为性是淫秽的,"我们对于性享乐的许多禁忌是日本人所没有的。日本人在这个领域不大讲伦理道德,……性的享乐没有必要讲伦理道德"②。日本著名文艺批评家厨川白村也感慨地说:"自古至今,是一个非女子不能到天明的国度,到乡间去,全村无一处女的村落,据说也不少呢。……男女的风纪之乱,几为别的文明国所仅见。"③日本农村都如此,遑论日本都市。

小说最后写日本妓馆,这更是日本性文化特色。日本启蒙思想家福泽渝吉有言:"日本对付亚洲有两种武器,一是枪,二是娘子军。"老舍《二马》也指出:"日本人所到的地方就有日本窑子"④。日本藤本箕山、九鬼周造、阿部次郎的《日本意气》一书梳理了日本妓馆的历史变迁,揭示了日本艺妓和一般妓女的历史命运。池雨花指出:"大正时期虽然时间不长(1912—1926),但却将嫖娼发展到登峰造极的地步,原因是明治后期还是以公娼经营为主,而到了大正时期,名目繁多的艺伎馆和私娼馆纷纷出现,其势头盖过了公娼,数量是公娼的两倍还多。"在美国政府强烈干预下,1956 年颁布《卖春防止法》,公娼业算表示正式废止,但私娼业仍很盛行⑤。直到 2004 年美国国务院统计,日本还堪称"全球第一妓女出口国"⑥。

也许正因为郁达夫了解日本性文化特色,所以,他书写日本都市如上景观时就没有大惊小怪之感。特别是最后写那个妓馆里的侍女,很有人情味,显得怪异的反而是主人公,他自己神经过敏,所以自杀了。沈庆利就据此认为,小说表现了乡土中国灵魂遭遇日本都市人生造成文化震惊⑦,这里人物与叙述者就产生了差距。人物不理解日本都市和都市文化,但叙述者即隐含作者理解,所以,小说对日本都市文化和都市人生的书写颇有层次感和纵深感。

最后说到上海及上海书写。如前所述,中国的现代化和都市化进程都是被迫进行的,20 世纪前半期的上海主要指租界上海,租界之外,与中国江南任何一

① 钱歌川:《日本妇人》,上海:《宇宙风》第 25 期,1936 年 9 月 16 日。
② [美]鲁思·本尼迪克特:《菊与刀——日本文化的类型》,吕万和、熊达云、王智新译,北京:商务印书馆 1990 年版,第 127 页。
③ [日]厨川白村:《近代的恋爱观》,夏丏尊译,北京:开明书店 1928 年版,第 8 页。
④ 老舍:《二马·骆驼祥子》,南京:江苏文艺出版社 2010 年版,第 54 页。
⑤ 池雨花:《雪国之樱——图说日本女性》,北京:团结出版社 2006 年版,第 45 页。
⑥ 池雨花:《雪国之樱——图说日本女性》,北京:团结出版社 2006 年版,第 278-279 页。
⑦ 沈庆利:《中国现代异域小说研究》,北京:北京大学出版社 2009 年版,第 56 页。

个城镇没有两样,甚至租界内也还有大量中国式景观、中国式人生方式和中国式生活习惯。30 年代初期,上海已经成为世界上第五大都市,但是直到 1940 年,租界和洋人所管辖的有限几个界外马路区域所有外籍人员也不过 6 万多人,其中俄国难民 2 万名,日本人 2 万名;正经欧美人也只有 2 万多名,其中英国人 9000 名,美国人 4000 名,法国人 2500 名,其余的便是德国人、挪威人、瑞典人、南美洲人和混血葡萄牙人等;剩下 400 万名差不多都是中国人①。上海没有完全沦为殖民地,洋人大班们无法将它作为家园看待,而只看作客居之地②,经济活动也主要以商业买卖为主③,这样,上海发展就必然是畸形的,即主要发展它的消费、享乐一面,而工业包括民族工业发展却极不充分。这决定现代文学中都市书写也必有不正常、不饱满的一面。如新感觉派表现上海的消费—享乐性确有非凡之处,但是它"表现的都市机械文明对人异化的主题,是颇'虚'的,是不结实的。……一方面它远离了大部分市民的生活化的都市,一方面现代都市对人的压迫性在中国当时也没有实实在在得到体现。如新感觉派中刘呐鸥的《风景》、穆时英的《黑牡丹》里的人物,究竟受了何种机械的压迫,并不能说清楚。更多的只是城市餍足后的逃往农村的行为,短暂地吸取乡村无拘束的空气,并不能接受那里非现代的物质低下的现实。所以两篇小说的结局一是当晚跨入上行列车返回城市,一是躲避在充满现代消费气味的乡村别墅里面。究其原因,中国都市机械文明本身并不发达,由工人和广大市民来体会这种压迫还不具条件,交通、街市等城市速率和空间所造成的对白领阶层的压迫体验尚属模仿西方的。我们看到,在文学中要寻找西方式样的都市形式感相对容易,而要寻找到真正中国的都市人生,新感觉派的几人就不成了(最擅长的都市情爱演出,全在消费场所进行)。倒是在海派的通俗作家那里,可以获得一部分的感觉"④。由于上海对于后发展国家、民族还有先进启示意义,上海的内质分为两个:一是靡丽的上海,一是革命的上海。即一是消费享受的上海,一是革新创造的上海,前者是海派的,后者是新文学作家的。如此,30 年代,以刘呐鸥、穆时英、施蛰存为代表的海派文学和以茅盾、殷夫、夏衍、楼适夷为代表的左翼都市文学应运而生,是最自然不过的事情。另外,鲁迅、戴望舒、徐迟等为代表的真正继承现代主义精英意

---

① [美]霍塞:《出卖上海滩》,赵裔译,上海:上海书店出版社 2000 年版,第 186 页。

② [美]霍塞:《出卖上海滩》,赵裔译,上海:上海书店出版社 2000 年版,第 192 页。

③ [美]霍塞:《出卖上海滩》,赵裔译,上海:上海书店出版社 2000 年版,第 180 页。

④ 吴福辉:《多棱镜下有关现代上海的想像——都市文学笔记》,见吴福辉:《多棱镜下》,北京:人民文学出版社 2010 年版,第 179 页。

识的都市文学创作也成为三足鼎立之中不可少的一员。鉴于目前学界这方面探讨已经很多,这里从略。

这里,欲进一步探讨,现代都市文学书写,为什么是浙江作家最先发声,大胆开拓,始终走在前列呢?现在,文学研究强调文学发生的内源性因素,而浙江现代都市文学发生的内源性因素何在呢?个人方面的因素下面再讨论,这里先探讨文化方面的内源性问题。

柯文早在 60 年代就指出,"西方冲击与中国回应"模式研究已经不能如实反映中国近现代历史变迁的内在理路①。希尔斯也说:"传统并不是自己改变的。它内涵着接受变化的潜力;并促发人们去改变它。……这些变迁起源于传统内部,并且是由接受它的人所加以改变的。""传统之中包含着某种东西,它会唤起人们改进传统的愿望。"②正是这种认知理路内转的趋势促使中国现代文学研究从世界性研究转向重视民族性研究,从现代性研究转向重视传统性研究,从"线性探索"转向重视"以面为主的研究,立体研究,以至于时空合一内外兼顾的多'维'研究"③。1995 年,严家炎主编的"二十世纪中国文学与区域文化"丛书出版,他在为"丛书"写的"总序"中明确指出文学的产生和发展与地域文化有密切关联,有时候甚至起决定作用,并且强调地域文化的内涵不能仅指"山川、气候、物产之类自然条件",更重要的是要"包括历史形成的人文环境的种种因素,……而且越到后来,人文因素所起的作用也越大"④。同年,作为该丛书之一,吴福辉的《都市漩流中的海派小说》首先从地域文化——海派文化角度研究海派小说。他认为:"洋泾浜文化是海派小说真实的处世立身环境。""海派文化即便是一种洋泾浜文化,洋泾浜文化里面的'中方',它的基质仍是吴越文化。"⑤那么,是什么样的吴越文化促发海派文化呢?吴福辉总结三个方面:"其一,农商传统。……从商,讲究的是务实,趋利避害,海派文化的商业性很容易地就从古典状态一步跨入了现代。其二,叛逆性和兼容性。这两条好像彼此矛盾,但吴越人正好把它们统一起来。……我们看海派文化无所顾忌,放任,和敢于博取旁人之长为我所用的态度,都能在吴越文化中找到渊源。其三,散逸、精巧的享用性。吴越

---

① [美]柯文:《在中国发现历史——中国中心观在美国的兴起》,林同奇译,北京:社会科学文献出版社 2017 年版,第 51 页。

② [美]爱华德·希尔斯:《论传统》,傅铿、吕乐译,上海:上海人民出版社 2009 年版,第 229 页。

③ 金克木:《文艺地域学研究设想》,北京:《读书》1986 年第 3 期。

④ 彭晓丰、舒建华:《"S 会馆"与五四新文学的起源》,长沙:湖南教育出版社 1995 年版,"总序"第26 页。

⑤ 吴福辉:《都市漩流中的海派小说》,长沙:湖南教育出版社 1995 年版,第 50 页。

人对于自己的那一份山山水水,丰裕的物产,了然于心。生活讲究质量,仔细品咂滋味,体会它的佳处。……难得的是吴越人于务实中产生诗情,正如海派能从街市马路获取灵感。"①海派文人就是江南才子唐伯虎人生姿态的现代版②。吴福辉所说第一条可算作吴越文化的共有特征,因为江南历来农商并重、亦儒亦商,商业发达,与北方较纯粹的农业传统相比,明显是一个特征。第二条基本上主要是越文化的特征,越地多山靠海,耕地稀少,人要向大海获取生活资料,长期以来就形成激烈、坦荡、奔放、自由而灵活的性格,所以叛逆性与兼容性可以并存,实际是说一种地域文化性格的两面。第三条基本上是吴文化的特征,吴处于江南腹地,多平原,气候适宜,物产丰裕,人们生活富足、闲适、潇洒,重生活趣味和姿色享乐。吴福辉对这三条没有做过多的理论阐释,但是却相当准确而全面地揭示了海派文化的传统基质,为今后相关课题的深化研究打下基础。

作为"二十世纪中国文学与地域文化"丛书之一种,与吴福辉《都市漩流中的海派小说》同时出版的彭晓丰、舒建华的《"S 会馆"与五四新文学的起源》将视野放大,探讨浙江文化对于整个新文学诞生所产生的重大影响,其中有两点构成对吴福辉著作的补充和深化。第一点,该著作从历史视角进一步说明吴越之地为什么具有鲜明的叛逆性和对新事物的积极吸收态度。该著作认为吴越之地"因其远离土厚水深的中原腹地,这片在海洋潮汐中涌动的土地,就怀有吞吐异质文化的深刻冲动。更重要的是,因其与传统长期来所处的游离性补充关系,这一次要传统所属的文化区域场内潜藏着一个独特的'召唤结构'——凝聚传统内部固有的变异性因素去呼应外来的冲击力,并试图完成对整个传统的解构"③。该著作特别说明,这里所言具有"召唤结构"的传统,不是指中原所代表的"主导传统"(大传统),而是指东南沿海的"次要传统"(小传统)④。"次要传统最大量地凝聚了中国传统内固有的反叛因素,并强有力地呼应异质文化传统。"⑤譬如辛亥革命的不少先驱都是浙江人。为了研究方便,该著作引进"面型语码"的概念,认为以往研究都用"线型语码"的思维和方法,以至于遮蔽了许多历史文化内涵。实际上,该著作想强调浙江所代表的吴越之地作为一个整体的文化区域对于现代文学产生所起的重大作用。具体到中国现代文学产生发展上,该著作认为:"五

---

① 吴福辉:《都市漩流中的海派小说》,长沙:湖南教育出版社 1995 年版,第 52-54 页。
② 吴福辉:《都市漩流中的海派小说》,长沙:湖南教育出版社 1995 年版,第 54 页。
③ 彭晓丰、舒建华:《"S 会馆"与五四新文学的起源》,长沙:湖南教育出版社 1995 年版,第 27 页。
④ 彭晓丰、舒建华:《"S 会馆"与五四新文学的起源》,长沙:湖南教育出版社 1995 年版,第 29 页。
⑤ 彭晓丰、舒建华:《"S 会馆"与五四新文学的起源》,长沙:湖南教育出版社 1995 年版,第 37 页。

四新文学的语境是种空间传动,由吴、粤文化区向越文化区的位移,标志着中国近现代文学转型。这是面型语码提供的中国文学第三个位移。"①该著作主要以浙籍作家对吴、粤文化区作家之创作如鸳鸯蝴蝶派文学和文明戏的质疑、批判和清理,并创造新的文学当然也包括新的都市文学为例来说明这一问题。第二点,该著作从形态学的角度指出浙西文化与浙东文化的区别,援引大量历史资料说明"浙东多山,故刚劲而邻于亢;浙西近泽,故文秀而失之靡"。具体地可以明代浙江学人王士性的描述代表之:"两浙东西以江为界而风俗因之。浙西俗繁华,人性纤巧,雅文物,喜饰馨悦,多巨室大豪,若家僮千百者,鲜衣怒马,非市井小民之利。浙东俗敦朴,人性俭啬椎鲁,尚古淳风,重节慨,鲜富商大贾。而其俗又自分为三:宁、绍盛科名逢掖,其戚里善借为外营,又傭书舞文,竟贾贩锥刀之利,人大半食于外;金、衢武健负气善讼,六郡材官所自出;台、温处山海之民,猎山渔海,耕农自食,贾不出门,以视浙西迥乎上国矣。"②"这种古老的差异也承传在'S会馆'里的先驱者群体的风姿上。浙东的作家(鲁迅、周作人、许杰、许钦文、巴人)文风都偏刚韧;浙西的作家(茅盾、郁达夫、徐志摩、戴望舒)都偏秀婉"③。

彭晓丰、舒建华的研究,让人们明白,自古以来,中原中心地位使东南沿海地区只能是被鄙视、冷落、监管的地区,所谓四方蛮夷之地之一。东晋以来,江南地位蹿升,但并没有改变它在主导传统中的边缘性地位。长久以来,必形成一种文化的疏离性、独立性、开放性和创造性。显而易见,这种地域文化的独特性对于浙江区域文化的现代转型及浙籍现代都市文学书写构成巨大促进。

吴越文化实现现代转型,中间经过江南文化一个历史环节。"以江苏、浙江等地区为依托的江南文化,其发生、发展的过程本身,就蕴含了多重意义和价值。江南文化发源于远古时代的吴越文明,东晋时期的永康南渡是它开始形成独立文化形态的重要起点,此后的'安史之乱'、'靖康之乱'导致的北方人口的大量南迁,成为江南文化得以持续和积极发展的关键章节。明清之际,江南地区的工商业发展和外来经济势力的渗透,更为江南文化的进一步发展提供了经济的保障和支持。近现代以来,江南地区一直凭着雄厚的经济实力和文化强力,占据着中国社会的主流地位,江南文化也以其先进的地位和丰富的内涵成为中国社会步

---

① 彭晓丰、舒建华:《"S会馆"与五四新文学的起源》,长沙:湖南教育出版社1995年版,第21页。

② [明]王士性:《五岳游草 广志绎》(新校本),周振鹤点校,上海:上海人民出版社2019年版,第273页。

③ 彭晓丰、舒建华:《"S会馆"与五四新文学的起源》,长沙:湖南教育出版社1995年版,第200页。

入现代化进程可资借鉴的重要样本。"①浙江地域文化作为江南文化的重要组成部分,比江苏区域文化表现出更强劲的现代转型势头。江苏区域文化(主要是吴文化)更接近北方"占统治地位的农业—官僚政治文化的传统制度和价值观念",传统士大夫倾向更明显,现代以来它在文学上的转型,雅的就是南社文学,俗的就是鸳鸯蝴蝶派文学。浙江区域文化更多的在越文化区域,整体地看,越地经济比吴地经济稍落后,但越地更有海洋性,所以它既有更强烈的翻身、发展的愿望,也更有适应从西方发达国家传输过来的海洋文明的能力。费正清指出:自近代海禁大开以来,"面海的"富有变革精神的"次要的传统"渐次获得生机,其释放的巨大能量日益改变着它被"支配"的地位,而日渐由"边缘"走向"中心"②。关于海洋文明下的文化心理、性格,学术界一直探讨不多,这里借用邱绍雄在《中国当代股市题材小说研究》中的两段描述作为补充:

> 地中海文明的发祥地古希腊地处爱琴海,海岸线曲折,岛屿众多,陆路交通不方便,可耕地面积较少,但拥有渔盐之利和海洋交通之便,工商业便应运而生,开拓海外市场、抢占殖民地、实施海外扩张是其天然使命。恶劣的海洋气候,艰苦的生存环境,激烈的海洋行为形成了人们粗犷张扬的行为特性。生产资料主要是船、渔网、商品等,对于海洋的依赖性强,而海洋是开阔的,海洋环境是恶劣的、多变的,人们对于外界的新生事物接触较多,视野开阔,从而形成了人们激进、开放的行为特性。劳动时间没有严格的规律,主要根据海洋气候的变化情况来定,需要较强的随机应变能力。海洋环境是动态多变的,海洋行为所产生的价值收入也是动态多变的、偶然的和难以预见的,生命安全和财产安全具有较大的风险性,有风暴、暗礁、海盗等,同时也有较大的机遇性和幸运性,财富的积累和丧失往往是快速的过程,暴穷或暴富的可能性都较大,甚至连生命的丧失都是快速的过程。……
>
> 海洋文化是商业文化。……大量的海外商业行为又大大扩展了人们的新视野,接触了更多更好的新生事物,又反过来强化了人们的进取和开放。海洋经济对于秩序、和谐与纪律的要求不高,而对于个人劳动能力能否获得自由发展与自由发挥则更为重要,从而形成了人们对自

① 凤媛:《江南文化与中国现代文学》,北京:文化艺术出版社 2008 年版,第 4-5 页。

② 费正清:《剑桥中华民国史》(1912—1949 年,上卷),杨品泉等译,北京:中国社会科学出版社 1994 年版,第 10-30 页。

由和平等的强烈向往,也形成了强烈的自信意识。海洋经济容易形成财富的大起大落,因此冒险行为往往是明智的、值得的,因此人们总是喜欢不安于现状,勇于冒险,敢于向自然挑战,敢于向权威挑战。集体利益的发展取决于个人利益的发展,因此它造就了人们强烈的个人主义意识,尊重个人利益和个人隐私,民主意识强。它往往总是面对不同的环境和全新的事物,没有现行的经验和历史的教训可以借鉴,没有老人可以去请教,必须自己亲自去探索和实践,并在探索和实践的过程中获得新的知识与信息,因此它造就了人们强烈的前瞻意识与创新意识。海洋经济不需要太多的资源背景,而是全靠自己个人的能力、运气与勇气,也不需要太多地依靠家族势力的支持与配合,从而形成了人们强烈的独立意识与自主意识。[①]

邱绍雄的这两段话,意思与文字不少重复,但大体可表现出海洋文明下人们的生存状态及其心理、性格特征。正是在这种海洋心理、个性驱动下,浙江抓住了历史赐予的新生、发展契机,最早对外通商,最早发展新型民族工商业,最早向先进国家派出留学生,当然也最早创造真正属于现代的文学。正如王嘉良所分析:"中国新文学'浙江潮'的典型意义在于:作为江南沿海一块富有生机的地域,浙江以其积淀深厚的两浙文化传统及其在近现代的延伸,并以'面海'的地理区位优势使其在 19、20 世纪之交的中西文化大冲撞之际'得风气之先',遂得以形成一支声势壮阔的文学新军在新世纪文学新潮中有所作为,从而印证了'传统内'固有的'反传统'质素和向外拓展意识是催生中国新文学的两重不可或缺的因素。"[②]另外,浙东学派疾虚妄、义利并重、经世致用的精神在浙江地域文化的现代转型中也应该发挥了重要作用,对浙江现代都市文学的产生和发展也不可能没有直接或间接的影响,譬如鲁迅的"立人"思想与王阳明的心学、茅盾的热衷社会活动和科学分析与浙东学派的务实精神,都可以找到内在的关联。

20 世纪前半期的上海历来被称为"华洋并居、五方杂处",这"五方杂处"中,最主要的两处是江苏人和浙江人。浙江人中,又以已经对外通商的宁波人为最多。"在第一次世界大战前后,上海人口激增到 264 万人,这一时期正是宁波人大量移民上海的第一次高潮。到 1948 年,上海总人口约 498 万,其中宁波人约

---

① 邱绍雄:《中国当代股市题材小说研究》,北京:北京大学出版社 2016 年版,第 210-211 页。
② 王嘉良:《"面海中国"地域的文化冲击波——"浙江潮"与中国新文学潮论纲》,见王嘉良:《地域视阈的文学话语》,北京:中国社会科学出版社 2011 年版,第 34 页。

有 100 万上下,占 1/5 强,宁波籍或宁波人士的后裔则占到 1/3"①。"浙江金融集团在上海占显赫地位……有研究者统计,1912—1927 年间创办于上海的 56 家银行中,已查明由浙江人创办或参与创办的有 37 家。"②宁波人在浙江金融集团中又占据核心地位。许多大资本家和买办也出在宁波。如叶澄衷、虞洽卿、朱葆三和刘鸿生等。"素有第一商会之称的上海总商会,实际上是由浙江商人创办的,并且浙江商人实际上掌握着商会的主要领导权,在商会的总董、会董中浙江商人始终占据着半壁江山。……从 1902 年上海商业会议公所成立到 1929 年上海总商会改组 27 年间,上海总商会换届 18 次,'浙帮商人严信厚、李厚佑、周金箴、朱葆三、宋汉章、虞洽卿、傅筱庵先后 14 次当选总理(会长),总任职年限达 23 年',其中具有买办身份的就有朱葆三、虞洽卿、傅筱庵三人先后五届掌管上海总商会。浙籍商人担任商会副职的 9 人 13 次,其中买办沈莲芳 3 次,朱葆三 2 次,王一亭、袁履登各 1 次,共 5 人 7 次。"③以往出于激烈的政治情绪,对买办多有苛刻的评判,认为他们是帝国主义的走狗,其实历史是复杂的,他们对中国的现代化也有先进文明输入之功。浙江商人在上海工业投入方面也是跃居前位的,与此前上海官办企业不同,他们主要是独立企业。"作为经商沪上较早、实力最强的帮口,浙江商人在上海近代工业产生过程中起着重要作用,他们先是附股于外资企业和洋务企业,继则独资或合伙创办近代工业。"④而且他们更感兴趣于新兴工商业,如电气业、煤矿业、交通运输业、棉纺业、缫丝业、制药业、制皂业、榨油业、食品加工业、造纸业、印刷业、橡胶工业、卷烟工业、机器和玻璃制造工业等。

经济助力文化建设,浙江人在全国文化界也独占鳌头。据《清国留学生会馆第三次报告》,癸卯(1903)年 3 月至 9 月期间,全国赴日留学生总数 1058 人,浙江达 142 人,仅次于江苏的 175 人,居第二位⑤。此后,留学欧美,浙江学人也稳居全国前列。1909 年派出第一批庚子赔款赴美留学生,全国 43 人,其中浙江占 8 人;1910 年派出第二批,全国 70 人,浙江又占 14 人⑥。"五四"时期,北京大学校长为绍兴人蔡元培;全校文科教员中,籍贯可考者共 59 人,其中,浙江为 29

① 曹伟明:《重铸吴越文化新的辉煌——兼论长三角第六城市群地区文化的交流、合作和发展》,上海:《探索与争鸣》2005 年第 8 期。
② 邓集田:《中国现代文学出版平台——晚清民国时期文学出版情况统计与分析》,上海:上海文艺出版社 2012 年版,第 59 页。
③ 易继仓:《论浙籍买办与宁波商帮的近代转型》,长沙:《求索》2011 年第 3 期。
④ 陶水木:《浙江商帮与上海经济近代化研究(1840—1936)》,上海:上海三联书店 2000 年版,第 48 页。
⑤ 浙江省辛亥革命史研究会主编:《辛亥革命浙江史料选辑》,杭州:浙江人民出版社 1981 年版,第 67 页。
⑥ 金普森、陈剩勇主编:《浙江通史》(第十卷),杭州:浙江人民出版社 2005 年版,第 255 页。

人，占将近一半，其他绝大部分也多为江苏、安徽、上海人①。据朱联保回忆："旧上海的书店、出版社的创办人和负责经营管理人的籍贯，就我所知，在177人中，计浙江79人，江苏56人，广东13人……可见旧上海书业，以浙江、江苏两省人士经营者，占75％以上。"②"另据1931年商务印书馆编《商务印书馆职工籍贯性别人数表》统计，商务印书馆全部职工中，江苏、浙江籍人士占总人数的91.9％。"③"尤其是规模较大的出版机构，其创办人和主要经营者基本上都是浙江人，比如，在出版文学书籍100种以上的18家出版机构中，除新华书店、东北书店、泰东图书局、良友图书印刷公司等外，其余14家均由江浙人创办或主持。……本来，在清末民初上海文学出版界，从文学期刊和出版机构的数量来看，江苏人占据着绝对优势，江苏籍作家人数在上海文坛也占据着同样的优势，但自辛亥革命后，随着中华书局、大东书局、光华书局、世界书局、光明书局、开明书局、现代书局、上海杂志公司、生活书店等一系列由浙江人创办或主持的大中型文学出版机构的出现，浙江籍作家自1920年起遂在上海文坛崛起。"④而1920年左右，正是以周作人、茅盾、郑振铎为首的文学研究会诞生的时候，茅盾主编《小说月报》、积极提倡新浪漫主义和世界先进文学的时候，浙江籍作家大力批判和清理鸳鸯蝴蝶派文学和文明戏的时候。这便接上了彭晓丰、舒建华所描述的中国文学从近代向现代真正转型的历史时刻。茅盾得以进入商务印书馆工作是因为卢表叔的推荐，他改革《小说月报》是因为浙江籍老板张元济的支持；郑振铎进入商务印书馆，是因为茅盾的推荐，他继而接替茅盾做《小说月报》的主编，除其他原因外，还应与曾在求是大学堂（浙江大学前身）执教、当时商务印书馆主要负责人之一高梦旦的保举有关。施蛰存主编的《现代》的创办人是现代书局的总经理洪雪帆和经理张静庐，他们二人均为浙江人，其中，洪雪帆是虞洽卿的近亲，因为虞洽卿通融，现代书局从宁波人创办的四明银行里获取"几万元的信贷"⑤。40年代海派作家沈寂开始上学是虞洽卿帮助入学，他的父亲曾帮助蒋介石革命；他在绍兴籍作家柯灵启发和提携下进行文学期刊的编辑和海派文学的创作。

---

① 陈万雄：《五四新文化的源流》，北京：生活·读书·新知三联书店1997年版，第30-42页。

② 朱联保：《近现代上海出版业印象记》，上海：学林出版社1993年版，第13页。

③ 陈昌文：《上海近代出版业对都市人口的吸收与整合》，上海：《上海师范大学学报》（哲社版）2003年第4期。

④ 邓集田：《中国现代文学出版平台——晚清民国时期文学出版情况统计与分析》，上海：上海文艺出版社2012年版，第59页。

⑤ 施蛰存：《我和现代书局》，见施蛰存：《北山散文集》（一），上海：华东师范大学出版社2001年版，第322页。

这些经济、文化包括文学活动看似各不相干,其实内里都有地缘关系支持。

至于两浙文化心理、个性在浙江现代都市文学上的体现,也很能说得通。浙西都是平原、湖泊,靠近中原政治腹地,又处于江南文化中心,相对讲究士大夫情趣;气候适宜,生活平和、富足、闲雅、潇洒,讲究生活情趣和享乐,在文学风格上就形成恬静、平和、悠远、浪漫,富于理想主义甚至唯美主义色彩。如此情况下,产生都市文学作家就相对少些,这些作家的都市书写也相对多了些传统性和疏离性。如徐志摩、丰子恺、郁达夫、徐迟、顾仲彝、汤雪华的创作。章克标后来与邵洵美走在一起,沾染上邵洵美的浮纨气,但读他初期的作品,江南清纯幽怨之气溢于言表。茅盾身上明显有浙东学派经世致用的淑世精神,但也有鲜明的浙西浪漫、细腻、柔和、平稳的一面。浙东在钱塘江以南,靠近海洋,凸显文化上的边缘性和开放性,加上上海的牵引,产生都市文学作家就相对多。仅就对中国现代文学史产生较大影响的作家计算,宁波有六位:袁牧之、苏青、令狐彗(董鼎山)、麦耶(董乐山)、沈寂和郑定文;慈溪有五位:穆时英、徐讦、东方蝃蝀、袁可嘉和陈辟邪;余姚出了两位:邵洵美、楼适夷;镇海出了一位:刘以鬯;台州一位:殷夫;诸暨一位:孙大雨;金华一位:艾青;绍兴四位:鲁迅、周作人和柯灵施济美。因为浙东属于山区,历史上交通不便,不同地区习俗也有很大差异,这样,都市文学风格也有明显不同。浙东靠海的地区,都市创作风格激烈、坦荡、灵活,视野开阔。穆时英、殷夫、徐讦、令狐彗可作代表。越地是"断发文身"之处,也是卧薪尝胆、报仇雪耻之乡,它恶劣的生存环境,它的贫穷,它所遭到的压迫,都决定它必须是不屈服的、反抗的、激烈的,力争向外扩张的,表现在文学上就形成激烈的、战斗的、务实的、质疑的和批判的现实主义风格。鲁迅和柯灵可为代表。周作人的为人与为文有更多的浙西飘逸风格。施济美祖籍绍兴,从小在扬州祖父老宅长大,后来又到北京读小学、初中,她身上的文化因子已很复杂,但是其人生姿态和创作姿态里都既浓浓地浸透着浙西唯美—理想主义的色彩,也表现出明显的浙东人的担当意识和"硬气"。她的老师胡山源就曾经说,她的性格"近刚"①。艾青最靠内地,所以其都市书写渗透着最沉重的绝望和"土色的忧郁"。杭州处于吴文化与越文化的交叉处,又天天拥抱着明镜似的西湖,戴望舒、施蛰存、杜衡、林徽因等性格里就有复杂因素,但终究趋于平和,所以都市文学也没有大起大落。夏衍政治意识形态性很强,但是其作品也显示性情柔和、意境悠远的一面。

---

① 胡山源:《文坛管窥——和我有过往来的文人》,上海:上海古籍出版社 2000 年版,第 109 页。

三、个人原因

无论多么相恰的时代、地域条件,如果没有个人的利用和吸收,一切都是枉然。都市文学也是一样。浙江现代文学都市书写之所以形成如此风貌,归根结底是人的行为结果、人的创造。浙籍作家也不都是都市文学作家,为什么是这样一群作家成为都市文学作家了呢,他们各人又都有什么异秉使其创作呈现不同的风格和特色呢?

首先,他们多出生在城镇商人或士绅家庭,对都市有较天然的认同心理,但各人又有具体情况。

周氏兄弟出生在绍兴。在上海的浙江人,宁波人最多,其次就是绍兴人。周氏兄弟出身绅宦家庭,所以,后来对都市的认同度不如商人家庭出身的作家如穆时英们,但是鲁迅也明确说过:"我生长于都市的大家庭里。"[1]他用的词不是"城市",而是"都市",他强调的是家庭没有破败之前,他生活的城市虽然不如上海这样的大都市,但是他的童年生活却是相当优渥、从容、自由的。那时"看得劳苦大众和花鸟一样。有时看到所谓上流社会的虚伪和腐败时,我还羡慕他们的安乐"[2]。他小时候衣食不愁,又是长子长孙的特殊地位,所以经常受到全家人的疼爱和呵护,他自己也不免有点公子哥儿的气派了。他经常带着鸟枪去树林里打鸟,打下来的鸟由闰土帮他收拾起来。正是这样悠游自在的童年生活才培养了他的聪明、自信、高傲、倔强及对生活完美的心理向往和艺术想象;家庭衰败后,也才有他的绝对的不屈服、韧性战斗、死了一个也不饶恕等精神偏执狂病症。同时,他开始了"走异路,逃异地,去寻求别样的人生",整个人生从传统向现代的转型。强烈的新生愿望,如饥似渴地阅读、思考、研究,提出中西方文化均走向了偏至的惊人结论,预示他一生超越中西既有格局的境界和路向,也使他成为中国现代文学史上(当然包括浙江现代都市文学史上)都市文学创作虽不多,但格调最高的一个。

郁达夫出身富阳一个破败的士绅家庭。他幼年失怙,靠母亲的养育、仆女翠花的疼爱和哥哥们的帮助长大成人,形成孤独、寂寞、敏感、聪慧而忧郁的心理、个性。是富阳美丽的山水养育了他爱自然的文化个性,这是他今后创作具有鲜

---

① 鲁迅:《英译本〈短篇小说选集〉自序》,见《鲁迅全集》(第 7 卷),北京:人民文学出版社 2005 年版,第 411 页。

② 鲁迅:《英译本〈短篇小说选集〉自序》,见《鲁迅全集》(第 7 卷),北京:人民文学出版社 2005 年版,第 411 页。

明浪漫主义倾向的心理基础。郁达夫先后在嘉兴、杭州读中学,较早接触了城市生活,这对他今后的创作也产生了影响。《沉沦》叙写主人公"他"忍受不了在都市的孤独,转学到 N 市第 X 高等学校,谁知 N 市更让人感到孤独、难受。"到了东京之后,在人山人海的中间,他虽然时常觉得孤独,然而东京的都市生活,同他幼时的习惯尚无十分龃龉的地方。如今到了这 N 市的乡下之后,他的旅馆,是一家孤立的人家,四面并无邻舍,左首门外便是一条如发的大道,前后都是稻田,西面是一方池水,并且因为学校还没有开课,别的学生还没有到来,这一间宽旷的旅馆里,只住了他一个客人。……他对于都市的怀乡病(Nostalgia)从没有比那一晚更甚的。"这段文字里,有两点值得注意:一,所谓"都市怀乡病"并非平时人们常说的那种"都市里的怀乡病"。在都市,怀想乡村,这是对于乡村的认同,对都市的叛离。多数作家的怀乡病都是这种意义指向,但是郁达夫这里表达的怀乡病是"都市怀乡病",即对乡村的不适应,对都市的认同和怀想。从小说这段文字可以看出,N 市这样的风景是典型的乡村田园景象,浪漫主义诗人会为之欢呼,但是郁达夫不行。可见郁达夫浪漫主义的不彻底性。还有,《沉沦》开头写主人公觉得在人间孤独,去树林里寻求安慰,说:"这里就是你的避难所。世间的一般庸人都在那里妒忌你,轻笑你,愚弄你;只有这大自然,这终古常新的苍空皎月,这晚夏的微风,这初秋的清气,还是你的朋友,还是你的慈母,还是你的情人,你也不必再到世上去与那些轻薄的男女共处去,你就在这大自然的怀里,这纯朴的乡间终老了罢。"但是话虽如此,一会儿他就又回到人间去了,回到都市里去了。就是说,面对都市灵魂,自然、乡村都失效了。这里再一次让人想起本雅明说波德莱尔那句有名的话:"波德莱尔喜欢孤独,但他喜欢的是稠人广座中的孤独。"可以想见,郁达夫之所以创造出他那样的自叙传体小说,实在是个人生命感受和思想情绪表达的需要。特别是作为游子,身感在异域的孤独,外加民族歧视,追求爱情不得,大雪天偷偷跑到妓馆破了自己的童贞,也就可以理解和原谅了。二,郁达夫在这段文字里,明确告诉我们,都市生活与他幼时的习惯不怎么发生龃龉,换言之,他幼年的生活就颇接近都市生活,他从小就有了接受都市生活的生活基础和心理基础。这一点非常重要。一个人今后习惯于哪一种生活,审美和创作兴奋点在哪里,与幼时生活实在相关。有一点可以作证,他 13 岁时就写过《自述诗》,其中有"二女明妆不可求,红儿体态也风流"之句,说明他两性心理早熟。在自叙传之一《水样的春愁》里曾记述他幼小时就知道在女子面前"怕羞""畏缩",女子对于他"像是一种含有毒汁的妖艳的花,诱惑性或许格外的强烈"。

徐志摩出身于海宁硖石镇首富家庭。他父亲徐申如与近代著名实业家张謇交往密切。据说,从上海到杭州的火车原来设计不走硖石,但是徐申如很有远见地劝说有关人士和部门,让火车改道走硖石,需要的经费他和乡亲们筹集,这就有了直到今天从上海到杭州火车的线路。可谓造福一方,惠及后代。显而易见,徐志摩早年生活也是优渥的。在美国留学,不喜欢纽约的喧嚣,千万里跑到欧美追寻罗素,今后受罗素影响,站在社会现代性的边缘进行严厉指责和批判,如不喜欢西湖边进行现代化建筑,认为那破坏了西湖的美(《丑西湖》);特别是说过:"什么是现代文明;只是一个淫的现象;淫的代价是活力之腐败与人道之丑化。"(《我过的端阳节》)但这不是徐志摩思想、人格的全部,他还有很多其他的面向,其中就有对西方式都市的肯定。有一个历史细节可以烛照他心灵的这点秘密,就是他接张幼仪来英国,在巴黎到伦敦的飞机上,他看张幼仪晕机呕吐了,就不屑地说:"你真是个乡下土包子。"遗憾的是,一会儿,他自己也晕机呕吐了,张幼仪也用同样的话回他:"哦,我看你也是一个乡下土包子。"张幼仪的话作为文化判断解读,可以理解为徐志摩来自后发展国家,他要补历史进程的课,他也非常认同现代都市,可惜到张幼仪还击他那一刻为止,他也没有完成转型。现在是可以看得很清楚了,他的人生信仰:"爱、自由、美"可以有多种形成原因,但是对伦敦和巴黎所代表的都市精神的肯定却是无疑的。他的浪漫来自巴黎的影响,他的绅士风度来自伦敦的影响。

茅盾出身于桐乡乌镇一个破落士绅家庭,他的父亲是前清秀才,通晓中医,思想进步,是典型的维新派,引导孩子们接受西方科学文化知识,可惜在他 9 岁时去世。乌镇是历史名镇,离上海又很近,那时已经有居民 5 万人左右,"繁华不下于一个中等的县城"。茅盾北京大学预科毕业后,举荐他去商务印书馆工作的表叔卢学溥就是乌镇人。卢学溥 1912 年起已经是北洋政府财政部的秘书、科长、司长,1917—1937 年任中国银行监察人等职,1923 年参与发起浙江实业银行;以后长期为浙江实业银行董事长、常务理事,30 年代还曾担任上海交通银行董事长、上海造币厂厂长等职。茅盾能写出《子夜》中那种大资本家的生活,塑造出那样大资本家的形象,与对卢学溥及他的朋友们的了解分不开①。茅盾平素生活严谨、作风正派,但是他也常常表现出"很强烈的小资情调"②,呈现上海小开的派头。李继凯在《全人视镜中的观照——鲁迅与茅盾比较论》里这样描述二

---

① 茅盾:《我走过的道路》(中),北京:人民文学出版社 1984 年版,第 98 页。

② 陈思和:《中国现当代文学名篇十五讲》,北京:北京大学出版社 2003 年版,第 336 页。

三十年代茅盾的形象:"长得文弱清秀的他一向注意修饰,尤其是对于头发,常常洒香水,香喷喷的,曾被孙伏园戏称为'孔太太',史沫特莱说他像 YOUNG LA-DY(年轻太太),增田涉说他像'时髦青年',这样的文雅书生或'绅士'大概很为女性乐意接近。"①茅盾曾经的情人秦德君也回忆说:"茅盾身上常常洒香水。"②王晓明《一个引人深思的矛盾——论茅盾的小说》指出,茅盾的性情里有女性纤细的一面,但是又有对女性极为迷恋的一面。他"大革命失败逃到上海,有一次有一个现代女性来找他。他们俩出门的时候,外面下着雨,打着伞,他往旁边看了看这个女性,突然像电光一击一样,他觉得他可以写这几个女性。这就是《幻灭》的写作冲动"③。"文学是作家的白日梦",而《子夜》最典型地暴露了茅盾审美精神结构中革命理性批判与自由欲望表达之间的缝隙。《子夜》的创作动机很明显,很政治意识形态化,但是如许多人所指出,《子夜》是一个分裂的文本,因为小说同时表现出对于政治意识以外的自由都市审美的沉醉。由于文学本体意识的坚持,《子夜》呈现革命理性与都市感性之间的巨大张力,其中所营造的自由想象空间足够读者反复回味。这应该是《子夜》虽然"失败"也颇为"成功"的秘密。

邵洵美祖籍余姚,出生在上海邵家贵族名门。其祖父邵友濂为清朝重臣,做过上海道台、台湾巡抚、湖南巡抚、外交全权大使等。其母亲为清末邮传部大臣盛怀宣的四女儿,他又娶盛怀宣长子的五女儿盛佩玉为妻。他伯父母膝下无子,且伯母伯父先后病逝,继伯母无出,按照家规,他承嗣伯父母为子,如此就拥有邵家一半的家产,其日常生活之优渥从容乃可想而知。章克标在为林淇著《海上才子——邵洵美传》写的"序"里说:"我觉得洵美一个人有三个人格,一是诗人,二是大少爷,三是出版家。他一身在这三个人格当中穿梭来往,盘回反复,非常忙碌,又有矛盾,又有调和,因之,他这个人实在是很难以捉牢的,也就是很难以抒写的。"因为有钱,所以"他欢喜结交四海贤豪,轻财重义,被称为'小孟尝'"。他的家成为当时上海滩著名文化沙龙之一。他娶盛佩玉为夫人后,还有美国作家项美丽(艾米丽·哈恩 Emily Hahn)作为外室,项美丽之后是陈茵眉,虽不能与波德莱尔笔下花花公子相混淆,但也自得其几分神韵。苏雪林评他以"决心堕落的精神"写他的"颓加荡"的诗篇,确实如此,他的唯美—颓废也因此沾染上了浮

---

① 李继凯:《全人视镜中的观照——鲁迅与茅盾比较论》,北京:中国社会科学出版社 2003 年版,第292 页。

② 秦德君:《火凤凰——秦德君和她的一个世纪》,北京:中央编译出版社 1999 年版,第 65 页。

③ 吴福辉:《中国现代文学的经典化过程》,见吴福辉:《多棱镜下》,北京:人民文学出版社 2010 年版,第 285 页。

纵的享乐主义气息。

　　穆时英祖籍慈溪,但生长在上海,他的父亲一直在宁波和上海之间来回经商,经营过金融生意,曾在通益信托公司当过副经理,做过宁绍轮船公司、三北轮船公司的董事,鼎玨钱庄的大股东,后独自开办鸿兴金号,《旧宅》还做房地产生意。其父亲前半生没受过挫折。穆时英在自传性很强的小说《父亲》中描述那时的父亲是"年青的""精明的""愉快的""那么强的自信力!""豪爽的"、好客的。可是,1927 年,其父亲的生意破产,最疼爱他的祖母也不幸病逝,家庭生活急转直下,连在上海的旧宅都卖了。从此,他的生活改了样子,深深感到了世态炎凉和人生的痛苦。这是穆时英小说比刘呐鸥小说更接近现实、更中国化的生活基础。

　　面对多元的现代人生,穆时英自我剖白:"我是过着二重,甚至于三重,四重……无限重的生活的。当做作家的我,当做大学生的我,当做被母亲孩子似的管束着的我,当做舞场里的流浪者的我,当做农村小学教员的我——这许多复杂的人格是连自己也没有方法去分析,去理解的。"①这是典型的都市人心理和人格。当年与他有交往的人回忆,他"高高的个子,高高的鼻梁,长方形的脸,穆时英是很漂亮的二十岁刚出头的男子;穿一身西装,不打领带。看样子是我把他催醒了,他有点睡眼惺忪,但很和气,……"他喜欢二三流的"月宫舞厅"里的广州舞女仇佩佩。他常常去那里。"你晚上九点以后到'月宫'去,我在那里。"他舞跳得非常好。"他和舞女跳起狐步舞,舞姿很优美,我的同学看了,说穆时英和他的舞伴是所有跳舞的人中跳得最好的一对。/原来那是穆时英钟情的广东舞女,后来他们结婚了。/那天晚上他过来和我们坐在一起,谈了许多舞场见闻,使我马上联系到他写的小说《夜总会里的五个人》《Graven "A"》。夜总会对他来说,的确很熟悉,他还熟悉在夜总会里出入的人。"②他"熨头发,笔挺的西装和现代风的文士的品格,这是穆时英先生的外貌,满肚子堀口大学式的俏皮话,有着横光利一的小说作风,和林房雄一样的在创造着簇新的小说的形式,这便是穆时英先生的内容。事实正是如此,所以他才能给中国的新文艺留下第二个'十年'的好成绩。/我国有句古话,说:'文如其人',这拿来说明穆时英和他的小说,真是万分恰当。自从他的照片给施蛰存在《现代》登载后,一般年轻的女学生,几乎都在朝夕地想看看他。因为他顶爱上舞场,因此一般年轻的女生们为了要看看这位名

————————

　　①　穆时英:《我的生活》,见严家炎、李今编:《穆时英全集》(第三卷),北京:北京十月文艺出版社 2008 年版,第 7 页。

　　②　黑婴:《见到的穆时英》,见严家炎、李今编:《穆时英全集》(第三卷),北京:北京十月文艺出版社 2008 年版,第 535-537 页。

小说家,也就有了上舞场的嗜好。……穆氏之对舞场,并不把它作为享乐的场所,反之,倒是他写作的书斋。所以穆氏虽然常常上舞场,但他并不多跳,而且是躲在舞场的角落的桌子上,一支铅笔,和几张碎纸或一本小小的拍纸簿,古怪地在写着"①。这些回忆性文字,将穆时英与都市及写作的关系揭示得一清二楚。

施蛰存祖籍杭州,父亲是前清秀才,1905 年科举考试结束,他父亲幻灭于官场,设馆授徒,但很清贫,而且家从杭州搬到苏州,再从苏州搬到松江,小时候的施蛰存跟着家人流浪,形成寂寞、内向的性格。后来,他父亲在上海做生意,家境慢慢好转,到他长大,生活上也没有受过什么挫折,所以他性情里算是较平静的。黄献文说他有"女性气质",有"温敏、沉静的性情",所以他对女性有更多的理解,笔下多同情,塑造的女性形象多数情大于欲。另外,他念旧,有感伤气质,显示古典主义倾向。他之所以钟情于弗洛伊德心理分析,因为他是压抑性人格,他渴望释放,就去幻想,他的创作就成为他的白日梦。因为同学的关系,1928 年暑假,他与戴望舒都住在刘呐鸥租的别墅里,"每天上午,大家都耽在屋里,聊天,看书,各人写文章,译书。午饭后,睡一觉。三点钟,到虹口游泳池去游泳。在四川路底一家日本人开的店里饮冰。回家晚餐。晚饭后,到北四川路一带看电影,或跳舞。一般总是先看七点钟一场的电影,看过电影,再进舞场,玩到半夜才回家。这就是当时一天的生活"②。阅读过这段话后,可能以为施蛰存与刘呐鸥、穆时英一样是舞场高手,其实,他在回答杨迎平的询问时言,他进舞场却"从来不跳舞",他不会跳,而只看③。这也可以理解为他与都市之间亲密而疏远的关系。这些在他创作中都有投影。

袁牧之出生于宁波市区的洪家桥。其祖上曾为进士,其父亲捐了清朝的三品"朝仪大夫",经常出使日本洽谈生意。他是其父亲 61 岁时的独子,可惜他 5 岁失怙,12 岁到上海投奔同父异母的姐姐一家,从此开始上海生涯。这为他今后在上海戏剧界的发展打下牢固生活基础。

徐迟出生于湖州南浔镇一个书香门第,也是"中高级财产的人家"④。其曾祖父曾在清朝总理衙门担任过相当于内阁中书的职务。其父亲中过秀才,1905 年留学日本,为富国强兵曾追随孙中山革命,办了中国现代最早的体育学校和第

① 迅侯:《穆时英》,见严家炎、李今编:《穆时英全集》(第三卷),北京:北京十月文艺出版社 2008 年版,第 480 页。
② 施蛰存:《我们经营过三个书店》,见施蛰存:《沙上的脚迹》,沈阳:辽宁教育出版社 1995 年版,第 12 页。
③ 杨迎平:《永远的现代——施蛰存论》,北京:光明日报出版社 2007 年版,自序"走近施蛰存"第 9 页。
④ 徐迟:《我的创作生涯》,天津:百花文艺出版社 2006 年版,第 7 页。

一本《体育杂志》，曾得到过北洋政府的三次嘉奖，并被邀请担任北洋政府农政学堂的监学，因为不喜官场，辞职南归，常年来往于上海与南浔之间，孩子和家人也常常住在上海。徐迟的舅舅和三个姐姐家都在上海，他自己东吴大学毕业后也在上海就业。这样的家庭和生活背景，使徐迟很小就习惯于都市生活，不幸的是其父在他 8 岁时病逝，这又使徐迟对生活的感受多了一层沧桑。徐迟诗歌明朗而不乏阴郁的调子，应该与这种生活遭遇在其心理上的投影有关。

苏青出身于宁波一个缙绅家庭。祖父是前清举人，宁波重要事情都请他参与，当过宁波府中学校长、杭州副参议长，父亲是哥伦比亚大学留学生，获经济学硕士学位。苏青 8 岁时，其父去上海民新银行做经理，全家也搬到上海。如果苏青父亲感情生活不出现问题，这个家庭应该是幸福的，但是他很快与交际花打成一片，据说这个交际花会跳舞会开汽车还会吃西餐，洋气十足，相比之下，其母亲就显得土气老派了，虽然她母亲也是读书人，喜爱文学，会唱西洋歌曲。据说，苏青母亲知道后，非常伤心，但也无奈。从此，"平日里，苏青母亲对丈夫的态度依旧是客客气气，依旧是尊敬关切，可是却客气得不带一点热气，尊敬也只是不容近身的那份拒斥"。毛海莹据此推断："苏青对她父亲似乎无多少好感，倒是颇有怨言，成年后苏青对夫妻相敬如宾仍耿耿于怀，她不止一次在作品中就此大发议论，这恐怕跟她童年时亲眼目睹家庭生活所产生的一种心结分不开吧。"①如《结婚十年》里就有这样的文字："女子是决不希求男子的尊敬，而是很想获得他的爱的！只要他肯喜欢她，哪怕是调戏，是恶德，是玩弄，是强迫，都能够使她增加自信，自信自己是青春，是美丽的。但要是男子对她很尊敬呢？那可又不同了，尊敬有什么用呀？所以我说一个男子对于一个女子的爱情应该先是挑逗的，然后当慢慢地满足她，安慰她，使她终于能够信任你才好。不然只把太太当做传宗接代的工具，还说传的是你的宗，接的是你的代，那个又高兴替你千辛万苦的养育孩子来？"不幸的是，苏青大学没毕业就在家长安排下与李钦后结婚，婚后不久，李钦后也移情别恋，红杏出墙，这对苏青又造成很大打击。两代人的婚姻悲剧，使苏青对婚姻又留恋又绝望。这些经历，都成了她今后大胆女性写作的底本。

徐讦出身慈溪洪塘一个大户人家，他父亲是前清举人，早年在北洋政府财政部任秘书，徐讦出生时已到上海银行工作，徐讦11 岁时，他已是上海著名的银行家。抗战期间，他还曾在重庆任中央银行监理会秘书，可谓名噪一时。解放后曾任浙江省图书馆副馆长。这就意味着徐讦的成长是风平浪静的。徐讦中学

① 毛海莹：《寻访苏青》，上海：上海文化出版社 2015 年版，第 10 页。

在北京完成,后又去北京大学六年,这与穆时英们相比,就有了不一样的文化底色。徐讦成长中的不足之处是他的父母算过命,结果是说他克父母,无论这迷信是否起过作用,他的父母在他很小时就离异了,所以,"徐讦后来的性格中具有一种近乎天生的敏感、忧郁、孤独、悲悯、多情的质素"①。这一点,与施蛰存有几分相近。孤独、忧郁、敏感、伤情、内向的原因不同,但都大体属于同一种性格。所以,徐讦后来创作格调也一直是平淡的,没有大起大伏的。他的父母在上海,他北京大学学习结束也是到上海工作,所以他对上海最熟悉,他的创作也主要以上海为题材,即使是作品故事发生地不在上海,但故事中人也多与上海有关。当然,他后来的创作又与香港结下不解之缘。

令狐彗出生在宁波,父亲在上海做生意。他在《董鼎山口述史》里开头就谈:"我家出身算不上望族,也谈不上是耕读之家,只能算是个中等经商的人家或者是个小业主。"但他这个中等商人家庭生活是殷实的,所以他后来屡屡颇为自负地说:"我出身中产阶级"②"我们中产阶级出身"③"我这个中产阶级出身的"④。令狐彗的童年是幸福的,虽有抗战爆发,但没影响到他身心健康成长。他个子也高,长大后总是遇到女孩子的追求,这是一个重要信号,说明他在感情生活上不会遭到打击。他曾经说:"我一生一世这方面都是相当幸福的。"⑤他非常开放、自信,直到晚年还说出如下的话:"假使这个房间里有个美丽的女孩子在这儿宽衣解带献身给我,我不会拒绝的。"⑥1947 年到美国留学,之后娶瑞典姑娘为妻。这决定他创作的格调虽不乏忧郁,但这不是他个人生活所造成的,而是世界人生普遍的新的危机所带来的。真正跳出海派情绪限制,能体现全新的具有全球化内蕴的都市文学应该从他这里开始,可惜他没有机会和条件完成。

东方蝃蝀祖籍慈溪,上海出生。晚年,他在接受采访时曾自述:"我就成长在一个中上阶层的上海家庭。父亲是一位建筑工程师,外公也是建筑师,他是第一个在上海开打样间(即建筑设计公司)的中国人。所以我熟悉这样的环境,我写的都是我在这样的生活中观察到的事情。"⑦他家客厅很大,所以令狐彗出国留学之前,同窗好友借他家客厅举行饯别舞会。根据笔者对 40 年代上海作家的

① 吴义勤、王素霞:《我心彷徨——徐讦传》,上海:上海三联书店 2012 年版,第 9 页。
② 王海龙撰写:《董鼎山口述史》,南京:江苏凤凰文艺出版社 2016 年版,第 45 页。
③ 王海龙撰写:《董鼎山口述史》,南京:江苏凤凰文艺出版社 2016 年版,第 59 页。
④ 王海龙撰写:《董鼎山口述史》,南京:江苏凤凰文艺出版社 2016 年版,第 60 页。
⑤ 王海龙撰写:《董鼎山口述史》,南京:江苏凤凰文艺出版社 2016 年版,第 234 页。
⑥ 王海龙撰写:《董鼎山口述史》,南京:江苏凤凰文艺出版社 2016 年版,第 248 页。
⑦ 甘丹采写:《东方蝃蝀:为文学史忽视的"张派"正名》,北京:《新京报》2005 年 6 月 17 日。

了解，可以推断，当年的东方蝃蝀就是令狐彗小说《群像》中黎惠金的原型。东方蝃蝀原名李君维，黎惠金后面两个字颠倒过来，正好是"李君维"的谐音。黎惠金爱好交往，性情和顺，心理细腻，见了女性要红脸，这就是东方蝃蝀的心理、性格，所以东方蝃蝀小说总写青年主人公在对付当时上海都市人生时的羞涩、艰难和失落。面对跳出传统性道德、社会道德的都市女性，他小说中男主人公总是陷入深深的忧郁。

戴望舒祖籍南京，出生于杭州一个小康家庭，他的父亲在杭州一个银行做普通职工。杭州之江大学期间，与施蛰存、杜衡和张天翼同学，之后，在上海，又与刘呐鸥、穆时英成为好朋友，所以他的生活还是比较靠近都市的。戴望舒的不幸在于他是有才华的诗人，自视甚高，但是因为早年出天花，脸上落下麻点，又形成相当自卑的心理①。自尊、自爱、要强而又自卑、自谦、拘谨，这决定他对世俗都市生活始终保持距离，表现在创作上，也是不够都市化。

施济美祖籍绍兴，出生于北京一个外交官家庭。其父施肇夔是著名外交官顾维钧的秘书，参加过第一次巴黎和会。15 岁时，她只身到上海读高中。她这种家庭出身和南北教育合一的经历，与徐訏有点像，不会完全认同上海世俗漩流，总是在它的边缘徘徊；特别是她终生的爱人（未婚夫）俞昭允在抗战中武汉大学校园里被日本飞机炸死，更决定了情感发展突然断裂后人生态度的激烈和决绝，所以她的都市人生，最后的选择是在传统与现代之间的"岸"上做最后的守望和等待，这是一个颇为动人的"等待戈多"的女性版。

艾青出生于金华畈田蒋村一个地主家庭。母亲生他时，难产，于是被认定克父母，生下来就交到同村一个贫苦人家的妻子大堰河（这只是诗人给她取的诗化的名字，其实那时这样底层的女性是没有正式名字的）那里抚养。到该上小学时他才又回到自己父母的家。所以《大堰河——我的保姆》中说："我做了生我的父母家里的新客了。"家是富裕、陌生而新鲜的，但是家给他的都是委屈、孤独和痛苦。从此艾青有了二重人格，表现在《大堰河——我的保姆》中，抒情主人公也有了两个，一个是大堰河的儿子，一个是地主的儿子；一个诅咒地主的家，一个却还是离开了大堰河。艾青说："自从我看到都市的风景画片，/我就不再爱那鄙陋的村庄了。"（《村庄》）所以，艾青代表乡村中那些具有艺术天赋的孩子，他们出身不好，但他们有对外面世界更强烈的想象和向往，走出去，走到都市去，这是必由之路。如此，也便有了艾青那热烈的执着的都市诗歌和对光明、热力的永恒追求，

---

① 北塔：《雨巷诗人——戴望舒传》，杭州：浙江人民出版社 2003 年版，第 5 页。

但因为从小在农村长大,他的忧郁里又不可避免地渗透着强烈的绝望的沉重和泥土般的执拗。

其次,他们多为留学生,或者上过教会大学,都受过最现代化的教育,虽具体经历不尽相同,但无疑地,莫不对他们知识结构、心理结构的转型和现代人生观、审美观的形成呈现巨大促进作用。

家庭突然衰败,使鲁迅、周作人都只好"走异路,逃异地,去寻求别样的人生"。1898 年,鲁迅先去南京江南矿路学堂,继而改进江南水师学堂,就是在这里接受进化论的影响,决定他半生的创作面貌。继而考得毕业班唯一一块金牌,获取去日本留学资格。鲁迅在日本没有条件进东京的大学,入仙台医学专门学校也没有毕业,弃医从文既是自觉选择,也未必没有无奈的成分,但无论如何,鲁迅因此唤醒了自己,解放了自己,回到东京用三年时间按照自己的意愿认真读书、研究,于是有《说镭》《破恶声论》《科学史教篇》《摩罗诗力说》《文化偏至论》等论文。鲁迅从科学史出发,看到科学不能解决人的神思问题,于是呼唤摩罗诗力,指出中西方文化的偏至,形成"反现代的现代"的特异人生姿态和艺术姿态,在中与西、传统与现代、世界与本土之间寻找到一个最深刻复杂也是最恰切无二的切入点,那便是"剖物质而张精神,任个人而排众数"。鲁迅的这种思想带有双重性质,反传统又反现代,换言之,既扬弃传统也扬弃现代,这是两个升华的台阶:现代,再超现代。或者说两个台阶综合成一个迈出,一下子达到扬弃传统也同时扬弃现代的目的。可以想见,鲁迅的理想有多么高级、完美,但正是过于高级、完美,所以失败、失望、落入悲剧命运仍然是必然的,无法逃避。从这里看到,早年的完美主义情趣怎样通过沉重的话题得到升华,只是浮士德的时代早已过去,鲁迅无法喊一声"真美呀,请停留一下",带着一种醒悟的满足而去。

如日本学者伊藤虎丸在《鲁迅、创造社与日本文学——中日近现代比较文学初探》里所言,鲁迅在日本留学时,日本还是明治维新时代,这时主要是艰苦创业,个人化的消费时代要到大正时期(1912—1926),也正是郁达夫、郭沫若他们去留学的时期。1914 年东京举办大正博览会,展示未来发展前景:汽车、飞机、汽船、暖气、电冰箱、电梯等。银座大街有世界一流名店、传统老字号店铺、百货商店、时髦服装店、展览馆、歌舞伎座、酒吧、俱乐部等,成为世界上最著名的现代街道之一。华丽高雅、雍容大方、充满成熟浪漫气息①。与此相适应,个性解放特别是女性解放思潮高涨。与谢野晶子《我的贞操观》《贞操比道德更尊贵》质疑

---

① 江波、史晓婷:《日本城市与城市文化》,北京:中国社会科学出版社 2011 年版,第 306 页。

传统的女性贞操观。瑞典爱伦凯《恋爱与婚姻》主张女性与男性一样既有结婚的自由也有离婚的自由的思想普遍引起社会共鸣。厨川白村就是这时发表了他的《近代的恋爱观》,表达对男女平等、相互尊重基础上真正爱情的呼唤。郁达夫在自传里说:"两性解放的新时代,早就在东京的上流社会——尤其是智识阶级,学生群众——里到来了。当时的名女优像衣川孔雀,森川津子辈的妖艳的照片,化妆之前的半裸体的照相,妇女画报上淑女名姝的记载,东京闻人的姬妾的艳闻,等等,凡足以挑动青年心理的一切对象与事件,在这样一个世纪末的过渡时代里,来得特别多,特别杂。易卜生的问题剧,爱伦凯的恋爱与结婚,自然派文人的丑恶暴露论,富于刺激性的社会主义两性观,凡这些问题,一时竟如潮水似的杀到了东京,而我这样一个灵魂洁白,生性孤傲,主意不定的异乡游子,便成了这洪潮上的泡沫,两重三重地受到了推挤、涡旋、淹没,与消沉。"①在这种情况下,郁达夫性苦闷表现得特别厉害。1914 年 9 月入东京第一高等学校预科学习,这时开始读屠格涅夫、托尔斯泰、陀思妥耶夫斯基;"后来甚至于弄得把学校的功课丢开,专在旅馆里读当时流行的所谓软文学作品"②。"软文学作品"都包括哪些作品? 至今无人能爬梳剔抉而出。《沉沦》里可看出一些蛛丝马迹,如叙说主人公苦闷的时候,"法国自然派的小说,和中国那几本有名的海淫小说,他念了又念,几乎记熟了"。阅读过法国自然派小说,继承法国自然派精神的日本自然主义小说和"私小说"应该也阅读过不少。如他最喜欢的佐藤春夫等。中国海淫小说读过了,日本的"好色文学"即艳情小说应该也不会无动于衷。如《好色一代男》《好色一代女》等。当然具有情色倾向的英法唯美—颓废主义文学也必相当关注,所以他能最早向中国读者介绍英国《黄面志》作家群,最早翻译《〈杜莲格来〉的序文》。1915 年 9 月入名古屋第八高等学校。"在高等学校里住了四年,共计所读的俄、德、英、日、法的小说,总有一千部内外。"③不待言,这"一千部内外"的中外小说中,肯定还包括不少软小说。日本都市的刺激和小说中情色想象的刺激,终于使郁达夫难以自控,跑到妓馆破了自己的童贞。"名古屋的高等学校,在离开街市中心有两三里地远的东乡区域。到了这一区中国留学生比较得少的乡下地方,所受的日本国民的轻视虐待,虽则减少了些,但因为二十岁的青春,正在我的

① 郁达夫:《雪夜·日本国情的记述——自传之一章》,见《郁达夫全集》(第四卷) 游记 自传,杭州:浙江大学出版社 2007 年版,第 306 页。

② 郁达夫:《五六年来创作生涯的回顾》,见《郁达夫全集》(第十卷) 文论(上),杭州:浙江大学出版社 2007 年版,第 310 页。

③ 郁达夫:《五六年来创作生涯的回顾》,见《郁达夫全集》(第十卷) 文论(上),杭州:浙江大学出版社 2007 年版,第 310 页。

体内发育伸张，所以性的苦闷，也昂进到了不可抑止的地步"，没有别的办法，就在一个大雪天的夜晚，一个人偷偷坐车来到东京妓馆，与一个肥白高壮的女子发生了两性关系。然而这一次，让郁达夫感到整个人都变了，从此他不再是一个纯洁的人。他的苦闷没有减少，反而更加不可抑制①。1920 年入东京帝国大学经济学部，这时开始创作《沉沦》。仔细辨认，不难发现，《沉沦》中写的 N 市与名古屋相似，主人公因性苦闷去妓馆与他自己从名古屋乘火车到东京妓馆去也相近。甚至从妓馆出来的感受也一样，都是一种毁灭、沉沦的感觉，并不是心得意满的状态。倪祥妍就直接认为"郁达夫的《沉沦》取材于作者自己在名古屋第八高等学校的一段生活经历"②。

稍后，留学日本的还有章克标、倪贻德等人。章克标 1918 年去日本留学，1926 年东京高等师范学校毕业归来。可能因为受日本唯美派影响，在嘉兴任中学教师时，狎妓并染上性病。之后去上海，还多次狎妓。他曾钟情于王映霞，就郁达夫对王映霞的追求表示反感，所以他曾以郁达夫追求王映霞等为生活原型写长篇小说《银蛇》，对郁达夫进行丑化和讥讽。"文如其人"。他的生活情趣不够高雅，所以他的创作艺术格调也不够高雅，这是他在文学史上不能有较高地位的主要原因。倪贻德为杭州人，1922 年上海美术专门学校毕业，1926 年去日本学习绘画，1928 年回国。他的创作都市性不强，但他却借小说主人公之口"极力主张艺术家是应该过大都市生活"。他举出的几种理由是："一，文艺是要表现近代生活的，近代生活是最显著表现在大都会里，所以艺术家要描写近代生活，就应该到大都会里去观察；二，我国古代文艺的表现太偏于山林田野了，要补救这个缺陷，也不得不在都市方面着眼；三，都市生活情调之丰富，实较简陋的乡村要强过几倍。因此，我最近几个月里的生活，老是抱了这种主义去实行，马路上是常喜欢去跑的了，市内电车上是常有我的踪迹了，夜深更静的时候，是常要踏进小酒店小面馆去吃喝的了……"③受郁达夫和日本私小说影响，其小说"自叙传"色彩极强，所以小说主人公的主张也可以看作他自己的主张。

30 年代初期，茅盾、楼适夷因参加革命被追捕，避难到日本，也在那里居住和学习过两三年，这对他们的创作也都有一定影响。在东京，茅盾与秦德君同居，在秦德君帮助下写作长篇小说《虹》。也没忘记去参观日本男女同室的澡堂。

---

① 郁达夫：《雪夜·日本国情的记述——自传之一章》，见《郁达夫全集》（第四卷）　游记　自传，杭州：浙江大学出版社 2007 年版，第 307 页。

② 倪祥妍：《日本小说家与郁达夫》，北京：北京大学出版社 2013 年版，第 82 页。

③ 倪贻德：《穷途》，见倪贻德小说集：《玄武湖之秋》，上海：泰东书局 1924 年版，第 3 页。

楼适夷到那里精通了日语,以后还成为著名日本文学翻译家;他了解日本的新感觉派,所以他能看出施蛰存所代表的文学的趣味,撰写《施蛰存的新感觉主义——读了〈在巴黎大戏院〉与〈魔道〉之后》,对这种创作进行批判,从此中国现代文学史上有了"新感觉主义"这样的文学批评结论和批评术语。

徐志摩曾先后在上海沪江大学、天津北洋大学和北京大学学习。1918年去美国乌斯特的克拉克大学、继而去纽约的哥伦比亚大学留学,获经济学硕士学位;1920年下半年从美国来到英国追随罗素,先入伦敦政治经济学院,1921年春经人介绍入剑桥大学皇家学院做一名旁听生。正是在剑桥,他认识了他一生爱的对象林徽因,深刻影响了他一生创作的面貌。他曾经自述:"我这一辈子就只那一春,说也可怜,算是不曾虚度,就只那一春,我的生活是自然的,是真愉快的!(虽则碰巧也是我最感受人生痛苦的时期)我那时有的是闲暇,有的是自由,有的是绝对单独的机会。说也奇怪,竟像是第一次,我辨认了星月的光明,草的青,花的香,流水的殷勤。"(《我所知道的康桥》)除追求林徽因之外,他还可以自由地旅游,交友,拜访名人——如罗素、哈代、曼斯菲尔德等;感受伦敦的下午茶、绅士风度、沙龙里的自由谈论。检索徐志摩的散文,你不难发现,他的文学阅读面是极其广泛的,从古希腊文学到最新近的现代派文学,他介绍评述起来,都非常熟悉,如数家珍。伦敦留学期间,又在巴黎见识艺术精神,所以有《巴黎的鳞爪》那样对为艺术而献身的女性的书写。无疑,徐志摩的单纯信仰——爱、自由、美,是伦敦剑桥精神与巴黎精神的融合。

邵洵美1923年初毕业于盛怀宣创办的上海南洋路矿学校(上海交通大学前身),同年冬赴伦敦剑桥大学伊曼纽学院学习,专攻英国文学。船到意大利,上岸参观600年前希腊人创建的那不勒斯市,在意大利国家博物馆第一次见到希腊女诗人萨福壁像,心灵受到震颤。来到伦敦,为了请教学问,住在精通希腊、拉丁、德、法、意等多国文字的牧师兼教授的慕尔(A. C. Moule)家里两年,正是从慕尔那里了解到古希腊诗人萨福的具体情况,又从萨福追踪到英国19世纪唯美诗人史文朋,从史文朋又知道了英国先拉斐尔派作家,同时了解到波德莱尔和魏尔伦等。不久,与已经70多岁的唯美—享乐主义作家乔治·摩尔也成为莫逆之交。利用假期之便又到巴黎学习绘画,感受巴黎的浪漫气氛和女性风情。如此,一个唯美—颓废主义诗人即将诞生了。

艾青、戴望舒和徐讦是先后在法国留学。艾青先是在杭州西湖国立艺术学院学习,后听院长林风眠引导,到法国巴黎留学。由于家庭不支持,在巴黎,他度过了"物质上贫困,精神上自由"的3年。他没正式在大学注册,先后在一个工艺美术作坊和一个小自行车装配铺里做手工艺；上午做工，下午主要在蒙巴纳斯一个自由画室学绘画。他经常在塞纳河两岸，即蒙马特到蒙巴纳斯之间游走，参观画展，感受艺术气氛。他曾经参加过一次印象派大师莫奈举办的独立沙龙（画会）画展，送上一幅署名 OKA 的油画。OKA，译音"裁加"，也就是他最初发表诗歌时的笔名。一次看电影，一个女人忽来搭讪，他巧妙让女人走掉。天才的诗人心比天高，命比纸薄，对巴黎有多少恨就有多少爱，这些复杂的感受都写进《巴黎》等诗歌中了。诗人虽没能接受正规高等教育，但整个巴黎就是他的大学，他在这里学到的一点不比大学里少，巴黎给了他作为艺术家和诗人真正的生命。所以诗人直到 80 多岁还在深情地歌吟：巴黎，"你像一朵全开的花/你有花都的美名"。没有一个现代中国作家、诗人能这样准确把握巴黎的格局、精神和气质，因此，诗人的巴黎之歌成为现代文学史上巴黎书写最珍贵的篇章。

戴望舒去巴黎之前已经是上海法属震旦大学法文班的毕业生，已经系统阅读过法国文学特别是法国现代诗歌。由于也属于自费留学，经济困难，也没有正式进大学，主要时间是在施蛰存催促下，为了赚取稿费充当生活费不停地读书、翻译、写作，偶尔去观光、旅游、逛书店、看画展、拜访名人、听演讲等。散文《巴黎的书摊》说："滞留巴黎的时候，在羁旅之情中可以算做我的赏心乐事的有两件：一是看画，一是访书。在索居无聊的下午或傍晚，我总是出去，把我迟迟的时间消磨在各画廊中和河沿上的。"据徐迟回忆，他见到戴望舒从法国回来，带回来"几千本的法文和西班牙文的书"，可见他阅读面之广[①]。《诗人梵乐希逝世》一文回忆到法国留学期间，他曾经做过当时法国最著名的象征主义诗人瓦雷里的座上客。《法国通信》（关于文艺界的反法西斯谛运动）记叙面对希特勒上台后德国的法西斯谛行为，1933 年 3 月 21 日法国 A. E. A. R.（革命文艺家协会）一次会议上，纪德进行了正义的理直气壮的演讲；大会对于可视为法国文坛"第三种人"的这一作家并无半点歧视和排斥，比起国内对于被称为"第三种人"的作家"勇于内战"的文艺界来，不知开明多少。"在法国文坛，我们可以说纪德是'第三种人'。虽然去年有说纪德曾加入过共产党的这个谣言，其实，自从他在一八九一年发表他的第一部名著《安德列·华尔特的手记》（Cahiersd'Andre'Walter）起，一直到现在为止，他始终是一个忠实于他的艺术的人。然而，忠实于自己的艺术的作者，不一定就是资产阶级的'帮闲者'，法国的革命作家没有这种愚蒙的见解（或再不如说是精明的策略吧），因此，在热烈的欢迎之中，纪德便在群众之

---

① 徐迟：《我的文学生涯》，天津：百花文艺出版社 2006 年版，第 142 页。

间发言了。"从艺术群体的角度,诗人让我们看到巴黎的开放、自由、文明。

徐訏北京大学 6 年学习哲学和心理学,1936 年去巴黎留学时,巴黎的"美好时代"已基本上结束了,中国的抗日战争也马上全面爆发,所以他在巴黎仅一年半时间。这时,与此前作家对巴黎的仰视不同,他获得了平视巴黎的机遇。在他平视下,巴黎呈现如下景象:

> 一九三六年与一九三七年期间,我适在巴黎,这大概是法国物极必反的时期,法兰西的自由与民主精神,在那个时期,的确已经发挥到了极点。我在那面看到人民个性的发达,看到各种思想的蓬勃,各种主义的活动;街头叫卖着各党各派的报纸,到处有各地民族各种组织的集合;艺术上也有各派作风在那里竞斗,一切种别与国别在那里自由平等并存。欧洲是近代文明的中心,是繁复思想的策源地。又因伦敦是岛国,与大陆隔着海峡,纽约华盛顿远在美洲,柏林莫斯科都在独裁,于是巴黎成为这世界繁复思想的集中地,独裁国的思想犯政治犯,逃亡的犹太人,阿比西尼亚的国王,西班牙政府军的要人,都在巴黎活动。许多美国人、北欧人、东方人,都在那里游历观光,那时巴黎正忙于筑路,筹备世界博览会。新奇的建筑在塞纳河两岸巴黎铁塔周围建立起来,失业工人都有了工作。马路上散满了政治的传单与商店的广告。娱乐场、电影院、剧院都挤满了人,咖啡店亮着全夜的灯光,舞场响着通宵的音乐,千千万万的人从各地各国集拢来。那是最复杂时代的最复杂国家,最动荡时代的最动荡国家,这是一个最丰富国家的最丰富时代,最民主国家的最民主时代。同时这也是最自由国家最自由的都市,最热闹都市的最热闹时期。

> 文化到了这样丰富的民主时代,人民的个性发达到这样,这是光荣的时代,但是这也是危险的时代,因为这样繁复的思想与活动,必须有一个伟大的政府来启发,劝诱,领导,组织。可是这是非常不容易的,在中西历史之中,希腊的雅典时代,中国的战国时代,后来都陷于混乱之境,而沦落在武力强暴的压迫,这可说是巴黎沦亡的前车。[①]

在这篇文章里,徐訏进一步指出:"法国在那时已经没有重心,思想上失去了中心,人生没有确定的意义。""法国人民,则连脂粉都不肯省一点;用这样的精

---

① 徐訏:《漫话巴黎》,见《徐訏文集》(第 9 卷),上海:上海三联书店 2008 年版,第 92-93 页。

神去反德,我们只看到是反对政府反德罢了。这是个性的过分发达的结果!""巴黎是逸乐享受的总汇",而没有了反抗德国的力量。徐讦对沦亡前巴黎精神的把握,让人想起辛笛的诗《巴黎旅意》,在这首诗里,辛笛写穿着缎子衣裳的夜游女整天游荡在塞纳河畔咖啡店里,从她身上还能看到花都巴黎的美丽,但是她灵魂的泥淖深处沉入一杯黑色咖啡,在秋意甚浓的季节里,巴黎所代表的欧罗巴文明衰落了。可巴黎还想"昧心学鸵鸟/一头埋进波斯舞里的蛇皮鼓/就此想瞒起这世界的动乱",显然沉醉于昔日旖旎的风光而不可自拔。这首诗写自 1937年的巴黎,那时徐讦还没回国,两人是否在巴黎见过面,没有见到资料可证,但是对于巴黎在第二次世界大战爆发前精神征兆的把握却惊人相似。平视的心态和眼光,使徐讦有了超越东西方文化弊端的可能,所以他还写有小说《蒙摆拿斯的画室》《决斗》《结婚的理由》和散文《论中西的线条美》《论中西的风景观》《谈中西艺术》《中西的电车轨道与文化》《民族间的距离》《谈中西的人情》等一系列作品探讨中西文化异同。如《蒙摆拿斯的画室》写在巴黎,中西男女对于爱情的不同态度。法国女性向东方男性发出疑问:"你以为爱一定要结婚的么?""你以为假使有人真爱我,我真不会同一个外国人结婚么?"其追问的精魂都直指自由。而中国女性可能也爱上外国男性,但是又担心西方男性不牢靠。小说的潜台词是自由固然很有魅力,但是矜持也未必没有价值。《决斗》写东西方青年同时爱上一个法国姑娘,两个人都愿意采取决斗的办法一争高低,但是法国姑娘却千方百计去利用他们对自己的爱打消他们决斗的念头,因为在她看来,一对一的爱情"都是中世纪变态的爱情",决斗这种方法也已经是"十八世纪的落伍心理"的反映。换言之,对于法国姑娘而言,中国青年与法国青年一样有魅力和吸引力。《结婚的理由》写爱自由的法国姑娘与爱温柔的中国青年由相识、相爱、结婚,到因文化差异而分离,再因文化了解和融让而重归于好的过程,表明徐讦一种美好的中西融合想象。

林徽因、孙大雨都是新月派诗人,都是美国留学生。林徽因 1924 年与梁思成一起去美国留学,先入宾夕法尼亚大学美术系,获士学位,后入耶鲁大学学习舞台美术设计。其小说《钟绿》就是写一个东西方混血儿不满意于美国人生的物质化、虚假化而逃出学校,来到乡村,未婚夫突然病逝后,来到意大利,死在一条象征着美、自由与漂流的小帆船上。孙大雨一直在基督教所属上海青年会附属小学、中学学习,1922 年考取清华学校高等科,参加清华文学社,成为"清华四子"之一,后来加入新月社,又成为"新月四子"之一。1926 年赴美国留学,先是在新罕布什尔州的达德穆斯学院学习,1928 年至 1930 年在耶鲁大学研究院继续研读英国文学。在此期间,除读书、买书外,经常去纽约参观市立博物馆和刚成立的现代艺术博物馆,听一些音乐大师举办的音乐会,也是这时充分感受到纽约所代表的现代都市的文化空气,并写下著名的《纽约城》《自己的写照》等诗篇。此前,闻一多对纽约的都市文化氛围已经做过这样的描述:"纽约之繁华为人梦想所不及者,在天空者有高架电车,架铁为桥,高出屋顶,车行其上,可通全城,在地面上者有电车,有汽车,络绎不绝,夜以继日。在地心者有地底电车,于街道之下,河流之下,穿土为隧道,行电车其中,五分钱可遍行全城。围城有火车,河上有轮船。交通如此之多,而行人之拥挤犹数百倍于上海。来此半月矣,尚未见一层之房屋,十层楼者常事耳。最热闹处,夜间缀电灯为招牌,瞬息万变,异彩夺目,真可谓'不夜之城'也。"①证之于孙大雨的诗歌,二者皆得纽约都市文化之神韵。

穆时英、施蛰存、杜衡、徐迟、东方蝃蝀、麦耶、施济美等都没有国外留学经历,但都是教会大学毕业,外文基础好,读外国作品多是读英文版,或是原版,打下良好文学基础;在教会大学学习不少西洋生活习惯,对他们人生观、审美观形成有很大影响。穆时英、施蛰存、杜衡都曾与戴望舒一起在上海震旦大学法文班学习,通过法文和英文研读西方文学,为日后创作打下基础。徐迟、施济美和袁牧之都是东吴大学毕业生或肄业生。汤雪华是东吴大学教授胡山源的寄女。东吴大学素有文学传统,此前有作家苏雪林、杨绛等。东方蝃蝀、令狐彗、麦耶都是圣约翰大学毕业生。圣约翰大学此前有作家林语堂,与他们同时还有张爱玲等。圣约翰大学是民国时期教会大学中与北京燕京大学齐名的高校。它的校风严谨,聘请许多海外教授,上课除国文外,一律采用外文,主要是英文;课下跳舞、看电影、举行派对频繁,社交经验丰富——总之,是教会大学里生活、学习最洋派的学校,这对学生有很大影响。令狐彗后来又去美国留学,人生观、价值观、审美观受西方影响更大。如晚年谈到如何看待男性在女性诱惑下犯错误时说:"一般情况下,他受到色情的诱惑或引诱而出此完全是人之常情,没有人会免得了的,世界上没有什么圣人。假使这个房间里有个美丽的女孩子在这儿宽衣解带献身给我,我不会拒绝的。"②他这种思想和态度,直到今天,中国人都不容易接受的。

顾仲彝祖籍余姚,生于嘉兴,中学在美国教会办的嘉兴秀州中学就读,1924年考入东南大学西洋文学系,打下两个坚实基础:一是外语基础,毕业后得以到

---

① 闻一多:《闻一多书信选集·致家人》,北京:人民文学出版社1986年版,第182页。
② 王海龙撰写:《董鼎山口述史》,南京:江苏凤凰文艺出版社2016年版,第248页。

上海商务印书馆编译所工作;一是文学基础,特别是戏剧基础,他曾参加侯曜为主的学校话剧团,参加过演出,以后他与同学们自己组织演出,因而也为他今后的戏剧创作和对外国剧作的改写做好了知识和实践能力的准备。大学期间,名师有吴宓、梅光迪等。洪深曾经来做过三天讲座,顾仲彝曾与同学们一起向他请教过不少问题,所受启发甚大;到上海工作后,又去拜访过洪深,这对他的戏剧创作和翻译也有不小帮助。

苏青出生于"英语世家",在浙江省立第四中学(现宁波中学)学习时,英文成绩与国文成绩一样优异,参加英文演讲,获奖;参加英文戏剧演出,表现突出,颇受好评。1933 年作为宁波府六县唯一一名女生考入中央大学(现南京大学),可是因为未婚夫家不放心她在中央大学被不少男生追求,催逼她回去结婚,大学只上了一年,便辍学,实在可惜,这对她今后的心态及其创作都会产生直接或间接的影响。

第二节　中外文学的影响

泰纳在《艺术哲学》里指出:"艺术家本身,连同他所产生的全部作品,也不是孤立的。有一个包括艺术家在内的总体,比艺术家更广大,就是他所隶属的同时同地的艺术宗派或艺术家家族。""这个艺术家庭本身还包括在一个更广大的总体之内,就是在他周围而趣味和他一致的社会。因为风俗习惯与时代精神对于群众和对于艺术家是相同的;艺术家不是孤立的人。我们隔了几个世纪只听到艺术家的声音;但在传到我们耳边来的响亮的声音之下,还能辨别出群众的复杂而无穷无尽的歌声,像一大片低沉的嗡嗡声一样,在艺术家四周齐声合唱。因为有了这一片和声,艺术家才成其伟大。"① 浙江现代都市文学与整个中国现代文学一样,是在中西文学艺术的碰撞、交错、融合中产生的,所以梳理一下它与中外文学传统的关系,还是必须的。

一、中国文学的影响

浙江现代都市文学与整个中国现代都市文学一样,它的最新属性是现代性,所以与中国传统文学的内在联系看似不多,但这只是问题的一面,其另一面是这种文学也是中国人创作的文学,它不可避免地根植于民族土壤,带有中国传统文学的历史记忆和民族无意识。

---

① ［法］泰纳:《艺术哲学》,傅雷译,北京:生活・读书・新知三联书店 2017 年版,第 12-13 页。

　　首先,明清小说的影响。

　　中国现代作家,在其成长的过程中,没有阅读过《三国演义》《水浒传》《西游记》《红楼梦》《儒林外史》《聊斋志异》及"三言""二拍"(或《古今奇观》)等明清小说的不多,但就与都市文学的关系言,主要是明清才子佳人小说和狭邪小说促进了现代都市文学的产生和发展。

　　章克标认为:"郁达夫是一个旧式的江南才子式的人物。……达夫就是弹词里的唐伯虎一路人物,如果了解他的这种性格和脾气,对于他作品中的某些情节,对于他所作所为的有些事情,就可以有较深的理解了。"①就其创作与传统文学的关系言,郁达夫的小说可视为明清才子佳人小说和狭邪小说的改写。

　　1927 年,郁达夫在《五六年来创作生活的回顾》里回忆自己小学毕业的暑假里翻阅过《石头记》和《六才子》,中学时正式读小说,读的是《西湖佳话》和《花月痕》②;1923 年发表的《文艺鉴赏上之偏爱价值》里就称许:"非薄命的女子,不能为冯小青陨伤心之泪,非落拓的文人,不能为韦痴珠兴末路之悲。"③韦痴珠即为《红楼梦》之后第一部"准"狭邪小说《花月痕》的男主人公,小说虽然涉及狭邪题材,但是受《红楼梦》影响,仍重在写韦痴珠与刘秋痕之间超乎利害关系的痴情、真情。郁达夫自述,在日本,他阅读过"一千部内外"的中外小说,想必这其中也不乏明清才子佳人小说和狭邪小说。1927 年《客杭日记》里还说,《海上尘天影》"书的价值,远不如《海上花列传》"④。狭邪小说脱胎于才子佳人小说,《海上花列传》之前,对妓家主要是"溢美",《海上花列传》之后,对妓家主要是"溢恶",以至于堕落为"嫖界指南",到"五四"新文化运动兴起,受到新文学阵营的批判和清算是必然的现象。郁达夫就是这时走上文学创作道路。在创作《银灰色的死》之前,郁达夫还有两篇习作《两夜巢》和《圆明园的夜》,细心阅读,不难发现,这两篇习作都有传统才子佳人小说和狭邪小说的痕迹。《两夜巢》写一中国少年在日本留学,故乡来了一个参观访问团⑤,他不能不招待他们,但是他讨厌他们的"乡下新来的土老儿"情态。这群人就像《红楼梦》中的薛蟠,或清末狭邪小说中刚从乡下进城的人一样,看着日本妓馆的妓女都有点把持不住的贪恋和忘形,举止色

---

　　① 章克标:《文苑杂忆》,见陈福康、蒋青山编:《章克标文集》(下),上海:上海社会科学出版社 2003 年版,373 页。

　　② 《郁达夫全集》(第十卷) 文论(上),杭州:浙江大学出版社 2007 年版,第 309-310 页。

　　③ 《郁达夫全集》(第十卷) 文论(上),杭州:浙江大学出版社 2007 年版,第 79 页。

　　④ 《郁达夫全集》(第五卷) 日记,杭州:浙江大学出版社 2007 年版,第 190 页。

　　⑤ 李杭春认为"该小说写在浙江教育视察团官员 1919 年 2 月中旬参观名古屋中小学校这一公干之后"。见李杭春:《屐痕处处郁达夫》,北京:中国社会科学出版社 2018 年版,第 142 页。

相,言语粗俗。习作将少年与他们分开,也开始有"这'支那人'三个字,在外国是同'亡国民'那三个字一样"的国耻之痛,表明隐含作者的境界高于这群同胞,但是习作的重心不在国耻之痛,而是主要写这群同胞的村相和少年与一日本侍女之间的亲密接触。这里的意思是,不论写这群同胞的村相,还是写少年与日本侍女的亲密接触,都还没有上升到后来《沉沦》集中之小说那样的对于现代语境中国族与国族之间、人与人之间的深刻的分裂和隔阂的书写,作为现代人的孤独、寂寞也还没有凸显成一个触目惊人的话题,如此,作品就氤氲着一种传统才子佳人小说和狭邪小说的混合气氛。《圆明园的一夜》是用日文写的,开头有一段大纲似的文字:"如此紧张的心情我从未有过。/我想写的东西大致有二。一是《秋夜之事》,欲先从 K 的性格描写入手,接着是圆明园凄凉的景象,最后加入神秘吹箫人的传说;二是写在东京的我国留学生所遭受的虐待、留学生的复仇心、意志薄弱的主人公的愚蠢行为和愤怒之后由绝望而自嘲以及在辗转漂泊中的某个夜晚,面对某一女侍自嘲后嚎啕大哭等等。"看得出,这篇习作要强化中国留学生在日本所遭受的国耻之痛,这为下面再创作《银灰色的死》《沉沦》等小说打下民族感情基础,但是这篇习作主要部分还是写"我"与同室朋友一起逛吉原(东京日本桥附近的公娼街)的情景。"我"与同室朋友应该是隐含作者的两个面孔,一个与现世格格不入,一个与现世非常融洽。为了安慰与现世格格不入者,与现世非常融洽者"我"就催促、陪同他去吉原消磨夜晚。在吉原,陪伴他的是"我的老相好的朋友","我"好像门槛很精的样子,俨然一个老嫖客,这不能不让人想起传统狭邪小说和平江不肖生《留东外史》所写内容。

再往后,《银灰色的死》里仍然有留学生满脑子都是日本妓馆侍女肥白的身体之诱惑的情景,主人公竟不知不觉地又从图书馆跑到了妓馆。直到《沉沦》才正式打起两面大旗:民族的苦闷(民族的耻辱)和性的苦闷(个人的孤独),他的审美格调也才真正高雅起来。据陈福康钩沉与考证,《沉沦》原名《乐园与地狱》①。《乐园与地狱》只凸现人物生存环境的二重属性,而《沉沦》则强调了人物与环境之间复杂强烈的张力关系。显而易见,这是一次不错的改动。《沉沦》初版时,《沉沦》排在第一篇,《南迁》排在第二篇,《银灰色的死》本该排在第一篇,却恰排在最后一篇,从这里不难看出作家对《沉沦》的重视与对《银灰色的死》的保留性肯定态度。但即便是《沉沦》也仍有与中国古代小说的关联。周作人评之曰:《沉

---

① 陈福康:《郁达夫早年佚事数则》,见陈福康:《民国文学史料考证》,广州:花城出版社 2014 年版,第 212-213 页。

沦》是性苦闷、性压抑达到极度的结果,"他的价值在于非意识的展览自己,艺术地写出升华的色情,这也就是真挚与普遍的存在。至于所谓猥亵部分,未必损伤文学的价值;即使或者有人说不免太有东方气,但我以为倘在著者觉得非如此不能表现他的气氛,那么当然没有可以反对的地方"①。这里,周作人所谓"东方气",应该就是指才子佳人小说与狭邪小说混合的一种气息。文学是苦闷的象征,苦闷宣泄转换成一种文学的价值之后,郁达夫小说中的狭邪成分就逐渐减少了,就是肉欲成分逐渐减少,而强化精神成分,就是强化才子佳人式的感情成分。

这时正是"五四"新文学运动的高潮时期,他的主人公大声呐喊:"我所要的就是异性的爱情!""苍天呀苍天,我并不要知识,我并不要名誉,我也不要那些无用的金钱,你若能赐我一个伊甸园内的'伊扶',使她的肉体与心灵,全归我有,我就心满意足了。"这种爱情书写无疑契合了"五四"时代精神,也大大提升了小说的艺术质量,但是作者"生不逢时",处于现代生存环境,这种爱情已很难寻求到了,特别是再加上一层民族耻辱。郁达夫与才子佳人小说的作者一样,都是时代的弱者和零余者,与人无害,于事无补,愤世嫉俗与放浪形骸结合,便形成了特有的颓放处世风格。正如罗成琰所评:"愤世嫉俗同放浪形骸往往只有一步之遥,一个人悲愤到了极点反倒容易变成玩世不恭,用一种嘲弄、旷达、游戏的眼光来看待世界与人生。这种人在中国古代为数不少,他们沉湎于美酒之中,销魂在温柔之乡,形成了中国士大夫所特有的'名士风流'。"②问题在于郁达夫还是一个优秀的现代知识分子,他明白传统的弊端,所以他又总在其创作中自我谴责和批判,自责、自哀、自恋就成为其小说主要格调。郁达夫说:"游荡文学(即狭邪小说——引者),在中国旧日的小说界里,很占势力。不过新小说里,描写这一种烟花界的生活的,却是很少。……为什么独有这一个烟花世界,我们不应当描写呢?……我们何以独对于妓女,要看她们不起呢?"③他的烟花界题材小说不以肉体欲望满足为最后的目的,而重在借此拷问人物的灵魂。稍后的《茫茫夜》《秋柳》等莫不如此。回国后写的《春风沉醉的晚上》,也是一场无法完成的爱情故事,可视为才子佳人故事的现代版。"我"与某烟厂女工陈二妹的故事就是白居易《琵琶行》中"我"与琵琶女故事的现代改写。1927 年写的《过去》,郑伯奇在

---

① 仲密(周作人):《沉沦》,见杨扬编:《周作人批评文集》,珠海:珠海出版社 1998 年版,第 164 页。

② 罗成琰:《郁达夫与中国文人传统》,见李杭春、陈建新、陈力君主编:《中外郁达夫研究文选》(上册),杭州:浙江大学出版社 2006 年版,第 285 页。

③ 郁达夫:《我承认是"失败"了》,见《郁达夫全集》(第十卷) 文论(上),杭州:浙江大学出版社 2007 年版,第 120 页。

《新文学大系·小说三集》"导言"里竟说是"他的狭邪小说的代表作"。这篇小说并非取自狭邪人生，郑伯奇所谓"狭邪"，大概指小说男主人公面对所迷恋的女人采取了病态、自虐的态度，形成不一般的艺术情调。之后，与王映霞隐居杭州，但这时写的《迟桂花》仍有才子佳人小说的痕迹，只不过其肉欲的成分得到进一步净化罢了。所以，罗成琰认为："在中国现代作家中，郁达夫身上的'才子气'与'名士味'无疑是最为浓厚的，他或许称得上是继苏曼殊之后中国最后一位典型的现代才子。唯其是'才子'，他的骨子里便蕴藏着中国文人传统的骨髓；又唯其是'现代才子'，他的血管里便流淌着西方个性解放思想和浪漫主义精神的血液。这是构成郁达夫思想性格与文学创作的两个不可分离的方面。忽略了任何一面，都难以形成对郁达夫其人其作的完整认识。"①

　　1928 年，茅盾小说《幻灭》《动摇》《追求》相继发表，因为浓重的自然主义倾向和颓废色彩受到早期革命文学批评家的批判，茅盾很不以为然，撰写《从牯岭到东京》《读倪焕之》等文章为自己辩护；同时他还写有论文《中国文学内的性欲描写》，认真系统梳理分析了中国文学中的性欲描写，指出中国没有真正的性欲文学，而只有文学内的性欲描写。"若问中国性欲作品的大概面目是什么？有两句话可以包括净尽：一是色情狂，二是性交方法——所谓房中术。所有中国小说内实写的性交，几乎无非性交方法。这些性交方法的描写，在文学上是没有一点价值的，他们本身就不是文学，不过在变态性欲的病理的研究上，却也有些用处，至于可称为文学的性欲描写，则除伪称伶玄作之《飞燕外传》与《西厢》中的《酬简》的一段外，恐怕再也没有了。所以着着实实讲来，我们没有性欲文学可供研究材料，我们只能研究中国文学中的性欲描写——只是一种描写，根本算不得文学。"中国文学的性欲描写应始于西汉；"现在所传的性欲小说——淫书，大都是明以后的作品；故中国性欲描写始盛于明代，是无疑的"。"《金瓶梅》等书，主意在描写世情，刻画颓俗，与《漂亮朋友》相类；其中色情狂的性欲描写只是受了时代风气的影响，不足为怪，且不可专注重此点以评《金瓶梅》。然而后世模仿《金瓶梅》的末流作者，不能观察人生，尽其情伪，以成巨著，反而专注于性交描写，甚至薄物小册，自始至终，无非性交，这真是走入了恶魔道，恐非《金瓶梅》作者始料不及了。""我们要知道性欲描写的目的在表现病的性欲——这是一种社会的心理的病，是值得研究的。要表现病的性欲，并不必多描写性交，尤不该描写'房

---

① 罗成琰：《郁达夫与中国文人传统》，见李杭春、陈建新、陈力君主编：《中外郁达夫研究文选》（上册），杭州：浙江大学出版社 2006 年版，第 285 页。

术'。不幸中国的小说家却错认描写'房术'是性欲描写的唯一方法,又加以自古以来方士们采补术的妖言,弥漫于社会。结果遂产生了现有的性欲小说,无论如何抬出劝善的招牌,给以描写世情的解释,叫人家不当他们是淫书,然而这些粗鲁的露骨的性交描写是只能引人到不正当的性的观念上,决不能启发一毫文学意味的。在这一点上,我们觉得中国社会内流行的不健全的性观念,实在应该是那些性欲小说负责的。"茅盾认为:"中国之所以会发生那样的性欲小说,其原因亦不外乎:(一)禁欲主义的反动。(二)性教育的不发达。后者尤为根本原因。历来好房术的帝皇推波助澜所造成的恶风气,如明末,亦无非是性教育不讲究的社会内的必然现象罢了。"茅盾指出中国性欲描写中的合理成分,但主要是清理、批判其中的非人性化倾向,实际上等于告诉人们,他小说中的性欲描写既与传统有关,又超越了传统。茅盾小说中色情描写很多,却没有正面的性交行为展露,而且茅盾每写一处色情,都有色情以外的政治社会文化寓意。如色情之于赵伯韬,就凸显其荒淫、堕落;色情之于吴荪甫,就凸显其绝望、软弱;色情之于青年知识分子,就显其唯美—颓废。陈建华特别考证分析,中国文学中表示女性乳房这个部位的词以往多用"酥胸""奶""乳"等,可是到茅盾大量用"乳房",就构成一个奇特的从传统向现代转换的文化审美现象。"茅盾早期小说中的'乳房'现象,确实显示了与旧派截然不同的文化取径,与那种动员自身的文化资源,试图从内里消融外来文化的方式不同,'乳房'本身是一种强势的切入,带有强烈的文化异质性,明显拒绝那个'酥胸'的文学语言资源。……'乳房'在寄托革命乌托邦的同时,却投射出都市的大众欲望,与民国追求'强种'、'强身'的意识形态相重叠。"①也就是说,茅盾的女性"乳房"书写,表征着一个重要的文化转向,即美的女体、女性的高乳房可以成为颠覆传统文化乃至传统历史的力量,"'乳房'带来革命浪漫性,这些富有热力的女性身体给革命涂上一层玫瑰色,至少表达了革命也应该是健全的、美的想法"②。另外,"'乳房'有体积感,且明指女性",能产生更强烈的视觉刺激效果,因此也更能刺激男性的性欲。茅盾小说大量的女性"乳房之舞"确实投射了男性浓郁的色情欲望,但作家也借此改写和提升了中国文学中性欲描写的艺术面貌和审美价值。

中国古代文化语境中,中国人往往疏远于神,而熟稔于鬼。文学书写上,从

---

① 陈建华:《革命与形式——茅盾早期小说的现代性展开》,上海:复旦大学出版社 2007 年版,第226 页。

② 陈建华:《革命与形式——茅盾早期小说的现代性展开》,上海:复旦大学出版社 2007 年版,第230 页。

《诗经》《庄子》到《山海经》和干宝的《搜神记》,再到明清"三言""二拍"、《聊斋志异》和《何典》等,一条线贯穿下来,也是洋洋大观。这在浙江现代作家都市书写中,也有不少反应。科学昌明的时代,谈鬼论魔,有点不可思议,但正是科学昌明的时代,人们竟然谈起鬼魔邪道来,这正是文化的张力之所在。科学主义盛行的结果之一是神性越来越处于被赶尽杀绝的状态,而人的心灵又不能、不愿完全被科学主义所占领,所以,人的想象力不是向着科学指引的方向发散、投射,反而向着科学的反面而任意投放、发泄,原本属于蒙昧的鬼怪故事竟然也成为现代人回过头来重新审视、不免惊喜的对象,也是无可奈何、令人啼笑皆非的事情。1932年,施蛰存小说集《将军底头》出版,其中的《夜叉》《魔道》就是鬼故事的现代改写。《夜叉》写男主人公在杭州西溪湿地小船上看到一个白衣女子恍恍惚惚,若隐若现,就感到是百年前的一个夜叉显身了。夜晚趁着月光散步时,又将一个穿着白色衣裙的女子认为夜叉,将一所白墙的坟屋认为夜叉的巢穴,以至于发生掐死女子的故事。主人公回到上海后,感觉昨天的夜叉跟到上海来了,终于大病一场。主人公病倒了,而小说的传奇性却达到了,满足了读者对于过于实在的现实人生逃避的想象欲望。《魔道》写"我"坐火车出上海遇到一个老年妇女,觉得她神秘、怪异,不由得想起:书上说的西洋的妖怪的老妇人骑着笤帚飞行在空中捉人家孩子的事情,也想起《聊斋志异》上隔着窗棂在月下喷水的黄脸老妇人的幻像。书上还说,有魔法的老妇人的手是能够脱离了臂腕在夜间飞行取人灵魂的,于是感到害怕,担心自己"会得神经衰弱症、怔忡症……";火车越过荒野里一个大土包,就幻想是古代哪个王妃的陵墓。也许对面的老妇人就是那王妃的木乃伊?之后,凡见到黑色的东西,就觉得那是那个老妇人的显影,从乡村到上海,一直包围在"我"的周围。这种写作,显示都市人高压生活下的神经衰弱,也是为了制造传奇效果。小说直接道出受《聊斋志异》影响。

1936年,邵洵美接编《论语》之后,专门组织"鬼故事"专号,并且自己也写了《闻鬼》一文。文章首先交代:"我生在一个旧式的家庭里,小时候又有一所很老很大的房子作为住宅;即使有相当的科学知识,但是环境却不由我对于'鬼'不抱疑信参半的态度。我还有过几次极奇怪的经验,我曾经对不少朋友讲过,谁也不能给我一个满意的解答。"接着,文章记叙两件事作为"鬼未必无"的证据。一次是他 10 岁的时候,他在卧室里睡觉,感到从马路对面房子来了一股风,这股风来时,他床前桌子上的洋油灯光就变幽绿,去时,灯光就转金黄,同时有一种"呵……洛……洛……洛"的声音从远处直滚到他窗口上。他相信睡在附近照顾他的老妈子也听到了,所以当他要求到母亲房里去睡时,她也没有拒绝。有人说这是一种"幻觉",是"风",但是他觉得这个解释不能平息他内心的好奇和恐惧。又有一次,他租住苏格兰太太的房子,她的女婿自杀了,他租房时并不知情,租好之后,凌晨三四点钟,楼上总是有穿皮鞋下楼的声音,随声寻找又没有人。特别是一次凌晨四点钟,作家在书房写作,忽然听到阳台下小道上有穿皮鞋散步的声音,但是趴在阳台上仔细观察,并没有什么人,而且这散步的声音竟到他阳台下停住了,好像这声音的携带者看见他,正抬头张望他似的,他吓得再也把持不住,直逃进隔壁卧室。有人说,这是什么"回声"的作用,是"幻觉",但是作者都不相信,作者说:"亲身经历了这种情景的我只会直捷爽快地说:'那是鬼!'"陈绪石据此评说:"在他看来,鬼或者有,所以,在'谈鬼'的《论语》里很难发现以科学精神否定鬼存在的文章。是意在启蒙的作者不屑写稿,还是写了而没有被采用?这两种情形都是可能的事实。以上论述能够说明,《论语》的'鬼故事'基本上没有超出海派文学的范围,将它们纳入海派加以论述不仅可能,而且也必要。"①陈绪石的意思是邵洵美的"鬼故事"专号,其直接目的是为了满足大众读者的奇异想象,根本目的是为《论语》获取更多读者。

徐訏一生写了不少与鬼有关的小说,如《鬼恋》《离魂》《痴心井》《园内》等。《鬼恋》写自1937年,是徐訏的成名作。小说叙写"我"在上海斜土路,因为埃及烟与女鬼相识。我为女鬼的美丽、大方、神秘所吸引,跟随着,来到她的住处,进入她的房间,看到她房间里的布置很西洋化,特别是有钢琴,说明她是一个有西方教养的女子。第二天再去寻找那一带,只有坟场。后来,女子告诉"我"真相,她原来是一个革命者,绝望于革命失败后有的被杀,有的高升,有的退隐,她也埋名隐姓做了女鬼。显而易见,这个女鬼是假的,但是女鬼真实身份没有暴露出来之前,小说烘托渲染气氛,真的让人感到鬼气森森。这篇小说中的鬼叙事,与此前或此后作家们的鬼叙事不同之处就在于,小说赋予鬼本身以外的政治社会文化意义和女性审美价值,提升了现代文学"鬼"叙事的艺术品位,但是另一面,专在意于浪漫传奇故事的营造,仍不脱海派对于大众读者的取媚风格。

东方蝃蝀走上文学创作道路,已经在40年代中期,但是刚发表几篇作品,就被评为"男张爱玲"。张爱玲《倾城之恋》将《诗经·击鼓》里诗句稍稍改动,写为"生死契阔,与子相悦,执子之手,与子偕老",来表达白流苏与范柳原在乱世香港的情与爱,具有浓郁的古典文学韵味。而东方蝃蝀原名李君维,之所以取这个笔名,一是因为"想引人注意",二是也具古典韵味。"蝃蝀二字出于《诗经》卷

---

① 陈绪石:《海派文学与中国传统文化》,杭州:浙江大学出版社2012年版,第77页。

三：'螮蝀在东，莫之敢指。'朱熹的注解：'螮蝀，虹也。'"①确实，"他的文笔完全像张爱玲。说他是'男张爱玲'，则是因为他们笔致和作风相似，倒不是说他模仿张爱玲的意思"②。张爱玲 40 年代初期的小说，其情趣和文笔都逼似《红楼梦》。黄修己惊叹："这让人怀疑作家写着写着，已不知不觉进了大观园，忘了自己是写香港（和上海）。……我们猜想张爱玲如果冒充曹雪芹来写一部小说，会不会也有以假乱真之力。"③同理，也可以这样说，读着东方螮蝀，很容易想起《红楼梦》。李先生曾自白：古典文学他喜欢《红楼梦》等④。其创作文笔之"丽腻"、风格之婉约，确实与《红楼梦》有几分相像。《红楼梦》是家族小说，东方螮蝀小说也主要写"十里洋场上旧家族的失落和新的精神家园的难以寻觅"；《红楼梦》的架构是"传奇的情节与写实的细节"，东方螮蝀40 年代的小说都是短篇小说，情节设计上难以展示《红楼梦》那样的曲折离奇生动，但是也都有传奇的架构，情节框架内也都是极其细致的写实内容。《红楼梦》对人生有深刻的虚无主义认知和对世俗欢娱的尽情享受，悲喜参半，"雅俗融洽"，东方螮蝀小说也是如此。东方螮蝀小说与《红楼梦》一样，"透出一股繁华中的荒凉况味"⑤。

其次，其他文学的影响。

20 年代中期，周作人曾经说："两三年来文学革命的主张在社会上已经占了优势，破坏之后应该建设了。"⑥而要建设，首先就要改变对古代文学遗产的过激态度，客观评估其价值。周作人在另一篇文章中言："我不是传统主义（Traditionalism）的信徒，但相信传统之力是不可轻侮的。坏的传统思想，自然很多，我们应当想法除去他。超越善恶而又无可排除的传统，却也未必少，如因了汉字而生的种种修辞方法，在我们用了汉字写东西的时候总摆脱不掉。我觉得新诗的成就上有一种趋势恐怕很重要，这便是一种融化。……把中国文学固有的特质因了外来影响而益美化，不可只披上一件呢外套就了事。"⑦周作人的观念表明新文学发展理论的成熟。到 20 年代末 30 年代初，中国现代文学已经普遍开始注意吸收传统文化和文学的营养，浙江现代都市文学书写也不例外。

---

①　东方螮蝀：《伤心碧》，北京：人民文学出版社 2005 年版，"自序"第 4-5 页。

②　靳苓：《男张爱玲》，见肖进编著：《旧闻新知张爱玲》，上海：华东师范大学出版社 2009 年版，第 68 页。

③　黄修己：《为市民画像的高等画师》，见黄修己主编：《张爱玲名作欣赏》，北京：中国和平出版社 1996 年版，"前言"第 11 页。

④　2002 年 6 月 18 日李先生给笔者的信。

⑤　钱理群、吴福辉、温儒敏：《中国现代文学三十年》（修订本），北京：北京大学出版社 1998 年版，第 521 页。

⑥　周作人：《圣书与中国文学》，见杨扬编：《周作人批评文集》，珠海：珠海出版社 1998 年版，第 257 页。

⑦　周作人：《〈扬鞭集〉序》，见杨扬编：《周作人批判文集》，珠海：珠海出版社 1998 年版，第 222 页。

　　戴望舒被称为 30 年代现代诗派的领军人物,其实,他的现代派色彩主要表现在对西方象征主义艺术的借鉴上,真正主知的现代派要到 40 年代的冯至和穆旦们才典型。以道生、魏尔伦、耶麦、福尔等为代表的英法象征主义诗人的诗歌本来就有"恰合中国旧诗词的主要传统"的倾向①,在戴望舒这里,其诗歌的古典主义倾向就更明显了。周作人指出:"象征是诗的最新的写法,但也是最旧,在中国它'古已有之'。……这是外国的新潮流,同时也是中国的旧手法,新诗如往这一路去,融合便可成功,真正的中国新诗也就可以产生出来了。"②戴望舒的诗就是周作人这种文艺思想的典型实践。就以其暗含都市文化审美内涵的《雨巷》而言,整首诗让人想起《诗经·蒹葭》中的意境、手法和象征意指,或说是《蒹葭》的现代版亦非不可。比兴、象征手法,人、物、景的动态融合所造成的意境,对于美好事物和人生理想的可望而不可即,——这些,两首诗几乎一样。具体到诗歌中"丁香"意象,卞之琳认为是南唐词人李璟《摊破浣溪沙》"'青鸟不传云外信,丁香空结雨中愁'的现代白话版的扩充或者'稀释'。……用惯了的意象和用滥了的词藻,却使这首诗的成功显得浅易、浮泛"③。施蛰存也很赞同这种说法,言:"望舒作《雨巷》,确是融化了这两句词的意境。同时,他那时正在译英国世纪末诗人欧纳斯特·道生的诗,那种忧郁、低徊的情调,使望舒有意无意地结合在中国古典诗词的感伤情调中。所以,这首诗,精神还是中国旧诗,形式却是外国诗。"文章结尾,施蛰存断言:"在今天,我相信,十八岁到二十岁的青年人,一定还是爱好这首诗的。但如果他自己也写诗,到了二十五岁,如果还是爱好这首诗,那就说明他没有进步,无法进入现代诗的境界。"④前面已经引施蛰存的话说明戴望舒不够现代,这里施蛰存再一次表达了对戴望舒诗歌相近的看法。其实,卞之琳和施蛰存所言均不免夸大之处,因为前面已经分析,这首诗艺术上不够现代(即不够知性化),但是诗歌中间那个戏剧性结构的象征性和诗歌对时空现代性的把握却是相当现代的,相当都市化的。这首诗将现代都市人生存的复杂状况隐藏、融化到古典的艺术中去了。这也就是戴望舒创作比穆时英、施蛰存等创作胜出一筹的地方,中西艺术在这里天衣无缝地融合在一起,从而避免了非中国化毛病。但总体看,戴望舒诗歌古典情趣浓郁、现代情趣稀薄的毛病仍然是存在的,至于

---

① 卞之琳:《戴望舒诗选·序》,成都:四川人民出版社 1981 年版,第 4 页。

② 周作人:《〈扬鞭集〉序》,见杨扬编:《周作人批判文集》,珠海:珠海出版社 1998 年版,第 223 页。

③ 施蛰存:《谈戴望舒的〈雨巷〉》,见施蛰存:《北山散文集》(二),上海:华东师范大学出版社 2001 年版,第 1068 页。

④ 施蛰存:《谈戴望舒的〈雨巷〉》,见施蛰存:《北山散文集》(二),上海:华东师范大学出版社 2001 年版,第 1068-1069 页。

对现代都市作独立的审美,这样的作品更少。即便他表现日本舞女的《梦都子》《百合子》等作品,东方色彩也远远超过西方色彩。

施蛰存谈及自己的中外文化接纳和选择时,曾这样表述:"我的一生开了四个窗子。第一扇是文学创作,第二扇是外国文学翻译,另外则是中国古典文学与碑版文物研究两扇窗子。"①施蛰存不仅研究古典文学,其创作也深受古典文学影响。他少年时代即取法黄山谷、陈三立学作旧体诗,"神似江西(诗派)","从《散原精舍诗》、《海藏楼诗》一直追上去读《豫章集》、《东坡集》和《刘南集》。尔后转读唐诗,"《李义山集》、《温飞卿集》、《杜甫集》、《李长吉集》,一时聚集在我的书亭里,这不得不使以前费了工夫圈点的宋诗让位了。在这些唐诗中,尤其是那部两色套印的,桃色虎皮纸封面,黄绫包角的《李长吉集》使我爱不忍释"。杨义指出:"对传统文化的广泛涉猎和修养,不仅使施蛰存早年的小说集《上元灯》带有江南水乡的优雅婉妙的抒情气息,甚至带有晚唐的某些意境,为海派作家小说集中最近京派风格者;而且使他日后的心理小说集《梅雨之夕》、《将军的头》能够运笔流丽,做到怪而不乱,玄而不晦,对李贺诗集的爱不释手,甚至'摹仿了许多李长吉式的险句怪句',而又养育着他心中的怪异情结。蒲松龄《聊斋自志》说:'披萝带荔,三闾氏感而为骚;牛鬼蛇神,长爪郎吟而成癖。'他是引屈原和李贺作为自己的精神原型的。施蛰存心理小说中一些带有'聊斋风'的作品,当与他早年嗜读李贺诗所留下的审美心理情结不无关系。"②黄献文也认为:"施蛰存的感伤气质一方面是天赋,一方面与受中国古典文学的影响分不开,也许二者互为因果。中国古典文学很大的一个特点便是感伤,真正的雄豪乐观之作寥若晨星。而且他又偏嗜其中的哀伤婉约之作。而古典文学的熏陶反过来加重了他的感伤气质。……不仅如此,他作品中古典、高雅的韵致,传统道德的尺子,对古代题材的偏嗜等,也都与古典文学影响分不开。《上元灯》集中的某些作品明显带有晚唐诗的意境。《扇》写两小无猜的一对少男少女,以一柄茜色轻纱的团扇作为初恋的赠物。其中写到他们在花园赏月,以团扇追扑流萤的情景,其意象显然取自杜牧'轻罗小扇扑流萤'之句。……苏雪林甚至还说他的语言风格也取自古典文学,'施氏擅长旧文艺,他华丽的辞藻大都由旧文学得来。据他作品所述,我们知道他很爱李商隐的诗,而且自己所做的旧诗也是这一路。玉溪诗素有'绮密瑰妍'之评,实施氏创作小说文藻的富丽与色泽的腴润,亦可当得起这四个字。'"③

---

① 葛昆元:《"我一生开了四扇窗子"》,上海:《书讯报》1985 年 11 月 5 日。

② 杨义:《文学地理学会通》,北京:中国社会科学出版社 2013 年版,第 515 页。

③ 黄献文:《论新感觉派》,武汉:武汉出版社 2000 年版,第 133 页。

黄献文甚至将施蛰存与穆时英、刘呐鸥比较,指出:"施蛰存因古典文学熏陶过深,潜意识中受其静穆意境和感伤情调的束缚,使他对都市有一种天然的拒斥,他的笔之所以撇开都市生活的写真,不描写都市不夜天的热烈疯狂,而是朦胧、婉约、怅惘,除女性气质外,与古典文学的浸润分不开。"①

邵洵美的诗开始是相当欧化的,但也有的颇具古典主义色彩。如《我是只小羊》:

> 我是只小羊,
> 你是片牧场。
> 我吃了你我睡了你,
> 我又将我交给了你。

> 半暗的太阳,
> 半明的月亮,
> 婴孩的黑夜在招手,
> 是小羊归去的时候。

> 小羊归去了,
> 牧场忘怀了。
> 我是不归去的小羊,
> 早晚伴着你这牧场。

诗歌的男性中心意识很强,辞意浮露,但又采用中国古典诗歌委婉、含蓄、矜持的表达法,有较丰富的意味。1936年,诗人出版诗集《诗二十五首》,诗歌在借鉴古典诗歌艺术方面又有了进步,更多的诗歌具有中国古典诗歌的"意象",如《绿逃去了芭蕉》中的"绿""红""芭蕉""白鸽""霞云",《死了的琵琶》中的"琵琶",《蛇》中的"宫殿""庙宇""云房""纱帐""锦被"等。短诗《女人》则更有唐代小令或绝句之妙,如下:

> 我敬重你,女人,我敬重你正像
> 我敬重一首唐人的小诗——
> 你用温润的平声干脆的仄声,
> 来捆缚住我的一句一字。

---

① 黄献文:《论新感觉派》,武汉:武汉出版社2000年版,第133—134页。

> 我疑心你,女人,我疑心你正像
>
> 我疑心一弯灿烂的天虹——
>
> 我不知道你的脸红是为了我,
>
> 还是为了另外一个热梦。

诗歌还是不牢靠的爱的表达,但是非中国化的倾向明显减少。

施济美小说、散文与古典文学的关系最明显。到 40 年代,中国文学形成两个传统,一个是中国古代文学传统,一个是中国现代文学传统,施济美创作继承了这两个传统,所以她的创作既继承冰心"童心、母爱、大自然"的诗化哲学内蕴和鸳鸯蝴蝶派的道德唯美倾向,又直接从唐宋诗词中寻找艺术的灵感。继承冰心文学传统主要是散文和 1945 年之前以少儿生活为主要内容的小说。散文如《小雨点》,极短的语句表达深刻复杂的人生体验和睿智的人生感悟,文风简约、含蓄、柔媚,具有鲜明的江南文化色彩。小说《珍珠的生日》写即将 10 岁的小女儿珍珠要过生日了,父母却离异了,现实的残酷与纯洁的童心形成强烈的对比,肯定后者,质疑前者。受鸳鸯蝴蝶派文学影响,她的小说还张扬女性的贞洁等。其笔下女主人公如《寻梦人》中的叶湄因、《凤仪园》中的冯太太、《莫愁巷》中的尹淡云身上都明显浸润着中国古代贞女、节妇的影子。鸳鸯蝴蝶派文学也张扬"唯美",但与西方不同,这只是一种道德完善基础上的唯美、自然倾向的唯美。"古典美学的美,……美与德是一体的,在理性与非理性、理智与本能、责任与自我的冲突中,坚持前者本身就是美,有德就是美,无德就是丑,反映了美与善高度统一的秩序。"[1]周瘦鹃在 40 年代《乐观·发刊词》里言:"我是一个唯美派,是美的信徒。"[2]"我是一个爱美成癖的人,宇宙一切天然的美或人为的美,简直是无所不爱。所以,我爱霞、爱虹、爱云、爱月。我也爱花鸟、爱虫鱼、爱山水。我也爱诗词,爱书画,爱金石。因为这一切的一切,都是美的结晶品,而且是有目共睹的。"[3]施济美小说也有这种古典的唯美倾向,所以在施济美创作的时代,谢紫就指出:"施济美的作品中,充满了青春的光华和绮丽,她作品最明显的特征就是美,她创作的态度是唯美的,所谓唯美,不是指狭义的唯美派,而是说她极力追求美丽,极力避免丑恶,她所追求的美丽,也只是她私心以为美丽的东西……"[4]施

---

① 李今:《海派小说与现代都市文化》,合肥:安徽教育出版社 2000 年版,第 332 页。

② 转自范伯群主编:《中国近现代通俗文学史》(下),南京:江苏教育出版社 2000 年版,第 688 页。

③ 转自范伯群主编:《中国近现代通俗文学史》(下),南京:江苏教育出版社 2000 年版,第 689 页。

④ 谢紫:《施济美的作品》,上海:《幸福》第 1 年第 6 期,1947 年 2 月。

济美散文、小说直接从中国古典诗词中寻找精神资源和艺术资源。如《蓝园之恋》《凤仪园》等受古典诗词和园艺启发,为人物极力打造一个可以屏蔽现世都市世俗漩流的精神废园,让人物在其中充分浸润古典人生和艺术的美,并大量引用古典诗词的嘉言慧语①。如冯太太"欢喜凋谢了的东西,甚似它在茂盛的时候","因为凋谢和荒凉,有一种神韵的美"。也喜欢李义山的诗,那"留得残荷听雨声"的意蕴。最后,吩咐程师母将谢康平送出家门,这时她的人生姿态和艺术姿态是"凝目处,从今又添一段新愁"(李清照《凤凰台上忆吹箫》)。其散文《岸》表达她最后的精神归宿:"我要在这岸上,这花房的外面,乐园的背后,苦海的边缘,仆仆风尘的途中,筑起几间躲避风雨的小屋,窗前种着茑萝,屋后栽着芭蕉,小屋里有读不完的好书,红泥小火炉,正烧着茶,案头供着鲜花,欢迎所有志同道合的朋友们来,我忘记嘱咐你,记得带一支蜡烛来,白的也好,绿的也好,我要拿它插在我心爱的蜡台上,好在它晦淡的光辉里,背诵李商隐的名句:'何当共剪西窗烛,却话巴山夜雨时'……"所以,张曦认为她的创作与东吴派其他女作家的创作一样,都满含"古典的余韵"②。

二、外国文学的影响

记得鲁迅说过,他写《狂人日记》"大约所仰仗的全在先前看过的百来篇外国作品和一点医学上的知识,此外的准备,一点也没有"③。茅盾也说:"我觉得我开始写小说时的凭借还是以前读过的一些外国小说。"④问题是,鲁迅、茅盾所说的不是个别现象,而是所有优秀的现代中国作家都已然发生的事实。中国现代文学的创造者基本上都是留学生或在国内高校接受教育的人,都至少掌握一门外语,有的先翻译外国文学作品后从事创作,如周氏兄弟和茅盾等;有的边翻译外国文学作品边从事创作,如戴望舒、施蛰存和杜衡等。不少作家的处女作或成名作都写自国外留学期间,不少作家的代表作都与对国外人生的书写相关。显而易见,中国现代文学是在外国文学文化影响下产生的,作为全球化背景下表现强烈的现代性审美的都市文学包括浙江现代都市文学更是如此。所以,郁达夫

---

① 左怀建:《不该被遗忘的作家——施济美及其小说》,见左怀建:《边缘游走——中国现代文学分析》,北京:中央编译出版社 2010 年版,第 61 页。

② 张曦:《古典的余韵:"东吴系"女作家》,长沙:《书屋》2002 年第 9 期。

③ 鲁迅:《我怎么做起小说来》,见《鲁迅全集》(第 4 卷),北京:人民文学出版社 2005 年版,第 526页。

④ 茅盾:《谈我的研究》,见《茅盾论创作》,上海:上海文艺出版社 1980 年版,第 26 页。

说："中国现代的小说，实际上是属于欧洲的文学系统的"①，胡风说：中国现代文学是"世界进步文艺传统底一个新拓的支流"②。

首先，日本文学的影响。

鲁迅"弃医从文"是在明治末年的日本。1906 年从仙台医学专门学校退学后，主要在东京自学、思索、翻译、著述。当时日本现代都市发育还不够成熟，但又毕竟处于明治维新最后十年，许多现代性的思想文化景观都已在东京出现。鲁迅正是这时接触尼采等思想学说，形成"文化偏至论"和"摩罗诗力说"思想，为今后整个中国现代文学包括浙江现代都市文学定下最高的思想基调和艺术基调。一般以为，1928—1929 年，鲁迅被当时所谓革命文学家围攻、批判，被迫读了不少苏联、日本马克思主义文艺论著，对于世界文坛包括日本文坛其他文学现象就不多关注了，其实，这是误解，是没有全面考察鲁迅本时期著述的结果。查李新宇、周海婴主编《鲁迅大全集》，不难发现，1929 年，鲁迅共翻译文艺论文（论著）30 篇（部），其中日本方面的 16 篇，俄国的 3 篇 1 部，苏联的 5 篇 1 部。其中，从日本千叶龟雄的《一九二八年世界文艺界概观》、日本片山孤村的《表现主义》、日本山岸光宣的《表现主义的诸相》、有岛武郎的《关于艺术的感想》和日本青野季吉的《现代文学的十大缺陷》看，鲁迅对当时世界现代派文学发展状况是非常关心也非常清楚的。特别是《现代文学的十大缺陷》指出日本现代文学十大缺陷，包括：题材的狭窄，局限于个人生活经验；无思想；太迁就读者，商品化；存在享乐主义倾向；无产阶级文学的歇斯底里倾向；虚无倾向；缺乏"'变更世界'的意志"；陷于技巧主义；无新的艺术形式；模仿欧洲，缺乏自我。可以说，日本现代文学的这些缺陷当时中国现代文学也未尝不存在，这对于鲁迅审视中国现代文学包括都市文学，自然会发生深刻的影响。如鲁迅稍后对京派与海派的观感，特别是对张资平、邵洵美、叶灵凤等文学享乐主义和商业主义倾向的批判，就能看出受日本这些论著影响的蛛丝马迹。

周作人可谓"日本文化通"，他对于日本文学的熟稔程度一点也不亚于其尊兄。在《我的杂学》里，他说："明治大正时代的日本文学，曾读过些小说与随笔，至今还有好些作品仍是喜欢，有时也拿出来看，如以杂志名代表派别，大抵有保登登歧须、昂、三田文学、新思潮、白桦诸种，其中作家多可佩服，今亦不复列举，

---

① 郁达夫：《小说论》，见《郁达夫全集》（第十卷）　文论（上），杭州：浙江大学出版社 2007 年版，第 129 页。

② 《胡风评论集》（中），北京：人民文学出版社 1984 年版，第 234 页。

因生存者尚多,暂且谨慎。"①他 1918 年就在北京大学做《日本近三十年小说之发达》的学术报告,20 年代初期就发表《日本的诗歌》《日本的小诗》《日本的讽刺诗》等文,对于日本文学兼及文化能做系统准确的介绍和评述。这为他今后文艺精神的养成和小品文创作打下坚实基础。稍后,他翻译日本永井荷风的散文《地图》、武者小路实笃的小说《第二的母亲》和西村阳吉的诗歌《中产阶级》等,都不同程度地带有都市审美性征。解志熙认为"在 20 年代后期 30 年代前期,永井荷风成了周作人眼中的几位偶像之一。……而永井荷风的随笔也是周作人最为欣赏的。"②周作人言:"我读荷风的作品大抵都是散文笔记,如《荷风杂稿》、《荷风随笔》、《下谷丛话》、《日和下驮》与《江户艺术论》等。……随笔各篇都有很好的文章,我所最喜欢的却是《日和下驮》。"③《日和下驮》一名《东京散策记》,其第四篇即这里要论及的《地图》。《地图》写作家总是带着地图去东京各个地方,结果现实的东京与地图上曾经存在的东京(东京的前身是江户)完全两样了。这让人想起波德莱尔《恶之花·天鹅》等诗感慨老巴黎已风光不再的情景。以后他写 20 世纪"北京的茶食"越来越是"粗恶的模仿品"以至于难以下咽,应有相近的审美取向(《北京的茶食》)。武者小路实笃的《第二的母亲》叙写"我"在东京,16 岁时认识了两个来自大阪商人家的姑娘静儿和贞儿。"我"爱上了贞儿,但是"我"无法近距离接触她,也不知如何表达这份爱。这个过程中,孤独、寂寞产生,喜欢上了文学。两年后,贞儿在华族女校毕业,被其父亲带回大阪嫁人,"我"更加孤独、寂寞,一个文艺青年就此诞生。这让人想起周作人的小品文《初恋》。静静的爱慕和孤寂的心境应该也是周作人从事文学创作的心理原因之一。在日本留学时,周作人就对日本著名女作家与谢野晶子的诗集《乱发》爱不释手,"五四"文学革命中又翻译她的主张彻底打破传统贞操观的《贞操论》,引起当时文化界的大讨论。受其思想影响,在《谈虎集·抱犊谷通信》中宣称:"我的长女是 22 岁了,现在是处女非处女,我不知道,也没有知道之必要……我们把她教养成人后,这身体就是她自己的,一切由她负责去处理,我们更不须过问。"④有的研究者就据此评曰:"周作人并不反对人本性中的风流与欢爱。"⑤

郁达夫在日本留学时,日本刚进入大正时代,这时自然主义的鼎盛期已经过

① 杨扬编:《周作人批评文集》,珠海:珠海出版社 1998 年版,第 360 页。

② 解志熙:《美的偏至——中国现代唯美—颓废主义文学思潮研究》,上海:上海文艺出版社 1997 年版,第 47-48 页。

③ 周作人:《东京散策记》,见周作人:《苦茶随笔》,长沙:岳麓书社 1987 年版,第 37 页。

④ 钟叔河编订:《周作人散文全集》(二),桂林:广西师范大学出版社 2009 年版,第 32 页。

⑤ 戴潍娜:《未完成的悲剧——周作人与霭理士》,南京:江苏凤凰文艺出版社 2018 年版,第 38 页。

去,但是创作出版依然很多,私小说、唯美—颓废主义和人道主义文学等都竞相走向繁荣,郁达夫的创作也分别受到它们的影响。倪祥妍通过大量原始材料考证推断郁达夫的《银灰色的死》受过日本自然主义代表作家田山花袋小说《少女病》的影响。《少女病》写男主人公迷恋日本少女,电车上上下班总是偷偷欣赏少女的美,虽有妻子但觉得她已衰老;心想对不起妻子儿女,但是又控制不住自己。一次,在电车上又在欣赏少女的美,电车突然加速,他被抛出去,与迎面而来的电车相撞,死去。倪祥妍认为这篇小说情节设计与《银灰色的死》相近①。田山花袋的代表作《棉被》(1907)是自然主义的经典之作,另一方面又开启了私小说的先河。小说写一个作家不满意于自己的妻子,渴望有新的恋爱,这时,一个女孩慕名来做他的学生,他在道义上是这女孩的老师,但内心早已将这女孩当作自己的恋人,并为之经受精神的折磨。得知女孩已有男朋友,又极为不满、失落和嫉妒,千方百计想将女孩圈在自己的感情里,但是最后女孩还是离开他走了,这时,他钻进女孩住过的被窝里,亲吻、拥抱这一切,良久不能平静。这一种压抑而极度变态的性心理书写在郁达夫小说《空虚》里也有鲜明体现。小说写质夫来到日本东中野租住下来,邻里有一女孩因为家长不在家,雷电中感到害怕,躲在质夫的房间里睡着了。这时,质夫的心理极为复杂,又想亲近、拥抱,又不敢,女孩走后,他也钻进女孩睡过的被窝里久久不能平静。"接下来,郁达夫对质夫嫉妒及矛盾心理的刻画也与田山花袋非常相似。""《棉被》是采用倒叙的方式叙述故事的,无独有偶,《风铃》(即《空虚》——引者)也采用了这种叙述方式。"②

倪祥妍还认为,一般都认为《沉沦》受佐藤春夫《田园的忧郁》影响,其实应该也受田山花袋《乡村教师》影响。《乡村教师》写男主人公逛妓院又有内心挣扎,心仪的女人被富商赎身,就想"报仇! 报仇!"这一点与《沉沦》中相关情节设计也很接近。其他细节,《乡村教师》男主人公偷看女人乳房和大腿,偷看女人洗澡,《沉沦》中也有相关情节设计③。田山花袋主张"露骨的描写,大胆的描写",倡议作家们"就要写嘴上不能说、笔下不能写的东西,使得美术鉴赏家吓破了胆"的东西④。而郁达夫早期小说恰具有这样的特点。郁达夫在《忏余独白》里说:"我写《沉沦》的时候,在感情上是一点儿也没有勉强的影子映着的;我只觉得不得不写,又觉得只能照那么地写,什么技巧不技巧,词句不词句,都一概不管,正如人

---

① 倪祥妍:《日本小说家与郁达夫》,北京:北京大学出版社 2013 年版,第 30-33 页。
② 倪祥妍:《日本小说家与郁达夫》,北京:北京大学出版社 2013 年版,第 41 页。
③ 倪祥妍:《日本小说家与郁达夫》,北京:北京大学出版社 2013 年版,第 43-47 页。
④ 转自倪祥妍:《日本小说家与郁达夫》,北京:北京大学出版社 2013 年版,第 54-55 页。

感到了痛苦的时候,不得不叫一声一样,又哪能顾得这叫出来的一声,是低音还是高音? 或者和那些在旁吹打着的乐器之音和洽不和洽呢?"这也与田山花袋的文学观有关。田山花袋说:"露骨的描写无论如何都不能和技巧相伴。露骨的描写和技巧一起存在时,就不能表现出它的妙处。……越是敢于作露骨的描写,其文章和所谓的技巧越来越背离。其原因是事情愈俗,其文亦愈俗,想法愈露骨,其文章也会愈露骨,这是自然的趋势。"①郁达夫与佐藤春夫有过一段可贵的友谊,他也曾经说:"在日本现代的小说家中,我所最崇拜的是佐藤春夫。"②佐藤春夫小说《田园的忧郁》塑造了孤独、忧郁病者的形象,包括其自然景物描写的细致、深邃都影响了《沉沦》的创作。葛西善藏是日本私小说最有代表性的作家,他的小说都是他自己人生经验的真实写照,这一点也深刻影响了郁达夫,所以郁达夫小说的个人化倾向具有多方面的艺术资源。

永井荷风小说以江户时代的东京为对象,写东京游廊里妓女们的生活,这一点对郁达夫小说如《茫茫夜》《秋柳》等也有影响。谷崎润一郎的恶魔主义、对欲望的沉醉、对女性肉体美的崇拜和对男性性自虐、性受虐心理的大胆书写,在郁达夫的文艺价值观和创作中均能看出其影响的痕迹。谷崎润一郎说:"艺术是性欲的发现,艺术的快感和生理的快感都是官能快感的一种。因此,艺术不是精神的东西,实在是一种实感的东西,绘画、音乐、雕刻不用说,建筑和其他也无不如此。"③也就是说,他把艺术看作纯感官的存在。郁达夫的文艺观显然不尽如此,但也说过:"性欲和死,是人生的两大根本问题,所以以这两者为材料的作品,其偏爱价值比一般其他作品更大。"④小说《过去》《茫茫夜》等都像谷崎润一郎《痴人之爱》《富美子的脚》等小说一样写男性对女性身体美的崇拜、迷恋和男性的性自虐、性受虐心理;《她是一个弱女子》书写女性对欲望的沉醉与《痴人之爱》也颇为相近。

倪祥妍认为白桦派的人道主义文学也影响了郁达夫小说的艺术格调。如《春风沉醉的晚上》《薄奠》《微雪的早晨》等就真实朴素地表达了对都市底层人恶劣生存环境和不幸命运的理解和同情。30 年代初期写的《她是一个弱女子》可以算作是郁达夫都市书写的集大成之作,因为这篇小说里,三个女主人公分别代

---

① 转自倪祥妍:《日本小说家与郁达夫》,北京:北京大学出版社 2013 年版,第 62 页。

② 郁达夫:《海上通信》,见《郁达夫全集》(第三卷)散文,杭州:浙江大学出版社 2007 年版,第 61 页。

③ [日]三岛由纪夫:《作家论》,转自倪祥妍:《日本小说家与郁达夫》,北京:北京大学出版社 2013 年版,第 180 页。

④ 郁达夫:《艺术鉴赏之偏爱价值》,见《郁达夫全集》(第十卷) 文论(上),杭州:浙江大学出版社 2007 年版,第 82 页。

表了郁达夫小说都市审美的三个方面:一是对畸形、变态性欲的观照,一是对人性软弱与欲望沉沦的观照,一是对超越于性欲之上的更有意义的人生的观照。换言之,郁达夫小说虽也大胆出格写女性身体,写性欲沉醉,甚至写狎妓,但是郁达夫小说艺术格调终在通俗和世俗之上。所以,苏雪林认为"郁达夫的《沉沦》只充满了'肉'的臭味,丝毫嗅不见'灵'的馨香"①,甚至说《她是一个弱女子》是"集'卖淫文学'之大成"的作品②,是不符合郁达夫创作实际的。许子东说:"郁达夫用作品正视人欲,又让主人公充满犯罪感,这就是《沉沦》的意义所在。这跟中国古代文学对待色情的态度有些不同。"③

　　章克标 1919 年入日本东京高等师范学校学习,专业是数学,但其间,阅读不少日本通俗小说,如明治时代尾畸红叶的《金色夜叉》、德富芦花的《不如归》、大正时代菊池宽的《真珠夫人》和《第二个接吻》等。这为他今后走上文学道路打下基础。他在《世纪挥手》中回忆说:"我读了菊池宽的《真珠夫人》及《第二个接吻》等等,觉得这样的通俗小说,还是能吸引人的,在东京高师的同学中,与方光焘和程祥荣比较合得来谈得拢,大家都爱看小说,常以此作为话题,互相争鸣,后来发展到自家动笔来写文章。三个人组织了一个文学小组,并且取了一个名字叫'T.C.F 社',就是三个人的姓的英语拼音第一个字母。写了文章,相互交换着看,并且要求提意见,一直到在该校毕业,各人离开分手为止,时断时续地进行着。我的写作是从那时开始的,后来相识了滕固,对于文艺方面更加深入下去了。"④1924 年与滕固、方光焘等人成立"狮吼社",1928 年成为邵洵美《金屋》月刊的编辑,醉心于唯美派;接着又去开明书店帮忙,翻译《菊池宽集》《谷崎润一郎集》《夏目漱石集》等,同时,在金屋书店出版长篇小说《银蛇》和创作集《恋爱四象》《蜃楼》《风凉话》等。他的小说喜欢取材于妓院,这一点明显受永井荷风影响;喜欢想象女性的肉体美,这一点又受谷崎润一郎影响。在《做不成的小说》里,章克标借人物之口交代:"这几天,我的神经好像颇有些两样了。是这样,和早天不同,有了些变化;也可以说我受了什么感化什么影响之类。第一,我连续翻译了几篇谷崎润一郎的作品,头脑中被他恶魔的色彩唯美的情调充塞满了。"他评谷崎润一郎"是个纯粹的都会人","他的作品的根本基调在于追求官能的

　　① 苏雪林:《论郁达夫》,见李杭春、陈建新、陈力君主编:《中外郁达夫研究文选》(上),杭州:浙江大学出版社 2006 年版,第 31 页。

　　② 苏雪林:《论郁达夫》,见李杭春、陈建新、陈力君主编:《中外郁达夫研究文选》(上),杭州:浙江大学出版社 2006 年版,第 29 页。

　　③ 许子东:《许子东现代文学课》,上海:上海三联书店 2018 年版,第 151 页。

　　④ 陈福康、蒋山青编:《章克标文集》(下),上海:上海社会科学院出版社 2003 年版,第 120 页。

美,是属于耽美享乐一派的思想。……即使是同样的美,他也要求那异常的非凡的,……奇特怪诞的美,……在病态的,恶魔的状态之中"①。他甚至称赞谷崎润一郎是"日本的王尔德,他同样归依于美神的 Decadant 艺术的巨将"②。具体到他的创作,如其小说《蛇》就渴望将女主人公伍昭雪塑造成一个"又骚又辣又艳又恶"、"她眼睛里放出她全个妖艳的魂灵"、具有十足的"娼妇"美的女子。其散文《来吧,让我们沉睡在喷火口上欢梦》标举"空想"唯美、极致狂欢和官能享乐。

以刘呐鸥、穆时英和施蛰存为代表的新感觉派文学主要取法于法国穆杭和日本新感觉派文学的影响。日本新感觉派是在世界普遍现代性危机、1923 年日本关东大地震、西方现代派文学影响下产生的,关于它的主张,杨迎平总结为三点:(一)主观是唯一的真实,否认现实的客观性。川端康成在《新进作家的新倾向解说》里说:"因为有自我,天地万物才存在,自我主观之内有天地万物,以这种心情去观察事物,这是强调主观的力量,信仰主观的绝对性。"横光利一在《新感觉活动》中也说新感觉派的感觉是"剥夺自然的外形,跃入事物自身之中的主观的、直感的触发物"。(二)形式决定论。认为形式决定内容,注重探索艺术表现形式的革新。川端康成在《新进作家的新倾向解说》里还说:"没有新的表现,就没有新的文艺。没有新的表现,就没有新的内容。"(三)新感觉至上。川端康成在《新进作家的新倾向解说》里将艺术形式看得高于艺术内容,但艺术感觉又高于艺术形式,所谓:"没有新的感觉,就没有新的表现。"1924 年日本评论家千叶龟雄在《新感觉派的诞生》里指出日本新感觉派"是站在特殊视野的绝顶,从其视野中透视、展望。具体而形象地表现隐秘的整个人生。所以从正面认真探索整个人生的纯现实派来看,它是不正规的,难免会被指责为过于追求技巧。不过,我觉得这也不错。它不仅把现实作为现实来表现,同时通过简朴的暗示和象征,仿佛从小小的洞穴来窥视内部人生全面的存在和意义。这种微妙的艺术之发生,是符合自然规律的"。关于他们所受西方文学影响,川端康成在《答诸家的诡辩》中指出:"可以把表现主义称作我们之父,把达达主义称作我们之母,也可以把俄国文艺的新倾向称作我们之兄,把莫朗称作我们之姐。"横光利一在《新感觉活动》一文也强调:"未来派、立体派、达达派、象征派、结构派,以及如实派一部分,都是属于新感觉派的东西。"③可以说,中国的新感觉派与日本新感觉派在艺术精神和艺术追求上一脉相承。穆时英被称为"中国新感觉派文学圣手",他也

---

① 章克标:《谷崎润一郎集》,上海:开明书店 1929 年版,"序"第 5 页。
② 章克标:《谷崎润一郎集》,上海:开明书店 1929 年版,"序"第 8 页。
③ 杨迎平:《永远的现代——施蛰存论》,北京:光明日报出版社 2007 年版,第 41 页。

特别注重表现技巧，言："小说的真正的意义是怎样表现出来，而不是表现了什么，是它的形式的技术程度"①。所以，当时有人就称穆时英为"技巧派"。杜衡在评价穆时英小说时也指出："时英是各种手法都尝试，而且，凭借他的才智，他是差不多在每一种手法的尝试上都获得客观的造就。同时，那一种就内容而选择形式的能力在这里依然保持着。"②施蛰存也曾回忆道，他看重心理分析，主要是从技巧、形式入手，当时"有几个跟着我的，没有成功，没有写好"③。苏雪林曾以穆时英为榜样论说："要……想做一个都市作家，第一要培养一个都市的灵魂，再将五官的感觉，练到极其细腻，极其灵敏，对于声、色、香、味、触……虽极细微均能感觉。再以典丽的字法，新鲜的言语，复杂变化的文句，以立体的方式表现之。"④关于新感觉派文学与西方未来主义的关系，苏雪林还指出："新感觉派的作风本与未来主义接近。未来派赞美机械，歌颂现代物质文明，喜于表现骚动、喧嚣、疾驰、冲突、激乱、狂热，而此种种，唯现代大都市有之，于是西洋文明遂发生一派'都市文学'。未来派文学崇拜'力'与'速度'，好取大工厂、汽车、飞机、暴动、战争、革命，以及一切大流血，大破坏为题材，而都市文学则注意现代都市里繁华、富丽、妖魅、淫荡、沉湎、享乐、变化、复杂的生活。"而穆时英的创作恰具有这种审美倾向，所以，她认为："及穆时英等出来，而都市文学才正式成立。"⑤黄献文提醒，施蛰存、穆时英并不懂日文，他们接受日本新感觉派影响，主要是通过刘呐鸥翻译的日本小说集《色情文化》。《色情文化》里既有新感觉派作家池谷信三郎、片冈铁兵、横光利一、中河与一的作品，也有普罗作家林房雄一、小川未明的作品⑥。这也可以解释，刘呐鸥、穆时英和施蛰存的创作为什么既有新感觉派的作品，也有左翼倾向的作品。当时曾有人给穆时英这样画像："熨头发，笔挺的西装和现代风的文士的品格，这是穆时英先生的外貌，满肚子堀口大学式的俏皮话，有着横光利一的小说作风，和林房雄一样的创造着簇新的小说的形式，这便

① 穆时英：《内容与形式》，南京：《中央日报·文学周刊》第 20 期，1935 年 8 月 10 日，转自刘涛辑校：《穆时英佚文两篇》，北京：《中国现代文学研究丛刊》2009 年第 2 期，第 139 页。

② 杜衡：《关于穆时英的创作》，见严家炎、李今编：《穆时英全集》（第三卷），北京：北京十月文艺出版社 2008 年版，第 424 页。

③ 《为中国文坛擦亮"现代"的火花——答新加坡作家刘慧娟问》，见施蛰存：《沙上的脚迹》，沈阳：辽宁教育出版社 1995 年版，第 177 页。

④ 苏雪林：《新感觉派穆时英的作风》，见严家炎、李今编：《穆时英全集》（第三卷），北京：北京十月文艺出版社 2008 年版，第 518 页。

⑤ 苏雪林：《新觉派穆时英的作风》，见严家炎、李今编：《穆时英全集》（第三卷），北京：北京十月文艺出版社 2008 年版，第 518 页。

⑥ 黄献文：《论新感觉派》，武汉：武汉出版社 2000 年版，第 113-114 页。

是穆时英先生的内容。事实正是为此,所以他才能给中国的新文艺留下第二个'十年'的好成绩。"①杨之华也认为:"在他们共同努力苦干之下,终于把日本新兴的文艺流派之一的新感觉派主义的文风移植过来了。穆氏在创作上的手法,确实摄取了日本横光利一的精英:以艺术的新尺度去测量社会的现象和人们的心理,摆脱以前一切的古旧的因袭,给中国的新文艺开拓一个广大而新鲜之路,并绘出了纯都会人的各式各样的典型。"②

楼适夷是长期被文学史忽略的左翼作家,也是一个思想意识较为开放的左翼作家。他翻译过不少日俄现代文学作品如高尔基的《在人间》、芥川龙之介的《罗生门》等及苏联一些马克思主义文艺论著,创作了不少小说、散文、诗歌、剧本,其中不乏都市文学精品如表现上海民族工业工厂里工人阶级处境和命运的纪实性散文《纺车的轰声——生产阵虔礼之一》等,在现代文学史上产生过较大影响。特别值得提及的是,楼适夷虽然批判新感觉派作家的创作,在自己主编的《文艺新闻》发表那著名的批判文章《施蛰存的新感觉主义——读了〈在巴黎大戏院〉与〈魔道〉之后》,但是他也在《文艺新闻》上发表自己创作的与新感觉派小说风格和趣味均颇为相近的《上海狂想曲》,虽然这部作品最终没有完成。

其次,欧美俄文学的影响。

欧美俄文学对中国现代文学包括浙江现代都市文学的影响更普遍、深远。当年,鲁迅、周作人在日本也是主要接受经日本中转的欧美俄文学和文学思潮的影响。就与都市文学的关系看,20年代初,鲁迅翻译过波德莱尔的名诗《腐尸》、俄国颓废主义作家、"无治的个人主义"的信徒阿尔志跋绥夫的小说《工人绥惠略夫》《幸福》和芬兰女作家明那·亢德(明娜·康特)的小说《疯姑娘》。《工人绥惠略夫》写失业工人绥惠略夫经受种种人生磨难,认为:"人是从天性便可恶的。正反对,倒是不利的环境决不可少,因为借此可以造出一两个……但只是极少的……好人。""绥惠略夫在这无路可走的境遇里,不能不寻出一条可走的道路来;……他根据着'经验',不得不对于托尔斯泰的无抵抗主义发生反抗,而且对于不幸者们也和对于幸福者一样的宣战了。于是便成就了绥惠略夫对于社会的复仇。"鲁迅认为这部小说是"写实主义,表现之深刻,在侪辈中称为达了极致。

---

① 迅俟:《穆时英》,见严家炎、李今编:《穆时英全集》(第三卷),北京:北京十月文艺出版社2008年版,第480页。

② 杨之华:《穆时英论》,见严家炎、李今编:《穆时英全集》(第三卷),北京:北京十月文艺出版社2008年版,第472页。

……（并）可以看出微微的传奇派色采来"①。《幸福》写一个霉掉了鼻子的妓女难以重操旧业，流落街头，情愿裸露身体让过路的仆役们毒打以获得五卢布的糊口之资，那些仆役即以此为"幸福"，而事实上他们也处于社会的底层，另有很多人来欺凌他们。这两篇小说的倾向正好可以比拟于鲁迅小说中孤独绝傲的先驱者（如魏连殳）与庸众之间的关系。《疯姑娘》叙写一个姑娘在一次舞会上受到一个大公的青睐，这大公只与她一个姑娘跳舞，于是她产生了美好的幻想，从此不议婚嫁。可是这大公再也不出现在她的生活中，她从此神思恍惚，日夜期盼，最后断送一生幸福，人们也不再叫她原来的名字，而是叫她"疯姑娘"。鲁迅在《译者附记》介绍明那·亢德是芬兰一位艺术派的女作家，"伊现在是单以现代的倾向和社会改革站在芬兰文学上了。伊辩护欧洲文明的理想和状态，输入伊的故乡，且又用了极端急进的见解。伊又加入于为压制人民的正义，为苦人对于有权者和富人，为妇女和伊的权利对于现今的社会制度，为博爱的真基督对于伪善的文句为衣装的官样基督教"②。这里，鲁迅的表达似有些不太完整，但意旨应该是清楚的，即明那·亢德坚持的是激进的正义的妇女的立场，表达对现代的呼唤，同时表达对压制普通人的权力和虚伪宗教的反抗；在此背景下，小说表达了小市民阶层女性对于生活的美好向往，同时严厉批判了她们的偏狭和虚荣心。不难看出，这篇小说正符合鲁迅对普通女性的认识，所以后来有《伤逝》《上海的少女》之类创作。周作人也正是在日本开始接触到影响他一生的古希腊文学、蔼理斯的性心理学。他特别认同蔼理斯的一句话："曾经有人说瓦格纳（Wagner），在他心里有着一个禁欲家和一个好色家的本能，这两种性质在使他成大艺术家上面都是一样的重要。"③这后来就转化为他小品文中所标举的"绅士鬼"与"流氓鬼"（《两个鬼》）。

郁达夫也是在日本接受欧美俄文学的影响。在这里，他阅读"一千部内外"的中外小说，其中包括大量的欧美俄小说无疑。他最早翻译王尔德的《〈杜莲格来〉的序文》，最早向中国文坛介绍英国"黄面志"杂志作家群，特别同情于这一作家群里短命的天才诗人道生的悲剧命运，并且以道生的人生经历为素材写作小说处女作《银灰色的死》。说："Ernest Dowson 的诗文，是我近年来在无聊的时

①　鲁迅：《〈工人绥惠略夫〉译者附记》，见李新宇、周海婴主编：《鲁迅大全集》（11）　译文编 1903—1920，武汉：长江文艺出版社 2011 年版，第 353 页。

②　鲁迅：《〈疯姑娘〉译者附记》，见李新宇、周海婴主编：《鲁迅大全集》（12）　译文编 1921—1923，武汉：长江文艺出版社 2011 年版，第 56 页。

③　转自戴潍娜：《未完成的悲剧——周作人与蔼理士》，南京：江苏凤凰文艺出版社 2018 年版，第 36-37 页。

候,在孤冷忧郁的时候的最好伴侣。我记得曾经在一篇小说里,把他的性格约略描写过的。"①在《小说论》里,他说:"中国现代的小说,实际上是属于欧洲的文学系统的,所以要论到目下及今后的小说的技巧结构上,非要先从欧洲方面的状态说起不可。"②这等于说,他的小说就是日本和欧美俄等国家和地区文学影响的产物。仅从《沉沦》的行文看,就可以寻出浪漫主义诗人华兹华斯、海涅的诗,自然派散文家爱迪生的《自然论》、梭罗的《逍遥游》,俄国现实主义作家果戈里的《死魂灵》、"法国自然派的小说,和中国那几本有名的海淫小说",及乔治·吉辛(G. Gissing)的小说等。郁达夫小说素来以大胆暴露自我和自叙传著称,而这除受日本自然主义文学和私小说影响外,还应有法国卢梭、左拉和法郎士等作家的影响。法郎士认为:"一切文学作品皆是作家的自叙传。"郁达夫在《五六年来创作生活的回顾》里也说:"我觉得'艺术作品,都是艺术家的自叙传'这一句话,是千真万真的……我觉得作者的生活,应该和作者的艺术紧抱在一块,作品里的individuality 是决不能丧失的。"③他称赞卢梭的《忏悔录》:"以雄伟的文字,和特创的作风,像这样赤裸裸的将自己的恶德丑行暴露出来的作品,的确是如他在头一章里所说的一样,实在是空前绝后的大计划。"④他认为左拉没有巴尔扎克、拉马丁、雨果伟大,但是他佩服左拉敢于暴露社会人生黑暗的勇气和精神,及左拉"写小说,常怀有着一个较更严正的目的在的,并不是光为使人娱乐而才执笔"⑤。这也应该是郁达夫小说虽大量情色描写但是格调终在一般小说之上的主要原因之一。另外,左拉作品以遗传学和生物学为基点对人物的描写凸显人生中的本能(性欲)成分,日本自然主义作家无不受其影响,郁达夫又受日本自然主义文学影响,如此多重因缘,其受左拉小说影响,也尽在不言之中。郁达夫不止一次表达对俄国文学的喜爱。他在《五六年来创作生活的回顾》里言:"和西洋文学的接触开始了,以后就急转直下,从杜尔葛纳夫到托尔斯泰,从托尔斯泰到独思托以夫斯基、高尔基、契诃夫。更从俄国作家,转到德国各作家的作品上去,后来甚至于弄得把学校的功课丢开,专在旅馆里读当时流行的所谓软文学。"⑥

---

① 郁达夫:《集中于〈黄面志〉(*The Yellow Book*)的人物》,见《郁达夫全集》(第十卷) 文论(上),杭州:浙江大学出版社 2007 年版,第 88 页。

② 郁达夫:《小说论》,见《郁达夫全集》(第十卷) 文论(上),杭州:浙江大学出版社 2007 年版,第129 页。

③ 《郁达夫全集》(第十卷) 文论(上),杭州:浙江大学出版社 2007 年版,第 312-313 页。

④ 《郁达夫全集》(第十卷) 文论(上),杭州:浙江大学出版社 2007 年版,第 397 页。

⑤ 郁达夫:《关于小说的话》,见《郁达夫全集》(第十卷) 文论(上),杭州:浙江大学出版社 2007 年版,第 482 页。

⑥ 《郁达夫全集》(第十卷) 文论(上),杭州:浙江大学出版社 2007 年版,第 310 页。

他之所以喜欢俄国小说,因为他认为"性欲和死,是人生的两大根本问题,所以以这两者为材料的作品,其偏爱价值比一般其他的作品更大。俄国的小说,差不多没有一篇不讲恋爱和死,所以我们见到俄国的小说,就想翻开来读"①。"在高等学校的神经病时代,说不定也因为读俄国小说过多,致受了一点坏的影响。"②这"坏的影响"应该指过于沉醉于"恋爱和死"的情景以至于产生了精神病症。

　　章克标也是通过日本接受西方文学影响。他正是在日本留学时期接触西方唯美—颓废主义文学。在《世纪挥手》里,他回忆说,二三十年代,他与腾固、张水淇、倪贻德、方光焘等十几个人"有点醉心于唯美派,是标榜为艺术而艺术的艺术至上主义者。我们拾取了外国波莱尔、梵尔哈伦、王尔德的余唾,大事模仿效尤,讲些死和爱,想以此来独树一帜,在文学艺术界开放奇花异草"③。1928 年,他以《葛都良的肖像画》为名翻译了王尔德的《道连·格雷的画像》,刚在《一般》杂志连载三期,知道杜衡译本出版在即,只好停载。其实,章克标的创作也不只于唯美—颓废主义影响,还有未来主义和意识流等的浸染。其散文《南京路十月里的一天下午三点钟》就是用未来主义和意识流等手法表现上海南京路的热闹、繁华、生动。文章后半部分用名词、形容词、数量词直接并置排列的方式,极力凸显南京路上人、物、车、声音、动作、颜色、光影、气味等给叙述者带来的全感觉的重压和冲击",因而给人留下极震撼、极深刻的印象。

　　徐志摩和邵洵美都是非常西化的作家,都受到鲁迅的讽刺和批判。徐志摩的价值主要在"五四"理想主义和浪漫主义,所以下之琳说他不越西方 19 世纪浪漫主义文学雷池一步。其实,徐志摩翻译过波德莱尔的诗《腐尸》、意大利丹农雪乌(邓南遮)的剧本《死城》和英国劳伦斯的议论文《性对爱》等,而且这些创作大胆的唯美的倾向明显影响了徐志摩的散文《巴黎的鳞爪》等作品。邵洵美写诗已经在"五四"之后了,他的兴趣主要在新浪漫主义即唯美—颓废主义。民国时代,他的翻译主要是古希腊诗人萨福、英国先拉斐尔派诗人罗捷梯(罗蒂)兄妹及史文朋、哈代、英国象征主义诗人奥登、唯美艺术家琵亚词侣(比亚兹莱)、法国唯美诗人高蒂蔼(戈蒂耶)、象征主义诗人拉马丁的诗,英国唯美作家乔治·摩尔和H. D. 劳伦斯的小说,英国剧作家考德的《夫妇之间》和 S. Gantillo 的短剧《水手

①　郁达夫:《文艺鉴赏上之偏爱价值》,见《郁达夫全集》(第十卷)　文论(上),杭州:浙江大学出版社 2007 年版,第 82 页。

②　郁达夫:《五六年来创作生活的回顾》,见《郁达夫全集》(第十卷)　文论(上),杭州:浙江大学出版社 2007 年版,第 310 页。

③　陈福康、蒋山青编:《章克标文集》(下),上海:上海社会科学院出版社 2003 年版,第 123 页。

与妓女》等。这些作品都不同程度地影响了邵洵美的创作。另外,给邵洵美影响最大的还是波德莱尔、王尔德和乔治·摩尔。波德莱尔给他"恶"的艺术之花,王尔德给他爱欲至死,乔治·摩尔给他唯美、享乐。徐志摩和邵洵美都与乔治·摩尔有直接的交往,相比之下,邵洵美更仰慕他,在艺术情趣上也更接近他。邵洵美在《贼窟与圣庙之间的信徒》一文里盛赞:"我读了马蔼 G. Moore 的一个少年的忏悔录,啊,这才是我理想中的忏悔录吓,我羡慕他的学问渊博,我羡慕他的人生观,他也和王尔德 O. Wilde 一般张着唯美派的旗帜,过着唯美派的生活,不过王尔德带着些颓废派的色彩,而他却有一种享乐的意味。我以为像他那样一种生活才是真的生活,才是我们所需要的生活。"①民国时代,他共翻译外国短篇小说 14 篇,其中,乔治·摩尔的作品 4 篇,最多。另外,两位诗人都致力于西方诗格在中国的实验和传播,分别写了不少步西方诗格的诗,包括十四行体。这是对现代文学的独特贡献②。

    "一九二五年,望舒进震旦大学,从樊国栋神父学法文,一开头,就读拉马丁、庞维尔、魏尔伦的诗,尤其是魏尔伦,田汉刚在《创造》季刊上为文介绍过,因此望舒又不能不受到些影响,接着,他的兴趣就转到果尔蒙、耶麦、保尔·福尔,尤其是耶麦的田园气息,给他以新的启示,《我的记忆》《秋天》《对于天的怀乡病》这几首,熟悉法国诗的读者,分明可以看出是耶麦的风格。"③"戴望舒的译外国诗,和他的创作新诗,几乎是同时开始。一九二五年秋季,他入震旦大学读法文,在樊国栋神父的指导下,他读了雨果、拉马丁、缪塞等法国诗人的诗。中国古典诗和法国浪漫派诗对他都有影响,于是他一边创作诗,一边译诗。"④前面已经论及,震旦大学学习法文时戴望舒也已开始阅读波德莱尔。"望舒在神父的课堂里读拉马丁、缪塞,在枕头底下却埋藏着魏尔伦和波德莱尔。"⑤"望舒译诗的过程,正是他创作诗的过程。译道生、魏尔伦诗的时候,正是写《雨巷》的时候;译果尔蒙、耶麦的时候,正是他放弃韵律,转向自由诗体的时候。后来,在四十年代译《恶之花》的时候,他的创作诗也用起韵脚来了。此中消息,对望舒创作诗的研究

---

① 邵洵美:《火与肉》,上海:金屋书店 1928 年版,第 50—51 页。
② 钱大宁:《邵洵美的〈诗二十五首〉》,见张伟编:《花一般的罪恶——狮吼社作品、评论资料选》,上海:华东师范大学出版社 2002 年版,第 310 页。
③ 施蛰存:《戴望舒诗校读记》,见施蛰存:《北山散文集》(二),上海:华东师范大学出版社 2001 年版,第 1270—1271 页。
④ 施蛰存:《〈戴望舒译诗集〉序》,见施蛰存:《北山散文集》(二),上海:华东师范大学出版社 2001 年版,第 1279 页。
⑤ 施蛰存:《〈戴望舒译诗集〉序》,见施蛰存:《北山散文集》(二),上海:华东师范大学出版社 2001 年版,第 1280 页。

者,也许有一点参考价值。"①其实,如前所述,中外学者都已认识到,《雨巷》在音乐上受魏尔伦们的影响,但在诗的内质上却受波德莱尔影响。另外,戴望舒并非不关心中国社会现实,他还翻译和写作了不少关于未来主义和苏联无产阶级文学的理论和批评文章,他也有一些创作如诗《我们的小母亲》《断指》等就是未来主义和无产阶级文学影响的结果。

艾青曾经说,由于条件限制,"我是在一种缺乏指导与帮助的情况中,进行自由阅读的,因此,所受的影响也是复杂的。十九世纪俄罗斯旧现实主义的大师们揭开了我对现实社会认识的帷幕。从诗上说,我是喜欢过惠特曼、凡尔哈伦和苏联十月革命时期的大诗人马雅可夫斯基、勃洛克的作品;由于出生在农村,甚至也喜欢过对旧式农村表示怀恋的叶赛宁。法国诗人,我比较喜欢兰布。我是喜欢比较接近我们自己时代的诗人们的"②。在另一篇文章里,艾青又说:"我最喜欢、受影响较深的是比利时大诗人凡尔哈伦的诗,它深刻地揭示了资本主义世界的大都市的无限扩张和广大农村濒于破灭的景象。"③他一生共翻译诗歌 9 首,都是凡尔哈伦的:《城市》《群众》《风》《原野》《寒冷》《穷人们》《小处女》《来客》《惊醒的时间》,1948 年以《原野与城市》为名结集出版。仅就这些诗歌的名字就可以看出,这些诗歌所歌吟的对象恰是艾青诗歌中所常有的。周良沛认为:"艾青此时也同维尔哈伦一样写了一首城市的歌——《马赛》……从它,以及艾青写的《巴黎》——'庞大的都会啊/却是这样的一个/铁石心肠的生物!/我们终于/以痛苦、失败的沮丧/而益增强了/你放射着的光采/你的傲慢! 而你/却抛弃众人在悲恸里,像废物一般的/毫无惋惜!'此种心绪,似也出现在维尔哈伦笔下'在轰乱与争吵里,或是在烦扰里,/他们朝向命运,掷出/那时间所带来的他们劳作之辛酸的种子'之中。其中,有维尔哈伦对艾青的影响,却没有艾青对维尔哈伦的模仿。"④其实,前面已经指出,艾青诗歌所受外国文学影响不止于此,还有波德莱尔的颓废主义、兰波的象征主义和阿波里内尔的立体未来主义等影响。

---

①　施蛰存:《〈戴望舒译诗集〉序》,见施蛰存:《北山散文集》(二),上海:华东师范大学出版社 2001 年版,第 1281 页。

②　艾青:《〈艾青选集〉自序》,见《艾青全集》(第三卷),石家庄:花山文艺出版社 1991 年版,第 279 页。

③　艾青:《在汽笛的长鸣声中——〈艾青诗选〉自序》,见《艾青全集》(第三卷),石家庄:花山文艺出版社 1991 年版,第 390 页。

④　周良沛:《原野与城市·出版说明》,见[比利时]维尔哈伦:《原野与城市》,艾青、燕汉生译,广州:花城出版社 2012 年版,"出版说明"第 13-14 页。

兰波有一首长诗《巴黎狂欢节或巴黎人口剧增》①,其中艾青诗歌中一些关键意象在这里出现,如将巴黎比作"妓女"。诗中诗人控诉道:"梅毒患者,傻瓜、国王、傀儡、杂记演员,/这些对巴黎这个妓女有什么用处,/还有你们的灵魂、身体,你们的毒药、破衣?/她不停地摇晃着你们,这些凶恶腐朽的东西!"艾青《巴黎》里也有这种偏于被质疑和批判的人物形象:"白痴,赌徒,淫棍/酒徒,大腹贾,野心家,拳击师/空想者,投机者们……"而围绕着这些人物的是"解散了绯红的衣裤/赤裸着一片鲜美的肉/任性的淫荡"的"患了歇斯的里亚的美丽的妓女"。这里,"酒徒""空想者"形象意蕴应该复杂一些,因为艾青另有一首诗专门歌颂"酒徒"(《透明的夜》),而兰波这首诗里"酒徒"也是偏于同情和肯定的形象,如"噢,伤心的酒徒"。巴黎都是"梅毒患者,傻瓜、国王、傀儡、杂记演员",巴黎成了"妓女",巴黎的艺术家自然成了"伤心的酒徒",这个逻辑关系很清楚,而艾青的《巴黎》可以说就是表达了这样的审美逻辑和内蕴。甚至艾青《巴黎》一诗的叙述视角、诗句排列结构方式和诗歌风格也与兰波相仿。兰波这首诗有一个"你"一个"你们","你"指巴黎,"你们"指那些被质疑和批判的人物。叙述者一面用"你们"质疑和批判那些消极性人物,一面用"你"诉说对巴黎爱而不乏惋惜的情感。惋惜,因为巴黎被那些消极性人物玷污了,所谓"如此腐臭的城市";而一面又是真正深切的爱,因为诗人知道这些都无法掩盖巴黎的光辉,所以诗人对巴黎说:"你的美光辉灿烂!"艾青《巴黎》里表达的也是这种爱恨难辨的复杂感情。不过,兰波所歌唱只是现代性内部的事情,即审美现代性向社会现代性的质疑和反抗,而艾青的爱恨就不那么简单,而是又多了一层民族现代性的觉醒,所以,艾青《巴黎》中除揭露巴黎的"白痴,赌徒,淫棍"们所代表的社会现代性的罪恶,表达对塞弗里尼、未来主义所代表的审美现代性的沉醉外,还表达了对巴黎所代表的民族歧视和社会冷酷的愤慨,因此对巴黎所代表的现代革命精神也特别礼赞有加。兰波这首诗用了不少"当……"字开头的句式,排比结构,造成气势,精神思辨和情感痛苦表达深厚有力,如:"'当你们扑倒在地,内心哼哼唧唧,/失望的侧翼将疯狂地向你们索要银钱,/乳房丰满的红色战地女神,/并不理会你们的惊愕,而紧握她险恶的拳头!'//'当你们的脚尖在愤怒中狂舞,/巴黎!当你满身刀伤,/当你倒下,在你明亮的眼神中,/依然保持着一点野兽的善意。'//'噢,痛苦的城市,噢,奄奄一息的城市,/头颅与扑向未来的胸膛,/在你的苍白之中打开无数的

① 以王以培翻译为参考文本。见《兰波作品全集》,王以培译,上海:东方出版社 2000 年版,第 93-98 页。

门，/就连阴暗的过去,也会祝福这座城市.'//'这并不太坏,小虫,苍白的小虫,/它们并不比斯梯克斯熄灭卡利亚蒂德的目光/那样,更阻碍进步的气息——/那时的蓝天落下金星的泪雨.'//……//风暴献给你最后的诗意,/巨大的震撼使你摇荡;/你的使命确立,死亡沉吟,被选择的城市!/用沉重的铜号在心中堆积尖锐的哀鸣."而艾青《巴黎》也用这种极痛苦而沉着的口吻,书写:"巴黎/你是强健的!/你火焰冲天所发出的磁力/吸引了全世界上/各个国度的各个种族的人们,/……巴黎/你这珍奇的创造啊!/直叫人/勇于生活像勇于死亡一样的鲁莽!……/巴黎,/我恨你像爱你似的坚强!"兰波这首诗最后是诗人表达心志:"诗人将把握卑贱者的啜泣,/苦役犯的仇恨,被诅咒者的心声;/他那爱情的光芒将刺伤女人。/他的诗歌欢蹦乱跳:给你!/给你!/你这恶棍!/——社会,一切重建:——风暴/向着古老的妓院发出古老的哀号;/疯狂的气流越过红墙,/向着灰白的苍天熊熊燃烧!"艾青《巴黎》最后也是诗人表达心志:等"我们""磨炼"好"筋骨",就"兴兵而来!/那时啊/我们将是攻打你的先锋,/当克服了你时,/我们将要/娱乐你/拥抱着你/要你在我们的臂上/癫笑歌唱!/巴黎,你——噫,/这淫荡的/淫荡的/妖艳的姑娘!"兰波要重建巴黎,艾青要享受巴黎,显而易见,艾青诗歌中唯美—颓废色彩更浓厚一些。

　　茅盾编辑《小说月报》期间,曾主持"小说新潮""海外文坛消息""俄罗斯文学研究专号"和"被损害的民族文学专号"等栏目,广泛引介欧美文学特别是北欧弱小民族文学及俄罗斯文学。他曾企图分两步组织翻译外国"长篇小说"43 部,其中包括左拉小说《崩溃》《生之欢乐》《磨坊之役》,莫泊桑小说《一生》《皮埃尔和若望》,白里欧小说《逃跑》《红袍》《独立的女人》,霍普特曼小说《织工》《车夫亨舍尔》,托尔斯泰小说《战争与和平》,陀思妥耶夫斯基小说《罪与罚》《白痴》《少年》《地下室手记》,高尔基小说《沦落的人们》等①。由于他关注的作品基本上都属于 19 世纪末 20 世纪初新兴文学,鲁迅在 1921 年 8 月 25 日致周作人信里说:"我以为……雁冰他们太骛新了。"②茅盾翻译的文学作品包括小说、诗歌、散文、戏剧多种文体,共 230 多篇,涉及英、法、美、日、俄、德、奥地利、匈牙利、瑞典、挪威、荷兰、波兰、捷克、希腊、以色列、土耳其、印度、巴西、阿根廷、秘鲁等近 30 个国家,此外,还撰有《西洋文学通论》《世界文学名著讲话》《汉译西洋文学名著》《文艺小词典》《欧洲大战与文学》等。这样的文学视野无疑为他今后的文学创作

---

① 参见茅盾《我对于介绍西洋文学的意见》和《"小说新潮"栏宣言》,分别见《茅盾全集》中国文论一集,合肥:黄山书社 2014 年版,第 5、7、18 页。

② 《鲁迅全集》(第十一卷),北京:人民文学出版社 2005 年版,第 409 页。

包括都市文学创作打下深广的基础。

如他写《蚀》三部曲时,主要受自然主义、现实主义和未来主义影响。"我爱左拉,我亦爱托尔斯泰。我曾经热心地——虽然无效地而且很受误会和反对,鼓吹过左拉的自然主义,可是到我自己来试作小说的时候,我却更近于托尔斯泰了。"①茅盾的意思是"左拉因为要做小说,才去经验人生;托尔斯泰则是经验了人生才来做小说"。他说《蚀》的写作不是左拉式的,而是托尔斯泰式的,即是先"真实地去生活,经验了动乱中国的最复杂的人生的一幕,终于感得了幻灭的悲哀,人生的矛盾,在消沉的心情下,孤寂的生活中,而尚受生活执着的支配,想要以我的生命力的余烬从别方面在这迷乱灰色的人生内发一星微光",才开始写作②。因为喜爱左拉,《蚀》带有不受意识形态控制的科学的自然主义倾向,所谓"我只注意一点:不把个人的主观混进去,并且要使《幻灭》和《动摇》中的人物对于革命的感应是合于当时的客观情形"③;因为接近托尔斯泰,《蚀》又不可能不带有强烈的自我对人生的感受、理解和价值判断,使小说所描写之生活不至于陷入过于冷静的"观察"窠臼而丧失其艺术的热力。总之,如夏志清所说,作品最大程度地显示艺术的本色。

但之后的创作就走向了"因为要做小说,才去经验人生"。左拉小说的主题先行、实地冷静观察,在《子夜》等作品的写作中还是得到效仿。《子夜》中的自然主义成分依然很多。同时,又增加了巴尔扎克的影响。茅盾说:"我喜欢规模宏大、文笔恣肆绚烂的作品。"从艺术风格上看,他喜欢的是托尔斯泰、巴尔扎克、左拉以及司各特、大仲马的作品,而不是契诃夫、屠格涅夫或狄更斯式的作品。他曾多次提到托尔斯泰的《战争与和平》、巴尔扎克的《人间喜剧》、左拉的《卢贡-马卡尔家族》及司各特、大仲马的历史小说,赞赏他们宏伟的构思和为大规模表现自己所处的时代和历史而做的努力,虽然他不一定赞成他们的思想④。今后,茅盾的创作也力图表现近现代社会历史风云,构筑宏大结构,虽然因为种种原因,很多作品没有完成。因为"主题先行",写作成为理性的行为,为了保证写作的顺利,茅盾往往在写作之前先列大纲。这一点,更靠近巴尔扎克。茅盾说:"我并不主张左拉那样的办法。我倾向于另一种方法:即是先写好了一个详细的几乎等

---

① 茅盾:《从牯岭到东京》,见《茅盾论创作》,上海:上海文艺出版社1980年版,第28页。
② 茅盾:《从牯岭到东京》,见《茅盾论创作》,上海:上海文艺出版社1980年版,第28-29页。
③ 茅盾:《从牯岭到东京》,见《茅盾论创作》,上海:上海文艺出版社1980年版,第30页。
④ 叶子铭:《茅盾:创造新时代的文学》,见曾逸主编:《走向世界文学——中国现代作家与外国文学》,长沙:湖南文艺出版社1986年版,第134页。

于全部小说的'缩本'那样的'大纲'，或者是一篇记录着那小说的'人物性格'和'故事发展'的详细的'提要'。而实际的写作就是把这缩本似的'大纲'或'提要'加以大大的扩充和细描。巴尔扎克所惯用的，就是近于这样性质的方法。"①茅盾在写《子夜》前，曾先后写过三个详细的"大纲"和"提要"，采用的就是巴尔扎克的方法。写作中运用了托尔斯泰《战争与和平》那样的写法，开头借吴老太爷之死让所有主要人物先行亮相，然后采用复式结构，让各条线上的人物分别活动再相互交叉，形成宏大结构而又灵活多变，从而取得不菲的艺术成就。今后，他的创作大致采取的都是这样列大纲和分头穿插缝合的写法。另外，如许多学者所指出，他笔下的资本家形象有法国文学中资本家形象的影子。

穆时英在把握大时代方面，受美国帕索斯和茅盾的影响，这一点前面已经论及，这里从略。而艺术新感觉的捕捉和艺术表现的创新，则主要受法国保尔·穆杭和日本新感觉派影响。穆杭也译作莫杭或莫朗，是第一次世界大战后法国崛起的都市文学作家，主要作品有小说集《温柔货》《夜开着》《夜闭着》等，1928 年来到中国，刘呐鸥专门在《无轨列车》出了一期"穆杭的小专号"，发表了刘呐鸥翻译的 Benjamin Crémieuxd 的《保尔·穆杭论》、戴望舒翻译的穆杭小说《懒惰病》（即后来收入《天女玉丽》中的《懒惰底波浪》）和《新朋友们》等。从此，穆杭引起中国文坛注意。

1929 年，戴望舒将翻译的他的七个短篇小说放在一起以《天女玉丽》为名出版，小说集前面收入刘呐鸥翻译的 Benjamin Crémieuxd 的《保尔·穆杭论》。其中，《六日之夜》（笔名郎芳）此前已经收入 1928 年 9 月由水沫社同人编译的《法兰西短篇杰作集》第 1 册，1937 年该"杰作集"再版；收入《天女玉丽》时改名为《六日竞走之夜》。另外，1934 年戴望舒翻译的《法兰西现代短篇集》出版，其中有穆杭的《罗马之夜》。刘呐鸥翻译的《保尔·穆杭论》指出，保尔·穆杭"他要探求的是大都会里的欧洲的破片。所以他所描写的有时是在伦敦彷徨着的法国女人，是瑞士和巴黎的伽达拉纳女人，是君士坦丁堡的俄罗斯女人，是罗马的法国女人，是伦敦的阿美尼亚女人，然而有时却是巴黎的巴黎女人，芬兰的芬兰女人"。

"二十世纪又将要是一个新快乐的世纪。一百年以来法国的文学已经不笑了。但是，近年来像大灾难的背后常有的现象一样，到处发起笑声来。""穆杭就在这时出来，用着他那微笑的手段，把这潜在近代生活里面的悲痛的人们的精神

---

① 茅盾：《创作的准备》，见《茅盾论创作》，上海：上海文艺出版社 1980 年版，第 476 页。

状态表示出来。"首先,"穆杭的手段中,有同情,有嘲笑,有 Dandysme(装饰癖)是一目了然的事实,但是在实际上,他的能够把事物的本质描写出来的聪明,是在什么都较多地含有着的。""穆杭在文学上的努力得到的是文章的新方法,话术的新形式,新调子,外国趣味文字的改革,风俗研究的更新,和最后,他那特别使人会笑又会微笑的方法"(《北欧之夜》)。其次,是他小说的"异国情调"。"他的异国情调是用绵密的用意,防备着浪漫思想的浸入,直接与外国接触,对于人类不抱任何敬意,大胆地尽使秘密曝露出来的对于外国的实际的知识混成起来的。""穆杭所想的那样的风俗研究法是接近社会学和人种学的。一见好像是特殊的例外的穆杭的作品中的人物,其实一个个都是可以造成人文地理学上的一章的代表的人物。就是他喜欢讲的珍奇的逸事,也是根据于学者们在那儿可以发见各国人的固有的风土气候的影响,蛮族袭来的痕迹,和由东方渐向西方扩大着它的势力的新的诸神的感化的各民族的传说和神话的。穆杭是想把我们从陷落历史主义的弊害中救出来的。和十九世纪是历史的世纪同一意思,二十世纪,无论是艺术上或是科学上,经济上,都将要是一个地理的世纪。"①戴望舒在《世界大战以后的法国文学》里也分析:"在他的著名的短篇(《夜开》,《夜闭》等),我们带着一种世界大战以后的贪婪而无法满足的肉感,找到了他所描画的这个时代所固有的这种逃避的需要,和一种教师风的术语——靠了这种术语,他把那些最接近,最稔熟或是最辽远和异国情调的东西,描摹得像一组组的又强烈又非现实的图像一般。他用着一个'达达'的虚无主义的那种犬儒风和一个卧车的茶房的那种伶俐的经验,描写着近代世界的幻觉。"②

从以上所引不难看出,穆杭创作带有鲜明的异域情调,显示现代文学的空间延伸,更重要的是他以新话术和新的艺术形式描绘出第一次世界大战后欧洲都市人精神的一些新动向和都市新感觉。徐霞村在他的《北欧之夜》译后记里介绍:"保尔·穆杭(Paul Morand)以一八八八年生于巴黎,大学教育是在英国受的。出校后,他的外交官的职业又把他带到伦敦,罗马,马德里,华盛顿,纽约,北京,上海等地,这使他的小说自然地充满了一种异国情调。起初在杂志上发表了几篇中篇,没有受人注意;到了一九二二年,他的短篇集《夜开着》(*Overt la Nuit*)突然像炎夏的冰雹似的惊动了全法国的读者。人们在这些欧洲的'夜'里找到了一种我们从没有见过的新奇的比喻,迅速的转弯,和明快的文体。接着他

---

① Benjamin Crémieuxd:《保尔·穆杭论》,刘呐鸥译,收入[法]保尔·穆杭:《天女玉丽》,戴望舒编译,上海尚志书屋 1929 年版,第 1-17 页。

② 戴望舒:《世界大战以后的法国文学》,上海:《现代》第 1 卷第 4 期,1932 年 8 月 1 日。

又接连地出版了许多长篇和短篇,在其中,《夜闭着》(Ferme la Nuit),《恋之欧罗巴》(L'Euiope Gaiante),《活佛》(Byuddha vivant)和《黑人的魔术》(Magie Noire)是最重要的几本。"①

　　就能接触到的这些作品看,《罗马之夜》写曾参加第一次世界大战的巴黎女孩伊隆培尔战后坚决与母亲所代表的世界分裂,拒绝跟随母亲回法国,而是坚持在罗马过"游荡"的生活。她看似肤浅实则是对现世绝望,看似放荡实则是对自由真正的追求,看似冷酷却又掩不住天生的善良。她是"一战"之后西方"反趋时主义的牺牲品"即"反趋时主义"的先锋。两性关系上,"风骚"至极,但又追求爱情。最后,隐居在山间破败的花园里,又被他人暗害。《匈牙利之夜》写一个贝斯特的女子一家遭受大战伤害,为了生活她沦落风尘,现在要跟着"我"和约翰回贝斯特看望爷爷,可是夜晚被一些乱兵用迷药迷住失踪了。《北欧之夜》写在北欧,"我"加入一个神秘的"以《美》杂志之目的为目的"的"Diana Bund,即狄阿娜协会"。凡参加这个协会活动者,都必须全身裸体。在这里,"我"遇见阿囵和她的父母、弟弟一家人都是裸体行动。阿囵对"我"有好感,又与"我"一起过圣约翰节,两人有了亲密接触。这个过程中,阿囵代表自然、健康、纯朴,没有都市人的猥亵思想。这个作品确实有典型的异域风采。这三篇作品对都市审美均有所疏离,但是以下几篇就有了鲜明的都市文学新感觉作风。《六日之夜》写一摩登女子莱阿来到巴黎郊外,这里正在进行六日夜的竞走比赛,而她的所爱是其中最出色的选手。从小说叙述看,这女子应该已为人母,但是她依然保持独身女子的生活状态,并且接受了"我"的爱的追求。小说写"身体和身体紧挤在旋回跳舞场里,那些舞人接踵着跳。厅中有肉汁的气味,孵退蛋的气味,腋下的气味,和香水有一天要来了的气味"。这很容易让人想起穆时英小说《上海的狐步舞》对舞场气息的描写。小说两次用一号字体排列广告词和房间牌名,也让人想起穆时英《夜总会的五个人》中广告词的排列。《新的朋友们》写"巴黎是一座迷宫",在这里,一个女子保勒与"我"同时爱恋着阿涅思,这说明阿涅思既是异性恋者,又是同性恋者。阿涅思同时答应与保勒和"我"约会,但保勒和"我"如期赴约,而她自己却不准备来了。两个情敌成了同病相怜的朋友。这篇小说很容易让人想起刘呐鸥的《两个时间的不感症者》。作品中的女性是有着真假善恶、美丑智愚难辨的特点的,这便是"尤物"了,与此相应,小说的调子就自然是因为难以把握对象而产生的忧郁的调子;表现手段也呈现新感觉的特点,如"阿涅思带着一种漠不

---

　　①　徐霞村选译:《现代法国小说选》,上海:中华书局1931年版,第94页。

关心的态度和一个罕有的弹道距离,向她四周放射出那发生爆裂的她底行动",
"她底像刀一样地劈过来的香味",等等。《天女玉丽》写的也是"把那罪恶像德行
一样地捧得高高"的女子,描绘她的"一张嘴,好客店,像音乐一样的发丝"。"我
把她带到家里,和她躺在一起。在我们下面,床板膨胀着。家具像蜜蜂一样地轻
飞着。"《懒惰底波浪》写第一次世界大战期间,在伦敦,"我"遇上一个荷兰女子,
"她使我想起了那些市场上的招牌",下面又是这样大字号的独特排列:

原产的女子
东方的尤物
美-陶醉-仙境-光明

小说写女子不关心战争,而只需要淫逸、享受,"于是也不再清醒过来,觉得
我是在她身旁,她便把我放在她腿里,立刻用着一种贝类的返射作用的动作,把
腿夹紧了"。《莆莱达夫人》写荷兰著名的郁金香买主,来到巴黎,想享受巴黎男
人的爱情,就紧盯但尼尔而来。"但尼尔在那荷兰女子身上发现了一身健康的皮
肤和一双没有理智的乳房。他想起了运河,想起了飘浮的草原,想起了风靡的尖
屋顶,想起了堤防,想起了那以风信子来代鼻子的弗朗斯·哈尔斯的骑士们。在
桌子下面,理想底渴显示出来了。他让她说着话。她的女主人变成深红色了,像
一支早开的珍品的大花朵。"通过以上的介绍,不难发现,穆杭都市小说中的男主
人公多是资产阶级中产以上的人物,女子多是尤物式的女性,双方之间的爱情都
建立在物质和肉体欲望之上;双方之间的关系基本上都是暂时的、变幻不定的、
难以把握的;这种流动性的、大胆突破常规的生活必产生新的艺术震惊和艺术感
觉,艺术表达上也就有了新的叙述口吻、叙述腔调、叙述节奏、意料不到的新鲜的
比喻、拟人、意象、未来派手法,甚至大胆、直捷的两性性生活暗示。显而易见,这
些艺术色彩、腔调、风格、趣味和表达,在穆时英小说中都有映照。因为前面已经
多有涉及,这里从略。

如前所述,施蛰存受刘呐鸥等影响,关注世界上的"新兴文学"和"尖端文
学"。"新兴文学"指当时以苏联为代表的无产阶级文学,"尖端文学"指西方发达
国家的现代派文学。他主编《现代》时,对这两种文学平等对待,都积极推介,如
发表大量左翼文学理论、批评和创作,也力争更可能多地发表西方现代派文学的
译作或批评文字,特别组织出版长达 400 多页的"美国文学专号",对从 20 世纪

初年兴起并在短短的几十年内开始影响到世界文坛的美国文学作了非常详细的介绍，其中既有作家如辛克莱（Sinclair Lewisde）、赫敏威（海明威）（Lrnest Heminway）、福克纳（William Faulkener）、维拉凯漱女士（Miss Willa Cather）、帕索斯（Dos Passos）等人的小说和他们的小传及照片，也有概观性的文章，如《美国现代长篇名著述略》等。就他自己而言，他翻译了奥地利新浪漫主义的代表、心理分析小说大师显尼志勒的小说 8 部（篇），其中长篇小说《蓓尔达·迦兰夫人》、中篇《毗亚特丽思》和《爱尔赛小姐》合成《妇人三部曲》出版；翻译英国诗歌 40 首，其中有象征派诗人叶芝、戴微思和司谛芬思的诗、劳伦斯的诗、吴尔甫的诗；翻译美国诗歌 49 首，其中有意象派陶尔德尔（Hilda Doolittle）、史考德（Evelyn cott）、罗慧儿（Amy Lowell）、邦德（Ezra Pound）、爱肯（Conrad Aiken）等人的诗，芝加哥都市诗人桑德堡的诗，另与徐霞村合作翻译桑德堡诗 9 首。在这样的文学视野和文学影响下，自然就会产生他那些心理分析小说和都市意象诗。他在《说说我自己》里交代："一九三〇年代，西欧文学，正在通行心理分析、内心独白，和三个'克'：Erotic, Exotic, Grotesque（色情的，异国情调的，怪异的），我也大受影响，写出了各式仿制品。"[1]在《域外诗抄·译后记》里，他说："一九二〇年代兴起于英美诗坛的意象派诗，可以认为是法国象征派的余波，但他们的理论和创作手法已和象征派大有距离了。他们不用'象征'（Symbol）而用'意象'（Image），就说明了他们的表现手法已放弃抽象而近乎实体。不过还不是实体本身，而是表现了对某一实体的印象。因此，他们的诗不像象征派诗那样难懂。他们又主张诗要用平常的语言文字，不用装饰性的词藻，这样，他们的诗就易于为大众所接受。"[2]可以说，施蛰存的都市意象诗恰具有这样的特点。如《银鱼》：

横陈在菜市里的银鱼，
土耳其风的女浴场。

银鱼，堆成了柔白的床巾，
魅人的小眼睛从四面八方投过来。

银鱼，初恋的少女，
连心都要袒露出来了。

---

① 施蛰存：《北山散文集》（一），上海：华东师范大学出版社 2001 年版，第 750 页。
② 施蛰存：《北山散文集》（二），上海：华东师范大学出版社 2001 年版，第 1313 页。

　　施蛰存解释说,这首诗没有准备象征什么,只是提供意象①。但诗歌将"银鱼"与年轻的女人互喻,还是比较曲折婉约地写出了上海女人的多、白、柔、嫩、活泼、开放。另外,以女喻鱼,鱼见新鲜,而以鱼喻女,则又不免将女性物质化之嫌疑。这就是海派的审美趣味。

　　徐讦坚持重振浪漫主义,但他的浪漫主义也不再是西方现代性早期那样经典的浪漫主义,而是杂糅了西方中世纪罗曼司、19世纪末兴起的唯美主义和东方道家精神的成分。关于其小说与西方通俗文学的关联,范伯群在其《中国现代通俗文学史》中指出两点,一点是受西方哥特式小说影响,一点是受西方间谍小说影响。哥特式小说常常将场景和人物安排在一个神秘的封闭的空间里展开故事,注重故事的传奇性,这一点在《鬼恋》《精神病患者的悲歌》中表现突出;哥特式小说表现的爱情基本上不触及人物的肉体欲望,带有柏拉图式恋爱的性质,这一点徐讦不少小说都把握这个尺度。"西方间谍小说诞生于19世纪和20世纪之交,是当时西方资本主义世界内部各种矛盾进一步激化,军事、政治斗争持续加剧的产物。……一般认为,西方第一部严格意义的间谍小说是英国小说家厄斯金·查尔德斯(Erskine Childers,1870—1922)的《沙滩之谜》(*The Riddle of Sands*,1903)。在这部长篇小说中,作者以高昂的爱国热情、惊险的故事情节和生动的人物形象,描述了两个英国业余间谍刺探德国海防情报的冒险经历。该小说在伦敦出版后,立即引起轰动,以后多次再版,畅销不衰。"②范伯群认为,徐讦《风萧萧》可能受到这部小说启发③。

　　令狐彗是继张爱玲之后海派作家中视野最开阔的一位。他的创作不仅受鸳鸯蝴蝶派、新感觉派和张爱玲之影响,更重要的是受巴金、李金发、钱锺书等新文学作家的影响。晚年的董鼎山特别强调:"对我影响最大的作家应是巴金。很简单的文风,不太用虚词的,朴实而有力,是我最喜欢的风格。"外国文学方面,一面阅读大仲马、小仲马,一面也阅读纪德、巴尔扎克、莫泊桑、左拉、福楼拜、萨特、加缪、杰克·伦敦、马克·吐温、海明威、莎士比亚、弥尔顿、狄更斯、萨克雷等,特别强调当时苏俄文学很流行,他喜欢的作家有托尔斯泰、契诃夫,作品有《钢铁是怎样炼成的》《静静的顿河》《被开垦的处女地》等④。也就是,令狐彗的创作资源远

---

① 施蛰存:《海水立波》,见施蛰存:《北山散文集》(一),上海:华东师范大学出版社2001年版,第404页。
② 黄善禄:《美国通俗小说史》,南京:译林出版社2003年版,第504-505页。
③ 范伯群:《中国现代通俗文学史》,北京:北京大学出版社2007年版,第559页。
④ 王海龙撰写:《董鼎山口述史》,南京:江苏凤凰文艺出版社2016年版,第134页。

远不止于海派,也不止于现代派,而是带有综合的特征,他的都市文学创作有超越以往海派文学单纯在物质男女的生活中获取艺术灵感的狭隘性的可能性,只是受历史条件限制,他没有完成。

施济美在向更开阔的都市文学迈进方面不如令狐彗,但也受西方浪漫主义、唯美—颓废主义和苏联无产阶级文学影响。冯太太"她又说最喜欢屠格涅夫的作品,那忧郁的风格,淡淡的感伤情调,她最喜欢;但是她最爱的一本书,却是《冰岛渔夫》,——《冰岛渔夫》,那是《菊子夫人》的作者,罗逊的另一伟著,康平也曾读过,他因此想起那动人的故事:尧恩·高沃,那个出色的冰岛渔人葬身在海洋里,和他的船;家乡留下新婚六天的妻,可怜的歌式,是怎样的期待着,盼望着,一个惨淡的黎明,又一个寂寞的黄昏,许多年……"①《凤仪园》中,冯太太妹妹所唱的那首《祝酒歌》,不乏世纪末及时行乐倾向。在中篇小说《十二金钗》中,也有年轻人阅读《钢铁是怎样炼成的》之情景。

孙大雨的都市诗不多,但仅《纽约》和《自己的写照》就使他在现代都市文学史上占有极其重要的地位。没有资料表明,孙大雨创作受施蛰存所翻译的芝加哥都市诗人桑德堡影响,但是他的诗作对美国都市机械文明和快速节奏的人生的表现却有异曲同工之妙。至于他的略带传统的风格和对现代都市人性异化、呈现荒原之感的内在实质的触摸和书写,明显受美国诗人艾略特诗学观点及其名诗《荒原》的影响。艾略特认为再伟大的诗人再个性化的创作都与传统有不可分离的关系,自觉地继承传统中优秀的部分并创造新的文学是天才的文学家的使命。孙大雨作为新月诗派的重要诗人,与传统的关系原很深厚,这表现在《自己的写照》就是他站在颇具古典味的人道主义的立场审视纽约,揭示纽约崛起中对原生地印第安人所犯下的罪恶。艾略特《荒原》很长,《自己的写照》也很长,且还没有最后完成。《荒原》去抒情化(非个人化),这点更体现西方现代派诗歌的客观化审美意向,《自己的写照》还有抒情诗的痕迹,但也已采用了审视者、打量者、超越者的客观化审美视角。《自己的写照》发出"大站到了,大站到了"的声音,让人想起《荒原》里的"时间到了,请赶快/时间到了,请赶快"的声音,一种强烈的危机意识和催逼感深入人心。《荒原》写伦敦一片荒原:"去年你种在你花园里的尸首,/它发芽了吗?今年会开花吗?"《自己的写照》写纽约办公室的姑娘们"健康的脑白/向外长,灰色的脑髓压在/颅骨和脑白之间渐渐/缩扁——所以只除了打字/和交媾之外,她们无非/是许多天字一等的木偶"。诗歌即将发表,徐

---

① 盛晓峰编选:《施济美小说:凤仪园》,上海:上海古籍出版社1997年版,第181页。

志摩就给了高度评价,言:"这二百多行诗我个人认为是十年来(这就是说自有新诗以来)最精心结构的诗作。第一他的概念先就阔大,用整个纽约城的风光形态来托出一个现代人的错综的意识,这需要的不仅是情感的深厚与观照的严密,虽则我们不曾看到全部,未能下精审的按语,但单看这起势,作者的笔力的雄浑和气魄的苍莽已足使我们浅尝者惊讶。"①

现代新诗,到穆旦为代表的九叶诗派,终于接近西方现代派主知、客观化的审美趋向。卞之琳和施蛰存都认为 19 世纪末期英法以道生、魏尔伦、耶麦等为代表的象征主义偏于抒情,过于古典,而穆旦的诗歌恰远离中外抒情诗传统,呈现出更鲜明的"非诗化"倾向。袁可嘉总结九叶诗派的诗学关键词是"现实、象征、玄学",穆旦称自己诗的风格为"新的抒情"。穆旦在评价卞之琳诗歌时指出:"在二十世纪的英美诗坛上,自从为艾略特(T. S. Eliot)所带来的,一阵十七、十八世纪的风吹掠过以后,仿佛以机智(wit)来写诗的风气就特别盛行起来。脑神经的运用代替了血液的激荡,拜伦和雪莱的诗今日不但没有人模仿着写,而且没有人再肯以他们的诗当鉴赏的标准了。这一个变动并非偶然,它是有着英美的社会背景做基地的。我们知道,在英美资本主义社会发展的现阶段中,诗人们是不得不抱怨他们所处在的土壤的贫瘠的,因为不平衡的社会发展,物质享受的疯狂的激进,已经逼使着那些中产阶级掉进一个没有精神理想的深渊里了。在这种情形下,诗人们并没有什么可以加速自己血液的激荡,自然不得不以锋利的机智,在一片'荒原'上苦苦地垦殖。"②艾略特是主张接受传统的,不过这个传统不是指向主情的诗歌传统,而是指向主知和主智的诗歌传统。显而易见,艾略特的《荒原》影响了穆旦对现代都市的审美感受,也影响了他的都市诗创作,如《城市的舞》《蛇的诱惑——小资产阶级的手势之一》的理智审视的调子和对人在都市导致人性困顿和异化的主题表达,都可以看到《荒原》的影子。

总之,左翼文学作家注意东欧、北欧文学的发展状况,包括其中的都市文学书写,他们的创作有更多社会的人道的民主的内涵,海派作家密切关注世界发达国家现代主义和都会主义文学发展动态,并力争与之同步;严肃的现代派作家则在左翼作家与海派作家之间探索个体生存的根本困惑和文学审美的精神超越性,相应地,对于外国文学营养的吸收也有了自己的特点。

---

① 徐志摩:《诗刊·前言》,上海:《诗刊》第 2 期,1931 年 4 月 20 日。
② 穆旦:《〈慰劳信集〉——从〈鱼目集〉说起》,见穆旦:《穆旦文集》(二),北京:人民文学出版社 2007 年版,第 53 页。

结 论

　　20 世纪前半期,西方发达国家已经出现成熟的都市化人生和审美艺术。这可从 1932 年《现代》创刊号上发表的署名玄明的《巴黎艺文逸话·Cooktail 的时代》看出端倪:

　　……

　　近二十年来,巴黎有一个多么大的变动啊!以前,只要花一法郎二十五生丁就可以舒服地在拉丁区喝一点咖啡和酒;而现在,那至少要花上二十到四十法郎的数目了。由可怜的小马拖了在大街上得得地走着的马车,现在是,纵然不能说已经绝迹,却只敢在夜里偶然地出现了。代替了它们的是装着自动里程计的,被称为 taxi 的那一种飞风似的街车。就是这一点便已经尽够改变了街上的卖相。还有,曾经一时非常地流行着的决斗的风气也渐次地消沉了:有一次,一位旧派的歌舞喜剧(Vaudeville)的作者,名字叫做彼尔·维勃尔(Pierre Veber),为了一点极小的侮辱,向爱德蒙·罗斯当(Edmond Rostand)的儿子莫里斯·罗斯当(Maurice Rostand,也像他父亲一样地是一位诗剧家)挑起战来。要是换了老罗斯当,那当然是谊不容辞,不得不力疾应战了;可是小罗斯当却竟拒绝了,并且还关照维勃尔,叫他不要傻。小罗斯当的这种举动,在当时不但不受到非难,并且竟受了大众的赞美。也许战事所造成的大规模的屠杀,已经使人们厌倦了私人的斗争也未可知。

　　曾经在每一个院子里奏着的手风琴到那里去了?四班跳舞(Quadrille)到那里去了?波西米亚乐队(Tzig-anes)到那里去了?裸体替代着拖泥带水的裙裾。从南美洲的下流地方来的黑人的 jazz 和 tango 征服着 waltz 和 polka。舞男已经由警厅承认为了一种男子的正当职业;

这种人在巴黎是被称为 gigolo 的。这些把头发梳得精光,把腰肢束得像蜜蜂般细的青年人,是只要抱着愚蠢的老妇人在地板上拖来拖去就可以获得很多的钱了。

关于女性的问题,只要一句话就可以包括了:现在是男子也可以剃光了胡须让女人来向他求爱的时代。

地下铁道,立体派的图画,打字机,布尔希维克主义,足球,拳术,留声机,五彩照片,电影,庞大的广告牌,夜总会,古加音,丝袜,安全剃刀,空头支票,弗罗伊特主义,快而没有痛苦的离婚,英文报纸,第一流音乐都可以在家里听到的无线电,飞机,和 cooktail。

Cooktail! 这真是我们这时代的大发现。有一位最巴黎式的荷兰画家,凡·唐根(Van Dongen),曾经这样地说过:

"我们的时代是 cooktail 的时代! Cooktail! 它们是各种颜色的。它们什么东西都包含一点。不,我并不是单说那我们所喝的 cooktail。它们是其他一切的象征。现代社会的女人也是一种 cooktail。她是一种闪光的混合物。社会本身也是一种闪光的混合物。你可以把各种玩味和各种阶级的人都调和在一起。Cooktail 的时代啊!"

繁华而繁杂、多声部、多向度,呈现强烈的现代性的都市的崛起,呼唤新的审美和文学样式,这时便有了都市文学。在这前后,对浙江现代文学都市书写影响至深的自然主义、唯美—颓废主义、未来主义、达达主义、超现实主义、意识流、心理分析等文学文化思潮及左拉、王尔德、比埃尔·路易、乔治·摩尔、保尔·穆杭、辛克莱、帕索斯等作家都异常活跃。受西方现代都市文学影响,便有了郁达夫、徐志摩、邵洵美、艾青、孙大雨和徐讦等海外题材都市文学书写。

由于租界的开辟,西方现代都市文化的强行进入,中国也已经有了上海和香港两个现代性不完整的都市。香港是英属殖民地,主要体现英国"新教伦理"精神,"讲究简单、实用和效率",文化上很少有大的作为。"上海是多国的殖民地,除了新教文化之外,还有天主教文化。天主教传统大多在法国、意大利、西班牙这些拉丁文化国家,……更注重艺术、完美和情调。……英美租界商业发达,大银行、大商场多集中于外滩、南京路一带;法租界重生活情调,从八仙桥到徐家汇,以霞飞路(今天的淮海路)一带为中心,几百幢欧化风格的别墅公寓,几万欧美外侨云集此。虽然法国侨民相对来说人数不多,但多是神父、修女、教授、医生、艺术家,他们带来了高雅的拉丁文化,提升了上海文化的品位。拉丁文化孕育了一批上海的文化人,比如刘呐鸥、穆时英、施蛰存这些新感觉主义派,他们大多在震旦大学求学,深受拉丁文化的熏陶。"①或者说,英美所代表的文化精神与法兰西所代表的文化精神在上海这个租界"飞地"奇妙地结合在一起,形成更实际、理性也更开放、浪漫的文化态势,在文学上既产生左翼工业文明文学倾向,也产生海派唯美—颓废文学倾向,而事实上,这两种类型的都市文学又你中有我,我中有你,难以断然分开。左翼作家取英美的工业文明歌颂之,而又渴望避免其工具理性的缠绕,力图靠近法兰西感性浪漫精神,这是茅盾、殷夫等左翼作家创作的根本取向。海派作家,主要在唯美—颓废和文学形式探索方面下功夫,但也未尝没有左翼文学创作。海派文学看重的不是意识形态,而是世界文学发展态势,与世界文学同步是他们唯一的梦想。刘呐鸥最早有意识地提出并创作文学上的"都市风景线",穆时英、施蛰存等则更进一步,创作更丰富和更有成就的都市文学。直到1936年,邵洵美还郑重指出:"新诗界中还有一个值得讨论的是题材问题。原来题材的变幻与形式的发展,同样地是一种必然的现象。我们便用最明显的例子来说,譬如在现代文明侵入以前,交通有着各种的障碍,除了出外做官或是经商的,总是勾留在自己的家乡,所见到的是自然的景色,所感到的是自然的闲静;即有性好走动的人,带着美酒干粮,四处浪游,所接触的也无非是山水的秀丽,鸟兽的天真:在这种氛围里写诗,题材自会清高。到了现在,都市的热闹诱惑了一切田野的心灵,物质文明的势力也蹿进了每一家门户,一两个小时中从茅草屋可以来到二十层的钢骨水门汀的高厦门前,官能的感受已经更求尖锐,脉搏的跳动已经更来得猛烈;在这种时代里再写和往昔一样的诗句,人家不笑他做作,也要说他是在懦怯地逃避现实了。一切的形容字,抽象名词,都已更改了他们原来的意义,题材的变换已经不是人力所能拒绝。新诗人的手头便来了个更繁难的工作,他要创造新的字汇,他要有上帝一样的涵量及手法,使最不调和的东西能和谐地融合这个也许会给读诗的人一个艰难的印象,他们更会疑心到诗人只是为了自己而写作。其实诗人的使命是'点化'。我以前说过,'诗是昙花一现的真理的尽人力的记载';诗人所写的火车龙头,决不是火车龙头的机器的组织,乃是火车龙头的灵魂的系统;正像一幅宇宙的图画,没有慧心,你不能在一瞬眼间领悟这灵机。总之,我们懂不懂是一件事,但是我们决不能因为不懂而说这是诗人的荒荡。要知一个真正伟大的诗人,他是无时无刻不自己负起去点化全生灵的重任的;去了解他,你应当用十二分的虔诚与尊敬,所以在一个真正伟

---

① 　许纪霖、罗岗等著:《城市的记忆:上海文化的多元历史传统》,上海:上海书店出版社2011年版,第9-10页。

大的诗人面前,一切问题都不成其问题。……一件认真的作品决不会因了衡量的夸张而缩小了自己的尺寸。"①

邵洵美自然难称"伟大的诗人",但是他对都市诗歌(都市文学)的呼吁却应和了时代发展的转向,代表着浙江现代作家这方面的敏感、自觉和执着追求。浙江现代都市文学与整个中国现代都市文学一样,面临四个现代性维度:社会现代性、审美现代性、阶级现代性和民族现代性。

社会现代性与审美现代性属于现代性内部相互对立又相互依存的两个方面;阶级现代性是社会现代性内部分裂出来的一种政治文化属性;民族现代性属于民族与民族之间的事情,已经越出欧美现代性的原始范围。由于生活体验的匮乏,浙江现代作家对西方都市的阶级现代性触及甚少。对国内都市的阶级现代性的艺术传达,主要呈现在茅盾等左翼都市文学书写之中。民族现代性与欧美原始的现代性在发展过程中已密不可分,然作为对原始现代性的抗击和反弹,民族现代性已经有向现代性背离的倾向,这时的文学创作就处在原始现代性与民族现代性的交叉点上,对于中国人来讲,就处在中西社会历史、文学文化发展、变迁而交流、碰撞的节骨眼儿上。中国内部的社会历史、文学文化发展变迁自有中原性与江南性、内陆性与沿海性、封闭性与开放性、恒常性与流变性、实用性与审美性之间的交流和碰撞,在这两两的纠缠与分合中,浙江所在区域自然属于后者。所以,浙江率先感受到时代的变迁,最先聆听时代的召唤,凭着长期形成的开放、开创精神,利用时代、地理环境优势,最先实现社会、经济、文化、文学转型,也就成了再自然不过的事情。按照彭晓丰、舒建华的观点,这不仅是线性转型,而且是面性转型。问题在于,现代性产生的新的危机使民族、地域内部产生抗体,而民族、地域内部的传统滞后性又牢结了现代中国文化、文学的更新、发展。这应该是浙江现代都市文学丰收而又歉收的主要原因。

浙江现代都市作家多从乡村或传统城镇走来,他们的精神里还有传统人生和传统审美的因子,这决定他们不如张爱玲那样与都市入肉贴骨,浑然一体,他们的创作也不像张爱玲那样没有另外的精神空间可依靠,所以到 40 年代,张爱玲能成为海派文学最高代表,而他们却退居次位了。归根结底,张爱玲虽然祖籍不是上海,但她的家庭出身和成长经历决定她是彻底的都市之子,被一些文学史家称为"唯一的城里人"②。她身上已完全没有传统士大夫习气,而大张旗鼓地

---

① 邵洵美《〈诗二十五首〉自序》,见张伟编:《花一般的罪恶——狮吼社作品、评论资料选》,上海:华东师范大学出版社 2002 年版,第 358-359 页。

② 陈啸:《海派散文:婆婆的人间味》,北京:中国社会科学出版社 2015 年版,第 207 页。

宣告：她喜欢不怎么符合传统纲常名教却充满"奇异的智慧"的上海人①。她在《传奇》扉页里写明："在传奇里寻找普通人，在普通人里寻找传奇"。这里的"普通人"不是普通的知识分子（士大夫），也不是农民（文化水平线以下），而是普通市民，而且这里所谓"普通市民"也不是下层市民，不是张恨水小说所期待的仍然束缚在传统道德审美范畴内的下层市民读者，而是中产及以上受现代工具理性约束、没有多少精神超越性、以时尚消费和阅读为审美乐趣的普通市民读者。张爱玲过分认同现代性危机，明确宣告要在小说里打入"低级趣味"②，利用男性读者的窥视欲，挑起女性性隐秘和性变态心理的"冰山"之一角，张扬了女性在男权社会里不幸的命运，但也显豁其创作精神上与清末民初以来以上海本地人为代表的狭邪小说的内在关联。其创作在破除现代人生的虚伪、荒诞方面，的确是有力的、颠覆性的，但是在开创、更新现代人生方面，如陈思和所言，又是苍白无力的③；傅雷则认为她的创作充满"淡漠的贫血的感伤情调"④。这种情况下，看浙籍现代作家的都市书写，在认同都市上可能不如张爱玲彻底，但张爱玲那是一切绝望、虚无，无处可逃，她就在这一点上映照了现代派文学人生焦虑的表达，而浙江现代作家还留有后路。浙江现代作家没有置于死地而后生的决绝和倔强，所以对都市危机性开掘方面不如张爱玲阴鸷、冷傲、诡秘，但就整体看，又比她视野开阔，从区域文化角度讲，也比她更有腾挪转换的余地。这一点，将张爱玲文学与茅盾、徐訏文学比较，立马现出悬隔。所以，徐訏与她二者彼此互有微词，原也有一定道理。如此情景下，浙江现代作家都市书写对人性的发掘就不如张爱玲深刻、复杂、入肉贴骨，这也是无法回避的。

鲁迅曾言："现在的文学也一样，有地方色彩的，倒容易成为世界的，即为别国所注意。"⑤另一方面，俄国作家果戈里指出："真正的民族性不在于描写农妇穿的无袖长衫，而在表现民族精神本身。诗人甚至在描写异邦是世界时，也可能有民族性，只要他是以自己民族气质的眼睛、以全民族的眼睛去观察它。只要他的感觉和他所说的话，他的同胞们觉得，仿佛正是他们自己这么感觉和这么说似

①　张爱玲：《到底是上海人》，见张爱玲：《流言》，北京：北京十月文艺出版社 2012 年版，第 3 页。
②　张爱玲：《论写作》，见张爱玲《流言》，北京：北京十月文艺出版社 2012 年版，第 100 页。
③　陈思和：《中国现当代文学名著十五讲》，北京：北京大学出版社 2003 年版，第 273 页。
④　迅雨（傅雷）：《论张爱玲的小说》，上海：《万象》第 3 卷第 11 期，1944 年 5 月。
⑤　鲁迅：《致陈烟桥》（1934 年 4 月 19 日），见《鲁迅全集》（第 13 卷），北京：人民文学出版社 2005 年版，第 81 页。

的。"①别林斯基将这种具有民族气质的眼光和感觉,用理论概念表述为"理解事物的方式",以透视某地人物特有的灵魂。他说:"每一民族的民族性秘密,不在于那个民族的服装和烹调,而在于它理解事物的方式。"②浙江现代都市书写为现代中国文化、文学建设提供了新的世界性与民族性合一的理论视野、思维方式和艺术样式,因此,其价值无法估量,影响也将长久。

---

① [俄]果戈里:《关于普希金的几句话》,转自杨义:《文学地理学会通》,北京:中国社会科学出版社 2013 年版,第 353 页。

② [俄]别林斯基:《亚历山大·普希金的作品》第八篇,转自杨义:《文学地理学会通》,北京:中国社会科学出版社 2013 年版,第 353 页。

后　记

　　本书的写作是为了完结一笔陈账。2007年，笔者有幸申请到了浙江省社科规划办一般性项目"论浙江现代文学的都市书写"，但是因为学力的不足，因为该项目关涉作家作品过多，相关资料搜集的不足，更因为生活上、心情上种种的缠绕，这一项目没有能够按时完成。这几乎成了笔者的一个心病。多么难为情，一个项目竟拖了10多年。笔者只能私下里找各种理由自欺以自我安慰而已。

　　"十年磨一剑"，该磨出一把锋利的"剑"了吧？可是很遗憾，本著作仍有很多不足。因为成书也就是最近一两年的事情，观点、理路还有待沉淀、琢磨、提炼、升华，以求更成熟些。现在出版在即，也无法再精耕细作。好在十几年来，笔者也一直在关心这个话题，在留意这方面的研究动态，还没有发现哪位学者就此话题出版专门的研究成果，而且笔者也一直在搜集材料，在阅读，在思考，多少总有些积累和心得，所以，本著作的撰写和出版也许还不是多余的。敬请学界前辈和同行批评指正！

　　本著作部分章节引介作品内容稍多，主要是考虑到本课题所关涉的不少作家及其创作都是长期不被人们所注意的对象，仅仅抽象概括一下实难以显示其历史情貌；另外，笔者企图尽可能地呈现浙江现代文学都市书写的原貌，至少让参考者更多地接近文学作品，与目下一些文学研究论著里竟很难看见"文学"、看到更多的是文化和文学理论的铺排有别。

　　本课题的研究得到浙江工业大学原科研处老师现浙江工业大学实验室与资产管理处资产管理科主管吴光先生的鼓励和支持，得到浙江省社科规划办一般项目前期资助；本著作的出版得到浙江省哲学社会科学重点研究基地浙江工业大学浙江学术文化研究中心和浙江工业大学2019年度文社科后期资助计划资助,在此特别表示感谢!本著作的出版得到浙江大学出版社傅百荣老师和王荣鑫编辑大力支持和帮助,特别是傅老师作为责任编辑付出大量时间和精力,有时也提出一些好的修改建议,在此也一并表示真诚的谢意!

左怀建

浙江工业大学屏峰校区郁文楼 A214

2019 年 6 月 18 日

图书在版编目(CIP)数据

论浙江现代文学的都市书写 / 左怀建著. —杭州：
浙江大学出版社,2019.12
ISBN 978-7-308-19809-7

Ⅰ.①论… Ⅱ.①左… Ⅲ.①地方文学史－现代文学
史－文学史研究－浙江 Ⅳ.①I209.955

中国版本图书馆 CIP 数据核字(2019)第 273677 号

论浙江现代文学的都市书写

左怀建 著

责任编辑	傅百荣	
责任校对	赵 珏 郭琦波	
封面设计	周 灵	
出版发行	浙江大学出版社	
	(杭州市天目山路 148 号 邮政编码 310007)	
	(网址:http://www.zjupress.com)	
排 版	杭州隆盛图文制作有限公司	
印 刷	杭州良诸印刷有限公司	
开 本	710mm×1000mm 1/16	
印 张	22.25	
字 数	400 千	
版 印 次	2019 年 12 月第 1 版 2019 年 12 月第 1 次印刷	
书 号	ISBN 978-7-308-19809-7	
定 价	59.00 元